# Tristan et Yseut

# Tristan et Yseut

Les *Tristan* en vers

Édition critique par Jean-Charles Payen

PARIS
CLASSIQUES GARNIER

Jean-Charles Payen, ancien élève de l'École normale supérieure, fut professeur de littérature médiévale à l'université de Caen. Ses travaux ont renouvelé l'approche de la poétique des genres littéraires du Moyen Âge. Spécialiste de Béroul et de Jean de Meung, il a écrit plusieurs ouvrages de référence parmi lesquels *Les Origines de la courtoisie dans la littérature française médiévale*.

Couverture :
Edmund Blair Leighton, « The End of The Song » (1902).
Collection particulière

Réimpression de l'édition de Paris, 2010.

ISBN 978-2-8124-2768-8
ISSN 2417-6400

# NOTE PRÉLIMINAIRE

## Les textes — L'histoire de Tristan

La plus ancienne version de l'histoire est celle, malheureusement perdue, que le Gallois Bréri fit connaître à la cour
de Poitiers en 1135. Puis vint le *Tristan* de Béroul (avant 1170?)
et celui, perdu lui aussi, d'un certain La Chievre (?). Avant
1170, Chrétien de Troyes a composé un *Livre du roi Marc et
d'Yseut la Blonde,* dont nous ne connaissons que le titre.

Le *Tristan* de Thomas aurait été écrit vers 1175. La *Folie
Tristan* de Berne, puis celle d'Oxford, viendraient ensuite, de
même que le *Chèvrefeuille* de Marie de France.

Les adaptations allemandes, d'Eilhart d'Oberg et de Gottfried,
datent de la fin du xiie siècle (Eilhart) et du début du xiiie
siècle (Gottfried). La *Saga* norroise a été composée en 1226
pour le roi de Danemark Haakon V. Tous ces textes sont malheureusement mutilés.

Vers 1220, Gerbert de Montreuil insère un épisode dont
Tristan, déguisé en ménestrel, est le protagoniste, dans sa
*Continuation du Perceval de Chrétien de Troyes.*

Tristan intervient dans un poème intitulé *le Donnoi des amants.*
Ce poème est une sorte de lai qui date probablement de la même
époque.

Vers 1230 apparaît le *Tristan en prose.*

Une version néerlandaise, presque entièrement perdue, date
de la fin du xiiie siècle.

Le *Sir Tristrem* anglais est plus tardif, de même que le *Tristano*
italien, dont il ne subsiste qu'un très court fragment.

Tristan est l'un des héros de la *Demanda del San Graal* espa-
gnole, de la *Demanda* portugaise, de la *Tavola Ritonda* italienne
(xive siècle) et de la *Morte d'Arthur* de l'anglais Malory (fin du
xve siècle).

Il existe des versions slaves de la légende.

Faut-il insister sur le *Tristan* de Wagner et sur celui que Joseph Bédier a reconstitué à la suite de ses travaux sur Thomas ?

La tradition diverge sur les modalités de maint épisode ou sur leur succession. Mais on peut dégager de cet ensemble :

### 1) Un récit des enfances :

Tristan est le fils de Rivalen et de Blancheflor. Il perd très tôt ses parents. Il est recueilli par son oncle maternel Marc, roi de Cornouaille, qui tient sa cour à Tintagel ou à Lancien, au S. O. du canal de Bristol. Un chevalier dévoué, Governal, lui enseigne la science des armes.

### 2) Les premières épreuves :

Un redoutable guerrier d'Irlande, le Morholt, impose à la Cornouaille un tribut de jeunes gens et de jeunes filles. Tristan tue le Morholt sur l'île Saint-Samson, en face de Tintagel.

Mais le Morholt l'a blessé avec une arme empoisonnée. Marc installe son neveu sur une nef qui dérive vers l'Irlande. Yseut, fille du roi et nièce du Morholt, recueille et soigne le blessé qui se fait appeler Tantris.

Épisode du cheveu d'or : un oiseau l'apporte à Marc, qui jure d'épouser la femme qui possède une semblable chevelure. Tristan lui révèle qu'il s'agit d'Yseut. Il se rend à nouveau en Irlande.

Combat de Tristan et du dragon. Le roi d'Irlande a promis Yseut au vainqueur du monstre. Mais un sénéchal usurpe la victoire. Yseut soigne une nouvelle fois Tristan et reconnaît à l'entaille de son épée le meurtrier de son oncle (elle avait recueilli dans la blessure du Morholt un fragment de l'arme). Elle obtient de son père qu'il accorde son pardon au libérateur de l'Irlande quoi qu'il ait fait dans le passé. Tristan révèle alors sa véritable identité et confond le sénéchal. Il obtient pour Marc la main d'Yseut et amène la jeune fille en son pays.

### 3) Le philtre :

Sur la nef qui les conduit, les amants boivent par méprise le philtre d'amour que la mère d'Yseut a confié à Brangien pour que sa fille et Marc connaissent une passion sans nuages. Tristan devient aussitôt l'amant de la princesse.

Le soir des noces, Yseut demande à Brangien de se substituer à elle dans le lit conjugal. Puis elle veut faire disparaître sa complice et la confie à des serfs qui ont ordre de la tuer. Mais ses bourreaux ont pitié de la malheureuse et l'épargent. Brangien, revenue à la cour, se réconcilie avec Yseut que la mort de sa suivante plongeait dans le remords.

### 4) La harpe et la rote :

Un mystérieux harpeur irlandais vient exiger que la reine Yseut, sur laquelle il se prétend des droits, le suive. Tristan le rejoint sur le rivage et le retarde en le charmant de sa rote (instrument de musique à cordes pincées), jusqu'à ce que la mer se soit retirée. Il ramène Yseut à la cour de Marc.

### 5) Les pièges :

Tristan partage sa chambre avec Mariadoc; celui-ci, qui suit les traces de son compagnon dans la neige, découvre le secret des amants et s'en désole. Il avertit Marc de prendre garde, sans toutefois lui révéler tout ce qu'il sait.

Eilhart et Gottfried situent à cet endroit du récit l'épisode des faux. Marc, ou un nain hostile aux amants, dispose entre la couche de Tristan et le lit royal des faux sur lesquelles Tristan se blesse. Le hasard veut qu'Arthur et ses chevaliers soient aussi dans la chambre et se blessent volontairement à leur tour pour déjouer les soupçons.

A partir d'ici, divergent les traditions de Béroul et de Thomas. Selon Béroul, dont le fragment commence à cet épisode, Marc, averti par le nain, se cache dans un pin pour épier les amants. Mais ils aperçoivent à temps son visage dans le reflet d'une fontaine et ne se trahissent pas.

Ensuite, toujours selon Béroul, vient l'histoire de la fleur de farine répandue autour du lit royal. Tristan évente le piège en rejoignant Yseut d'un bond, mais une blessure récente qu'il s'est faite à la chasse se rouvre. Le sang marque les draps. Les amants sont condamnés au bûcher. Tristan parvient à échapper à ses gardes et libère Yseut que Marc avait livrée à des lépreux. Ils s'enfuient dans la forêt du Morois, avec Governal, et le chien de Tristan, Husdent, les y rejoint.

Marc, sur la dénonciation d'un forestier, surprend le couple dans une loge de feuillage. Mais entre leurs deux corps endormis, Tristan a posé son épée. Troublé par ce signe qui permet de croire à la chasteté des amants, Marc les épargne.

Libérés de l'aliénation provoquée par le philtre, les amants consentent à se séparer. L'ermite Ogrin négocie le retour d'Yseut auprès de Marc. Au lieu de partir pour l'exil, comme il s'y était engagé, Tristan demeure près de Tintagel. Les ennemis du couple contraignent Yseut à un serment solennel. Tristan, déguisé en lépreux, aide Yseut à franchir le bourbier du Mal Pas en la portant sur son dos. Yseut jure sur les reliques qu'elle n'a tenu aucun autre homme entre ses jambes que Marc et le lépreux.

Thomas et Gottfried présentent une autre version de la légende : chez eux, les amants, avertis que Marc les surveille, communiquent par le moyen de copeaux que Tristan jette dans un ruisseau qui passe au-dessous de la chambre d'Yseut. Vient alors le récit du rendez-vous épié, puis celui de la fleur de farine, aussitôt suivi du serment d'Yseut, qui est une ordalie, c'est-à-dire un jugement de Dieu : Yseut doit tenir entre ses mains une barre de fer rougi. Préalablement, Tristan s'est déguisé en pèlerin et a porté Yseut sur son dos de la barque où elle se tenait jusqu'à la terre ferme.

Tristan s'exile et conquiert le chien Petitcru sur le géant Urgan le Velu. Le grelot de l'animal fait oublier toute souffrance. Il envoie Petitcru à Yseut qui, pour mieux compatir aux maux de son ami, arrache le grelot et rompt l'enchantement.

Yseut obtient de Marc le retour de Tristan. Mais les imprudences du couple provoquent la colère du roi qui les chasse. Ils se réfugient dans une grotte merveilleuse, où Marc les découvre endormis, séparés par l'épée. Le roi leur permet de revenir à la cour.

Ici se situe la scène du verger, premier fragment conservé de Thomas. Surpris une fois de plus par Marc, les amants doivent se séparer. Yseut donne son anneau à Tristan qui s'enfuit en Espagne, où il vainc un redoutable géant. Puis Tristan se rend en Armorique, où il épouse la princesse Yseut aux Blanches Mains.

*6) La vengeance de Tristan :*

Cette suite d'épisodes est relatée par Béroul. Tristan tue ses ennemis. Le fragment de Béroul s'achève sur la relation de ces meurtres successifs.

*7) Les dernières épreuves :*

Tristan revient à plusieurs reprises en Grande-Bretagne, sous des déguisements divers. Il est accompagné, la première fois, par son beau-frère Kaherdin, qui devient l'ami de Brangien.

Mais un malentendu éclate : Tristan et Kaherdin ont dû quitter précipitamment leurs maîtresses; Brangien croit que Kaherdin a fui Cariadoc. Ce chevalier a en effet défié Kaherdin, et prétend d'autre part à l'amour d'Yseut. Brangien, lors d'un nouveau voyage de Tristan en Bretagne, l'écarte d'Yseut, et Tristan va mourir de chagrin, quand un heureux concours de circonstances lui permet de regagner l'amitié de la jeune femme et de connaître un peu de bonheur auprès de la reine.

Revenu en Armorique, Tristan combat Estout l'Orgueilleux Castel Fier et ses frères, pour reconquérir l'amie de Tristan le Nain qu'Estout a enlevée. Tristan le Nain périt, et Tristan, blessé par une arme empoisonnée, demande à Kaherdin d'aller quérir Yseut en Grande-Bretagne. Yseut aux Blanches Mains, cachée derrière une cloison, apprend ainsi le secret de son mari.

La nef qui ramène Kaherdin avec Yseut en Armorique est retardée par une tempête, puis par le calme plat. Quand elle paraît au large, Yseut aux Blanches Mains répond à Tristan qui l'interroge que le navire arbore des voiles noires : ce signal implique l'échec de Kaherdin. Tristan se laisse alors mourir.

Yseut a débarqué. Elle rejoint son ami, s'étend à ses côtés et meurt à son tour de chagrin [1].

---

1. La mort des amants se retrouve dans le texte syrien (xiie siècle) de *Kais et Lobna* : Kais, amant de Lobna, a lui aussi épousé une autre Lobna et fait venir son amie au moment où, blessé à mort, il ne peut attendre que d'elle son salut.

# INTRODUCTION

## I. Les romans français de Tristan

Version commune et version courtoise : ainsi définit-on depuis Joseph Bédier les deux traditions de Béroul et de Thomas. Je parlerais plutôt de version épique et de version lyrique, et j'ajouterai une troisième tradition, celle de la version chevaleresque illustrée par le *Tristan en prose*.

La version épique se caractérise par une écriture à la fois objective et tragique. Peu d'analyses psychologiques, mais une suite de récits coupés de dialogues où prédominent les tirades. Beaucoup d'exhortations au public, qui ont pour fin de nouer entre l'auteur, l'auditeur et les personnages une participation émotive intense. La trame narrative est volontiers discontinue : le texte présente une série de tableaux. Tout ceci évoque la chanson de geste. La matière est traitée de façon assez brute : des épisodes sont intégrés dont on se demande ce qu'ils viennent faire dans le contexte, comme l'histoire des oreilles de cheval dont Marc est affligé. Tout se passe comme si Béroul avait mis bout à bout des lais un peu disparates et point toujours cohérents entre eux; d'où les contradictions de cet ensemble, dont la moindre n'est pas celle-ci : il y a trois félons ennemis du couple; Tristan en tue un, et ils sont toujours trois! G. Raynaud de Lage a voulu démontrer qu'il y avait, dans ce poème hétéroclite, deux romans successifs, d'auteurs différents.

On peut penser aussi que ce *Tristan* est, comme beaucoup d'œuvres médiévales, un travail d'atelier, sous la direction d'un maître : si le maître est attentif à la rigueur de l'ensemble, l'œuvre prend une structure logique, et satisfait notre goût moderne de la cohérence; mais le public médiéval n'est point si exigeant, et il faut croire qu'il attachait plus de prix à la facture de détail. Débité en séances de lecture, devant un auditoire probablement féodal, le texte n'appelait pas le fini des œuvres classiques. Ce qui importait aux auditeurs, c'était la manière dont était contée une histoire forte, brutale, ardente, qui confrontait avec vigueur un amour fatal déjà pénétré de courtoisie, et la société aristocratique de l'époque fondée sur la loyauté du vassal à l'égard du seigneur.

Thomas écrit-il avant ou après Béroul? Faut-il prendre au sérieux l'allusion de ce dernier à un « mal d'agre » qui serait une épidémie de peste à Saint-Jean d'Acre en 1191? Ne faut-il pas considérer ce passage comme une interpolation? La date de Thomas, quoique floue, est mieux établie : son *Tristan* est antérieur au *Cligès* de Chrétien de Troyes et remonterait à 1170 environ. Le *Tristan* de Thomas est lyrique dans la mesure où il multiplie les monologues affectifs qui développent une rhétorique familière aux troubadours et aux trouvères. Ces monologues traitent volontiers de casuistique courtoise. Le dialogue à distance entre les amants évoquerait des genres comme la *tenson*. Enfin, Thomas est peu sensible aux problèmes proprement féodaux qui inquiètent Béroul : il escamote le drame « vassalique » qui se joue entre Marc, le seigneur, et Tristan, son homme-lige. Thomas situe l'amour sur son vrai terrain, qui est celui du cœur et des déchirements psychologiques. Il laisse délibérément de côté les aspects religieux de la tragédie. Dieu est désormais le témoin suprême et non plus le complice du couple. Aucune allusion à l'ermite Ogrin dans la *Folie* d'Oxford, qui relève de la tradition illustrée par Thomas : le conflit qui pointait chez Béroul entre l'Église qui juge et le Dieu qui pardonne et qui aide s'estompe dans ce poème dont la profanité provocatrice éclate lors du salut final à tous les amants. Le *Tristan* de Thomas est un texte courtois, mais c'est une courtoisie païenne, qui s'est dépouillée des élans spirituels dont la *canso* occitane restait imprégnée. Il n'y reste que l'absolu de l'amour.

Cet absolu de l'amour, Gottfried s'en fera le chantre, et après lui, la saga norroise. Richard Wagner est le dernier de cette lignée de poètes et de conteurs qui ont glorifié la sombre malédiction de la passion totale. Pour ceux-là, le philtre n'est qu'un artifice, et ce que vivent les amants est la conséquence de leur abandon à une frénésie dont ils sont conscients et responsables. On comprend que Thomas ait dû paraître intolérable à l'humaniste qu'était Chrétien de Troyes, si inquiet de concilier l'amour, la morale et le christianisme. En même temps que le mythe se répand, romanciers et moralistes cherchent à le conjurer. On hésite à recopier le texte des *Tristan* en vers, d'où le délabrement de la tradition manuscrite : un seul exemplaire, très mutilé, pour le poème de Béroul, un seul pour chacune des deux *Folies,* quelques fragments dispersés du *Tristan* de Thomas, plus le court *Chèvrefeuille* de Marie de France : il ne reste de cet ensemble que des parties dont il n'est pas sûr que ce soient les plus belles, parce que le hasard seul, et non un choix raisonné, a présidé à leur survie.

Fut-ce sous Louis VIII, persécuteur des Cathares, ou sous la régence de Blanche de Castille, vers 1230, qu'apparut l'anti-Tristan par excellence, je veux dire la version chevaleresque? Le *Tristan en prose* remodèle les amours du héros et les ramène à un schéma désormais admissible : Tristan, autre Lancelot, mérite Yseut par sa prouesse. On lui suscite un rival, le beau Palamède. La possession de la dame récompense l'exploit accompli au service de la société. L'œuvre séduit d'autant plus qu'elle capte toute l'épopée arthurienne et s'enrichit même d'une quête du Graal! Dès lors, on ne recopie plus les vieux poèmes. Mais que de trésors à jamais disparus! Les enfances Tristan, son combat contre le Morholt, les deux épisodes irlandais, la scène du philtre à bord de la nef, Joseph Bédier les a reconstitués admirablement, à partir des versions étrangères, du texte en prose et des *Folies;* mais c'est une reconstitution à la Viollet-le-Duc, et le plus grand Thomas nous restera probablement à jamais inconnu.

Il était nécessaire que parût une traduction intégrale des passages subsistants. Ce qui frappe dans ces textes est leur modernité. Les *Tristan* en vers sont des poèmes de la violence. Tout s'y révèle exaspéré : les élans amoureux comme la vengeance. Constante est l'hyperbole. Ni Béroul ni Thomas ne pratiquent l'art de la litote. Chez eux, le langage ne cherche pas à masquer le scandale. Il faut que les vraies questions soient posées, et avec force. Le public féodal et le public courtois (mais ce sont les mêmes) souhaitent, consciemment ou non, cette formulation brutale qui manifeste les contradictions entre la *fin'amors* et la fidélité vassalique, entre la générosité de l'amour et les interdits de la loi, entre les devoirs de caste et les exigences de la passion. Il est à cet égard un passage étonnant : celui où Tristan et Yseut, dans le roman de Béroul, sont libérés de leur enchantement et traversent une phase de remords. Ils viennent de connaître le bonheur rêvé : celui du couple enfin seul au monde; ils ont vécu dans la forêt, traqués, dépenaillés, mais nourris de gibier, et point si dépourvus. Or, tout à coup, ils se souviennent. Ils ont trahi non point Marc, non point Dieu, mais ceux qui dépendaient d'eux-mêmes. Tristan était de tous les chevaliers celui qui, par sa prouesse et par la confiance du roi, avait mérité de se voir confier l'instruction militaire des jeunes hommes d'armes. Yseut, en tant que reine, avait à doter les demoiselles de la noblesse pauvre, et à les marier à des seigneurs. Ce qui transparaît ici, c'est le conflit entre les *juvenes* en quête de domaines, et les nantis, ceux qui siègent au conseil du roi. Ce sont ces nantis qui dénoncent Tristan, qu'ils jalousent, en feignant de veiller à l'honneur de Marc. Tristan les a bafoués en acceptant des combats qu'eux-mêmes, trop soucieux de leur bien-être, ont refusés. L'un d'eux s'appelle Ganelon, et point par hasard. Il est, comme son homonyme de la *Chanson de Roland,* un seigneur qui a du bien au soleil, et qui refuse l'aventure. De ce refus à l'ordre moral : Béroul est plus logique qu'on ne pense. Il condamne la fourbe, mais aussi l'orgueil de ces barons qui, à la moindre crise, menacent de se retirer dans leur château, compromettant ainsi l'unité du royaume. A l'heure où les souverains anglo-normands et français s'acharnent à réaliser l'unité de leurs états, ils représentent la tentation du retour à un émiettement du pouvoir entre grands vassaux. Il y a une critique politique sous-jacente chez Béroul, et qui va loin. Dans le parti des amants, un seul de ces seigneurs figure : Dinas de Dinan, parce qu'il cultive l'amitié, et donc les vertus chevaleresques. Mais il y a aussi le peuple, qui se souvient des exploits de Tristan, et qui lui est reconnaissant d'avoir mis fin à l'odieux tribut prélevé par le Morholt.

Béroul n'accable pas les humbles. Ne sont vils dans le peuple que les ennemis de l'amour : le forestier qui dénonce les amants, ou encore les lépreux, mais la maladie n'est-elle pas une punition du ciel, et la lubricité de ces misérables une conséquence de leurs maux? D'ailleurs, ni Tristan, ni Governal, ne les tuent : ils se contentent de leur administrer une dure correction. Béroul ne s'acharne que sur les perfides : ainsi du nain, qui l'inquiète d'autant plus qu'il connaît les secrets du ciel. Dans ce monde chevaleresque, on n'aime guère celui qui sait trop de choses. La science du nain est maléfique, parce qu'elle se fonde sur des secrets. Mais celle d'Ogrin, qui est d'Église, est respectable. Ogrin sait rédiger de sa main une lettre. Étrange ermite, qui achète des étoffes précieuses pour la reine et négocie le retour du couple à la cour sans exiger de lui la pénitence que nous attendions qu'il imposât!

Mais Ogrin n'est peut-être pas prêtre, et l'ermite des œuvres romanes est un *preudom,* c'est-à-dire un chevalier repenti. De vrais clercs, il n'en est guère dans les *Tristan.* On y entend la messe et l'on jure par les saints, mais la religion y paraît bien étrange. L'intention seule, et non l'acte, fait le péché; les amants ne sont point coupables, puisqu'ils ne veulent pas mal faire; et Yseut consent à un serment qui joue sur les mots. L'innocence de la volition justifiant la conduite, voilà qui évoque Abélard. Mais Béroul n'est pas abélardien : mieux vaut dire qu'il illustre à sa manière un nouvel esprit moins formaliste dont Abélard s'était fait le héraut. C'est dans cette perspective qu'il faut lire l'épisode du Mal Pas : Yseut triche, mais en toute bonne conscience, puisqu'elle ne se sent pas responsable de son adultère. Elle ne ment pas à Dieu, qui n'est pas dupe : elle ne ment qu'aux hommes, qui ont la sottise de prendre les discours à la lettre.

Yseut triche. Mais les *Tristan* en vers proclament les droits imprescriptibles de la passion. Celui qui aime vit par-delà le bien et le mal. L'idéologie courtoise est ici à la fois présente et dépassée. Le troubadour et le trouvère se cherchent des justifications : leur désir est licite, puisque, par le *melhurar,* il contribue à les rendre plus généreux. *Le Chevalier de la Charrette* et plus tard les romans en prose hériteront de cette éthique ; Béroul et Thomas s'en dégagent avec éclat, Thomas surtout, chez qui Yseut ne recule même pas devant les crimes les plus odieux. Hasard ou censure, la perte du passage où la jeune femme tente de faire disparaître Brangien à qui elle a demandé de se substituer à elle le soir de ses noces ? Brangien rappelle brutalement à Yseut son crime au cours d'une scène de chantage où la reine, désemparée, fait piètre figure. Thomas expose et ne juge pas. Il se contente de souligner, par l'abondance des termes affectifs, l'intensité de la souffrance éprouvée sans cesse par le couple et par ceux qui se trouvent malgré eux entraînés dans la contagion du malheur : ainsi de Brangien et de l'autre Yseut, ainsi de Marc, de Kaherdin et du pauvre Cariadoc. Les discours de l'auteur soulignent ce registre douloureux : appel évident à la participation de l'auditoire, plus objectif et moins contraignant que les exhortations bérouliennes, parce que le poète peint et constate plus qu'il ne force la pitié par des impératifs de type : *Oyez, seignor.* Thomas a le sens de la tragédie, où l'horreur s'unit à la compassion dans le cadre d'une représentation pour ainsi dire extérieure à l'auteur lui-même, qui jette ses personnages sur la scène, dans la crise où ils se débattent.

Le poète ne veut pas prendre parti. Il ne plaide pas une thèse, mais il expose un *essample* : son but, on pourrait dire son projet, est de réaliser une synthèse entre différentes traditions (et Thomas affirme volontiers cette volonté de synthèse) pour que son *Tristan* soit une illustration de toutes les situations amoureuses possibles. Non qu'il s'agisse d'un art d'aimer : ses héros ne sont point des modèles, mais des miroirs où les amants (tous les amants, même les « pervers ») « se puissent recorder », c'est-à-dire se retrouver en confrontant leur expérience avec celle du couple.

La fin du poème est très claire : le *Tristan* de Thomas est consolant (permet d'*aveir confort*) parce que les malheurs ordinaires des amants n'ont aucune commune mesure avec cette tragédie qui, pour reprendre la formule de Camus, mène Tristan et Yseut « jusqu'au bout de leur destin ». Thomas a eu l'ambition de donner à la passion sa dimension la plus absolue. Il pousse la chose jusqu'à l'absurde : la complainte d'Yseut sur la nef frise le ridicule, lorsqu'elle exprime avec une logique presque caricaturale le rêve d'une mort identique pour elle et pour Tristan : puisque je vais mourir noyée, il faut que Tristan périsse noyé lui aussi; Dieu nous permettra d'avoir la sépulture commune... d'un même poisson ! Il est vrai qu'Yseut se reprend : qu'irait faire Tristan à naviguer comme elle ? Mais il est vrai aussi que ce texte exprime avec vigueur la folle aspiration d'une totale communauté de destin entre un homme et une femme que l'absence ne parvient pas à désunir, et qui cultivent la communion à distance jusqu'au masochisme. La véritable raison du mariage de Tristan n'est pas seulement le souci qu'il a de vivre la tension qui déchire Yseut donnant son corps à Marc et son cœur à l'ami lointain; c'est aussi la volonté de s'infliger une souffrance nouvelle, plus torturante encore que celles qu'il a déjà subies : celle de l'abstinence volontaire, du mensonge et du remords. A cette nouvelle macération répondra beaucoup plus tard le geste d'Yseut s'imposant le port d'un cilice. Les personnages ne se punissent pas de leur amour, mais tout se passe comme si la douleur leur donnait un moyen supplémentaire d'éprouver plus intensément la rage d'aimer.

Le masochisme est une forme extrême de la sensualité. Thomas est plus frémissant que Béroul. Il associe volontiers les peines et les angoisses de la passion, et ses voluptés. Tristan et Yseut sont hantés par le souvenir de leurs *délits,* c'est-à-dire de leurs plaisirs. Le texte parle aussi volontiers du *déduit* amoureux, et désigne la « dame » sous le terme de *drue,* qui signifie « maîtresse » au sens fort. Autre mot important du poème : le mot *désir* qui, dans les dernières pages, revêt une acception nouvelle puisqu'il s'agit désormais d'une aspiration vitale. En effet, si la reine tarde à venir, Tristan mourra. Mais ce sens n'est-il pas constant d'un bout à l'autre du poème ? La sentence du *Chèvrefeuille* (« Ni vous sans moi, ni moi sans vous ») explique cette étrange symbiose que les traducteurs en haut allemand vont systématiser : les amants ne peuvent se séparer longtemps sans mourir. D'où ces quêtes renouvelées, ces voyages successifs de Tristan à la cour de Marc, sous des accoutrements divers. Leur répétition peut sembler fastidieuse; et les *Folies* confèrent à ce motif du pèlerinage amoureux une autre splendeur poétique! mais Thomas a su peindre avec puissance une première agonie de Tristan, martyr d'Eros, se laissant mourir sous un escalier comme Alexis, martyr du vrai Dieu, consentait à son destin sous les « degrés » de sa propre maison. Le rapprochement n'est pas fortuit, mais quel abîme entre l'apothéose de l'élu et le désespoir de l'amant! Ici apparaît l'échec du rêve courtois, qui voulait susciter, à côté du saint, du sage et du héros, un quatrième idéal, celui du *fin amador*.

Thomas n'est pas un authentique poète courtois. Il emprunte à la courtoisie des motifs comme celui du service d'amour, mais il ne croit guère à la stratégie de la *fin'amors*, qui exige toute une démarche d'aveux et de refus. Il n'en retient qu'une idée-force : l'amant doit glorifier la dame — d'où la fureur de Brangien contre Kaherdin quand elle croit que celui-ci a fui Cariadoc. Chrétien de Troyes est beaucoup plus orthodoxe que lui quand il compose *le Chevalier de la Charrette* pour Marie de Champagne. Ce n'est point par son idéologie que le poète anglo-normand pouvait séduire son public. Est-ce la raison pour laquelle il recourt, pour le flatter, à des procédés plus triviaux?

Parmi ces procédés, l'éloge. La description de Londres, cette ville où l'on sait vivre et où les bourgeois sont particulièrement avisés, semble être un appel à la générosité d'un public anglo-normand (voire anglo-saxon) qui n'est sans doute pas toujours aussi aristocratique qu'on le dit. Il est alors question d'échanges et de commerce. Notons que l'argent joue dans les *Tristan* un rôle assez considérable. Béroul peint Yseut comme une femme intéressée : au Mal Pas, son ami, déguisé en lépreux, sollicite l'aumône des passants; or elle lui recommande de lui remettre sans faute et au plus tôt le produit de sa quête, pour qu'elle en fasse l'inventaire dans sa chambre. Avarice, ou juste peinture d'une condition féminine assez précaire? On respecte la dame, mais c'est son mari qui détient le pouvoir économique. Il apparaît que le Normand Béroul et l'Anglo-normand Thomas sont très attentifs à ces réalités financières. Les troubadours étaient beaucoup moins attachés à ce genre de détails...

Voici qui amène à parler du « réalisme ». Les *Tristan* sont des documents de premier ordre, mais il faut prendre garde, car le monde qu'ils décrivent est à la fois chimérique et vrai. On dira qu'il en va de même dans tous les romans. Mais Béroul, mais Thomas, qui idéalisent moins que Chrétien, dessinent un espace finalement abstrait : les lieux y sont restreints, entre la cour, avec ses intrigues et ses pièges, le désert, lande ou forêt, c'est-à-dire refuge, et puis la mer, toujours présente, et dépeinte avec un art trompeur : la tempête, chez Thomas, doit peut-être beaucoup à la rhétorique, encore que l'abondance des termes de marine dénote, de la part du poète, une certaine expérience de la navigation. Les autres éléments du décor : les roseaux du Gué Aventureux, les bourbiers du Mal Pas, ajoutent quelques touches plus précises, mais la spatialité des *Tristan* est avant tout celle du cœur : il y a les endroits de la rencontre, tels que le verger ou le lit sous courtine, et ceci vient de la *canso* d'amour; il y a les endroits de la fuite, comme la gâtine, et ils sont infiniment moins dangereux que la chambre ou le jardin, où l'on épie, où l'on dénonce. Et par-delà cette terre des hommes, où la mort est partout présente, s'étend l'Océan, qui sépare les mondes et les amours. La Petite Bretagne est le pays du malheur. L'Irlande est l'île des enchantements. La navigation, par vent favorable, devient une fête; alors le flot unit, et la traversée prélude à la retrouvance. Mais vient le moment où Dieu semble dire non, déchaînant la tempête puis, pire encore, le calme plat — alors que la terre est en vue. Il faut que le roman s'achève, sur un échec et sur un triomphe. Qu'Yseut arrive trop tard, et qu'elle consente à mourir.

Il est plus long d'aller d'Armorique jusqu'à Londres que de faire le trajet inverse : les vents et les courants imposent à Kaherdin un voyage de vingt jours, et six lui auraient suffi pour revenir, si le destin ne s'en était mêlé. Tout ceci est très plausible, de même que, chez Béroul, la chevauchée de Perinis qui, en dix jours, se rend de Tintagel à Caerlion, près de Cardiff, puis à Lincoln en Écosse, et revient enfin à Tintagel, après une course dont la célérité est évidemment présentée comme un exploit. Il paraît que c'était possible, pourvu que les relais fussent assurés où le messager pût changer de monture. Mais cela supposait des étapes quotidiennes de quarante lieues !

Les *Tristan* en vers seraient sur ce point « réalistes ». Le sont-ils encore lorsqu'ils décrivent le palais de Marc ? Celui-ci peut paraître archaïque. Selon Béroul, il est ceint d'une palissade et non de remparts. En bas, la salle commune, où le roi tient conseil. En haut, la chambre royale et les appartements privés. Tristan, aussi longtemps qu'il est admis à l'intimité de Marc, dort près du lit de son seigneur, qu'il peut gagner d'un bond, mais dispose-t-il lui-même d'un vrai lit ou d'une simple paillasse? Sous la demeure court un ruisseau, par lequel le héros fait parvenir sous forme de bouts de bois taillés ses messages à son amie : s'agit-il, comme en l'abbaye de Royaumont partiellement bâtie sur un cours d'eau, d'un commode tout-à-l'égoût ? Les *Tristan* donnent maint détail sur la vie quotidienne de l'aristocratie. On y jonche le plancher de lattes de roseaux; on y sonne avec un cor les différents moments du festin. On y assiste au conseil des barons, aux compétitions sportives entre chevaliers, aux chasses en forêt ou en rivière, ou aux cérémonies publiques, qui ne sont pas rares. Les descriptions de fêtes ou de costumes sont minutieuses. Mais point de lourdeur : combats et tournois sont expédiés en quelques mots, et les coups donnent lieu à une relation beaucoup plus allusive que celle de leurs effets. Car Béroul et Thomas se complaisent à la peinture de l'horrible. Le crâne de Godoïne craque lorsque la flèche de Tristan le traverse; et la blessure qui va emporter le héros est si infecte qu'elle pue. Ici, l'épée ne fend pas cheval et cavalier jusqu'à terre, et le guerrier mourant ne perd pas ses entrailles, mais l'extrême insistance du poète à montrer le détail insoutenable est plus cruelle encore, parce qu'on y croit. Est-ce un nouveau trait de provocation ?

Les *Tristan* cultivent l'art du paroxysme. Ceci les amène parfois à déformer le réel : non point lorsqu'ils peignent le cadre matériel de l'action ou les modalités physiques d'un événement qui affecte tel ou tel personnage, mais lorsqu'ils s'aventurent sur le terrain des institutions. Voilà qui peut sembler paradoxal, quand il s'agit de textes si exacts dans leur manière d'appréhender la société du temps. Mais la reine adultère, au XIIe siècle, n'est plus conduite au bûcher. Serait-elle soumise au jugement de Dieu ? Ce sont là des péripéties dramatiques, retenues comme telles par des poètes conscients de leur intérêt romanesque. Ils savent, et leur public sait, que ces épisodes viennent d'un passé barbare. L'important est qu'ils permettent à l'action de rebondir.

On ne meurt pas d'amour. L'histoire de Tristan est un beau mythe. Mais l'essentiel est qu'elle fascine. Béroul et Thomas savent l'imposer à notre crédibilité. Pour eux, il s'agit d'une *estoire,* c'est-à-dire d'une légende. Mais une légende, à l'époque romane, n'appartient pas à l'imaginaire. Tristan et Yseut ont vécu à l'époque d'Arthur, donc dans un temps historique réel. Béroul fait de Marc le vassal de ce grand roi; Thomas, plus vague, n'évoque sa figure que lorsqu'il relate le pittoresque intermède du manteau de barbes. Le fait que Marc règne à Londres ne gêne pas notre poète, qui esquive la question de savoir comment le pouvoir sur la Grande-Bretagne entière lui a été transmis ! Décidément, Thomas ne se soucie guère de politique. Il prétend à l'authenticité de sa version, mais il en fait une

œuvre intemporelle. Il va droit au but, c'est-à-dire à la tragédie.

Il y aurait encore beaucoup à dire sur ces grands textes.
Romans de la cruauté, romans de l'aventure, les *Tristan* sont
aussi les romans de grandes amitiés. Le compagnonnage qui unit
le protagoniste à son beau-frère Kaherdin et, dans le roman
en prose du XIIIe siècle, la dévotion que voue Dinadan au héros
qu'il vengera, mettent en scène une fraternité dans la compassion
dont il est beaucoup d'exemples dans les œuvres médiévales. Ces
relations extrêmement affectives caractérisent le milieu des
*bachelers*. Les œuvres développent à l'envi l'image d'une *ami-
citia* qui, par son désintéressement, est conforme aux modèles
définis par Cicéron et Sénèque. Quand il s'agit d'un poète
aussi lettré que Thomas, de telles références ne sont pas arbitraires. Mais l'amitié s'exerce aussi, sous forme de tendresse,
entre l'oncle et le neveu, le seigneur et son chevalier, je veux
dire Marc et Tristan. Tristan est le fils de la sœur de Marc, et l'on
retrouve ici un type de parenté dont l'anthropologie structurale
a souligné le caractère privilégié. Mais le lien qui unit le roi
et son rival prend ici une tonalité particulière. Marc est surtout
sensible à une affection qui le pousse à se boucher les yeux, à
ne pas entendre, à saisir au vol le moindre indice qui détour-
nerait ses soupçons. Et pourtant Marc peut devenir odieux
dès que sa rancœur attise sa haine. Et il reste imbu de ses privi-
lèges royaux, lorsqu'il laisse, dans la hutte de feuillage où il
a surpris les amants, les signes de son autorité : l'épée, l'anneau
et le gant qui symbolisent l'hommage et la dépendance à l'égard
du *dominus* ou du mari.

En définitive, les *Tristan* ne sont pas seulement des romans
d'amour et de mort. Ce sont de véritables « comédies humaines »
qui donnent une image globale de l'aristocratie romane, de ses
contradictions et de ses valeurs. Et ce sont aussi des poèmes,
où interviennent des figures lyriques nombreuses et efficaces.
Par exemple, les formulations répétitives, qui constituent comme
des refrains. Béroul est ici tout aussi poète que Thomas. Mais
moins que les auteurs des *Folies*.

Ces deux poèmes traitent le même sujet selon des modalités
très différentes. Le texte du manucrit de Berne, plus court et
quelquefois plus nerveux, s'inscrit dans la tradition de Béroul,
dont il utilise les personnages. Le texte du manuscrit d'Oxford
est à la fois plus lent, plus plaintif et plus délirant. Le discours
du héros sur son palais imaginaire en plein ciel développe un
motif particulièrement chargé d'évocations fantasques : celui
de la lumineuse chambre de verre où le sot rejoindra Yseut.

Ce passage exprime avec une intensité toute visionnaire la singulière nostalgie d'un ailleurs impossible. Puis le héros rappelle à la reine, qui le prend pour un enchanteur, tout ce qu'ils ont vécu ensemble depuis la mort du Morholt : précieux résumé du poème de Thomas! Mais ce résumé est un texte vivant, chargé de tendresse et scandé par les exhortations au souvenir. La *Folie* de Berne paraît sèche à côté de l'autre, si fervente et par moments si angoissée. Mais le fou y joue peut-être mieux son rôle. C'est un vrai bouffon dont aucune censure ne bloque le langage. Il se montre grossier, voire obscène, il semble procéder de quelque fête carnavalesque où triomphe l'irrespect de la démystification. Mais le but de Tristan n'est pas de contester la société, puisqu'il veut seulement conquérir quelques instants de bonheur avec une Yseut longtemps maintenue dans le doute. Car les *Folies* posent cruellement un problème crucial : celui de la connaissance par l'amour, celui de la communication.

Le tragique est ici double. Yseut ne veut pas reconnaître Tristan, même lorsque celui-ci lui révèle leur passé commun le plus intime. Le texte, à ce moment, dépasse toute crédibilité possible : Marc est là, et sa cour; Tristan leur dit tout; et pourtant ils rient, et ne s'étonnent pas une seconde de ces propos qui ne sont même plus incohérents ni décousus. Yseut souffre, et Tristan s'acharne. Mais il vient un instant où nous le croyons pris à son propre piège. Les amants sont maintenant seuls, avec Brangien qui a déjà identifié le fou. Yseut s'obstine à repousser l'intrus : Tristan parviendra-t-il à la convaincre? A la fin des deux poèmes, il apparaît qu'en fait il n'en a jamais douté. Il retire son grimage et retrouve sa voix normale : Yseut se jette dans ses bras. Pourquoi a-t-il si longtemps prolongé son jeu cruel? Les auteurs ne s'en expliquent pas. Mais on devine où le héros veut en venir : à ce qu'Yseut, à bout d'arguments, confronte la beauté et les vertus de son amant à la pauvre apparence du sot. A ce qu'elle lui réexprime à cette occasion son amour. Parce que le langage est l'expression du cœur. Parce que la passion est un long discours. Dans tous les *Tristan,* les amants languissent de ne pas se parler. Ils substituent à ce silence obligé un monologue nécessairement narcissique. Les *Folies* permettent enfin, et provisoirement, d'exercer ce pouvoir des mots dont le couple écartelé par l'absence est en quelque sorte frustré. D'où le déferlement du locutif. Jusqu'au terme du poème exclusivement : Tristan est alors dans les bras d'Yseut; il a trouvé « bonne auberge »; les amants se taisent et le poète aussi.

La passion a besoin de stances, mais non la communion. Le langage passe alors le relais au plaisir. Car il n'est qu'un instrument, d'ailleurs dangereux : Tristan même s'y laisse prendre. Il a épousé l'autre Yseut pour son nom, il périt d'avoir secouru un autre Tristan, lui aussi mort par amour. Dans cet univers de fraude, le piège des mots est peut-être le plus redoutable. Et l'homonymie ne recouvre pas une identité de nature. Yseut aux Blanches Mains perd délibérément son mari en lui annonçant que la voile est noire. Discours mortel. Tristan le Nain, sans le vouloir, est son complice, qui a reproché à Tristan l'Amoureux un autre discours : un amant aussi exemplaire n'a pas le droit de remettre au lendemain l'aide promise à un chevalier privé de sa dame. Cette tirade pique au vif Tristan, qui part trop vite vers son destin, et improvise hâtivement une téméraire embuscade. Mais il fallait bien que le roman s'achevât. Imagine-t-on Tristan et Yseut comblés? La série des quêtes ne pouvait être indéfinie. La page se ferme. Nous n'avons même pas droit au beau dénouement de l'arbre qui s'épanouit sur la tombe : il n'apparaîtra que dans le *Tristan en prose*. Thomas préfère conclure sur le désespoir.

## II. Établissement du texte

Un seul manuscrit de Béroul. Un seul manuscrit pour chacun des fragments de Thomas, sauf pour le dernier où interviennent plusieurs versions; un seul manuscrit des *Folies;* deux manuscrits du *Chèvrefeuille.* Beaucoup de fautes, surtout dans les textes anglo-normands. Les scribes d'Outre-Manche ne prêtaient plus aucune attention à la régularité de l'octosyllabe. Faut-il rétablir la mesure exacte du vers? Bédier avait pris ce parti, mais non Bartina H. Wind, dont l'édition de Thomas fait aujourd'hui autorité. Je ne la suivrai pas sur ce point. La versification anglo-normande se délabre dès avant la version d'Oxford du *Roland,* mais je me plais à penser que les auteurs eux-mêmes respectaient la métrique pratiquée sur le continent... La plupart des vers de Thomas, dans les fragments conservés, sont justes. Une grande partie répond aux règles si l'on pratique une élision, ou si au contraire on n'élide pas un *e* muet en hiatus, ou encore si l'on substitue à une forme verbale insulaire une forme verbale plus conforme à la morphologie de l'ancien français. Enfin, la langue des textes littéraires médiévaux est arbitraire et composite. L'orthographe même échappe encore au système. Je me sens donc en droit d'opérer quelques retouches qui ne modifient pas la structure de la phrase et ne changent rien à son sens.

J'aurais pu adopter les corrections de Joseph Bédier. Je le fais souvent, mais pas toujours. Nous savons que la confusion entre *qui* et *que* est fréquente au Moyen Age, ou que la place des pronoms personnels est plus flottante que ne l'affirment les grammairiens modernes. J'ai maintenu la plupart de ces anomalies syntaxiques, de même que j'ai maintenu la plupart des graphies, qui me semblent souvent significatives de la prononciation anglo-normande du XIIIe siècle (date du manuscrit Douce) : ainsi de *lé* pour *les, muer* pour *muert,* etc.

Il ne faut pas généraliser à toutes les œuvres médiévales les règles que Joseph Bédier a édictées pour le *Lai de l'Ombre.* Là où une comparaison est possible entre plusieurs manuscrits de Thomas : Douce et Turin, ou Strasbourg, ou Sneyd, on s'aperçoit que les variantes sont pour la plupart insignifiantes, et ne mettent en cause que les graphies et le compte des syllabes. Remarquable est alors la convergence de la tradition manuscrite, sauf tout à fait à la fin, lors de la mort d'Yseut, où la version Sneyd témoigne de ce qui me semble être une certaine recherche lyrique : ainsi la répétition du même vers dans la séquence :

> « Amis Tristans, quant mort vus vei,
> Par raisun vivre puis ne dei.
> Mort estes pur l'amur de mei,
> Par raisun vivre puis ne dei. »

Le manuscrit Douce donne une leçon plus conforme aux lois de la versification romanesque, puisqu'il ne transcrit pas les deux derniers vers de ce quatrain. Mais le scribe du manuscrit Douce a considérablement abrégé ce dénouement. Je me crois donc autorisé à suivre ici la leçon du manuscrit Sneyd, qui sera d'ailleurs mon manuscrit de base pour les tout derniers vers, absents du manuscrit Douce.

Dans les manuscrits médiévaux, la disposition des paragraphes est indiquée par la répartition des lettrines. Il arrive que celles-ci se distribuent sans autre loi que l'esthétique de la page (de façon que les lettrines attirent l'œil par leur agencement harmonieux). Il arrive aussi que leur emplacement soit tout à fait arbitraire. Mais il n'est pas rare que le scribe sente avec netteté où doit se situer la pause dans la lecture : c'est le cas pour les manuscrits de Thomas ou de la *Folie d'Oxford.* Le texte de Béroul, à cet égard, pose un délicat problème : son scribe est capable de reconnaître à quels endroits s'impose un silence, mais il lui arrive souvent d'enchaîner deux épisodes entre lesquels nous attendrions quelque rupture, pour marquer simplement le passage d'un ordre d'idées à un autre. J'ai tenu à respecter cette ordonnance, même si je n'en tiens pas compte dans la traduction, pour laquelle la disposition typographique des paragraphes me semble répondre aux exigences d'une lecture moderne qui substitue les articulations logiques du récit à toute autre nécessité.

J'ai résolu les abréviations en me fondant sur les graphies les plus fréquentes. C'est ainsi que, dans le cas de la *Folie d'Oxford,* où le nom de Tristan se rencontre dans la plupart des cas sous la forme *Tritan,* j'ai généralisé cette forme, sauf lorsque le manuscrit indiquait en clair la forme *Tristan :* elle témoigne de l'amuïssement, au xiiie siècle, du *s* intérieur devant consonne. J'ai maintenu les flottements sur la graphie de certains noms propres, comme ceux des traîtres dans le roman de Béroul. Mais j'ai adopté dans ma traduction une orthographe unique et définitive pour chaque personnage.

J'intègre dans cette édition les fragments de Turin et de Strasbourg dans la forme où nous les ont transmis Francisque Michel et Francesco Novati, à quelques retouches près, qui ne concernent que la mesure des vers. On sait qu'en effet ces deux manuscrits sont l'un détruit et l'autre disparu, mais on peut faire confiance à leurs transcripteurs.

Je me refuse à prendre en considération les reconstitutions arbitraires que l'on a tentées à partir de certains lambeaux, comme au début du fragment conservé de Béroul, où se présentent de graves lacunes. J'indique ces lacunes en note, et elles apparaissent dans mon édition par le jeu des points de suspension. Il n'en va pas de même à la fin du dernier fragment de Thomas, où seul le début de certains vers a disparu. Là, les reconstitutions sont probables et peuvent donc être reproduites.

La numérotation du texte de Thomas correspond, jusqu'au dernier épisode exclu, à la numérotation de l'édition de Joseph Bédier. C'est à cette numérotation que renvoient mes notes.

### III. Principes de la présente traduction

J'ai voulu que cette traduction suive le texte pas à pas et vers par vers. Je me suis heurté à plusieurs difficultés.

*a)* L'ordre des mots en ancien français procède souvent

du plus au moins, à l'inverse du français moderne. Dans une séquence de plusieurs termes synonymiques, le plus intense est placé en tête. J'ai plus d'une fois inversé l'ordre de ces paradigmes.

*b)* L'emploi des temps recourt au mélange continuel du présent et du prétérit. Considérant que les passages narratifs tendent à l'actualisation constante, j'ai été amené, dans presque tous les cas, à généraliser le présent historique.

*c)* L'ancien français apparaît comme une langue plus formulaire que le français moderne. Dans les passages locutifs, les discours s'ouvrent sur un appel de type : « Or m'oiez un petit ». Cette *captatio benevolentiæ* peut-elle être maintenue dans la traduction? Il m'a semblé qu'elle devait être traduite avec souplesse et, dans presque tous les cas, abrégée. De même, les jurons, les protestations de sincérité, et plus généralement ce qui relève d'une fonction phatique me semble devoir faire l'objet d'une traduction extrêmement variée. Ici interviennent en effet les intonations, et donc, une fois de plus, le contexte.

*d)* Dans le même esprit, je me refuse à traduire de manière uniforme un terme répété à plusieurs reprises dans un passage, même si ce terme a d'un bout à l'autre une acception constante. L'ancien français ne craint pas les répétitions, le français moderne y répugne. La répétition doit être si possible maintenue lorsqu'elle procède d'une intention stylistique évidente (par exemple lorsqu'elle a une valeur anaphorique); mais en ancien français, il n'est pas constant qu'elle soit intentionnelle : mon souci est de rédiger une traduction lisible et, une fois de plus, le contexte commande.

*e)* Je n'ai pas cherché à restituer une « couleur locale ». Il n'était pas question de conserver en français moderne un certain nombre de termes qui ont disparu de notre langue. Il n'était pas question non plus de traduire *valet* par ' valet ' ou *sergent* par ' sergent ' : ces mots ont en effet changé de sens depuis le Moyen Age, où ils signifiaient l'un : ' jeune homme ' et l'autre : ' guerrier de condition inférieure '.

*f)* J'ai maintenu dans mon texte moderne certaines obscurités qui permettent une pluralité d'interprétation, quand ces obscurités remontent à l'ancien français de Béroul et de Thomas. Ainsi, par exemple, lorsqu'un verbe personnel peut avoir plusieurs sujets possibles et que le texte ne permet pas de choisir. Dans tous les cas, j'expose en note les différentes interprétations qu'on peut donner du passage.

*g)* Il y a dans les *Tristan* des *loci desperati*. Certains mots *(cak* ou *aule* dans la *Folie d'Oxford)* nous sont absolument inconnus, et la traduction que j'en donne en fonction du contexte est tout à fait arbitraire. Je ferai suivre d'un point d'interrogation cette traduction que je ne puis scientifiquement justifier. Mais les difficultés n'apparaissent pas seulement au niveau du vocabulaire. Un texte comme le lai du *Chèvrefeuille* est clair quant à son mot à mot, mais il demeure énigmatique, si l'on s'interroge sur la nature précise du message adressé par Tristan à Yseut : simple nom gravé sur une plaquette de bois? lettre posée sur la baguette de coudrier ou près d'elle? Y a-t-il eu auparavant une autre lettre envoyée par le héros à la reine? Ma traduction préserve le mystère du passage. Il suffira de se reporter à ma bibliographie pour constituer sur ce problème un abondant dossier, qui ne saurait malheureusement résoudre la question !

Il se peut que ma traduction soit une belle infidèle. Plus que les contresens, j'ai sans cesse redouté de ne pas trouver le ton juste. Il y a chez Thomas une certaine recherche de style qui ne tend pas seulement au lyrisme, mais aussi, parfois, à une relative préciosité. On constate aussi une affectivité constante qu'un traducteur maladroit rendrait mièvre. Inversement, Béroul ou le poète de la *Folie de Berne* sont capables de grossièretés devant lesquelles il ne faut pas se voiler la face. Joseph Bédier n'avait pas osé donner en clair le sens qu'il devinait à certain vers. Faut-il être aussi pudique aujourd'hui?

Je n'ai voulu de toute façon qu'inviter à lire les *Tristan* dans leur langue originale. Mais pour donner le goût de cette découverte, encore fallait-il que la version moderne fût écrite avec simplicité et avec agrément. J'ai cherché le juste équilibre entre le beau langage et le relâchement, tout en évitant de gommer dans ma prose ce que Béroul ou Thomas peuvent avoir par instant de rugueux ou d'affété. En définitive, une fois de plus, il se découvre qu'on ne saurait sans abus imposer à nos vieux poèmes une traduction qui maintiendrait systématiquement un ton uniforme d'un bout à l'autre des fragments. L'essentiel est que quelque chose passe de la tonalité propre à l'original, et que tel ou tel accent particulier, caractéristique d'un passage, soit perceptible au lecteur moderne, même et surtout si la littérature médiévale ne lui est pas familière.

J. Ch. PAYEN

# BIBLIOGRAPHIE

Cette bibliographie ne sera pas exhaustive. Le nombre des travaux auxquels a donné lieu la légende de Tristan est en effet trop considérable. On se reportera pour complément au *Manuel bibliographique de la littérature française du Moyen Age* de Robert Bossuat (Paris, Librairie d'Argences, 2 suppléments jusqu'en 1960) et au *Bulletin bibliographique de la Société internationale arthurienne* qui paraît chaque année.

Seront donc recensés les ouvrages et articles les plus importants, et avant tout, les études les plus récentes. Sera éliminé tout ce qui est spécifique aux versions étrangères, sauf si l'on peut y trouver des éléments qui intéressent les *Tristan* en vers français. De même, il ne sera pas tenu compte des études qui concernent le *Tristan en prose,* sauf si elles ont un intérêt général. Les références des articles sont généralement données à partir de l'édition Muret pour Béroul et de l'édition Bédier pour Thomas.

## 1 — BIBLIOGRAPHIE

KÜPPER (H.) : *Bibliographie zur Tristansage,* Iéna, 1941. (Deutsche Arbeiten der Univ. Köln, n° 17.)

## 2 — ÉDITIONS

a) *Tristan* de Béroul

MICHEL (Francisque) : *Tristan, Recueil de ce qui reste des poèmes relatifs à ces aventures...* 3 vol. Londres et Paris, 1835-8, t. II, p. 243-300.

MURET (Ernest) : *Béroul. Le Roman de Tristan,* 4ᵉ édition revue par L.-M. Defourques, Paris, C. F. M. A., 1970.

EWERT (Alfred) : *The romance of Tristan by Beroul,* Oxford, 1939 (introduction et commentaire dans t. II, 1970).

b) *Tristan* de Thomas

MICHEL (Francisque) : *Tristan...,* t. II, p. 89-137.

BÉDIER (Joseph) : *Le Roman de Tristan par Thomas,* 2 vol., Paris, 1902-1905 (S. A. T. F.).

WIND (Bartina H.) : *Les Fragments du Tristan de Thomas,* Genève-Paris, 1960 (Textes littéraires français).

c) *Folies Tristan*

MICHEL (Francisque) : *Tristan...* (t. I, p. 215-241, Berne et t. II, p. 89-137, Oxford).

MORF (Henri) : *La Folie Tristan du manuscrit de Berne,* in *Romania,* XV, 1886, p. 558-574.

BÉDIER (Joseph) : *Les Deux Poèmes de la Folie Tristan,* Paris, S. A. T. F., 1907.

HOEPFFNER (Ernest) : *La Folie Tristan de Berne,* 2ᵉ édition revue et corrigée, 1949 (Publ. de la Fac. des Lettres de l'Univ. de Strasbourg, textes d'études, 3).

du même : *La Folie Tristan d'Oxford,* 2ᵉ édition revue et corrigée, 1943 (Publ. de la Fac. des Lettres de l'Univ. de Strasbourg, textes d'études, nᵒ 8).

d) *Chèvrefeuille*

WARNKE : *Die Lais der Marie de France,* 3ᵉ verbesserte Auflage, Halle, 1924 (Bibl. Norm. III).

HOEPFFNER (Ernest) : *Marie de France : Les Lais,* Strasbourg, 1921, (Bibl. romanica, fasc. 277).

EWERT (Alfred) : *Marie de France : Lais,* Oxford, 1944.

BATTAGLIA (Salvatore) : *Maria di Francia. Lais,* Napoli, 1948. (Speculum, raccolta di testi medievali e moderni.)

NERI (Ferdinando) : *I Lai di Maria di Francia,* Torino, 1948.

LODS (Jeanne) : *Les Lais de Marie de France,* Paris, C. F. M. A., 1959.

RYCHNER (Jean) : *Les Lais de Marie de France,* Paris, C. F. M. A., 1966.

## 3 — TRADUCTIONS

a) *Tristan* de Béroul

CAULKINS (Janet Hillier) et MERMIER (Guy R.) : *Tristan and Yseut,* Paris, 1967.

GROJNOWSKI (Daniel) : *Béroul, Le Roman de Tristan et Yseut,* Lausanne, 1971 (éditions Rencontre).

PAQUETTE (Marcel) : *Le Tristan de Béroul,* Paris, Bibl. Bordas, 1974 (sous presse).

b) *Tristan* de Thomas.

Aucune traduction à ce jour.

c) *Folies Tristan*

LELY (Gilbert) : *La Folie Tristan,* Paris, 1954 (texte d'Oxford).

d) *Chèvrefeuille*

TUFRAU (Paul) : *Les Lais de Marie de France,* 14ᵉ édition, Paris, 1913.

JONIN (Pierre) : *Les Lais de Marie de France,* Paris, C. F. M. A., 1973.


4 — ADAPTATIONS


BÉDIER (Joseph) : *Le Roman de Tristan et Yseut,* Paris, Piazza, 1946 (première édition : 1900) ou Monaco, 1958 — avec une préface de G. Duhamel — (les onze meilleurs romans d'amour).

CHAMPION (Pierre) : *Le Roman de Tristan et Yseut,* Paris, 1947 (éd. de Cluny, 1949; nouvelle édition revue par P. Galand-Pernet, 1959) (adaptation du *Tristan en prose).*

ESPEZEL (P. d') : *Tristan et Yseut renouvelé...,* préface de Jean Marx, Paris, 1956.

GAUTIER (Blaise) : *Tristan et Iseut,* Paris, 1958 (Club du livre du mois).

LOUIS (René) : *Les Romans de Tristan,* Paris, 1972 (Le livre de poche).

Signalons en outre le film de Jean Cocteau : *L'Éternel Retour* (1941), et *La Rose des Sables,* de André Zwobada, commentaire de Jean Cocteau (1949).


5 — ANTHOLOGIES DES TRISTAN


BIANCIOTTO (Robert) : *Les Poèmes de Tristan et Yseut,* Paris, 1968 (Nouveaux classiques Larousse).


6 — ÉTUDES GÉNÉRALES SUR LES TRISTAN


BAEHR (Rudolf) : *Chrétien de Troyes und der « Tristan »,* in *Sprachkunst,* II, 1971, p. 43-58.

BARTEAU (Françoise) : *Les Romans de Tristan et Yseut : Introduction à une lecture plurielle,* Paris, Larousse, 1972.

BATTS (Michael) : *Tristan and Isolde in Modern Literature,* in *Seminar,* V, 1969, p. 79-91.

BENEDETTO (Luigi di) : *La leggenda di Tristano,* Bari, 1942.

BERTIN (Gerald A.) : *The Œdipus Complex in « Tristan et Yseut »,* in *Kentucky foreign language quarterly,* V, 1957, p. 60-65.

CAZENAVE (Michel) : *Le philtre et l'amour. La légende de Tristan et Yseut,* Paris, Corti, 1969 (insuffisamment informé, à consulter avec prudence).

CLUZEL (Irénée) : *Les Plus Anciens Troubadours et la légende amoureuse de Tristan et d'Iseut,* in *Mélanges Istvan Frank,* Sarrebrück, 1957, p. 155-170.

du même : *Cercamon a connu Tristan,* in *Romania,* LXXX, 1959, p. 275-282 (voir sa polémique avec Maurice Delbouille, qui se continue dans *Romania,* LXXXVI et LXXXVII, 1965 et 1966).

CURTIS (Renée) : *Tristan Studies,* Munchen, 1969.

de la même : *Le Philtre mal préparé : le thème de la réciprocité dans l'amour de Tristan et Yseut,* in *Mélanges Jean Frappier,* Genève, 1970, p. 195-206.

DELBOUILLE (Maurice) : *Le Premier Roman de Tristan,* in *Cahiers de Civilisation médiévale,* V, 1962, p. 273 *ss.* et 419 *ss.*

DEL MONTE (Alberto) : *Tristano e la Bibbia,* in *Scritti... N. Zingarelli,* Rome, 1963, p. 85-90.

DITMAS (E. M. R.) : *The invention of Tintagel,* in *Bibliog. Bull of the Intern. Arth. Soc.,* XXIII, 1971, p. 131-136.

EISNER (Sigmund) : *The Tristan Legend : A Study on sources,* Evanston, 1969.

FISCHER (J. H.) : *Tristan and Courtly Love,* in *Comparative Literature,* IX, 1957, p. 150-164.

FOUQUET (Doris) : *Wort und Bild in der mittelalterlichen Tristantradition. Der älteste Tristanteppich von Kloster Wienhausen und die textile Tristanüberlieferung des Mittelalters,* Berlin, Erich Schmidt, 1971.

FRAPPIER (Jean): *Sens et structure du Tristan,* in *Cahiers de Civilisation médiévale,* VI, 1963, p. 255 *ss.,* et 441 *ss.* (excellentes pages sur la notion de « miracle ambigu »).

GALLAIS (Pierre) : *Bléhéri, la cour de Poitiers et la diffusion des récits arthuriens sur le continent,* in *Actes du VIIe Congrès national de littérature comparée, Poitiers, 1965,* Paris, 1967, p. 47-79.

du même : *Les Arbres entrelacés dans les romans de Tristan et le mythe de l'androgyne primordial* in *Mélanges P. Le Gentil, Paris,* S.E.D.E.S., 1973, p. 295-310.

GNADIGER (Louise) : *Hiudan und Petitcreiu. Gestalt und Figur des Hundes in der mittelalterlichen Tristandichtung,* Zurich, Fribourg-en-B., Atlantis, 1971.

GOLTHER (Wolfgang) : *Die Sage von Tristan und Isolde; Studie über die Entstehung und Entwicklung im Mittelalter,* Munich, 1887.

du même : *Tristan und Isolde in der französischen und deutschen Dichtung des Mittelalters und der Neuzeit,* Berlin et Leipzig, 1929.

GUERRIERI-CROCETTI (C.) : *La Leggenda di Tristano,* Milano, 1950.

HARVARD (Vernon J.) : *The Dwarfs in arthurian romance and celtic tradition,* Leyde, 1958.

JONIN (Pierre) : *Les Personnages féminins dans les romans français de Tristan au XIIᵉ siècle. Étude des influences contemporaines,* Aix, 1958 (avance d'une manière convaincante que Béroul est plus courtois que Thomas).

du même : *La Vengeance chez l'Iseut de Béroul et chez l'Iseut de Thomas,* in *Neophilologus,* XXIII, 1949, p. 207-209.

KRAPPE (Alex. H.) : *La Fille de l'homme riche,* in *Byzantion,* XVII, 1944-5, p. 339 *ss.* (sur le thème de Brangien substituée à Yseut le soir de ses noces).

du même : *Diarmaid et Grainne,* in *Folklore,* XLVII, 1936, p. 347-361.

LE GENTIL (Pierre) : *La Légende de Tristan vue par Béroul et Thomas. Essai d'interprétation,* in *Romance Philology,* VII, 1953, p. 111-129.

LEJEUNE (Rita) : *Les Influences contemporaines dans les romans français de Tristan au XIIᵉ siècle,* in *Le Moyen Age,* LXVI, 1960, p. 143 *ss.* (discussion des thèses de P. Jonin).

de la même : *Les Noms de Tristan et Iseut dans l'anthroponymie médiévale,* in *Mélanges Jean Frappier,* p. 625-630.

de la même : *L'Allusion à Tristan chez le troubadour Cercamon,* in *Romania,* LXXXIII, 1962, p. 183-209.

LEVI (Ezio) : *I lais e la leggenda di Tristano,* in *Studi romansi,* XIV, 1917, p. 177 *ss.*

LOT-BORODINE (Myrrha) : *De l'amour profane à l'amour sacré,* Paris, 1961, (voir p. 50 *ss.* le chapitre : *Tristan et Lancelot*).

LYONS (Faith) : *Vin herbé et gingembras,* in *Mélanges Jean Frappier,* p. 689-696.

MANDACH (André de) : *Aux portes de Lantien en Cornouaille : une tombe du VIᵉ siècle portant le nom de Tristan,* in *Le Moyen Age,* LXXVIII, 1972, p. 389-425.

MARX (Jean) : *Nouvelles Recherches sur le roman arthurien,* Paris, 1965 (voir p. 281 *ss.* : *La Naissance de l'amour de Tristan et d'Yseut dans les formes les plus anciennes de la légende,* et p. 289 *ss.* : *Observations sur un épisode de la légende de Tristan* : l'auteur penche vers un ensemble de lais à l'origine de l'histoire, et reconnaît dans la scène des amants surpris la triple investiture de l'anneau, du gant et de l'épée).

MÉNARD (Philippe) : *Le Rire et le sourire dans le roman français au XIIᵉ et au XIIIᵉ siècles,* Genève, 1969, (nombreuses analyses sur les *Tristan*).

MERGELL (Bodo) : *Tristan und Isolde; Ursprung und Entwicklung der Tristansage des Mittelalters,* Mainz, 1949.

MICHA (Alexandre) : *Le Mari jaloux dans la littérature romane du XII^e et du XIII^e siècles*, in *Studi medievali*, XVII, 1951, p. 303-320.

NEWSTEAD (Helaine) : *King Mark of Cornwall*, in *Romance Philology*, XI, 1957-8, p. 240-253.

de la même : *The harp and the rote. An episode of the Tristan legend*, in *Mélanges Rita Lejeune*, Gembloux, 1969, p. 1077-1085.

de la même : *The equivocal oath in the Tristan legend and its literary history*, in *Romance Philology*, XXII, 1968-9, p. 463-470.

PANVINI (Bruno) : *La leggenda di Tristano e Isotta : studio critico*, Firenze, 1951.

PARIS (Gaston) : *Tristan et Iseut*, in *Revue de Paris*, 1894, réimp. in *Contes et légendes du Moyen Age*, Paris, 1900, p. 113 *ss.*

PAYEN (Jean Charles) : *Le Motif du repentir dans la littérature française médiévale*, Genève, 1967 (voir p. 331-364).

du même : *Lancelot contre Tristan, ou la conjuration d'un mythe subversif*, in *Mélanges Pierre Le Gentil*, p. 617-633.

ROZGONYI (Eva) : *Pour une approche d'un Tristan non courtois*, in *Mélanges René Crozet*, Poitiers, 1966, p. 826-828.

SALVAGE (Edward B.) : *The rose and the vine. A study of the evolution of the Tristan and Ysolt tale in Drama*, Cairo, 1961 (du *Chèvrefeuille*, « monologue dramatique », à *l'Éternel Retour*).

SCHLAUGH (Margaret) : *A russian study of the Tristan legend*, in *Romanic Review*, XXIV, 1933, p. 37-45.

SCHOEPPERLE (Gertrude) : *Tristan and Isolt, a study of the sources of the romance*, Francfort, London, 2 vol., 1913 (New York University, Ottendorfer memorial series of germanic monographs, n^o 3), 2^e éd. 1959.

SCHRÖDER (Franz-Rolf) : *Die Tristansage und das persische Epos Wis und Ramîn*, in *Germanische-romanische Monatschrift*, n. s. XI, 1961, p. 1 *ss.*

SCHWARTZ (Jacques) : *Le Roman de Tristan et la légende de Pélée*, in *Mélanges Jean Frappier*, p. 1001-1003.

STONE (Donald Jr) : *El realismo y el Beroul real*, in *Annuario de Estudios medievales*, III, 1966, p. 457-463 (revient à la distinction du *Tristan* commun et du *Tristan* courtois).

SUDRE (L.) : *Les Allusions à la légende de Tristan dans la littérature du Moyen Age*, in *Romania*, XV, 1886, p. 534-557.

VARVARO (Alberto) : *L'utilizzazione letteraria di motivi della narrativa popolare nei romanzi di Tristano*, in *Mélanges Jean Frappier*, p. 1057-1076.

du même : *La teoria dell'archetipo tristaniano*, in *Romania*, LXXXVIII, 1967, p. 13-58.

VINAVER (Eugène) : *The love potion in the primitive Tristan romance,* in *Mediaeval Studies...* G. Schoepperle, Paris, New York, 1927, p. 75-86.

du même : *A la recherche d'une poétique médiévale,* Paris, 1971 (de nombreuses allusions aux *Tristan).*

WHITEHEAD (F.) : *Tristan and Isolt in the forest of Morrois,* in *Studies...* M. K. Pope, Manchester, 1939, p. 393-400.

WIND (Bartina H.) : *Les Éléments courtois dans Béroul et Thomas,* in *Romance Philology,* XIV, 1960, p. 1-13 (discussion des thèses de P. Jonin).

YORK (Ernest C.) : *Isolt's Ordeal : legal customs in medieval Tristan legends,* in *Studies in Philology,* LXVIII, 1971, p. 1-9.

ZENKER (Rudolf) : *Die Tristansage und die persische Epos Wis und Ramin,* in *Romanische Forschungen,* XXIX, 1911, p. 321-369.

ZUMTHOR (Paul) : *Poétique médiévale,* Paris, 1972 (nombreuses allusions aux *Tristan.*

## 7 — LE TRISTAN DE BÉROUL

ACHER (Jean) : *Corrections au Tristan de Béroul,* in *Zeitschrift für romanische Philologie,* XXXIII, 1909, p. 720 *ss.*

BAYRAV (Suheylâ) : *Symbolisme médiéval,* Paris, 1967, (voir p. 46 *ss.)*

BEYERLE (D.) : *Zu König Markes Monolog, Beroul 271-2,* in *Romanistische Jahrbuch,* XVII, 1966, p. 55-57.

BLAKEY (Brian) : *On the text of Beroul's Tristan,* in *French Studies,* XXI, 1967, p. 99-103 (corr. aux v. 1055-9, 1172-8, 1991-5 et 2565-80 de l'éd. Muret).

BRAULT (Gérard J.) : *Le Coffret de Vannes,* in *Mélanges Rita Lejeune,* p. 653-68 (représenterait certaines scènes de Béroul).

CAULKINS (Janet Hillier) : *The meaning of « pechié » in the « Romance of Tristram »* by *Beroul,* in *Romance Notes,* VIII, 1972, 1-5.

CHRISTMANN (H. H.) : *Sur un passage du Tristan de Béroul,* in *Romania,* LXXX, 1959, p. 85-87 (v. 4221-4225).

du même : *Nochmals zu Berouls Tristan,* in *Zeitschrift für französische Sprache und Literatur,* LXXVI, 1966, p. 243-245.

DE CALUWÉ (J.) : *La Chapelle du « saut Tristan »,* in *Marche Romane,* 1973 *(Hommage à Maurice Delbouille),* p. 223-230.

DELBOUILLE (Maurice) : *Le Nom du nain Frocin,* in *Mélanges Istvan Frank,* p. 191-203.

DEL MONTE (A.) : *Desuz le pin, postilla tristaniana,* in *Studi medievali in onore di A. di Stefano,* Palermo, 1956, p. 171-176.

EWERT (A) : *On the text of Beroul's Tristan,* in *Studies... Mildred K. Pope,* p. 89 *ss.*

FOULON (Ch). : *Le Conte des oreilles du roi Marc'h dans le Tristan de Béroul,* in *Bulletin historique et philologique,* Paris, 1953, p. 31-40.

FRAPPIER (Jean) : c. r. de l'ouvrage d'A. Varvaro in *Cahiers de civlisation médiévale,* VII, 1964, p. 353 *ss.*

du même : *Sur deux passages du Tristan de Béroul,* in *Romania,* LXXXIII, 1962, p. 251-258.

GIESE (Wilhelm) : *Königs Markes Pferdeohren,* in *Zeitschrift für romanische Philologie,* LXXV, 1959, p. 493 *ss.*

HACKETT (Mary) : *Syntactical features common to Girard de Roussillon and Béroul's Tristan,* in *Medieval Miscellanies... Eugène Vinaver,* Manchester et New York, 1965, p. 136-145.

HANOSET (Michèle) : *Unité ou dualité du Tristan de Béroul?,* in *Le Moyen Age,* LXVII, 1961, p. 503 *ss.* (contre Guy Raynaud de Lage, pour l'unité).

HOLDEN (Anthony) : *Notes sur la langue de Béroul,* in *Romania,* LXXXIX, 1968, p. 387 *ss.* (contre J. B. W. Reid).

JODOGNE (Omer) : *La Légende de Tristan et d'Iseut interprétée par Béroul,* in *Filoloski pregled,* II, 1964, 261-270.

JONIN (Pierre) : *Le Songe d'Iseut dans la forêt du Morrois,* in *Le Moyen Age,* LXIV, 1958, p. 103-113 (explication psychanalytique).

du même : *L'Esprit celtique dans le roman de Béroul,* in *Mélanges Pierre Le Gentil,* p. 409-420.

KONINGS (Y.) : *Étude sur l'unité du Tristan de Béroul,* thèse de licence dactylographiée, Liège, 1957.

LECOY (Félix) : *Sur les vers 1461-1462 du Tristan de Béroul,* in *Romania,* LXXX, 1959, p. 82-85.

LE GENTIL (Pierre) : *L'Épisode du Morois et la signification du Tristan de Béroul,* in *Studia philologica et litteraria in honorem L. Spitzer,* Berne, 1958, p. 267-274.

LEGGE (Mary-Dominica) : *The unerring bow,* in *Medium Aevum,* XXV, 1956, p. 79-83.

de la même : *Place-names and the date of Béroul,* in *Medium Aevum,* XXXVIII, 1969, p. 171-174.

MÉNAGE (R.) : *Sur les v. 161 et 162 du Tristan de Béroul,* in *Romania,* XCIII, 1972, p. 108-113.

MOIGNET (G.) : *Remarques sur le pronom personnel régime dans la syntaxe du Tristan de Béroul,* in *Mélanges Pierre Le Gentil,* p. 561-569 (conclut à l'unité. Béroul « archaïsant »).

MURET (Ernest) : *Eilhart d'Oberg et sa source française,* in *Romania,* XVI, 1887, p. 288-363.

NEWSTEAD (Helaine) : *The Tryst beneath the Tree : an episode in the Tristan Legend,* in *Romance Philology,* IX, 1955, p. 269-284.

NICHOLS (Stephen G. Jr.) : *Ethical criticism and medieval literature — Le Roman de Tristan* in *Medieval secular literature : four essays,* éd. W. Matthews, p. 68-89 (sur l'idéologie de Béroul).

du même : *Critica moralizante y literatura medieval : Le roman de Tristan de Béroul,* in *Annuario de estudios medievales,* II, 1965, p. 1119-1133.

NOBLE (P.) : *Influence de la courtoisie sur Béroul,* in *Le Moyen Age,* LXXV, 1969, p. 468 *ss.* (contre P. Jonin et Bartina H. Wind).

PAYEN (J. Ch.) : c. r. de l'ouvrage d'A. Varvaro in *Le Moyen Age,* LXXI, 1965, p. 600-607.

POLAK (L.) : *The two caves of love in the « Tristan » of Thomas,* in *Journal of the Warburg and Courtauld Institute,* XXXIII, 1970, p. 52-69.

POPE (M. K.) : *Note on the dialect of Beroul's Tristan and a conjecture,* in *Modern Language Review,* VIII, 1913, p. 189 *ss.* (Béroul serait originaire de la Normandie occidentale).

RAYNAUD DE LAGE (Guy) : *Faut-il attribuer à Béroul tout le Tristan?,* in *Le Moyen Age,* LXIV, 1958, p. 249-270 (pour une dualité d'auteurs).

du même : *Post-scriptum à une étude sur le Tristan de Béroul, ibid.,* LXVII, 1961, p. 167 *ss.*

du même : *Trois notes sur le Tristan de Béroul,* in *Romania* LXXXIII, 1962, p. 522 *ss.*

du même : *Faut-il attribuer à Béroul tout Tristan?* (suite et fin), *ibid.,* LXX, 1964, p. 33 *ss.* (contre Michèle Hanoset).

REID (T. B. W.) : *The Tristan of Béroul : one author or two?* in *Modern Language Review,* LX, 1965, p. 352 *ss.*

du même : *On the text of the Tristan of Béroul,* in *Medieval Miscellanies to Eugène Vinaver,* p. 263 *ss.*

du même : *A further note on the language of Béroul,* in *Romania,* XC, 1969, p. 382 *ss.* (maintient, à partir d'une analyse philologique, la thèse de la dualité).

du même : *The « Tristan of Béroul », a textural commentary,* Oxford Blackwell, 1972.

RIGOLOT (François) : *Valeur figurative du vêtement dans le Tristan de Béroul,* in *Cahiers de civilisation médiévale,* X, 1967, p. 447-453.

ROQUES (Mario) : *L'Ancien français « enaines » et le v. 1678 du Tristan de Béroul,* in *Romania,* LXIX, 1946-7, p. 534-40.

STONE (Donald), Jr : *El realismo y el Béroul real,* in *Anuar estud. mediev.,* III, 1966 (paru 1967), 457-463.

TANQUEREY (F. J.) : *Notes sur le texte du Tristan de Béroul, Romania* LVI, 1930, p. 114 *ss.*

VARVARO (Alberto) : *Il roman di Tristan di Béroul,* Torino, 1963 (Università di Pisa, Studi di filologia romanza, nuova serie, III) (insiste sur l'écriture par « stations » et l'appel à la participation affective).

VINAVER (Eugène) : *Pour le commentaire du v. 1650 du Tristan de Béroul,* in *Studies in Medieval French... A. Ewert,* p. 90-96.

WHITERIDGE (Gweneth) : *The date of the Tristan of Béroul,* in *Medium Aevum,* XXVIII, p. 167-171 (souligne la référence au mal d'Agre).

du même : *The Tristan of Béroul,* in *Medieval Miscellanies... to Eugène Vinaver,* p. 337 ss. (revient sur sa thèse antérieure).

WOLEDGE (Brian) : *A rare word in Béroul : « traallier »,* hunting dog, in *French Studies,* X, 1956, p. 154-190.

## 8 — LE TRISTAN DE THOMAS

AITKEN (D. F.) : *The voyage « à l'aventure » in the Tristan of Thomas,* in *Modern Language Review,* XXIII, 1928, p. 68-72.

BAUMGARTNER (Emmanuelle) et WAGNER (R. L.) : *Sur les v. 3125-3129 du Tristan de Thomas,* in *Romania,* LXXXVIII, 1967, p. 527 ss.

BECKMANN (Gustav-Adolf) : *Der Tristandichter Thomas und Gautier d'Arras,* in *Romanistische Jahrbuch,* XIV, 1963, p. 87-104.

BERTOLUCCI-PIZZORUSSO (Valeria) : *La retorica nel Tristano di Thomas,* in *Studi mediolatini e volgari,* VI-VII, p. 25-61.

BEYERLE (Dieter) : *Der Liebestrank im Thomas Tristan,* in *Romanistische Jahrbuch,* XIV, 1963, p. 78 ss.

CLUZEL (Irénée) : *La Reine Iseut et le harpeur d'Irlande* in *Bulletin bibliographique de la Société internationale arthurienne,* X, 1958, p. 87-98.

DELPINO (Marcella) : *Elementi critici ed elementi classici nel Tristan di Thomas,* in *Archivum romanicum,* XXIII, 1939, p. 312-336.

DUBOIS (Claude) : *A propos d'un vers de Thomas : « al lever que fait des chalons »,* in *Mélanges Delbouille,* Gembloux, 1964, p. 163 ss.

FOULET (Lucien) : *Thomas and Marie in their relations to the conteurs,* in *Modern language notes,* XXIII, 1908, p. 205-208.

FOURRIER (Anthime) : *Le Courant réaliste dans le roman courtois en France au Moyen Age, t. I : le XIIe siècle,* Paris, 1960 (un important chapitre est consacré à Thomas).

FRAPPIER (Jean) : *Sur le mot « raison » dans le Tristan de Thomas d'Angleterre,* in *Linguistic and literary studies in honour of Helmut A. Hatzfeld,* Washington, 1964, p. 163-176.

GAY (Lucy M.) : *Heraldry and the Tristan of Thomas,* in *Modern Language Review,* XXIII, 1928, p. 472-5.

HOEPFFNER (Ernest) : *Chrétien de Troyes et Thomas d'Angleterre,* in *Romania,* LV, 1929, p. 1-16.

du même : *Thomas d'Angleterre et Marie de France,* in *Studi medievali,* VII, 1934, p. 8-23 (la tempête dans *Eliduc* aurait servi de modèle à Thomas).

JACKSON (W. T. H.) : *Tristan the artist in Gottfried von Strassburg,* in *Publications of the Modern Language Association,* LXVII, 1962, p. 364 *ss.* (des éléments sur l'épisode de la salle aux images).

KELLY (Douglas) : « *En uni dire* » *(Tristan, Douce, 839) and the composition of Thomas' Tristan,* in *Modern Philology,* LXVII, 1969-1970, p. 9-17.

LOT (Ferdinand) : *Sur les deux Thomas, poètes anglo-normands du XIIe siècle,* in *Romania,* LIII, 1927, p. 177-86 (l'auteur de *Tristan* serait le même écrivain que l'auteur de *Horn*).

METTMANN (Walter) : *Zu einigen nautischen Termini im Tristanroman von Thomas,* in *Verba et vocabula (Mélanges Ernest Gamillscheg),* München, 1968, p. 319-321.

MÖLK (Urich) : *Die Figur des Königs Artus in Thomas Tristanroman,* in *Germanische-romanische Monatschrift,* n. s., XII, 1962, p. 96-101.

NEWSTEAD (Helaine) : *Kaherdin and the enchanted pillow : an épisode of the Tristan legend,* in *Publications of the Modern Language Association,* LXI, 1950, p. 290 (sur un épisode perdu).

de la même : *The Enfance of Tristan and English tradition,* in *Studies A. C. Baugh,* Philadelphie, 1961, p. 169-85 (même remarque).

de la même : *Isolt of the White Hands and Tristan's marriage,* in *Romance Philology,* XVIII, 1964-5, p. 155-166.

NOVATI (Francesco) : *Un nuovo ed un vecchio frammento del Tristan di Tommaso,* in *Studi di filologia romanza,* II, 1887, p. 369-515 (la seule transcription d'après l'original du manuscrit perdu de Turin).

REICHNITZ (F.) : *Bemerkungen zum Text des Tristan von Thomas und der beiden Folies Tristan,* in *Zeitschrift für französische Sprache und Literatur,* XXXVI, 1910, p. 294-299.

ROQUES (Mario) : *Sur l'équitation féminine au Moyen Age, à propos d'un épisode du Tristan de Thomas,* in *Mélanges Charles Bruneau,* Genève et Paris, 1954, p. 219-225.

RÖTTIGER (Wilhelm) : *Der Tristan des Thomas, ein Beitrag zur Kritik und Sprache desselben*, diss. Göttingen, 1882.

SCHINDELE (Gerhardt) : *Tristan-Metamorphose und Tradition*, Stuttgart, W. Kohlhammer, 1971.

SINGER (S.) : *Thomas von Britannien und Gottfried von Strassburg*, in *Festschrift Edouard Tieche*, Berne, 1947, p. 87-101.

SÖDERHJELM (W.) : *Sur l'identité du Thomas auteur du « Tristan » et du Thomas auteur du « Horn »*, in *Romania*, XV, 1886, p. 575-596. (*Horn* est plus récent et les auteurs sont différents; thèse que contestera F. Lot.)

SOLA (Luisa) : *Note al Tristano di Thomas*, in *Istituto lombardo, Accademia di scienze e lettere; Rendiconti, classe di lettere e scienze morali e storiche*, XCVII, 3, 1963, p. 267-275.

WARREN (F. M.) : *Eneas and Thomas' Tristan*, in *Modern language notes*, XXVII, 1912, p. 107-110.

WIND (Bartina H.) : *Quelques remarques sur la versification du Tristan de Thomas*, in *Neophilologus*, XXXIII, 1949, p. 85-94 (plaide la cause de l'irrégularité).

de la même : *Nos incertitudes au sujet du Tristan de Thomas*, in *Mélanges Jean Frappier*, p. 1129-1138.

WAPNESKI (Peter) : *Tristan's farewell in the works of Thomas and Gottfried*, in *Proceedings of the IXth Congress of the Australian Universities language and literature association*, Melbourne, 1964, p. 13-14.

## 9. LES FOLIES TRISTAN

ADLER (Alfred) : *A structural comparison of the two Folies Tristan*, in *Symposium*, VI, 1952, p. 349-358.

DEAN (R. J.) et KENNEDY (E.) : *Un fragment anglo-normand de la Folie Tristan de Berne*, in *Le Moyen Age*, LXXIX, 1973, p. 57-72.

FRAPPIER (Jean) : *Sur Pecol/Quepol*, in *Romanica et occidentalia (Mélanges Hiram Peri (Pflaum)*, Jérusalem, 1963, p. 206 ss.

HOEPFFNER (Ernest) : *Das Verhältniss der Berner Folie Tristan zu Berols Tristandichtung*, in *Zeitschrift für romanische Philologie*, XXXIX, 1917-19, p. 62-82 et 551-583 (pour une dépendance directe).

du même : *Die Berner und die Oxforder Folie Tristan, ibid.*, p. 672-699.

du même : *Die Folie Tristan und die Odyssee, ibid.*, XL, 1910-20, p. 232-234.

HORRENT (J.) : *La Composition de la Folie Tristan de Berne*, in *Revue belge de philologie et d'histoire*, XXV, 1946-7, p. 21-38.

du même : *A propos de Gallerous. Localisation de la Folie de Berne, Galerous et Rohas*, in *Le Moyen Age*, XLII, 1946, p. 43-72.

KASPRZYK (Krystyna) : *Fonction et Technique du souvenir dans la Folie de Berne*, in *Mélanges Félix Lecoy*, Paris, Champion, 1973, p. 261-270.

LUTOSLAWSKI (W.) : *Les Folies de Tristan*, in *Romania*, XV, 1886, p. 511-533 (étude des épisodes similaires; inclut les versions étrangères).

SUMBERG (Lewis) : *The Folie Tristan in the romance lyric*, in *Kentucky Romance Quarterly*, XIV, 1967, p. 15 ss.

TELFER (J.-M.) : *« Picous » (Folie Tristan de Berne, line 156*, in *French Studies*, V, 1951, p. 56-61.

THOMAS (A.) : *Galerox dans la Folie de Berne*, in *Romania*, XL, 1911, p. 618-621.

## 10. CHÈVREFEUILLE

CAGNON (Maurice) : *Chèvrefeuille and the ogamic tradition*, in *Romania*, XCI, 1970, p. 238 ss.

DELBOUILLE (Maurice) : *Ce fu la somme de l'escrit;* in *Mélanges Jean Frappier*, p. 207-216.

DURAND-MONTI (P.) : *Encore le bâton du Chevrefoil*, in *Bulletin bibliographique de la Société internationale arthurienne*, t. XII, 1960, p. 117-118.

FRANCIS (E. A.) : *A comment on Chevrefoil*, in *Medieval Miscellanies... Eugène Vinaver*, p. 136-145.

FRANK (Grace) : *Marie de France and the Tristan Legend*, in *Publications of the Modern Language Association*, LXIII, 1948, p. 405-411.

FRAPPIER (Jean) : *Contribution au débat sur le lai du Chèvrefeuille*, in *Mélanges Istvan Frank*, p. 215-224.

HATCHER (A. G.) : *Lai du Chievrefueil, 61-78, 107-113*, in *Romania*, LXXI, 1950, p. 330-344.

HOEPFFNER (Ernest) : *Les Deux Lais du Chèvrefeuille* in *Mélanges de littérature, d'histoire et de philologie offerts à Paul Laumonnier*, Paris, 1935, p. 41-49.

HOFER (Stefan) : *Der Tristanroman und der Lai Chievrefueil der Marie de France*, in *Zeitschrift für romanische Philologie*, LXIX, 1953, p. 129-131.

LE GENTIL (Pierre) : *A propos du lai du Chèvrefeuille et de l'interprétation des textes médiévaux*, in *Mélanges d'histoire littéraire de la Renaissance offerts à Henri Chamard,* Paris, 1951, p. 17-27.

MURREL (E. S.) : *Chievrefuoil and Thomas'Tristan,* in *Arthuriana,* I, 1929, p. 58-62.

RIBARD (J.) : *Essai sur la structure du lai du Chèvrefeuille,* in *Mélanges P. Le Gentil,* p. 721-724.

SCHOEPPERLE (Gertrude) : *Chievrefoil,* in *Romania,* XXXVIII, 1909, p. 196-218, repris dans *Tristan and Isolt,* 2ᵉ éd., New York, 1960, p. 138-147 et 301-315.

SPITZER (Léo) : *La Lettre sur la baguette de coudrier dans le lai du Chievrefueil,* in *Romania,* LXIX, 1946-47, p. 80-90, réimpr. dans *Romanische Literaturstudien,* Tübingen, 1959, p. 15-25.

VALERO (A. M.) : *El lai del Chievrefueil de Maria de Francia,* in *Boletin de la Real Academia de buenas letras de Barcelona,* XXIV, 1951-52, p. 173-183.

WIND (Bartina H.) : *L'Idéologie courtoise dans les lais de Marie de France,* in *Mélanges Delbouille,* p. 71 ss.

## II. LES MANUSCRITS

*Tristan de Béroul :*
>  Ms. B. N. fr. 2171 (2ᵉ moitié du XIIIᵉ siècle), fᵒ 1-32.

*Tristan de Thomas :*
>  Cambridge, ms. D. D. 15.12 (un seul fᵒ, mutilé) *(C).*
>  Oxford, Bodleian Library, d 16 (manuscrit Sneyd), fᵒ 1-14 *(Sn).*
>  Turin, manuscrit privé, transcrit par F. Novati : voir bibliographie (un seul fᵒ; une photographie par E. Monaci a permis à J. Bedier de contrôler la transcription) *(T).*
>  Strasbourg, bibliothèque du Séminaire protestant (quatre fᵒ, manuscrit détruit en 1870, connu par la transcription de Francisque Michel) *(S).*
>  Oxford, Bodleian Library, d 6 (manuscrit Douce), fᵒ 1-12 *(D).*

*Folie d'Oxford :*
>  Oxford, Bodleian Library, d 6, fᵒ 12-19 a.

*Folie de Berne :*
>  Berne, 354, fᵒ 151 vᵒ-156 vᵒ.

*Chèvrefeuille :*
>  British Museum, Harley 978 fᵒ 171 vᵒ b-172 vᵒ b *(H).*
>  Bibliothèque Nationale, nouv. acq. fr. 1104, fᵒ 32 b-33a *(S).*

Voir « Complément bibliographique » p. 351.

# TRISTAN
de Béroul

... qu'il ne fasse semblant de rien [1]. Elle s'approche de son ami.
Écoutez comme elle prend les devants :
« Tristan, pour Dieu le roi de gloire, vous vous méprenez,
qui me faites venir à cette heure ! »
Elle feint alors de pleurer...
« Par Dieu, créateur des éléments, ne me donnez plus de tels
rendez-vous. Je vous le dis tout net, Tristan, je ne viendrai pas.
Le roi croit que j'ai éprouvé pour vous un amour insensé, mais,
Dieu m'en soit témoin, je suis loyale : qu'Il me frappe si autre
homme que celui qui m'épousa vierge fut jamais mon amant [2] !
Les félons de ce royaume que vous avez sauvé en tuant le
Morholt [3] peuvent toujours lui faire croire à notre liaison,
car c'est leur faute, j'en suis sûre : mais, Seigneur Tout Puissant,
vous ne pensez pas à m'aimer, et je n'ai pas envie d'une passion
qui me déshonore. Que je sois brûlée vive et qu'on répande au
vent ma cendre, plutôt que je consente à trahir mon mari même
un jour ! Hélas ! le roi ne me croit pas ! J'ai lieu de m'écrier :
Tombée de haut !

---

... Que nul semblant de rien en
                  [face.
Com ele aprisme son ami,
Oiez com el l'a devanci :
« Sire Tristran, por Deu le roi,
5  Si grant pechié avez de moi,
Qui me mandez a itel ore ! »
Or fait senblant con s'ele plore...
... « Par Deu, qui l'air fist et la
                  [mer,
Ne me mandez nule fois mais.
10  Je vos di bien, Tristan, a fais,
Certes, je n'i vendroie mie.
Li rois pense que par folie,
Sire Tristran, vos aie amé,
Mais Dex plevist ma loiauté
15  Qui sor mon cors mete flaele,

S'onques fors cil qui m'ot pucele
Out m'amistié encor nul jor !
Se li felon de cest enor
Por qui jadis vos combatistes
20  O le Morhout, quant l'oceïstes,
Li font acroire, ce me semble,
Que nos amors jostent ensemble,
Sire, vos n'en avez talent,
Ne je, par Deu omnipotent,
25  N'ai corage de druerie
Qui tort a nule vilanie.
Mex voudroie que je fuse arse,
Aval le vent la poudre esparse,
Jor que je vive que amor
30  Aie o home qu'o mon seignor.
E Dex ! si ne m'en croit il pas.
Je puis dire : de haut si bas !

Salomon dit vrai : ceux qui arrachent le larron du gibet s'attirent sa haine [4] ! Si les félons de ce royaume... »

« ... Ils feraient mieux de se cacher. Que de maux avez-vous
soufferts, quand vous fûtes blessé lors du combat contre mon
oncle ! Je vous ai guéri. Si vous m'aviez alors aimée, c'eût été
normal ! Ils ont suggéré au roi que vous étiez mon amant.
Si c'est ainsi qu'ils croient faire leur salut ! ils ne sont pas près
d'entrer au paradis [5]. Tristan, ne me faites plus venir nulle part,
pour rien au monde : je n'oserai y consentir. Mais sans mensonge, il est temps que je m'en aille. Si le roi le savait, il me
soumettrait au supplice, et ce serait fort injuste : oui, je suis
sûre qu'il me tuerait. Tristan, le roi ne comprend pas non plus
que si j'ai pour vous de l'affection, c'est à cause de votre parenté
avec lui : voilà la raison de mon estime. Jadis, je pensais que
ma mère chérissait toute la famille de mon père, et je l'entendais
dire qu'une épouse n'aimait pas son mari

Sire, mot dist voir Salemon :
Qui de forches traient larron,
35  Ja pus nes amera nul jor.
Se li felon de cest enor...
... A nos deüsent il celer.
Mot vos estut mal endurer
De la plaie que vos preïstes
40  En la bataille que feïstes
O mon oncle. Je vos gari.
Se vos m'en eriez ami,
N'ert pas merveille, par ma foi !
Et ils ont fait entendre au roi
45  Que vos m'amez d'amor vilaine.
Si voient il Deu et son reigne !
Ja nul verroient en la face.
Tristan, gardez qu'en nule place
Ne me mandez por nule chose :

50  Je ne seroie pas tant ose
Que jë i osasse venir.
Trop demor ci, n'en quier
        [mentir.
S'or en savoit li rois un mot,
Mon cors seret desmembré tot,
55  Et si seroit a mot grant tort :
Bien sai qu'il me dorroit la mort.
Tristran, certes, li rois ne set
Que por lui par vos aie ameit :
Por ce qu'eres du parenté,
60  Vos avoie jë en cherté.
Je quidai jadis que ma mere
Amast mot les parenz mon pere,
Et disoit ce, que ja mollier
N'en avroit ja son seignor chier

lorsqu'elle montrait de l'antipathie à ses parents. Oui, je le sais bien, elle disait vrai. C'est à cause de Marc que je t'ai aimé, et voilà la raison de ma disgrâce...

— [Le roi n'a pas tous les torts] ... ce sont ses conseillers qui lui ont inspiré d'injustes soupçons.

— Que dites-vous, Tristan? Le roi mon époux est généreux. Il n'aurait jamais imaginé de lui-même que nous puissions le trahir. Mais on peut égarer les gens et les inciter à mal agir. C'est ce qu'ils ont fait. Je m'en vais, Tristan : c'est trop tarder.

— Ma dame, pour l'amour de Dieu! Je vous ai appelée, vous êtes venue. Écoutez ma prière. Vous savez comme je vous chéris! »

Tristan, aux paroles d'Yseut, a compris qu'elle a deviné la présence du roi. Il rend grâces à Dieu. Il est sûr qu'ils sortiront de ce mauvais pas.

« Ah! Yseut, fille de roi, noble et courtoise reine, c'est en toute bonne foi que je vous ai mandée à plusieurs reprises, après que l'on m'eut interdit votre chambre, et depuis je n'ai pu vous parler. Ma dame, j'implore votre pitié : souvenez-vous de ce malheureux qui souffre mille morts, car le fait que le roi me soupçonne d'être votre amant me désespère,

<table>
<tr><td>65</td><td>Qui les parenz n'en amereit.</td><td></td><td>Entent un poi a ma proiere.</td></tr>
<tr><td></td><td>Certes, bien sai que voir diset.</td><td></td><td>Ja t'ai je tant tenue chiere! »</td></tr>
<tr><td></td><td>Sire, mot t'ai por lui amé</td><td></td><td>Quant out oï parler sa drue,</td></tr>
<tr><td></td><td>Et j'en ai perdu tot son gré...</td><td></td><td>Sout que s'estoit aperceüe :</td></tr>
<tr><td></td><td>... — Si home li ont fait acroire</td><td>85</td><td>Deu en rent graces et merci.</td></tr>
<tr><td>70</td><td>De nos tel chose qui n'est voire.</td><td></td><td>Or set que bien istront de ci.</td></tr>
<tr><td></td><td>— Sire Tristran, que volez dire?</td><td></td><td>« Ahi! Yseut, fille de roi,</td></tr>
<tr><td></td><td>Mot est cortois li rois mi sire.</td><td></td><td>Franche, cortoise, en bone foi,</td></tr>
<tr><td></td><td>Ja nu pensast nul jor par lui</td><td></td><td>Par plusors fois vos ai mandee,</td></tr>
<tr><td></td><td>K'en cest pensé fuson andui,</td><td>90</td><td>Puis que chambre me fut veee,</td></tr>
<tr><td>75</td><td>Mais l'en puet home desveier,</td><td></td><td>Ne puis ne poi a vos parler.</td></tr>
<tr><td></td><td>Faire le mal et bien laisier.</td><td></td><td>Dame, or vos vuel merci crier,</td></tr>
<tr><td></td><td>Si a l'on fait de mon seignor :</td><td></td><td>Qu'il vos membre de cel chaitif</td></tr>
<tr><td></td><td>Tristrans, vois m'en, trop i</td><td></td><td>Qui a traval et a duel vif,</td></tr>
<tr><td></td><td>              [demor.</td><td>95</td><td>Quar j'ai tel duel c'onques le roi</td></tr>
<tr><td></td><td>— Dame, por amor Deu, merci!</td><td></td><td>Out mal pensé de vos vers moi</td></tr>
<tr><td>80</td><td>Mandai toi, et or es ici :</td><td></td><td></td></tr>
</table>

et je n'ai plus qu'à mourir... [Que ne fut-il assez avisé] pour ne
pas croire les délateurs et ne pas m'exiler loin de lui! Les félons
de Cornouaille en éprouvent une vile joie et s'en gaussent.
Mais moi, je vois bien leur jeu : ils ne veulent pas qu'il garde à
ses côtés quelqu'un de son lignage. Son mariage a causé ma
perte. Dieu, pourquoi le roi est-il si insensé? J'aimerais mieux
être pendu par le col à un arbre plutôt que d'être votre amant.
Mais il ne me laisse même pas me justifier. Les traîtres qui l'entourent excitent contre moi sa colère, et il a bien tort de les
croire. Ils l'ont trompé, et lui n'y voit goutte. Ils n'osaient pas
ouvrir la bouche, quand le Morholt vint ici, et il n'y en avait
pas un qui osât prendre les armes. Mon oncle était là, accablé :
il aurait préféré la mort à cette extrémité. Pour sauver son
royaume, je m'armai, je combattis, et je le débarrassai du
Morholt. Mon oncle n'aurait pas dû croire les accusations des
délateurs. Souvent, je m'en désespère. Sait-il l'étendue du mal
qu'il commet? Oui, il s'en rendra compte un jour. Pour l'amour
du fils de Marie, ma dame, allez lui dire sans tarder qu'il fasse
préparer un feu,

Qu'il n'i a el fors que je muere...
... Qu'il n'en creüst pas losangier
Moi desor lui a esloignier.
100 Li fel covert Corneualeis
Or en sont lié et font gabois.
Or voi je bien, si con je quit,
Qu'il ne voudroient quë o lui
Eüst home de son linage.
105 Mot m'a pené son mariage.
Dex! porquoi est li rois si fol?
Ainz me lairoie par le col
Pendre a un arbre qu'en ma vie
O vos preïsse druerie.
110 Il ne me lait sol escondire.
Por ses felons vers moi s'aïre.
Trop par fait mal qu'il les en
　　　　　　　　　[croit.

Deceü l'ont, gote ne voit.
Mot les vi ja taisant et muz,
115 Qant li Morholt fu ça venuz,
Ou nen i out uns d'eus tot sos
Qui osast prendre ses adous.
Mot vi mon oncle iluec pensis :
Mex vosist estre mort que vis.
120 Por s'onor croistre m'enarmai,
Combati m'en, si l'en chaçai.
Ne deüst pas mis oncles chiers
De moi croire ses losengiers.
Sovent en ai mon cuer irié.
125 Pensë il que n'en ait pechié?
Certes, oïl : n'i faudra mie.
Por Deu, le fiz sainte Marie,
Dame, ore li dites errant
Qu'il face faire un feu ardant,

et moi j'entrerai dans la fournaise : si je brûle un poil de la haire que j'aurai revêtue [6], qu'il me laisse consumer tout entier. Car je sais bien qu'il n'y a personne dans sa cour pour oser combattre contre moi. Noble dame, prenez pitié. Je vous implore. Intervenez pour moi auprès du roi qui m'est si cher. Quand je débarquai en ce pays... Mais il est mon seigneur et j'irai le trouver.

— Croyez-moi, Tristan, vous avez tort de me faire cette requête, et de m'inciter à lui parler de vous pour obtenir votre pardon. Je ne veux pas encore mourir, et je me révolte à l'idée d'un tel suicide. Il vous soupçonne d'être son rival, et moi, j'intercèderais pour vous? Ce serait trop d'audace. Non, Tristan, je m'y refuse, et vous avez tort de me demander cela. Dans ce pays, je suis seule. Sa demeure vous est interdite à cause de moi : s'il m'entendait plaider votre cause, il aurait toutes les raisons de me croire insensée. Non, je ne lui dirai pas un mot. Mais je vais vous avouer quelque chose, et il faut que vous le sachiez bien : s'il vous pardonnait, mon cher seigneur, et s'il oubliait sa rancœur et sa colère,

<br>

130 Et je m'en entrerai el ré :
Se ja un poil en ai bruslé
De la haire qu'avrai vestu,
Si me laist tot ardoir u feu.
Qar je sai bien n'a de sa cort
135 Qui a batalle o moi s'en tort.
Dame, por vostre grant fran-
[chise,
Donc ne vos en est pitié prise?
Dame, je vos en cri merci.
Tenez moi bien a mon ami.
140 Qant je vinc ça a lui par mer...
Com a seignor i vol torner.
— Par foi, sire, grant tort avez,
Que de tel chose a moi parlez
Que de vos le mete a raison
145 Et de s'ire face pardon.

Je ne vuel pas encor morir,
Ne moi du tot en tot perir!
Il vos mescroit de moi forment,
Et j'en tendroie parlement?
150 Donc seroie je trop hardie.
Par foi, Tristran, n'en ferai mie,
Ne vos nu me devez requerre.
Tote sui sole in ceste terre.
Il vos a fait chambres veer
155 Por moi : s'il or m'en ot parler,
Bien me porroit tenir por fole.
Par foi, ja n'en dirai parole;
Et si vos dirai une rien,
Si vuel que vos le saciés bien :
160 Së il vos pardounot, beau sire,
Par Deu son mautalent et s'ire,

j'en serais pleine de joie. Mais s'il avait vent de cette équipée,
je n'aurais, j'en suis sûre, aucun recours et mourrais. Je m'en
vais, mais ne dormirai guère. Je crains tant que quelqu'un ne
vous ait vu venir ici ! Si le roi entendait dire que nous nous
sommes rencontrés, il n'y aurait rien de surprenant à ce qu'il
me fasse brûler vive. Je tremble, j'ai peur, si peur que je m'en
vais : j'ai trop demeuré. »

Yseut s'en va, et il la rappelle : « Madame, pour l'amour de
Dieu qui naquit d'une vierge, aidez-moi, je vous en prie. Je
sais que vous n'osez rester plus longtemps. Mais à part vous,
à qui m'adresser ? Oui, le roi me hait. Mais j'ai mis en gage mon
équipement [7]. Faites-le moi rendre : je m'enfuirai et je n'aurai
pas l'audace de m'attarder. Je connais ma valeur, et dans tous
les pays sous le soleil, il n'est pas une cour, j'en suis sûr, dont
le seigneur ne m'honorera si je m'y rends ; et tel que je connais
mon oncle, Yseut, sur ma tête, avant un an, il se repentira de
m'avoir soupçonné, et sera prêt, croyez-moi, à payer son poids
d'or pour réparer sa méprise.

J'en seroie joiose et lie.
S'or savoit ceste chevauchie,
Cel sai je bien que ja resort,
165 Tristran, n'avreie contre mort.
Vois m'en, imais ne prendrai
            [some.
Grant poor ai quë aucun home
Ne vos ait ci veü venir.
S'un mot en puet li rois oïr
170 Que nos fuson ça asemblé,
Il me feroit ardoir en ré.
Ne seret pas mervelle grant.
Mis cors trenble, poor ai grant.
De la poor qui or me prent,
175 Vois m'en, trop sui ci longue-
            [ment ».
    Iseut s'en torne, il la rapele :
« Dame, par Dieu, qui en pucele

Prist por le pueple umanité,
Conseilliez moi, par charité.
180 Bien sai, n'i osez mais remaindre.
Fors a vos ne sai a qui plaindre.
Bien sai que mot me het li rois.
Engagiez est tot mon harnois.
Car le me faites delivrer :
185 Si m'en fuirai, n'i os ester.
Bien sai que j'ai si grant prooise,
Par tote terre ou sol adoise,
Bien sai quë u monde n'a cort,
S'i vois, li sires ne m'anort ;
190 Et së onques point du suen oi,
Yseut, par cest mien chief le bloi,
Nel se voudroit avoir pensé
Mes oncles, ainz un an passé,
Por si grant d'or com il est toz,
195 Ne vos en qier mentir deus moz.

Yseut, pour l'amour de Dieu, sauvez-moi, et rendez-moi quitte envers mon hôte.

— Sachez-le, Tristan, vos discours m'effarent. Vous voulez absolument me perdre. Vous ne parlez pas en ami loyal. Vous savez bien la méfiance, justifiée ou non, de mon mari. Par le Dieu de gloire qui créa le ciel et la terre et nous fit naître, si je lui glisse un mot des gages que vous me demandez de libérer, les choses ne lui sembleront que trop claires. Pourtant je ne saurais avoir le front de lésiner, croyez-moi bien ».

Alors Yseut s'en est allée, et Tristan l'a saluée en pleurant. Sur le perron de marbre gris [8], je le vois appuyé, qui se lamente : « Mon Dieu, que saint Evroult m'assiste [9]! Quel malheur imprévu, de fuir si démuni! Je n'emporterai ni armes ni cheval, et n'aurai d'autre compagnon que Governal [10]. Seigneur! d'un homme sans ressources, on ne fait pas grand cas. Quand je serai en exil et que j'entendrai un chevalier parler de guerre, je n'oserai sonner mot :

Yseut, por Deu, de moi pensez,
Envers mon oste m'aquitez.
— Par Deu, Tristran, mot me [mervel
Qui me donez itel consel.
200　Vos m'alez porchaçant mon mal.
Icest consel n'est pas loial.
Vos savez bien la mescreance,
Ou soit savoir ou set enfance.
Par Deu, li sire glorios
205　Qui forma ciel et terre et nos,
Së il en ot un mot parler
Que vos gages face aquiter,
Trop par seroit aperte chose.
Certes, je ne sui pas si osse
210　Que ce vos di por averté,

Ce saciés vos de verité. »
　　Atant së est Iseut tornee,
Tristran l'a plorant saluee.
Sor le perron de marbre bis
215　Tristran s'apuie, ce m'est vis;
Demente soi a lui tot sol :
« Ha, Dex! beau sire saint Evrol,
Je ne pensai faire tel perte,
Ne foïr m'en a tel poverte!
220　N'en merré armes ne cheval,
Ne compagnon fors Governal.
Ha, Dex! d'ome desatorné,
Petit fait om de lui cherté.
Qant je serai en autre terre,
225　S'oi chevalier parler de guerre,
Je n'en oserai mot soner :

à qui n'a rien, inutile d'ouvrir la bouche. C'est l'heure d'affronter la mauvaise fortune. Elle m'a déjà bien malmené, la rancune du roi ! Cher oncle, il me connaissait mal celui qui a cru que j'avais séduit la reine. Jamais je n'eus désir d'une telle folie. Ce serait bien vil de ma part... »

Le roi, qui se tenait là-haut dans l'arbre, a bien observé l'entretien et entendu toute la conversation. La pitié étreint son cœur, et rien au monde ne saurait l'empêcher de pleurer : il éprouve un tel chagrin ! Il déteste le nain de Tintagel [11].

« Hélas, se dit-il, je viens de constater la trahison du nain. Il m'a fait grimper à cet arbre. Il s'est bien joué de moi. Mensonge pendable que sa délation ! Il a excité ma colère et attisé ma rancœur contre ma femme. J'ai été fou de le croire. Il va payer. Si je puis l'agripper, il mourra par le feu. Sa mort sera plus horrible que celle de Segoçon, que Constantin fit châtrer quand il le surprit avec sa femme. Il avait couronné celle-ci à Rome, et elle avait à son service les meilleurs chevaliers.

Hom nu n'a nul leu de parler.
Or m'estovra sofrir fortune.
Trop m'aura fait mal et rancune !
230 Beaus oncles, poi me deconnut
Qui de ta femme me mescrut.
Onques n'oi talent de tel rage.
Petit sarroit à mon corage... »
... Li rois qui sus en l'arbre estoit
235 Out l'asenblee bien veüe
Et la raison tote entendue.
De la pitié qu'au cor li prist,
Qu'il ne plorast ne se tenist
Por nul avoir : mout a grant duel.
240 Mot het le nain de Tintaguel.
« Las, fait li rois, or ai veü
Que li nains m'a trop deceü.
En cest arbre me fist monter.

Il ne me pout plus ahonter.
245 De mon nevo me fist entendre
Mençonge por qoi ferai pendre.
Por ce me fist metre en aïr,
De ma mollier faire haïr.
Je l'en crus, et si fis que fous ;
250 Li gerredons l'en sera sous.
Se je le puis as poinz tenir,
Par feu ferai son cors fenir.
Par moi avra plus dure fin
Que ne fist faire Costentin
255 A Segoçon, qu'il escolla
Qant o sa feme le trova.
Il l'avoit coroné a Rome
Et la servoient maint preu-
                    [domme.

Il la chérissait et la comblait d'honneurs. Mais il finit par la maltraiter et s'en repentit [12]. »

Tristan s'en est allé depuis longtemps. Le roi descend de l'arbre. Dans son cœur, il se promet de croire désormais sa femme et de ne plus écouter les barons du royaume, qui l'abreuvent de calomnies : lui-même a constaté que leurs accusations étaient fausses et mensongères... Il tient absolument à punir le nain de son épée : il ne tiendra plus de propos félons. Et lui-même ne soupçonnera plus Tristan d'aimer Yseut, mais leur permettra de se rencontrer à leur gré dans la chambre royale.

« A présent, je suis convaincu. Si on m'avait dit vrai, ce n'est pas ainsi qu'eût fini l'entretien. S'ils s'étaient aimés d'amour fou, ils ne se seraient pas gênés, et je les aurais vu s'embrasser. Or je les ai tant entendu se lamenter que je sais bien à présent qu'ils n'y pensent guère. Pourquoi croire à un tel crime? J'en suis honteux et m'en repens. C'est sottise que de prêter foi à n'importe qui. J'aurais dû faire la preuve de leur innocence bien avant d'aspirer sottement à les surprendre. Ils peuvent bénir cette nuit qui les a réunis. Témoin de leur rencontre, j'ai tant appris que ma méfiance s'évanouit à jamais.

Il la tint chiere et honora.
260 En lié mesfist, puis en plora. »
Tristran s'en est pieça alez.
Li rois de l'arbre est devalez.
En son cuer dit or croit sa feme
Et mescroit les barons del reigne
265 Que li faisoient chose acroire
Qu'il set bien que ce n'est pas
[voire
Et qu'il a prové a mençonge.
Or ne laira qu'au nain ne donge
O s'espee si sa merite :
270 Par lui n'iert mais traïson dite.
Ne jamais jor ne mescroira
Tristran d'Iseut, ainz lor laira
La chambre tot a lor voloir.
« Or puis je bien enfin savoir :

275 Se feüst voir, ceste asenblee
Ne feüst pas issi finee.
S'il s'amasent de fol' amor,
Ci avoient asez leisor :
Bien les veïsse entrebaisier.
280 Ges ai oï si gramoier,
Or sai je bien n'en ont corage.
Por qoi cro je si fort outrage?
Ce poise moi, si m'en repent.
Mot est fous qui croit tote gent.
285 Bien deüse ainz avoir prové
De ces deus genz la verité
Que jë eüse fol espoir.
Bien virent aprimier cest soir.
Au parlement ai tant apris,
290 Jamais jor n'en serai pensis.

Au petit jour, Tristan aura sa récompense : il aura licence d'aller dans ma chambre à son gré. C'en est fini du projet de fuite qu'il nourrissait ce matin. »

Oyez maintenant de Frocin, le nain bossu [13]. Il était sorti et regardait le ciel. Il vit Orion et Vénus. Il connaissait le cours des étoiles et observait les sept planètes. Il savait l'avenir. Quand il entendait dire qu'un enfant était né, il définissait tout son horoscope. Le nain Frocin, plein de fourbe, s'ingéniait à perdre celui qui le tuerait un jour. Il a vu la conjonction des astres; la colère le rend blême et l'étouffe. Il connaît le danger que le roi lui fera courir : il tentera par tous les moyens de l'écarter. Le visage défait, il s'enfuit au plus vite vers le Pays de Galles. Le roi le fait activement rechercher : en vain, ce qui le chagrine fort.

Yseut est entré dans sa chambre. Brangien la voit toute livide. Elle a deviné que la reine a été bouleversée par quelque entretien, d'où son émoi et sa pâleur. [Elle lui en demande la cause]... [14] Yseut répond : « Chère gouvernante, j'ai mes raisons pour être si triste et songeuse.

Par matinet sera paiez
Tristran o moi : s'avra congiez
D'estre a ma chambre a son plesir.
Or est remès li suen fuïrs
295  Qu'il voloit faire le matin. »
      Oiez du nain boçu Frocin.
Fors estoit, si gardoit en l'er,
Vit Orient et Lucifer.
Des estoiles le cors savoit.
300  Les set planestres devisoit.
Il savoit bien quë ert a estre.
Qant il oiet un enfant nestre,
Li poinz contoit tot de sa vie.
Li nains Frocins, plains de vois-
                              [die,
305  Mot se penout de cel deçoivre
Qui de s'ame le feroit soivre.

As estoiles choisist l'asente;
De mautalent rogist et enfle;
Bien set li rois fort le menace :
310  Ne laira pas qu'il nu desface.
Mot est li nains nerci et pales,
Mot tost s'en vait fuiant vers
                              [Gales.
Li rois vait mot le nain querant :
Nu puet trover, s'en a duel grant.
315    Yseut est en sa chambre entree.
Brengain la vit descoloree.
Bien sout quë ele avoit oï
Tel rien dont out le cuer marri,
Qui si muoit et palisoit...
320  ... Ele respont : « Bele magistre,
Bien doi estre pensive et tristre.

Brangien, je vous dirai tout : je ne sais qui nous a trahis, mais le roi Marc était caché dans les branches, au-dessus du perron de marbre. J'ai vu son reflet dans la fontaine. Grâce à Dieu, c'est moi qui ai parlé la première. De ce qui m'amenait là, je n'ai pas soufflé mot, croyez-moi : que tragiques plaintes, que tragiques gémissements. Je l'ai blâmé de m'avoir fait venir, tandis qu'il me priait de le réconcilier avec mon mari qui, à grand tort, lui reprochait de m'aimer, et je lui ai dit que sa requête était insensée, car jamais plus je ne lui accorderais d'entretien, ni ne plaiderais sa cause devant le roi. Je ne me rappelle plus mes autres propos : il y eut beaucoup de soupirs. Et jamais le roi n'a pu découvrir quoi que ce soit ni sonder mes réelles pensées. Je me suis tirée de ce mauvais pas. »

Brangien se réjouit de ces paroles :

« Yseut, ma dame, Dieu qui jamais ne mentit a eu grand'pitié de vous, quand il vous a permis de clore sans faux pas un entretien où le roi n'a rien constaté qui ne pût être pris en bonne part. Oui, Dieu vient d'accomplir un grand miracle. Il est vraiment Notre Père,

Brengain, ne vos vel pas mentir :
Ne sai qui hui nos vout traïr,
Mais li rois Marc estoit en l'arbre
325 Ou li perrons estoit de marbre.
Je vi son ombre a la fontaine.
Dex me fist parler primeraine.
Onques de ce que jë i quis
N'i out mot dit, ce vos plevis,
330 Mais mervellos complaignement
Et mervellos gemissement.
Gel blasmé quë il me mandot,
Et il autretant me priout
Que l'acordase a mon seignor
335 Qui a grant tort ert a error
Vers lui de moi, et je li dis
Que grant folie avoit requis,
Que jë a lui mais ne vendroie

Ne ja au roi ne parleroie.
340 Ne sai que je plus racontasse :
Complainz i out une grant masse.
Onques li rois ne s'aperçut
Ne mon estre ne desconut.
Partie me sui du tripot. »
345     Qant l'ot Brengain, mot s'en
                          [esjot :
« Iseut, ma dame, grant merci
Vos a Dex fait, qui ne menti,
Qant il vos a fait desevrer
Du parlement sanz plus outrer,
350 Que li rois n'a chose veüe
Qui ne puise estre en bien tenue.
Granz miracles vos a fait Dex.
Il est verais peres et tex

Celui qui ne veut pas que souffrent ceux qui sont généreux et loyaux. »

Tristan, de son côté, avait raconté à son maître [15], dans le détail, le déroulement de l'affaire. A ce récit, Governal rendit grâces à Dieu, qui a évité le pire.

Le roi ne retrouva pas son nain. Hélas ! voilà qui fera tort à Tristan ! Marc vient à sa chambre. Yseut l'interpelle, qui le craint fort :

« Seigneur, pour l'amour de Dieu, d'où venez-vous ? Quelle urgence vous pousse à vous déplacer sans escorte ?

— Madame, je veux m'entretenir avec vous et j'ai une question à vous poser. Ne me cachez rien, car je veux tout savoir.

— Seigneur, je ne vous ai jamais menti. Dussé-je périr sur le champ, je dirai toute la vérité, sans un mot de mensonge.

— Madame, avez-vous revu mon neveu ?

— Seigneur, je vous découvre toute la vérité. Vous ne croirez pas en ma franchise, mais je vais vous parler sans feinte. Oui, je l'ai vu et je lui ai parlé. J'étais avec votre neveu sous le pin. A présent, faites-moi mourir, si telle est votre volonté. Oui, je l'ai vu. C'est très grave, puisque vous croyez que j'aime Tristan, que je suis une catin et que je vous trompe. J'en suis si malheureuse que cela m'est égal,

<br>

Qu'il n'a cure de faire mal
355   A ceus qui sont buen et loial. »
      Tristran ravoit tot raconté
      A son mestre com out ouvré.
      Qant conter l'ot, Deu l'en mercie
      Que plus n'i out fait o s'amie.
360   Ne pout son nain trover li rois.
      Dex ! tant ert a Tristran sordois !
      A sa chambre li rois en vient.
      Iseut le voit, qui mot le crient :
      « Sire, por Deu, dont venez vos ?
365   Avez besoin, qui venez sous ?
      — Roïne, ainz vien a vos parler
      Et une chose demander ;
      Si ne me celez pas le voir,
      Car la verté en vuel savoir.

370   — Sire, onques jor ne vos menti.
      Se la mort doi recevoir ci,
      S'en dirai je le voir du tot.
      Ja n'i avra menti un mot.
      — Dame, veïs puis mon nevo ?
375   — Sire, le voir vos en desno.
      Ne croiras pas que voir en die,
      Mais jel dirai sanz tricherie.
      Gel vi et puis parlai a lui.
      O ton nevo soz cel pin fui.
380   Or m'en oci, roi, si tu veus.
      Certes, gel vi. Cë est grant deus,
      Qar tu penses que j'ain Tristrain
      Par puterie et par anjen.
      Si ai tel duel que moi n'en chaut

si vous exigez que je me rompe les os. Mais, seigneur, pour
cette fois, pitié ! Je vous ai dit vrai : si vous ne m'en croyez,
et si vous écoutez une parole mensongère qui ne conte que du
vent, ma bonne foi me sauvera. Tristan votre neveu est donc
venu sous le pin qui est ici, dans le jardin. Il m'a donné rendez-
vous sans ajouter rien de plus, et je ne pouvais me montrer
trop sévère : c'est par lui que je suis votre femme et la reine. Ah !
sans ces bandits qui vous dénoncent des chimères, j'aurais joie
à le traiter comme il convient. Seigneur, je vous suis soumise,
et Tristan, que je sache, est votre neveu. C'est à cause de vous
que je lui ai voué tant d'amitié. Mais les délateurs et les traîtres
qui veulent l'éloigner de la cour vous font croire à des calomnies.
Tristan s'en va : Dieu leur donne de subir l'infamie qu'ils
méritent ! Oui, j'ai parlé hier soir à votre neveu : il m'a supplié
avec désespoir, seigneur, de vous réconcilier avec lui. Je lui
ai dit, moi, de s'en aller et de ne plus jamais me donner rendez-
vous, parce que je refuserais et que je n'interviendrais pas pour
lui auprès de vous. Seigneur, je suis sincère : il ne se passa
rien de plus. Si vous l'exigez, je mourrai, mais ce sera bien à tort.

385 Se tu me fais prendre un mal saut.
Sire, merci a ceste foiz !
Je t'ai voir dit : si ne m'en croiz,
Ainz croiz parole fausse et vaine,
Ma bone foi me fera saine.
390 Tristran tes niès vint soz cel pin
Qui est laienz en ce jardin.
Si me manda qu'alase a lui.
Ne me dist rien, mais je li dui
Anor faire non trop frarine :
395 Par lui sui je de vos roïne.
Certes, ne fusent li cuvert
Qui vos dient ce qui ja n'iert,
Volantiers li feïse anor.
Sire, jos tien por mon seignor,
400 Et il est votre niés, ç'oi dire.
Por vos l'ai je tant amé, sire.

Mais li felon, li losengier
Quil vuelent de cort esloignier
Te font acroire la mençonge.
405 Tristran s'en vet : Dex lor en
[doinge
Male vergoigne recevoir !
A ton nevo parlai ersoir.
Mot se complaint com angoisos,
Sire, que l'acordasse a vos.
410 Je li di ce : qu'il s'en alast,
Nule foiz mais ne me mandast,
Car jë a lui mais ne vendroie
Ne ja a vos n'en parleroie.
Sire, de rien ne mentirai :
415 Il n'i ot plus. Se vos volez,
Ocïez moi, mais c'iert a tort.

Tristan s'en va parce que vous êtes fâché contre lui. Il s'embarque, je le sais bien. Il m'a demandé de lui faire rendre ses gages. Mais je n'ai pas voulu qu'il en récupérât un seul ni qu'il prolongeât l'entretien. Seigneur, j'ai dit toute la vérité. Si je mens, faites-moi couper le cou. Sachez-le, seigneur, et croyez-moi, je lui aurais fait rendre ses gages, et de bon cœur, si j'avais osé; mais je n'ai pas voulu seulement lui mettre quatre besants dans son aumônière, de peur que vos courtisans ne jasent [16]. Il s'en va démuni : que Dieu l'accompagne! Vous avez mal agi en l'exilant : il n'est pas un pays où il ne trouve l'amitié de Dieu. »

Le roi savait bien qu'elle disait vrai. Il la laissa parler; puis il l'étreignit et l'embrassa plus de cent fois. Yseut pleurait : il l'adjure de se taire; désormais, il aura foi en Tristan et en elle, quoi que disent les délateurs. Qu'ils aillent et viennent à leur gré. Ce qu'aura Tristan, Marc y aura part, et son propre avoir appartiendra aussi à Tristan. Il ne croira plus les gens de Cornouaille. Puis le roi déclara à la reine que c'était le nain félon Frocin qui lui avait dénoncé l'entretien, et que c'était lui qui l'avait fait monter dans le pin, au-dessus de la fontaine, pour assister, ce soir-là, à leur rencontre.

Tristran s'en vet por le descort.
Bien sai quë outre la mer passe.
Dist moi que l'ostel l'aqitasse :
420  Nel vol de rien nule aqiter,
Ne longuement a lui parler.
Sire, or t'ai dit le voir sans falle.
Si je te ment, le chief me talle.
Ce sachiez, sire, sanz doutance,
425  Je li feïse l'aqitance,
Se jë osase, volentiers;
Ne sol quatre besanz entiers
Ne li vol metre en s'aumosniere
Por ta mesnie noveliere.
430  Povre s'en vet : Dex le conduie!
Par grant pechié li donez fuie :
Il n'ira ja en cel païs,
Dex ne li soit verais amis ».

Li rois sout bien qu'el ot voir
[dit.
435  Les paroles totes oït;
Acole la, cent foiz la beise.
El plore : il dit qu'ele se tese.
Ja nes mescrera mais nul jor
Por dit de nul losangeor.
440  Allent et viengent a lor buens.
Li avoirs Tristran ert mès suens
Et li suens avoir ert Tristrans.
N'en crerra mais Corneualans.
Or dit li rois a la roïne
445  Conme le felon nain Frocine
Out anoncié le parlement
Et com el pin plus hautement
Le fist monter por eus voier
A lor asemblement le soir.

« Seigneur, vous étiez donc dans le pin?

— Oui, madame, par saint Martin. Il n'est pas une parole si minime fût-elle, que je n'aie perçue. Quand j'ai entendu Tristan raconter le combat qu'il mena pour moi, j'eus pitié de lui, et il s'en fallut de peu que je ne tombasse de l'arbre; de même lorsqu'il décrivit le mal qu'il subit en mer, après avoir été blessé par le dragon : vous l'en avez guéri, et l'avez comblé de bienfaits; ou encore, lorsqu'il vous demanda de l'aider à recouvrer ses gages, quels ne furent pas mes remords! Vous n'avez pas voulu le libérer de sa dette, et aucun de vous ne s'est approché de l'autre [17]. J'en avais le cœur serré, là-haut sur mon arbre, et je ressentais une douce joie, mais me tins coi.

— Seigneur, j'en suis très heureuse. Vous le savez à présent : nous avions tout loisir, s'il m'avait aimé d'amour insensé. Vous vous en seriez aperçu. Au contraire, n'est-ce pas? à aucun moment vous ne l'avez vu ni s'approcher, ni me saisir, ni m'embrasser. La preuve est faite qu'il ne m'aime pas de passion vile. Si vous n'aviez pas assisté à l'entretien, vous ne le croiriez pas.

— Mon Dieu, non, répond le roi. Brangien, s'il te plaît, va chercher mon neveu,

450 « Sire, estïez vos donc el pin?
— Oïl, dame, par saint Martin.
Onques n'i ot parole dite
Ge n'oïse, grant ne petite!
Qant j'oï a Tristran retraire
455 La batalle que li fis faire,
Pitié en oi, petit falli
Que de l'arbre je ne chaï;
Et qant je l'i oï retraire
Le mal qu'en mer li estut traire
460 De la serpent dont le garistes
Et les grans biens que li feïstes,
Et qant il vos requist quitance
De ses gages, si oi pesance.
Ne li vosistes aquiter
465 Ne l'un de vos l'autre abiter.
Pitié m'en prist a l'arbre sus.
Souef m'en ris, si n'en fis plus.

— Sire, ce m'est mot buen for-
[ment.
Or savez bien certainement :
470 Mot avion bele loisor,
Së il m'amast de fole amor.
Asez en veïsiez semblant.
Ainz, par ma foi, ne tant ne qant
Ne veïstes qu'il m'aprismat
475 Ne me preïst ne me baisast.
Bien senble ce chose certaine :
Ne m'amot pas d'amor vilaine.
Sire, s'or ne nos veïssiez,
Certes, ne nos en creïssiez.
480 — Par Deu, je non, li rois res-
[pont.
Brengain, que Dex anor te donst!
Por mon nevo va a l'ostel,

et s'il te dit quoi que ce soit, ou ne veut pas te suivre, rétorque-lui que je lui ordonne de venir. »

Brangien s'écrie :

« Seigneur, il me hait. Il a tort, Dieu en est témoin. Il dit que c'est ma faute, s'il subit votre colère. Il veut ma perte avec acharnement. Mais j'irai : à cause de vous, il n'osera pas me toucher. Je vous en supplie, sire, réconciliez-nous quand il sera ici. »

Vous entendez la rusée ! Elle agit en fille d'esprit : elle sait bien qu'elle raconte des histoires, quand elle se plaint de Tristan et de sa rancune.

« Sire, je vais le chercher, dit-elle. Réconciliez-nous, ce sera une bonne action. »

Le roi répond : « Je m'y efforcerai. Va vite le chercher, et amène-le ici. »

Yseut sourit, et plus encore Marc.

Brangien sort en sautant de joie. Tristan, contre le mur, a tout entendu. Il saisit Brangien par le bras, l'embrasse, et rend grâces à Dieu [18]... Etre avec Yseut aussi longtemps qu'il le désire ! Brangien lui dit :

« Seigneur, le roi, dans cette pièce, a longuement parlé de toi et de ta bien aimée. Il t'a pardonné. Il hait désormais ceux qui t'accusent.

Et së il dit ou un ou el
Ou n'i velle venir por toi,
485  Di je li mant qu'il vienge a moi. »
Brengain li dit : « Sire, il me het.
Si est a grant tort, Dex le set.
Dit par moi est meslez o vos.
La mort me veut tot a estros.
490  G'irai : por vos le laisera
Bien tost que ne me tochera.
Sire, por Deu, acordez m'i,
Qant il sera venu ici. »
Oiez que dit la tricheresse !
495  Mot fist que bone lecheresse :
Lores gaboit a escïent
Et se plaignoit de mal talent.
« Rois, por li vois, ce dist Bren-
[gain.

Acordez m'i, si ferez bien. »
500  Li rois respont : « G'i metrai
[paine.
Va tost poroc et ça l'amaine. »
Yseut s'en rist et li rois plus.
Brengain s'en ist les sauz par l'us.
Tristan estoit a la paroi :
505  Bien les oiet parler au roi.
Brengain a par les bras saisie;
Acole la, Deu en mercie...
... D'estre o Yseut a son plaisir.
Brengain mist Tristran a raison :
510  « Sire, laiens en sa maison,
A li rois grant raison tenue
De toi et de ta chiere drue.
Pardoné t'a son mautalent.
Or het ceus que te vont meslant.

Il m'a demandé d'aller te chercher. J'ai répondu que tu m'en voulais. Fais semblant de te faire prier et de ne me suivre qu'à contrecœur. Si le roi te requiert à mon sujet, fais grise mine. »

Tristan l'étreint et l'embrasse. Il est tout joyeux, parce que son bonheur est de nouveau à sa portée. Ils s'en vont à la chambre ornée de fresques où se tiennent Yseut et le roi. Tristan y entre :

« Cher neveu, dit le roi, avance. Pourvu que tu pardonnes à Brangien, je te pardonnerai à mon tour.

— Sire, oncle chéri, écoutez-moi. Vous écartez bien vite le tort que vous avez envers moi, pour avoir cru à des accusations qui me déchiraient le cœur. Un tel outrage, une telle trahison ! Ce serait ma perte, et pour la reine, le scandale. Jamais nous n'avons nourri une telle pensée, Dieu en soit témoin. Vous savez à présent qu'il vous hait, celui qui vous suggère ces monstruosités. A l'avenir, soyez plus avisé. Ne vous emportez ni contre la reine, ni contre moi, qui suis de votre sang.

— Je te le promets, cher neveu. »

Tristan est réconcilié avec le roi. Celui-ci lui a donné licence d'être admis dans la chambre royale : quelle joie ! Tristan y va et vient librement, et le roi n'y voit aucun mal.

515 Proïe m'a que venge a toi.
Gë ai dit quë ire as vers moi.
Fai grant semblant de toi proier,
N'i venir mie de legier.
Se li rois fait de moi proiere,
520 Fai par semblant mauvese chiere.»
Tristran l'acole, si la beise.
Liez est quë ore ra son esse.
A la chambre painte s'en vont,
La ou li rois et Yseut sont.
525 Tristran est en la chambre entrez.
« Niés, fait li rois, avant venez.
Ton mautalent quite a Brengain
Et je te pardorrai le mien.
— Oncle, chiers sire, or m'en-
[tendez.
530 Legirement vos desfendez
Vers moi, qui ce m'avez mis sure

Dont li mien cor el ventre pleure
Si grant desroi, tel felonie !
Dannez seroie et el honie.
535 Ainz nu pensames, Dex le set.
Or savez bien que cil vos het
Qui te fait croire tel mervelle.
D'or en avant meux te conselle.
Ne portë ire a la roïne,
540 N'a moi qui sui de vostre orine.
— Non ferai je, beaus niès, par
[foi. »
Acordez est Tristran au roi.
Li rois li a doné congié
D'estre a la chambre : es le vos
[lié.
545 Tristran vait a la chambre et
[vient :
Nule cure li rois n'en tient.

Ah! Dieu, peut-on aimer plus d'un an ou deux sans se trahir?
Il n'est d'amour qui ne se découvre. Clins d'yeux trop fréquents
au partenaire, rendez-vous trop nombreux, en secret ou devant
témoins : les amants sont toujours impatients d'être heureux,
et multiplient les entretiens. Or il y avait à la cour trois barons :
vous auriez peine à trouver plus traîtres. Ils s'étaient juré que,
si le roi ne chassait son neveu de son pays, ils ne le toléreraient
plus; ils se retireraient dans leurs châteaux pour préparer une
guerre contre Marc. Or, dans un jardin, sous une ramure, ils
viennent de voir la belle Yseut avec Tristan, et leur conduite
était intolérable; plusieurs fois ils les ont surpris qui gisaient
tout nus dans le lit de Marc; car lorsque le roi va chasser en
forêt et que Tristan lui dit : « J'en viens », il reste alors au palais
et il se rend dans la chambre; les deux amants y demeurent
longtemps ensemble.

« Nous lui révélerons la chose nous-mêmes. Allons voir le
roi et dénonçons-lui le scandale. Qu'il nous aime ou qu'il
nous haïsse, nous exigeons qu'il bannisse son neveu. »

Ainsi en ont-ils unanimement décidé. Les voici qui parlent
au roi. Ils l'ont attiré à l'écart :

|  |  |
|---|---|
| Ha, Dex! qui puet amor tenir | Virent l'autrier Yseut la gente |
| Un an ou deus sanz descovrir? | 565 Ovoc Tristran en tel endroit |
| Car amors ne se puet celer. | Que nus hom consentir ne doit, |
| 550 Sovent cline l'un vers son per; | Et plusors fois les ont veüs |
| Sovent vienent a parlement | El lit roi Marc gesir toz nus; |
| Et a celé et voiant gent : | Qar qant li rois en vet el bois |
| Par tot ne püent aise atendre. | 570 Et Tristran dit : « Sire, g'en |
| Maint parlement lor estuet | [vois », |
| [prendre. | Puis se remaint, entre en la |
| 555 A la cort avoit trois barons : | [chambre : |
| Ainz ne veïstes plus felons. | Iluec grant piece sont ensemble. |
| Par sairement s'estoient pris | « Nos li diromes nos meïsmes. |
| Que se li rois de son païs | Alon au roi et si li dimes. |
| N'en faisot son nevo partir, | 575 Ou il nos aint ou il nos hast, |
| 560 Il nu voudroient mais soufrir; | Nos volons son nevo en chast! » |
| A lor chasteaus sus s'en trai- | Tuit ensemble ont ce consel pris. |
| [roient | Li rois Marc ont a raison mis. |
| Et au roi Marc guerre feroient; | A une part ont le roi trait. |
| Kar en un gardin souz une ente | |

« Sire, disent-ils, cela ne va pas du tout. Ton neveu et la reine Yseut s'aiment. N'importe qui est en mesure de le constater, et nous jugeons que c'est intolérable. »

Le roi les écoute, il soupire, il baisse la tête, il ne sait que dire, il est perplexe.

« Sire, disent les trois félons, oui, c'est inadmissible, car nous sommes sûrs et certains que tu consens à leur forfait et que tu es au courant de cette monstruosité. Que vas-tu faire? Réfléchis bien. Si tu ne chasses pas ton neveu de ta cour, et définitivement, nous cesserons à jamais de te servir et te ferons sans cesse la guerre. Nous convaincrons beaucoup de nos voisins de quitter une cour où nous ne supporterons pas qu'ils restent. Nous te proposons à présent un choix : à toi de nous dire ta décision.

— Seigneurs, vous êtes mes féaux, et Dieu sait combien je suis effaré de voir que mon neveu cherche à me déshonorer. Il a une étrange façon de me servir. Conseillez-moi, je vous le demande. C'est votre devoir, et je ne veux pas diminuer le nombre de mes fidèles. Soyez sûr que je mets mon orgueil de côté.

— Sire, faites venir le nain qui connaît l'avenir. Il est féru de beaucoup de sciences. C'est lui qu'il faut consulter.

---

[80] « Sire, f ont il, malement vet.
Tes niès s'entraiment et Yseut.
Savoir le puet quiconques vuet,
Et nos nu volon mais sofrir. »
Li rois entent, fist un sospir,
[585] Son chief abesse vers la terre,
Ne set qu'il die, sovent erre.
« Rois, ce dient li troi felon,
Par foi, mais nu consentiron,
Qar bien savon de verité
[590] Que tu consenz lor cruauté,
Et si sez bien ceste mervelle.
Qu'en feras-tu? Or t'en conselle.
Se ton nevo n'ostes de cort
Si que jamais nen i retort,
[595] Ne nos tenron a vos jamez,
Si ne vos tendron nule pez.

De nos voisins feron partir
De cort, que nes poon soufrir.
Or t'aron tost cest geu parti :
[600] Tote ta volenté nos di.
— Seignor, vos estes mi fael.
Si m'aïst Dex, mot me mervel
Que mes niès ma vergonde ait
[quise.
Mais servi m'a d'estrange guise.
[605] Conseliez m'en, gel vos requier.
Vos me devez bien consellier,
Que servise perdre ne vuel.
Vos savez bien, n'ai son d'orguel.
— Sire, or mandez le nain devin.
[610] Certes il set de maint latin.
Si en soit ja li consel pris.

Une fois qu'il sera ici, on décidera. »
Le nain est arrivé presque aussitôt. Maudit soit-il, ce sale
bossu ! L'un des barons l'embrasse, et le roi lui explique l'affaire.
Hélas ! écoutez la trahison par laquelle ce Frocin vient d'abuser
le roi ! Maudits soient les devins de son espèce ! Vit-on jamais
plus noire félonie que celle dont fut capable ce nabot que
Dieu maudisse ?

« Dis à ton neveu d'aller chez le roi Arthur, dans sa ville forte
de Carduel, dès le petit jour. Qu'il lui porte au galop un bref
sur parchemin qui sera scellé et cacheté de cire. Sire, Tristan
dort habituellement au pied de ton lit [19]. Sous peu, cette nuit-
même, il voudra, je le sais, parler à la reine, pardieu ! avant de
remplir cette mission. Aussi, dès la première veille, sors de la
chambre. Je le jure par le Très Haut et par l'Église romaine, si
Tristan l'aime de fol amour, il la rejoindra, et s'il s'y risque sans
que je le sache ou sans que tu les surprennes, tue-moi ou livre-
moi à tes hommes. Les coupables, pris sur le fait, pourront
toujours faire de beaux serments ! Sire, laisse-moi agir et prévoir
à ma guise,

Mandez le nain, puis soit asis. »
Et il i est mot tost venuz.
Dehez ait il comme boçuz !
615 Li un des barons l'en acole.
Li rois li mostre sa parole.
   Ha ! or oiez quel traïson
Et con faite seducïon
A dit au roi cil nain Frociz !
620 Dehé aient tuit cil devin !
Qui porpensa tel felonie
Con fist cist nain qui Dex mau-
                            [die?
   « Di ton nevo q'au roi Artur,
A Carduel qui est clos de mur
625 Covient qu'il alle par matin.
Un brief escrit au parchemin
Port a Artur toz les galoz,

Bien seelé, a cire acloz.
Rois, Tristran gist devant ton lit.
630 Anevoies, en ceste nuit,
Sai que voudra a lui parler,
Por Deu, que devra la aler.
Rois, de la chambre is a prin-
                            [some :
Deu te jur et la loi de Rome,
635 Se Tristran l'aime folement,
A lui vendra au parlement.
Et s'il i vient, et ge nul sai,
Se tu nu voiz, si me desfai
Et tuit ti homë autrement :
640 Prové seront sanz soirement.
Rois, or m'en laisse covenir
Et a ma volenté sortir,

et attends seulement le soir pour lui dire que tu l'envoies là-bas. »

Le roi répond : « Ami, ce sera fait. » Ils se séparent et chacun va de son côté.

Le nain était très habile; il ourdit un piège étonnant : il se rendit chez un boulanger, il acheta pour quatre deniers de fleur de farine qu'il enserra dans son giron. Hélas! que n'eût-il jamais machiné telle traîtrise!

La nuit, quand le roi eut dîné et que tout le monde monta se coucher, Tristan accompagna le roi dans sa chambre.

« Cher neveu, j'ai besoin de vous. Je veux que vous exécutiez mon ordre. Prenez votre cheval et allez chez le roi Arthur, à Carduel. Faites-lui lire ce bref. Et saluez-le de ma part. Ne restez pas plus qu'un jour. »

Tristan écoute les ordres du roi, et lui répond qu'il portera le message :

« Sire, j'irai dès l'aurore.

— Oui, avant la fin de la nuit. »

Tristan est très troublé. Entre sa couche et celle du roi, il y a l'écart d'une lance. Il projette un fol dessein. Il se jure de parler à la reine, s'il le peut, dès que son oncle dormira. Mon Dieu! quelle erreur! c'est trop d'audace!


Et se li çole l'envoier
Desi qu'a l'ore du cochier. »
645 Li rois respont : « Amis, c'ert
                              [fait. »
Departent soi; chascun s'en vait.
   Mot fu li nain de grant voidie;
Mot par fist rede felonie :
Cil en entra chiez un pestor,
650 Quatre derees prist de flor,
Puis la lia a son gueron.
Qui pensast mais tel traïson!
   La nuit, qant ot li rois mangié,
Par la sale furent couchié.
655 Tristran alla le roi couchier.
« Beau niés, fait-il, je vos requier.
Ma volenté faites, gel vuel.
Au roi Artur, jusq'a Carduel,
Vos convendra a chevauchier.

660 Cel brief li faites desploier.
Niés, de ma part le saluer.
O lui c'un jor ne sejorner. »
Du mesage ot Tristan parler.
Au roi respont de lui porter :
665 « Rois, gë irai bien par matin.
— O vos, ainz que la nuit ait
                              [fin. »
Tristran fu mis en grant esfroi.
Entre son lit et cel au roi
Avoit bien le lonc d'une lance.
670 Trop out Tristran sote atenance.
En son cuer dist qu'il parleret
A la roïne, s'il pooit,
Qant ses oncles ert endormiz.
Dex! quel pechié! trop ert har-
                              [diz!

Le nain, cette nuit-là, se tint dans la chambre. Écoutez comment il remplit sa fonction : entre les deux lits, il répand la fleur de farine, pour que les pas y restent marqués, si l'un des amants rejoint l'autre. La fleur de farine garde bien l'empreinte des pieds. Or Tristan voit rôder le nain qui éparpille la farine. Il pense : « Que se passe-t-il ? Quel zèle inaccoutumé ! » et se dit :

« Il pourrait bien être en train de répandre la fleur de farine pour faire apparaître notre trace, si nous nous rejoignons [20]. S'y risquer dans ces conditions serait folie : il le saura bien, si j'y vais. »

La veille, Tristan, dans la forêt, avait été blessé à la jambe par un grand sanglier; sa plaie le faisait souffrir : il avait beaucoup saigné. Par malheur, il avait retiré son bandage. Il n'est pas endormi, c'est sûr. Le roi s'est levé à minuit. Il est sorti de la chambre. Le nain bossu l'accompagne.

Dans la chambre, aucune lumière; point de cierge ni de lampe qui soient allumés. Voilà Tristan debout. Hélas ! quelle erreur ! Écoutez : il joint les pieds, calcule son bond, saute, et tombe de tout son poids sur le lit royal. La blessure s'ouvre : elle saigne en abondance. Le sang qui jaillit marque les draps.

[675]    Li nains la nuit en la chambre
              [ert.
         Oiez comment cele nuit sert :
         Entre deus liez la flor respant,
         Que li pas allent paraisant
         Se l'un a l'autre la nuit vient.
[680]    La flor la forme des pas tient.
         Tristran vit le nain besuchier
         Et la farine esparpellier.
         Porpensa soi que ce devoit,
         Qar si servir pas ne soloit !
[685]    Puis dist : « Bien tost, a ceste
              [place
         Espandroit flor por nostre trace
         Veer, se l'un a l'autre iroit.
         Qui iroit or, que fous feroit !
         Bien verra mais së or i vois. »
[690]    Le jor devant, Tristran, el bois,
         En la jambe nafrez estoit

         D'un grant sengler; mot se do-
              [loit :
         La plaie mot avoit saignié.
         Desliez ert, par son pechié.
[695]    Tristran ne dormoit pas, ce quit.
         Et li rois live a mie nuit.
         Fors de la chambre en est issuz.
         O lui ala li nains boçuz.
              Dedanz la chambre n'out clar-
              [téz,
[700]    Cirge ne lampë alumez
         Tristran se fu sus piez levez.
         Dex ! por qoi fist ? Or escoutez :
         Les piez a joinz, esme, si saut,
         El lit le roi chaï de haut.
[705]    Sa plaie escrive : forment saine.
         Le sanc qu'en ist les dras en-
              [saigne.

La blessure saigne, et Tristan ne sent rien, tant il pense à son plaisir. Le sang s'accumule en plusieurs endroits. Et le nain est là, dehors. Au clair de lune, il a vu nettement les deux amants ensemble; il en tremble de joie et dit à Marc :
« Sire, si tu ne les prends pas en flagrant délit, fais-moi pendre. »
Ils étaient là, les trois félons qui avaient comploté ce mauvais coup. Le roi revient : Tristan l'entend; il se lève le cœur battant et bondit prestement. Mais tandis qu'il saute, le sang coule, hélas! de la plaie sur la farine. Mon Dieu! si la reine avait retiré les draps du lit! On n'aurait pu, cette nuit-là, rien prouver contre eux; si elle y avait pensé, elle aurait préservé son honneur. Mais Dieu consentit à un grand miracle qui les sauva.

Le roi revient à la chambre. Le nain, qui lui tient la chandelle, l'accompagne. Tristan feignait de dormir, et il ronflait bruyamment. Personne d'autre dans la chambre, sauf Périnis, couché à ses pieds [21],

| | |
|---|---|
| La plaie saigne : ne la sent, | Li sans decent (malement vait!) |
| Qar trop a son delit entent. | De la plaie sor la farine. |
| En plusors leus li sanc aüne. | Ha! Dex, qel duel que la roïne |
| 710 Le nain defors est. A la lune, | 725 N'avot les dras du lit ostez! |
| Bien vit josté erent ensemble | Ne fust la nuit nus d'eus provez... |
| Li dui amant : de joie en tremble | Së ele s'en fust apensee, |
| E dist au roi : « Se nes puez [prendre | Mot eüst bien s'anor tensee. |
| Ensemble, va, si me fai pendre. » | Mot grant miracle Deus i out |
| 715 Iluec furent li troi felon | 730 Ques garanti si con li plot. |
| Par qui fu ceste traïson | Li ros a sa chambre revient. |
| Porpensee priveement. | Li nains que sa chandele tient |
| Li rois s'en vient : Tristan l'en- [tent; | Vient avoc lui. Tristran faisoit |
| Live du lit tot esfroïz; | Semblant comme së il dormoit, |
| 720 Errant s'en rest mot tost sailliz. | 735 Qar il ronfloit forment du nés. |
| Au tresallir que Tristran fait, | Seus en la chambre fu remés, |
| | Fors tant quë a ses piez gegoit |

immobile, et la reine, sur sa couche. Sur la fleur de farine, le
sang, tout chaud, bien visible. Le roi vit les draps sanglants et
les traces rouges sur la poudre blanche. Le sang permet au roi
d'inculper Tristan. Les trois barons sont dans la chambre. Ils
se saisissent brutalement de lui [22] : ils l'avaient pris en haine
à cause de sa prouesse et de l'amitié que lui vouait la reine. Ils
insultent celle-ci et la menacent : ils s'acharnent à exiger son
châtiment. Ils constatent la blessure sanglante à la jambe de
Tristan :

« Voilà une preuve irréfutable : vous êtes pris sur le fait, dit
le roi. Il ne sert à rien de contester [23]. Oui, dès demain, Tristan,
votre mort est certaine. »

Tristan lui crie :

« Sire, pitié. Au nom du Dieu qui souffrit la Passion, ne soyez
pas insensible à notre prière. »

Les félons, eux, s'exclament :

« Sire, c'est l'heure de la vengeance.

— Mon oncle, je n'ai cure de moi. Je sais bien que c'est
pour moi l'heure de la chute [24]. Je ne veux pas exaspérer votre
fureur, sinon ils auraient déjà payé le mal qu'ils me font : je
leur aurais arraché les yeux pour avoir osé me toucher de leurs
mains. Je n'ai rien contre vous; quel que soit mon sort à venir,
vous ferez de moi ce que vous voulez,

Pirinis, qui ne s'esmovoit,
Et la roïne a son lit jut.
740 Sor la flor, chauz, li sanc parut.
Li rois choisi el li le sanc :
Vermel en furent li drap blanc,
Et sor la flor en pert la trace.
Du sanc li rois Tristran menace.
745 Li troi baron sont en la chambre.
Tristran par ire a son lit prenent :
Coilli l'orent cil en haïne
Por sa prooise et la roïne.
Laidisent la, mot la menacent :
750 Ne lairont justice n'en facent.
Voient la jambe qui li saine :
« Trop par a ci veraie enseigne :
Provez estes, ce dist li rois.
Vostre escondit n'i vaut un pois.
755 Certes, Tristran, demain, ce quit,

Soiez certain d'estre destruit. »
Il li crie : « Sire, merci.
Por Deu qui Pasion soufri,
Sire, de nos pitié vos prenge. »
760 Li fel dient : « Sire, or te venge.
— Beaus oncles, de moi ne me
                              [chaut.
Bien sai, venuz sui a mon saut.
Ne fust por vos a corocier,
Cist plez fust ja venduz mot
                              [chier :
765 Ja por lor eulz ne le pensasent
Que ja de lor mains m'atocha-
                              [sent.
Mais envers vos nen ai je rien;
O tort a mal ou tort a bien,
De moi ferez vostre plesir,

car je suis prêt à le souffrir si cela vient de vous. Mais, sire, pour l'amour de Dieu, ayez pitié de la reine » (il se prosterne) « car personne à votre cour n'aurait perfidement allégué que je fusse par folie l'amant de la reine sans encourir de ma part un défi mortel. Sire, pour l'amour de Dieu, pitié pour Yseut. »

Les trois félons, qui sont dans la chambre, ont capturé Tristan et le ligotent, et ils ligotent aussi la reine. Leur haine est à son comble. Ah! si Tristan avait su que lui serait refusé le duel judiciaire, il aurait préféré se laisser dépecer tout vif plutôt que d'accepter qu'on les ligotât ainsi tous les deux; mais il avait une telle foi en Dieu qu'il était sûr et certain, s'il obtenait le combat, que nul n'oserait s'armer ni brandir une épée contre lui. Il se croyait en mesure de se défendre en champ clos. Aussi se garda-t-il avec sang-froid de toute violence devant Marc, mais s'il avait su ce qu'il en était et ce qui allait advenir, il aurait tué les trois félons, sans que le roi pût les sauver. Hélas! mon Dieu, pourquoi les a-t-il épargnés? Il s'en serait trouvé mieux [25].

Le bruit court par la ville que Tristan et la reine Yseut ont été surpris ensemble

[770] Et je sui prest de vos soufrir.
Sire, por Deu, de la roïne
Aiez pitié! » (Tristran l'encline)
« Quar il n'a home en ta meson,
Se disoit ceste traïson
[775] Que pris eüse druerie
O la roïne par folie,
Ne m'en trovasse en champ, armé.
Sire, merci de li por Dé. »
    Li troi qui a la chambre sont
[780] Tristran ont pris et lié l'ont
Et liee ront la roïne.
Mot est torné a grant haïne.
Ja se Tristran ice seüst
Quë escondire nul leüst,
[785] Mex se laisast vif depecier
Que lui ne lié soufrist lier;

Mais en Deu tant fort se fiot
Que bien savoit et bien quidoit,
S'a escondit peüst venir,
[790] Nus n'en osast armes saisir
Encontre lui, lever ne prendre.
Bien se quidoit par champ de-
    [fendre.
Por ce ne se vout vers le roi
Mesfaire soi por nul desroi,
[795] Qar s'il seüst ce quë en fut
Et ce qui avenir lor dut,
Il les eüst tuëz toz trois,
Ja ne les en gardast li rois.
Ha! Dex, porqoi ne les ocist?
[800] A mellor plait asez venist.
    Li criz live par la cité
Qu'endui sont ensemble trové

et que le roi veut leur perte. Humbles et grands pleurent, et
souvent on murmuie :
« Hélas ! nous avons bien des raisons pour nous lamenter !
Ah ! Tristan, tu es si généreux ! Maudite soit la trahison ! Ces
monstres t'ont en leur pouvoir ! Ah ! noble et digne reine, y
aura-t-il jamais sur terre princesse qui te vaille ? Méchant nain,
voilà le fruit de ta science ! Maudit soit à jamais qui rencontrera
le nabot sans le transpercer de sa lance ! Nous te pleurerons,
Tristan, ami cher et précieux, quand tu seras mis au supplice !
Oui, ta mort va causer une grande douleur ! Quand le Morholt
a débarqué ici pour nous prendre nos enfants, il imposa vite le
silence à nos barons, car il n'y en eut pas un qui eût le courage
de s'armer contre lui. Mais toi, tu as accepté le combat pour
nous défendre, nous, le peuple de Cornouaille. Tu as tué le
Morholt. Il t'avait blessé avec son javelot, et tu as failli mourir.
Non, nous ne pouvons accepter que tu sois condamné à périr. »
Le tumulte monte, et l'irritation.

Tristran et la reïne Iseut
Et que li rois destruire eus veut.
805 Pleurent li grant et li petit.
Sovent l'un d'eus a l'autre dit :
« A ! las, tant avon a plorer !
Ahi ! Tristran, tant par es ber !
Qel damage que traïson !
810 Vos ont fait prendre cil gloton !
Ha ! roïne franche, honoree,
En qel terre sera mais nee
Fille de roi qui ton cors valle ?
Ha ! nains, c'a fait ta devinalle ?
815 Ja ne voie Deu en la face,
Qui trovera le nain en place,
Qui nu ferra d'un glaive el cors !
Ahi ! Tristran, si grant dolors

Sera de vos, beaus chers amis,
820 Qant si seroiz a destroit mis !
Ha ! las, qel duel de vostre mort !
Qant le Morhout prist ja ci port
Qui ça venoit por nos enfanz,
Nos barons fist si tost taisanz
825 Quë onques n'ot un si hardi
Qui s'en osast armer vers lui.
Vos en treïstes la bataille
Por nos trestoz de Cornoualle.
Si oceïstes le Morhout.
830 Il vos navra d'un javelot,
Sire, dont tu deüs morir.
Ja ne devrion consentir
Que vostre cors fust ci destruit. »
Live la noïsë et li bruit.

Tous courent droit vers le palais. Le roi en perd la tête, et sa fureur est grande. Il n'est pas un baron assez influent ou assez hardi pour plaider la clémence. Le jour paraît et la nuit se dissipe. Marc ordonne qu'on assemble des épines et qu'on creuse une fosse. Impérieux, il exige qu'on aille chercher sans tarder des sarments et qu'on les mêle aux épines noires et blanches, avec les racines [26]. C'était l'heure de prime [27]. Les crieurs proclamèrent par tout le pays que toute la population se rendît à la cour. On y vient du plus vite qu'on peut. Le peuple de Cornouaille est assemblé. Il y a grand murmure, et beaucoup protestent. Nul qui ne se lamente, hormis le nain de Tintagel.

Le roi leur expose qu'il veut que Tristan subisse le bûcher, avec la reine. Tous les sujets de son royaume s'écrient :

« Sire, ce serait un crime horrible, s'ils n'étaient préalablement jugés. Ne les condamnez qu'ensuite, par pitié ! »

Marc leur répond avec fureur :

« Par le Créateur du monde, et de tout ce qu'il contient, dussé-je perdre tout ce que je possède, je le ferai brûler vif,

|   |   |
|---|---|
| [835] Tuit en corent droit au palès. | Asemblé sont Corneualois. |
| Li rois fu mot fel et engrès. | Grant fu la noise et le tabois. |
| N'i ot baron tant fort ne fier | N'i a celui ne face duel, |
| Qui ost le roi mot araisnier | Fors que le nain de Tintajol. |
| Qu'il li pardonast cil mesfait. | [855] Li rois lor a dit et mostré |
| [840] Or vient li jor, la nuit s'en vait. | Qu'il veut faire dedenz un ré |
| Li rois commande espine querre | Ardoir son nevo et sa feme. |
| Et une fosse faire en terre. | Tuit s'escrient la gent du reigne : |
| Li rois, tranchanz, demaintenant | « Rois, trop feriez lai pechié, |
| Par tot fait querre les sarmenz | [860] S'il n'estoient primes jugié. |
| [845] Et assembler o les espines | Puis les destrui. Sire, merci ! » |
| Aubes et noires o racines. | Li rois par ire respondi : |
| Ja estoit bien prime de jor. | « Par cel Seignor qui fist le mont, |
| Li banz crierent par l'enor | Totes les choses qui i sont, |
| Que tuit en allent a la cort. | [865] Por estre moi desherité, |
| [450] Cil qui plus puet plus tost acort. | Ne lairoie ne l'arde en ré, |

quoi qu'on puisse dire. Maintenant, laissez-moi tranquille. »
Il donne l'ordre d'allumer le feu et d'amener Tristan. Il
veut que celui-ci soit le premier à mourir. Ses gens vont le
chercher. Marc attend.

On traîne Tristan les mains liées. Dieu, comme ils le maltrai-
tent ! Il pleure, mais en vain. Il sort de sa geôle sous les coups.
Yseut est en larmes, elle est folle de désespoir :

« Tristan, dit-elle, quel malheur de vous voir ainsi lié et
outragé ! Échanger ma vie contre la vôtre me réconforterait
tant, mon tendre ami ! Vous seriez en mesure de nous venger. »

Seigneurs, écoutez combien le Seigneur Dieu est plein de
miséricorde. Il ne veut pas la mort du pécheur. Il a entendu la
douloureuse clameur du petit peuple sur le couple menacé
du supplice. Sur le chemin que suivent Tristan et son escorte,
il y a une chapelle haut perchée, au sommet d'un escarpement.
Elle domine la mer vers le nord. La partie qui constitue le
chœur est fondée sur le roc. Au-delà, il n'y a que la falaise. La
colline est constituée de larges granits [28]. Si un écureuil sautait
de là-haut, il n'échapperait pas à la mort.

Se j'en sui araisnié jamais.
Laisiez m'en tot ester en pais. »
Le feu commande a alumer
870 Et son nevo a amener.
Ardoir le veut premierement.
Or vont por lui : li rois l'atent.
   Lors l'en ameinent par les
           [mains.
Par Deu, trop firent que vilains !
875 Tant ploroit, mais rien ne li
           [monte.
Fors l'en ameinent a grant honte.
Yseut plore : par poi n'enrage.
« Tristran, fait ele, qel damage
Qu'a si grant honte estes lïez !
880 Qui m'oceïst, si garisiez,
Ce fust grant joie, beaus amis !

Encor en fust vengement pris. »
   Oez, seignors, de Damledé
Comment il est plains de pité.
885 Ne vieat pas mort de pecheor.
Receü ot le cri, le plor
Que faisoient la povre gent
Por ceus qui eirent a torment.
Sor la voie par ont il vont,
890 Une chapele est sor un mont :
U coin d'une roche est asise.
Sor mer est faite, devers bise.
La part que l'en claime chancel
Fu asise sor un moncel.
895 Outre n'out rien fors la faloise.
Cil mont ert plain de pierre a aise.
S'uns escureus de lui sausist,
Si fust il mort : ja n'en garist.

Dans l'abside [29], il y avait un vitrail pourpre, œuvre d'un saint homme. Tristan interpelle ses gardes :
« Seigneurs, voici une chapelle. Pour l'amour de Dieu, permettez que j'y entre. Je vais bientôt mourir. Je prierai Dieu qu'il ait pitié de moi, parce que je suis un grand pécheur. Voyez : il n'y a qu'une entrée, et je sais bien que vous êtes armés. Aucun doute possible : je n'ai pas d'autre issue. C'est par ici que je devrai passer, et quand j'aurai fini de prier, je sortirai par ce porche où vous êtes. »
Les gardes se consultent :
« Nous pouvons le laisser aller. »
Ils le délient, et il entre.
Tristan n'a pas perdu de temps. Il traverse le chœur et vient à la fenêtre. Il l'ouvre. Il bondit par l'ouverture. Il préfère s'élancer et ne pas être brûlé vif devant une telle assemblée.
Seigneurs, il y avait une large corniche à mi-falaise, et c'est là que Tristan saute avec souplesse. Le vent gonfle son manteau, et ralentit sa chute. Les gens du pays appellent encore cet à-pic le Saut Tristan. La chapelle était pleine de monde : Tristan n'a pas hésité. Le sol est meuble :

En la dube out une verrine
900 Quë un sainz i fist porperine.
Tristran ses meneors apele :
« Seignors, vez ci une chapele.
Por Deu, qar m'i laisiez entrer.
Près est mes termes de finer.
905 Preerai Deu qu'il merci ait
De moi, qar trop li ai forfait.
Seignors, n'i a que ceste entree,
Et chascun voi tenir s'espee.
Vos savez bien : ne pus issir.
910 Par vos m'en estuet revertir,
Et qant je Dé proié avrai,
A vos eisinc lors revendrai. »
Or l'a l'un d'eus dit a son per :
« Bien le poon laisier aler. »
915 Les lïans sachent; il entre enz.

Tristran ne vait pas comme lenz.
Triès l'autel vint a la fenestre.
A soi l'en traist a sa main destre.
Par l'overture s'en saut hors.
920 Mex veut sallir que ja ses cors
Soit ars voiant tel aünee.
Seignors, une grant pierre lee
Out u mileu de cel rochier.
Tristan i saut mot de legier.
925 Li vens le fiert entre les dras,
Qu'il defent qu'il ne chie a tas.
Encor claiment Corneualan
Cele pierre le saut Tristran.
La chapele est plaine de
[pueple :
930 Tristran saut sus. L'araine ert
[moble :

il se ramasse sur l'argile. Ses gardiens peuvent toujours l'attendre devant l'église : il est déjà loin! Dieu l'a vraiment pris en pitié! Il suit le rivage à grandes enjambées [30]. Il entend craquer le bûcher : il n'a pas envie de rebrousser chemin! Il court à perdre haleine.

A présent, écoutez ce que fit Governal. Armé, sur son cheval, il a quitté la ville. Il sait bien que, si on l'attrape, il sera brûlé à la place de son seigneur [31]. La peur lui donne des ailes. Le bon maître rend un fier service à Tristan : il n'a pas oublié l'épée de son élève, et l'a prise où il l'a trouvée. Il l'apporte avec la sienne. Tristan l'a aperçu, il l'appelle : il l'a bien reconnu; et Governal s'empresse de le rejoindre. Il est tout heureux de le voir.

« Maître, Dieu soit loué! Je suis sauf, et me voici. Hélas! que m'importe? Yseut n'est pas ici, et j'ai donc tout perdu. A quoi bon le saut que je viens de faire? Que ne me suis-je tué? Il s'en est fallu de peu. Je suis hors d'affaire, mais, Yseut, on te brûle vive! Ma fuite est inutile. C'est à cause de moi qu'on la condamne : c'est pour elle que je mourrai. »

Toz a genoz chiet en la glise.
Cil l'atendent defors l'iglise,
Mais por noient : Tristran s'en
[vet.
Bele merci Dex li a fait!
935  La riviere granz sauz s'enfuit.
Mot par ot bien le feu qui bruit :
N'a corage quë il retort!
Ne puet plus corre quë il cort.
Mais or oiez de Governal :
940  Espee çainte, sor cheval,
De la cité s'en est issuz.
Bien set, së il fust conseüz,
Li rois l'arsist por son seignor.
Fuiant s'en vait por la poor.
945  Mot ot li mestre Tristran chier,
Qant il son brant ne vout laisier,

Ançois le prist la ou estoit.
Avec le suen l'en aportoit.
Tristran son mestrë aperceut,
950  Ahucha le : bien le connut;
Et il i est venuz a hait.
Qant il le vit, grant joie en fait.
« Maistre, ja m'a Dex fait merci.
Eschapé sui et or sui ci.
955  Ha! las, dolent, et moi qui chaut?
Qant n'ai Yseut, rien ne me vaut.
Dolent! le saut quë orainz fis!
Que dut ice que ne m'ocis?
Ce me peüst estre mot tart.
960  Eschapé sui! Yseut, l'en t'art!
Certes, por noient eschapai.
En l'art por moi : por li morrai. »

Governal répond :

« Au nom de Dieu, cher seigneur, reprenez vos esprits et ne désespérez pas. Voici un buisson touffu qui domine des chemins creux. Cachons-nous là. Par ici passe beaucoup de monde. Vous aurez des nouvelles d'Yseut, et si on la fait mourir, ne remontez plus jamais en selle, si vous n'en prenez prompte vengeance. Vous ne serez pas seul, loin de là ! Car, par Jésus, le fils de Marie, je ne dormirai plus sous un toit tant que les trois félons qui ont causé la perte d'Yseut votre amie resteront vivants. Si on vous avait tué avant que vengeance n'en fût consommée, je serais désespéré à jamais. »

Tristan répond :

« Inutile de prendre tant à cœur les choses, mon maître : je n'ai pas d'épée.

— Si, je l'ai apportée. »

Et Tristan :

« Maître, c'est parfait. A présent, fors Dieu, je ne crains personne.

— J'ai aussi sous ma gonnelle [32] quelque chose qui vous sera bien utile : un haubert solide et léger dont vous aurez sans doute besoin.

— Par Dieu, dit Tristan, donnez-le moi. Le Tout-Puissant m'en soit témoin, je préférerais être mis en pièces plutôt que d'arriver trop tard au bûcher

Dist Governal : « Por Deu,
[beau sire,
Confortez vos, n'acuelliez ire.
965 Veez ci un espés buison,
Clos a fossé tot environ.
Sire, meton nos la dedenz.
Par ci trespasse maintes genz.
Asez orras d'Iseut novele,
970 Et së en l'art, jamais en cele
Ne montez vos, se vos briement
N'en prenez enprès vengement.
Vos en avrez mot bone aïe.
Ja, par Jhesu le fil Marie,
975 Ne gerrai mais dedenz maison
Très que li troi felon larron
Par qoist destruite Yseut ta drue
En avront la mort receüe.
S'or estïez, beau sire, ocis
980 Que vengement n'en fust ainz pris,

Jamais nul jor n'avroie joie. »
Tristran respont : « Trop vos
[anoie,
Beau mestre : n'ai point de
[m'espee.
— Si as, que je l'ai aportee. »
985 Dist Tristran : « Maistre, dont
[est bien.
Or ne criem fors Deu imais rien.
— Encor ai je soz ma gonele
Tel rien qui vos ert bone et bele :
Un hauberjon fort et legier
990 Qui vos porra avoir mestier.
— Dex ! dist Tristran, bailliez le
[moi.
Par icel Deu en qui je croi,
Mex vel estre tot depeciez,
Se jë a tens i vien au rez,

où l'on va jeter celle que j'aime et ne pas massacrer ceux qui l'escortent.

— Ne te hâte pas, réplique Governal, Dieu te donnera l'occasion de te venger avec encore plus d'éclat. Tu y auras moins de mal qu'à présent. Ne crois pas y parvenir maintenant, car le roi t'en veut. Tous les bourgeois et tous les gens de la cité sont avec lui. Il leur a fait jurer sur leurs propres yeux de te capturer s'ils le peuvent, sous peine d'être pendus. Chacun préfère sa vie à la tienne. Si l'on t'enfermait, tel voudrait bien te délivrer qui aurait peur de seulement y penser. »

Tristan pleure et se lamente. Ce ne sont pas les gens de Tintagel ni la crainte du supplice qui le détourneraient de courir délivrer sa compagne, mais, s'il se retient, c'est qu'il obéit au conseil de son maître.

Dans la chambre royale, un messager arrive qui dit à Yseut de ne plus pleurer, puisque son ami s'est enfui.

« Dieu soit loué, dit-elle. Peu m'importe, s'ils me tuent, ou m'enchaînent, ou me libèrent. »

Le roi, sur le conseil des trois barons, lui avait fait

---

⁹⁹⁵ Ainz que getee i soit m'amie,
Ceus qui la tienent nen ocie. »
Governal dist : « Ne te haster.
Tel chose te puet Dex doner
Que te porras mot mex venger.
¹⁰⁰⁰ N'i avras pas tel destorbier
Com tu porroies or avoir.
N'i voi or point de ton pooir,
Qar vers toi est iriez li rois.
Avoc lui sont tot li borjois
¹⁰⁰⁵ Et trestuit cil de la cité.
Sor lor eulz a toz comandé
Que cil qui ainz te porra prendre,
S'il ne te prent, fera le pendre.
Chascun aime mex soi que toi.
¹⁰¹⁰ Se l'en levoit sor toi le hui,
Tex te voudroit bien delivrer,

Ne l'oseret neis porpenser. »
Plore Tristran, mot fait grant
                              [duel.
Ja por toz ceus de Tintajol,
¹⁰¹⁵ S'en le deüst tot depecier
Qu'il n'en tenist piece a sa per,
Ne laisast il qu'il n'i alast,
Se son mestre ne li veiast.
    En la chambré un mès acort
¹⁰²⁰ Qui dist Yseut qu'ele ne plort,
Que ses amis est eschapez.
« Dex, fait elë, en ait bien grez !
Or ne me chaut së il m'ocient
Ou il me lient ou deslient. »
¹⁰²⁵ Si l'avoit fait lïer li rois,
Par le commandement as trois

si étroitement garrotter les poignets qu'elle en avait les doigts en sang.

« Mon Dieu, dit-elle, inutile de gémir [33] : puisque les odieux délateurs qui l'avaient arrêté l'ont laissé fuir, Dieu merci ! il vaudrait mieux qu'on me respecte. Aucun doute : le méchant nabot et les félons jaloux qui voulaient ma perte auront un jour leur récompense : qu'ils en soient damnés ! »

Seigneurs, le roi vient d'apprendre que son neveu s'est enfui par la chapelle sur le chemin du bûcher. Il blémit de colère. Il en devient fou de rage. Avec fureur, il exige qu'Yseut comparaisse. Yseut sort de chez elle, et le désordre grandit dans la rue, quand on la voit ainsi liée. Ce spectacle affreux bouleverse les gens. Il eût fallu entendre leurs lamentations et leurs prières !

« Ah ! noble et digne reine, de quel malheur pour ce pays sont responsables ceux qui ont provoqué ce scandale ! Mais ils n'auront pas besoin d'une grosse bourse pour y fourrer leur profit ! Souhaitons-leur bien du mal ! »

On amène la reine jusqu'au bûcher d'épines ardentes.

Qu'il li ont si les poinz estroiz,
Li sanc li est par toz les doiz.
« Par Deu, fait el, se je m'esplor
1030 Qant li felon losengeor
Que garder durent mon ami
L'ont deperdu, la Deu merci !
Ne me devroit l'on mesproisier.
Bien sai que li nains losengier
1035 Et li felons, li plain d'envie
Par qui consel j'iere perie
En avront encor lor deserte.
Torner lor puise a male perte ! »
    Seignor, au roi vient la novele
1040 Qu'eschapez est par la chapele
Ses niés qui il devoit ardoir.
De mautalent en devint noir.

De duel ne set con se contienge.
Par ire rove qu'Yseut vienge.
1045 Yseut est de la sale issue.
La noise live par la rue,
Qant la dame liee virent.
A laidor ert : mot s'esfroierent.
Qui ot le duel qu'il font por li,
1050 Com il crient a Deu merci !
« Ha ! roïne franche, honoree,
Qel duel ont mis en la contree
Par qui ceste novele est sorse !
Certes, en asez poi de borse
1055 En porront metre le gaain !
Avoir en puisent mal mehain ! »
    Amenee fu la roïne
Jusquë au ré ardent d'espine.

Dinas, le seigneur de Dinan, un très grand ami de Tristan, se laisse choir aux pieds du roi :

« Sire, écoutez-moi. Je vous ai longtemps servi, en vassal généreux et fidèle. Il n'y a personne en ce royaume, pas même un pauvre orphelin ni une vieille femme, qui, pour la séné-chaussée à laquelle j'ai consacré ma vie, me donnerait un demi-denier [34]. Sire, pitié pour la reine ! Vous voulez la soumettre au feu sans la juger : c'est une iniquité, puisqu'elle plaide non-coupable. C'est un désastre, si vous la faites brûler vive. Sire, Tristan s'est évadé. Plaines et bois, gorges et gués, il connaît le pays, et grande est sa fougue. Vous êtes son oncle, il est votre neveu : ce n'est pas à vous qu'il cherche à nuire, mais s'il trou-vait en votre royaume [35] ses ennemis et leur faisait un mauvais sort, c'est votre terre qui en souffrirait. Oui, sire, sachez-le, très franchement, si on avait, sur mon ordre, assassiné ou jeté au bûcher un seul écuyer, fussé-je roi de sept états, il hésiterait à peine avant de m'en punir. Pensez-vous que, lorsqu'il s'agit d'une si noble femme, qu'il a fait venir de la lointaine Irlande [36],

Dinas, le sire de Dinan,
1060 Qui a mervelle amoit Tristran,
Se lait choier au pié le roi.
« Sire, fait il, entent a moi.
Je t'ai servi mot longuement,
Sanz vilanie, loiaument.
1065 Ja n'auras home en tot cest
        [reigne,
Povre orfelin ne vielle feme,
Qui, por vostre seneschaucie
Que j'ai eü tote ma vie,
Me donast une beauveisine.
1070 Sire, merci de la roïne !
Vos la volez sanz jugement
Ardoir en feu : ce n'est pas gent,
Qar cest mesfait ne connoist pas.
Duel ert, se tu le suen cors ars.

1075 « Sire, Tristran est eschapez.
Les plains, les bois, les pas, les
        [guez
Set forment bien, et mot est fiers.
Vos estes oncle et il tes niés :
A vos ne mesferoit il mie,
1080 Mais vos barons, en vos ballie
S'il les trovout nes vilonast,
Encor en ert ta terre en gast.
Sire, certes ne quier noier,
Qui avroit sol un escuier
1085 Por moi destruit në a feu mis,
Se iere roi de set païs,
Ses me metroit il en balence
Ainz que n'en fust prise venjance.
Pensez que, de si franche feme
1090 Qu'il amena de lointain reigne,

il tolèrera de la voir condamner ? Que de désordres en perspective ! Sire, rendez-la moi, au nom des mérites que m'ont acquis les services de toute une vie. »

Les trois barons qui ont tout machiné font les sourds et se taisent, car ils savent bien que Tristan est libre. Ils ont grand'peur qu'il ne les traque. Le roi prend Dinas par la main, et il jure par saint Thomas qu'il ne renoncera pas à punir la coupable et à la faire traîner jusqu'au bûcher. Dinas, à ces mots, se désespère. Il est bouleversé : ce n'est pas lui qui voudrait que la reine mourût ! Il se relève, mais garde la tête basse :

« Sire, je m'en vais à Dinan. Par le divin Créateur, je n'assisterai pas à son supplice, dût-on m'offrir tout l'or et toutes les richesses qu'ont jamais possédés les hommes les plus fortunés depuis la gloire de Rome. »

Il monte sur son destrier et s'éloigne, le front lourd et le regard accablé.

On conduit Yseut au bûcher; une foule dense l'entoure. Tous pleurent, tous crient leur désespoir. On maudit les traîtres qui conseillent le roi. Le visage d'Yseut est inondé de larmes. Elle porte un bliaut moulant de brocart gris finement brodé d'or [37].

Que lui ne poist s'ele est destruite ?
Ainz en avra encor grant luite.
   « Rois, rent la moi par la [merite
Que servi t'ai tote ma vite. »
1095 Li troi par qui cest ovre sort
Sont devenu taisant et sort,
Qar bien sevent Tristran s'en vet.
Mot grant dote ont qu'il nes aget.
Li rois prist par la main Dinas.
1100 Par ire a juré saint Thomas
Ne laira n'en face justise
Et qu'en ce fu ne soit la mise.
Dinas l'entent. Mot a grant duel.
Ce poise li : ja par son vuel
1105 Nen iert destruite la roïne.
En piez se live o chiere encline.
   « Rois, je m' en vois jusqu'a [Dinan.

Par cel seignor qui fist Adan,
Je ne la verroïe ardoir,
1110 Por tot l'or ne por tot l'avoir
C'onques ourent li plus riche [home
Que furent dès le bruit de [Rome. »
Puis monte el destrier, si s'en [torne,
Chiere encline, marriz et morne.
1115    Iseut fu au feu amenee;
De gent fu tote avironee,
Que trestuit braient et tuit crient.
Les traïtors le roi maudient.
L'eve li file aval le vis.
1120 En un bliaut de paile bis
Estoit la dame estroit vestue
Et d'un fil d'or menu cosue.

Ses cheveux tombent jusqu'à ses pieds, et d'or aussi est le fil qui retient ses tresses. À la voir si belle et si élégante, il faudrait le cœur de Judas pour ne pas avoir pitié d'elle. Ses bras sont liés si cruellement !

Il y avait à Lancien [38] un lépreux nommé Yvain. Il était hideusement défiguré. Il était venu voir le spectacle, et il avait avec lui une centaine de compagnons, avec leurs béquilles et leurs bâtons : vous ne pouvez imaginer monstres plus laids, plus bossus, plus difformes. Chacun tenait sa crécelle [39]. Ils se mettent à hurler d'une voix rauque :

« Sire, tu veux punir ta femme en la soumettant à ce supplice du bûcher. L'épreuve est redoutable, mais, j'en suis sûr, le châtiment sera bref. Ce brasier aura tôt fait de la consumer, et ses cendres seront jetées au vent. Le feu mourra vite après la flambée. La punition n'aura pas duré. Si tu veux me croire, voici comment tu vas la châtier [40] : elle préférera mourir plutôt que vivre, elle aura perdu toute dignité, et quiconque entendra parler de la sentence ne t'en estimera que plus. Sire, que penses-tu de ma proposition ? »

Le roi dresse l'oreille et répond :

Si chevel hurtent a ses piez,
D'un filet d'or les a trechiez.
1125 Qui voit son cors et sa fachon,
Trop par avroit le cuer felon
Que nen avroit de lié pitié.
Mot sont li braz estroit lïé !
    Un malade out en Lancïen,
1130 Par non fu apelé Ivein.
A mervelle par fu mesfait.
Acoru fu voier cel plait.
Bien out o lui cent compaignons,
O lor puioz, o lor bastons.
1135 Ainz ne veïstes tant si lait,
Ne si boçu ne si desfait.
Chascun tenoit sa tartarie.
Crïent au roi a voiz serie :

« Sire, tu veus faire justise,
1140 Ta feme ardoir en ceste gise.
Granz est, mais se jë ainz rien soi,
Ceste justise durra poi.
Mot l'avra tost cil grant feu arse
Et la poudre cist venz esparse.
1145 Cest feu charra en ceste brese :
Ceste justise ert tost remese.
Mais se vos croire me volez,
Tel justise de li ferez
Qu'ele voudroit mex mort avoir
1150 Qu'ele vivroit, et sans valoir,
Et que nus n'en orroit parler
Qui plus ne t'en tenist por ber.
Rois, voudroies le faire issi ? »
Li rois l'entent, si respondi :

« Si tu m'expliques sans détours comment la faire survivre et la maintenir dans l'abjection, tu peux être sûr que je t'en saurai gré; je mets ce que je possède à ta disposition. Je ne connais pas de tourment plus atroce ni plus barbare, et celui qui m'indiquerait à présent une expiation plus redoutable encore aurait droit à mon éternelle amitié. »

Yvain répond :

« Je vais te parler franchement. Regarde : j'ai ici cent compagnons. Donne-nous Yseut, qu'elle soit notre femme à tous. Pas une dame n'a jamais connu pareille fin. Sire, nous avons une telle fringale de jouir qu'il n'en est pas une sous le ciel qui puisse supporter plus d'un jour de faire l'amour avec nous. Et les habits nous collent à la peau. Avec toi, c'était pour elle la belle vie, le vair et le gris, la fête; elle était experte en bons vins, à force d'en boire dans ses chambres de marbre gris [41]. Donne-la à nos lépreux. Quand elle verra nos sales bordels [42], qu'elle fera son lit dans un vaisselier et devra coucher avec nous, elle regrettera les bons repas de naguère et se contentera des quartiers de carne qu'on nous jette à ta porte [43]. Par Dieu qui siège là-haut, quand elle verra sa nouvelle cour, tu constateras sa déchéance [44],

---

[1155] « Se tu m'enseignes cest, sanz
[falle,
Qu'ele vivë, et que ne valle,
Gré t'en savrai, ce saches bien;
Et se tu veus, si pren du mien.
Onques ne fu dit tel manere
[1160] Tant doleruse ne tant fire,
Qui orendroit tote la pire
Seüst por Deu le roi eslire,
Quë il n'eüst m'amor tot tens. »
Ivains respont : « Si com je pens
[1165] Je te dirai asez briment.
Veez : j'ai ci compaignon cent.
Yseut nos done, s'ert comune.
Poior fin dame n'ot mais une.
Sire, en nos a si grant ardor
[1170] Soz ciel n'a dame qui un jor

Peüst soufrir nostre convers.
Li dras nos sont au cors aers.
O toi soloit estre a honor
O vair, o gris et o baudor;
[1175] Les buens vins i avoit apris
Es granz soliers de marbre bis.
Se la donez a nos meseaus :
Qant el verra nos bas bordeaus
Et eslira l'escouellier
[1180] Et l'estovra a nos couchier,
Sire, en leu de tes boins mengiers,
Aura de pieces, de quartiers
Que l'en nos envoie a tes hus.
Por cel seignor que maint lasus,
[1185] Qant or verra la nostre cort,
Adont verrez son desconfort

qui lui donnera envie de mourir. C'est alors qu'Yseut la vipère
saisira l'ampleur du scandale : elle regrettera le bûcher. »

Attentif, le roi s'est levé, et se tient longtemps immobile.
Il pèse le discours d'Yvain. Puis il court vers Yseut et la prend
par la main. Elle s'écrie :

« Sire, pitié ! Ne me livre pas, mais fais-moi brûler vive ! »

Le roi la donne à Yvain, qui la reçoit. Autour de lui, plus de
cent malades se rassemblent. En entendant les cris et les lamentations de la reine, toute la foule s'émeut. Si les gens s'affligent,
Yvain se réjouit. Yseut s'en va, et il l'emmène tout droit par le
chemin sablonneux qui descend. La horde des lépreux (tous
munis de leurs béquilles) se rend vers le lieu où Tristan s'est
embusqué, qui les guette.

A haute voix, Governal lui dit :

« Que vas-tu faire, mon enfant ? Voici ton amie.

— Mon Dieu, répond Tristan, quelle aventure ! Ah ! noble
Yseut, mieux vous eût valu mourir, et mieux m'eût valu périr
aussi pour notre commune amitié ! De qui êtes-vous captive !
Mais ils peuvent en être sûrs : s'ils ne vous lâchent pas à l'instant, plus d'un va le regretter. »

Dont voudroit miex morir que
[vivre.
Dont savra bien Yseut la givre
Que malement aura ovré :
1190 Mex voudroit estre arse en un
[ré. »
   Li rois l'entent; en piez estut,
Ne de grant piece ne se mut.
Bien entendi que dit Ivain.
Cort a Yseut, prist l'a la main.
1195 Elle crie : « Sire, merci !
Ainz que m'i doigniés, art moi
[ci. »
Li rois li done et cil la prent.
Des malades i ot bien cent
Qui s'aünent tot entor li.
1200 Qui ot le brait, qui ot le cri,
A totes genz en prent pitiez.
Que qu'en ait duel, Yvains est
[liez.

Vait s'en Yseut : Yvains l'en
[meine.
Tot droit aval par sus l'araine.
1205 Des autres meseaus li complot
(N'i a celui n'ait son puiot)
Tot droit vont vers l'embus-
[chement
Ou ert Tristran, qui les atent.
A haute voiz Governal crie :
1210 « Filz, que feras ? Vés ci t'amie.
— Dex ! dist Tristran, quel aven-
[ture !
Ahi ! Yseut, bele figure,
Com deüstes por moi morir
Et je redui por vos perir !
1215 Tel gent vos tienent entre mains !
De ce soient il toz certains,
S'il ne vos laisent en present,
Tel i avra ferai dolent. »

Il pique son cheval et jaillit du fourré. De toutes ses forces, il s'écrie :

« Yvain, c'est assez. Lâchez-la, ou je vous fais voler le chef d'un coup de mon épée. »

Yvain rejette en hâte sa pélerine et s'exclame d'une voix forte :

« Sus ! à nos bâtons ! On verra bien ce que nous sommes. »

Quel spectacle que ces ladres qui s'arrêtent, ôtent leur chape et retirent leur manteau ! Chacun brandit sa béquille. L'un menace et l'autre injurie. Mais Tristan ne veut pas les toucher, ni les assommer, ni les estropier. C'est Governal qui intervient, accouru au bruit. Il empoigne une branche de chêne vert et frappe Yvain qui tient Yseut. Le sang jaillit et coule jusqu'à ses pieds. Governal vient de rendre un fier service à Tristan ! Il prend la reine par la main.

Les conteurs prétendent que les deux hommes firent noyer Yvain, mais ce sont des bateleurs qui ne connaissent pas l'histoire [45] ! Béroul se souvient beaucoup mieux de la bonne version. Tristan était trop noble et généreux pour tuer des individus de cette espèce !

Tristan s'en va avec la reine. Ils quittent la lande et le bocage. Governal a suivi son maître. Yseut est heureuse : elle a oublié ses souffrances. Ils se sont réfugiés dans la forêt de Morois [46].

Fiert le destrier, du buison saut.
[1220] A qant qu'il puet s'escrie en haut :
« Ivain, asez l'avez menee.
Laisiez la tost, que ceste espee
Ne vos face le chief voler. »
Ivain s'aqeut a desfubler.
[1225] En haut s'escrie : « Or as puioz !
Or i parra qui ert des noz. »
Qui ces meseaus veïst soffler,
Oster chapes et desfubler !
Chascun li crolle sa potence.
[1230] Li uns menace et l'autre tence.
Tristran n'en vost rien atochier
Në entester ne laidengier.
Governal est venuz au cri.
En sa main tient un vert jarri

[1235] Et fiert Yvain qui Yseut tient.
Li sans li chiet, au pié li vient :
Bien aïde a Tristran son mestre !
Yseut saisist par la main destre.
Li conteor dient qu'Yvain
[1240] Firent nïer, qui sont vilain.
Ne savent mie bien l'estoire !
Berox l'a mex en sen memoire.
Trop ert Tristran preuz et cortois
A ocirre gent de tes lois !
[1245] Tristran s'en voit a la roïne.
Laisent le plain et la gaudine.
S'en vet Tristan et Governal.
Yseut s'esjot : or ne sent mal.
En la forest de Morois sont.

La nuit, ils ont dormi sur une hauteur. Ici, Tristan se sent en sécurité, comme s'il était dans un château protégé de remparts. Tristan était un excellent archer. Son arc lui permit de subvenir à leurs besoins. Governal en avait dérobé un à un forestier, et il lui avait pris aussi deux flèches bien empennées avec des pointes en dents de scie. Tristan s'est saisi de l'arc et chemine dans la forêt. Il voit un chevreuil, il encoche, il tire, et son trait frappe avec force le flanc droit de l'animal : celui-ci crie, bondit et retombe. Tristan s'empare de lui et revient avec sa proie. Il construit une cabane : avec son épée, il coupe les branches et rassemble le feuillage. Yseut jonche le lieu d'herbes épaisses. Tristan s'est assis auprès d'elle. Governal, expert en cuisine, fait un bon feu de bois sec. Un maître-queux eût eu fort à faire ! Ils n'avaient alors ni lait ni sel dans leurs réserves. Et la reine était lasse, après tant d'émotions. Elle avait sommeil et voulut dormir, sur le corps de son ami.

Seigneurs, ils ont longtemps vécu ainsi au cœur de la forêt. Long est leur exil dans ce désert. Mais écoutez comment le nain se montre bon serviteur du roi : il connaît un secret. Il est seul à le savoir. Avec une incroyable imprudence,

<sub>1250</sub> La nuit jurent desor un mont.
Or est Tristran si a seür
Com s'il fust en chastel o mur.
En Tristran out mot bon archier.
Mot se sout bien de l'arc aidier.
<sub>1255</sub> Governal en ot un toloit
A un forestier quil tenoit
Et deus seetes empenees,
Barbelees, ot l'en menees.
    Tristran prist l'arc, par le bois
                    [vait.
<sub>1260</sub> Vit un chevrel, ancoche et trait.
El costé destre fiert forment :
Brait, saut en haut et jus decent.
Tristran l'a pris, atot s'en vient.
Sa loge fait : au brant qu'il tient,
<sub>1265</sub> Les rains trenche, fait la fullie.

Yseut l'a bien espés jonchie.
Tristran s'asist o la roïne.
Governal sot de la cuisine :
De seche busche fait buen feu.
<sub>1270</sub> Mot avoient a faire qeu !
Il n'avoient ne lait ne sel
A cele foiz a lor ostel.
La roïne ert forment lassee
Por la poor qu'el ot passee.
<sub>1275</sub> Somel li prist : dormir se vot,
Sor son ami dormir se vot.
    Seignors, eisi font longuement
En la forest parfondement.
Longuement sont en cel desert.
<sub>1280</sub> Oiez du nain com au roi sert :
Un consel sot li nains du roi.
Ne sot quë il. Par grant desroi,

il a découvert ce secret : c'était une bêtise qui lui coûta la vie. Un jour, le nain était ivre. Les barons le firent parler : comment se faisait-il que le roi et lui fussent si familiers et si intimes? « J'ai toujours tu un secret qui le concerne et que je garde fidèlement. Je vois bien que cela pique votre curiosité, mais je ne veux pas trahir mon serment. Toutefois, je vous conduirai tous les trois au Gué Aventureux où il y a une aubépine dont les racines surplombent un trou. C'est dans ce trou que je mettrai ma tête, et vous m'entendrez du dehors. Ce que je dirai aura trait au secret que j'ai promis au roi de ne pas révéler. »

Voici les barons devant l'aubépine. Le nain Frocin les a précédés. Le nabot est court et sa tête est grosse. Ils ont tôt fait d'élargir le trou, et l'y ont poussé jusqu'aux épaules.

« Écoutez-moi, seigneurs marquis. Aubépine, c'est à vous que je parle et non à eux : Marc a des oreilles de cheval [47]. »

Ils ont bien entendu le nain. Un jour, après dîner, le roi Marc parlait à ses barons. Il tenait un arc d'aubour. Les trois s'approchent, qui connaissent grâce au nain le secret royal.

Le descovri : il fist que beste,
Qar puis en prist li rois la teste.
[1285] Li nain ert ivres. Li baron
Un jor le mistrent a raison :
Que ce devoit que tant parloient
Il et li rois et conselloient?
« A celer bien un suen consel
[1290] Mot m'a trové toz jors feel.
Bien voi que le volez oïr,
Et je ne vuel ma foi mentir.
Mais je merrai les trois de vos
Devant le Gué Aventuros,
[1295] Et iluec a une aube espine,
Une fosse a soz la racine.
Mon chief porai dedenz boter
Et vos m'orrez defors parler.

Ce que dirai, c'ert de segroi
[1300] Dont je fu vers le roi par foi. »
Li baron vienent a l'espine.
Devant vient li nains Frocine.
Li nains fu cort, la teste et grose.
Delivrement ont fait la fosse,
[1305] Jusq'as espaules li ont mis.
« Or escoutez, seignor marchis!
Espine, a vos, non a vasal :
Marc a orelles de cheval. »
Bien ont oï le nain parler.
[1310] S'en vint un jor, après disner.
Parlout a ses barons roi Marc.
En sa main tint d'aubourc un arc.
Atant i sont venu li troi
A qui li nains dist le secroi.

Ils disent à voix basse au roi :
« Sire, nous savons ce que vous cachez. »
Marc a souri :
« Si j'ai à rougir de mes oreilles de cheval, c'est la faute de
ce devin. Croyez-moi, il n'a plus guère à vivre. »
Il tire son épée, et décapite le nabot. Beaucoup s'en réjouis-
sent, qui haïssaient Frocin à cause de Tristan et de la reine.

Seigneurs, souvenez-vous : Tristan a sauté du haut du rocher,
et Governal s'est enfui sur le destrier, car il craignait que Marc
le condamnât au bûcher, s'il le capturait. Ils sont ensemble dans
la forêt. Tristan nourrit ses compagnons de gibier. Longuement
dure leur séjour dans ces lieux. Ils changent de campement tous
les matins. A l'ermitage de frère Ogrin, ils sont venus un jour
par aventure. Ils mènent une vie âpre et rude. Telle est la ferveur des amants que leur présence l'un à l'autre leur fait oublier
leurs maux.

L'ermite reconnut Tristan. Il était appuyé sur son bâton.
Écoutez comme il l'interpella :
« Sire Tristan, c'est un grave serment qu'on a juré en
Cornouaille :

1315 Au roi dient priveement :
« Roi, nos savon ton celement. »
Li rois s'en rist et dist : « Ce mal
Que j'ai orelles de cheval
M'est avenu par ce devin.
1320 Certes, ja ert fait de lui fin. »
Traist l'espee, le chief en prent.
Mot en fu bel a mainte gent
Qui haoient le nain Frocine
Por Tristran et por la roïne.
1325    Seignors, mot avez bien oï
Comment Tristran avoit salli
Tot contreval par le rochier,
Et Governal sor le destrier
S'en fu issuz, qar il cremoit
1330 Qu'il fu ars, se Marc le tenoit.

Or sont ensemble en la forest.
Tristran de venaison les pest.
Longuement sont en cel bos-
                          [chage.
La ou la nuit ont heberjage,
1335 Si s'en trestornent au matin.
En l'ermitage frere Ogrin
Vindrent un jor par aventure.
Aspre vie meinent et dure.
Tant s'entraiment de bone amor,
1340 L'un por l'autre ne sent dolor.
    Li hermites Tristran connut.
Sor sa potence apoié fu.
Aresne lë, oiez comment :
« Sire Tristran, grant soirement
1345 A l'en juré par Cornouaille :

qui vous livrera au roi aura droit à cent marcs de récompense. En ce royaume, il n'est pas un baron qui n'ait juré solennellement de vous capturer mort ou vif. »

Ogrin ajoute avec douceur :

« Écoute-moi, Tristan : au pécheur qui se repent, Dieu pardonne sa faute, s'il croit et se confesse [48]. »

Tristan réplique :

« Écoutez-moi à votre tour, mon Père : si elle m'aime de toute son âme, vous n'en savez pas la raison. Cet amour est le fruit du philtre. Je ne puis me séparer d'elle, ni elle de moi, sans mentir. »

Ogrin répond :

« Comment sauver un mort? Car il est bien mort, celui qui s'est installé dans son péché, s'il ne se repent pas. On ne peut admettre à la pénitence un pécheur sans repentir. »

L'ermite Ogrin les sermonne avec véhémence et les exhorte à la contrition. Il invoque à mainte reprise le témoignage de l'Écriture et leur enjoint sans cesse de se séparer. Il demande à Tristan, non sans impatience :

« Que vas-tu faire? Un peu de bon sens!

— Mon Père, j'aime Yseut d'un tel amour que je n'en dors plus. J'ai définitivement choisi :

Qui vous rendroit au roi, sans [falle
Cent mars avroit a gerredon.
En ceste terre n'a baron
Au roi ne l'ait plevi en main,
1350 Vos rendre a lui o mort ou sain. »
Ogrins li dist mot bonement :
« Par foi, Tristan, qui se repent,
Deu du pechié li fait pardon
Par foi et par confession. »
1355 Tristran li dit : « Sire, par foi,
Quë ele m'aime en bone foi,
Vos n'entendez pas la raison.
Qu'el m'aime, c'est par la
[poison.
Ge ne me pus de lié partir,
1360 N'ele de moi, n'en quier mentir. »

Ogrins li dist : « Et qel confort
Puet on doner a home mort?
Assez est mort qui longuement
Gist en pechié, s'il ne repent.
1365 Doner ne puet nus penitance
A pecheor sanz repentance. »
L'ermite Ogrins mot les sarmone;
Du repentir consel lor done.
Li hermites sovent lor dit
1370 Les profecies de l'escrit,
Et mot lor amentoit sovent
L'ermite lor delungement.
A Tristran dist par grant desroi :
« Que feras tu? Conselle toi!
1375 — Sire, j'am Yseut a mervelle,
Si que n'en dor ne ne somelle.
De tot en ai le consel pris :

je préfère vivre avec elle comme un mendiant, à me nourrir de glands et d'herbes, plutôt que de régner sur le royaume d'O-tran [49]. Je renonce à parler de séparation, car cela m'est tout à fait impossible. »

Yseut tombe aux pieds de l'ermite et pleure. Elle blêmit et rougit tour à tour, et ne cesse d'en appeler à sa pitié :

« Mon Père, au nom du Tout-Puissant, il ne m'aime et je ne l'aime qu'à cause du breuvage que j'ai bu et qu'il a bu : d'où notre malheur ! Voilà pourquoi le roi nous a bannis. »

L'ermite lui rétorque aussitôt :

« A Dieu vat ! Que le Créateur vous donne un repentir sincère ! »

Sachez que je ne mens pas et que je raconte ce qui fut : cette nuit-là, ils dormirent chez l'ermite. Celui-ci, pour leur salut, multiplia les mortifications.

Tristan part au petit jour. Il ne quitte pas la forêt et fuit les terrains découverts. Le pain leur manque : lourde épreuve ! Mais il tue des cerfs, des biches et des chevreuils en abondance dans les fourrés. Là où ils installent leur camp, ils cuisent leur repas sur un grand feu. Ils ne restent qu'une nuit dans chaque endroit.

Seigneurs, sachez quel ban le roi a fait crier pour qu'on capture Tristan. En Cornouaille, il n'y a pas une paroisse qu'épargne la proclamation : quiconque pourra découvrir le fuyard

---

Mex aim o li estre mendis
Et vivre d'erbes et de glan
[1380] Qu'avoir le reigne au roi Otran.
De lié laisier parler ne ruis,
Certes, qar faire ne le puis. »
Iseut au pié l'ermite plore.
Mainte color mue en poi d'ore.
[1385] Mot li crie merci sovent.
« Sire, por Deu omnipotent,
Il ne m'aime pas, ne je lui,
Fors par un herbé dont je bui
Et il en but : ce fu pechiez !
[1390] Por ce nos a li rois chaciez. »
Li hermites tost li respont :
« Di va, cil Dex qui fist le mont,
Il vos donst voire repentance. »
Et saciez de voir, sans dotance,

[1395] Cele nuit jurent chiez l'ermite.
Por eus esforça mot sa vite.
Au matinet s'en part Tristrans.
Au bois se tient, let les plains
                    [chans.
Li pain lor faut : cë est grant deus !
[1400] De cers, de biches, de chevreus
Ocist asez par le boscage.
La ou prenent lor herbergage,
Font lor cuisine et lor beau feu.
Sol une nuit sont en un leu.
[1405]     Seignors, oiez com por Tristran
Out fait li rois crier son ban.
En Cornouaille n'a paroise
Ou la novele n'en angoise
Que, qui porroit Tristran trover,

devra donner l'alerte générale.

Si vous voulez entendre une aventure, vous saurez quel peut être l'effet d'un bon dressage : écoutez-moi seulement un peu. Je vais vous parler d'un étonnant brachet. Ni comte ni roi n'eut jamais un pareil limier. Il était vif, toujours sur ses gardes, il était ardent, rapide, actif, et on l'appelait Husdent [50]. Il était attaché par une laisse et observait ce qui se passait dans le donjon : il était si malheureux de ne plus voir son maître ! Il refusait le pain, la pâtée et toute nourriture. Il geignait et grattait le sol; il pleurait à larmes. Mon Dieu! quelle pitié il suscitait à la ronde ! Chacun disait : « S'il était à moi, je le délivrerais de sa laisse, car s'il devient enragé, quel dommage! Ah! Husdent, on ne verra plus de longtemps un tel brachet qui soit si vif et si attaché à son maître. Il n'y a jamais eu de bête capable d'une telle affection. Salomon a bien eu raison de dire que son véritable ami, c'était son lévrier [51]. Vous en donnez la preuve, quand vous refusez de manger depuis l'arrestation de votre maître. Sire, détachez-le. »

Le roi répond avec franchise :

[1410] Que l'en feïst le cri lever.
    Qui veut oïr une aventure,
    Com grant chose a a noreture,
    Si m'escoute un sol petitet :
    Parler m'oiez d'un buen brachet.
[1415] Quens ne rois n'out tel berseret :
    Il ert isneaus et toz tens prez,
    Qar il ert bauz, isneaus, non lenz
    Et si avoit a nom Husdanz.
    Liez estoit en un landon.
[1420] Li chiens gardoit par le donjon,
    Qar mis estoit a grant freor
    Qant il ne voiet son seignor.
    Ne vout mengier ne pain ne past
    Ne nule rien qu'on li donast.
[1425] Guignout et si feroit du pié;
    Des uiz lermout : Dex! qel pitié

Faisoit a mainte gent li chiens !
    Chascun disoit : « S'il estoit
        [miens,
    Gel metroie del landon fors,
[1430] Qar s'il enrage, ce ert deus.
    Ahi! Husdent, ja tel brachetz
    N'ert mais trové qui tant set pretz
    Ne tel duel face por seignor.
    Beste ne fu de tel amor.
[1435] Salemon dit que droituriers
    Que ses amis, c'ert ses levriers.
    A vos le poon nos prover :
    Vos ne volez de rien goster,
    Pus que vostre sire fu pris.
[1440] Rois, qar soit fors du landon
        [mis ! »
    Li rois a dit a son corage :

« Oui, l'absence de son maître le rend sans doute enragé. Ce chien est intelligent. Je ne vois, à notre époque, en ce pays de Cornouaille, aucun chevalier qui vaille Tristan. »

Trois de ses barons exhortent Marc :

« Sire, détachez-le. Nous saurons alors avec certitude s'il est dans cet état parce qu'il regrette son maître, car une fois libre, il mordra, s'il est enragé, tout ce qu'il rencontrera, objet, bête ou homme, et il aura la langue pendante dans le vent. »

Le roi demande à un écuyer de détacher Husdent. On grimpe sur des bancs ou sur des sièges, de peur que le chien n'attaque en bondissant. Tous disent : « Husdent est enragé. » Mais l'animal n'a pas le cœur à mordre. Aussitôt délié, il file vivement à travers l'assistance et n'a cure de demeurer. Il sort par la porte de la salle et vient à l'endroit où naguère il retrouvait son maître. Le roi l'observe, ainsi que toute sa suite. Le chien aboie et gronde assez souvent; il manifeste une grande douleur. Il a trouvé la trace de son maître : sur les pas de Tristan

« Por son seignor croi qu'il
                              [enrage.
Certes, mot a li chiens grant sens.
Je ne quit mais qu'en nostre tens,
1445 En la terre de Cornoualle,
Ait chevalier qui Tristran valle. »
    De Cornoualle baron troi
En ont araisoné le roi :
« Sire, qar desliez Husdant.
1450 Si verron bien certainement
Së il meine ceste dolor
Por la pitié de son seignor,
Qar ja si tost n'ert deslïez,
Qu'il ne morde, s'est enragiez,
1455 Ou autre rien ou beste ou gent;
S'avra la langue overte au vent. »
    Li rois apele un escuier

Por Husdan faire deslïer.
Sor bans, sor seles puient haut,
1460 Qar le chien criement de prin
                              [saut.
Tut disoient : « Husdent enrage. »
De tot ce n'avoit il corage :
Tantost com il fu deslïez,
Par mié les renz cort esvelliez,
1465 Quë onques n'i demora plus.
De la sale s'en ist par l'us.
Vint a l'ostel ou il soloit
Trover Tristran. Li rois le voit
Et li autre qui après vont.
1470 Li chiens escrie, sovent gront;
Mot par demeine grant dolor.
Encontré a de son seignor.
Onques Tristran ne fist un pas,

captif et condamné au bûcher, il flaire la piste, et chacun de le suivre. Il est allé dans la chambre où Tristan a été trahi et capturé. Puis il s'élance en jappant dans la direction de la chapelle ; le voilà parti, qui saute et qui donne de la voix [52]. Le peuple court derrière lui. Depuis qu'on l'a détaché, il n'a de repos qu'il n'arrive à l'église qui domine la falaise. Le bel Husdent, qui file à toute vitesse, entre dans la chapelle par le porche et saute sur l'autel, cherchant toujours son maître. Puis il bondit par la fenêtre. Il dégringole le long du précipice et se blesse la patte. Le museau contre terre, il aboie toujours. A la lisière fleurie du bois, là où Tristan s'est embusqué, il s'arrête un peu. Puis il se décide et s'engage dans la forêt. Tous les témoins de la scène en sont bouleversés. Les chevaliers disent au roi :

« Cessons de suivre ce chien [53] : il nous emmènerait dans un lieu dont il serait malaisé de revenir. »

Ils laissent donc partir Husdent et rebroussent chemin. L'animal a trouvé une sente et il est tout heureux de suivre cette voie toute tracée. La forêt retentit de ses aboiements. Tristan se trouve plus loin sous le couvert,

Qant il fu pris, qu'il dut estre ars,
1475 Que li brachez n'en aut après.
Et dit chascun de venir mès.
Husdant an la chambrë est mis
O Tristran fu traït et pris.
Criant s'en vet vers la chapele ;
1480 Si part, fait saut et voiz clarele.
Li pueple vait après le chien.
Ainz puisqu'il fu hors du lïen,
Ne fina, si fu au moutier
Fondé en haut sor le rochier.
1485 Husdent li blans qui ne voit lenz
Par l'us de la chapele entre enz,
Saut sur l'autel, ne vit son
[mestre :
Fors s'en issi par la fenestre.
Aval la roche est avalez.

1490 En la jambe s'est esgenez.
A terre met le nés, si crie.
A la silve du bois florie
Ou Tristran fist l'embuschement,
Un petit s'arestut Husdent.
1495 Fors s'en issi, par le bois vet.
Nus ne le voit qui pitié n'ait.
Au roi dient li chevalier :
« Laison a seurre cest trallier :
En tel leu nos porroit mener
1500 Dont griès seroit le retorner. »
Laisent le chien, tornent arire.
Husdent aqeut une chariere.
De la rote mot s'esbaudist.
Du cri au chien li bois tenti.
1505 Tristran estoit el bois aval

avec la reine et Governal. Ils perçoivent les appels du chien :
Tristan prête l'oreille.

« J'en suis sûr, dit-il : c'est Husdent. »

L'effroi les saisit, l'angoisse les étreint. Tristan bondit et tend
son arc. Les fugitifs se réfugient dans un fourré. Ils ont peur
du roi, et leur sang se glace. Ils se disent que Marc a suivi
le brachet. Celui-ci ne tarda guère, car il savait la route à suivre.
Quand il a vu et reconnu son maître, il dresse la tête et remue la
queue. Si vous l'aviez vu pleurer de joie, vous auriez assisté
à un spectacle sans précédent. Il court ensuite vers Yseut à la
blonde chevelure, puis vers Governal. Il leur fait fête à tous,
même au cheval. Mais Tristan s'afflige sur son chien :

« Hélas, dit-il, quel malheur que Husdent nous ait retrouvés !
Un tel animal ne sait pas se taire en forêt, et il est bien encom-
brant pour des proscrits. Nous nous sommes cachés ici parce
que le roi nous hait. Par les plaines, par les bois, par tout le
pays, les gens de Marc nous traquent, ma Dame. S'il mettait
la main sur nous d'une manière ou d'une autre, il nous ferait
brûler ou pendre. Nous n'avons que faire d'un chien. Je vous en
préviens : si Husdent reste avec nous, il attirera sur nous la
crainte et le malheur. Il vaut bien mieux le tuer

O la reïne et Governal.
La noise oient : Tristran l'entent.
« Par foi, fait il, jë oi Husdent. »
Trop se criement, sont esfroï.
1510 Tristran saut sus; son arc tendi.
En un'espoise aval s'en traient.
Crime ont du roi, si s'en esmaient.
Dient qu'il vient o le brachet.
Ne demora c'un petitet
1515 Li brachet, qui la rote sut.
Qant son seignor vit et connut
Le chief dresse, la queue crolle.
Qui voit com de joie se molle
Dire puet qu'ainz ne vit tel joie.
1520 A Yseut a la crine bloie
Acort, et pus a Governal.
Toz fait joie, nis au cheval.

Du chien out Tristran grant pitié.
« Ha ! Dex, fait-il, par qel pechié
1525 Nos a cist berseret seü.
Chien qi en bois ne se tient mu
N'a mestier a home bani.
El bois somes du roi haï.
Par plain, par bois, par tote terre,
1530 Dame, nos fait li rois Marc
                                            [querre !
S'il nos trovout ne pooit prendre,
Il nos feroit ardoir ou pendre.
Nos n'avon nul mestier de chien.
Une chose sachiez vos bien :
1535 Se Husdens avé nos remaint,
Poor nous fera et duel maint.
Asez est mex qu'il soit ocis

et ne pas être trahis par ses aboiements. Je regrette qu'un si
noble animal soit venu ici chercher la mort. C'est son instinct
qui l'a perdu. Mais comment puis-je agir autrement? Je suis au
désespoir de le tuer. Qu'en pensez-vous? Ne faut-il pas d'abord
songer à notre sécurité? »

Yseut répond :

« Seigneur, pitié! Oui, le chien chasse en aboyant, tant
par nature que par habitude. Mais j'ai entendu dire qu'un
forestier de Galles [54] en avait dressé un, après l'avènement
d'Arthur, à procéder ainsi : quand le cerf avait reçu la flèche du
chasseur et qu'il s'enfuyait, le chien courait à grands sauts
derrière lui et ne s'égosillait plus à crier [55]; il rejoignait sa proie
sans le moindre jappement importun. Ami Tristan, ce serait
grande joie si l'on parvenait à le dresser pour qu'il poursuive
et force le gibier tout en restant silencieux. »

Tristan, immobile, écoutait. Il était ému, réfléchit un instant,
puis il finit par dire :

« Si je pouvais dresser Husdent à ne plus aboyer et à chasser
en silence,

Que nos soion par son cri pris.
Et poise m'en por sa franchise
1540 Quë il la mort a ici quise.
    Grant nature li faisoit fere.
Mais comment m'en pus je
        [retraire?
Certes, ce poise moi mot fort
Que je li doie doner mort.
1545 Or m'en aidiez a consellier :
De nos garder avon mestier. »
Yseut li dist : « Sire, merci!
Li chiens sa beste prent au cri,
Que par nature que par us.
1550 J'oï ja dire qu'uns seüs
Avoit un forestier galois,
Puis quë Artus en fu fait rois,
Quë il avoit si afaitié :

Qant il avoit son cerf sagnié
1555 De la seete bercerece,
Puis ne fuïst par cele trace
Que li chiens ne suïst le saut;
Por crier n'en tornast le faut
Que ja n'atainsist tant sa beste
1560 Ja criast ne feïst moleste.
Amis Tristran, grant joie fust,
Por metre peine qui peüst
Faire Husdent le cri laisier,
Sa beste ataindrë et chacier. »
1565 Tristran s'estut et escouta.
Pitié l'en prist; un poi pensa,
Puis dist itant : « Se je pooie
Husdent par paine metre en voie
Quë il laisast cri por silence,

j'en ferais un animal merveilleux. Je vais m'y efforcer dès cette semaine. Cela me ferait trop mal de le tuer. Mais je redoute qu'il nous trahisse, car je pourrais bien me trouver avec vous ou avec Governal en un lieu où le moindre aboiement nous perdrait. Il me faut donc tout mettre en œuvre pour qu'il apprenne à chasser sans crier. »

Tristan est alors allé chasser au fond de la forêt. Il est sur ses gardes, et tire sur un daim. Il le blesse : le brachet aboie. Le daim blessé s'enfuit à grands sauts. Le farouche Husdent le poursuit de la voix. Les fourrés en résonnent. Tristan le frappe avec violence. Le chien lui obéit et s'interrompt. Il cesse de crier, mais abandonne la piste. Il dresse la tête, regarde son maître et ne sait que faire. Il n'ose aboyer et renonce à poursuivre le daim. Tristan le pousse devant lui et balaie la piste avec la laisse. Husdent, alors, se remet à crier. Tristan continue pourtant le dressage entrepris.

Un mois ne s'était pas passé, que le chien avait appris à chasser dans la lande en suivant la trace sans aboyer, aussi bien sur la neige que sur l'herbe ou sur la glace. Il ne lâchera pas sa proie, si rapide et si vive soit-elle.

Husdent leur est devenu indispensable.

1570 Mot l'avroie a grant reverence.
Et a ce metrai je ma paine,
Ainz que ja past ceste semaine.
Pesera moi se je l'oci,
Et je crien mot du chien le cri,
1575 Qar je porroie en tel leu estre
O vos ou Gouvernal mon
        [mestre,
Së il criout, feroit nos prendre.
Or vuel peine metre et entendre
A beste prendre sans crïer. »
1580 Or voit Tristran en bois berser.
Afaitiez fu, a un dain trait.
Li sans en chiet : le brachet brait.
Li dains navrez s'en fuit le saut.
Husdent li bauz en crie en haut.
1585 Li bois du cri au chien resoine.

Tristran le fiert, grant cop li done.
Li chien a son seignor s'areste.
Lait le crïer, gerpist la beste.
Haut l'esgarde, ne set qu'il face.
1590 N'ose crïer, gerpist la trace.
Tristran le chien desoz lui bote.
O l'estortore bat la rote.
Et Husdent en revot crïer.
Tristran l'aqeut a doutriner.
1595 Ainz que li premier mois pasast,
Fu si le chien dontez u gast
Que sanz crïer suiet sa trace
Sor noif, sor herbe ne sor glace.
N'ira sa beste ja laschant,
1600 Tant n'iert isnel ne remuant.
    Or lor a grant mestier li chiens.

Il leur rend de précieux services. S'il prend dans la forêt des chevreuils ou des daims, il les cache en les couvrant de branches. S'il rejoint le gibier dans la lande, où il arrive que la chasse soit fructueuse, il couvre la prise d'herbe abondante et revient chercher son maître, qu'il conduit à la cachette. Les chiens sont des animaux bien utiles !

Seigneurs, Tristan vécut longtemps en forêt. Il y connut bien des souffrances et des épreuves. Il n'ose demeurer en un même lieu : où il s'éveille le matin, il ne dort pas le soir. Il sait bien que le roi le fait traquer et qu'on a proclamé le ban dans son royaume, pour le pendre, si on le retrouve. Ils sont très privés de pain. Ils vivent de venaison et n'ont rien d'autre à manger. Qu'y peuvent-ils s'ils deviennent noirs et hâves ? Leurs habits tombent en lambeaux : les branches les déchirent. Ils fuient longtemps par le Morois. L'égalité dans la souffrance les unit : la présence l'un à l'autre leur fait oublier leurs maux. Mais la noble Yseut redoute fort que Tristan n'éprouve le remords de l'aimer, et Tristan s'afflige de la déchéance d'Yseut, qui peut la pousser au repentir [56].

Revenons à ces trois félons, que Dieu maudisse, et qui ont dénoncé les amants : écoutez ce qu'il advint un jour de l'un d'eux. C'était un homme puissant et renommé.

A mervelles lor fait grans biens.
S'il prent el bois chevrel ne dains,
Bien l'embusche, cuevre de rains,
1605 Et s'il enmi lande l'ataint,
Com il s'avient en i prent maint,
De l'erbe gete asez desor :
Arire torne a son seignor,
La le maine ou sa beste a prise.
1610 Mot sont li chien de grant ser-
[vise !
Seignors, mot fu el bois
[Tristrans.
Mot i out paines et ahans.
En un leu n'ose remanoir :
Dont lieve au main ne gist au soir.
1615 Bien set que li rois le fait querre
Et que li bans est en sa terre
Por lui pendre, quil troveroit.

Mot sont el bois del pain destroit.
De char vivent, el ne mengüent.
1620 Que püent il se color müent ?
Lor dras rompent : rains les
[decirent.
Longuement par Morrois fuïrent.
Chascun d'eus soffre paine elgal,
Qar l'un por l'autre ne sent mal.
1625 Grant poor a Yseut la gente
Tristran por lié ne se repente,
Et a Tristran repoise fort
Quë Yseut a por lui descort,
Qu'el repente de la folie.
1630 Un de ces trois que Dex maudie
Par qui il furent descovert,
Oiez comment par un jor sert.
Riches hom ert et de grant bruit.

Il était amateur de chiens. De toute la Cornouaille, on évitait
avec tant de crainte le Morois que personne n'osait s'y risquer.
Ils faisaient bien, car si Tristan avait capturé l'un de ces traîtres,
il n'aurait pas échappé à la pendaison. Mieux valait donc pour
eux s'abstenir.

Un jour, Governal avait poussé son cheval jusqu'au ruisseau
qui coulait d'une source. Il avait retiré la selle de sa monture,
et l'animal paissait l'herbe nouvelle. Tristan reposait dans sa
cabane. Il étreignait étroitement la reine, qui lui avait causé tant
de peines et de privations. L'un et l'autre dormaient. Governal
était seul et ne pensait à mal [57]. Il eut l'heur d'entendre les chiens.
Ceux-ci pressaient un cerf avec ardeur. La meute qui aboyait
était celle d'un des trois délateurs dont les propos avaient excité
la colère du roi contre la reine. Les chiens courent, le cerf fuit.
Governal, par un chemin, arrive dans une lande. Loin derrière
lui, il voit s'avancer celui dont il sait bien que son maître le
déteste tout particulièrement, et l'homme est seul, sans écuyer.
Il pique son destrier si fort que le cheval s'élance.

Les chiens amoit por son deduit.
1635 De Cornoualle, du païs
De Morrois erent si eschis
Qu'il n'i osout un sol entrer.
Bien lor faisoit a redouter,
Qar se Tristran les peüst prendre,
1640 Il les feïst as arbres pendre.
Bien devoient donques laisier.
Un jor estoit o son destrier
Governal sol a un doitil
Que descendoit d'un fontenil.
1645 Au cheval out osté la sele :
De l'erbete paisoit novele.
Tristran gesoit en sa fullie.
Estroitement ot embrachie
La roïne, por qu'il estoit

1650 Mis en tel paine, en tel destroit.
Endormi erent amedoi.
Governal ert enunes qoi.
Oï les chiens par aventure.
Le cerf chacent grant aleüre.
1655 Crient li chien a un des trois
Por qui consel estoit li rois
Meslez ensemble o la roïne.
Li chien chacent, li cerf ravine.
Gouvernal vint une charire
1660 En une lande. Luin arire,
Vit cel venir quë il bien set
Que ses sires onques plus het,
Tot solement sans escuier.
Des esperons a son destrier
1665 A tant donc quë il escache.

Il lui bat à plusieurs reprises l'encolure avec sa cravache. Le
cheval bronche sur un caillou. Governal s'accote contre un
arbre. Il se tapit, et attend le chasseur, qui approche à grande
allure, mais ne fuira pas aussi vite.

Nul ne peut conjurer la fortune. L'autre ne pensait plus au
malheur qu'il avait déchaîné sur Tristan. Governal, qui se
tient sous l'arbre, le regarde avancer : il l'attend sans crainte.
Il se dit qu'il préfère la corde à l'abandon de sa vengeance, car
à cause de cet homme et de ses manœuvres, Tristan, Yseut
et lui-même ont bien failli mourir.

Les chiens poursuivent le cerf qui fuit. L'homme va derrière
ses chiens. Governal saute de sa cachette. Il se souvient du
mal que l'autre lui a fait. De son épée, il le taille en pièces.
Il prend sa tête et l'emporte. Les veneurs, qui sont sur la trace
de la bête qu'ils ont contribué à lever, ont trouvé le corps décapité de leur seigneur au pied de l'arbre. C'est à qui courra le
plus vite pour s'enfuir. Ils pensent que celui qui a fait le coup,
c'est ce Tristan dont le roi a mis la tête à prix. Le bruit s'en
répand en Cornouaille : l'un des trois félons qui ont excité le
roi contre Tristan a eu la tête tranchée. Les autres en sont
bouleversés et leur angoisse grandit. Ils ont renoncé à troubler
la forêt.

Sovent el col fiert o sa mache.
Li chevaus ceste sor un marbre.
Governal s'acoste a un arbre.
Enbuschiez est, celui atent
1670 Qui trop vient tost et fuira lent.
    Nus retorner ne puet fortune.
Ne se gaitoit de l'aventure
Quë il avoit a Tristran fait.
Cil qui desoz l'arbre s'estait
1675 Vit le venir : hardi l'atent.
Dit mex veut estre mis au vent
Quë il de lui n'ait la venjance,
Qar par lui et par sa faisance,
Durent il estre tuit destruit.
1680 Li chien le cerf sivent qui fuit.
Li vassaus après les chiens vait.
Governal saut de son agait.

Du mal que cil ot fait li membre.
A s'espee tot le desmembre.
1685 Li chief en prent, atot s'en vet.
Li veneor qui l'ont parfait
Si voient le cerf esmeü.
De lor seignor virent le bu
Sanz la teste soz l'arbre jus :
1690 Qui plus tost cort, cil s'en fuit
    [plus.
Bien cuident cë ait fait Tristran
Dont li rois fist faire le ban.
Par Cornoualle ont antendu :
L'un des trois a le chief perdu
1695 Qui meslot Tristran et le roi.
Poor en ont tuit et esfroi,
Puis ont en pès le bois laissié.

Ils n'y sont plus guère venus chasser. Dès le moment où ils y pénètrent, ils redoutent la rencontre de Tristan le preux : on le craint à découvert et plus encore en terrain propice aux embuscades. Tristan reposait dans une hutte. Il faisait chaud et le sol était jonché d'herbes. Il dormait et ne savait pas que venait de mourir celui qui avait failli le perdre. Quelle joie quand il va l'apprendre !

Governal arrive à la cabane. Il tient dans sa main la tête de sa victime. Sur un bâton fourchu, il la suspend par les cheveux. Tristan s'éveille et, plein d'effroi, se lève d'un bond. Son maître lui dit d'une voix tranquille :

« Calmez-vous et soyez rassuré. Je l'ai tué avec cette épée. Oui, c'est bien votre ennemi. »

Voilà qui réjouit Tristan : celui qu'il craignait le plus est mort.

Les gens du pays ont peur. Si redoutable est la forêt qu'on n'ose y demeurer. Les proscrits y font ce qu'ils veulent. C'est dans ces lieux sauvages que Tristan a conçu l'arc-qui-ne-faut [58]. Il l'a réalisé dans son refuge, pour qu'il tue à coup sûr. Pourvu que cerf ou daim, rôdant par les fourrés,

N'ont pus el bois sovent chacié.
Dès cel'ore qu'u bois entroit,
1700 Fust por chacier, chascuns dotoit
Que Tristran li preus l'encon-
[trast :
Crient fu u plain et plus u gast.
Tristran se jut a la fullie.
Chau tens faisoit, si fu jonchie.
1705 Endormiz est, ne savoit mie
Que cil eüst perdu la vie
Par qui il dut mort recevoir.
Liez ert qant en savra le voir.
Governal a la loge vient.
1710 La teste au mort a sa main tient.
A la forche de la ramee,
L'a cil par les cheveus nouee.
Tristran s'esvelle, vit la teste,

Saut esfreez, sor piez s'areste.
1715 A haute voiz crie son mestre :
« Ne vos movez ! seürs puez estre.
A ceste espee l'ai ocis.
Saciez : cil ert vostre anemis. »
Liez est Tristran de ce qu'il ot :
1720 Cil est ocis qu'il plus dotoit.
    Poor ont tuit par la contree.
La forest est si esfreee
Que nus n'i ose ester dedenz.
Or ont le bois a lor talent.
1725 La ou il erent en cel gaut,
Trova Tristran l'arc qui ne faut.
En tel manere el bois le fist,
Rien ne trove qu'il n'oceïst.
Se par le bois vait cers ne dains,

touche le rameau où cet arc bien tendu est attaché, s'il heurte haut, il est frappé haut, et s'il heurte en bas du piège, il reçoit immédiatement une blessure basse. Tristan, à son invention, a donné le nom le plus adéquat, et l'arc-qui-ne-faut ne saurait s'appeler autrement, puisqu'il ne manque pas son but, où qu'il frappe; il leur est tout à fait indispensable : il leur permet de manger du cerf en abondance. Ils ont besoin de gibier, dans ce désert où ils n'ont pas de pain, et ils n'osent pas s'aventurer en plaine. Tristan vécut longtemps de cette chasse. Elle était extraordinairement fructueuse : elle leur procurait de la venaison à satiété.

Seigneurs, cela se passa un jour d'été, à l'époque des fenaisons, un peu après la Pentecôte. Un matin, à la rosée, alors que les oiseaux chantent le jour naissant, Tristan, l'épée ceinte, sort seul de sa hutte. Il va inspecter l'arc-qui-ne-faut et chasser en forêt. Sur le chemin du retour, il ressent une grande tristesse : y eut-il jamais gens plus misérables qu'eux? Mais leur présence l'un à l'autre leur fait oublier leurs maux [59] : ils connaissent un réel bonheur. Depuis qu'ils se sont réfugiés dans le Morois,

1730 Së il atouchë a ces rains
Ou cil arc est mis et tenduz,
Se haut hurte, haut est feruz,
Et së il hurte a l'arc an bas,
Bas est feruz en es le pas.
1735 Tristran, par droit et par raison,
Qant ot fait l'arc, li mist cel non :
Mot a buen non l'arc qui ne faut
Rien qu'il en fire bas ne haut;
Et mot lor out pus grant mestier :
1740 De maint grant cerf lor fist
  [mengier.
Mestier ert que la sauvagine
Lor aïdast en la gaudine,
Qar falliz lor estoit li pains,
N'il n'osoient issir as plains.
1745 Longuement fu en tel dechaz.
Mervelles fu de buen porchaz :

De venoison ont grant planté.
Seignor, ce fu un jor d'esté,
En icel tens que l'en aoste,
1750 Un poi après la Pentecoste.
Par un matin, a la rousee,
Li oisel chantent l'ainzjornee,
Tristran, de la loge ou il gist,
Çaint l'espee, tot sol s'en ist.
1755 L'arc qui ne faut vet regarder.
Parmi le bois ala berser.
Ainz qu'il venist, fu en tel paine :
Fu ainz mais gent tant eüst
  [paine?
Mais l'un por l'autre ne se sent :
1760 Bien orent lor aaisement.
Ainz puis le tens quë el bois
  [furent,

jamais couple n'a bu tant d'amertumes; mais, à ce que dit l'histoire, et Béroul l'a lue, il n'est point d'amants qui se soient tant aimés, ni ne l'aient payé aussi cher.

La reine se lève à sa rencontre. La chaleur est lourde et les accable. Tristan embrasse Yseut et lui dit :

...

— Ami, où êtes-vous allé?

— J'ai poursuivi un cerf et j'étais trop las pour l'atteindre. Je l'ai tant chassé que j'en suis rompu. J'ai sommeil et je veux dormir. »

La loge est couverte de branchages frais. Elle est tendue de feuillages, et bien jonchée d'herbe. Yseut s'étend la première. Tristan l'imite, après avoir retiré son épée, qu'il pose entre eux [60]. Yseut a gardé sa chemise : si, ce jour-là, elle avait été nue, il leur serait arrivé grand malheur. Tristan ne quitte pas ses braies. La reine portait à son doigt l'anneau que lui avait donné le roi le jour de son mariage, avec de grosses émeraudes. Le doigt d'Yseut était si délicat qu'il retenait à peine la bague. Voici comment ils étaient couchés : Tristan a passé un bras sous la nuque d'Yseut, et laisse peser l'autre sur le corps de son amie. Il l'étreint tendrement

Deus genz itant de tel ne burent,
Ne, si comme l'estoire dit
Loü Berox le vit escrit,
1765 Nule gent tant ne s'entramerent
Ne si griement nu compererent.
  La roïne contre lui live.
Li chauz fu granz qui mot les
          [grive.
Tristran l'acole, et il dit ce...
1770 ... « Amis, ou avez vos esté?
— Après un cerf qui m'a lassé.
Tant l'ai chacié que tot m'en duel.
Somel m'est pris : dormir me
          [vel. »
La loge fu de vers rains faite :
1775 De leus en leus ot fuelle atraite,
Et par terre fu bien jonchie.

Yseut fu premire couchie.
Tristran se couche, trait s'espee,
Entre les deus chairs l'a posee.
1780 Sa chemise out Yseut vestue :
Së ele fust icel jor nue,
Mervelles lor fust meschoiet.
Et Tristran ses braies ravoit.
La roïne avoit a son doi
1785 L'anel d'or des noces le roi,
O esmeraudes planteïz.
Mervelles fu li dois gentiz,
A poi que li aneaus n'en chiet.
Oez com il se sont couchiez.
1790 Desoz le col Tristran a mis
Son braz, et l'autre, ce m'est vis,
Li out par dedesus geté.
Estroitement l'ot acolé,

et la serre dans ses bras. Leur passion est évidente. Leurs lèvres se touchent presque, sans pourtant se rejoindre tout à fait. Pas un souffle de vent, pas un frisson de feuille. Un rayon de soleil se pose sur le visage d'Yseut, plus brillant que cristal. Ainsi s'endorment les amants. Ils ne pensent pas à mal. Ils sont seuls en ce lieu, car je crois bien que Governal est parti à cheval assez loin, dans le secteur du forestier. Il s'en est allé avec le destrier [61].

Écoutez, seigneurs, autre aventure : elle faillit leur causer bien du tourment ! Par la forêt vint un forestier qui avait découvert les cabanes où ils avaient dormi, au fond des taillis. Il a si bien suivi leurs traces qu'il est arrivé à la hutte où Tristan s'est installé. Il voit le couple endormi et le reconnaît. Son sang se glace, et son angoisse est grande. Il ne s'attarde pas, car il a peur. Il sait que si Tristan s'éveille il ne pourra lui laisser d'autre gage que sa propre tête. S'il s'enfuit, rien d'étonnant. Il file hors du bois, comme on peut s'y attendre [62].

Tristan et son amie dorment.

---

    Et il la rot de ses braz çainte.
1795 Lor amistié ne fu pas fainte.
    Les bouches furent près asises,
    Et ne por qant si ot devises,
    Que n'asembloient pas ensemble.
    Vent ne cort ne fuelle ne tremble.
1800 Uns rais decent desor la face
    Yseut, que plus reluist que glace.
    Eisi s'endorment li amant.
    Ne pensent mal ne tant ne qant.
    N'avoit qu'eus deus en cest païs,
1805 Qar Governal, ce m'est avis,
    S'en ert alez o le destrier
    Aval el bois au forestier.
    En ot menet le bon destrier.
      Oez, seignor, qel aventure,
1810 Tant lor dut estre pesme et dure !

    Par le bois vint uns forestiers
    Qúe avoit trové lor fulliers
    Ou il erent el bois geü.
    Tant a par le fuellier seü
1815 Qu'il fu venuz a la ramee
    Ou Tristran ot fait s'aünee.
    Vit les dormanz, bien les connut.
    Li sans li fuit, esmarriz fut.
    Mot s'en vet tost, qar se doutoit.
1820 Bien sot, se Tristran s'esvellot,
    Que ja n'i metroit autre ostage :
    Fors la teste lairoit en gage.
    Së il s'en fuit, n'est pas mervelle.
    Du bois s'en ist, n'est pas
                   [mervelle.
1825 Tristran avec s'amie dort.

S'ils échappent à la mort, ils auront de la chance. L'endroit où ils reposent est à deux bonnes lieues de la cour royale, et le forestier y court vivement, car il a entendu crier le ban et sait que celui qui dénoncera Tristan sera bien récompensé. Il s'attend à gagner gros, d'où sa hâte à prévenir le roi. Marc, dans son palais, tenait cour de justice en présence de ses barons [63]. Ceux-ci remplissent la salle. Le forestier dévale vers le château où il pénètre. Il se dépêche. N'allez pas croire qu'il a le cœur à s'arrêter avant d'arriver au pied des marches. Il les gravit, passant de la salle d'armes à celle du conseil.

Le roi le voit venir en courant. Il interpelle sur le champ l'intrus :

« Quelle nouvelle si pressante apportes-tu ? On dirait que tu cherches à rattraper la meute en chasse à courre. Viens-tu porter plainte contre quelqu'un auprès du conseil ? A te voir, on imagine qu'une grande urgence t'a fait venir de loin. T'a-t-on refusé de te rendre un gage [64] ? Explique ce qui t'amène, et dis-nous ce que tu as à dire. T'a-t-on chassé de ma forêt [65] ?

— Écoutez-moi, sire, s'il vous plaît : je serai bref.

Par poi qu'il ne reçurent mort.
D'iluec endroit ou il dormoient
Qui deus bones liues estoient
La ou li rois tenet sa cort,
1830 Li forestiers grant erre acort,
Qar bien oï avoit le ban
Que l'en avoit fait de Tristran :
Cil qui au roi en diroit voir
Asez aroit de son avoir.
1835 Li forestiers bien le savoit,
Por c'acort il a tel esploit.
Et li rois Marc en son palais
O ses barons tenoit ses plaiz.
Des barons ert plaine la sale.
1840 Li forestier du mont avale
Et s'en est entrez. Mot vait tost.

Pensez quë onc arester n'ost
De si quë il vint as degrez.
De la sale sus est montez.
1845 Li rois le voit venir grant erre.
Son forestier apele en erre.
« Soiz noveles, qui si tost viens ?
Ome sembles que core a chiens,
Que chast sa beste por ataindre.
1850 Veus tu a cort de nullui plaindre ?
Tu sembles hom qui ait besoin
Qui ça me soit tramis de loin.
A toi nus hom veé son gage
(Se tu veus rien, di ton mesage)
1855 Ou chacié vos de ma forest ?
— Escoute moi, roi, se toi plest,
Et si m'escoute un sol petit.

On a proclamé dans ce pays que celui qui décrouvrirait votre neveu ferait mieux de se laisser crever plutôt que de ne pas le capturer ou le dénoncer. Je l'ai retrouvé; je crains votre colère : si je ne vous dis rien, vous me ferez mettre à mort. Je vous conduirai où il repose, avec la reine à ses côtés. Je viens de les surprendre ensemble. Ils dormaient ferme. J'ai eu très peur quand je les ai vus. »

A ces mots, le roi soupire profondément. Il se trouble, et sa colère grandit. Il prend à part le forestier et lui dit à voix basse dans l'oreille :

« En quel endroit sont-ils? Dis-le moi.

— Dans une hutte du Morois, ils sommeillent, étroitement enlacés [66]. Viens vite : nous prendrons d'eux vengeance [67]. Crois-moi, si tu ne les punis pas avec rigueur, tu n'es plus digne de régner. »

Le roi répond :

« Va-t-en vite. Sur ta propre vie, ne dis à personne ce que tu sais, pas plus à un étranger qu'à un parent. A la Croix Rouge, à la croisée des chemins, là où il y a un cimetière, reste et attends-moi. Je te donnerai tout l'or et l'argent que tu veux, sois-en sûr. »

Le forestier s'en va,

Par cest païs a l'on banit,
Qui ton neveu porroit trover,
1860 Q'ançois s'osast laisier crever
Qu'il nu preïst ou venist dire.
Ge l'ai trové; s'en criem vostre
　　　　　[ire :
Se nel t'ensein, dorras moi mort.
Je te merrai la ou il dort
1865 Et la roïne ensemble o lui.
Gel vi poi a ensemble o lui.
Fermement erent endormi.
Grant poor oi qant la les vi. »
Li rois l'entent, boufe et sospire.
1870 Esfreez est, forment s'aïre.
Au forestier dist et conselle
Priveement dedenz l'orelle :
« En qel endroit sont il? Di moi.

— En une loge de Morroi
1875 Dorment estroitet embrachiez.
Vien tost : ja seron d'eus vengiez.
Rois, s'or n'en pren aspre ven-
　　　　　[jance,
N'as droit en terre, sanz dou-
　　　　　[tance. »
Li rois li dist : « Is t'en la fors.
1880 Si chier comme tu as ton cors,
Ne dire a nul ce que tu sez,
Tant soit estrange ne privez.
A la Croiz Roge, au chemin fors,
La on enfuet sovent les cors,
1885 Ne te movoir : iluec m'atent.
Tant te dorrai or et argent
Com tu voudras, je l'afi toi. »
Le forestier se part du roi,

il gagne la Croix Rouge et s'assied. Qu'on lui crève les yeux avec de l'acide [68], pour tant vouloir perdre Tristan! Il aurait mieux fait d'être prudent, car il mourra de male mort, comme vous l'apprendrez tout à l'heure.

Le roi entre dans sa chambre. Il mande ses intimes; il leur interdit absolument de pousser l'audace jusqu'à le suivre si peu que ce soit. Tous lui disent :

« Sire, vous plaisantez! Partir ainsi tout seul! Vit-on jamais roi plus imprudent? Que se passe-t-il donc? N'allez pas suivre un espion. »

Le roi répond :

« Ce n'est pas grave. Une fille m'a demandé d'aller la voir. Elle m'a recommandé de venir seul. J'irai donc sans escorte, et laisserai mon cheval. Je n'emmènerai ni compagnon ni écuyer. Pour une fois, je refuse votre présence. »

Ils rétorquent :

« Cela nous inquiète. Caton conseillait à son fils d'éviter les lieux écartés [69]. »

Le roi leur dit alors :

« Je le sais bien. Mais laissez-moi faire comme je l'entends ».

Marc a fait seller sa monture [70]. Il ceint son épée, et ne cesse de déplorer dans son cœur la trahison de Tristan qui lui a pris Yseut au clair visage,

A la Croiz vient, iluec s'asiet.
[1890] Male gote les eulz li criet,
      Qui tant voloit Tristran des-
                      [truire!
      Mex li venist son cors conduire,
      Qar puis morut a si grant honte,
      Com vos orrez avant el conte.
[1895] Li rois est en la chambre entrez.
      A soi manda toz ses privez,
      Puis lor voia et desfendi
      Qu'il ne soient ja si hardi
      Qu'il allent après lui plain pas.
[1900] Chascun li dist : « Rois, est ce gas
      A aler vos sous nule part?
      Ainz ne fu roi qui n'ait regart.
      Qel novele avez vos oïe?
      Ne vos movez por dit d'espie. »

[1905] Li rois respont : « Ne sai novele,
      Mais mandé m'a une pucele,
      Que j'alle tost a lié parler.
      Bien me mande n'i moigne per.
      J'irai tot seus sanz mon destrer,
[1910] Ne merrai per në escuïer.
      A ceste foiz irai sanz vos. »
      Il responent : « Ce poise nos.
      Chatons commanda a son filz
      A eschiver les leus soutiz. »
[1915] Il respont : « Je le sai assez.
      Laisiez moi faire auques mes sez. »
         Li rois a fait sa sele metre.
      S'espee çaint. Sovent regrete
      A lui tot sol la cuvertise
[1920] Que Tristran fist qant il ot prise
      Yseut la bele o le cler vis

lorsqu'ils s'en sont allés en exil. S'il les trouve, il se promet
bien de ne pas les épargner. Le roi est très décidé à les perdre;
quel malheur! Il sort de la ville et se dit que mieux vaut être
pendu plutôt que de renoncer à punir ceux qui lui ont fait un
tel affront. Le voici rendu à la Croix Rouge où l'autre attend. Il
lui dit de ne pas perdre de temps et de le mener tout droit. Ils
pénètrent dans la forêt touffue. L'espion précède le roi. Marc
le suit, confiant dans l'épée qu'il a ceinte et qui a fait ses preuves.
Il ne se méfie pas assez, car si Tristan était éveillé, il y aurait
combat entre l'oncle et le neveu : il faudrait bien que l'un des
deux meure. Au forestier, le roi a dit qu'il lui donnerait vingt
marcs d'argent [71], s'il le menait bien vite jusqu'au lieu de la
trahison. Le forestier — puisse-t-il s'en repentir! — lui déclare
qu'ils sont près du but. Du bon cheval gascon, le roi descend,
sur le conseil de son guide. L'homme court lui tenir l'étrier.
Ils attachent l'animal à la branche d'un pommier vert, puis ils
progressent, jusqu'à ce qu'ils aperçoivent la hutte qu'ils
recherchent.

O qui s'en est alez fuitis.
S'il les trove, mot les menace :
Ne laira qu'il ne lor mesface.
[1925] Mot est li rois acoragiez
De destruire : c'es granz pechiez.
De la cité s'en est issuz
Et dist mex veut estre penduz
Qu'il ne prenne de ceus venjance
[1930] Que li ont fait tel avilance.
A la Croiz vint ou cil l'atent.
Dist li qu'il aut isnelement
Et qu'il le meint la droite voie.
El bois entrent qui mot ombroie.
[1935] Devant le roi se met l'espie.
Li rois le sieut qui bien s'i fie
En l'espee que il a çainte,
Dont a doné colee mainte.
Si fait il trop que surquidez,

[1940] Qar se Tristran fust esvelliez,
Li niés o l'oncle se meslast :
Li uns morust, ainz ne finast.
Au forestier dist li rois Mars
Qu'il li dorroit d'argent vint
[mars,
[1945] Sel menoit tost a son forfet.
Li forestier, qui vergonde ait,
Dist que près sont de lor besoigne.
Du buen cheval né de Gascoigne,
[1950] De l'autre part cort l'estrier
[prendre.
A la branche d'un vert pomier,
La reigne lient du destrier.
Poi vont avant, qant ont veü
La loge por qu'il sont venu.

Le roi délace son manteau dont les plaques sont d'or pur. Sous ses habits légers, on devine son corps musclé. Il tire l'épée du fourreau. Il avance, le visage furieux. Il se dit à mainte reprise qu'il mourra s'il ne les tue. Il entre l'épée nue dans la hutte. Le forestier le suit : il ne se laisse pas distancer par le roi. Marc lui fait signe de s'en aller. Lui-même lève son arme. Il est plein de fureur, et prêt à défaillir. Il allait frapper (quel désastre !) lorsqu'il constate qu'Yseut avait gardé sa chemise, et qu'ils étaient séparés : leurs lèvres ne se joignaient pas. Et quand il aperçut l'épée posée entre leurs corps, il vit aussi que Tristan était en braies.

« Mon Dieu, murmura-t-il, est-ce possible ? Mes yeux ne me mentent pas. Seigneur ! je ne sais que faire : les tuer ou partir ? Il y a longtemps qu'ils vivent en forêt. J'ai raisonnablement toutes les raisons de croire que s'ils s'aimaient d'amour insensé, ils seraient nus. Et il n'y aurait pas cette épée entre eux. Ils se comporteraient autrement. Je voulais leur mort : je ne les toucherai pas et renonce à ma colère.

1955 Li rois deslace son mantel,
Dont a fin or sont li tasel.
Desfublez fu : mot ot gent cors.
Del fuerre trait l'espee fors.
Iriez s'en torne. Sovent dit
1960 Qu'or veut morir s'il nes ocit.
L'espee nue an la loge entre.
Le forestier entre soventre :
Grant erre après le roi acort.
Li ros li çoine qu'il retort.
1965 Li rois en haut le cop leva.
Iré le fait, si se tresva.
Ja descendist li cop sor eus,
(Ses oceïst, ce fust grant deus !)
Qant vit qu'ele avoit sa chemise,
1970 Et qu'entre eus deus avoit devise :
La bouche o l'autre n'ert jostee.

Et qant il vit la nue espee
Qui entre eus les desevrot,
Vit les braies que Tristran out :
1975 « Dex ! dist li rois, que ce puet
[estre ?
Or ai veü tant de lor estre.
Dex ! je ne sai que doie faire
Ou de l'ocire ou du retraire.
Ci sont el bois bien a lonc tens.
1980 Bien puis croire, se jë ai sens,
Së il l'amasent folement,
Ja n'i eüsent vestement.
Entrë eus deus n'eüst espee.
Autrement fust cest'asemblee.
1985 Corage avoie d'eus ocire :
Nes tocherai, retrairai m'ire.

Ils n'ont souci de fol amour. Je ne les frapperai pas : ils dorment. Si je faisais le moindre geste brutal, je serais gravement coupable, et si j'éveille cet homme assoupi et que l'un de nous tue l'autre, ce sera bien triste rencontre. Je leur laisserai des indices pour qu'à leur réveil, ils sachent bien qu'on les a découverts alors qu'ils sommeillaient et qu'on a eu pitié d'eux : je ne veux pas qu'ils périssent ni de ma main ni par la faute d'un de mes hommes. Je vois au doigt de la reine une émeraude. C'est moi qui la lui ai donnée : elle est magnifique. J'ai moi-même une bague qui vient d'elle. Je vais lui retirer son anneau. Je prendrai aussi les gants de vair qu'elle m'apporta d'Irlande. Ils serviront d'écran au rayon qui flamboie sur son visage et qui l'indispose, et, au moment de partir, je déroberai l'épée qui les sépare et par laquelle le Morholt fut décapité [72]. »

Le roi se dégante. Il contemple le couple endormi. Il interpose délicatement les gants entre le rayon et le visage d'Yseut. L'anneau royal brille au doigt de la reine : il le retire avec douceur, sans geste brusque.

De fole amor corage n'ont.
N'en ferrai nul : endormi sont.
Se par moi eirent atouchié,
1990 Trop par feroie grant pechié,
Et se j'esvel cest endormi,
Et il m'ocit ou j'oci lui,
Ce sera laide reparlance.
Je lor ferai tel demostrance
1995 Quë, ançois qu'il s'esvelleront,
Certainement savoir porront
Qu'il furent endormi trové
Et qu'en a eü d'eus pité,
Que je nes vuel noient ocire,
2000 Ne moi ne gent de mon empire.
Ge voi el doi a la reïne
L'anel o pierre esmeraudine ;

Or li donnai : mot par est buens.
Et j'en rai un qui refu suens :
2005 Osterai li mien du doi.
Uns ganz de vair ai jë o moi
Qu'el aporta o soi d'Irlande.
Li rois qui sor la face brande,
Qui li fait chaut, en vuel covrir,
2010 Et qant vendra au departir,
Prendrai l'espee d'entre eus deus
Dont au Morhot fu le chief blos. »
Li rois a deslïé les ganz.
Vit ensemble les deus dormanz.
2015 Le rai qui sor Yseut decent
Covre des ganz mot bonement.
L'anel du roi defors parut :
Soüëf le traist, qu'il ne se mut.

Lorsqu'il l'offrit, elle eut du mal à le mettre : à présent, elle a la main si grêle que le bijou glisse aisément. Le roi réussit à l'ôter sans peine. Il enlève l'épée qui gît entre les amants et la remplace par la sienne. Puis il sort de la hutte. Il retrouve son cheval et bondit en selle. Au forestier, il dit de partir : qu'il rebrousse chemin et disparaisse.

Le roi s'en va et les laisse dormir. Pour une fois, il refuse de se venger. Il revient à la ville. Plus d'un lui demande où il a été, et pourquoi il a tant tardé. Marc cache la vérité : il ne veut pas dire la raison de son absence ni le but de sa quête, et garde le silence sur ce qui s'est passé.

Je vais maintenant vous parler du couple qui sommeille encore, et que le roi vient de quitter. La reine rêvait qu'elle était dans une vaste lande, à l'intérieur d'une tente somptueuse. Survenaient deux lions qui voulaient la dévorer. Elle allait leur crier merci, quand les lions affamés la prenaient par la main [73]. D'effroi, elle poussa un cri et s'éveilla. Les gants fourrés d'hermine blanche lui tombèrent sur la poitrine.

Primes i entra il enviz :
2020 Or avoit tant les doiz gresliz
Qu'il s'en issi sanz force fere.
Mot l'en sot bien li rois fors
[traire.
L'espee qui entre eus deus est
Souëf oste, la soue i met.
2025 De la loge s'en issi fors.
Vint au destrier, saut sor le dos.
Au forestier dist qu'il s'en fuie,
Son cors trestort, si s'en conduie.
Vet s'en li rois, dormant les let.
2030 A cele foiz n'a il plus fait.
Reperiez est a sa cité.
De plusorz parz out demandé
Ou a esté et ou tant fut.
Li rois lor ment : pas n'i connut

2035 Ou il ala ne quë il quist,
Ne de faisance quë il fist.
Mais or oiez des endormiz
Que li rois out el bois gerpiz.
Avis estoit a la roïne
2040 Qu'ele ert en une grant gaudine,
Dedenz un riche pavellon.
A li venoient dui lïon
Que la voloient devorer,
Et lor voloit merci crïer,
2045 Mais li lïon, destroiz de faim,
Chascun la prenoit par la main.
De l'esfroi quë Yseut en a,
Geta un cri, si s'esvella.
Li gant paré du blanc hermine
2050 Li sont choiet sor la poitrine.

Tristan, à son cri, s'éveille. Il devient écarlate. Son sang se glace, il se lève d'un bond et saisit son épée avec fureur. Il regarde l'arme et n'y voit plus la brèche [74], mais il découvre le pommeau d'or qui la surmonte et reconnaît l'épée du roi. La reine aperçoit à son doigt l'anneau que Marc vient d'y mettre, et constate qu'il lui a retiré sa bague. Elle s'écrie :

« Seigneur, pitié! Le roi nous a retrouvés! »

Tristan réplique :

« Vous avez raison, ma Dame. Il faut que nous quittions le Morois, car le roi a mainte raison de nous en vouloir. Il détient mon épée et m'a laissé la sienne. Il aurait pu nous tuer.

— Vous dites vrai, Seigneur.

— Belle Yseut, nous n'avons plus qu'à fuir. C'est pour nous trahir qu'il nous a épargnés. Il était seul : il est allé chercher du renfort. C'est sûr, il a l'intention de nous capturer. Ma dame, il est temps de fuir vers Galles. Mon sang se glace. »

Il est blême. C'est alors que revient leur écuyer, avec le cheval. Il s'étonne : que son seigneur est pâle! Il lui demande ce qui se passe.

« Maître, je vais vous le dire. Le fier Marc nous a découverts ici, quand nous dormions. Il a laissé son épée et emporté la mienne. Je crains qu'il ne machine une félonie.

Tristran, du cri qu'el ot, s'es-
                    [velle.
Tote la face avoit vermelle.
Esfreez est, saut sus ses piez,
L'espee prent com home iriez.
2055 Regarde el brant, l'osche ne voit,
Vit le pont d'or qui sus estoit,
Connut que c'est l'espee au roi.
La roïne vit en son doi
L'anel que li avoit doné,
2060 Le suen revit del dei òsté.
Ele crïa : « Sire, merci!
Li rois nos a trovez ici. »
Il li respont : « Dame, c'est voirs.
Or nos covient gerpir Morrois,
2065 Qar mot li par somes mesfait.
M'espee a, la soue me lait.

Bien nos peüst avoir ocis.
— Sire, voire, ce m'est avis.
— Bele, or n'i a fors du fuïr.
2070 Il nos laissa por nos traïr.
Seus ert : si est alez por gent.
Prendre nos quide voirement.
Dame, fuion nos envers Gales.
Le sanc me fuit. » Tot devient
                    [pales.
2075 Atant es vos lor escuier
Que s'en venoit o le destrier.
Vit son seignor : pales estoit.
Demande li quë il avoit.
« Par foi, mestre, Marc li gentis
2080 Nos a trovez ci endormis.
S'espee lait, la moie emporte,
Felonie criem qu'il anorte.

Il a pris au doigt d'Yseut l'anneau qui n'avait pas de prix, et l'a échangé contre le sien : maître, il nous est facile d'en conclure qu'il nous prépare un piège, car il était seul quand il nous a retrouvés. Il a pris peur et a rebroussé chemin. Il est retourné chercher du renfort, et rassemblera aisément des gens hardis et sans scrupules. Il va les ramener avec lui : il veut nous perdre, la reine Yseut et moi. Il veut nous pendre devant le peuple, ou nous faire brûler et disperser notre cendre aux vents. Fuyons : ce n'est pas le moment de tarder. »

Ils n'avaient pas de temps à perdre. S'ils ont peur, qu'y faire ? Ils savent que le roi est furieux et rusé. Ils décampent vivement. L'aventure qui vient de leur arriver redouble leurs craintes. Ils quittent le Morois et s'en vont beaucoup plus loin. L'angoisse les incite à franchir de longues distances. Ils sont allés tout droit vers Galles. Leur amour les aura bien fait souffrir. Cela fait trois ans que le malheur les frappe [75]. Ils sont pâles et amaigris.

Seigneur, ce vin qu'ils burent, vous savez qu'il fut la cause de leurs longues épreuves, mais je crois bien que je ne vous ai pas dit combien de temps devait durer l'effet du philtre aux herbes magiques [76]. La mère d'Yseut, qui le concocta, voulait qu'il fût efficace trois ans. C'est pour Marc et Yseut qu'elle l'avait préparé.

Du doi Yseut l'anel, le buen
En a porté, si lait le suen :
2085 Par cest change poon perçoivre,
Mestre, që il nos veut deçoivre,
Qar il ert seus, si nos trova,
Poor li prist, si s'en torna.
Por gent s'en est alez arrire
2090 Dont il a trop et baude et fire.
Ses amerra : destruire veut
Et moi et la roïne Yseut.
Voiant le pueple nos veut
[pendre,
Faire ardoir et venter la cendre.
2095 Fuion : n'avon que demorer. »
N'avet en eus que demorer.
S'il ont poor, n'en püent mais.
Li rois sevent fel et engrès.

Torné s'en sont bone aleüre.
2100 Le roi dotent por l'aventure.
Morrois trespasent, si s'en vont.
Grant jornees por poor font.
Droit vers Gales s'en sont alé.
Mot les avra amors pené.
2105 Trois anz plainiers sofrirent peine.
Lor char pali et devint vaine.
    Seignors, du vin de qoi il burent
Avez oï porqoi il furent
En si grant paine lonc tens mis,
2110 Mais ne savez, ce m'est avis
A combien fu determinez
Li lovendrins, li vins herbez.
La mere Yseut, qui le bolli,
A trois anz d'amistié le fist.
2115 Por Marc le fist et por sa fille.

Mais c'est un autre qui le prit et qui en souffrit. Durant ces trois années, Tristan et la reine perdirent la tête, et l'un et l'autre ne cessaient de dire : « Encore ».

Le lendemain de la saint Jean, le terme des trois ans fut atteint, et l'effet du breuvage se dissipa. Tristan s'est levé de sa couche. Yseut est restée dans la cabane. Il faut savoir que Tristan poursuit un cerf qu'il a blessé [77]. Sa flèche a traversé les flancs de l'animal. Celui-ci s'enfuit. Tristan le traque. Jusqu'au soir, il s'obstine. Tandis qu'il court après le cerf, revient l'heure où il a bu le philtre, et Tristan s'arrête. Le regret l'obsède sans repos : « Mon Dieu, se dit-il, que d'épreuves ! Il y a trois ans jour pour jour que je n'ai pas eu de répit, ni aux fêtes chômées, ni le reste du temps. J'ai oublié chevalerie, vie de cour et compagnie de frères d'armes. Me voici en exil. Je n'ai plus rien, ni vair, ni gris [78]. Je ne suis plus présent parmi mes pairs auprès du roi. Hélas ! mon oncle m'aurait tant chéri si je ne m'étais pas si gravement affronté à lui. Hélas ! Je suis vêtu de lambeaux ! Je devrais vivre au palais,

Autre en prova, qui s'en essille.
Tant com durerent li troi an,
Out li vins si soupris Tristran
Et la roïne ensemble o lui
2120 Que chascun disoit : « Las n'en
             [sui. »
    L'endemain de la saint Jehan,
Acompli furent li troi an
Que cil vin fu determinez.
Tristran fu de son lit levez.
2125 Yseut remet en la fullie.
Tristran, sachiez, une doitie
A un cerf traist qu'il out visé.
Par les flans l'a outrebersé.
Fuit s'en li cerf. Tristran l'aqeut.
2130 Que soirs fu plains, tant le por-
             [seut.
    La ou il cort après la beste,

L'ore revient, et il s'areste,
Qu'il ot beü le lovendrant.
A lui seus senpres se repent.
2135 « Ha ! Dex, fait il, tant ai traval !
Trois anz a hui, que rien n'i fal,
Onques ne me falli pus paine
Në a foirié n'en sorsemaine.
Oublié ai chevalerie,
2140 A seure cort et baronie.
Ge sui essilié du païs.
Tot m'est falli, et vair et gris.
Ne sui a cort a chevaliers.
Dex ! tant m'amast mes oncles
             [chiers,
2145 Se tant ne fuse a lui meslez !
Ha ! Dex, tant foiblement me vet !
Or deüse estre a cort a roi

avec cent damoiseaux près de moi, qui apprendraient sous moi le service des armes et dont je serais le maître. J'aurais dû aller dans d'autres pays, me mettre à la solde d'un seigneur, et gagner ma vie. Et le pire, c'est de n'avoir donné à la reine qu'une hutte en lieu de chambre à courtine. Elle est en forêt alors qu'elle pourrait demeurer avec son entourage dans des appartements tendus de soie. C'est moi qui l'ai engagée dans ce chemin de perdition. Je prie Dieu qui règne sur le monde, pour qu'Il me donne le cœur de laisser en paix la femme de mon oncle. Je lui jure bien que je le ferais volontiers, si je pouvais, pourvu qu'Yseut fût réconciliée avec le roi Marc, qu'elle a épousé, hélas! devant bien des grands, selon le rite institué par l'Église romaine. »

Tristan est appuyé sur son arc. Il ne cesse de regretter l'hostilité de Marc son oncle, qu'il a outragé en causant la déchéance de sa femme. Voilà comment, ce soir-là, Tristan s'affligeait. Écoutez maintenant les plaintes d'Yseut. Elle se répétait : « Hélas, malheureuse! Qu'est devenue votre jeunesse? Vous vivez en forêt comme serve. Où sont passées vos suivantes?

Et cent danzeaus avoques moi,
Qui servisent por armes prendre
2150 Et a moi lor servise rendre.
Aler deüse en autres terres
Soudoier et soudees querre.
Et poise moi de la roïne
Qui je doins loge por cortine.
2155 En bois est et si peüst estre
En beles chambres o son estre,
Portendues de dras de soie.
Por moi a prise male voie.
A Deu qui est sire du mont
2160 Cri ge merci, qüe il me donst
Itel corage que je lais
A mon oncle sa feme en pais.
A Deu vo je que jel feroie

Mot volentiers, se je pooie,
2165 Si qüe Yseut fust acordee
O le roi Marc, qu'est esposee,
Las! si quel virent maint riche
                                    [ome
Au fuer qu'en dit la loi de Rome. »
    Tristran s'apuie sor son arc.
2170 Sovent regrete le roi Marc
Son oncle, qui a fait tel tort,
Sa feme mise a tel descort.
Tristran au soir se dementoit.
Oiez d'Iseut com li estoit.
2175 Sovent disoit : « Lasse, dolente,
Por qoi eüstes vos jovente?
En bois estes comme autre serve.
Petit trovez qui ci vos serve.

Je suis reine, mais j'en ai perdu la dignité par la faute du poison [79] que nous bûmes sur la mer. Ce fut la faute de Brangien, qui en avait la garde. Hélas! elle le garda bien mal! Mais qu'y pouvait-elle, quand j'en bus jusqu'à plus soif? Les nobles demoiselles, filles de vavasseurs bien nés [80], auraient dû constituer ma suite et me servir en mon palais, jusqu'à ce que, une fois dotées, je les mariasse à des seigneurs. Ami Tristan, elle nous a soumis tous deux à triste épreuve, celle qui nous apporta le philtre d'amour. On ne pouvait nous causer plus de mal. »

Tristan répond : « Noble reine, nous gaspillons notre jeunesse. Ma belle amie, si j'en avais le pouvoir, et si quelqu'un pouvait intervenir pour me réconcilier avec Marc et obtenir son pardon, fût-ce au prix d'un serment par lequel je jurerais que jamais, dans le passé, ni en faits ni en paroles, nous n'eûmes entre nous liaison qui pût déshonorer le roi, il n'y a pas un chevalier en ce royaume, de Lidan à Durham [81], qui, s'il prétendait que je vous eusse aimé de manière outrageante, ne me trouvât prêt à l'affronter, en champ clos, l'arme à la main; et si Marc le voulait bien,

Je sui roïne, mais le non
2180 En ai perdu par la poison
Que nos beümes en la mer.
Ce fist Brengain, qu'i dut garder.
Lasse! Si male garde en fist!
El n'en pout mais, qar j'ai trop
                                [pris.
2185 Les damoiseles des anors,
Les filles as frans vavasors,
Deüse ensemble o moi tenir
En mes chambres por moi servir,
Et les deüse marier
2190 Et as seignors por bien doner.
    Amis Tristran, en grant error
Nos mist qui le boivre d'amor
Nos aporta ensemble a boivre.
Mex ne nos pout il pas deçoivre. »

2195 Tristran li dist : « Roïne gente,
En mal uson nostre jovente.
Bele amie, se je peüse,
Par consel que jë en eüse,
Faire au roi Marc acordement,
2200 Qu'il pardonast son mautalent
Et qu'il preïst nostre escondit,
C'onques nul jor, n'en fait n'en
                                [dit,
N'oi o vos point de druerie
Que li tornast a vilanie,
2205 N'a chevalier en son roiaume,
Ne de Lidan très qu'en Dureaume,
S'il voloit dire quë amor
Eüse o vos por deshonor
Ne m'en trovast en chanp, armé;
2210 Et s'il avoit en volenté,

après que vous auriez juré vous aussi, il souffrirait que j'appartienne à sa maison, et je le servirais comme il en est digne, en
neveu et en vassal fidèle : il n'y aurait sur sa terre aucun homme
de guerre en qui, au combat, il puisse avoir plus confiance. Si
toutefois il préférait vous reprendre et m'exiler, sans accepter
que je le serve, je m'en irais chez le roi de Frise [82], ou passerais
en Bretagne, avec Governal comme seul compagnon. Mais,
noble reine, où que je sois, je ne cesserais de me proclamer votre
homme. Je ne voudrais pas vous quitter, si nous pouvions
rester ensemble et éviter, belle amie, la pénurie que vous
souffrez si volontiers sans cesse, pour mon amour, dans ce
désert. Je vous ai fait déchoir de votre rang de reine : vous
pourriez être honorée, dans votre palais, près de Marc mon
seigneur, si vous n'aviez bu du breuvage magique qu'on nous
offrit sur la mer. Noble Yseut, si prestigieuse dame, conseillez-
moi : qu'allons-nous faire?

— Seigneur, grâces soient rendues au Christ, quand vous
renoncez à pécher. Mon ami, souvenez-vous de l'ermite Ogrin,
qui nous prêcha les commandements de l'Écriture, et qui nous
parla si longuement, quand nous vînmes à sa demeure,

Qant vos avrïez desrenie,
Qu'il me soufrist de sa mes-
                    [nie,
Gel serviroie o grant honor,
Comme mon oncle et mon sei-
                    [gnor :
2215 N'avroit soudoier en sa terre
Qui mex le soufrist de sa guere.
Et s'il estoit a son plesir
Vos a prendre et moi degerpir,
Qu'il n'eüst soin de mon servise,
2220 Ge m'en iroie au roi de Frise
Ou m'en passeroie en Bretaigne,
O Governal, sanz plus compaigne.
    « Roïne franche, ou que je soie,
Vostre toz jorz me clameroie.
2225 Ne vosise la departie,

S'estre peüst la compaignie,
Ne fust, bele, la grant soufraite
Que vos soufrez et avez faite
Toz dis por moi par desertine.
2230 Por moi perdez non de roïne :
Estre peüses a anor
En tes chambres o mon seignor,
Ne fust, dame, li vins herbez
Që a la mer nos fu donnez.
2235 Yseut franche, gente façon,
Conselle moi : que nos feron?
    — Sire, Jhesu soit gracïez,
Qant degerpir volez pechiez.
Amis, membre vos de l'ermite
2240 Ogrin, qui de la loi escrite
Nos preecha et tant nos dist,
Qant tornastes a son abit

qui est au bout de la forêt [83]. Mon ami bien-aimé, si vous avez désormais le cœur à vous repentir, c'est une très grande faveur divine. Seigneur, retournons le voir, et vite. J'en suis tout à fait sûre : il nous donnerait de précieux conseils qui nous permettraient de nous sauver. »

Tristan, à ces mots, soupire et dit : « Noble reine, retournons à l'ermitage, ce soir ou dès le matin. Sur le conseil d'Ogrin, nous écrirons au roi ce que nous semblera bon, dans une lettre où nous mettrons tout notre message [84].

— Ami Tristan, vous parlez bien. Qu'il nous soit seulement possible à tous deux de demander au puissant Dieu du ciel d'avoir pitié de nous, ami Tristan ! »

Ils sont retournés dans la forêt. Les amants ont tant cheminé qu'ils arrivent à l'ermitage. Ils trouvent Ogrin en train de lire. Il les voit et les interpelle avec douceur. Ils s'asseyent dans la chapelle :

« Pauvres proscrits, que d'épreuves Amour vous impose ! Que votre folie a duré ! Vous avez trop longtemps mené cette vie [85].

Qui est el chief de son boschage.
Beaus amis douz, se ja corage
[2245] Vos ert venuz de repentir,
Or ne peüst mex avenir.
Sire, corons a lui ariere.
De ce sui tote fïanciere :
Consel nos doroit honorable
[2250] Par qoi a joie perdurable
Porron encore bien venir. »
Tristran l'entent, fist un sospir
Et dist : « Roïne de parage,
Tornon arire a l'ermitage,
[2255] Encor enuit ou le matin.
O le consel de maistre Ogrin,
Manderon a nostre talent
Par briés, sans autre mandement.

— Amis Tristran, mot dites bien.
[2260] Au riche roi celestïen
Puison andui crïer merci
Qu'il ait de nos, Tristran ami ! »
Arrire tornent el boschage.
Tant ont erré qu'à l'ermitage
[2265] Vindrent ensemble li amant.
L'ermite Ogrin trovent lisant.
Qant il les vit, bel les apele.
Assis se sont en la chapele.
« Gent dechacie, a com grant
    [paine
[2270] Amors par force vos demeine !
Combien dura vostre folie !
Trop avez mené ceste vie.

Croyez-moi : repentez-vous. »

Tristan lui répond :

« Écoutez-nous. Si nous l'avons menée si longtemps, c'est que tel était notre destin. Il y a bien trois ans jour pour jour que nous n'avons cessé de souffrir. Si, à présent, nous pouvions trouver un appui pour réconcilier la reine, je renoncerais à servir Marc et m'en irais avant un mois en Bretagne ou en Lothian[86], et si mon oncle accepte que je reste à sa cour en vassal fidèle, je suis son homme, comme c'est mon devoir. Seigneur, mon oncle est un roi puissant[87]. Donnez-nous, Seigneur, pour l'amour de Dieu, le meilleur conseil sur tout cela, et nous ferons comme vous l'entendrez. »

Écoutez-moi, vous tous : je vais parler de la reine. Elle se laisse tomber aux pieds de l'ermite. Elle le prie de tout son cœur de les réconcilier avec le roi. Elle l'implore :

« Jamais de ma vie, je n'aurai cœur à commettre folie. Je ne veux pas dire, comprenez-moi, que je me repente d'avoir suivi Tristan, car je ne l'aime pas comme un amant, mais comme un ami, et sans péché : je n'ai point avec lui de relations coupables, et nous sommes étrangers l'un à l'autre[88]. »

L'ermite l'écoute. Il pleure.

---

Et queles, car vos repentez ! »
Tristran li dist : « Or escoutez.
[2275] Si longuement l'avon menee,
Itel fu notre destinee.
Trois anz a bien, que rien n'i
            [falle,
Onques ne nos falli travalle.
S'or poïons consel trover
[2280] De la roïne racorder,
Je ne querrai ja plus nul jor
Estre o le roi Marc a seignor,
Ainz m'en irai ançois un mois
En Bretagne ou en Loonois,
[2285] Et se mes oncles veut soufrir
Moi a sa cort por lui servir,
Gel servirai si com je doi.
Sire, mon oncle est riche roi.

Le mellor consel nos donnez,
[2290] Por Deu, sire, de ce qu'oez,
Et si feron vos volentez. »
        Seignors, oiez de la roïne.
As piez l'ermite chiet encline.
De lui proier point ne se faint
[2295] Qu'il les acort au roi ; se plaint :
« Qar ja corage de folie
Nen avrai ja jor de ma vie.
Ge ne di pas, a vostre entente,
Que de Tristran jor me repente,
[2300] Que je ne l'ain de bone amor
Et com ami, sans desanor :
De la comune de mon cors
Et je du suen somes tuit fors. »
L'ermite l'ot parler. Si plore.

Ce qu'il vient d'entendre augmente sa reconnaissance envers Dieu :

« Ah! Seigneur tout-puissant, je vous remercie de tout mon cœur, puisque vous m'avez permis de vivre assez pour voir ce couple revenir et me consulter afin d'obtenir son pardon. Puissé-je prolonger longtemps mon action de grâces! Je le jure sur ma foi, vous ne serez pas déçus. Tristan, écoute-moi bien. Tu es venu à ma demeure; et vous reine, prêtez l'oreille à mon discours : il n'est plus temps de déraisonner. Quand homme et femme pèchent ensemble, s'ils se sont donnés l'un à l'autre, puis se sont quittés, pourvu qu'ils viennent à la pénitence et éprouvent un repentir sincère, Dieu leur pardonne leur faute, si scandaleuse, si odieuse soit-elle. Tristan, et vous, reine, écoutez-moi bien. Pour atténuer la honte et éviter le scandale, il est utile de mentir un peu. Puisque vous m'avez demandé d'intervenir, j'accepte sans attendre. Je vous donnerai un parchemin. En première ligne, vous saluerez le roi. Puis vous écrirez le lieu de destination, Lancien [89]. De nouveau, saluez le roi comme il convient. Dites-lui que vous êtes avec la reine dans la forêt, mais que s'il voulait la reprendre et renonçait à sa rancune,

[2305] De ce qu'il ot Deu en aoure.
« Ha! Dex, beaus rois omnipo-
[tent,
Graces par mon buen cuer vos
[rent,
Que vivre tant m'avez laisiez
Que ces deus genz de lor pechiez
[2310] A moi en vindrent consel prendre.
Granz grez vos en puisse je rendre!
Ge jur ma creance et ma loi,
Buen consel averez de moi.
Tristran, entent moi un petit.
[2315] Ci es venuz a mon habit;
Et vos, roïne, a ma parole
Entendez : ne soiez pas fole.
« Qant home et feme font pechié,
S'aus se sont pris et sont quitié,

[2320] Et s'aus vienent a penitance
Et aient bone repentance,
Dex lor pardone lor mesfait,
Tant seroit oriblë et lait.
Tristran, roïne, or escoutez
[2325] Un petitet, si m'entendez.
Por honte oster et mal covrir,
Doit on un poi par bel mentir.
Qant vos consel m'avez requis,
Gel vos dorrai sanz terme mis.
[2330] En parchemin prendrai un brief.
Saluz avra el premier chief.
A Lancïen le trametez.
Le roi par bien salu mandez.
En bois estes o la roïne,
[2335] Mais s'il voloit de lui saisine
Et pardonast son mautalent,

vous agiriez ainsi : vous vous rendriez à sa cour; s'il s'y trouve
un homme puissant, avisé et influent qui prétende que vous vous
êtes aimés d'amour coupable, que le roi Marc vous fasse pendre
si vous ne vous disculpez pas. Tristan, je ne te flatte pas si je
te dis que tu ne trouveras pas d'adversaire à ta taille qui ose
engager quoi que ce soit contre toi. Je te donne un conseil sûr.
Marc ne peut contester ceci : quand il voulut vous soumettre
au supplice et vous faire brûler à cause du nain, nobles et vilains
l'ont vu, il ne voulait rien entendre. Quand Dieu vous a permis
de vous en tirer sain et sauf, comme le bruit s'en est répandu
(et s'Il n'était intervenu, vous auriez connu la pire des morts),
vous avez sauté dans un abîme que nul être au monde, du
Cotentin à Rome, n'oserait contempler sans vertigineuse épouvante : la crainte vous a donné des ailes. Et vous avez arraché
la reine à ses bourreaux. Depuis, vous avez vécu dans la forêt.
Mais c'est vous qui amenâtes Yseut au roi et la lui donnâtes en
mariage. Il sait bien qu'il vous la doit. Les noces eurent lieu
à Lancien. Vous eûtes le tort d'attirer les soupçons par votre
conduite à l'égard de la reine :

Vos ferïez por lui itant :
Vos en irïez a sa cort;
N'i avroit fort, sage ne lort,
2340 S'il veut dire qu'en vilanie
Eüsiez prise druerie,
Si vos face li rois Marc pendre,
Se vos ne vos poez defendre.
   « Tristran, por ce t'os bien loer
2345 Que ja n'i troveras ton per
Qui gage doinst encontre toi.
Icest consel te doin par foi.
Ce ne puet il metre en descort :
Qant il vos vout livrer a mort
2350 Et en feu ardoir, par le nain,
Cortois le virent et vilain,
Il ne voloit escouter plait.

Qant Dex vos avoit merci fait
Que d'iluec fustes eschapez,
2355 Si com il est oï assez,
Que, se ne fust la Deu vigor,
Destruit fusiez a desonor,
Tel saut feïstes qu'il n'a home,
De Costentin entresqu'a Rome,
2360 Së il le voit, n'en ait hisdor :
Iluec fuïstes par poor.
Vos rescosistes la roïne.
S'avez esté pus en gaudine.
De sa terre vos l'amenastes,
2365 Par marïage li donastes.
Tot ce fu fait, il le set bien.
Nocie fu a Lencïen
Mal vos estoit lié a fallir :

vous préférâtes fuir. Mais s'il accepte votre serment en présence de tous, puissants et petits, offrez-lui de vous y soumettre à sa cour; pour peu qu'il y mette du sien, qu'il constate votre loyauté et que ses vassaux l'approuvent, qui sait s'il ne va pas rendre à Yseut la courtoise sa dignité d'épouse royale? Si vous constatez qu'il en est d'accord, vous serez son homme : vous le servirez avec joie. Mais s'il refuse votre service, vous passerez la mer et irez en Écosse servir un autre roi. Telle est la lettre.

— Je le veux bien. Mais s'il vous plaît, seigneur Ogrin, ajoutons quelque chose au parchemin, parce que je me méfie du roi : il a fait mettre ma tête à prix. Je lui demande donc, avec tout le respect et l'amour que je lui dois, de dicter une lettre de réponse où il écrive sa volonté. Qu'il fasse pendre cette lettre à la Croix Rouge, au milieu de la lande. Je n'ose lui faire savoir où je suis. Je crains qu'il ne m'y attaque. Je ne serai sûr de mon sort que lorsque j'aurai en mains cette lettre : alors, je ferai ce qu'il voudra. Seigneur, scellez mon message! Vous écrirez à la fin : « *Vale* ». Je n'ai rien à dire de plus. »

O lié vosistes mex fuïr.
2370 S'il veut prendre vostre escondit
Si quel verront grant et petit,
Vos li offrez a sa cort faire;
E se li venoit a vïaire,
Qant vos serez de lui loiaus,
2375 Au loement de ses vasaus,
Preïst sa feme la cortoise.
Et, se savez que lui n'en poise,
O lui serez ses soudoiers :
Servirez le mot volentiers.
2380 Et s'il ne veut vostre servise,
Vos passerez la mer de Frise,
Iroiz servir un autre roi.
Tex est li brif. — Et je l'otroi.
Tant ai plus mis, sirë Ogrin,

2385 Vostre merci, el parchemin,
Que je ne m'os en lui fïer :
De moi a fait un ban crïer.
Mais je lui prié, com a seignor
Que je mot aim de bone amor,
2390 Un autre brief reface faire,
Si face escrire tot son plaire.
A la Croiz Roge anmi la lande,
Pende le brief, si le commande.
Ne li os mander ou je sui.
2395 Ge criem qu'il ne me face ennui.
Ge crerai bien qant je l'avrai,
Le brief : qant qu'il voudra ferai.
Maistre, mon brief set seelé!
A la queue escriroiz : « Vale. »
2400 A ceste foiz je n'i sai plus. »

Ogrin se lève. Il prend une plume, de l'encre, un parchemin.
Il rédige le texte. Quand il eut achevé, il prit un anneau. La
pierre y était saillante. Il appose son sceau. Il tend le tout à
Tristan qui le reçoit avec effusion.
— « Qui le portera? demande Ogrin.
— Moi.
— Non, Tristan.
— Si, seigneur, cela vaut mieux. Je connais bien Lancien.
Si vous le permettez, la reine restera ici. Tout à l'heure, à la
nuit, quand le roi dormira, je prendrai mon cheval, et j'emmè-
nerai mon écuyer. Sur une pente qui domine la ville, je descen-
drai de ma monture et je finirai la route à pied. Mon maître
gardera mon cheval : prêtres ni laïcs n'en virent jamais un
meilleur. »
   Le soir, après le coucher du soleil, lorsque l'ombre s'obs-
curcit, Tristan partit avec Governal. Il connaissait bien le
pays. Au bout d'un long chemin, ils parvinrent à la cité de
Lancien. Tristan descend de cheval et pénètre dans la ville.
Les gardes se mettent à corner à grand bruit [90]. Mais Tristan
descend dans les douves et réussit bientôt à rejoindre le palais.
Il court un grand danger. De la fenêtre de la chambre royale
où il est enfin parvenu, il appelle à voix basse Marc endormi :

Ogrins l'ermite lieve sus.
Pene et enque et parchemin prist.
Totes ces paroles i mist.
Qant il out fait, prist un anel.
2405 La pierre passot el seel.
Seelé est. Tristran le tent,
Il le reçut mot bonement.
« Quil portera? dist li hermites.
— Gel porterai. — Tristran, nu
   [dites.
2410 — Certes, sire, si ferai bien.
Je sai l'estre de Lancïen.
Beau sire Ogrin, vostre merci,
La roïne remaindra ci.
Et anevois, en tens oscur,
2415 Qant li rois dormira seür,
Ge monterai sor mon destrier.
O moi merrai mon escuier.

Defors la vile, a un pendant,
La decendrai, s'irai avant.
2420 Mon cheval gardera mon mestre :
Mellor ne vit ne lais ne prestre. »
   Anuit, après solel couchier,
Qant li tens prist a espoisier,
Tristran s'en torne avoc son
   [mestre.
2425 Bien sot tot le païs et l'estre.
A Lancïen, a la cité
En sont venu, tant ont erré.
Il decent jus, entre en la vile.
Les gardes cornent a merville.
2430 Par le fossé dedenz avale
Et vint errant très qu'en la sale.
Mot par est mis Tristran en fort.
A la fenestre ou li rois dort
En est venuz, souef l'apele :

ce n'était pas le moment de faire du tapage. Le roi s'éveille et dit :

« Qui es-tu, qui viens à cette heure? Que se passe-t-il de si urgent? Dis-moi ton nom.

— Sire, je suis Tristan. J'apporte une lettre. Je la laisse ici, à la fenêtre de cette pièce. Je n'ose rester plus longtemps. Lisez la lettre : je m'en vais. »

Il part; le roi se lève d'un bond. Par trois fois, il appelle Tristan : « Pour l'amour de Dieu, mon neveu, ne t'en va pas. »

Puis il saisit la lettre. Tristan s'en est allé : il ne s'attarde pas. Il est impatient de vider les lieux. Il retrouve son maître qui l'attend. Il saute agilement sur son cheval. Governal lui dit : « Insensé, dépêche-toi. Filons par les voies écartées. »

Après une longue chevauchée dans la forêt, les voici, au petit jour, à l'ermitage. Ils y entrent. Ogrin priait le Seigneur du ciel, de toutes ses forces, pour qu'il protégeât Tristan et son écuyer Governal de toute mauvaise rencontre. A la vue de son hôte, le saint homme est empli de joie. Il rend grâces au Dieu créateur. Quant à Yseut, il n'est pas nécessaire de demander si elle eut peur ou joie à les voir. Depuis qu'ils étaient partis la veille jusqu'à ce que l'ermite et elle eussent assisté à leur retour,

<sup>2435</sup> N'avoit son de crïer harele.
Li rois s'esvelle et dit après :
« Qui es qui a tel eure vès?
As tu besoin? Di moi ton non.
— Sire, Tristran m'apele l'on.
<sup>2440</sup> Un brief aport, sil met cil jus
El fenestrier de cest enclus.
Longuement n'os a vos parler.
Le brief vos lais : n'os plus ester. »
Tristran s'en torne; li rois saut.
<sup>2445</sup> Par trois foiz l'apela en haut.
« Por Deu, beaus niès, ton oncle
[atent. »
Li rois le brief a sa main prent.
Tristran s'en vet : plus n'i re-
[maint.
De soi conduire ne se faint.

<sup>2450</sup> Vient a son mestre qui l'atent.
El destrier saut legierement.
Governal dist : « Fol, qar es-
[ploites!
Alon nos en les destoletes. »
Tant ont erré par le boschage
<sup>2455</sup> Qu'au jor vindrent a l'ermitage.
Enz sont entré. Ogrins prioit
Au roi celestre qant qu'il pot
Tristran defende d'encombrier
Et Governal son escuier.
<sup>2460</sup> Qant il le vit, es le vos lié.
Son criator a gracïé.
D'Iseut n'estuet pas demander
S'ele out poor d'eus encontrer.
Ainz, pus le soir qu'il en issirent
<sup>2465</sup> Tresque l'ermite et el les virent,

elle n'avait cessé de pleurer. Leur absence lui parut bien longue.
Quand elle voit Tristan revenir, elle prie les deux hommes...
(de leur dire) ce qu'ils ont fait, et elle sanglote plus qu'elle ne
parle [91] :

« Ami, dis-moi, pour l'amour de Dieu, tu es donc allé à la
cour du roi? »

Tristan leur raconte tout : sa venue à la ville, ce qu'il a dit
au roi, comment Marc l'a rappelé, comment lui-même a laissé
la lettre et où le roi l'a trouvée.

« Mon Dieu, soyez loué, dit Ogrin. Tristan, vous aurez
certainement bientôt la réponse de Marc ».

Tristan met pied à terre et pose son arc. Ils ne quittent plus
l'ermitage.

Le roi fait réveiller ses barons. Il mande d'abord son chapelain.
Il lui tend la lettre qu'il tient encore. L'autre rompt la cire et lit
le texte. Il se tourne d'abord vers le roi en lui faisant part du
salut de Tristan. Il lui énonce ligne par ligne le contenu de la
missive. Il fait savoir à Marc la requête de son neveu. Le roi
écoute avec attention. Il ressent une immense joie, car il aime
sa femme.

Les barons sont réveillés. Marc convoque nommément les
plus nobles. Quand ils sont tous rassemblés, il prend la parole.
Eux se taisent.

N'out les eulz essuiez de lermes :
Mot par li sembla lons cis termes.
Qant el le vit venir, lor prie...
Quë il fist, ne fu pas parole :
2470 « Amis, di moi, se Dex t'anort,
Fus tu donc pus a la roi cort? »
Tristran lor a tot reconté,
Comment il fu a la cité,
Et comment o le roi parla,
2475 Comment li rois le rapela
Et du briès quë il a gerpi
Et com li rois trova l'escrit.
     « Dex ! dist Ogrins, graces te
                              [rent !
Tristran, sachiez, asez briment
2480 Orez noveles du ro Marc. »
Tristran decent, met jus son arc.

Or sejornent a l'ermitage.
Li rois esvelle son barnage.
Primes manda le chapelain.
2485 Le brief li tent qu'a en la main.
Cil fraint la cire et lut le brief.
Le roi choisi el premier chief
A qui Tristran mandoit saluz.
Les moz a tost toz conneüz.
2490 Au roi a dit le mandement.
Li rois l'escoute bonement.
A grant mervelle s'en esjot,
Qar sa feme forment amot.
     Li rois esvelle ses barons.
2495 Les plus prisiez mande par nons,
Et qant il furent tuit venu,
Li rois parla. Il sont teü.

« Seigneurs, je viens de recevoir la lettre que voici. Je suis votre
souverain, vous êtes mes fidèles. Qu'on lise le texte, et vous,
écoutez-le. Quand vous en connaîtrez le contenu, conseillez-
moi : je vous le demande et c'est votre devoir [92]. »

Le premier, Dinas, se lève. Il dit à ses compagnons :
« Seigneurs, prêtez l'oreille. Si vous jugez que je parle mal,
ne suivez pas mon discours. Que celui qui a mieux à dire nous
en fasse part et manifeste sa sagesse en laissant de côté toute
déraison. Une lettre est portée à notre connaissance, mais nous
ne savons d'où elle vient. Qu'on la lise d'abord ; puis, comme le
roi nous y invite, celui qui sera en mesure de donner un conseil
utile le formulera loyalement. Croyez-moi : celui qui inspire mal
son seigneur légitime commet le pire des crimes. »

Les nobles de Cornouaille déclarent alors :
« Dinas a bien parlé. Chapelain, lisez-nous la lettre de bout en
bout. »

Le chapelain se lève. Il délie la missive avec ses deux mains.
Debout devant le roi, il commence :
« Écoutez-moi avec attention : « Tristan, le neveu de notre
« seigneur, envoie son salut et l'expression de son amour au
« roi et à ses barons. Sire, souvenez-vous de votre mariage

« Seignors, un brief m'est ci
            [tramis.
Rois sui sor vos, vos mi marchis.
2500 Li briès soit liz et soit oïz.
Et qant lit sera li escriz,
Conselliez m'en : jel vos requier.
Vos m'en devez bien consellier. »
    Dinas s'en est levez premierz.
2505 Dist a ses pers : « Seignors, oiez.
S'or oiez que ne die bien,
Ne m'en creez de nule rien.
Qui mex savra dire, si die,
Face le bien, lest la folie.
2510 Li brief nos est ici tramis,
Nos ne savon de qel païs.
Soit liz li briès premierement,
Et pus, solonc le mandement,
Qui buen consel savra doner,

2515 Sel nos doinst buen. Nel quier
            [celer :
Qui son droit seignor mes-
            [conselle,
Ne puet faire greignor mervelle. »
    Au roi dient Corneualois :
« Dinas a dit trop que cortois.
2520 Dam chapelain, lisiez le brief
Oiant nos toz, de chief en chief. »
Levez s'en est li chapelains.
Le brief deslie o ses deus mains.
En piez estut devant le roi :
2525 « Or escoutez, entendez moi.
« Tristran li niès nostre seignor
« Saluz mande prime et amor
« Au roi et a tot son barnage.
« Rois, tu sez bien le mariage

« avec la fille du roi d'Irlande. Pour elle, j'ai bourlingué par les
« mers jusqu'à Kinsale [93]. Je l'ai conquise par ma prouesse.
« J'ai tué pour l'obtenir le monstrueux dragon à la crête
« d'écailles. Je l'ai amenée dans votre pays. Sire, vous l'avez
« prise pour femme devant vos chevaliers. Mais vous n'aviez
« pas longtemps vécu ensemble, que déjà certains de vos sujets
« vous faisaient croire à leurs calomnies. Je suis prêt à donner
« des gages et à la disculper, pour dissiper tout soupçon,
« en m'affrontant à tout adversaire, à pied ou à cheval, pourvu,
« cher seigneur, que les armes soient égales, après serment
« que jamais nous n'éprouvâmes l'un pour l'autre d'amour
« coupable. Si je ne puis écarter l'accusation en prouvant la
« loyauté de mon serment devant ta cour, faites-moi juger en
« présence de vos chevaliers, sans que je puisse en récuser un
« seul. Le moindre de vos barons, s'il veut me perdre, pourra
« me condamner et me faire périr, fût-ce par le feu. Souvenez-
« vous, sire, mon oncle : vous vouliez nous soumettre au
« bûcher, mais Dieu eut pitié de nous. Nous lui en rendîmes
« grâces. La reine eut la chance d'y échapper, et c'était justice,
« Dieu en soit témoin, car vous aviez tort de vouloir qu'elle
« pérît.

2530 « De la fille le roi d'Irlande.
« Par mer en fu jusqu'en Hor-
[lande.
« Par ma proece la conquis.
« Le grant serpent cresté ocis
« Par qoi ele me fu donee.
2535 « Amenai la en ta contree.
« Rois, tu la preïs a mollier
« Si que virent ti chevalier.
« N'eüs gaires o li esté
« Qant losengier en ton reigné
2540 « Te firent acroire mençonge.
« Ge sui tot prest que gage en
[donge,
« Qui li voudroit blasme lever,
« Lié alegier contre mon per,
« Beau sire, a pié ou a cheval,
2545 « Chascuns ait armes et cheval,

« Qu'onques amor nen out vers
[moi
« Ne je vers lui par nul desroi.
« Se je ne l'en puis alegier
« Et en ta cort moi deraisnier,
2550 « Adont me fai devant ton ost
« Jugier : n'i a que je t'en ost.
« N'i a baron, por moi plaisier,
« Ne me face ardrë ou jugier.
« Vos savez bien, beaus oncles
[sire,
2555 « Nos vosistes ardoir en ire,
« Mais a Deu en prist grant pitié.
« S'en aorames Damledé.
« La roïne, par aventure,
« En eschapa : ce fu droiture,
2560 « Se Deus me saut, qar a grant
[tort
« Li voliez doner la mort.

« Je m'en tirai aussi : je sautai dans un vertigineux abîme. C'est
« alors que la reine fut livrée pour son châtiment aux malades.
« Je la ravis à Yvain et l'emmenai avec moi. Depuis, nous
« avons vécu en fugitifs. Je ne pouvais pas ne pas la sauver,
« puisqu'elle a failli mourir à cause de moi. Puis nous avons
« vécu ensemble dans la forêt, parce que j'aurais été téméraire
« de me montrer en terrain découvert... (Vous avez fait crier
« un ban ordonnant [94]) de nous capturer et de nous livrer à
« vous. Vous nous auriez soumis au bûcher ou à la potence.
« C'est pourquoi nous étions bien obligés de fuir. Mais si votre
« bon plaisir était de reprendre Yseut au clair visage, il n'y aurait
« pas un baron dans le pays qui vous serve mieux que moi.
« Si au contraire on vous engage dans une autre voie et si vous
« n'acceptez pas mon service, j'irai trouver le roi de Frise :
« vous n'entendrez plus jamais parler de moi. Je traverserai
« la mer. Soumettez, sire, ce cas à votre conseil. Pour moi, je
« suis las de tant d'épreuves. Ou je me réconcilierai avec toi,
« ou je ramènerai la princesse en Irlande, où je suis allé la cher-
« cher. Elle règnera sur son pays. »
    Le chapelain dit alors :
    « Sire, la lettre s'arrête là. »
    Les barons ont écouté la requête de Tristan,

| | |
|---|---|
| « G'enn eschapai : si fis un saut | « N'avroit baron en cest païs |
| « Contreval un rochier mot haut. | « Plus vos servist que je feroie. |
| « Lors fu donee la reïne | 2580 « Se l'uen vos met en autre voie, |
| 2565 « As malades en decepline. | « Que ne vuelliez le mien servise, |
| « Ge l'en portai : si li toli. | « Ge m'en irai au roi de Frise : |
| « Puis ai toz tens o li fuï. | « Ja mais n'oras de moi parler. |
| « Ne li devoie pas fallir, | « Passerai m'en outre la mer. |
| « Qant a tort dut par moi morir. | 2585 « De ce qu'oiez, roi, pren [consel. |
| 2570 « Puis ai esté o lié par bos, | « Ne puis mès souffrir tel trepel. |
| « Que je n'estoie pas tant os | « Ou je m'acorderai a toi, |
| « Que je m'osasse a plain mos- [trer... | « Ou g'emmerrai la fille au roi |
| « ... A prendre nos et a vos rendre. | « En Irlandë ou je la pris. |
| « Feïsiez nos ardoir ou pendre. | 2590 « Roïnë ert de son païs. » |
| 2575 « Por ce nos estovoit fuïr. | Li chapelains a au roi dit : |
| « Mais s'or estoit vostre plesir | « Sire, n'a plus en cest escrit. » |
| « A prendre Yseut o le cler vis, | Li baron oient la demande |

qui propose un duel pour la fille du roi d'Irlande. Il n'est pas un seigneur de Cornouaille qui ne dise :

« Sire, reprenez votre femme. Ils étaient insensés, ceux qui ont formulé contre la reine les calomnies dont cette lettre fait état. Je ne puis vous dire autre chose. Que Tristan vive outre mer : il ira chez le puissant roi de Galloway à qui le roi Corvos fait la guerre [95]. Il trouvera là de quoi vivre, et vous saurez où il se trouve pour le rappeler au besoin. Nous ne savons vous conseiller autrement. Demandez-lui par lettre qu'il vous ramène au plus tôt la reine. »

Le roi fait avancer son chapelain :

« Qu'on rédige bien vite cette lettre. Vous avez entendu ce que vous devez y mettre. Hâtez-vous : je suis très impatient. Il y a si longtemps que je n'ai vu la belle Yseut ! Sa jeunesse n'a que trop souffert. Et quand la lettre sera scellée, allez la pendre à la Croix Rouge. Qu'elle y soit portée dès ce soir. Et n'oubliez pas mon salut à Tristan. »

Le chapelain dépêche la lettre et va la pendre à la Croix Rouge.

Tristan, cette nuit-là, ne dormit pas. Avant minuit, il a déjà traversé la Blanche Lande [96].

---

Que por la fille au roi d'Irlande
2595 Offre Tristran vers eus batalle.
N'i a baron de Cornoualle
Ne die : « Rois, ta feme pren !
Onques cil n'orent nul jor sen
Qui ce distrent de la roïne
2600 Dont la parole est ci oïe.
Ne te sai pas consel doner.
Tristran remaigne deça mer :
Au riche roi aut en Gavoie
A qui li rois Corvos gerroie.
2605 Si se porra la contenir,
Et tant porrez de lui oïr,
Vos manderez por lui qu'il
[vienge.
Ne savon el qel voie tienge.
Mandez par brief que la roïne

2610 Vos ameint ci a bref termine. »
Li rois son chapelain apele :
« Soit fait cist brief o main isnele.
Oï avez quë i metroiz.
Hastez le brief : mot sui destroiz.
2615 Mot a ne vi Yseut la gente.
Trop a mal trait en sa jovente.
Et qant li brief ert seelez,
A la Croiz Roge le pendez.
Ancor enuit i soit penduz.
2620 Escrivez i par moi saluz. »
Qant l'ot li chapelain escrit,
A la Croiz Roge le pendit.
Tristran ne dormit pas la nuit.
Ainz que venist la mie nuit,
2625 La Blanche Lande out traversee

Il prend le pli scellé. Il reconnaît les emblèmes de Cornouaille. Il revient chez Ogrin : il lui donne le message; l'ermite reçoit la missive. Il lit le texte, et constate la magnanimité du roi qui pardonne à Yseut et affirme qu'il la reprendra avec les honneurs qui lui sont dus. Il prend note de la proposition finale. Il va alors prononcer les paroles qu'il faut, en saint homme qu'il est : « Tristan, c'est une grande joie qui t'arrive ! Ta requête est acceptée, et le roi reprend la reine. Son conseil l'approuve unanimement. Mais ils n'osent pas lui suggérer de te garder à sa solde : va-t'en servir, à l'étranger, un roi qui est en guerre, au moins un an ou deux. Si Marc le veut bien, tu reviendras auprès de lui et d'Yseut. D'ici trois jours, le roi promet de recevoir sa femme. C'est près du Gué Aventureux qu'aura lieu la retrouvance. C'est là que tu la lui rendras et c'est là qu'elle lui sera remise. La lettre s'arrête là. »

— Mon Dieu, dit Tristan, quelle triste séparation ! Qu'il a mal, celui qui perd son amie ! Mais il le faut bien, quand vous avez tant souffert pour moi [97]. Vous avez eu votre lot d'épreuves.

La charte porte seelee.
Bien sout les traiz de Cornoalle.
Vient a Ogrin : il la li balle;
Li hermite la chartre a prise.
2630 Lut les letres, vit la franchise
Du roi qui pardonne a Yseut
Son mautalent, et qüe il veut
Reprendre la tant bonement.
Vit le terme d'acordement.
2635 Ja parlera si com il doit
Et com li hom qui a Deu croit :
« Tristran, quel joie t'est
[creüe !
Ta parole est tost entendue,
Que li rois la roïne prent.
2640 Loé li ont tote sa gent.
Mais ni li osent pas loer
Toi retenir a soudeier;

Mais va servir en autre terre
Un roi a qui on face gerre
2645 Un an ou deus. Se li rois veut,
Revien a lui et a Yseut.
D'ui en tierz jor, sanz nul
[deçoivre,
Est li rois prest de lié reçoivre.
Devant le Gué Aventuros,
2650 Est li plez mis de vos et d'eus.
La li rendrez, iluec ert prise.
Cist briés noient plus ne devise.
— Dex ! dist Tristran, quel
[departie !
Mot est dolenz qui pert s'amie !
2655 Faire l'estuet por la souferte
Que vos avez por moi fors trete.
N'avez mestier de plus soufrir.

Quand nous devrons nous quitter, je vous donnerai un gage
d'amour et vous me donnerez le vôtre, ma belle amie. Tant que
je vivrai, que je fasse ou non la guerre, je vous ferai parvenir mes
messages. Ma belle amie, de votre côté, faites-moi savoir en
toute franchise ce que vous voulez. »

Yseut soupire profondément et dit :

« Tristan, je vais te le dire. Laisse-moi Husdent, ton brachet.
Jamais veneur n'eut chien mieux traité qu'il le sera. Quand
je le verrai, j'en suis sûre, je me souviendrai de toi : si triste
que soit mon cœur, j'éprouverai de la joie à le regarder. Jamais,
depuis que la Loi fut donnée à Moïse, un animal ne connut sort
plus heureux ni ne dormit dans un plus beau lit. Cher Tristan,
j'ai un anneau avec un jaspe vert et un sceau. Cher seigneur,
pour l'amour de moi, passez à votre doigt cet anneau, et si
vous désirez un jour me faire quelque requête, soyez sûr que
j'y répondrai. Mais je me méfierai du messager si je ne vois cet
anneau; dans le cas contraire, aucun roi ne saurait m'interdire.

|  |  |
|---|---|
| Qant ce vendra au departir, | Ja n'avrai si le cuer dolent, |
| Ge vos dorrai ma druerie, | 2675 Se je le voi, ne soie lie. |
| 2660 Vos moi la vostre, bele amie. | Ainz, puis que la loi fu jugie, |
| Ja ne serai en cele terre, | Ne fu beste si herbergie |
| Que ja me tienge pais ne gerre, | Në en si riche lit couchie. |
| Que mesage ne vos envoi. | « Amis Tristan, j'ai un anel, |
| Bele amie, remandez moi | 2680 Un jaspe vert et un seel. |
| 2665 De tot en tot vostre plesir. » | Beau sire, por l'amor de moi, |
| Iseut parla o grant sospir : | Portez l'anel en vostre doi, |
| « Tristan, entent un petitet. | Et s'il vos vient, sire, a corage |
| Husdent me lesse, ton brachet. | Que vos mandez rien par mesage, |
| Ainz berseret a veneor | 2685 Tant vos dirai, ce saciez bien. |
| 2670 N'ert gardé e a tel honor | Certes, je n'en croiroie rien |
| Com cist sera, beaus douz amis. | Se cest anel, sire, ne voi; |
| Qant gel verrai, ce m'ert avis, | Mais por defense de nul roi, |
| Membrera moi de vos sovent : | Se voi l'anel, ne lairai mie, |

que ce soit sagesse ou folie, de faire ce que me dira celui qui
me montrera la bague, pourvu que cela n'entache pas notre
honneur : je vous le promets, au nom de notre amour. Mais
vous, ami, acceptez-vous de me donner en échange le farouche
Husdent bien tenu en laisse?

Tristan répond :

« Mon amie, je vous donne Husdent, gage de ma tendresse.

— Seigneur, merci de m'avoir confié le brachet. De mon
côté, je vous offre l'anneau. »

Elle retire la bague et la lui passe. Tristan l'embrasse, et
elle lui rend son baiser, manifestant ainsi qu'il est son homme-
lige [98].

L'ermite se rend au Mont-Saint-Michel de Cornouaille, où
il y a un riche marché. Il y achète vair et gris, habits de soie
et fourrures [99], laine fine et toile blanche, plus éclatante que
fleur de lis, et palefroi qui va doucement l'amble, avec son
harnachement d'or qui flamboie; il acquiert à crédit ou marchande les tissus de soie et les vêtements fourrés ou ornés
d'une hermine, si bien que c'est une riche parure qu'il ramène
à Yseut.

On crie par Cornouaille :

« Le roi se réconcilie avec sa femme. Au Gué Aventureux
aura lieu la rencontre. Proclamation à tout le pays. »

2690 Ou soit savoir ou soit folie,
Ne face com quë il dira
Qui cest anel m'aportera,
Por ce qu'il soit a nostre anor :
Je vos promet par fine amor.
2695 Amis, dorrez me vos tel don :
Husdant le baut, par le landon? »
Et il respont : « La moie amie,
Husdent vos doins par druerie.
— Sire, c'est la vostre merci
2700 Qant du brachet m'avez seisi.
Tenez l'anel de gerredon. »
De son doi l'oste, met u son.
Tristran en bese la roïne
Et ele lui, par la saisine.
2705 Li hermites en vet au Mont

Por les richeces qui la sont.
Après achete ver et gris,
Dras de soië et porpre bis,
Escarlates et blanc chaisil,
2710 Asez plus blanc que flor de lil
Et palefroi soëf anblant,
Bien atorné d'or flamboiant;
Ogrins l'ermite tant achate
Et tant acroit et tant barate,
2715 Pailes, vairs et gris et hermine,
Que richement vest la roïne.
Par Cornoualle fait huchier,
« Li rois s'acorde a sa mollier.
Devant le Gué Aventuros
2720 Iert pris acordement de nos.
Oï avez par tot la fame. »

Il n'est chevalier ni dame qui ne vienne à cette assemblée.
Ils sont heureux de revoir la reine : tout le monde l'aimait,
sauf les félons, que Dieu perde! Voici le salaire de ces quatre
renégats : deux périrent par l'épée, le troisième reçut une flèche
mortelle. Leur fin tragique fit du bruit en Cornouaille. Et le
forestier qui dénonça les amants n'échappa point à un trépas
cruel, car le noble et fringant Périnis le tua dans la forêt avec sa
fronde [100]. Dieu vengea les amants de ces quatre individus et ne
put tolérer leur orgueil.

Seigneur, le jour de la retrouvance, le roi Marc s'entoura
d'une nombreuse escorte. On tendit mainte tente et maint
pavillon pour les barons : la prairie en était couverte au loin [101].
Tristan vient à cheval, avec son amie. Il s'avance sur sa monture,
au pas. Sous son bliaut, il a revêtu son haubert, car il ne se sent
pas en sécurité, parce qu'il a offensé le roi. Il contemple les tentes
dans la plaine : il aperçoit le roi, au milieu de ses gens. Il appelle
doucement Yseut :

« Dame, tenez bien Husdent. Pour l'amour de Dieu, je vous
prie de le garder : vous l'avez aimé, qu'il vous reste cher. Voici
le roi, votre époux;

N'i remest chevalier ne dame
Que ne vienge a cel' asemblee.
La roïne ont mot desirree :
2725 Amee estoit de tote gent,
Fors des felons, que Dex cravent!
Tuit quatre en orent tel soudees,
Li dui en furent mort d'espees,
Li tiers d'une seete ocis.
2730 A duel morurent el païs.
Li forestiers quis encusa
Mort cruele nen refusa,
Qar Perinis li frans, li blois,
L'ocist puis d'un gibet el bois.
2735 Dieu les venga de toz ces quatre
Que vout le fier orguel abatre.
Seignors, au jor du parlement,
Fu li rois Marc o mot grant gent.

La ont tendu maint pavellon
2740 Et mainte tente de baron :
Loin ont porpris la praerie.
Tristran chevauche avec s'amie.
Tristran chevauche et voit le
[merc.
Sous son bliaut ot son hauberc,
2745 Qar grant poor avoit de soi,
Por ce qu'il ot mesfait au roi.
Choisi les tentes par la pree :
Conut le roi et l'asemblee.
Yseut apelle bonement :
2750 « Dame, vos retenez Hudent.
Pri vos por Deu que le gardez :
S'onques l'amastes, donc l'amez.
Vez la le roi, vostre seignor;

près de lui, les grands de son royaume. Nous n'aurons plus longtemps loisir de nous entretenir l'un l'autre. Je vois venir les chevaliers, les hommes d'armes, le roi lui-même, et tous, Dame, accourent à votre rencontre. Au nom du puissant Dieu de gloire, si je vous demande quoi que ce soit, quelle que soit l'urgence, Dame, faites ce que je veux.

— Tristan très cher, voici ma réponse : par cette foi que je vous dois, si vous ne m'envoyez pas le signe visible de l'anneau que vous portez au doigt, je ne croirai rien de ce que me dira votre messager, mais dès que j'aurai aperçu la bague, ni tour, ni mur, ni citadelle ne m'empêcheront d'obéir immédiatement à la requête de mon ami, en tout honneur, en toute loyauté, et pourvu que je sache que tel est bien votre gré.

— Dame, répond Tristan, Dieu vous en récompense. » Il la prend dans ses bras et la serre contre lui. Mais Yseut garde son sang-froid et dit :

« Mon bien-aimé, encore un mot.

— Parle, je t'écoute.

— Tu me ramènes au roi et tu me rends à lui sur le conseil de l'ermite Ogrin, que Dieu puisse accueillir en paradis ! C'est en Son nom que je te demande, mon bien-aimé, de ne pas quitter ce pays avant de savoir comment le roi

|  |  |
|---|---|
| O lui li home de s'onor. | Le mandement de mon amant |
| 2755 Nos ne porron mais longuement | Selonc m'enor et loyauté |
| Aler nos deus a parlement. | Et je sace soit vostre gré. |
| Je voi venir ces chevaliers | 2775 — Dame, fait il, Dex gré te sace. » |
| Et le roi et ses soudoiers, | Vers soi l'atrait, des braz l'em- |
| Dame, qui vienent contre vos. | [brace. |
| 2760 Por Deu le riche glorios, | Yseut parla, qui n'ert pas fole. |
| Se je vos mant aucune chose | « Amis, entent a ma parole. |
| Hastivement ou a grant pose, | — Or me fai dont bien a entendre. |
| Dame, faites mes volentez. | 2780 — Tu me conduiz, si me veuz |
| — Amis Tristran, or m'escoutez. | [rendre |
| 2765 Par cele foi que je vos doi, | Au roi par le consel Ogrin |
| Se cest anel de vostre doi | L'ermite, qui ait bone fin. |
| Ne m'envoiez, si que jel voie, | Por Deu vos pri, beaus douz |
| Rien qu'il deïst ge ne croiroie, | [amis, |
| Mais dès que reverrai l'anel, | Que ne partez de cest païs |
| 2770 Ne tor, ne mur, ne fort chastel | 2785 Tant qos saciez comment li rois |
| Ne me tendra ne face errant | |

se comporte à mon égard et s'il ne me regarde pas d'un mauvais œil [102]. Quand il m'aura reprise, de tout mon amour, je te prie de te rendre le soir au logis d'Orri le forestier. C'est là que, pour l'amour de moi, tu résideras. Nous y avons passé mainte nuit, dans le lit que nous fit faire... [103] Quant aux trois félons qui tentèrent de nous perdre, ils finiront bien par être punis : on les trouvera un jour, gisant dans la forêt. Ami cher, ils me font peur : qu'Enfer s'ouvre et les engloutisse [104] ! Je les redoute à cause de leur traîtrise. Dans l'abri sûr du cellier, sous la cabane, tu iras te réfugier, mon amant. Je te ferai savoir par Périnis ce qui se passe à la cour. Mon amant, Dieu te garde ! Va résider là-bas. Tu verras souvent mon messager. Je vous informerai, toi et ton maître, par l'intermédiaire de mon page, sur ce qui m'arrive [105]...

— Non, très chère Yseut. Celui qui vous accusera d'inconduite fera bien de se méfier de moi et du diable [106] !

— Seigneur, dit Yseut, merci ! A présent, je suis contente : vous m'avez tout à fait rassurée. »

Ils ont tant cheminé de part et d'autre, que les amants et les gens du roi se saluent. Le roi s'avance dignement,

Sera vers moi iriez ou lois.
Gel prié, qui sui ta chiere drue,
Qant li rois m'aura retenue,
Que chiés Orri le forestier
2790 T'alles la nuit la herbergier.
Por moi sejorner ne t'ennuit.
Nos i geümes mainte nuit
En nostre lit que nos fist faire...
... Li trois qui nos quierent mo-
[leste
2795 Mal troveront en la parfin :
Li cors giront el bois sovin.
Beaus chers amis, et g'en ai dote :
Enfer ovre qui les tranglote !
Ges dot, qar il sont mot felon.
2800 El buen celier, soz le boron
Seras entrez, li miens amis.

Manderai toi par Perinis
Les noveles de la roi cort.
Li miens amis, que Dex t'enort !
2805 Ne t'ennuit pas la herbergier.
Sovent verrez mon mesagier.
Manderai toi de ci mon estre
Par mon vaslet et a ton mestre...
... — Non fera il, ma chiere amie.
2810 Qui vos reprovera folie
Gart soi de moi et d'anemi !
— Sire, dist Yseut, grant merci !
Or sui je mot boneürée :
A la fin m'avez asenée. »
2815 Tant sont alé et cil venu
Qu'il s'entredient lor salu.
Li rois venoit mot fierement

à une portée d'arc de sa suite. Avec lui, je crois, Dinas de Dinan. Tristan conduit par la rêne la monture que chevauche son amie. Il s'incline comme il convient devant Marc :

« Sire, je te rends la noble Yseut. Il n'est restitution plus précieuse. Je vois ici tes vassaux et, en leur présence, voici ma requête : permets-moi de me disculper en jurant devant ta cour que jamais, en aucune circonstance, il n'y eut entre elle et moi d'amour coupable. On t'a fait croire à des mensonges. Dieu te sauve et te bénisse : on m'a condamné sans procès. Laisse-moi combattre à pied ou à cheval, devant ta cour. Si je suis vaincu, tu peux me brûler dans le soufre, mais si je triomphe, que nul, chauve ou chevelu... Accepte-moi parmi tes hommes, ou consens que j'aille en Loonois. »

Le roi va parler à son neveu. André, qui est né à Lincoln, lui a dit :

« Sire, ne le bannissez pas : vous n'en serez que plus craint et respecté. »

Marc va céder. Il y incline de tout son cœur. Il dit à Tristan de s'approcher; il laisse la reine avec Dinas, qui était très allègre et joyeux [107],

Le trait d'un arc devant sa gent.
O lui Dinas, qui, de Dinan.
2820 Par la reigne tenoit Tristran
La roïne, qui conduiot.
La salua si com il doit :
« Rois, ge te rent Yseut la gente.
Hom ne fist mais plus riche rente.
2825 Ci voi les homes de ta terre
Et, oiant eus, te vuel requerre
Que me sueffres a esligier
Et en ta cort moi deraisnier
Onques o lié n'oi druerie
2830 Në ele a moi jor de ma vie.
Acroire t'a l'en fait mençonge.
Mais se Dex joie et bien te donge,
Onques ne firent jugement.

Combatre a pié ou autrement
2835 Dedenz ta cort, sire, m'en sueffre.
Se sui dannez, si m'art en sosfre,
Et se je m'en puis faire saus,
Qu'il n'i ait chevelu ne chaus...
... Si me retien ovoques toi,
2840 O m'en irai en Loenoi. »
Li roi a son nevo parole.
Andrez, qui fu nez de Nicole,
Li a dit : « Rois, qar le retiens :
Plus en seras doutez et criens. »
2845 Mot s'en faut poi que ne l'otroie.
Le cuer forment l'en asouploie.
A une part li rois le trait.
La roïne ovoc Dinas let,
Que mot par ert vairs et joiaus

et qui savait faire honneur aux gens. Avec la reine, il badine et
plaisante. Il l'aide à retirer sa cape de laine fine. Elle porte
une tunique au-dessus de son grand bliaut de soie. Que vous dire
de son manteau? L'ermite qui l'acheta ne regrettait pas le prix
qu'il l'avait payé. Riche était la robe, et belle Yseut. Elle avait
les yeux verts et les cheveux blonds. Le sénéchal s'entretient
gaiement avec elle. Mais les trois barons sont furieux : maudits
soient-ils [108]! N'en finiront-ils jamais? Ils s'approchent du roi :
« Sire, disent-ils, venez par ici. Nous avons quelque chose
d'important à vous dire. La reine est sous le coup d'une accusation qui l'a obligée à fuir. Si elle se retrouve à la cour avec
Tristan, on va certainement parler d'indulgence coupable à
l'égard de leur inconduite. Rares seront ceux qui diront le
contraire. N'admettez pas Tristan à votre cour avant un an,
jusqu'à ce que vous soyez sûr de la loyauté d'Yseut. C'est un
bon conseil que nous vous donnons. »
   Le roi répond :
   « Quoi qu'on me dise, je suivrai ce conseil [109]. »
   Ils s'éloignent

[2850] Et d'anor faire communax.
O la roïne geue et gabe.
Du col li a osté la chape
Qui ert d'escarlate mot riche.
Ele ot vestu une tunique
[2855] Desus un grant bliaut de soie.
De son mantel que vos diroie?
Ainz l'ermite qui l'achata
Le riche fuer ne regreta.
Riche ert la robe et gent le cors.
[2860] Les eulz out vers, les cheveus
                              [sors.
Li senechaus o li s'envoise.
As trois barons forment en poise :
Mal aient il! trop sont engrès.
Ja se trairont du roi plus près.
[2865] « Sire, font il, a nos entent.

Consel te doron bonement.
La roïne a esté blasmee
Et foï hors de ta contree.
Së a ta cort resont ensemble,
[2870] Ja dira l'en, si com nos semble,
Quë en consent lor felonie.
Poi i avra que ce ne die.
Lai de ta cort partir Tristran,
Et qant vendra jusq'a un an,
[2875] Que tu seras aseürez
Qu'Yseut te tienge loiautez,
Mande Tristran qu'il vienge a
                              [toi.
Ce te loons par bone foi. »
Li rois respont : « Que que nus
                              [die,
[2880] De vos consel n'istrai je mie. »
Ariere en vienent li baron,

et proclament la décision royale. Quand Tristan apprend que le roi veut qu'il parte sans délai, il prend congé de la reine. Ils échangent un tendre et long regard. La reine a rougi : elle est gênée, devant tant de monde. Voyez Tristan partir. Dieu ! ce qui eut lieu ce jour-là émut bien des cœurs ! Le roi lui demande où il s'en va : il lui donnera ce qu'il veut. Il lui a proposé sans compter or et argent et vair et gris. Tristan lui dit :

« Roi de Cornouaille, je n'en prendrai pas une maille [110]. Le plus tôt possible, j'irai l'âme en fête chez le puissant roi qui est actuellement en guerre [111] ».

Tristan est accompagné d'un prestigieux cortège : tous les barons et le roi Marc. Il suit son chemin vers la mer. Yseut le suit des yeux. Tant qu'elle peut le voir, elle demeure immobile. Tristan s'en va. Ceux qui l'ont escorté un instant s'en reviennent. Mais Dinas reste encore un peu avec lui. Il l'embrasse à plusieurs reprises et le prie de ne pas hésiter s'il veut le revoir. Ils échangent leur foi.

« Dinas, encore un instant. Voici que je pars, et tu sais bien pourquoi.

Por le roi content sa raison.
Qant Tristran oit n'i a porloigne,
Que li rois veut qu'il s'en
          [esloigne,
2885 De la roïne congié prent.
L'un l'autre esgarde bonement.
La roïne fu coloree :
Vergoigne avoit por l'asemblee.
Tristran s'en part, ce m'est avis.
2890 Dex ! tant cuer fist le jor pensis !
Li rois demande ou tornera :
Qant qu'il vorra, tot li dorra.
Mot par li a a bandon mis
Or et argent et vair et gris.
2895 Tristran dist : « Rois de Cor-
          [noualle,
Ja n'en prendrai mie maalle.

A qant que puis vois a grant joie
Au riche roi que l'en gerroie. »
    Mot out Tristran riche convoi
2900 Des barons et de Marc le roi.
Vers la mer vet Tristran sa voie.
Yseut o les euz le convoie.
Tant com de lui ot la veüe,
De la place ne se remue.
2905 Tristran s'en vet. Retorné sont
Cil qui pose convoié l'ont.
Dinas encor le convoiout.
Souvent le besse et li proiot
Seürement revienge a lui.
2910 Entrafié se sont il dui :
« Dinas, entent un poi a moi.
De ci me part, bien sez por qoi.

Si je te fais demander par Governal quelque chose d'important,
ne manque pas d'accéder à mon désir. »

Ils ne cessent de s'étreindre. Dinas lui répond qu'il n'a rien à
craindre, car il n'a qu'à dire : lui-même fera tout son possible.
Il ajoute que c'est une rude séparation, mais qu'il veillera sur
Yseut — il le promet — non pour l'amour du roi, mais par amitié
pour Tristan. Ce dernier s'éloigne alors. Tous les deux sont bien
tristes de se quitter.

Dinas rejoint le roi, qui l'attend dans la lande. Les barons
chevauchent désormais vers la ville au petit trot. Toute la
population vient au devant d'eux : il y a plus de quatre mille
personnes, hommes, femmes, enfants, qui veulent voir non seulement Yseut, mais aussi Tristan. Ils sont en liesse. Les cloches
sonnent par la cité. Quand ils apprennent que Tristan n'est plus
là, tous s'attristent. Mais la vue d'Yseut les réjouit. Ils se sont
mis en peine pour lui faire honneur, car, sachez-le, il n'est pas
une rue qui ne soit tendue de brocarts. Qui n'en a pas a disposé
des tentures. Sur l'itinéraire que suit la reine, la voie est jonchée
de tapis. Ils montent le long de la chaussée

Se je te mant par Governal
Aucune chose besoignal,
²⁹¹⁵ Avance la si com tu doiz. »
Baisié se sont plus de cent foiz.
Dinas li prie ja nel dot,
Die son buen : il fera tot.
Dit mot a bele desevree,
²⁹²⁰ Mais sor sa foi aseüree,
La retendra ensemble o soi.
Non feroit certes por le roi.
Iluec Tristran de lui s'en torne.
Au departir andui sont morne.
²⁹²⁵     Dinas s'en vient après le roi
Qui l'atendoit a un chaumoi.
Ore chevauchent li baron
Vers la cité tot a bandon.

Tote la gent ist de la vile,
²⁹³⁰ Et furent plus de quatre mile,
Qu'omes que femes quë enfanz,
Que por Yseut que por Tristran.
Mervellose joie menoient.
Li saint par la cité sonoient.
²⁹³⁵ Qant il oient Tristran s'en vet,
N'i a un sol grant duel ne fet.
D'Iseut grant joie demenoient.
De lui servir mot se penoient,
Qar, ce saciez, ainz n'i ot rue
²⁹⁴⁰ Ne fust de paile pertendue.
Cil qui n'out paile mist cortine.
Par la ou aloit la roïne
Est la rue mot bien jonchie.
Tot contremont par la chaucie,

vers l'église Saint-Samson. La reine marche au milieu de ses
barons. L'évêque, les clercs, les moines et l'abbé sortent à sa
rencontre, et ils ont revêtu les aubes et les chasubles. La reine
descend de cheval. Elle est vêtue de fourrure aux reflets bleus.
L'évêque la prend par la main et l'introduit dans l'église; on
l'amène jusqu'à l'autel. Le noble Dinas, qui se distingue par sa
générosité, lui apporte un tissu qui vaut bien cent marcs d'argent : il est de fin brocart et de damas, et jamais comte ni roi
n'en eut de semblable [112]. La reine Yseut le prend et le pose
pieusement sur l'autel. On en fit une chasuble qu'on ne sortait
du trésor qu'aux grandes fêtes annuelles. Elle est encore à
Saint-Samson [113], comme en témoignent des voyageurs qui
l'ont vue. Puis Yseut est sortie de l'église. Le roi, les princes et
les grands l'escortent jusqu'au palais qui domine la ville. Ce
jour-là, il y eut de grandes réjouissances. On n'interdit pas les
portes aux passants : qui voulait entrer trouva à manger. Le
soir, on se montra prodigue. Les barons firent grand honneur
à la reine. Depuis son mariage,

2945 S'en vont au mostier Saint
         [Sanson.
  La roïne et tuit si baron
  En sont trestuit ensemble alé.
  Evesque, clerc, moine et abé
  Encontre lié sont tuit issu,
2950 D'aubes, de chapes revestu,
  Et la roïne est descendue.
  D'une porpre inde fu vestue.
  L'evesque l'a par la main prise;
  Si l'a dedenz le mostier mise;
2955 Tot droit la meinent a l'autel.
  Dinas le preuz, qui tant fu ber,
  Li aporta un garnement
  Qui bien valoit cent mars d'ar-
         [gent,
  Un riche paile fait d'orfrois,

2960 Onques n'ot tel ne quens ne rois,
  Et la roïne Yseut l'a pris
  Et par buen cuer sor l'autel mis.
  Une chasublé en fu faite
  Que ja du tresor n'iert hors traite
2965 Së as grans festes anvés non.
  Encore est ele a Saint Sanson,
  Ce dient cil qui l'ont veüe.
  Atant est du mostier issue.
  Li rois, li prince et li contor
2970 Les meinent el palais hauçor.
  Grant joie i out le jor menee.
  Onques porte n'i fu veee :
  Qui vout entrer, si pout mengier.
  Onc anuit ne fist on dangier.
2975 Mot l'ont le jor tuit honoree.
  Ainz le jor que fu esposee,

elle n'avait jamais connu de telles marques de vénération. Le roi affranchit trois cents serfs et donna armes et hauberts à vingt jeunes gens qu'il adouba [114]. Écoutez maintenant ce qu'il va advenir de Tristan.

Il s'en va, une fois restituée la reine. Il laisse le grand chemin et suit une sente. Il a tant marché qu'il arrive sans être vu chez le forestier. Orri le fait entrer et le conduit au cellier où il sera en sûreté [115]. Il lui procure tout ce dont il a besoin. Orri était d'une très grande générosité : il prenait sangliers, laies et marcassins, et ses garennes abondaient en grands cerfs, biches, daims et chevreuils. Il n'était pas avare : il donnait beaucoup de gibier à ses gens. Tristan vécut là avec lui, clandestinement, dans son souterrain. Par Périnis, le bon messager, il avait des nouvelles de son amie.

Parlons maintenant des trois félons, que Dieu maudisse ! C'est leur faute si Tristan a dû partir. Ils ont perverti le roi ! Un mois ne s'était pas passé que Marc alla chasser en compagnie des traîtres. Sachez ce qu'ils ont fait ce jour-là : dans une lande, à l'écart, les vilains avaient brûlé de la friche.

Ne li fist l'on si grant honor
C'on l'en li a fait icel jor.
Le jor franchi li rois cent sers
2980 Et donna armes et haubers
A vint danzeaus qu'il adouba.
Or oiez que Tristran fera.
    Tristran s'en part, fait a sa
        [rente.
Let le chemin, prent une sente,
2985 Tant a erré voie et sentier
Qu'a la herberge au forestier
En est venu celeement.
Par l'entree premierement
Le mist Orri el bel celier.
2990 Tot li trove qant qu'ot mestier.
Orris estoit mervelles frans :
Senglers, lehes prenet o pans,

En ses haies grans cers et biches,
Dains et chevreus. Il n'ert pas
        [chiches :
2995 Mot en donet a ses serjanz.
O Tristran ert la sejornanz
Priveement en souterrin.
Par Perinis, le franc meschin,
Soit Tristran noves de s'amie.
3000 Oiez des trois, que Dex maudie !
Par qui Tristran en est alez.
Par eus fu mot li rois malez !
Ne tarja pas un mois entier,
Que li rois Marc ala chacier
3005 Et avoc lui li traïtor.
Or escoutez que font cel jor :
En une lande, a une part,
Ourent ars li vilain essart.

Le roi se tenait dans le brûlis. Il entendit les aboiements de ses chiens. Alors les trois barons s'approchèrent et lui dirent : « Sire, nous avons à vous parler. Que la reine se soit mal conduite ou non, elle ne s'en est jamais disculpée par serment ; c'est peut-être une calomnie, mais les seigneurs de ton royaume t'ont fait savoir plus d'une fois qu'ils acceptaient de voir la reine affirmer par serment solennel l'innocence de ses rapports avec Tristan [116]. Il faut qu'elle jure que ce sont mensonges [117]. Vous devez lui imposer l'épreuve. Exigez-le au plus tôt, en privé, quand le soir vous serez seul avec elle. Si elle refuse de se disculper, exilez-la du royaume. »

A les entendre, le roi rougit :

« Pardieu ! seigneurs de Cornouaille, vous n'arrêtez pas de l'accuser. Voici nouvelle attaque qui aurait pu attendre. Si vous tenez à ce que la reine reparte pour l'Irlande, dites-le. Que demandez-vous tous les trois ? Tristan n'a-t-il pas proposé le duel ? Vous n'avez pas osé relever le défi. Mais c'est de votre faute s'il est banni. Je vous ai écoutés. Je l'ai chassé : à ma femme maintenant ! Que la malédiction soit sur la tête de qui me persuada de l'éloigner !

Li rois s'estut es bruelleiz.
3010 De ses buens chiens oï les cris.
La sont venu li troi baron
Qui le roi mistrent a raison :
« Rois, or entent nostre parole.
Se la roïne a esté fole,
3015 El n'en fist onques escondit ;
S'a vilanie vos est dit,
Et li baron de ton païs
T'en ont par mainte fois requis
Qu'il vuelent bien son escondire
3020 Qu'on Tristran n'ot sa druerie.
Escondire se doit c'on ment.
Si l'en fai faire jugement :
Et enevoies l'en requier
Priveement a ton couchier.
3025 S'ele ne s'en veut escondire,

Lai l'en aler de ton empire. »
Li rois rogi qui escouta.
« Par Deu, seigneurs Cornot, mot a
Ne finastes de lié reter.
3030 De tel chose l'oï ci reter
Que bien peüst remaindre atant.
Dites se vos alez querant
Que la roïne aut en Irlande.
Chascun de vos que li demande ?
3035 N'osfri Tristran li a defendre ?
Ainz n'en osastes armes prendre.
Par vos est il hors du païs.
Or m'avez vos du tot sorpris.
Lui ai chacié : or chaz ma feme !
3040 Cent dehez ait par mié la cane
Qui me rova de lui partir.

Par saint Étienne le martyr, vous en voulez trop, et j'en ai assez.
Quel incroyable acharnement! Si Tristan est coupable, a-t-il
été vaincu? Vous n'avez souci de mon bonheur. Vous ne me
laissez plus la paix. Par saint Trémeur de Carhaix [118], je vais vous
proposer quelque chose. Nous sommes lundi : d'ici demain
mardi, vous saurez quoi. »

Le roi leur a fait peur et ils n'ont plus qu'à prendre le large.
Marc leur dit :

« Que Dieu vous perde, car vous ne cherchez qu'à me faire
du mal. Mais vous n'avez rien à y gagner. Je ferai revenir celui
que vous avez chassé. »

Après avoir constaté la fureur du roi, les trois fourbes sont
descendus de cheval dans la lande, sous une friche. Ils ont quitté
le roi, qui reste dans la plaine, en proie à sa colère. Ils se disent :

« Que faire? Le roi Marc est bien vil. Il va bientôt rappeler
son neveu. Alors, nous aurons beau faire et beau dire; s'il
revient, nous sommes morts. Qu'il trouve l'un de nous trois sur
sa route ou dans la forêt, il saignera jusqu'à son cadavre. Allons
dire au roi que nous le laisserons tranquille et ne lui en parlerons
plus. »

Marc se tient immobile au milieu des herbes.

Par Saint Estiene le martir,
Vos me sorquerez, ce me poise.
Quel mervelle, que l'en si taise!
3045 S'il se mesfit, il en est fort.
N'avet cure de mon deport.
O vos ne puis plus avoir pès.
Par Saint Tresmor de Caharès,
Ge vos ferai un geu parti.
3050 Ainz ne verroiz passé marsdi
(Hui est lundi), si le verrez. »
Li rois les a si esfreez
Qu'il n'i a el fors prengent fuie.
Li rois Mars dist : « Dex vos
        [destruie,
3055 Que vos alez querant ma honte.
Por noient certes ne vos monte.
Ge ferai le baron venir

Que vos avïez fait fuïr. »
Qant il voient le roi marri,
3060 En la lande soz un larri,
Sont decendu tuit troi a pié.
Le roi lessent el chanp irié.
Entre eus dient : « Que porron
        [faire?
Li rois Marc est trop deputaire.
3065 Bien tost mandera son neveu.
Ja n'i tendra ne fei ne veu :
Si ça revient, de nos est fins.
Ja en forest në en chemin
Ne trovera nul de nos trois
3070 Le sang n'en traie du cors frois.
Dison le roi or aura pès,
N'en parleron a lui ja mès. »
    En mié l'essart li rois s'estot.

C'est là qu'ils le rejoignent : il les évite. Il n'a pas envie d'écouter leurs discours. Il jure en son for intérieur, par la religion qui est la sienne : ils ont eu tort de lui parler. S'il avait eu avec lui ses gens, il les aurait fait arrêter tous les trois.

« Sire, disent-ils, un instant. Vous êtes triste et courroucé de nous avoir entendus défendre votre honneur. On ne devrait jamais contrarier son seigneur : vous nous en tenez rancune. Que soit maudit tout ce que couvre le baudrier de vos ennemis, dont le repentir est sûr : c'est ceux-là qui doivent partir. Mais nous, nous sommes vos fidèles et vous conseillions loyalement. Puisque vous ne voulez pas nous croire, agissez comme vous l'entendez. Nous ne vous importunerons plus et nous nous tairons. Oubliez votre colère. »

Le roi muet s'appuie sur son arçon. Sans se retourner, il dit : « Seigneurs, il n'y a pas si longtemps, vous n'avez pas répondu au défi que lança mon neveu au sujet de ma femme. Vous n'avez pas osé prendre vos boucliers. Et vous vous dérobez encore ! Mais je vous interdis de me parler. Allez-vous-en de mon royaume. Par saint André qui attire les pèlerins outre-mer jusqu'en Écosse [119],

| | |
|---|---|
| La sont venu : tot les destot. | Qant ne nos croiz, fai ton plaisir. |
| 3075 De lor parole n'a mès cure. | Assez nos en orras taisir. |
| La loi qu'il tient de Deu en jure | Icest maltalent nos pardonne. » |
| Tot souavet entre ses denz : | Li rois escoute, mot ne sone. |
| Mar fu jostez cil parlemenz. | 3095 Sor son arçon s'est acoutez. |
| S'il eüst or la force o soi, | Ne s'est vers eus noient tornez : |
| 3080 La fusent pris, ce dit, tuit troi. | « Seignors, mot a encor petit |
| « Sire, font il, entendez nos. | Que vos oïstes l'escondit |
| Marriz estes et coroços | Que mes niès fist de ma mollier. |
| Por ce que nos dison t'anor. | 3100 Ne vosistes escu ballier. |
| L'on devroit par droit son seignor | Querant alez a terre pié : |
| 3085 Consentir : tu nos sez mal gré. | La meslee dès or vos vié. |
| Mal ait qant qu'a soz son baudré, | Or gerpisiez tote ma terre. |
| Ja mar o toi s'en marrira, | Par Saint André que l'en vet |
| Cil qui te het : cil s'en ira. | [querre |
| Mais nos, qui somes ti feel, | 3105 Outre la mer jusqu'en Escoce, |
| 3090 Te donïons loial consel. | |

vous m'avez blessé au cœur, et mon mal durera plus d'un an. C'est par votre faute que j'ai chassé Tristan. »

Les trois félons se sont avancés : Godoïne, Ganelon et Danaalain, le plus fourbe. Ils se concertent, mais ne savent que faire. Le roi les plante là, sans plus tarder. Ils partent à leur tour, furieux contre Marc. Ils ont de puissants châteaux, bien clos de palissades, et bien installés sur le roc en haut des monts. Le roi aura affaire à eux, si l'on n'y remédie point.

Le roi n'a pas perdu de temps. Il n'a pas attendu les chiens ni les veneurs. A Tintagel, au pied de la tour, il descend de cheval et entre dans le donjon. Personne ne l'a vu venir. Il pénètre dans ses appartements, épée ceinte. Yseut se lève à sa rencontre, lui retire son épée et s'assied à ses pieds. Marc lui tend la main et la relève. La reine s'incline devant lui, puis lève la tête et le regarde. Elle le voit sévère et hautain. Elle devine qu'il est contrarié. Qu'il soit venu sans escorte !

« Hélas, se dit-elle, mon ami est découvert et mon mari l'a fait prisonnier. »

Elle se parle à voix basse.

Mis m'en avez el cuer la boce,
Que n'en istra jusqu'a un an :
G'en ai por vos chacié Tristran. »
Devant lui vienent li felon
3110 Godoïnë et Guenelon
Et Danalain qui fu mot feus.
Li troi ont aresnié entre eus,
Mais n'i porent plai encontrer.
Vet s'en li rois sanz plus ester.
3115 Cil s'en partent du roi par mal.
Forz chasteaus ont, bien clos de
                              [pal,
Soiant sor roche, sor haut pui.
A lor seignor feront ennui,
Se la chose n'est amendee.
3120 Li rois n'a pas fait longe estee.
N'atendi chien ne veneor.

A Tintajol, devant sa tor
Est decendu, dedenz s'en entre.
Nus ne set ne voit son estre.
3125 Es chanbres entre, çeint'espee.
Yseut s'est contre lui levee.
Encontre vient, l'espee a prise,
Pus est as piez le roi asise.
Prist l'a la main, si l'en leva.
3130 La roïne li enclina.
Amont le regarde a la chiere.
Mot la vit et cruel et fiere.
Aperçut soi qu'il ert marriz.
Venuz s'en est aeschariz :
3135 « Lasse, fait ele, mes amis
Est trovez : mes sires l'a pris. »
Souef li dist entre ses denz.

Tout de suite, le sang lui monte au visage, et son cœur se glace.
Elle s'effondre devant le roi. La voici qui s'évanouit, et elle est
devenue blême. Marc la prend dans ses bras et la relève [120]. Il
l'étreint et l'embrasse. Il croit qu'elle est malade. Quand elle
est revenue à elle :
« Ma bien-aimée, qu'avez-vous?
— Sire, j'ai peur.
— Il n'y a pas de raison. »
Elle retrouve les sens, et il la rassure [121]. Sa pâleur a disparu,
et son sang-froid revient. La voici tranquillisée. Elle trouve
les paroles qu'il faut :
« Sire, je vois à votre mine que les veneurs vous ont déçu.
Il ne faut pas vous mettre martel en tête pour une simple chasse. »
Marc, à ses mots, sourit et l'embrasse. Il répond :
« Mon amie, j'ai avec moi trois félons qui depuis longtemps
me veulent du mal. Mais si, cette fois-ci, je ne leur inflige un
démenti et ne les bannis de mon royaume, ils n'auront plus
peur de me faire la guerre. Ils m'ont assez fait souffrir et je n'ai
que trop agréé leurs caprices. Ils ne me gagneront plus à leur
cause. Leurs belles paroles et leurs calomnies m'ont convaincu
de chasser mon neveu : je ne me soucie plus de traiter avec eux.
Tristan reviendra bientôt : il me vengera de ces trois perfides
et les fera pendre. »

Le sang de li ne fu si lenz
Qu'il ne li set monté el vis.
3140 Li cuer el ventre li froidis.
Devant le roi choï enverse.
Pasme soi, sa color a perse.
Entre ses braz l'en a levee.
Besie l'a et acolee.
3145 Pensa que mal l'eüst feruc.
Qant de pasmer fu revenue :
« Ma chiere amie, quë avez?
— Sire, poor. — Ne vos tamez. »
Qant ele l'ot, si l'aseüre.
3150 Sa color vient, si aseüre;
Adont li rest asouagié.
Mot bel a le roi aresnié :
« Sire, ge voi a ta color,
Fait t'ont marri ti veneor.

3155 Ne te doiz ja marrir de chace. »
Li rois l'entent, rist, si l'embrace.
E li a fait li rois : « Amie,
J'ai trois felons d'ancesorie
Qui heent mon amendement.
3160 Mais së encor nes en desment,
Que nes enchaz fors de ma terre,
Li fel ne crïement mais ma gerre.
Il m'ont asez adesentu
Et je lor ai trop consentu.
3165 N'i a mais rien del covertir.
Par lor parler, par lor mentir,
Ai mon nevo de moi chacié :
N'ai mais cure de lor marchié.
Prochainement s'en revendra :
3170 Des trois felons me vengera.
Par lui seront encor pendu. »

La reine écoute. Elle dirait le fond de son cœur, si elle osait.
Mais elle se contient sagement et murmure :
« Dieu soit loué, quand mon seigneur s'est enfin fâché contre
ceux qui ont déclenché le scandale. Je prie Dieu qu'ils expient. »
Elle parle bas, et on ne peut l'entendre. Mais le discours
qu'elle tient au roi est habile, à qui elle déclare :
« Sire, quel mal ont-ils dit de moi? Chacun a le droit d'ex-
primer ce qu'il pense. Je n'ai que vous pour me défendre :
c'est pour cela qu'ils cherchent à me perdre. Que le Dieu des
anges les maudisse! Ils m'ont si souvent plongée dans l'angoisse!
— Belle dame, dit le roi, savez-vous? Trois de mes barons
les plus redoutables se sont fâchés et sont partis.
— Sire, pourquoi? pour quel motif?
— Ils en veulent à ton honneur.
— Mais encore? »
Le roi lui répond : « La raison, c'est que tu ne t'es pas
disculpée au sujet de Tristan.
— Si j'y consens?
— Ils m'ont dit encore [122]... Voilà ce qu'ils m'ont déclaré.
— Je suis prête à m'y soumettre.
— Quand?
— Dès maintenant.
— C'est court.

La roïne l'a entendu.
Ja parlast haut, mais ele n'ose.
El fu sage, si se repose
3175 Et dist : « Dex i a fait vertuz,
Qant mes sires s'est irascuz
Vers ceus par qui blasme ert levé.
Deu pri qu'il soient vergondé. »
Souef le dit, que nus ne l'ot.
3180 La bele Yseut, qui parler sot,
Tot simplement a dit au roi :
« Sire, quel mal ont dit de moi?
Chascun puet dire ce qu'il pense.
Fors vos ge n'ai nule defense :
3185 Por ce vont il querant mon mal.
De Deu le Pere Espirital
Aient il male maudiçon!
Tantes fois m'ont mis en frichon!

— Dame, fait li rois, or m'en-
[tent :
3190 Parti s'en sont par mautalent
Trois de mes plus prisiez barons.
— Sire, por qoi, par qels raisons?
— Blasmer te font. — Sire, por
[qoi?
— Gel te dirai, dit li li rois :
3195 N'as fait de Tristran escondit.
— Se je l'en faz? — Et il m'ont
[dit ...
... Qu'il le m'ont dit. — Ge pres-
[t'en sui.
— Qant le feras? — Ancor ancui.
— Brief terme i met. — Asez est
[loncs.

— Pas tellement. Sire, par tous les saints noms du Dieu vivant, écoutez-moi bien et conseillez-moi.

Comment se fait-il qu'ils s'acharnent sans cesse et si obstinément contre moi? Que le Seigneur me protège, je ne leur ferai d'autre serment que celui que j'aurai choisi. Si je me disculpais, Sire, devant votre cour et en présence de tous vos gens, trois jours ne seraient pas passés qu'ils exigeraient une nouvelle épreuve. Sire, je n'ai pas en ce pays de parents qui, pour cautionner ma parole, lèveraient des troupes et feraient la guerre. Mais peu m'importe. Je n'ai cure de leurs ragots. S'ils veulent que je jure de mon innocence, ou s'ils exigent qu'on me juge, qu'ils fixent eux-mêmes un jour, car ils ne me demanderont pas d'épreuve si rude que je ne m'y soumette. A la date choisie, j'aurai fait venir le roi Arthur et sa suite. Si je manifeste devant eux que je ne suis pas coupable, qui voudrait encore me calomnier? Exigeront-ils encore, après cette procédure [123], que je me justifie devant Cornouaillais ou Saxons? Je désire que ces félons soient présents, et voient les choses de leurs propres yeux. Si le roi Arthur est là, avec Gauvain, son neveu, le plus courtois des chevaliers, et avec Girflet, et Keu le sénéchal, ce souverain a plus de cent vassaux qui seront prêts à témoigner pour moi.

[3200] Sire, por Deu et por ses nons,
Entent a moi, si me conselle :
Que puet cë estre, quel mervelle
Qu'il ne me lesent an pès eure?
Se Damledeu mon cors seceure,
[3205] Escondit mais ne lor ferai
Fors un que je deviserai.
Se lor faisoie soirement,
Sire, a ta cort, voiant ta gent,
Jusqu'a tierz jors me rediroient
[3210] Qu'autre escondit avoir vou-
[droient.
Rois, n'ai en cest païs parent
Qui por le mien desraignement
En feïst gerre ne revel.
Mais de ce me seroit mot bel.
[3215] De lor rebeche n'ai mès cure.
Së il vuelent avoir ma jure
Ou s'il volent loi de juïse,

Ja n'en voudront si roide guise
(Metent le terme) que ne face.
[3220] A terme avrai en mié la place
Le roi Artur et sa mesnie.
Se devant lui sui alegie,
Qui me voudroit après sordire?
Cil me voudroient escondire,
[3225] Quë avront veü ma deraisne,
Vers un Cornot ou vers un
[Saisne?
Por ce m'est bel que cil i soient
Et mon deresne a lor eulz voient.
Së en place est Artus li rois,
[3230] Gauvains, ses niès, li plus cortois,
Girflez et Qeu li seneschaus,
Tex cent en a li rois vasaus
Ne mentiront por rien qu'il
[oient :

Ils se battraient contre les délateurs. C'est pourquoi, Sire, je demande qu'ils assistent tous à mon serment. On a mauvaise langue en Cornouaille, et l'on n'y joue pas franc jeu. Assignez une date, et ordonnez que riches et pauvres se rendent sans faute à la Blanche Lande. A qui manquera d'y venir, faites savoir que vous confisquerez leurs biens. Sire, vous serez quitte envers eux, et je suis personnellement sûre que dès que le roi Arthur saura mon message, il viendra. Je le connais bien, depuis longtemps. »

Le roi répond :

« Vous avez raison. »

Il fixe alors la date de l'épreuve, qui aura lieu dans quinze jours, et la fait proclamer à travers son royaume. Il mande aussi les trois barons du pays qui ont quitté sa cour avec la rage au cœur et ils s'en réjouissent, quelle que soit l'issue de l'affaire.

Nul n'ignore dans le pays le jour où aura lieu le serment, et l'on compte sur la présence du roi Arthur et de ses compagnons en grand nombre, car une abondante escorte va l'accompagner. Yseut ne perd pas de temps. Elle prévient Tristan par Périnis et lui demande qu'en échange de ce qu'elle a risqué pour lui, il lui fasse une faveur : il peut, s'il le veut, la mettre au-dessus de tout soupçon.

Por les seurdiz se combatroient.
3235 Rois, por c'est bien devant eus
    [set
Faiz la deraisne de mon droit.
Li Cornot sont reherceor,
De pluseurs evres tricheor.
Esgarde un terme, si lor mande
3240 Que tu veus a la Blanche Lande
Tuit i soient, et povre et riche.
Qui n'i sera, très bien t'afiche
Que tu toudras lor herité.
Si reseras d'eus acuité.
3245 Et li miens cors est toz seürs,
Dès que verra li rois Artus
Mon message, qu'il vendra ça.
Son corage sai dès piça. »
Li rois respont : « Bien avez dit. »

3250 Atant est li termes baniz
A quinze jors par le païs.
Li rois le mande a trois naïs
Qui par mal sont parti de cort :
Mot en sont lié, a que qu'il tort.
3255   Or sevent tuit par la contree
Le terme asis de l'asemblee,
Et que la iert li rois Artus
Et de sa mesnie le plus :
O li vendront de sa mesnie.
3260 Yseut ne s'est mie atargie :
Par Perinis manda Tristran
Tote la paine et tot l'ahan
Qu'el a por lui ouan eüe :
Or l'en soit la bonté rendue !
3265 Metre la puet, s'il veut, en pès.

« Rappelle-lui le gué qui est avant la passerelle, au Mal Pas :
je m'y suis déjà salie. Sur la hauteur, près de la passerelle, un
peu en deçà de la Blanche Lande, qu'il se tienne, déguisé en
lépreux. Qu'il porte un hanap de bois madré [124], avec en
dessous une bouteille nouée au hanap avec une courroie; de
l'autre main, qu'il tienne une béquille. Voici ce qu'il doit avoir
présent à l'esprit : le jour fixé, qu'il reste assis sur cette hauteur,
et que son visage ne soit que plaies et bosses; qu'il porte le
hanap devant son front, et qu'aux passants il demande humble-
ment l'aumône. Ils lui donneront de l'or et de l'argent. Qu'il
garde ces dons, pour que je les voie, une fois seule dans ma
chambre. »

Périnis dit : « Ma dame, c'est promis : je l'entretiendrai
sans témoins et lui dirai vos ordres. »

Périnis s'en va. Il traverse la lande et entre seul dans la forêt,
où il chemine. Il arrive le soir à la cachette où vit Tristan, au
fond de son cellier. Ils sortent de table. Tristan se réjouit de
sa venue. Il devine que le jeune homme lui apporte des nouvelles
de son amie. Il lui prend la main

« Di li quë il il set bien marchés,
Au chief des planches, au Mal
[Pas :
Ge sollé ja un poi mes dras.
Sor la mote, el chief de la planche,
3270 Un poi deça la Lande Blanche,
Soit revestuz de dras de ladre.
Un henap port o sai de madre,
Une botele ait dedesoz
O coroie atachié par noz;
3275 A l'autre main tienge un puiot.
Si aprenge de tel tripot :
Au terme ert sor la mote assis,
Ja set assez bociez son vis;
Port le henap devant son front.
3280 A ceus qui iluec passeront,

Demant l'aumosne simplement.
Il li dorront or et argent.
Gart moi l'argent, tant que le voie
Priveement, en chambre coie. »
3285 Dist Perinis : « Dame, par foi,
Bien li dirai si le secroi. »
Perinis part de la roïne.
El bois par mié une gaudine
Entre tot sos, par le bois vet;
3290 A l'avesprer vient au recet
Ou Tristran ert el bel celier.
Levé estoient du mengier.
Liez fu Tristran de sa venue.
Bien sout, noveles de sa drue
3295 Li aporte li vaslet frans.
Il dui se tienent par les mains.

et tous deux s'assoient sur de hauts sièges. Périnis lui transmet
sans rien omettre le message de la reine. Tristan s'incline légèrement [125], et jure tous ses grands dieux que ses ennemis paieront
sans attendre : on verra pendre leurs têtes bien haut sur des
bâtons fourchus.

« Dis à la reine, textuellement : je serai là sans faute. Qu'elle
se rassure et reprenne courage : je ne me baignerai pas en eau
chaude tant que mon épée ne m'aura pas vengé de ceux qui lui
ont fait du mal. On connaît leur félonie et leur traîtrise. Dis-lui
que je me procure tout ce qui est nécessaire [126] pour la sauver
quand elle prêtera serment. Je la verrai d'ici peu. Va, et adjure-la
de ne pas s'inquiéter : elle peut être sûre que je viendrai, clandestinement, comme un gueux. Le roi Arthur me verra assis devant
le Mal Pas, mais il ne saura pas me reconnaître. Je garderai
son aumône, si je puis l'obtenir. Tu peux rapporter à la reine
tous les propos que je t'ai tenus dans le souterrain si bien voûté
qu'elle a fait aménager. Et transmets-lui plus de saluts qu'il n'y
a de petits bourgeons sur un arbre de mai.

— Je n'y manquerai pas », répond Périnis.

Il commence à gravir les marches :

Sor un sige haut sont monté.
Perinis li a tot conté
Le mesage de la roïne.
3300 Tristran vers terre un poi encline
Et jure qant que puet ataindre,
Mar l'ont pensé, ne puet re-
         [maindre :
Il en perdront encor les testes
Et a forches pendront, as festes.
3305 « Di la roïne mot a mot :
G'irai au terme, pas n'en dot.
Face soi lie, saine et baude.
Ja n'avrai mais bain d'eve chaude
Tant qu'a m'espee aie venjance
3310 De ceus qui li ont fait pesance.
Il sont traître fel prové.
De li que tot ai bien trové

A sauver soi du soirement.
Je la verrai assez briment.
3315 Va, si li di que ne m'esmait :
Ne dot pas que je n'alle au plet
A tapine comme tafurs.
Bien me verra li roi Artus
Soier au chief sor le Mal Pas,
3320 Mais il ne me connoistra pas.
S'aumosne avrai, se l'en pus
         [traire.
A la roïne puez retraire
Ce que t'ai dit el sozterrin
Que fist fere si bel perrin.
3325 De moi li porte plus saluz
Qu'il n'a sor moi botons menuz.
— Bien li dirai, » dist Perinis.
Lors s'est par les degrez fors mis :

« Je vais trouver le roi Arthur, seigneur. Je dois l'inviter
expressément à venir assister à l'épreuve avec cent chevaliers
qui puissent servir de garants à la dame de loyauté si jamais les
félons grincent encore des dents. Qu'en pensez-vous?
— Dieu t'accompagne. »
Périnis court se remettre en selle pour partir. Il escalade
vivement les degrés [127]. Il va piquer des deux sans trêve jusqu'à
ce qu'il arrive à Caerlion [128]. Mais il s'est donné bien du mal pour
rien : il n'a vraiment pas de chance. Il s'enquiert, et on lui dit
que le roi est à Stirling [129]. Le bon serviteur d'Yseut la belle a
repris la route. A un berger qui joue du chalumeau, il demande
où est le roi :
« Seigneur, lui répond l'homme, il est sur son trône. Vous
allez voir la Table Ronde, qui tourne comme l'univers [130]. Ses
chevaliers y siègent. »
Et Périnis :
« Allons-y ».
Le page descend au perron. Il pénètre aussitôt. Il y avait
maint jeune seigneur et maint fils de vavasseur influent qui
apprenaient le métier des armes au service d'Arthur. L'un d'eux
se met à filer comme s'il avait le diable à ses trousses.

« G'en vois au roi Artus, beau
[sire.
[3330] Ce mesage m'i estuet dire
Qu'il vienge oïr le soirement,
Ensemble o lui chevalier cent
Qui puis garrant li porteroient,
Se li felon de rien greignoient
[3335] A la dame de loiauté.
Dont n'est ce bien? — Or va a
[Dé. »
El chaceor monte et s'en torne.
Toz les degrez en puie a orne.
N'aura mais pais a l'esperon,
[3340] Si est venu a Cuerlïon.
Mot out cil poines por servir :
Mot l'en devroit mex avenir.
Tant a enquis du roi novele
Que l'en li a dit bone et bele,

[3345] Que li rois ert a Isneldone.
Cele voie qui la s'adone
Vet li vaslet Yseut la bele.
A un pastor qui chalemele
A demandé ou est li rois.
[3350] « Sire, fait il, il sit au dois.
Ja verroiz la Table Reonde
Qui tornoie comme le monde.
Sa mesnie sit environ. »
Dist Perinis : « La en iron. »
[3355] Li vaslet au perron decent.
Maintenant s'en entra dedanz.
Mot i avoit filz a contors
Et filz a riches vavasors
Qui servoient por armes tuit.
[3360] Un d'eus s'en part com s'il s'en
[fuit.

Il court vers le roi et l'interpelle.

« D'où viens-tu? dit le roi.

— J'ai à vous dire qu'il y a dehors un cavalier. Il veut vous voir tout de suite. »

Voici Périnis qui s'avance. Plus d'un marquis [131] le regarde. Il monte à la grand'salle où se tient le roi avec toute sa suite. Le page dit d'une voix ferme :

« Dieu sauve le roi Arthur et ses compagnons, de par Yseut la belle, son amie. »

Le roi se lève de table :

« Que le Dieu des anges la sauve et la protège, et te bénisse, ami. Oh! comme je désirais recevoir un message d'elle! Jeune homme, devant ma cour, je lui accorde tout ce que tu demandes. Et je te ferai chevalier pour te récompenser d'avoir été le messager de la plus belle qui soit d'ici jusqu'à Tudèle [132].

— Sire, je vous remercie. Voici le motif de ma venue. Barons, prêtez l'oreille, et nommément vous, messire Gauvain. La reine s'est réconciliée avec son époux, en public : à leur retrouvance étaient présents tous les grands du royaume. Tristan proposa le duel judiciaire et la reine un serment

Il vint au roi, et il l'apele :
« Va, dont vien tu? — J'aport
                    [novele :
La defors a un chevauchant.
A grant besoin te va querant. »
3365 A tant estes vos Pirinis.
Esgardez fu de maint marchis.
Devant le roi vint a l'estage
Ou seoient tuit li barnage.
Li vaslet dit tot a seür :
3370 « Dieu saut, fait il, le roi Artur,
Lui et tote sa compagnie,
De par la bele Yseut s'amie. »
    Li rois se lieve sus des tables.
« Et Dex, fait il, espiritables
3375 La saut et gart, et toi, amis !
Dex, fait li rois, tant ai je quis

De lié avoir un sol mesage !
Vaslet, voiant cest mien barnage,
Otroi a li qant que requiers.
3380 Toi tierz seras fet chevaliers
Por le mesage a la plus bele
Qui soit de ci jusqu'en Tudele.
— Sire, fait il, vostre merci.
Oiez porqoi sui venu ci,
3385 Et si entendent cil baron,
Et messires Gauvain par non.
    « La roïne s'est acordee
A son seignor, n'i a celee :
Sire, la ou il s'acorderent,
3390 Tuit li baron du reigne i erent.
Tristran s'osfri a esligier
Et la roïne a deraisnier

devant le Dieu de loyauté. Mais personne ne fut assez hardi pour prendre les armes. Sire, à présent, on fait entendre à Marc qu'il doit exiger ce serment. Il n'y a pas, à la cour du roi, un seul homme de cœur, Français ou Saxon, qui appartienne au lignage d'Yseut [133]. J'ai ouï dire qu'il nage avec aisance, celui à qui l'on soutient le menton. Sire, si j'en ai menti, traitez-moi de fourbe. Le roi n'est pas ferme dans ses choix : il balance toujours d'un côté ou de l'autre. Yseut la belle lui a répondu qu'elle protestera de son innocence devant vous, près du Gué Aventureux. Elle vous requiert et vous supplie au nom de votre amitié que vous soyez là au jour dit, avec cent de vos amis. Que votre loyauté soit telle, et celle de vos gens, que lorsque devant vous, la reine se disculpera — et Dieu la protège! — si jamais elle vous prie d'être ses garants, vous n'y manquiez en aucune façon [134]. L'épreuve aura lieu dans huit jours ».

Plus d'un pleure à chaudes larmes. Le plus frivole en a les yeux tout embués.

« Seigneur, dit-on, que d'exigences! Ils mènent le roi par le bout du nez.

Devant le Roi de loiauté.
Ainz nus de tele loiauté
3395 Ne vout armes saisir ne prendre.
Sire, or font le roi Marc entendre
Quë il prenge de lié deraisne.
Il n'a frans hom, Francier ne
[Sesne,
A la roi cort, de son linage.
3400 Gë oï dire que souef nage
Cil qui on sostient le menton.
Rois, se nos ja de ce menton,
Si me tenez a losengier.
Li rois n'a pas corage entier :
3405 Senpres est ci et senpres la.
La bele Yseut respondu l'a
Qu'ele en fera droit devant vos
Devant le Gué Aventuros :
Vos requier et merci vos crie

3410 Comme la vostre chiere amie
Que vos soiez au terme mis,
Cent i aiez de vos amis.
Vostre cors soit atant loial,
Vostre mesnie natural,
3415 Se devant vos iert alegiee,
Et Dex la gart que n'i meschiee!
Que pus li serïez garant,
N'en faudrïez ne tant ne qant.
D'hui en huit jours est pris le
[termes. »
3420 Plorer en font o groses lermes.
N'i a un sol qui de pitié
N'en ait des euilz le vis mollié.
« Dex, fait chascun, que li
[demandent?
Li rois fait ce quë il commandent.

Et Tristan n'est pas là. Il ne mérite pas le paradis, celui qui ne suivra pas Arthur là-bas, pour aider Yseut comme de juste. »

Gauvain se lève, et tient le discours qu'il faut :

« Mon oncle, avec votre permission, l'épreuve qui a été instituée ne portera pas bonheur aux trois menteurs. Le plus fourbe est Ganelon. Nous nous connaissons bien. Je l'ai basculé dans la fange, lors d'un grand tournoi. Par saint Richier, que je l'attrape et Tristan est vengé. Si je puis le tenir et l'empoigner, il ne s'en tirera pas, et sera pendu en haut d'un mont. »

Girflet se lève à son tour, et prend la main de Gauvain :

« Sire, ils détestent la reine, Danaalain, Godoïne et Ganelon, et de longue date. Que Dieu m'ôte le sens si, combattant Godoïne, je ne le transperce pas de ma lance de frêne. Et qu'en ce cas, je n'embrasse plus sous le manteau de belle dame en son lit clos de courtines [135]. »

Périnis, à ces mots, hoche la tête. Yvain, le fils d'Urien, dit à son tour :

« Je connais bien Danaalain.

3425 Tristran s'en vet fors du païs.
    Ja ne voie il saint paradis,
    Se li rois veut, qui la n'ira,
    Et qui par droit ne l'aidera. »
    Gauvain s'en est levez en piez,
3430 Parla et dist comme afaitiez :
    « Oncle, se j'ai de toi l'otrise,
    La deresne qui est assise
    Torra a mal as trois felons.
    Li plus coverz est Guenelons.
3435 Gel connois bien, si fait il moi.
    Gel boutai ja a un fangai,
    A un bohort fort et plenier.
    Se gel retien, par Saint Richier,
    N'i estovra Tristran venir.
3440 Se gel pooie as poins tenir,

    Ge li feroie asez ennui
    Et lui pendrë an un haut pui. »
    Gerflet s'en lieve enprès Gauvain,
    Et si s'en vindrent main a main.
3445 « Rois, mot par heent la roïne
    Denaalain et Godoïne
    Et Guenelon mot a lonc tens.
    Ja ne me tienge Dex en sens,
    Se vois encontre Godoïne,
3450 Se de ma grant lance fresnine
    Ne pasent outre li coutel.
    Ja n'en embraz soz le mantel
    Bele dame dosoz cortine. »
    Perinis l'ot, le chief li cline.
3455 Dit Evains, li filz Urïen :
    « Asez connois Dinoalan.

Il aime la calomnie. Il a l'art d'abuser le roi. Mais il faudra
bien qu'il m'écoute si nos chemins se croisent, comme il advint
déjà dans le passé. Je n'aurai plus ni foi ni loi, s'il a le dessous
et n'est pas pendu de ma main. Il est juste que les félons expient.
Le roi est le jouet de ceux qui le flattent [136]. »

Périnis déclare au roi Arthur :

« Sire, me voici sûr que les traîtres recevront plus d'un coup
pour avoir attaqué la reine. A votre cour, il n'est pas un homme
en péril, d'où qu'il vienne, que vous n'ayez tiré d'affaire. A la
fin, tous ceux qui l'avaient mérité l'ont payé cher. »

Ces propos font plaisir au roi, qui rougit :

« Jeune homme, allez manger. Mes fidèles la vengeront. »

Le roi, qui se réjouit, veut que Périnis l'entende :

« Nobles et dignes compagnons, il faut que lors de l'épreuve,
vous ayez de beaux chevaux, des écus neufs et de riches atours.
Nous ferons un tournoi devant la prestigieuse dame qui fait
appel à nous. Il n'aura pas beaucoup d'amour-propre, qui aura
répugnance à porter les armes. »

Tot son sens met en acuser.
Bien set faire le roi muser.
Tant li dirai quë il me croie,
3460 Se je l'encontre en mié ma voie,
Con je fis ja une autre foiz.
Ja ne m'en tienge lois ne fois,
S'il ne se puet de moi defendre,
S'a mes deus mains ne le fais
              [pendre.
3465 Mot doit on felons chastïer.
De roi joent si losengier. »
    Dist Perinis au roi Arthur :
« Sire, je sui de tant seür
Que li felon prendront colee,
3470 Qui la roïne ont quis meslee.
Ainz a ta cort n'ot menacié
Home de nul luitain reigné

Que n'en aiez bien trait a chief.
Au partir en remestrent grief
3475 Tuit cil qui l'ourent deservi. »
Li rois fu liez, un poi rougi :
« Sire vaslez, alez mangier.
Cist penseront de lui vengier. »
Li rois en son cuer out grant joie.
3480 Parla, bien vout Perinis l'oie :
« Mesnie franche et honoree,
Gardez qu'encontre l'asemblee
Soient vostre cheval tuit gras,
Vostre escu nuef, riche vos dras.
3485 Bohorderons devant la bele
Dont vos oiez tuit la novele.
Mot porra poi sa vie amer
Qui se faindra d'armes porter. »

Voilà belle semonce! Ils regrettent d'avoir à patienter. Ils voudraient que l'affaire ait lieu dès demain. Mais écoutez ce que fit le noble messager. Périnis demande congé. Le roi monte sur Passelande, car il veut accompagner le jeune garçon. Ils galopent sur le chemin. On ne parle que de la belle Yseut : qui brisera sa lance avant de quitter l'assemblée [137]? Le roi offre à Périnis tout ce dont a besoin un chevalier, mais il ne lui donnera pas tout de suite cet équipement. Il l'escorte un moment, pour l'amour de la dame aux cheveux blonds qui n'est capable d'aucun mal. Ils se complaisent à parler d'elle tout en cheminant. Le page est bien entouré, quand près de lui se tiennent le grand roi et ses chevaliers. Ils ont peine à se quitter. Le roi déclare : « Mon ami, allez-vous en, et ne tardez point. Saluez votre dame de la part de son serviteur fidèle qui vient lui apporter la paix. Je ferai tout ce qu'elle veut. Je suis à son service. Son amitié me conférera beaucoup de gloire. Qu'elle se souvienne de l'épieu que j'ai lancé contre le bâton [138].

Li rois les ot trestoz semons.
3490 Le terme heent qu'est si lons.
Lor vuel fust il a l'endemain.
Oiez du franc de bone main :
Perinis le congié demande.
Li rois monta sur Passelande,
3495 Qar convoier veut le meschin.
Courant vont par mié le chemin.
Tuit li conte sont de la bele :
Qui metra lance par astele,
Ainz que parte do parlemenz?
3500 Li rois offre les garnemenz
Perinis d'estre chevalier,
Mais il nes vout encor ballier.
Li rois convoié l'out un poi,
Por la bele franche au chief bloi

3505 Ou il n'a point de mautalent.
Mot en parloient en alent.
Li vaslez out riche convoi
Des chevaliers et du franc roi.
A grant enviz sont departiz.
3510 Li rois le claime : « Beaus amis,
Alez vos en, ne demorez.
Vostre dame me saluez
De son demoine soudoier
Qui vient a li por apaier.
3515 Totes ferai ses volentez.
Por lié serai entalentez.
El me porra mot avancier.
Membre li de l'espié lancier
Qui fu en l'estache feru.

Elle sait bien comment eut lieu l'affaire. Je vous prie de lui faire ce message.

— Je vous promets, sire, de n'y manquer point. »

Il pique sa monture. Le roi revient à son château. Périnis continue sa route; il a accompli sa mission et s'est donné bien du mal pour servir la reine. Il galope le plus vite qu'il peut et ne s'arrête pas longtemps, jusqu'à ce qu'il arrive au terme de son voyage. Il a raconté sa chevauchée à Yseut, qui s'en réjouit, et lui parle du roi Arthur et de Tristan. Ils restèrent cette nuit-là à Lidan.

Dix jours s'étaient passés. Que dire de plus? La date approche, qui a été choisie pour le serment de la reine. Tristan, son ami, s'active. Il a trouvé tout un attirail. Il se vêt de grosse laine, sans chemise. Sa cotte est en bureau grossier et il porte des bottes rapiécées. Il s'est fait tailler une grande cape de bure qu'il souille de suie. Il a curieuse allure : on dirait un vrai malade. Mais il cache son épée : il l'a nouée à ses flancs. Il s'en va; il quitte secrètement le refuge qu'il partage avec Governal, et celui-ci lui fait mainte recommandation :

3520 Elle savra bien ou ce fu.
Prié vos que li dïez einsi.
— Rois, si ferai, gel vos afi. »
Adont hurta l'eschaceor.
Li rois se rest mis el retor.
3525 Cil s'en vient; son mesage a fait
Perinis qui tant mal a trait
Por le servise a la roïne.
Comme plus puet et il chemine.
Onques un jor ne sejorna,
3530 Tant qu'il va la dont il torna.
Raconté a sa chevauchie
A celui qui mot en fu lie,
Du roi Artur et de Tristran.
Cele nuit furent a Lidan.
3535 Cele nuit fu la lune dime.

Que diroie? Li terme aprisme
De soi alegier la roïne.
Tristran le suen ami ne fine.
Vestu se fu de mainte guise.
3540 Il fu en legne, sanz chemise.
De let burel furent les cotes
Et a quarreaus furent ses botes.
Une chape de burel lee
Out fait tallier tote enfumee.
3545 Affublez se fu forment bien :
Malade semble plus que rien.
Et nequedent si ot s'espee :
Entre ses flans estoit noee.
Tristran s'en part, ist de l'ostal,
3550 Celeement, a Governal
Qui li enseigne et si li dit :

« Seigneur Tristan, gardez la tête froide, et veillez à ce que la
reine ne se trahisse pas.

— J'y ferai attention, maître. Mais soyez vous-même attentif
à suivre mes instructions. J'ai grand'peur d'être reconnu.
Prenez mon écu et ma lance : apportez-les-moi, et sellez mon
cheval. Tenez-vous prêt à intervenir au besoin, et restez embusqué près du passage. Vous connaissez les lieux. Il y a longtemps
que vous avez reconnu le terrain. Le cheval est blanc comme lis :
entourez-le de couvertures, afin qu'on ne le reconnaisse pas en
le voyant. Il y aura là Arthur avec ses hommes, et aussi le roi
Marc. Les chevaliers étrangers s'illustreront dans un tournoi,
et moi-même, pour l'amour d'Yseut mon amie, je jouerai quelque
bon tour. Mettez sur ma lance le pennon que ma dame m'a
donné. Allez-vous-en, mon maître. J'insiste pour que vous
agissiez prudemment. »

Tristan prend son hanap et sa béquille, et ils se disent au revoir.
Governal rentre chez lui, s'équipe sans perdre de temps et se
met aussitôt en route.

« Sire Tristran, ne soiez bric.
Prenez garde de la roïne
Qu'el n'en fera semblant et signe.
3555 — Maistre, fait il, si ferai bien.
Gardez que vos faciez mon buen.
Ge me crient mot d'aperchevance.
Prenez mon escu et ma lance :
Sel m'aportez, et mon cheval
3560 Enreignez, mestre Governal.
Se mestier m'est, que vos saiez
Au pasage près enbuschiez.
Vos savez bien le buen passage.
Pieça que vos en estes sage.
3565 Li cheval est blans comme flor :
Covrez le bien trestot entor,
Quë il ne soit mes conneüz

Ne de nul home aperceüz.
La ert Artus atot sa gent,
3570 Et li rois Marc tot ensement.
Cil chevalier d'estrange terre
Bohorderont por los aquerre,
Et por l'amor Yseut m'amie,
I ferai tote une esbaudie.
3575 Sus la lance soit le penon
Dont la bele me fist le don.
Mestre, or alez. Pri vos forment
Que le faciez mot sauvement. »
Prist son henap et son puiot,
3580 Le congié prist de lui, si l'ot.
Governal vint a son ostel.
Son hernois prist, ainz ne fist el,
Puis si se mist tot a la voie.

Il emprunte les couverts. Il se rend à son poste, près de Tristan,
au Mal Pas. Sur une motte, au-dessus du marais, Tristan s'est
contenté de s'asseoir. Il a planté devant lui son bourdon. Il
l'a attaché à une corde pendue à son cou. Autour de lui s'éten-
dent les bourbiers fangeux. Il se redresse. On ne dirait plus
un malade, car il est fort et bien en chair : il n'a rien d'un nain,
d'un infirme ni d'un bossu. Il écoute si vient le cortège : il
reste assis là. Il s'est fait mainte bosse au visage. Si quelqu'un
passe, il gémit :

« Quel malheur ! demander l'aumône et me voir réduit à
cette misère ! Mais que faire d'autre ? »

Tristan leur soutire de l'argent, car il sait si bien s'y prendre
qu'on lui en offre. Il reçoit ces charités qu'on lui tend en silence.
Après sept ans de pratique, un mignon serait moins doté.
Même les estafettes à pied et la belle élite des valets de bas
étage [139] qui mangent sur le chemin se voient interpeller par
le mendiant qui garde la tête basse et les sollicite au nom de
Dieu. L'un lui donne, l'autre le frappe. La racaille des voyous

Il n'a cure que nus ne voie.
3585 Tant a erré qu'enbuschié s'est
Près de Tristan, qui au Pas est.
Sor la mote, au chief de la mare
S'asit Tristran, sans autre afaire.
Devant soi fiche son bordon :
3590 Atachié fu a un cordon
A quei l'aveit pendu al col.
Entor lui sont li taier mol.
Sor la mote forment se tret.
Ne senbla pas home contret,
3595 Qar il ert gros et corporuz :
Il n'ert pas nains, contrez, boçuz.
La rote entent : la s'est asis.
Mot ot bien bocelé son vis.
Qant aucun passe devant lui,

3600 En plaignant disoit : « Mar i fui !
Ja ne quidai estre aumosnier
Ne servir jor de cest mestier !
Mais n'en poon or mais el faire. »
Tristan lor fait des borses trere,
3605 Quë il fait tant chascun li done.
Il les reçoit, que nus n'en sone.
Tex a esté set anz mignon,
Ne set si bien traire guignon.
Meïsmes li corlain a pié
3610 Et li garçon, li plus proisié !
Qui vont mangant par le chemin,
Tristran, qui tient le chief enclin,
Lor aumosne por Deu lor quiert.
L'un l'en done, l'autre le fiert.
3615 Li cuvert gars, li desfaé

le traite de parasite et de fainéant [140]. Tristan laisse dire et ne répond pas. Dans son cœur, il leur pardonne, pour l'amour du Sauveur. Les misérables, qui n'écoutent que leur fureur, le harcèlent, mais il ne perd pas patience. Ils l'appellent truand et bon à rien. Il les repousse avec sa béquille : il en fait saigner plus de quatorze, qui ne peuvent étancher leurs plaies. Les jeunes gens bien nés lui donnent, eux, un ferlin ou une maille sterling [141] : il accepte. Il leur dit qu'il boira à leur santé. Son corps, prétend-il, le brûle tant qu'il ne peut étancher sa soif [142]. Ceux qui l'entendent en sont apitoyés jusqu'aux larmes; ils ne sauraient absolument pas douter que l'homme qu'ils voient ne soit lépreux.

Serviteurs et écuyers se mettent hâtivement en peine de décharger leur matériel et de tendre les pavillons aux couleurs vives de leurs seigneurs. Les grands ont chacun leur tente. Voici que viennent à vive allure, par les chemins et les sentes, les chevaliers. On se presse sur le terrain; il est trop foulé et devient fange molle : les chevaux y entrent jusqu'aux flancs; beaucoup s'y embourbent et ont du mal à en sortir. Tristan en rit et ne s'en trouble guère. Il raille et dit à l'assistance :

Mignon, herlot l'ont apelé.
Escoute Tristran, mot ne sone :
Por Deu, ce dit, le lor pardone.
Li corbel, qui sont plain de rage,
3620 Li font ennui, et il est sage.
Truant le claiment et herlot.
Il les convoie o lo puiot :
Plus de quatorze en fait saigner
Si qu'il ne püent estanchier.
3625 Li franc vaslet de franche orine
Ferlin ou maalle esterline
Li ont doné : il les reçoit.
Il lor dit qüe il a toz boit.
Si grant arson a en son cors
3630 A poine l'en puet geter fors.
Tuit cil qui l'oient aparler
De pitié prenent a plorer;
Ne tant ne qant pas nu mescroient

Qu'il ne soit ladres cil quil voient.
3635 Pensent vaslet et escuier
Qu'il se hastent d'aus alegier
Et des très tendre lor seignors,
Pavellons de maintes colors.
N'i a riche home n'ait sa tente.
3640 A plain erre, chemin et sente,
Li chevalier vienent après.
Mot a grant presse en cel mar-
[chés;
Esfondré l'ont, mos est li fans :
Li cheval entrent jusq'as flans;
3645 Maint en i chiet, qui que s'en
[traie.
Tristran s'en rist, point ne
[s'esmaie.
Par contraire lor dit a toz :

« Tenez vos rênes par le nœud, et piquez hardiment. Allez-y, éperonnez, car plus loin, il n'y a plus de boue. »

Ils s'y risquent, mais le marais s'effondre sous leurs pas. Quiconque y pénètre s'enlise. Il faut des houseaux pour progresser sans mal. Le lépreux refuse son secours. Quand il en voit un vautré dans la tourbe, il lui joue de la cliquette avec ardeur. Et quand l'autre s'enfonce, il s'écrie :

« Ne m'oubliez pas. Dieu vous sorte du Mal Pas ! Aidez-moi à m'acheter de nouveaux habits ! »

Il frappe le hanap avec sa bouteille. C'est un curieux endroit pour demander l'aumône, mais Tristan veut amuser Yseut, lorsqu'elle passera, la dame aux cheveux blonds, et elle en sera divertie.

Il y a grand tumulte au Mal Pas. Aux gués, on est inondé de boue ; on entend de loin les cris de ceux qui se souillent dans le bourbier. Celui qui va plus loin s'y rend seul [143] ! Mais voici Arthur : il inspecte le passage, et beaucoup de ses barons sont à ses côtés. Ils craignent que le marais ne soit infranchissable. Les chevaliers de la Table Ronde sont tous venus au Mal Pas,

« Tenez vos reignes par les noz,
Si hurtez bien de l'esperon.
3650 Par Deu, ferez de l'esperon,
Qu'il n'a avant point de taier. »
Qant il le pensent essaier,
Li marois font desoz lor piez.
Chascun qui entre est entaiez :
3655 Qui n'a hueses, s'en a soffretes.
Li ladres a la main fors traite ;
Qant en voit un qui el tai voitre,
Adonc flavele cil a cuite.
Qant il le voit plus en fangoi,
3660 Li ladres dit : « Pensez de moi !
Que Dex vos get fors du Mal Pas !
Aidiez a noveler mes dras ! »
O sa botele el hanap fiert.
En estrange leu les requiert,

3665 Mais il le fait par lecherie,
Qant or verra passer s'amie,
Yseut qui a la crine bloie,
Quë ele an ait en son cuer joie.
Mot a grant noise en cel Mal
[Pas.
3670 Li passeor sollent lor dras ;
De luien puet l'om oïr les huz
De ceus qui solle la paluz.
Cil qui les passe n'est seuez !
Atant es vos le roi Artus :
3675 Esgarder vient le passeor,
O lui de ses barons plusor.
Criement que li marois ne fonde.
Tuit cil de la Table Reonde
Furent venu sor le Mal Pas

avec des écus neufs et des chevaux en bonne santé, et chacun
porte un emblème particulier. Tous ont pieds et bras crottés [144];
on retrousse les tuniques de soie; on échange devant le gué des
passes d'armes.

Tristan reconnaît le roi Arthur et l'appelle :
« Sire Arthur, je suis un malade, un lépreux tout bossu,
tout piteux, tout délabré. Mon père est pauvre et n'a pas de
biens au soleil. Je suis venu ici demander l'aumône. On m'a dit
de toi force éloges : tu ne peux pas me repousser. Tu es vêtu
de beau drap gris qui vient, je crois, de Ratisbonne. Sous la
chemise de Reims, ton corps est blanc et musclé. Tu couvres tes
jambes d'un riche brocart avec un filet vert, et tu portes des
guêtres de laine fine. Sire Arthur, vois-tu comme je me gratte?
D'autres ont chaud, mais moi je gèle. Pour l'amour de Dieu,
donne-moi tes guêtres. »

Le grand roi est pris de pitié. Deux jeunes gens le déchaussent.
Le malade prend les guêtres et part sans demander son reste.
Il retourne sur sa motte. Il sollicite tous ceux qui passent
devant lui. Il a désormais abondance de beaux habits, et les
guêtres du roi Arthur.

3680 O escu frès, o chevaus cras,
De lor armes entreseigné.
Tuit sont covert, et mens que
[pié;
Maint drap de soie i ot levé;
Bohordant vont devant le gué.
3685 Tristran connoissoit bien le roi
Artus, si l'apela o soi :
« Sire Artus, rois, je sui malades,
Bociez, meseaus, desfaiz et fades.
Povre est mon pere, n'out ainz
[terre.
3690 Ça sui venuz l'aumosne querre.
Mot ai oï de toi bien dire :
Tu ne me doiz pas escondire.
Tu es vestuz de beaus grisens
De Renebors, si com je pens.
3695 Desouz la toile rentïene

La toue char est blanche et plaine.
Tes janbes voi de riche paile
Chaucies et o verte maile,
Et les sorchauz d'une escarlate.
3700 Roiz Artus, voiz com je me grate?
J'ai les granz froiz, qui qu'ait les
[chauz.
Por Deu me donne ces sor-
[chauz. »
Li nobles rois avoit pitié :
Dui damoisel l'ont deschaucié.
3705 Li malades les sorchaux prent,
Otot s'en vet isnelement.
Asis se rest sor la muterne.
Li ladres nus de ceus n'esperne
Qui devant lui sont trespassé;
3710 Fins dras en a a grant plenté
Et les sorchauz Artus le roi.

Tristan est assis au-dessus du marais. Il vient de s'y réinstaller quand Marc, prestigieux et hautain, arrive à cheval près du bourbier. Tristan l'aborde pour voir s'il obtiendra de lui quelque chose. Il fait tinter haut sa cliquette, et feint d'avoir peine à donner de sa voix rauque; son haleine lui siffle par le nez :

« Pour l'amour de Dieu, Sire Marc, la charité ! »

Le roi retire son capuchon et lui dit : « Prends-le, mon frère : mets-le sur ta tête. Tu as assez souffert des intempéries.

— Sire, merci, répond Tristan. Vous me préservez du froid. »

Il met le chaperon sous sa cape et, l'ayant tourné dans tous les sens, le dissimule.

« D'où viens-tu, lépreux? demande le roi.

— De Caerlion, et mon père était gallois.

— Depuis quand as-tu quitté le monde?

— Sire, depuis trois ans, sans mentir. Tant que je me suis bien porté, j'avais une amie très courtoise. C'est à cause d'elle que j'ai ces grandes boursouflures. C'est elle qui me fait sonner de ces cliquettes taillées en plein bois, afin que le bruit attire tous ceux que je sollicite pour l'amour du Créateur. »

Le roi rétorque :

« Raconte-moi comment ton amie t'a rendu malade.

— Sire, son mari était lépreux;

Tristran s'asist sor le maroi.
Qant il se fu iluec assis,
Li rois Marc, fiers et posteïs,
3715 Chevaucha fort vers le taier.
Tristran l'aqueut a essaier
S'il porra rien avoir du suen.
Son flavel sonë a haut suen,
A sa voiz roe crie a paine;
3720 O le nès fait subler l'alaine :
« Por Deu, roi Marc, un poi de
[bien ! »
S'aumuce trait, si li dist : « Tien,
Frere, mets la ja sus ton chief.
Maintes foiz t'a li tens fait grief.
3725 — Sire, fait il, vostre merci !
Or m'avez vos de froit gari. »
Desoz la chape a mis l'aumuce.

Qant qu'il puet la trestorne et muce.
« Dom es tu, ladres? fait li rois.
3730 — De Carloon, filz d'un Galois.
— Quanz anz a esté fors de gent?
— Sire, trois anz i a, ne ment.
Tant com je fui en saine vie,
Mot avoie cortoise amie.
3735 Por lié ai je ces boces lees.
Ces tartaries plain dolees
Me fait et nuit et jor soner
Et o la noisë estoner
Toz ceus qui je demant du lor
3740 Por amor Deu li criator. »
Li rois li dit : « Ne celez mie
Comment ce te donna t'amie.
— Dans rois, ses sires ert me-
[seaus;

et comme je faisais l'amour avec elle, j'ai été contaminé par son contact. Mais il n'en est qu'une qui soit plus belle.

— Et qui est-ce?

— La reine Yseut. Elles s'habillent d'ailleurs de la même façon. »

A ces mots, le roi se met à rire et s'en va. Non loin, le roi Arthur, qui joutait, s'approche : il rit à son tour à gorge déployée. Arthur s'enquiert de la reine :

« Elle vient par la lande, répond Marc. Sire, André l'accompagne et s'occupe d'elle [145]. »

On se dit :

« Comment faire pour sortir du Mal Pas? Ne nous aventurons pas : ce serait imprudent. »

Les trois félons — que le feu d'enfer les dévore! — parviennent au gué et demandent au mendiant comment les moins crottés ont fait pour traverser le marais. Tristan, levant sa béquille, leur montre un terrain particulièrement spongieux :

« Voyez la tourbière après le bourbier. C'est la bonne direction : j'y ai vu passer plus d'un. »

Les félons entrent dans le marécage. Les indications du lépreux les conduisent en pleine fange, où ils s'enlisent jusqu'à l'aube de la selle. Tous les trois sont désarçonnés. Le malade, sur sa butte, leur crie :

« Piquez fort!

O lié faisoie mes joiaus :
3745 Cist maus me prist de la comune.
Mais plus bele ne fu quë une.
— Qui est ele? — La bele
                              [Yseut.
Einsi se vest com cele seut. »
Li rois l'entent : riant s'en part.
3750 Li rois Artus, de l'autre part,
En est venuz, qui bohordot :
Joios se fist, qui plus ne pout.
Artus enquist de la roïne :
« El vient, fait Marc, par la gau-
                              [dine.
3755 Dan roi, ele vient o Andret :
De lié conduire s'entremet. »
Dist l'un a l'autre : « Ne sai pas
Comment isse de cest Mal Pas.

Or eston ci, si prenon garde. »
3760 Li trois felon, qui mal feu arde!
Vindrent au gué, si demanderent
Au malade par ont passerent
Cil qui mains furent entaié.
Tristran a son puiot drecié
3765 Et lor enseigne un grant molanc :
« Vez la cel torbe après cel fanc.
La est li droiz asseneors :
G'i ai veü passer plusors. »
    Li felon entrent en la fange.
3770 La ou li ladres lor enseigne,
Fange troverent a mervelle
Desi q'as auves de la selle.
Tuit troi chïent a une flote.
Li malades fu sus la mote,
3775 Si lor cria : « Poigniez a fort!

Si vous êtes noirs de boue, il faut en sortir! Par le saint apôtre,
faites-moi la charité. »

Les chevaux s'enfoncent dans la vase. Les cavaliers s'an-
goissent, car ils ne trouvent ni fond ni rive. Ceux qui joutent
sur la hauteur s'empressent d'accourir. Écoutez mentir le
lépreux :

« Seigneurs, dit-il à ses ennemis, tenez-vous bien à vos arçons.
Misère que cette fange où l'on s'enfonce! Otez vos manteaux
du cou. Et nagez dans la boue s'il le faut! Croyez-moi, je l'ai
vu de mes yeux, d'autres sont passés tout à l'heure. »

Comme il agite son hanap! Quand il le brandit, il en frappe
le haut avec la courroie tandis que l'autre main fait sonner la
cliquette.

Mais voici enfin Yseut la Belle. Elle découvre ses ennemis
dans le bourbier. Son ami est assis sur la motte. Elle est contente,
elle rit, elle s'amuse. Elle descend à pied jusqu'au bord du marais.

Non loin de là, les rois et les barons qui les accompagnent
regardent les enlisés qui se démènent dans tous les sens. Le
malade les harcèle :

« Seigneurs, la reine est là, qui va faire sa déclaration. »

Se vos estes de tel tai ort,
Alez, segnor! Par saint apostre,
Si me done chascun du vostre! »
Li cheval fondent el taier.
3780 Cil se prenent a esmaier,
Qar ne trovent rive ne fonz.
Cil qui bohordent sor le mont
Sont acoru isnelement.
Oiez du ladre com il ment :
3785 « Seignors, fait il a ces barons,
Tenez vos bien a vos archons.
Mal ait cil fans qui est si mos!
Ostez ces manteaus de vos cox!
Si braçoiez par mié le tai!
3790 Je vos di bien, que très bien sai,
G'i ai hui veü gent passer. »

Qui donc veïst henap casser!
Qant li ladres le henap loche,
O la coroie fiert la boche
3795 Et o l'autre des mains flavele.
Atant es vos Yseut la bele.
El taier vit ses ainemis.
Sor la mote sist ses amis.
Joie en a grant, rit et envoise.
3800 A pié decent sor la faloise.
De l'autre part furent li roi
Et li baron qu'il ont o soi,
Qui esgardent ceus du taier
Torner sor coste et ventrellier.
3805 Et li malades les arguë :
« Seignors, la roïne est venue
Por faire son aresnement.

Allez assister à l'épreuve. »

Rares sont ceux qui ne s'esclaffent pas. Mais écoutez ce que
fit le lépreux rongé de maux; il s'adresse à Danaalain :
« Prends mon bâton bien en mains et tire avec force vers toi. »
Il lui tend sa béquille. Mais le malade lâche; l'autre tombe à
la renverse dans la boue qui le submerge. On ne voit plus que
son poil hérissé. Quand il s'est extrait de la vase, le lépreux
lui dit :

« Ce n'est pas ma faute. J'ai les articulations toutes raides.
Le mal d'Acre a rendu mes doigts gourds [146] et la goutte enfle
mes pieds. Je n'ai plus de vigueur et mes bras sont secs comme
écorce. »

Dinas se tenait à côté de la reine; il n'est pas dupe et cligne
de l'œil au lépreux : il a reconnu Tristan sous la chape. Il voit
les félons pris au piège. Il est tout à fait ravi du tour que les
amants sont en train de jouer. Les délateurs souffrent le martyre
pour sortir du bourbier : à n'en pas douter, ils ont besoin d'un
bon bain. Ils se déshabillent devant tout le monde. Ils retirent
leurs habits pour en mettre d'autres. Mais écoutez ce que fit
le bon Dinas, qui n'avait pas encore franchi le gué. Il dit à la
reine : « Ma dame, ce beau tissu

<br>

Alez oïr cel jugement. »
Poi en i a joie n'en ait.
3810 Oiez du ladre, du desfait :
Donoalen met a raison :
« Pren t'a la main a mon baston,
Tire a deus poinz mot dure-
                    [ment. »
Et cil li tent tot maintenant.
3815 Le baston li let li degiez;
Ariere chiet, tot est plungiez :
N'en vit on fors le poil rebors.
Et qant il fu du tai trait fors,
Fait li malades : « N'en poi mès.
3820 J'ai endormi jointes et ners,
Les mains gourdes por le mal
                    [d'Agre,
Les piez enflez por le poacre.
Li maus a empirez ma force,
Ses sont mi braz com une es-
                    [corce. »

3825    Dinas estoit o la roïne;
Aperçut soi, de l'uiel li cline :
Bien sout Tristran ert soz la
                    [chape.
Les trois felons vit en la trape;
Mot li fu bel et mot li plot
3830 De ce qu'il en ont fait tripot.
A grant martire et a dolor
Sont issu li encuseor
Du taier defors : a certain,
Ja ne seront mais net sanz bain.
3835 Voiant le pueple se despollent.
Les dras laisent, autres racuellent.
Mais or oiez du franc Dinas
Qui fu de l'autre part du pas :
La roïne met a raison.
3840 « Dame, fait il, cel siglaton

va s'abîmer. Ce passage n'est que fange : je serais tout à fait désolé que vos habits soient gâtés. »

Yseut sourit, mais elle n'est certes pas inquiète. Il lui fait un clin d'œil : il est complice. Il se rend un peu plus bas, près d'une aubépine, et c'est là qu'André et lui ont franchi le marais, après quelques autres [147].

Yseut est restée seule. Devant le gué, il y a la foule des barons qui entourent les deux rois. Écoutez la ruse d'Yseut : elle sait bien qu'on la regarde, de l'autre côté du Mal Pas. Elle s'approche du palefroi, prend les courroies des étriers et les noue au-dessus des arçons : aucun écuyer, aucun palefrenier ne les eût mieux protégés de la boue et ne s'en fût mieux occupé. Elle met le bride sous la selle, retire le poitrail de l'animal et lui enlève le frein. D'une main, elle tient sa robe et de l'autre une cravache. Elle s'avance avec le palefroi jusqu'au gué, lui donne un coup de cravache, et le cheval traverse le marais.

La reine ne perd pas de vue ceux qui se trouvent de l'autre côté.

Estera ja forment laidiz.
Cil garez est plain de rouiz :
Marriz en sui, forment m'en
                              [poise,
Së a vos dras point en adoise. »
3845 Yseut rist, qui n'ert pas coarde.
De l'uel li guigne, si l'esgarde :
Le penser sout a la roïne.
Un poi aval, lez une espine,
Torne a un gué, lui et Andrez
3850 Ou trespasserent auques nez.
De l'autre part fu Yseut sole.
Devant le gué fu grant la fole
Des deus rois et de lor barnage.
Oiez d'Yseut com el fu sage :
3855 Bien savoit que cil l'esgardoient
Qui outre le Mal Pas estoient.

Ele est au palefroi venue,
Prent les langues de la sambue,
Ses noua desus les arçons :
3860 Nus escuiers ne nus garçons
Por le taier mex nes levast
Ne ja mex nes aparellast.
Li lorain boute soz la selle,
Le poitrail oste Yseut la bele,
3865 Au palefroi oste son frain.
Sa robe tient en une main,
De l'autre la corgie tint.
Au gué o le palefroi vint;
De la corgie l'a feru
3870 Et il passe outre la palu.
    La roïne out mot grant esgart
De ceus qui sont de l'autre part.

Les deux rois prestigieux et toute l'assistance l'admirent. Elle porte des vêtements de soie qui viennent de Bagdad. Ils sont fourrés d'hermine blanche. Tous ses atours, mantel et bliaut, ont une traîne. Sur ses épaules se déploient ses cheveux coiffés en bandeaux autour d'une raie et tout ornés d'or. Car elle porte sur sa chevelure un cercle d'or qui lui ceint toute la tête. Son teint? S'y mêlent rose, lis et fraîcheur. Elle se dirige vers la passerelle.

« C'est à toi que je veux avoir affaire.

— Noble et digne reine, je suis à vos ordres, mais que pouvez-vous désirer de moi?

— J'ai peur de me salir : porte-moi, sers-moi de monture, que je passe sans encombre cette passerelle.

— Mais enfin, noble reine, ne me demandez pas ce service : je suis un lépreux tout bossu et tout malade.

— Dépêche-toi, répond-elle, et mets-toi en position. Crains-tu que j'attrape ton mal? Il n'y a pas de danger.

— Advienne que pourra, réplique-t-il. J'aurai eu au moins la joie de lui parler. »

Il s'appuie sur sa béquille.

« Eh bien, lépreux, tu n'es pas maigre. Tourne-toi, courbe le dos : je monterai à califourchon. »

L'infirme sourit.

<br>

Li roi prisié s'en esbaudirent
Et tuit li autre qui le virent.
3875 La roïne out de soie dras :
Aporté furent de Baudas;
Forré furent de blanc hermine.
Mantel, bliaut, tot li traïne.
Sor ses espaules sont si crin,
3880 Bendé a ligne sor or fin.
Un cercle d'or out sor son chief
Qui empare de chief en chief,
Color rosine, fresche et blanche.
Einsi s'adrece vers la planche :
3885 « Ge vuel avoir a toi afere.
— Roïne franche, debonere,
A toi irai sanz escondire,
Mais je ne sai que tu veus dire.

— Ne vuel mes dras enpalüer
3890 Asne sera de moi porter
Tot suavet par sus la planche.
— Avoi! fait il, roïne franche,
Ne me requerez pas tel plet.
Je sui ladres, boçu, desfait.
3895 — Cuite, fait ele, un poi t'arenge.
Quides tu que ton mal me prenge?
N'en aies doute, non fera.
— A Dex, fait il, ce que sera.
A lui parler point ne m'ennoie. »
3900 O le puiot sovent s'apoie.
« Diva! malades, mot est gros!
Tor la ton vis et ça ton dos :
Ge monterai comme vaslet. »
Et lors s'en sorrist li degiet.

Il se retourne et elle monte. Tous, rois et comtes, la regardent. Elle serre les cuisses sur la béquille [148]. Lui avance précautionneusement; il fait plus d'une fois mine de tomber; il joue la comédie de la souffrance.

Yseut la Belle est à cheval sur son dos, et l'entoure de ses jambes. On dit :

« Regardez... Voici la reine qui chevauche un malade qui boite. Il va tomber de la passerelle. Il tient sa béquille contre sa hanche. Allons au-devant de ce lépreux, dès qu'il sera sorti du terrain glissant. »

Les jeunes gens accourent. Le Roi Arthur les suit, et tous les autres à la file. Le lépreux tient le visage baissé. Il est arrivé de l'autre côté. Yseut se laisse descendre. L'homme va rebrousser chemin. Mais avant de partir, il demande à la reine qu'elle pourvoie ce jour même à sa pitance. Arthur déclare :

« Il l'a bien mérité : reine, ne refusez pas. »

Yseut la Belle dit au roi :

« Par la foi que je vous dois, ce truand est solide et mange à sa faim; il ne viendra pas à bout du repas qu'il va prendre. J'ai senti ses provisions sous sa chape. Sire, sa gibecière est pleine.

[3905] Torne le dos et ele monte.
Tuit les gardent, et roi et conte.
Ses cuises tient sor son puiot.
L'un pié sorleve et l'autre clot;
Sovent fait senblant de choier;
[3910] Grant chiere fai de soi doloir.
Yseut la bele chevaucha,
Janbe deça, janbe dela.
Dist l'un a l'autre : « Or esgar-
[dez...
... Vez la roïne chevauchier
[3915] Un malade qui seut clochier.
Près qu'il ne chiet de sor la
[planche.
Son puiot tient desor sa hanche.
Alon encontre ce mesel
A l'issue de cest gacel. »

[3920] La corurent li damoisel.
Li rois Artus cele part torne
Et li autre trestot a orne.
Li ladres ot enclin le vis.
De l'autre part vint el païs.
[3925] Yseut se lait escolorgier.
Li ladres prent a reperier.
Au departir il redemande
La bele Yseut anuit vïande.
Artus dist : « Bien l'a deservi :
[3930] Ha ! roïne, donez la li. »
Yseut la bele dist au roi :
« Par cele foi que je vos doi,
Forz truanz est, asez en a;
Ne mangera hui ce qu'il a.
[3935] Soz sa chape senti sa guige.
Rois, s'aloiere n'apetiche :

J'ai touché à travers son sac les demi-pains et les miches, et la viande en pièces ou en quartiers. Il a de quoi manger et se vêtir. Avec vos guêtres, s'il les vend, il gagnera cinq sous sterling, et avec le capuchon de mon mari, il peut bien se payer quelques moutons et se faire berger, ou acheter un âne pour porter ceux qui voudront franchir le marais [149]. C'est un bon à rien, c'est évident. Et aujourd'hui, il a de quoi faire. Les gens se sont montrés généreux. Il n'obtiendra rien de moi, pas même un ferlin ou une maille. »

Les deux rois se mettent à rire. On fait avancer son palefroi. On l'aide à monter. Ils s'en vont plus loin. Ceux qui ont des armes joutent.

Tristan a quitté l'assemblée. Il retourne auprès de son maître qui l'attend. Governal tient prêts les deux chevaux de Castille, avec frein et selle, les deux lances et les deux écus. Impossible de les identifier. Que dire des chevaliers ! Governal s'est couvert d'une guimpe de soie blanche, et l'on ne voit que ses yeux. Il rejoint le gué lentement. Sa monture est superbe et bien en chair. Tristan lui-même chevauche le Beau Joueur : il n'est pas de meilleur cheval.

Les pains demiés et les entiers
Et les pieces et les quartiers
Ai bien parmié le sac sentu.
3940 Vïande a, si est bien vestu.
De vos sorchauz, s'il les veut
          [vendre,
Puet il cinc soz d'esterlins prendre,
Et de l'aumuce mon seignor,
Achat bien lit : si soit pastor,
3945 Ou un asne qui past le tai.
Il est herlot, si que jel sai.
Hui a suï bone pasture.
Trové a gent a sa mesure.
De moi n'en portera qui valle
3950 Un sol ferlinc n'une maalle. »
Grant joie en meinent li dui roi.
Amené ont son palefroi.

Montee l'ont. D'iluec tornerent:
Qui ont armes lors bohorderent
3955    Tristran s'en vet du parlement.
Vient a son mestre qui l'atent.
Deus chevaus riches de Castele
Ot amené, o frain, o sele,
Et deus lances et deus escuz.
3960 Mot les out bien desconneüz.
Des chevaliers que vos diroie?
Une guinple blanche de soie
Out Governal sor son chief mise :
N'en pert que l'uel en nule guise.
3965 Arire s'en torne le pas.
Mot par ot bel cheval et cras.
Tristran rot le Bel Joeor :
Ne puet on pas trover mellor.

Il a couvert sa cotte, sa selle, son destrier et son bouclier d'une serge noire, et lui-même porte un masque noir : il dissimule tête et cheveux. Au bout de sa lance, il a fixé l'enseigne que sa dame lui a donnée. Les deux hommes progressent. Ils ont ceint l'épée d'acier. Ainsi équipés, sur leurs chevaux, par une verte prairie, entre deux vallons, ils surgissent en pleine Blanche Lande. Et Gauvain, le neveu d'Arthur, demande à Girflet :

« Vois ces deux hommes qui viennent au grand galop. Je ne les connais pas. Sais-tu qui ils sont?

— Oui, répond Girflet. L'un a cheval noir et noire enseigne; c'est le Noir de la Montagne [150]. L'autre, avec ses armes bariolées, est lui aussi reconnaissable, car de telles couleurs sont rares par ici. Ils viennent de l'autre monde, j'en suis sûr [151] ».

Les nouveaux venus s'écartent du chemin, l'écu brandi, la lance levée, l'enseigne bien fixée au fer. Ils portent leur équipement avec une telle aisance qu'on croirait qu'ils ne les ont jamais quittés depuis leur naissance. Ils alimentent plus la conversation du roi Marc et du roi Arthur que leurs propres épouses qui sont là-bas dans la grand'plaine. On les voit souvent au premier rang des jouteurs. On n'a d'yeux que pour eux.

Cote, sele, destrier et targe
3970 Out couvert d'une noire sarge.
Son vis out covert d'un noir voil :
Tot est covert et chief et poil.
A sa lance ot l'enseigne mise
Que la bele li ot tramise.
3975 Chascun monte sor son destrier.
Chascun out çaint le brant d'acier.
Einsi armé, sor lor chevaus,
Par un vert pré, entre deus vaus,
Sordent sus en la Blanche Lande.
3980 Gauvain, li niès Artus, demande
Gerflet : « Vez en la deus venir
Qui mot vienent de grant aïr.
Nes connois pas. Ses tu qu'il
[sont?
— Ges connois bien, Girflet res-
[pond.

3985 Noir cheval a et noire enseigne :
Cë est li Noirs de la Montaigne.
L'autre connois as armes vaires,
Qar en cest païs n'en a gaires.
Il sont faé, gel sai sans dote. »
3990 Icil vindrent fors de la rote,
Les escus près, lances levees,
Les enseignes au fer fermees.
Tant bel portent lor garnement
Comme s'il fusent né dedenz.
3995 Des deus parolent assez plus
Li rois Marc et li rois Artus
Qu'il ne font de lor deus com-
[paignes
Qui sont laïs es larges plaignes.
Es rens perent li dui sovent.
4000 Esgardé sont de mainte gent.

Ils échangent des coups au milieu des combattants les plus avancés, mais ne trouvent plus d'adversaires. La reine les a reconnus. Elle se tient, avec Brangien, un peu à l'écart de la tribune. André s'avance. Il tient ferme ses armes sur son destrier. Lance levée, derrière son écu, il bondit face à Tristan. Il ignore à qui il a affaire, mais Tristan sait, lui, contre qui il se bat. Il lui frappe l'écu, le renverse sur la piste et lui casse le bras. André gît aux pieds de la reine et ne relève plus l'échine. Quant à Governal, il voit venir des tentes, sur un destrier, le forestier qui a voulu prendre Tristan quand celui-ci dormait dans son secteur. Il se précipite contre lui et l'homme n'a plus guère à vivre : il lui enfonce dans le corps le fer tranchant de sa lance, et l'acier le transperce de part en part. L'autre s'écroule mort, sans avoir eu le temps de recourir à un prêtre. Yseut, incapable de contenir sa joie, sourit discrètement sous sa guimpe. Girflet, Cinglor, Yvain, Taulas, Coris et Gauvain voient leurs compagnons en péril [152].

« Seigneurs, dit Gauvain, il faut agir. Le forestier gît bouche béante. Oui, ces deux-là viennent de l'autre monde. Nous ne les connaissons ni d'Ève ni d'Adam :

Parmié l'angarde ensemble poi-
[gnent,
Mais ne trovent a qui il joignent.
La roïne bien les connut.
A une part du renc s'estut,
4005 Ele et Brengain. Et Andrez vint.
Sor son destrier ses armes tint.
Lance levee, l'escu pris,
A Tristran saute en mié le vis.
Nu connoisoit de nule rien,
4010 Et Tristran le connoisoit bien.
Fiert l'en l'escu, en mié la voie
L'abat et le braz li peçoie.
Devant les piez a la roïne,
Cil jut sanz lever sus l'eschine.
4015 Governal vit le forestier
Venir des très sor un destré,
Qui vout Tristran livrer a mort

En sa forest ou dormoit fort.
Gran aleüre a lui s'adrece.
4020 Ja ert de mort en grant destrece :
Le fer tranchant li mist el cors,
O l'acier bote le cuir fors.
Cil chaï mort, si c'onques prestre
N'i vint a tens ne n'i pot estre.
4025 Yseut, qui ert et franche et sinple,
S'en rist doucement soz sa ginple.
Gerflet et Cinglor et Ivain,
Tolas et Coris et Vauvain
Virent laidier lor compaignons :
4030 « Seignors, fait Gaugains, que
[ferons?
Li forestier gist la baé.
Saciez que cil dui sont faé.
Ne tant ne qant né connoison :

ils nous ridiculisent. Attaquons-les, et capturons-les.

— Celui qui pourra nous les livrer [153], dit Arthur, aura droit à notre reconnaissance. »

Tristan descend vers le gué avec Governal, et ils traversent le passage. Les autres barons n'osent s'interposer. Ils se tiennent cois, tous apeurés. Ils croient qu'il s'agit d'êtres surnaturels. Ils ne pensent qu'à regagner leurs cantonnements, car ils n'ont plus envie de jouter.

Arthur chevauche à la droite d'Yseut, et la route lui semble bien courte... (Elle prend en effet une autre voie) qui bifurque vers la droite [154] (?). Ils ont rejoint les pavillons. Il y en a beaucoup dans la lande. Les cordes qui les maintiennent valent très cher. Au lieu de joncs et de roseaux, c'est avec des fleurs [155] qu'ils ont tous jonché leurs tentes. Ils arrivent par sentiers et par chemins. La Blanche Lande est entièrement couverte de toiles tendues. Maint chevalier a amené son amie. Les gens qui campent dans la prairie ont l'occasion de chasser plus d'un grand cerf. La nuit, ils s'installent dans la lande. Chacun des deux rois se tient à la disposition des solliciteurs. Quant aux plus fortunés, ils ont à faire : on multiplie les dons généreux.

Le roi Arthur, après le repas, va s'entretenir avec le roi Marc dans sa tente. Il est accompagné de ses intimes. Peu d'habits de laine :

Or nos tienent il por bricons.
4035 Brochons a eus, si les faut
　　　　　　　　　　[prendre.
— Quiès nos porra, fait li rois,
　　　　　　　　　　[prendre
Mot nos avra servi a gré. »
Tristran se trait aval au gué,
Et Governal, outrepasserent.
4040 Li autre sire nes oserent.
En pais remestrent, tuit destroit.
Bien penserent fantosme soit.
As herberges vuelent torner,
Qar laisié ont le bohorder.
4045 　Artus la roïne destroie.
Mot li senbla breve la voie...
... Qui la voie aloignast sor destre.
Descendu sont a lor herberges.

En la lande out assez herberges.
4050 Mot en costerent li cordel.
En leu de jonc et de rosel,
Glagié avoient tuit lor tentes.
Par chemins vienent et par sentes.
La Blanche Lande fu vestue.
4055 Maint chevalier i out sa drue.
Cil qui la fu enz en la pree
De maint grant cerf ot la menee.
La nuit sejornent a la lande.
Chascuns rois sist a la demande.
4060 Qui out devices n'est pas lenz :
Li uns a l'autre fait presenz.
　Ly rois Artus, après mengier,
Au tref roi Marc vait contoier.
Sa privee maisnie maine.
4065 La ot petit de dras de laine :

presque tous sont vêtus de soie. Et j'ajouterai, puisque j'évoque leur mise, que là où laine il y a, elle est teinte de pourpre et particulièrement fine, si nombreux sont les riches atours [156] ! On ne saurait voir deux cours plus riches : on n'y manque de rien. Sous les pavillons, règne la fête. On parle aussi, ce soir-là, de ce qui va se passer : la noble et prestigieuse reine pourra-t-elle se disculper devant les rois et leurs barons?

Arthur va se coucher avec ses chevaliers et ses amis. On entend sonner dans la nuit, sur la lande, maint chalumeau et mainte trompe dont on joue sous la toile. Peu avant l'aube, le tonnerre se met à gronder. C'est un présage de chaleur [157]. Les sentinelles cornent l'aurore. On se lève un peu partout. On s'habille sans tarder.

Le soleil, dès l'heure de prime, est très vif. Il n'y a plus ni grêle ni brouillard. Devant les tentes royales, les gens de Cornouaille sont assemblés. Il n'est pas un chevalier qui n'ait amené sa femme à la cour. On tend devant le pavillon du roi un tapis de soie et de brocart gris : il est ouvragé menu de tout un bestiaire. On l'étend sur l'herbe verte.

Tuit li plusor furent de soie.
Des vesteüres que diroie?
De laine i out, ce fu en graine;
Escarlate cel drap de laine :
4070 Molt i ot gent de riche ator.
Nus ne vit deus plus riches corz :
Mestier nen est dont la nen ait.
En pavellons ont joie fait.
La nuit devisent lor afaire :
4075 Comment la franche debonere
Se doit deraisnier de l'outrage,
Voiant les rois et lor barnage.
    Couchier s'en vet li rois Artus
O ses barons et o ses druz.
4080 Maint calemel, mainte troïne,
Qui fu la nuit en la gaudine

Oïst an pavellon soner.
Devant le jor prist a toner.
A fermeté fu de chalor.
4085 Les gaites ont corné le jor.
Par tot commencent a lever.
Tuit sont levé sanz demorer.
    Li soleuz fu chauz sor la prime,
Choiete fu et nielle et frime.
4090 Devant les tentes as deus rois
Sont asenblé Corneualois :
N'out chevalier en tot le reigne
Qui n'ait o soi a cort sa feme.
Un drap de soie a paile bis
4095 Devant le tref au roi fu mis :
Ovrez fu en bestes menuz.
Sor l'erbe vert fu estenduz.

L'ouvrage a été acheté à Nicée. En Cornouaille, il n'y a pas de reliques, dans aucun trésor, dans aucun phylactère, dans aucune armoire d'église, ni dans aucune resserre [158], ni dans un reliquaire, ni dans un écrin, ni dans une châsse, ni dans une croix d'or ou d'argent, ni dans une masse ouvragée quelconque, que l'on n'eût rangées sur ce tapis, les unes à côté des autres. Les rois se retirent : ils veulent préalablement délibérer en toute clarté. Le roi Arthur prend le premier la parole, car il est impatient de parler :

« Roi Marc, celui qui te conseille une telle énormité est un monstre. En tout cas, il agit comme un perfide. Tu te laisses trop facilement tourner la tête : tu ne sais pas voir le mensonge ! Il pourrait bien te préparer une fort amère cuisine, celui qui te fit convoquer cette assemblée ! Je lui souhaite de payer cher son infâme projet. La noble, la grande Yseut veut régler l'affaire sans tarder. Ils peuvent être sûrs, ceux qui assisteront à son serment, que je ferai pendre à l'avenir les calomniateurs jaloux qui, après cette procédure, l'accuseront d'inconduite : c'est un crime qui mérite la mort. Tu vas savoir, Marc, où sont les vrais coupables : la reine va s'avancer devant tous, humbles et nobles, elle lèvera sa main droite et jurera,

Li dras fu achaté en Niques.
En Cornoualle n'ot reliques
4100 En tresor në en filatieres,
En aumaires n'en autres ceres,
En fiertes n'en escrinz n'en
[chases,
En croiz d'or ne d'argent, n'en
[mases,
Sor le paile les orent mises,
4105 Arengies, par ordre asises.
Li roi se traient une part :
Faire i volent loial esgart.
Li rois Artus parla premier,
Qui de parler fu prinsautier :
4110 « Rois Marc, fait il, qui te conselle
Tel outrage si fait mervelle :
Certes, fait il, sil se desloie.
Tu es legier a metre en voie :

Ne dois trover parole fause !
4115 Trop te feroit amere sause,
Qui parlement te fist joster !
Mot li devroit du cors coster
Et ennuier, qui voloit faire.
La franche Yseut, la debonere,
4120 Ne veut respit ne terme avoir.
Cil püent bien de fi savoir,
Qui vendront sa deresne prendre,
Que ges ferai encore pendre,
Qui la reteront de folie
4125 Pus sa deresne, par envie :
Digne seroient d'avoir mort.
Or oiez, roi, qui ara tort :
La roïne vendra avant,
Si qel verront petit et grant,
4130 Et si jurra o sa main destre,

sur les reliques, par le Dieu du ciel, que jamais, ni deux fois
ni même une, elle n'a commis avec ton neveu péché d'amour
qui la déshonorât, ni n'a cédé à la sensualité. Seigneur Marc,
tout ceci n'a que trop duré : quand elle aura prononcé son serment, dis à tes barons qu'ils la laissent en paix.

— Ah ! Sire Arthur, qu'y puis-je ? Tu me blâmes et tu
as raison, car c'est folie de croire envieux. Mais c'est à contrecœur que je les ai suivis. Puisque nous sommes ici pour assister
à l'épreuve, je te garantis qu'après ce qui va se passer, le téméraire qui se risquerait à des discours malveillants en aurait le
salaire qu'il mérite. Il faut savoir, Sire Arthur, noble roi, que
si cette assemblée a lieu, c'est bien malgré moi [159]. Que les
détracteurs prennent garde désormais ! »

L'entretien cesse à ces mots.

Tous s'assoient par rangées, sauf les deux rois, et c'est normal :
ils sont à côté d'Yseut et la tiennent par la main. Gauvain
reste à côté des reliques. Les chevaliers d'Arthur, cour prestigieuse, entourent le tapis. Arthur, qui est debout à côté de
la reine, est le premier à parler :

« Écoutez-moi, belle Yseut; voici ce que vous avez à proclamer : que Tristan n'a pas éprouvé pour vous d'amour
coupable et vil,

Sor les corsainz, au roi celestre
Qu'el onques n'ot amor commune
A ton neveu, ne deus në une,
Que l'en tornast a vilanie,
4135 N'amor ne prist par puterie.
Dan Marc, trop a icë duré :
Qant ele avra eisi juré,
Di tes barons qu'il aient pès.
— Ha ! sire Artus, qu'en pus je
       [mès ?
4140 Tu me blasmes, et si as droit,
Quar fous est qui envïeus croit.
Ges ai creüz outre mon gré.
Se la deraisne est en cel pré,
Ja n'i avra mais si hardiz,
4145 Së il après les escondiz
En disoit rien së anor non,
Qui n'en eüst mal gerredon.

Ce saciez vos, Artus, frans rois,
C'a esté fait, c'est sor mon pois.
4150 Or se gardent d'ui en avant ! »
Li consel departent atant.
    Tuit s'asistrent par mié les rens,
Fors les deus rois; c'est a grant
       [sens :
Yseut fu entre eus deus as mains.
4155 Près des reliques fu Gauvains.
La mesnie Artus, la proisie,
Entour le paile est arengie.
Artus prist la parole en main,
Qui fut d'Iseut le plus prochain :
4160 « Entendez moi, Yseut la bele;
Oiez de quoi on vos apele :
Que Tristran n'ot vers vos amor
De puteé ne de folor,

et qu'il ne vous portait d'autre affection que celle qui est due, pour l'amour d'un oncle, à une parente.

— Seigneurs, déclare Yseut, Dieu me vienne en aide ! Je vois ici de saintes reliques. Écoutez mon serment, qui est destiné au roi Marc : par Dieu, par saint Hilaire, par tout ce qu'il y a ici de sacré, par ces reliques, par celles qui ne sont pas ici et par toutes celles qui existent dans le monde, entre mes cuisses ne sont entrés autres hommes que le lépreux qui m'a prise sur son dos et m'a fait traverser les gués, et le roi Marc mon époux. J'exclus ces deux personnes de mon serment, mais je n'en exclus pas d'autres. Pour ces deux-là, je ne puis rien nier : il s'agit du lépreux et du roi Marc mon époux. J'ai tenu le lépreux entre mes jambes... si quelqu'un demande une autre épreuve, j'y suis prête, en ce lieu même. »

Tous ceux qui l'ont entendue jurer ne peuvent en supporter davantage :

« Seigneur, disent-ils, quelle fierté ! Comme elle s'est bien justifiée ! Elle en a dit plus qu'on n'attendait et plus que les paroles exigées des félons. Elle n'a plus à se disculper après ce que vous tous venez d'entendre. Outre qu'elle a répondu sur Marc et Tristan, elle a juré solennellement

Fors cele que devoit porter
4165 Envers son oncle et vers sa per.
     — Seignors, fait el, por Deu [merci !
Saintes reliques voi ici.
Or escoutez que je ci jure,
De qoi le roi ci asseüre :
4170 Si m'aït Dex et saint Ylaire,
Ces reliques, cest saintuaire,
Totes celes qui ci ne sont
Et tuit celes de par le mont,
Qu'entre mes cuises n'entra home
4175 Fors le ladre qui fist soi some,
Qui me porta outre les guez,
Et li rois Marc mes esposez.
Ces deus ost de mon soirement,
Ge n'en ost plus de tote gent.
4180 De deus ne me pus escondire :

Du ladre, du roi Marc mon sire.
Li ladres fu entre mes jambes...
... Qui voudra que je plus en [face,
Tote en sui preste en ceste [place. »
4185 Tuit cil qui l'ont oï jurer
Ne püent pas plus endurer :
« Dex ! fait chascuns, si fiere en [jure !
Tant en a fait après droiture !
Plus i a mis que ne disoient
4190 Ne que li fel ne requeroient.
Ne li covient plus escondit
Qu'avez oï, grant et petit :
Fors du roi et de son nevo,
Ele a juré et mis en vo

qu'entre ses cuisses nul n'est entré, sinon le lépreux qui l'a
portée hier, vers l'heure de tierce [160], à travers les gués, et le
roi Marc son époux. Maudit soit quiconque mettra désormais
sa parole en doute ! »

Gauvain se lève et dit à Marc assez haut pour que les barons
l'entendent :

« Sire, nous avons assisté au serment, et nous en sommes
témoins. Que les trois félons Danaalain, Ganelon et Godoïne
le vil prennent garde à leur mauvaise langue : tant qu'ils seront
de ce monde, si l'un d'eux, qu'il fasse la guerre ou non [161], médit
de la reine et que je le sache, nous viendrons tous au galop lui
demander instamment des comptes.

— Seigneur, répond la reine, je vous en remercie. »

Tous les courtisans détestent maintenant les trois hommes.
Ils prennent congé et s'en vont.

Yseut la Belle à la chevelure blonde remercie avec chaleur
le roi Arthur :

« Ma Dame, dit-il, soyez tranquille. Tant que je serai sain et
vif, vous ne trouverez plus personne qui ne vous dise courtoise
parole. Les félons paieront cher leurs mauvaises pensées. Je prie
le roi votre époux, en toute loyauté, en toute amitié, de ne plus
croire vos détracteurs. »

[4195] Qu ente ses cuises nus n'entra
Que li meseaus qui la porta
Ier, endroit tierce, entre les guez,
Et li rois Marc, ses esposez.
Mal ait jamais l'en mesquerra ! »
[4200]    Li niès Artus en piez leva,
Le roi Marc a mis a raison,
Que tuit l'oïrent li baron :
« Rois, la deraisne avon veüe
Et bien oïe et entendue.
[4205] Or esgardent li troi felon,
Donoalent et Guenelon
Et Goudoïne li mauvès,
Qu'il ne parolent sol jamès :
Ja ne seront en cele terre
[4210] Qu'il maintenist ne pais ne gerre,
Dès que j'orroie la novele

De la roïne Yseut la bele,
Que n'i allons a esperon
Lui deraisnier par grant raison.
[4215] — Sire, fait el, vostre merci ! »
Mot sont de cort li troi haï.
Les corz departent, si s'en vont.
Yseut la bele o le chief blont
Mercie mot le roi Artur.
[4220] « Dame, fait-il, je vos asur :
Ne troverez mais qui vos die,
Tant com j'aurai santé ne vie,
Nis une rien së amor non.
Mal le penserent li felon.
[4225] Ge prié le roi vostre seignor,
Et feelment, mot par amor,
Que mais felon de vos ne croie. »

Marc répond :

« Si j'y consentais, je mériterais votre blâme. »

Ils se séparent et retournent chez eux. Le roi Arthur se rend à Durham, le roi Marc demeure en Cornouaille. Tristan ne bouge d'où il est, et attend passif.

Le roi Marc gouverne en paix la Cornouaille. Tous, proches ou lointains, le respectent. Yseut partage ses plaisirs, et il lui multiplie les marques d'amour Mais la quiétude générale ne détourne pas les trois félons de leurs complots. Un espion vient les voir, qui espère la fortune :

« Seigneurs, attention. Si je vous mens, faites-moi pendre. Le roi vous a su naguère mauvais gré et vous a gardé rancune d'avoir demandé le serment à son épouse. J'accepte d'être pendu ou mis à mal si je ne vous fais pas voir de vos propres yeux Tristan là où il attend de s'entretenir avec son amie. Il est caché, mais je connais son refuge. Quand le roi vaque à ses loisirs, Tristan connaît Maupertuis [162] : il va dire bonsoir à Yseut dans sa chambre [163]. Vous pouvez me brûler jusqu'aux cendres si, de la fenêtre de cette chambre, où vous regarderez à la dérobée, vous ne voyez venir Tristan l'épée ceinte, l'arc dans une main,

Dist li roi Marc : « Se jel faisoie
D'or en avant, si me blasmez. »
4230 Li uns de l'autre s'est sevrez.
Chascun s'en vient a son roiaume :
Li rois Artus vient a Durelme,
Rois Marc remest en Cornouaille.
Tristran sejorne, poi travalle.
4235 Li rois a Cornouaille en pès.
Tuit le criement et luin et près.
En ses deduiz Yseut en meine :
De lié amer forment se paine.
Mais, qui qu'ait pais, li troi felon
4240 Sont en esgart de traïson.
A eus fu venue une espie
Qui va querant changier sa vie :
« Seignors, fait-il, or m'entendez.
Se je vos ment, si me pendez.
4245 Li rois vos sout l'autrier mal gré
Et vos en acueli en hé
Por le deraisne sa mollier.
Pendre m'otroi ou essillier,
Se ne vos mostre apertement
4250 Tristran, la ou son aise atent
De parler o sa chiere drue.
Il est repost, si sai sa mue.
Qant li rois va a ses deduis,
Tristran set mot de Malpertuis :
4255 En sa chambre va congié prendre.
De moi faciez en un feu cendre,
Se vos alez a la fenestre
De la chambre, derier a destre,
Se n'i veez Tristran venir,
4260 S'espee çainte, un arc tenir,

deux flèches dans l'autre. Demain dès l'aube, vous assisterez à la scène.

— Comment le sais-tu ?
— Je l'ai vu.
— Tristan ?
— Oui, je l'ai reconnu.
— Quand ?
— Ce matin.
— Seul ?
— Avec Governal, son ami.
— Où logent-ils ?
— Ils sont bien installés. A l'aise.
— Chez Dinas ?
— Peut-être.
— Ils n'y résident pas à son insu.
— C'est probable.
— Où verrons-nous la chose ?
— Par la fenêtre de la chambre, c'est promis. Si je vous montre le fait, je mérite le salaire dû, que je veux fixer.
— Fixe ton prix.
— Un marc d'argent.
— Tu auras plus, par la sainte Église et sa messe. Si tu nous fais tout voir, ne t'inquiète pas : tu n'es pas près de redevenir pauvre.
— Alors, écoutez, dit le traître. Il y a une petite ouverture dans le mur de la chambre. La courtine la recouvre. Derrière la chambre, il y a un ruisseau avec du glaïeul bien touffu. Que l'un

Deus seetes en l'autre main.
Enuit verrez venir par main.
— Comment le sez ? — Je l'ai vëu.
— Tristran ?  —  Je, voire, el
                          [conneü.
⁴²⁶⁵ — Qant i fu il ? — Hui main l'i vi.
— Et qui o lui ? — Cil son ami.
— Ami ? et qui ? — Dan Governal.
— Ou se sont mis ? — En haut
                          [ostal
Se deduient.  —  C'est chiés
                          [Dinas ?
⁴²⁷⁰ — Et je que sai ? — Il n'i sont pas
Sanz son seü. — Asez puet estre.
— Ou verron nos ? — Par la
                          [fenestre

De la chambre, cë es tot voir.
Se gel vos mostre, grant avoir
⁴²⁷⁵ En doi avoir, qant l'en ratent.
— Nomez l'avoir. — Un marc
                          [d'argent.
— Et plus assez que la promesse.
Si nos aït iglese et messe.
Se tu mostres, n'i puez fallir
⁴²⁸⁰ Ne te façon amanantir.
— Or m'entendez, fait li cuvert,
Est un petit pertus overt
Endroit la chambre la roïne.
Par dedevant vet la cortine.
⁴²⁸⁵ Triès la chambrë est grant la doiz
Et bien espesse li jagloiz.
L'un de vos trois i aut matin :

de vous y aille demain matin. Une brèche introduit dans le nouveau jardin et permet de se rendre tranquillement au pertuis. Mais ne franchissez pas l'ouverture.

Épointez avec un couteau une branche; piquez le tissu de la courtine avec la pointe de cette baguette, et tirez-le vers vous sans l'attacher, afin de voir nettement ce qui se passera quand Tristan viendra parler à la reine. Si vous agissez de la sorte pendant seulement trois jours, j'accepte d'être brûlé vif dans le cas où rien ne se produit.

Tous répondent :

« Sois sûr que nous tiendrons notre promesse. »

Puis ils donnent congé à l'espion.

Ils se consultent pour savoir qui assistera le premier à la rencontre de Tristan et de sa maîtresse dans la chambre. Ils acceptent que Godoïne s'en charge. Ils se quittent alors. Ils sauront désormais comment Tristan procède. Hélas ! la noble Yseut ne se méfie pas assez des félons ni de leur astuce ! Par Périnis, son fidèle, elle a demandé à Tristan de venir le lendemain à l'aube : le roi se rend à Saint-Lubin [164].

Seigneurs, quelle triste aventure ! Le lendemain, la nuit est noire. Tristan chemine au plus épais des ronces. Au bout d'une lande,

---

Par la fraite du nuef jardin,
Voist belement tresque au pertus.
4290 Fors la fenestre n'i aut nus.
Faites une longue brochete
A un coutel, bien agüete;
Poignez le drap de la cortine
O la broche poignant d'espine.
4295 La cortine souavet sache
Au pertuset, c'on ne l'estache,
Que tu voies la dedenz cler,
Qant il venra a lui parler.
S'eissi t'en prenz sol trois jorz
[garde,
4300 Atant otroi que l'en m'en arde,
Se ne veez ce que je di. »
Fait chascuns d'eus : « Je vos afi
A tenir nostre covenant. »
L'espie font aler avant.
4305 Lors devisent li queus d'eus
[trois

Ira premier voier l'orlois
Que Tristan a la chambre maine.
O celié qui seue est demeine.
Otroié ont que Goudoïne
4310 Ira au premerain termine.
Departent soi, chascun s'en vet.
Demain savront com Tristran sert.
Dex ! la franche ne se gardoit
Des felons ne de lor tripot.
4315 Par Perinis, un suen prochain,
Avoit mandé que l'endemain
Tristran venist a lié matin :
Li rois iroit a Saint Lubin.
Oez, seignors, quel aventure !
4320 L'endemain fu la nuit oscure.
Tristran se fu mis a la voie
Par l'espesse d'un' espinoie.
A l'issue d'une gaudine

il regarde et voit venir Godoïne, qui sort du gîte où il se terre.
Tristan lui prépare une embuscade : il se cache dans les épines.

« Mon Dieu, murmure-t-il, aidez-moi, et que celui qui vient
ne se rende compte de rien avant d'être à ma portée ! »

Tristan l'attend de pied ferme, l'épée au poing. Mais Godoïne
se détourne. Tristan ne peut rien faire et enrage. Il sort du
buisson, explore les lieux, mais en vain : l'autre s'éloigne, qui
n'a souci que de trahir. Alors, Tristan, regardant au loin, voit
presque aussitôt Danaalain qui va l'amble, avec deux lévriers.
Quelle chance ! Il se poste dans un pommier. Danaalain suit un
sentier sur un petit palefroi noir. Il a envoyé ses chiens lever un
gros sanglier dans les broussailles. Avant qu'ils ne débusquent
la bête, leur maître aura reçu un coup que nul ne pourra guérir.

Tristan, plein de courage, a retiré sa cape. Danaalain est
bientôt là. Il ne s'aperçoit de rien et Tristan saute. L'autre veut
fuir, mais ne le peut : Tristan lui barre la route. Et le tue; c'était
fatal. Tristan y tenait : il ne le manqua point

Garda : vit venir Goudoïne,
4325 Et s'en venoit de son recet.
Tristan li a fait un aget :
Repost se fu an l'espinoi.
« Ha ! Dex, fait il, regarde moi,
Que cil qui vient ne s'aperçoive,
4330 Tant que devant moi le reçoive ! »
En sus l'atent, s'espee tient.
Goudoïne autre voie tient.
Tristran remest, a qui mot poise.
Ist du buison, cele part toise,
4335 Mais por noient, qar cil s'esloigne
Qui en fel leu a mis sa poine.
Tristran garda au luien, si vit
(Ne demora quë un petit)
Denoalan venir anblant,
4340 O deus levriers : mervelles grant !

Afustez est a un pomier.
Denoalent vint le sentier
Sor un petit palefroi noir.
Ses chiens out envoié mover
4345 En une espoise un fier sengler.
Ainz qu'il le puisen desangler,
Aura lor mestre tel colee
Que ja par mire n'ert sanee.
    Tristran le preuz fu desfublez.
4350 Denoalen est tost alez.
Ainz s'en sout mot, quant
        [Tristran saut.
Fuïr s'en veut, mais il i faut :
Tristran li fu devant trop près.
Morir le fist : qu'en pout il mès?
4355 Sa mort queroit : cil s'en garda,

et lui coupa la tête. Pas le temps de dire : « J'ai mal. » Il lui
tranche les tresses et les glisse dans ses chausses : il les montrera
à Yseut pour qu'elle soit assurée que Danaalain est mort. Puis
il s'en va sans tarder.

« Hélas, murmure-t-il, qu'est devenu Godoïne que je viens
à peine d'entrevoir ? Il a disparu. Où est-il passé ? Où allait-il
si vite ? S'il m'avait attendu, il aurait sa récompense, la même
qu'obtint Danaalain le félon, que j'ai tué et décapité. »

Il a abandonné dans la lande le cadavre qui gît ventre en l'air
dans un bain de sang. Il essuie son épée, la remet au fourreau ;
il prend sa chape, se recoiffe du chaperon, se charge d'une grosse
massue et court à la chambre de son amie. Vous allez entendre
ce qui va s'y passer.

Godoïne est déjà là : il est arrivé avant Tristan. Il a percé la
courtine, et voit la chambre jonchée. Il aperçoit tout ce qui s'y
trouve. Il n'y a là d'autre homme que Périnis. Mais entre Brangien, la suivante, qui vient de peigner la belle Yseut et garde
encore le peigne en sa main.

Que le chief du bu li sevra.
Ne lui lut dire : « Tu me bleces. »
O l'espee trencha les treces,
En sa chauces les a boutees,
⁴³⁶⁰ Qant les avra Yseut mostrees,
Qu'ele l'en croie qu'il l'a mort.
D'iluec s'en part Tristran a fort.
    « Ha ! las, fait il, qu'est devenuz
Goudoïne (or s'est toluz)
⁴³⁶⁵ Que vi venir orainz si tost ?
Est il passez ? Ala tantost ?
S'il m'atendist, savoir peüst
Ja mellor guerredon n'eüst
Que Donalan le fel en porte
⁴³⁷⁰ Qui j'ai laisié la teste morte. »
Tristan laise le cors gesant

En mié la lande, envers, sanglent.
Tert s'espee, si l'a remise
En son fuerre ; sa chape a prise,
⁴³⁷⁵ Le chaperon el chief soi met ;
Sor le cors un grant fust atret ;
A la chambre sa drue vint.
Mais or oiez com li avint.
Goudoïne fu acoruz
⁴³⁸⁰ Et fu ainz que Tristran venuz.
La cortine ot dedenz percie,
Vit la chambre, qui fu jonchie.
Tot vit qant que dedenz avoit.
Home fors Perinis ne voit.
⁴³⁸⁵ Brengain i vint, la damoisele,
Ou out pignié Yseut la bele :
Le pieigne avoit encor o soi.

Le félon, l'œil au mur, assiste à l'apparition de Tristan, qui tient dans sa droite un arc d'aubour entier et deux flèches [165], et dans l'autre main deux longues tresses. Il retire sa chape, et son corps svelte se devine. Yseut la Belle à la blonde chevelure marche à sa rencontre et le salue. Par la fenêtre, elle voit l'ombre que projette la tête de Godoïne. Elle garde son sang-froid, mais frissonne de rage. Tristan lui dit :

« Que Dieu me protège ! Voici les tresses de Danaalain. Je vous ai vengée de lui : il n'est pas près d'acheter ni marchander écu ni lance.

— Seigneur, répond-elle, que m'importe ? Je vous prie de tendre votre arc, pour savoir s'il est bien bandé. »

Tristan, interdit, se met à réfléchir. Écoutez ! Tout en méditant, il rassemble ses forces. Il tend l'arc de toute son énergie. Mais il demande en même temps des nouvelles du roi Marc. Yseut lui dit ce qu'elle sait... (elle lui déclare qu'un des félons veut sa perte et que [166]) s'il pouvait s'en sortir vivant, il ferait renaître la mortelle querelle entre le roi Marc et son épouse Yseut. Tristan, avec la grâce de Dieu, l'empêchera de s'en tirer. Yseut ne plaisante pas :

Le fel qui fu a la paroi
Garda, si vit Tristran entrer
4390 Qui tint un arc d'aubor anter.
En sa main tint ses deus seetes,
En l'autre deus treces longuetes.
Sa chape osta : pert ses genz cors.
Iseut la Belle o les crins sors
4395 Contre lui lieve, sil salue.
Par sa fenestre vit la nue
De la teste de Gondoïne.
De grant savoir fu la roïne.
D'ire tresue sa persone.
4400 Yseut Tristran en araisone :
« Se Dex me gart, fait il, au suen,
Vez les treces Denoalen.
Ge t'ai de lui pris la venjance :

Ja mais par lui escu ne lance
4405 N'iert achatez ne mis en pris.
— Sire, fait ele, ge qu'en puis ?
Mais prié vos que cest arc tendez,
Et verron com il est bendez. »
Tristan s'esteut, si s'apensa.
4410 Oiez ! en son penser tensa.
Prent s'entente, si tendi l'arc.
Enquiert noveles du roi Marc :
Yseut l'en dit ce qu'ele sot...
...S'il en peüst vis eschaper,
4415 Du roi Marc et d'Iseut sa per
Referoit sordre mortel gerre.
Cil qui Dex doinst anor conquerre
L'engardera de l'eschaper.
Yseut n'a cure de gaber :

« Mon ami, encorde une flèche. Veille à bien tendre le fil.
Je vois quelque chose qui me tourmente. Tristan, bande ton
arc. »

Tristan, interdit, médite un instant. Il devine qu'elle a remarqué quelque chose qui l'inquiète. Il lève la tête : il frémit, il
tremble, il tressaille. A contre-jour, à travers la courtine, il
aperçoit la tête de Godoïne.

« Mon Dieu, roi du ciel, je ne rate pas quand je vise : permettez que je ne manque pas cette cible ! Je reconnais un des
trois félons de Cornouaille qui se tient traîtreusement là. Mon
Dieu, vous avez accepté que pour le peuple pérît votre si sainte
personne, laissez-moi me venger du mal que m'ont fait ces
félons. »

Il se tourne alors vers le mur, tend ferme l'arc et tire. La flèche
est si rapide que sa trajectoire est infaillible. Elle s'enfonce dans
son œil, et lui perce le crâne et la cervelle. Un émerillon, une
hirondelle volent deux fois moins vite ; et le trait aurait mis plus
de temps à traverser une pomme mûre. Godoïne tombe et
heurte un madrier, mais il ne remue plus ni bras ni jambes. Il
n'a même pas loisir de murmurer : « Je me meurs ! Mon Dieu !
Confession !... »

4420 « Amis, une seete encorde.
Garde du fil qu'il ne retorde.
Je voi tel chose dont moi poise.
Tristran, de l'arc nos pren ta
    [toise. »
Tristran s'estut, si pensa pose.
4425 Bien soit qu'el voit aucune chose
Qui li desplait. Garda en haut :
Grant poor a, tremble et tresaut.
Contre le jor, par la cortine,
Vit la teste de Godoïne.
4430 « Ha ! Dex, vrai roi, tant riche
    [trait
Ai d'arc et de seete fait :
Consentez moi que cest ne falle !
Un des trois feus de Cornoualle
Voi, a grant tort, par la defors.
4435 Dex, qui le tuen saintisme cors

Por le peuple meïs a mort,
Lai moi venjance avoir du tort
Que cil felon muevent vers moi. »
Lors a torné vers la paroi,
4440 Sovent ot entesé, si trait.
La seete si tost s'en vait
Rien ne peüst de lui gandir.
Par mié l'uel la li fait brandir,
Trencha le test et la cervele.
4445 Esmerillons në arondele
De la moitié si tost ne vole ;
Se ce fust une pome mole,
N'issist la seete plus tost.
Cil chiet, si se hurte a un post,
4450 Onques ne piez ne braz ne mut.
Seulement dire ne li lut :
« Blessiez sui ! Dex ! confessïon...

# TRISTAN
## de Thomas

# LE *TRISTAN* DE THOMAS

## Fragment du manuscrit de Cambridge : Le Verger

... tient dans ses bras la reine [1]. Ils se croient en sûreté. Or survient, malheur imprévu, le roi, conduit par son nain. Il veut les prendre sur le fait, mais, Dieu merci, les deux hommes arrivent trop tard et trouvent les amants endormis. Le roi, à ce spectacle, dit au nain :

« Attendez-moi ici; je vais monter au palais chercher de mes barons : ils seront témoins du flagrant délit. Je les ferai brûler preuves à l'appui. »

Tristan s'éveille, et voit le roi, mais feint le sommeil, le laissant aller à grand pas vers le palais. Il se dresse alors et dit :

« Hélas, Yseut, belle amie, réveillez-vous : nous sommes trahis. Le roi nous a surpris; il va chercher du renfort. S'il le peut, il nous fera arrêter tous les deux et condamner au bûcher. Je vais m'en aller, ma douce amie. Ne craignez rien, car ils n'auront pas de preuve... (si l'on vous trouve seule. Je partirai tristement en exil, pour l'amour de vous) [2]... et je ne connaîtrai plus la joie, mais la nostalgie, ni le bonheur, mais le péril.

...Entre ses bras tient la reïne.
Bien cuidoient estre a seor.
Sorvient i par estrange eor
Li rois, que li nains i amene.
5  Prendre les cuidoit a l'ovraine,
Mès, merci Deu, bien demorerent
Qant aus endormis les troverent.
Li rois les voit, au naim a dit :
« Atendés moi chi un petit;
10  En cel palais la sus irai,
De mes barons i amerrai :
Verront com les avon trovez.
Ardoir les frai, qant ert pruvé. »
Tristran s'esvella a itant,
15  Voit le roi, mès ne fait senblant,

Car el palès va il son pas.
Tristran se dreche et dit : « A!
               [las !
Amie Yseut, car esvelliez :
Par engien somes agaitiez.
20  Li rois a veü qu'avon fait;
Au palais a ses homes vait;
Fra nos, s'il puet, ensemble
              [prendre,
Par jugement ardoir en cendre.
Je m'en voil aler, bele amie.
25  Vos n'avez garde de la vie,
Car ne porez estre provee...
.. Fuïr deport et querre eschil,
Guerpir joie, siovre peril.

Je suis si malheureux de vous quitter que tout plaisir m'est à
jamais refusé. Ma tendre dame, je vous en prie, ne m'oubliez
pas : aimez-moi autant de loin que vous m'aimez quand je suis
proche. Je ne veux plus tarder : donnez-moi le baiser d'adieu. »
    Yseut l'embrasse longuement; elle l'a écouté avec passion et
constate qu'il pleure; ses yeux s'embuent et elle pousse un profond soupir; elle lui dit avec ferveur :
    « Mon ami, mon seigneur, vous aurez triste souvenir de ce
jour où votre départ vous coûta tant. Je suis déchirée de vous
perdre et n'ai jamais autant souffert. Je ne connaîtrai plus la
joie quand je serai privée du réconfort de votre présence : quelle
pitié ! tant de tendresse ! et je ne vous verrai plus ! Il faut que
nous nous séparions, mais l'amour restera intact. Prenez cependant cet anneau, et gardez-le, si vous m'aimez... [a]

<br />

      Tel duel ai por la departie
30    Ja n'avrai hait jor de ma vie.
      Ma doce dame, je vos pri,
      Ne me metés mie en obli :
      En loig de vos autant m'amez
      Comme vos de près fait avez.
35    Je n'i os, dame, plus atendre :
      Or me baisiés au congié prendre. »
      De li baiser Yseut demore;
      Entent les dis et voit qu'il plore;
      Lerment si oil, du cuer sospire :
40    Tendrement dit : « Amis, bel sire,
      Bien vos doit membrer de cest
                              [jor

      Que partistes a tel dolor.
      Tel paine ai de la desevranche,
      Ains mais ne sui que fu pesanche.
45    Ja n'avrai mais, amis, deport,
      Qant j'ai perdu vostre confort,
      Si grant pitié, ne tel tendrour
      Qant doi partir de vostre amor;
      Nos cors partir ore convient,
50    Mais l'amor ne partira nient.
      Nequedent cest anel pernés :
      Por m'amor, amis, le gardés...

# Fragment du manuscrit Sneyd : Le mariage

... Tristan balance et s'abandonne à des pensées contradictoires [4], car il veut se guérir d'aimer, puisqu'il ne peut réaliser son désir; il se dit :

« Yseut, mon amie, votre vie n'est pas la mienne : notre amour n'est plus communion, et je suis dupe. Je perds à cause de vous bonheur et plaisir, mais vous n'en êtes privée ni jour ni nuit; je mène ma vie dans la souffrance, et vous menez la vôtre dans la volupté. Je ne fais que vous désirer, mais vous ne pouvez éviter de connaître la jouissance et la joie, et vous obtenez tout ce que vous voulez. J'ai la nostalgie de votre corps, mais le roi le possède; il fait l'amour avec vous jusqu'à satiété, et c'est à lui qu'appartient ce qui était à moi. Je renonce à ce qui m'est inaccessible, car je sais bien qu'Yseut, satisfaite, m'a oublié. Mon cœur, à cause d'elle, méprise toutes les femmes, et elle refuse de me consoler, bien qu'elle sache combien je souffre,

...Sis corages mue sovent
E pense molt diversement
55  Cum changer puisse sun voleir,
Qant sun desir ne puit aveir,
Et dit dunc : « Ysolt, bele amie,
Molt est diverse vostre vie :
La nostre amur tant se desevre
60  Qu'ele n'est fors pur mei decevre.
Jo perc pur vus joie e deduit,
E vus l'avez e jur e nuit;
Jo main ma vie en grant dolur,
E vos vestre en delit d'amur.
65  Jo ne faz fors vos desirer,
E vos nel püez consirer

Que deduiz e joie n'aiez
Et que tuiz vos buens ne facez.
Pur vostre cors su jo em paine.
70  Li reis sa joïë en vos maine;
Sun deduit mainë e sun buen,
Co que mien fu orë est suen.
Co qu'aveir ne puis claim jo
[quite,
Car jo sai bien qu'il se delite;
75  Ublïé m'ad pur suen delit.
En mun corage ai en despit
Tuit altres pur sulë Ysolt,
E rien comforter ne me volt
E si set bien ma grant dolur

et combien la passion me tourmente : une autre a envie de moi,
et j'en suis déchiré. Si je n'étais pas si intensément sollicité, je
souffrirais mieux ma langueur et, j'en suis sûr, le fait de me
dépenser soulagerait une ardeur que son indifférence accroît.
Mais puisque je la convoite en vain, je suis bien obligé de trouver
compensation à ma mesure, car comment faire autrement ?
C'est ainsi que l'on se comporte devant l'inéluctable. A quoi
bon attendre toujours et s'abstenir de toute consolation ? Pourquoi nourrir une tendresse qui n'aboutit à rien ? J'ai tant enduré
de peines et de douleurs pour Yseut que j'ai le droit de vivre.
Je me perds à rester fidèle. Elle ne pense plus à moi, elle n'est
plus la même. Mon Dieu, Créateur du monde et Roi du ciel,
comment a-t-elle pu changer à ce point ? Est-ce concevable ?
Quand l'amitié demeure, l'amour peut-il mourir ? Pour moi,
je ne puis y renoncer. Et je sais bien que si mon cœur se déta-
chait d'elle, son cœur le lui dirait : elle ne pouvait rien faire de
bien ou de mal sans que mon cœur ne le sût. Mon cœur me dit

[80] E l'anguisse qu'ai pur s'amur,
Car d'altre sui mult coveité,
E pur ço grifment anguissé.
Se d'amur tant requis n'esteie,
Le desir milz sofrir porreie
[85] E par l'enchalz quid jo gurpir,
S'ele n'en pense, mun desir.
Qant mun desir ne puis aveir,
Tenir m'estuit a mun püeir,
Car m'est avis faire l'estot :
[90] Issi fait cil ki mais n'en pot.
Que valt tant lunges demurer
E sun bien tuit diz consirer ?
Que valt l'amur a maintenir
Dunt nul bien ne put avenir ?
[95] Tantes paines, tantes dolurs

Ai jo sufert pur ses amurs
Que retraire m'en puis jo bien.
Maintenir la ne me valt rien.
De li sui del tuit obliez,
[100] Car sis corages est changez.
E ! Deu, bel pere, reis celestre,
Icest cange coment puit estre ?
Coment avreit ele changé ?
Qant encore maint l'amisté,
[105] Coment porrat l'amur gurpir ?
Ja n'en puis jo pur rien partir.
Jo sai bien, si parti em fust
Mis cuers, par le suen le soüst :
Ne mal ne bien ne rien ne fist
[110] Que mis cuers tost ne le sentist.
Par le mien cuer ai bien sentu

que son cœur est constant et veut me consoler de loin. Si je ne puis satisfaire mon désir, est-ce une raison de la trahir et de lui préférer une femme qui ne m'est rien ? Nous avons tant souffert et l'amour nous a imposé tant d'épreuves que même privé d'elle, je n'ai pas le droit de courtiser quelqu'un d'autre; elle-même aspire sans doute à ce qu'elle ne peut réaliser; et je ne saurais lui tenir rigueur, quand elle ne songe qu'à moi : si elle n'agit pas comme je le souhaiterais, faut-il lui en vouloir ? Yseut, vous n'y pouvez rien, et vous m'aimez; vous ne m'abandonnerez pas. Je suis incapable de vous tromper. J'en suis sûr, si elle renonçait à moi, mon cœur le devinerait aussitôt. Mais, qu'elle m'ait trahi ou non, j'éprouve cruellement son absence. Je pressens qu'elle m'aime peu ou qu'elle ne m'aime plus, car si elle m'aimait vraiment, elle trouverait un moyen de me rassurer. Me rassurer de quoi ? De ce doute actuel. Où me ferait-elle chercher ? Où je suis. Mais sait-elle où ? Et alors ! Elle pourrait s'en enquérir ! Pourquoi ? Parce que je suis malheureux.

Que li suens cuer m'ad bien tenu
E cumforté a sun poeir.
Se mun desir ne puis aveir,
115  Ne dei pas pur ço cur a change
E li laisier pur une estrange,
Car tant nos sumes entremis
E noz cors en amur malmis,
S'aveir ne puis jo mun desir
120  Que pur altre deive languir;
E a iço qu'ele poüst,
Voleir ad, si poeir oüst;
Car ne li dei saveir mal gré
Qant bien ad en sa volenté :
125  Së ele mun voleir ne fait,
Ne sai jo quel mal gré en ait.
Yseut, quel que seit le poeir,

Vers mei avez mult buen penseir :
Coment purreit il dunc changier?
130  M'amur vers li ne pois trichier.
Jo sai bien, si changer volsist,
Que li miens coers tost le sentist.
Que que seit de la tricherie,
Jo sent mult bien la departie :
135  En mun corage très bien sent
Que petit mei aime u nïent,
Car s'ele en sun coer plus m'amast,
D'acune rien me comfortast.
Ele, de quei? D'icest ennui.
140  U me trovreit? La u jo sui.
Si ne set u n'en quele tere !
Nun ! E si me feïst dunc querre !
A que faire? Pur ma dolor.

Mais elle redoute son mari : de toute son âme, elle voudrait bien. A quoi bon, puisqu'il n'y a rien à faire ? Qu'elle aime son mari d'une ferveur exclusive ! Je ne lui demanderai pas de penser à moi ! Je ne la blâme pas de sa froideur, puisqu'elle n'a pas le droit de me désirer : sa beauté ne l'exige pas, ni ses sens n'appellent d'assouvissement avec un autre homme, quand son mari la comble. Elle est si heureuse avec le roi qu'elle ne peut qu'oublier ma tendresse, et Marc lui suffit au point qu'elle n'a plus besoin de moi. Mon amour ne fait pas le poids en face de ce que lui donne son époux. La nature vient au secours de sa volonté. Qu'elle se satisfasse de ce qu'elle a, puisqu'il lui faut renoncer à celui qu'elle aime. Qu'elle se contente du possible et en tire le plus grand profit : caresses et baisers lui rendront l'affection du roi. Elle y éprouvera tant de joie qu'elle ne se souviendra plus de son amant. Et si elle se souvient, que m'importe ? Qu'elle agisse bien ou mal, peu lui importe à elle. Ne peut-elle éprouver jouissance et volupté sans amour ? Mais comment éprouver de la jouissance sans amour,

Ele n'ose pur sun seignur :
145  Tuit en oüst ele voleir.
A quei, qant ne le pot aveir?
Aimt sun seignur, a lui se tienge !
Ne ruis que de mei li sovienge !
Ne la blam pas s'ele m'oblie,
150  Car pur mei ne deit languir mie :
Sa grant belté pas nel requirt,
Ne sa nature n'i afirt,
Qant de lui ad tut sun desir,
Que pur altre deive languir.
155  Tant se deit deliter al rei,
Oblïer deit l'amur de mei,
En sun seignur tant deliter
Que sun ami deit oblïer.
E quei li valt ore m'amur

160  Emvers le delit sun seignur?
Naturelment lui estuit faire
Qant a sun voleir ne volt traire :
A ço se tienge qu'aveir puet,
Car ço qu'aime laissier estuit.
165  Prenge ço qu'ele puet aveir
E aturt bien a sun voleir :
Par jueir, par sovent baisier
Se puet l'en issi acorder.
Tost li porra plaisir si bien,
170  De mei ne li menbera rien.
Se li menbrë, e mei que chalt?
Face bien u nun, ne l'en chalt:
Joie puet aveir e delit
Encuntre amur, si cum jo quit.
175  Cum puet estre qu'encuntre amur

et comment aimer son mari, et comment oublier le passé, quand
tel est le poids du souvenir ? D'où vient que l'homme puisse
haïr ce qu'il a aimé, et s'acharner avec fureur contre ce qui était
l'objet de sa passion ? Non, il ne hait pas, mais il se détache, il
s'éloigne, il abandonne, dès qu'il ne voit plus ce qui nourrit
sa flamme. Il ne peut ni aimer ni haïr ce qu'il n'a pas sous les
yeux. Quand quelqu'un vous traite d'abord avec noblesse [5],
puis vous trahit, il faut cultiver une égale noblesse et ne pas
rendre le mal pour le mal. Si l'un se conduit mal, à l'autre de
souffrir que le pacte soit le suivant : redouter un amour vulné-
rable à la trahison, repousser la tentation d'une indigne rancune.
Il faut tendre à rester noble et refuser la trahison, servir sa dame
avec noblesse et détester tout avilissement. Puisqu'Yseut m'a
aimé et m'a donné tant de preuves de son amitié, je n'ai aucune
raison de la haïr, quoi qu'il advienne. Mais si elle oublie notre
amitié, je ne dois plus me souvenir d'elle. Je ne dois plus l'aimer

Ait delit, u aimt sun seignur,
U puset metre en oblïance
Que tant ot en sa remenbrance?
Dunt vient a hume volunté
[180] De haïr ço qu'il ad amé,
U ire porter u haür
Vers ço u il ad mis s'amur?
Co qu'amé ad ne deit haïr,
Mais il s'en puet bien destolir,
[185] Esluiner së e deporter,
Qant il ne veit raisun d'amer.
Ne haïr në amer ne deit
Ultre ço que raisun i veit.
Qant l'en fait ovre de franchise,
[190] Sur ço altre de colvertise,
A la franchise deit l'en tendre
Qu'encuntre mal ne deit mal
[rendre.

L'un fait, deit altre si sofrir
Qu'entre eus se deivent garantir :
[195] Ne trop amer pur colvertise,
Ne trop haïr pur la franchise.
La franchise deit l'en amer
E la colvertise doter
E pur la franchise servir
[200] E la coilvertise haïr.
Pur ço quë Ysolt m'ad amé,
Tant senblant de joie mustré,
Pur ço ne la devrai haïr
Pur chose que puisse avenir.
[205] Qant ele nostre amur oblie,
De li ne me deit menbrer mie.
Jo ne la dei amer avant

ni la détester, mais je veux me comporter comme elle, si c'est possible : tenter par mes actions et par ma conduite de me libérer de ma passion comme son mari l'y aide. Comment faire, sinon en me mariant ? Ce qui la sauve, c'est qu'elle vit en épouse légitime, car c'est son mari qui la guérit de notre amour. Elle ne saurait se refuser à lui et, malgré qu'elle en ait, il lui faut se soumettre. Mais moi, je ne suis tenu à rien, et je ne veux que faire une expérience : j'épouserai la jeune fille pour connaître ce qu'éprouve la reine, afin de savoir si les noces et l'union des corps me permettront de vivre sans elle, comme la présence de son époux lui a permis de vivre sans moi. Il n'y intervient point de haine : je ne cherche qu'à rompre avec elle ou mieux à l'aimer comme elle m'aime, et je dois ressentir ce qu'elle ressent avec le roi. »

Tristan est fort troublé, et sa passion le plonge dans le désarroi, le déchirement et l'épreuve. Il ne voit d'autre justification que le souci d'expérimenter

Ne haïr ne la dei par tant,
Mais jo me voil issi retraire
210 Cum ele fait, si jol puis faire :
Par ovres, par faiz assaier
Coment me puisse delivrer
En ovre ki est contre amur,
Cum ele fait vers sun seignur.
215 Coment le puis si esprover
Se par femme nun espuser ?
El fait nule raisun n'oüst,
Se dreitë espuse ne fust,
Car cil est bien sis dreit espus
220 Ki fait l'amur partir de nos.
De lui ne se doit el retraire :
Quel talent quë ait, l'estuit faire.
Mais mei ne l'estuit faire mie,
Fors qu'assaier voldrai sa vie :

225 Je voil espuser la meschine
Pur saveir l'estre a la reïne,
Si l'espusaille e l'assembler
Me pureit li faire oblier,
Si cum ele pur sun seignur
230 Ad entroblié nostre amur.
Nel faz mie li pur haïr
Mais pur ço que jo voil partir
U li amer cum el fait mei
Pur saveir cum aime lu rei. »
235    Molt est Tristrans en grant
[anguisse
De cest' amur que faire poisse,
En grant estrif e en esprove.
Altre raisun nule n'i trove
Mais qu'il enfin volt assaier

contre l'amour le remède du plaisir, et la volonté d'oublier Yseut en satisfaisant ses désirs, car il croit qu'elle est indifférente parce que son mari suffit à la combler : il veut épouser une femme dont Yseut ne saurait dire qu'il cherche avec elle un plaisir déraisonnable et funeste à son prestige [6]; car il a de la tendresse pour Yseut aux Blanches Mains à cause de sa beauté, mais aussi de son nom. Si belle qu'elle fût, il ne l'eût pas aimée sans ce nom d'Yseut, et le nom n'eût pas été un agrément efficace sans la beauté : ces deux attributs de la jeune fille le poussent à demander sa main, afin de savoir ce que ressent la reine, et d'éprouver un plaisir conjugal si contraire à son amour. Il veut se donner l'expérience de ce qu'Yseut connaît auprès du roi, d'où sa décision de rechercher avec l'autre Yseut cette forme de volupté. C'est l'âme triste et le cœur déchiré que Tristan consent à se venger. Il paiera cher ce souci, qui rendra double son tourment : il espère soulager sa peine et ne fait que l'augmenter; il croit qu'il calmera son désir

<br>

240 S'encuntre amur puet delitier,
E se par le delit qu'il volt
Poissë entroblïer Ysolt
Car il quide qu'elë oblit
Pur sun seignur u pur delit :
245 E pur ço volt femme espuser
Quë Ysolt nen puisse blamer
Qu'encontre raisun delit quierge,
Que sa proeise nen afirge :
Car Ysolt as Blanches Mains volt
250 Pur belté e pur nun d'Isolt.
Ja pur belté quë en li fust,
Se le nun d'Isolt në oüst,
Ne pur le nun senz la belté
N'en oüst Tristans volenté :
255 Ces dous choses qui en li sunt
Ceste faisance emprendre font

Qu'il volt espuser la meschine
Pur saveir l'estre la reïne,
Coment se puisse delitier
260 Encuntre amur od sa mollier :
Assaier le volt endreit sei
Cum Ysolt fait envers lu rei,
E il pur ço asaier volt
Quel delit avra od Ysolt.
265 A sa dolur, a sa gravanço
Volt Tristans dunc quere ven-
[janço.
A sun mal quert tel vengement
Dunt il doblera sun turment :
De paine se volt delivrer,
270 Si ne se fait fors encombrer;
Il en quida delit aveir,

et, puisqu'il n'aura pas ce qu'il veut, il note que la jeune fille et
la reine ont même nom et semblable beauté : il ne voudrait pas
d'elle si elle n'avait de charme que son nom, mais sa beauté
serait vaine, si elle n'était une Yseut. Si elle ne s'appelait Yseut,
Tristan ne pourrait l'aimer; si cette Yseut n'était point belle, il
n'aurait pas plus d'attirance pour elle : mais il a trouvé en elle
un nom et des agréments qui ont provoqué sa tendresse, et il
convoite la jeune fille [7].

Écoutez merveilleuse aventure, et sachez combien les gens
sont inconstants et changeants les cœurs ! Leur nature exige
qu'ils s'enracinent dans le mal et puissent renoncer au bien. La
mauvaise habitude les empiège définitivement et devient leur
être véritable, et ils sont si englués dans la fourbe qu'ils ne savent
plus ce qu'est la générosité : ils sont si rompus à leurs pratiques
viles qu'ils en oublient la courtoisie; ils se dépensent dans la
malice et y mènent toute leur vie; ils sont aliénés par le vice et
s'y vautrent. Les uns sont accoutumés à mal faire, les autres
renoncent à s'efforcer vers le bien

Qant il ne puet de sun voleir.
Le nun, la belté la reïne
Nota Tristans en la meschine :
275 Pur le nun prendre ne la volt,
Ne pur belté, ne fust Ysolt.
Ne fust ele Ysolt apelee,
Ja Tristrans ne l'oüst amee;
Se la belté Ysolt n'oüst,
280 Tristrans amer ne la poüst :
Pur le nun e pur la belté
Que Tristrans en li a trové,
Chiet en desir e en voleir,
Que la meschine volt aveir.
285    Oez merveilluse aventure,
Cum genz sunt d'estrange nature
Quë en nul lieu ne sunt estable !

De nature sunt si changable
Lor mal us ne poent laissier
290 Mais le buen us püent changer.
El mal si acostomer sont
Quë il pur dreit us tuit dis l'unt
E tant usent la colvertise
Qu'il ne sevent quë est franchise,
295 E tant demainent vilanie
Quë il oblient corteisie :
De malveisté tant par se painent
Tute lor vie la enz mainent;
De mal ne se püent oster,
300 Itant se solent aüser.
Li uns sunt del mal costemier,
Li altre de bien noveler :
Tote l'entente de lor vie

et s'abandonnent avec complaisance à la frivolité [8] : ils se dépouillent de leur vertu pour n'obéir qu'à leurs inclinations mauvaises. L'inconstance incite à quitter le bon chemin à cause d'une déplorable sensualité : on trahit un bien accessible pour s'adonner à la bonne vie. C'est là répudier les valeurs les plus hautes et céder à l'égoïsme, et le bien qu'on acquiert est moindre ; mais l'on méprise ce que l'on possède et l'on préfère convoiter l'avoir d'autrui : si celui que l'on a était à quelqu'un d'autre, on ne le détiendrait certes pas à contrecœur, mais tout ce que l'on détient en droit, on ne peut l'aimer avec ferveur. Celui qui ne pourrait obtenir ce qui lui appartient serait obsédé par l'idée de le conquérir : on croit toujours trouver mieux ailleurs et l'on se lasse de ce que l'on a sous la main. L'amour du changement est un piège, quand on rejette ce qui est à soi pour désirer ce qu'on n'a pas, au point de s'apauvrir pour prendre pire. C'est le mal qu'il faut, si l'on peut, laisser derrière soi, en échangeant le pire contre le mieux, en agissant avec sagesse, en se guérissant de folie, car voilà qui n'est pas frivolité, quand le changement va dans le sens du bien et que l'on arrache quelque vice de son cœur ; mais trop de gens n'ont au fond d'eux-mêmes que l'amour d'un changement dont le but est de soustraire à autrui ce que l'on ne possède pas ; d'où l'inconstance ;

Est en change e novelerie
305 E gurpisent lor buen poeir
Pur prendre lor mauvais voleir.
Novelerie fait gurpir
Buen poeir pur malveis desir
E le bien qu'aveir puet, laissier
310 Pur sei meïsme delitier.
Le meillur laisse pur le suen,
Tuit pur aveir l'altrui mainz buen ;
Ce que suen est tient a pejur,
L'altrei qu'il coveite a meillor :
315 Se le bien qu'il ad suen ne fust,
Ja encuntre cuer ne l'oüst ;
Mais iço qu'aveir lui estuit,
En sun corage amer ne puit.
S'il ne poüst ço qu'ad aveir,
320 De purchaceir oüst voleir :

Meillur del suen quide troveir,
Pur ço ne puet le suen amer.
Novelerie le deceit,
Qant no volt iço qu'aveir deit
325 Et iço quë il n'a desire
U laisse suen pur prendre pire.
L'en deit, ki puet, le mal changer,
Pur milz aveir le pis laissier,
Faire saveir, gurpir folie,
330 Car ço n'est pas novelerie,
Ki change pur sei amender
U pur sei de mal us oster ;
Mais maint en sun cuer sovent
[change
Et quide troveir en l'estrange
335 Ce qu'il ne puet en sun privé :
Ce lui diverse sun pensé ;

on veut faire l'essai de ce qu'on n'a pas, et l'on pense y trouver la paix. Ainsi se comportent souvent les dames : elles délaissent ce qu'elles ont pour obtenir ce qu'elles veulent, elles tentent de satisfaire leur désir et leur caprice. J'aurais certes beaucoup à dire là-dessus, mais tous, hommes et femmes, se complaisent au changement, car ils ne cessent eux-mêmes de nourrir de nouveaux projets, de nouvelles lubies, de nouveaux caprices, toujours déraisonnables et chimériques. Tel veut en amour progresser qui s'enlise; tel espère se guérir de sa passion qui double sa souffrance; tel veut se venger qui empire vite sa condition et tel croit se libérer qui se charge de chaînes.

Tristan croyait se débarrasser d'Yseut et bannir de son cœur un amour sans issue en épousant une autre Yseut. Il avait l'ambition de se délivrer; mais s'il n'y avait pas eu la première Yseut, il n'aurait pas autant aimé la seconde, et c'était pour l'amour d'une Yseut qu'il s'efforçait d'aimer une autre Yseut : pour être constant, il incline à nouvelle femme, mais s'il pouvait aimer la reine, il ne courtiserait pas la jeune fille;

Co qu'il n'ont volent assaier
Et en après lor apaier.
E les dames faire le solent :
340 Laissent ço qu'unt pur ço que
[volent,
Asaient cum poent venir
A lor voleir, a lor desir.
Ne sai certes que jo en die,
Mais trop aiment novelerie
345 Homes et femmes ensement,
Car trop par changent lor talent
E lor desir e lor voleir
Cuntre raisun, cuntre poeir.
Tels d'amor se volt avancier
350 Ki ne se fait fors empeirier;
Tels se quide jeter d'amur
Ki dublë acreist sa dolur,

E tels i purchace venjance
Ki chet tost en grive pesance
355 E tel se quide delivrer
Ki ne se fait fors encumbrer.
   Tristran quida Ysolt gurpir
E l'amur de sun cuer tolir
Par espuser l'altrë Ysolt.
360 D'iceste delivrer se volt;
E si cestë Ysolt ne fust
L'autre itant amé në oüst,
Mais par iço qu'Isol amat,
D'Ysolt amer grant corage ad,
365 Mais par ço qu'il ne volt lassier,
Ad il vers ceste le voleir;
S'il poüst aveir la reïne,
Il n'amast Ysolt la meschine :

il me faut donc préciser que ce n'était ni amour ni haine, car s'il s'était agi d'amour vrai, il n'aurait pas aimé l'autre Yseut contre la volonté de son amie, et ce n'était pas non plus haine, puisque ce fut par amour pour la reine que Tristan s'éprit de sa rivale. Quand il l'épousa pour l'amour d'Yseut la Blonde, il ne détestait pas cette dernière, car s'il l'avait haïe, il n'aurait eu nulle raison de se marier. Et s'il avait été courtois, il n'aurait pas épousé l'autre Yseut. Mais à cette occasion, il était si tourmenté par sa passion qu'il voulut la combattre pour s'en guérir et se libérer de son tourment : or, il tomba de mal en pis. C'est ce qui arrive à plus d'un : quand ils subissent profondément la langueur d'un amour[9], avec ses déchirements, ses souffrances et ses adversités, ils choisissent comme remède, pour se libérer, pour se sauver et pour se venger, une conduite qui les aliène davantage, si bien qu'ils optent délibérément pour l'aggravation de leur douleur. J'ai vu beaucoup de gens agir ainsi lorsqu'ils ne peuvent réaliser leurs désirs ni posséder ce qu'ils convoitent,

 

Pur ço dei jo, m'est avis, dire
370 Que ço ne fut amur në ire;
Car së iço fin'amor fust,
La meschine amé në oüst
Cuntre la volenté s'amie;
Dreite haür ne fu ço mie,
375 Car pur l'amur a la reïne
Enama Tristrans la meschine,
Et qant l'espusa pur s'amur,
Idunc ne fu ço pas haür,
Car s'il de cuer Ysolt haïst,
380 Ysolt pur s'amur ne presist.
E se de fin'amur l'amast
L'autrë Ysolt nen espusast.
Mais si avint a cele feiz
Que tant ert d'amur en destreiz

385 Qu'il volt encontre amur ovrer
Pur de l'amur sei delivrer,
Pur sei oster de la dolur :
Par tant enchaï en greinur.
Issi avient a plusurs genz :
390 Qant ont d'amur greinurs talenz,
Anguisse, grant paine e contraire,
Tel chose funt pur euls retraire,
Pur delivrer, pur els venger
Dunt lor avient grant encumbrer,
395 E sovent itel chose funt
Par conseil, dunt en dolur sunt.
A molz ai veü avenir,
Qant il ne püent lor desir
Ne ço que plus aiment aveir,

si bien qu'ils mettent toute leur ardeur à s'empiéger : leur malheur leur fait commettre des actes qui doublent leur affliction, et
lorsqu'ils veulent se délivrer, les voilà pris. Dans cette conduite
ou dans cette vengeance, je vois à la fois de l'amour et de la
révolte : il s'agit non point de haine et d'amour, mais de révolte
mêlée à l'amour ou d'amour révolté. Agir à contrecœur en vue
d'un bien qui échappe est vouloir à l'encontre du désir même ;
et Tristan n'agit pas autrement, qui oppose le vouloir à son profond désir : parce qu'il souffre à cause d'Yseut, c'est par Yseut
qu'il veut se délivrer ; il lui multiplie les baisers et les caresses,
il fait aussi la cour à ses parents, si bien que tous sont favorables
au mariage : Tristan demande sa main, et ils la lui accordent.
   On décide de la date des noces. Tristan invite ses amis, le
duc invite les siens. Tout est prêt pour le grand jour. Tristan
épouse Yseut aux Blanches Mains. Le chapelain chante la messe,
qui se déroule conformément à la liturgie de la Sainte Église.
Puis on se rend joyeusement au festin, qui est suivi de divertissements : quintaine [10], joute,

400 Qu'il se pristrent a lor poeir :
    Par destresce funt tel faisance
    Dunt sovent doblent lor grevance,
    E qant se volent delivrer,
    Ne se poent desencombrer.
405 En tel fait e en vengement
    E amur e ire i entent,
    Ne ço n'est amur ne haür,
    Mais ire mellé a amur
    E amur melleë od ire.
410 Qant fait que faire ne desire
    Pur sun buen qu'il ne puet aveir,
    Encuntre desir fait voleir ;
    E Tristrans altretel refait :
    Cuntre desir a voler trait ;
415 Pur ço que se dolt par Ysolt

    Par Isolt delivrer se volt ;
    E tant la baise e tant l'acole,
    Envers ses parenz tant parole
    Tuit sunt a un de l'espuser :
420 Il del prendrë, els del doner.
       Jur est nomez e termes mis,
    Vint i Tristrans od su amis,
    Le dux odve les suens i est ;
    Tuit l'aparaillement est prest.
425 Ysolt espuse as Blanches Mains.
    La messe dit li capeleins
    E quanque i affirt al servise,
    Selunc l'ordre de Sainte Eglise.
    Puis vont cum a feste mangier
430 E enaprès esbanïer
    A quintaines e as cembels,

concours de javelot, lancer de roseaux [11], palestre, escrime, défis divers, comme il est d'usage en ces circonstances pour les chevaliers qui vivent dans le monde. Le soir, les jeux terminés, on a préparé pour la nuit la couche nuptiale : on y conduit la jeune fille; on aide Tristan à retirer son bliaut : il était ajusté, et étroit aux poignets; en retirant le bliaut, tombe la bague qu'Yseut a donnée à son ami dans le verger lors de leur dernière rencontre [12]. Tristan aperçoit l'anneau et devient pensif [13]. Sa méditation le plonge dans le désarroi, et il ne sait plus que faire. Il se met à détester son projet, si contraire à sa volonté profonde, et sa rêverie est si douloureuse qu'elle suscite ses remords : sa conduite dément toute sa vie; et le voici replié sur lui-même, à cause de l'anneau qu'il a remis à son doigt; sa songerie le fait souffrir : il se souvient de la parole donnée à son amie lors des adieux, dans le jardin où ils se sont quittés. Il soupire du fond du cœur et se dit :

« Comment me suis-je laissé prendre ?

As gavelocs e as rosels,
A palastres, as eschermies,
A gieus de plusurs aaties.
435  Cum a itel festë affirent
E cum cil del siecle requirent.
Li jors trespasse od le deduit,
Prest sunt li lit cuntre la nuit :
La meschinë i font cholcher;
440  Et Tristrans se fait despuillier
Del blialt dunt vestu esteit :
Bien ert seant, al puin estreit;
Al sacher del blialt qu'il funt,
L'anel de sun dei saché ont
445  Qu'Isolt al jardin lui dona
La deraigne feiz qu'i parla.
Tristran regarde, veit l'anel

E entre en sun pensé novel.
Del penser est en grant anguisse
450  Quë il ne set que faire poisse.
Sis poers lui est a contraire,
Se sa volenté poüst faire,
E pense dunc estreitement
Tant que de sun fait se repent :
455  A contraire lui est sun fait;
En sun corage se retrait
Par l'anel qu'il en sun deit veit;
En sun penser est molt destreit :
Membre lui de la covenance
460  Qu'il li fit a la desevrance
Enz el jardin, al departir;
De parfunt cuer jette un suspir,
A sei dit : « Coment le pois faire?

Je ne veux pas de ce mariage; et pourtant je dois coucher avec
celle qui est ma femme légitime; c'est avec elle que je dois partager ma couche, car je ne puis la délaisser. Mon cœur trop
ardent et volage m'a fait commettre une folie, quand j'ai demandé
la jeune fille à ses parents et à ses amis; et je n'ai pas assez pensé
à Yseut ma bien-aimée, quand je me suis permis cette monstruosité de trahir et renier ma promesse. Oui, je dois, hélas,
coucher avec elle ! Je l'ai épousée au grand jour, et tout le
monde nous a vus sortir de l'église : impossible de la repousser !
Me voici condamné à une conduite démente. Je suis coupable
et criminel si je quitte cette femme, mais je ne m'unirai pas
avec elle sans enfreindre mon serment, et je me suis trop engagé
envers Yseut pour que j'aie le droit d'appartenir à mon épouse.
Je dois tant à l'Yseut lointaine que je ne puis consentir à aimer
cette Yseut-ci, et je serai traître à ma parole si je ne fuis pas
cette compagne. Je suis parjure envers Yseut que j'aime, si
je cherche ailleurs mon plaisir, et si je connais la joie avec mon
épouse, je commettrai une faute grave, un crime, une vilenie :
je ne puis ni l'abandonner, ni jouir d'elle

Icest ovre m'est a contraire;
465 Nequedent si m'estuit cholcher
Cum ove ma dreite moillier;
Avoc li me covient giseir
Car jo je ne la puis pas gurpir.
Ço est tuit par mon fol corage,
470 Ki tant m'irt jolif e volage,
Qant jo la meschine requis
A ses parenz, a ses amis;
Poi pensai dunc d'Ysolt m'amie
Qant empris ceste derverie
475 De trichier, de mentir ma fei.
Colchier m'estuit, ço peise mei.
Espuseë l'ai lealment
A l'us del mustier, veant gent :
Refuser ne la pois jo mie !
480 Ore m'estuit fare folie.

Senz grant pechié, senz grant mal
                              [faire
Ne me puis d'iceste retraire,
Ne jo ne m'i pois assembler
Ne jo ne mei voil desleer,
485 Car tant ai jo vers Ysolt fait
Que n'est raisun que ceste m'ait :
A icestë Ysolt tant dei
Qu'a l'altre ne puis porter fei,
E ma fei ne redei mentir
490 Se jo ne dei ceste gurpir.
Ma fei ment a Ysolt m'amie,
Se d'altre ai delit en ma vie,
E si d'iceste mei desport,
Dunc frai pechié e mal e tort,
495 Car jo ne la puis pas laissier,
N'en li ne mei dei delitier

en partageant son lit pour satisfaire un désir égoïste; je suis trop lié avec la reine pour coucher avec cette jeune fille, et j'ai déjà poussé si loin les choses avec elle que je ne puis revenir en arrière; il ne faut ni tromper Yseut ni repousser cette femme que je ne puis ni quitter ni posséder. Si je tiens mes engagements avec elle, je romps le pacte avec Yseut, et si je suis fidèle à Yseut, je suis déloyal envers mon épouse. Je n'en ai pas le droit, ni ne veux mal agir à l'encontre d'Yseut. A laquelle vais-je mentir ? je ne le sais, car je suis obligé de trahir abusivement et dans la pire fraude l'une des deux ou, je le crains, de les tromper l'une et l'autre : je suis déjà allé si loin avec celle-ci que je suis déjà parjure envers Yseut; et j'ai tant aimé la reine que je suis déjà parjure envers la jeune fille; me voici bien empiégé ! Si j'avais pu ne les rencontrer ni l'une ni l'autre ! Je les fais souffrir l'une et l'autre, et les deux Yseut font mon malheur. Je les trompe toutes les deux. Je les dupe l'une et l'autre : j'ai dupé la reine et vais devoir duper celle-ci.

De chulcher o li en sun lit
Pur mun buen ne pur mun delit;
500 Car tant ai fait vers la reïne,
Culcher ne dé od la meschine,
E envers la meschine tant fait
Que ne puet mie estre retrait;
Në Ysolt ne dei jo trichier,
505 Ne ma femme ne dé laissier,
Ne me dei de li departir,
Ne jo ne dei o li gesir.
Së a ceste tinc covenance,
Dunc ment a Ysolt ma fïance,
510 E se jo port Ysolt ma fei,
Vers ma espuse me deslei.
Vers li ne me dei desleer,
N'encuntre Ysolt ne voil ovrer.

Ne sai a laquele mentir,
Car l'une me covient traïr
515 E decevrë e enginnier,
U ambeduis, ço crei, trichier,
Car tant m'est cestë aprocée
Quë Ysolt est ja enginnee;
Tant ai amee la reïne
520 Qu'enginneë est la meschine;
Et jo forment enginné sui !
E l'une e l'altre mar conui :
L'une e l'altre pur mei se dolt,
E je m'en duil pur duble Ysolt.
525 Supris en sunt andui de mei.
A l'une, a l'altre ment ma fei :
A la reïne l'ai mentie,
A ceste n'en pois tenir mie.

Pourtant quelle que soit celle que je trompe, je puis rester
fidèle à l'autre. J'ai trompé la reine, je serai loyal envers mon
épouse. Non, je ne l'abandonnerai pas. Mais vais-je me parjurer
envers Yseut ? Je ne sais que faire. De tous côtés, c'est le déchirement, car il me coûte d'obéir à la loi du mariage, et plus encore
de quitter mon épouse. Plaisir ou non, je suis contraint de coucher dans son lit. Belle vengeance à l'égard d'Yseut, quand je suis
le premier floué : je voulais rendre à Yseut la pareille, mais
c'est moi qui me prends au piège. C'est à moi que j'ai porté
les coups que je lui destinais, et j'en suis réduit au total désarroi.
Si je couche avec mon épouse, je suscite la fureur d'Yseut; si
je refuse son lit, je me déshonore : elle en sera folle de rage,
et ses parents et tous ses proches me haïront et me flétriront,
en même temps que je m'attirerai la colère de Dieu. Je crains
l'infamie, je crains le péché. Et ensuite, une fois étendu près
d'elle, si je ne fais à ce moment ce contre quoi mon cœur se
révolte le plus, ce qui m'est le plus odieux ? Y consentir me
répugnera toujours.

|  |  |
|---|---|
| Pur qui la doüse mentir, | ⁵⁴⁵ Contre li ai tant trait sur mei |
| ⁵³⁰ A une la puis jo tenir. | Que jo ne sai que faire dei. |
| Qant menti l'ai a la reïne, | Si jo me chul avoc ma sspuse, |
| Tenir la dei a la meschine, | Ysolt irt tute coreüse; |
| Car ne la puis mie laissier. | Se jo od li ne voil chulcher, |
| ⁵³⁵ Ne jo ne dei Ysolt tricher ! | ⁵⁵⁰ Atorné m'irt a reprover : |
| Certes, ne sai que faire puisse. | De li avrai mal e coruz; |
| De tutes pars ai grant anguisse, | De ses parenz, des altres tuiz |
| Car m'est ma fei mal a tenir, | Haïz e huniz en sereie, |
| E pis de ma femme gurpir. | E envers Deu me mesfereie. |
| Coment qu'avienge del delit, | ⁵⁵⁵ Je dut hunte, je dut pechié. |
| ⁵⁴⁰ Culchier m'estovra en son lit. | Quei idunc qant serai chulchié, |
| D'Isol m'ai ore si vengé | Së od le chulcher ço ne faz |
| Que premir sui jo enginné; | Quë en mun corage plus haz, |
| D'Isol me voldreie vengier : | Que plus m'ert contre volenté? |
| Enginné sui jo al premier. | ⁵⁶⁰ Del gesir n'i avrai ja gré. |

Je saurai lui montrer que je lui préfère une autre compagne. Elle sera bien sotte, si elle ne s'aperçoit pas que j'en aime, que j'en désire une autre, et que j'aspire à m'unir avec une amie qui me donne plus de plaisir. Elle n'obtiendra rien de moi et, j'en suis certain, cessera de m'aimer : elle aura raison de me haïr, quand je m'abstiendrai d'obéir à la nature et de m'unir avec elle. S'abstenir provoque la haine : de même que l'union nourrit l'amour, le refus fait naître la rancune; l'œuvre de chair est source de tendresse, mais l'insatisfaction a pour effet la colère. Si je me retiens de la prendre, j'en souffrirai cruellement, et le noble preux que j'étais ne sera plus qu'un lâche [14]; ce que ma valeur m'a acquis, cet amour va me l'enlever : la ferveur qu'elle éprouvait pour moi sera détruite par l'inassouvissement; fini, l'honneur de servir, car je me tiendrai sur la touche [15]. Elle m'a aimé et désiré avant de se donner à moi : mon refus suscitera sa fureur, parce qu'elle restera sur sa faim : le plaisir n'est-il pas ce qui attache le plus en amour les deux partenaires ?

Ele savra par mun poeir
Que vers altre ai greinur voleir.
Simple est s'ele ne l'aperceit
Qu'altrë aim plus e plus coveit
565 E que milz volsisse culchier
U plus me puisse delitier.
Qant de mei n'avra sun delit,
Jo crei que m'amera petit :
Cë ert a dreit qu'en haür m'ait,
570 Qant m'astienc del naturel fait
Ki nos deit lïer en amur.
Del astenir vient la haür :
Issi cum l'amur vient del faire,
Si vient la haür del retraire;
575 Si cum l'amur del ovre vient,
E la haür qui s'en astient.

Si je m'astinc de la faisance,
Dolur en avrai e pesance,
E ma proeise e ma franchise
580 Turnera a recreantise;
Ce qu'ai conquis par ma valur
Perdrai ore par cest'amur :
L'amur quë ad vers mei eü
Par l'astenir m'irt or tolu;
585 Tuit mun servise e ma franchise
M'irt tolu par recreantise.
Senz le faire molt m'ad amé
E coveité en sun pensé :
Or me harra par l'astenir
590 Pur ço qu'ele n'at sun desir,
Car iço est que plus alie
En amur amant e amie,

C'est pourquoi je ne la prendrai pas, car je ne veux plus qu'elle m'aime. J'aspire au contraire à ce qu'elle me déteste, et je préfère sa haine à sa tendresse. Oui, je l'ai trop séduite : j'ai mal agi envers mon amie qui m'a aimé plus que tout autre. Comment s'est-il fait que j'aie voulu cette femme, que je l'aie désirée, que j'aie trouvé la force et la volonté de consentir à ces fiançailles et à ce mariage qui trahissaient la foi et l'affection que je dois à Yseut ma bien-aimée ? J'augmente encore mon crime en acceptant de m'unir à elle, car je ne manque pas une occasion, quand je lui parle, de tromper, de mentir, d'être traître et parjure envers Yseut, dans la mesure où je cherche à coucher avec une autre. Je détruis mon amour par ma quête du plaisir. Il ne faut pas que mes sens me poussent à tromper Yseut tant que ma bien-aimée est en vie; j'agis en renégat et en félon quand je cultive une amitié qui lui ferait mal. Je me suis si engagé que j'en aurai du remords toute ma vie, et je suis décidé à réparer le tort que j'ai fait à celle que j'aime, car je m'infligerai le châtiment que je mérite :

E pur iço ne li voil faire
Car jo d'amur la voil retraire.
595 Bien voil que la haür i seit :
Plus de l'amur or le coveit.
Trop l'ai certes sur mei atrait :
Envers m'amie sui mesfait
Ki sur tuz altres m'ad amé.
600 Dunt me vint ceste volenté
E cest desir e cest voleir
U la forcë u le poeir
Que jo vers ceste m'acointai
U que jo unques l'espusai
605 Contre l'amur, contre la fei
Quë a Ysolt m'amie dei?
Encor la voil jo plus tricher,
Qant plus près me voil acointer,

Car par mes diz quir acaisun,
610 Engin, semblance e traïsun
De ma fei a Ysolt mentir,
Pur ço qu'od ceste voil gesir.
Encuntre amur achaisun quer
Pur mei en ceste delitier.
615 Ne dei trichier pur mun delit
Tant cum Ysolt m'amie vit;
Que traïtrë e que fel faz,
Qant cuntre li amur purchaz.
Jo m'en sui ja purchacé tant,
620 Dont avrai duel tut mun vivant,
E pur le tort que jo ai fait,
Voil que m'amie dreiture ait,
E la penitance en avrai
Solunc ço que deservi l'ai :

oui, j'entrerai dans son lit, mais je refuse d'y jouir. J'en suis sûr :
je ne puis inventer de tourment plus durable, plus cruel ni
plus éprouvant, que nos rapports soient tendres ou tendus :
car si je la désire, je souffrirai de rester chaste, et si elle ne m'attire
pas, j'aurai répugnance à dormir près d'elle. Que je l'aime ou
que je la déteste, je me rendrai très malheureux. Traître à la
parole donnée à Yseut, j'accepte une expiation qui, lorsqu'elle
saura ma peine, me vaudra sa clémence. »

Tristan se couche, Yseut aux Blanches Mains l'embrasse,
lui baise la bouche et le visage, l'étreint contre elle, soupire
profondément et aspire à satisfaire un désir qu'il rejette. Tristan est déchiré entre la tentation du plaisir et la volonté du
refus. Sa sensualité le pousse à céder, mais sa raison demeure
fidèle à Yseut la Blonde [16]. Le souvenir voluptueux de la reine
l'aide à repousser la jeune femme; l'amour de son amie l'emporte sur l'appel des sens et impose silence à la nature. Sa passion
s'unit à son sang-froid pour vaincre les exigences de son corps.
La ferveur qu'il ressent pour Yseut combat efficacement l'attirance physique

[625] Chulcher m'en voil ore en cest lit
E si m'astendrai del delit.
Ne pois, ço crei, aveir torment
Dunt plus aie paine sovent
Ne dunt aie anguisse greinur,
[630] Ait entre nos ire u amur :
Car si delit de li desir,
Dunc m'irt grant paine l'astenir,
E si ne coveit le delit,
Dunc m'irt fort a sofrir sun lit;
[635] U li haïr u li amer
M'irt forte paine a endurer.
Pur ço qu'a Ysolt ment ma fei,
Tel penitance preng sur mei,
Qant savra cume sui destreit,
[640] Par tant pardoner le mei deit. »
    Tristran colchë, Ysolt l'em-
    [brace,

Baise lui la buche e la face,
A li l'estraint, del cuer suspire
E volt iço qu'il ne desire;
[645] A sun voleir est a contraire
De laissier sun buen u del faire.
Sa nature proveir se volt,
La raison se tient a Ysolt.
Le desir qu'ad vers la reïne
[650] Tolt le voleir vers la meschine;
Le desir lui tolt le voleir,
Que nature n'i ad poeir.
Amur et raisun le destraint,
E le voleir de sun cors vaint.
[655] Le grant amor qu'ad vers Ysolt
Tolt ço que la nature volt

et vient à bout d'une inclination qui excluait la tendresse. Il a traversé une phase de violent désir, mais l'amour lui donne la force de dire non. Il savait sa compagne noble, il la sait belle [17] ; il veut bien faire, il hait son désir : si ce désir était moindre, il maîtriserait sans peine sa volonté ; mais il ne peut maîtriser son désir. D'où sa peine, d'où son tourment, d'où sa cruelle méditation, d'où sa douloureuse angoisse : il ne sait comment repousser sa femme, il se demande comment se comporter et quel prétexte il invoquera ; il se sent confus, de fuir ce dont il a envie : il évite la douce chair de son épouse et la fuit, pour différer la volupté [18].

Et il lui dit :

« Très chère, ne prenez pas mal le secret que je vais vous confier. Je vous demande de le garder, que nul ne le sache que nous : jamais je ne l'ai révélé à personne. Sur le côté droit, j'ai une malformation qui me fait souffrir depuis longtemps ; cette nuit même, j'en ai été très malade. La douleur s'est répandue dans tout le corps ; j'en suis si affecté que j'ai la région du foie tout endolorie et que je n'ose plus faire l'amour,

E vaint icele volenté
Que senz desir out en pensé.
Il out boen voleir de li faire,
660 Mais l'amur le fait molt retraire.
Gente la sout, bele la set
E volt sun buen, sun desir het :
Car s'il nen oüst grant desir,
A voleir poüst asentir ;
665 Mais a sun grant desir asent.
En painë est e en turment,
En grant pensé, en grant anguisse :
Ne set cume astenir se poisse
Ne coment vers sa femme deive,
670 Par quel engin covrir se deive ;
Nequedent un poi fu huntus
E fuit ço dunt fu desirus :
Eschive ses plaisirs e fuit

C'umcor n'oüst de sun deduit.
675 Dunc dit Tristrans : « Ma bele
[amie,
Ne tornez pas a vilanie
Un conseil que vos voil geïr.
Si vos pri jo molt del covrir
Que nuls nel sace avant de nos :
680 Unques nel dis fors ore a vos.
De ça vers le destre costé,
Ai el cors une enfermeté
Qui tenu m'ad molt lungement ;
Anoit m'ad anguissé forment.
685 Par le grant travail qu'ai eü,
M'est il par le cors esmeü ;
Si anguissusement me tient,
E si près del feie me vient
Que je ne m'os plus enveisier

car j'ai besoin de me ménager. Quand je me suis fatigué, il
m'est arrivé de m'évanouir trois fois, et j'ai mis longtemps à
me remettre. Pardonnez-moi si je vous néglige : nous aurons
d'autres occasions, quand nous en aurons envie tous les deux.

— J'en suis désolée, répond Yseut, et plus affligée que de
tout autre mal en ce monde, mais ce dont vous parlez, j'accepte
volontiers de m'en abstenir. »

L'autre Yseut soupire dans sa chambre, à cause de Tristan
qui lui manque tant. Elle ne saurait penser à autre chose qu'à
cette obsession : son amour. Elle ne veut rien d'autre, n'aspire
à rien d'autre, n'espère rien d'autre. En lui est tout son désir,
mais elle n'a de lui aucune nouvelle, ni ne sait où il est, dans
quel pays, ni même s'il est mort ou vivant. C'est ce qui la tourmente le plus. Il y a longtemps qu'elle est privée de toute information. Elle ignore qu'il est en Bretagne, et le croit encore en
Espagne, là où il a tué le géant, neveu du Grand Orgueilleux
qui vint d'Afrique jeter un peu partout son défi à princes et
à rois[19]. L'Orgueilleux était téméraire et valeureux, et les
combattit tous; il tua ou blessa la plupart et leur arracha la
barbe du menton.

690  Ne mei pur le mal travaillier.
     Uncques pois ne me travaillai
     Que par treis feiz ne me pasmai;
     Malades jui lungues après.
     Ne vos em peist s'ore le lais :
695  Nos le ravrum encore assez,
     Qant je voldrai e vos voldrez.
     — Del mal me peise, Ysolt
                      [respont,
     Plus que d'altre mal en cest
                      [mond;
     Mais del el dunt vos oi parler,
700  Voil jo et puis bien desporter. »
     Ysolt en sa chambre suspire
     Pur Tristran qu'ele tant desire.
     Ne puet en sun cuer el penser
     Fors ço sulment : Tristran amer.
705  Ele nen ad altre voleir

     Në altre amur në altre espeir.
     En lui est trestruit sun desir
     E ne puet rien de lui oïr;
     Ne set u est, en quel païs,
710  Ne së il est u mort u vis.
     Pur c'est ele en greinur dolor.
     N'oï pich' ad nule verur.
     Ne set pas qu'il est en Bretaigne.
     Encor le quide ele en Espaigne,
715  La u il ocist le jaiant,
     Le nevod a l'Orguillos Grant,
     Ki d'Africhë ala requere
     Princes e rois de tere en tere.
     Orguillus ert hardi e pruz,
720  Si se cumbati a trestuz;
     Plusurs afola e ocist
     E les barbes des mentons prist;

Il fit un grand manteau de ces barbes, très ample et traînant sur le sol [20]. Il avait entendu parler du roi Arthur dont le royaume était si puissant et dont le courage et la valeur étaient tels qu'il se révélait invincible : il avait mené bien des combats sans connaître la défaite. Quand le géant apprend la chose, il fait à Arthur la faveur d'un message amical dans lequel il lui vante son manteau tout neuf où il ne manque que la bordure et le col [21], et qui est fait avec les barbes des rois, des princes et des barons de bien des pays : il les a surpassés au combat et les a victorieusement mis à mort, puis il s'est taillé un habit digne de ces barbes royales, bien que la bordure en soit encore absente; mais Arthur est le plus grand de tous et règne sur un très vaste empire : c'est pourquoi il lui mande amicalement de faire écorcher son menton pour lui dépêcher ce cadeau glorieux; lui-même consent à l'honorer en mettant la barbe d'Arthur au-dessus des autres. C'est un roi prestigieux, supérieur à tous : aussi sera-t-il glorifié s'il se dépouille de sa barbe pour lui en faire don. Il la mettra en haut du manteau dont elle constituera la bordure et le col;

Une pels fist de barbes granz,
Hahuges e bien traïnanz.
725 Parler oï del rei Artur
Ki en tere out si grant honur
Tel hardement et tel valur,
Vencu ne fut unc en estur :
A plusurs combatu s'esteit
730 E trestuz vencu les aveit.
Qant li jaiant icest oï,
Mande lui cum a sun ami
Qu'aveit unes noveles pels,
Mais urle i failli e tassels,
735 De barbes as reis, as baruns,
De princes d'altres regïuns,
Qu'en bataillë aveit conquis
U par force en estur ocis,

E fait en ad tel garnement
740 Cum de barbes a reis apent,
Mais quë urlë encore i falt;
E pur ço qu'il est le plus halt,
Reis de la tere e de l'onur,
A lui a mandé pur s'amur
745 Qu'il face la sue escorcer
Pur haltesce a lui emveier,
Car si grant honur li fera,
Que sur les autres la metra.
Issi cum il est reis haltens
750 E sur les altres sovereins,
Si volt il sa barbe eshalcer,
Si pur lui la volt escorcer;
Tuit desus la metra as pels,
Si em fra urlë e tassels;

mais s'il refuse de la lui envoyer, il subira le sort des autres :
lui-même engagera comme enjeu le manteau et se battra contre
Arthur, en sorte que le vainqueur gagnera la barbe et le
manteau.

En entendant ce message, Arthur ressentit une violente
fureur [22]. Il fit répondre au géant qu'il acceptait le combat et
ne céderait pas sa barbe, car ce serait une effroyable lâcheté.
Lorsque le géant connut son message, il vint le défier avec une
arrogance extrême aux frontières mêmes de son royaume, et
il le provoqua en duel. Ils s'affrontèrent alors, acceptant les
enjeux de la barbe et du manteau. La lutte fut extraordinairement violente. Ils se battirent avec rage tout le jour. Le lendemain, Arthur fut vainqueur. Il lui prit la tête avec le manteau.
Sa prouesse et son courage lui valurent ce brillant fait d'armes.

Bien que cet épisode fût étranger à notre histoire, il me fallait le raconter, parce que l'Orgueilleux avait un neveu, et que
ce neveu voulait conquérir la barbe du grand empereur au
service duquel s'était mis Tristan

169

[755] E s'il emveier ne la volt,
Fera de lui que faire solt :
Les pels vers sa barbe metrat,
Cuntre lui se combaterat,
E qui veintre puit la bataille,
[760] Ambeduis les ait dunc sanz faille.
  Quant Artus oït icest dire,
El cuer en out dolur e ire.
Al jaiant dunc cuntremandat
Quë enceis se combaterat
[765] Que de sa barbe seit rendant
Pur crime cume recreant.
E qant li jaianz cest oï
Que li reis si li respondi,
Molt forment li vint dunc requere
[770] Tresquë as marches de sa tere

Pur cumbatrë encontre lui.
Ensemble vindrent puis andui
E la barbë e les pels mistrent.
Par grant irrur puis se requistrent.
[775] Dure bataille, fort estur
Demenerent trestuit le jor.
Al demain Artur le vencui,
Les pels, la teste li toli.
Par proeise, par hardement
[780] Le conquist issi faitement.
  A la matire n'afirt mie,
Nequedent boen est quel vos die
Que niz a cestui cist esteit
Ki la barbë aveir voleit
[785] Del rei et del empereür
Cui Tristrans servi a cel jor

en Espagne, avant qu'il ne se rendît en Armorique ²³. L'homme
vint revendiquer la barbe du souverain qui la lui refusa, mais
ne put trouver dans son empire aucun parent ni ami qui prît
sa cause et relevât le défi. Le roi en fut très affligé et manifesta
devant sa cour sa fureur : Tristan, qui lui était dévoué, se fit
son champion. Il livra à son adversaire un combat très dur et
très douloureux : l'un et l'autre y reçurent mainte blessure.
Tristan y versa bien du sang, et il souffrit beaucoup dans son
corps. Ses amis craignirent pour sa vie, mais le géant fut tué.
Depuis qu'il avait été mis en si mauvais état, Yseut n'avait plus
eu aucune nouvelle, car l'envie aime à dire ce qui va mal et à
taire ce qui va bien : elle cache les actions d'éclat et divulgue
ce qui peut faire scandale. C'est pourquoi le sage a dit à son
fils dans l'Écriture ²⁴ : il vaut mieux n'avoir point de compagnon
que vivre dans la compagnie des envieux, et rester continuelle-
ment seul est préférable à la présence de gens qui ne nous aiment
pas. Car ils cachent le bien qu'ils savent, mais la haine les fait
médire ;

Tant cum il esteit en Espaigne
Ainz qu'il repairast en Bretaigne.
Il vint la barbe demander,
790  Mais ne la volt a lui doner,
Ne troveir ne pot el païs
De ses parenz, de ses amis
Qui la barbe dunc defendist
Ne contre lui se combatist.
795  Li reis em fu forment dolenz,
Si se plainst oiant tuz ses genz,
E Tristrans l'emprist pur s'amur.
Si lui rendi molt dur estur
E bataille molt anguissuse :
800  Envers amduis fu deluruse.
Tristrans i fu forment naufré
E el cors blecé e grevé.

Dolent en furent si amis.
Mais li jaianz i fu ocis.
805  E pois icele naufreüre,
N'oï Ysolt nul aventure,
Car ço est costume d'envie
Del mal dirë e del bien mie,
Car emvie les bons faiz ceille,
810  Les males ovres esparpeille.
Li sages hum pur iço dit
Sun filz en ancïen escrit :
Milz valt estre senz compainie
Qu'aveir compainun a envie,
815  E senz compainun nuit e jor
Quë aveir tel u n'ait amor.
Le bien celerat quë il set,
Le mal dirat qant il le het ;

et si l'on agit bien, ils n'en diront mot, mais ils proclameront
à tous la faute commise. Aussi vaut-il mieux n'avoir aucun
compagnon qu'être entouré de méchants. Tristan a rencontré
beaucoup de gens qui le haïssent profondément, et il en est
plus d'un autour du roi Marc qui ne l'aiment pas et cherchent
à le perdre. Ils cachent à Yseut les bonnes nouvelles, et se font
les hérauts des mauvaises ; ils sont désolés d'apprendre tout
événement qui réjouirait la reine et comblerait son attente ;
et telle est leur jalousie qu'ils ne parlent que de ce qui peut le
plus la faire souffrir.

Yseut, un jour, se tenait dans sa chambre, et composait un
douloureux lai d'amour sur Guiron, qui fut surpris et mis à
mort pour l'amour de sa dame, qu'il aimait par-dessus tout :
le comte alors offrit traîtreusement le cœur de Guiron à son
épouse qui le mangea et connut le désespoir quand elle apprit
la fin de son ami [25].

Yseut chante d'une voix douce, et s'accompagne de la harpe [26].
Que ses mains sont belles et que le lai est émouvant ! Elle
chantonne avec art, à mi-voix. Survient alors Cariadoc, un
comte puissant, qui possède beaucoup de terres, de somptueux
châteaux, un riche domaine. Il est venu à la cour pour requérir
l'amour

Se bien fait, ja n'en parlerat,
820  Le mal a nul ne celerat.
Pur ço valt milz senz compainun
Que tel dunt ne vient se mal nun.
Tristrans ad compainuns asez
Dunt est haïz e poi amez,
825  E de tels entur March lu rei
Ki nel aiment ne portent fei.
Le bien qu'oient vers Ysolt
      [ceilent,
E le mal par tuit esparpeilent ;
Ne volent le bien qu'oient dire
830  Pur la reïne, kil desire ;
E pur iço quë il emvient,
Iço que plus het, ço en dient.
      En sa chambre se set un jor
E fait un lai pitus d'amur :

835  Coment dan Guirun fu supris,
Pur l'amur de sa dame ocis
Quë il sur tute rien ama,
E cument li cuns puis dona
Le cuer Guirun a sa moillier
840  Par engin un jor a mangier
E la dolur que la dame out
Qant la mort de sun ami sout.
      Ysolt chante molt dulcement,
La voiz acorde a l'estrument.
845  Les mains sunt beles, li lais buens,
Dulce la voiz e bas li tons.
Survint idunc Cariado,
Uns riches cuns de grant alo,
De bels chastés, de riche tere.
850  A cort est venu pur requere

de la reine. Mais Yseut ne le prend pas au sérieux. Il s'est déclaré
plusieurs fois, après le départ de Tristan. Il a l'ambition de la
séduire, mais sa démarche est vaine, car il n'a pas pu obtenir
de la reine la plus petite faveur, pas même une promesse, pas
même un encouragement : tout ce qu'il tente aboutit à l'échec.
Il est depuis longtemps à la cour où sa passion le retient. C'est
un beau chevalier, courtois, orgueilleux, fier, mais il n'attire
guère l'éloge pour sa valeur au combat. Il est surtout bellâtre
et beau parleur, il sait donner et plaisanter. Il trouve Yseut en
train de chanter et dit en souriant :

« Ma dame, quand on entend le chant de l'effraie [27], je sais
qu'on va évoquer mort d'homme, car son cri est signe funèbre;
mais votre complainte, que je sache, présage aussi la mort de
l'effraie : quelqu'un que je connais peut être tenu pour mort [28].

— Vous avez raison, répond Yseut : j'en accepte l'augure.
C'est un authentique oiseau de malheur [29], celui qui fait chanson sur le malheur des autres. Vous êtes en droit de craindre
la mort, quand mon chant vous fait peur,

La reïne de druerie.
Ysolt le tient a grant folie.
Par plusors feiz l'ad ja requis,
Qant Tristrans parti del païs.
855  Idunc vint il pur corteier,
Mais unques n'i pot espleiter,
Ne tant vers la reïne faire,
Vaillant un guant em poïst traire,
Në en promesse në en grant :
860  Unques ne fist ne tant ne qant.
En la curt ad molt demoré
E pur cest amor sujorné.
Il esteit molt bels chevaliers,
Corteis e orguillus e firs,
865  Mais n'irt mie bien a loer
Endreit de ses armes porter.

Il ert molt bels e bon parleres,
E doneür e gabeeres.
Trovë Ysolt chantant un lai.
870  Dit en riänt : « Dame, bien sai
Que l'en ot fresaie chanter
Contre de mort home parler,
Car sun chant signefie mort;
E vostre chant, cum je record,
875  Mort de fresaie signefie :
Alcon ad or perdu la vie.
— Vos dites veir, Yseut lui dit :
Bien voil que sa mort signifit.
Assez est hüan u fresaie
880  Ki chante dunt altre s'esmaie.
Bien devez vostre mort doter,
Qant vos dotez le mien chanter,

et vous avez tout d'une effraie avec vos mauvaises nouvelles.
Jamais, que je sache, vous ne sauriez transmettre un message
qui réjouit, et jamais vous n'êtes venu céans sans annoncer
quelque catastrophe. Vous ressemblez à ce bon à rien qui ne
se levait de l'âtre [30] que pour irriter les gens : vous ne bougez
de votre logis que lorsque vous avez quelque chose à raconter.
Mais vous n'êtes pas très vif quand on vous demande d'être
sérieux. On n'entend jamais parler de vous en termes qui
flattent vos amis et affligent vos ennemis. Vous aimez dire ce
que les autres font, mais on est bien discret sur vos propres
exploits. »

Cariadoc lui répond :

« Vous êtes en colère et je ne sais pourquoi. Mais vos discours ne sauraient inquiéter qu'un sot. Je suis peut-être un
chat-huant et vous une effraie, et ma mort est peut-être proche,
mais bien triste est la nouvelle que je vous apporte de votre
ami Tristan. Dame Yseut, vous l'avez perdu. Il a pris femme au
loin. Cherchez désormais d'autres amours, puisqu'il dédaigne
votre amitié depuis qu'il a épousé en grande pompe

Car vos estez fresaie asez
Pur la novele qu'aportez.
885 Unques ne crei aportisiez
Novele dunt l'en fust ja liez,
Në unques chaenz ne venistes
Males noveles ne desistes.
Il est tuit ensement de vos
890 Cum fu jadis d'un perechus
Ki ja ne levast d'un astrir
Fors pur altre home coroceir :
De vostre ostel ja n'isterez
Si novelë oï n'avez
895 Que vos poissiez avant conter.
Vos ne volez pas luin aler
Pur chose faire que l'en die.
De vos n'irt ja novele oïe

Dunt vos amis aient honur,
900 Ne cels ki vos haient dolor.
Des altrui faiz parler volez,
Les voz n'irent ja recordez. »
Cariado dunc li respont :
« Coruz avez, mais ne sai dont.
905 Fols est ki pur voz diz s'esmaie.
Si sui huan e vos fresaie,
Que que seit de la mie mort,
Males noveles vos aport
Endreit de Tristran vostre dru :
910 Vos l'avez, dame Ysolt, perdu;
En altre terre ad pris mollier.
Dès or vus purrez purchacer,
Car il desdeigne votre amor
E ad pris femme a grant honor

la fille du duc de Bretagne. » Yseut lui répond du tac au tac :
« Vous avez toujours été un oiseau de malheur, vous qui
calomniez le seigneur Tristan ! Oui, que Dieu m'abandonne,
si je ne suis votre effraie ! Vous m'avez annoncé une mauvaise
nouvelle, mais je vous en dirai une pire. Je vous le jure bien
en face : vous m'aimez en vain et jamais je n'aurai pour vous
la moindre estime. Je refuse pour toujours votre personne et
votre amitié. J'aurais séduit un bel amant si je consentais à
votre amour ! Je préfère avoir perdu la tendresse de Tristan
plutôt que d'accepter la vôtre. Ce que vous m'annoncez vous
coûtera cher. »

Yseut est furieuse et Cariadoc le voit bien. Il évite les discours superflus qui attiseraient sa colère et la désespéreraient
en envenimant la querelle. Il s'empresse de quitter les lieux,
tandis qu'Yseut s'abandonne à sa douleur. Son cœur est déchiré,
et ce qu'elle vient d'entendre l'a mise hors d'elle-même...

915 La fillë al dux de Bretaigne. »
Ysolt respont par grant engaigne :
« Tuit diz avez esté huan
Pur dire mal de dan Tristran !
Ja Deus ne doinst que jo bien aie
920 S'endreit de vos ne sui fresaie !
Vos m'avez dit male novele,
Ui ne vos la dirai jo bele :
Enveirs vos di pur nient m'amez,
Ja mais de mei bien n'esterez.
925 Ne vos ne vostre droerie
N'amerai ja jor de ma vie.
Malement porchacé m'oüsse

Se vostrë amor receüsse.
Milz voil la sue aveir perdue
930 Que vostrë amor receüe.
Tele novele dit m'avez
Dunt ja certes pro nen avrez. »
Ele s'en ad iré forment
E Carïado bien l'entent.
935 Ne la volt par diz anguissier
Ne ramponer ne corucer.
De la chambre vïaz s'en vait
E Ysolt molt grant dolor fait.
En sun corage est anguissee
940 E de ceste novele iree...

# Fragment du manuscrit de Turin

Ce sont les plaisirs de l'amour [31], leurs souffrances, leurs tourments, leurs peines et leurs angoisses que Tristan redit à la statue. Il embrasse l'image d'Yseut quand il est en joie, mais il devient furieux lorsqu'il est triste et que la rêverie, le songe ou la foi trop profonde en ce qui n'est que calomnie lui font craindre qu'elle l'oublie ou qu'elle ait quelqu'autre amant ou que la faiblesse de ses sens ne l'oblige à se donner à un rival qui lui procure une volupté facile. De telles pensées l'égarent, et son cœur en est bouleversé; il redoute le beau Cariadoc, dont elle peut s'éprendre : il est nuit et jour à ses côtés, toujours à son service, et il la flatte, et il lui reproche sa passion pour Tristan. Il a peur que, ne pouvant réaliser ce qu'elle désire, elle se satisfasse de ce qui est à sa portée : puisqu'elle ne peut rejoindre Tristan, elle peut choisir un autre ami. Quand il s'abandonne à cette méditation douloureuse, il regarde Yseut avec haine, et se tourne vers l'image de Brangien. Il ne veut plus voir Yseut ni lui parler,

...E les deliz des granz amors
E lor travaus e lor dolurs
E lor paignes e lor ahans
Recorde a l'himage Tristrans.
945 Molt la baisse quant est haitiez,
Corrusce soi, quant est irez,
Que par penser ou que par songes,
Que par craire en son cuer men-
[çoinges,
Qu'ele mette lui en obli
950 Ou qu'ele ait acun autre ami,
Qu'el ne se pusse consirrer,
Que li n'estocë autre amer,
Que mieux a sa volunté l'ait.
Hicest penser errer le fait,

955 Errur son corage debote;
Del biau Cariados se dote,
Qu'envers lui ne torne s'amor :
Entur li est e nuit e jor,
Si la sert e si la losange
960 E sovent de lui la blestange.
Dote, quant el n'a son voler
Qu'ele se preigne a son poer :
Por ce que ne puet avoir lui,
Que son ami face d'autrui.
965 Quant il pense de tel irur,
Dunc mustre a l'image haiur,
E vient l'autrë a esgarder.
Ne la volt veoir n'emparler,

et c'est à sa suivante qu'il s'adresse en disant :

« Chère, c'est à vous que je me plains de l'inconstance et de la trahison qu'Yseut a commises à mon égard. »

Il dit tout ce qu'il pense aux images, et ne veut pas les quitter. Son regard tombe sur la main d'Yseut qui lui tend son anneau d'or, et il revoit le visage défait de son amie quand il reçoit son adieu ; il se souvient du serment qu'il a prononcé lors de la séparation ; il se met à pleurer et demande pardon de ses soupçons insensés : il sait bien qu'il a eu tort de se désespérer. S'il a fait faire cette statue, c'est précisément pour se confesser à elle et pour lui dire ses loyales pensées, ses folles fureurs, ses tourments et sa joie d'aimer, car il ne savait à qui confier le fond de son cœur et l'objet de ses désirs.

Tel est le comportement de Tristan amoureux : il s'en va, il revient, souvent il sourit à Yseut, et souvent il lui fait mauvaise figure, comme je l'ai déjà dit. L'amour lui dicte ce comportement et rend son cœur jaloux. S'il n'aimait Yseut sur toutes choses, il ne craindrait personne ; mais il la soupçonne parce qu'il n'aime qu'elle.

Hidonc enparole Briguain,
970 E dist donc : « Bele, a vos me
              [plain
Del change e de la tricherie
Qu'envers moi fait Ysod m'a-
              [mie. »
Quanqu'il pense a l'image dit.
Poi s'en dessevrë un petit.
975 Regardë en la main Ysodt,
Qui l'anel d'or doner li volt,
Si vait la chere e le semblant
Qu'au departir fait son amant ;
Menbre li de la covenance
980 Qu'il ot a la desevérance ;
Hidonc plurë e merci crie
De ce qu'il apensa folie,
E siet bien qu'il est deçeü

De la fole irur qu'a eü.
985 Por iço fist il ceste image
Que dire li volt son corage,
Son bon penser, sa fole errur,
Sa paigne, sa joie d'amor,
Car ne sot vers cui descovrir
990 Ne son voler ne son desir.
    Tristran d'amor si se contient :
Sovent s'en vait, sovent revent,
Sovent li mostre bel semblant,
E sovent lait, com diz devant.
995 Hice li fait faire l'amor
Que met son corage en errur.
Se sor tute rien li n'amast,
De nul autre ne se dotast ;
Por ço est en suspecïon
1000 Quë il n'aimme riens se li non.

S'il était épris d'une autre femme, il n'éprouverait pas une telle jalousie, mais s'il traverse un semblable doute, c'est qu'il craint de la perdre. Il ne ressentirait pas cette angoisse si sa passion était moindre, car lorsque quelqu'un nous est indifférent, peu nous importe ce qui lui arrive : faut-il s'inquiéter de ce dont on se moque ? Étrange amour qui blesse quatre personnes : chacun en souffre et s'en afflige, et tous vivent dans la tristesse sans y trouver de joie. Le roi Marc, tout d'abord, a peur qu'Yseut ne lui soit infidèle et n'aime un rival : malgré qu'il en ait, grand est son chagrin. Il ne se tourmente pas sans raison, et si son cœur est déchiré, c'est qu'il n'a de tendresse et de désir que pour Yseut qui s'est détachée de lui. Il peut jouir d'elle, mais c'est une mince compensation, quand elle ne pense qu'à un autre homme : il en est malheureux, il en perd le sens. Sa douleur est sans fin, puisqu'Yseut a donné son amour à Tristan. Yseut, ensuite, s'en afflige, parce qu'elle a ce qu'elle ne désire pas et qu'elle ne peut avoir ce qu'elle désire.

S'envers autrë amor eüst,
De ceste amor jalus ne fust,
Mais por cë en est il jalus
Que de li perdre est poürus.
1005 De li perdre n'eüst poür
Ne fust la force de l'amor,
Car de ce qu'a l'homme n'est rien,
Ni li chaut si vait mal ou bien :
Coment devroit de ce doter
1010 Dont onques n'ot rien en penser?
Entre aus quatre ot estrange
[amor :
Tut en ourent painne e dolur,
E un e autre en tristur vit,
E nuls d'aus nen i a deduit.
1015 Primer dote Marques le rai
Quë Ysod ne li porte foi,

Quë ele aimë autre de lui :
Quel talent ait, soffre l'ennui.
Hice li doit bien ennuier
1020 Et en son corage angoisser,
Car il n'aime rien ne desire
Fors soul Ysod que de lui tire.
De cors puet faire son delit,
Mais ice poi a lui soffit,
1025 Qant autres en a le corage :
De ce se devë e enrage.
Pardurablë est la dolur
Qu'ele envers Tristan a s'amor.
Après le rai s'en sent Ysodt,
1030 Qu'ele a ce quë avoir ne volt,
E d'autre part ne puet avoir
Hice dont ele a le volair.

Le roi n'a qu'un sujet de tristesse, mais la reine s'en connaît deux. Elle aspire en vain à la présence de Tristan, et doit céder à son mari qu'elle n'a pas le droit de fuir ni de délaisser et qui ne satisfait pas ses sens. Elle s'unit à son corps mais ne voudrait pas qu'il l'aimât : c'est une épreuve intolérable, alors qu'elle a tant besoin de Tristan; mais Marc son mari l'empêche de le rejoindre, et elle lui doit sa ferveur exclusive. Elle sait bien que nul être au monde n'est si attaché à Tristan. Tristan veut Yseut, Yseut veut Tristan, mais il est loin, d'où son calvaire. Le seigneur Tristan éprouve lui aussi double peine et double douleur à cause de sa passion. Il a épousé l'autre Yseut, qu'il ne veut ni ne peut aimer. Il n'a pas le droit de la quitter; malgré qu'il en ait, elle est sa femme, car il n'est pas question qu'elle divorce. Quand il l'embrasse, il ne ressent guère de plaisir, sauf à cause du nom qu'elle porte : cela seulement le console un peu. Il souffre à cause de celle qui est là, et plus encore à cause de l'absente : la belle reine, sa bien-aimée, en qui est sa mort et sa vie. D'où le double tourment dont l'amour le torture.

Li rois nen a quë un turment,
Mais la raïne dublë entent.
1035 Ele volt Tristran e ne puet,
A son seignor tenir l'estuit,
Ne le puet guerpir ne laisser,
N'ele ne se puet deliter.
Ele a le cors, le cuer ne volt :
1040 C'est un turment dont el se deut,
Et l'autre est que Tristran desire;
Si li deffent Marques si sire
Qu'ensemble ne poent parler,
Et el que lui ne poet amer.
1045 Ele set bien soz ciel n'a rien
Que Tristran voile si grant bien.
Tristran volt li e ele lui,
Avoir ne la puet : c'est l'ennui.

Duble paigne, duble dolur
1050 Ha dan Tristran por ceste amor.
Espus est a icele Ysodt
Qu'amer ne puet n'amer ne volt.
Il ne la puet par droit guerpir;
Quel talent qu'ait, l'estut tenir,
1055 Car ele nel volt clamer quite.
Quant l'embrasce, poi se delite,
Fors soul le non quë ele porte :
Ce, sevaus, auques le conforte.
Il ha dolur de ce qu'il a,
1060 Plus se deut de ce que nen a :
La bele raïne, s'amie,
En cui est sa mort e sa vie,
E por cë est duble la paigne
Que Tristran por ceste demainne.

Mais elle n'en est pas moins déchirée, Yseut aux Blanches Mains, son épouse. Yseut la reine est moins malheureuse qu'elle : elle n'a même pas la compensation du plaisir. Son mari ne la prend jamais et elle n'a pas d'amant; elle désire Tristan, elle est à Tristan, mais elle ne reçoit de lui aucune volupté. Yseut la Blonde déteste Marc, qui peut faire ce qu'il veut de son corps, mais ne saurait transformer son cœur... Et l'autre Yseut, frustrée, est réduite à aimer Tristan sans connaître la jouissance : lui seul peut la combler, et il ne la caresse qu'à contrecœur. Elle voudrait éprouver davantage la douceur de l'étreindre et de l'embrasser; mais il repousse tout abandon et elle n'ose le requérir. Je ne saurais dire ici lequel des quatre est le plus malheureux, et je me sens incapable d'évaluer leur souffrance, parce que je ne suis pas dans leur peau. Mon rôle est d'exposer le problème, et c'est aux amants de juger lequel d'entre eux sait le mieux aimer ou subit la pire douleur faute d'être aimé.

Le seigneur Marc possède le corps d'Yseut et en use comme il entend. Mais elle cède à contrecœur et dans l'humiliation, parce qu'elle lui préfère Tristan qui n'aime qu'elle.

1065 Por cest amor se deut al mains
Ysod, sa feme, as Blanchemains :
Que que soit or de l'autre Ysodt,
Hiceste sanz delit se deut.
El n'a delit de son seignor
1070 N'envers autre nen a amor :
Cestui desire, cestui a
E nul delit de lui nen a.
Hiceste est a Marque a contraire,
Car il puet d'Ìsod son bon faire,
1075 Tuit ne puisse il son cuer chan-
                              [gier...
... Ceste ne set ou deliter,
Fors Tristran sanz delit amer :
De lui desire avoir deduit
E rien nen a ne li enuit.
1080 E l'acoler e le baisser

De lui vousist plus asaier;
Il ne li puet abandoner,
N'ele nel volt pas demander.
Hici ne sai que dire puisse,
1085 Quel d'aus quatre a greignor
                              [angoisse,
Ne la raison dire ne sai
Por ce quë esprové ne l'ai.
La parole mettrai avant :
Le jugement facent amant
1090 Al quel estoit mieuz de l'amor
Ou sanz lui ait greignor dolur.
    Dan Marques a le cors Ysodt,
E fait son bon quant il en volt.
Contre cuer li est a ennui
1095 Qu'ele aime Tristran plus que lui,
Car il n'aime rien se li non.

Yseut est à la disposition du roi : elle lui abandonne son corps;
cette contrainte lui est souvent insupportable, car elle n'éprouve
aucune affection pour lui. Il est son mari et elle se résigne,
mais toute sa volonté est tendue vers Tristan son bien-aimé,
qui a pris femme en terre étrangère; elle craint que le désespoir
ne soit à l'origine de sa décision, mais elle se flatte pourtant
qu'il ne saurait désirer qu'elle. Tristan n'a de ferveur que pour
Yseut, et il sait bien que son époux Marc fait d'elle ce qu'il veut,
quand lui-même ne saurait éprouver le plaisir qu'en songe et
vain désir. Il a près de lui une épouse qu'il lui est interdit de
posséder et qu'il ne saurait aimer à aucun prix, et il refuse de
faire l'amour à contrecœur. Yseut aux Doigts Blancs, sa femme,
ne serait comblée que par Tristan, son cher mari, qui est là et
n'a pour elle aucune attirance : elle est frustrée de ce qu'elle
désire le plus. Maintenant, celui qui sait juger peut dire lequel
est le plus passionné et lequel est le plus malheureux.

La belle Yseut aux Blanches Mains partage le lit d'un homme
qui n'a pas touché à sa virginité. Leur couche est commune :
à vous de dire si elle leur procure joie ou souffrance. Il ne lui
apporte pas ce qu'une épouse peut attendre de son mari.

 

Ysod rest al rai a bandon :
De son cors fait ce quë il volt;
De cest ennui sovent se deut,
1100 Car envers le rai n'a amor.
    Suffrir l'estuet com son seignor,
E d'autre part el n'a volair
Fors Tristran son ami avoir
Que feme a prise en terre es-
                [trange;
1105 Dote que curruz ait al change,
E en espoir est nequedent
Que vers nului n'ait nul talent.
Ysolt Tristran soule desire
E siet bien que Marques si sire
1110 Fait de son cors tut son volair,
E si ne puet delit avoir
Fors de volair ou de desir.
Feme a a qui ne puet gesir

E qu'amer ne puet a nul fuer,
1115 Mais rien ne fait encontre cuer.
Ysolt as Blans Doiz, sa moiller,
Ne puet el mont rien covaiter
Fors soul Tristran, son bel sei-
                [gnor,
Dont ele a le cors sanz amor :
1120 Hice l'en faut que plus desire.
Ore puet qui set esgart dire
A quel de l'amor mieuz estoit,
Ou qui greignor dolur en ait.
    Ysodt as Blanches Mains la
                [bele
1125 Ovec son signor jut pucele,
En un lit se cochent amdui :
La joie ne sai, ne l'ennui.
Ne li fait mais com a moiller
Chose ou se puisse deliter.

Peut-elle se satisfaire de cette situation? Est-elle heureuse de son sort ou révoltée? Ce qu'on peut dire [32], c'est que si elle avait jugé sa vie intolérable, elle aurait bien fini par l'avouer à ses amis, ce qu'elle ne fit jamais. Il advint alors, là-bas, que le seigneur Tristan et le seigneur Kaherdin furent invités, avec leurs voisins, à une fête avec maint divertissement. Tristan y emmena Yseut. Kaherdin chevauche à sa droite et lui tient sa rêne de la main gauche : ils cheminent en plaisantant. Mais, étourdis par leurs propos, ils laissent aller leurs chevaux sans les contraindre. La monture de Kaherdin fait un écart et celle d'Yseut, entraînée, se cabre; la jeune femme éperonne. Comme l'animal lève les sabots, elle va piquer de nouveau, et doit écarter un peu les jambes [33]; elle serre sa main droite pour se retenir; le palefroi bondit, et glisse en bronchant dans le creux d'une flaque. Ses sabots viennent d'être ferrés : le pied de l'animal, s'enfonçant dans la boue, fait gicler l'eau; au choc du pied dans le trou, l'eau jaillit du fossé et vient éclabousser Yseut qui tient les jambes écartées pour donner de l'éperon.

[1130] Ne sai se rien de delit set
Ou issi vivre aimmë ou het;
Bien puet dire, si l'en pesast,
Ja en son tens ne le celast,
Com ele l'a, a ses amis.
[1135] Avint issi qu'en cel païs,
Danz Tristran e danz Caerdins
Dourent aler o lor voisins
A une feste por jüer.
Tristran i fait Ysod mener.
[1140] Caerdins li chevauche a destre
E par la raigne l'a senestre,
E vount d'envoisures plaidant.
As paroles entendent tant
Qu'il laissent lor chevaus turner
[1145] Cele part qu'il volent aler.
Cel a Caerdin se desraie

E l'Ysodt contre lui s'arbroie;
Ele le fiert des esperons.
Al lever que fait des chalons
[1150] A l'autre cop que volt ferir,
Estuet il sa quisse aovrir;
Por soi tenir la destre estraint;
Li palefrois avant s'empaint
E il escrille a l'abaissier
[1155] En un petit cros en euvier.
Li piez de novel ert ferrez :
Ou vait el tai s'est cruïssé;
Al flatir qu'il fait el pertus,
Del cros del pié saut eaue sus;
[1160] Contre les cuises li sailli,
Quant el ses cuisses enovri
Por le cheval que ferir volt.

La fraîcheur des gouttes la fait frissonner, et elle pousse un cri sans dire pourquoi. Et elle éclate d'un rire si intense qu'elle aurait du mal à se retenir même au cours d'une quarantaine funèbre [34]. Kaherdin s'en étonne. Il pense qu'elle a discerné dans ses propos une sottise, une médisance ou une grossièreté : c'est un chevalier soucieux de son honneur, de son renom, de sa noblesse et de sa courtoisie. Il a peur que sa sœur n'ait ri d'une parole malheureuse. Son exigeante fierté le pousse à s'émouvoir. Il demande alors :

« Yseut, quel rire ! j'en veux savoir la raison. Si vous ne m'en avouez le motif, je n'aurai plus jamais foi en vous. Ne me répondez pas mensonge, car si je constate ensuite que vous m'avez trompé, vous ne serez plus ma sœur et tout sera fini entre nous. »

Yseut, à ces mots, a compris que si elle se dérobe, il ne la ménagera pas, et elle réplique :

« Ce qui me fait rire, c'est d'évoquer une gageure, et je ne puis me contenir quand j'y pense. L'eau qui vient de gicler sur mes cuisses est montée plus haut que jamais ne s'égara main d'homme, et Tristan ne m'a jamais caressée là. Mon frère, vous savez à présent la raison... »

De la fraidur s'efroie Ysodt,
Getë un cri, e rien ne dit,
[1165] E si de parfont cuer se rit
Que si ere une quarantaigne,
Oncor s'astent adonc a paigne.
Caerdins la voit issi rire.
Quide de lui ait oï dire
[1170] Chose ou ele note folie
Ou mauvaisté ou vilannie,
Car il ert chevaler hontus
E bon e frans e amerus.
De folie a por ce poür
[1175] El ris qu'il vait de sa sorur.
Honte li fait poür doter.
Hidonc li prent a demander :
« Ysode, de parfont reïstes,
Mais ne sai dont le ris feïstes.

[1180] Se la voire achoison ne sai,
En vos mais ne m'afierai.
Vos me poez or bien deçoivre.
Se j'après m'en puis aperçoivre,
Ja mai certes com ma sorur
[1185] Ne vos tendrai ne foi n'amor. »
Ysode entent quë il li dit.
Set que, se de ce l'escondit,
Qu'il l'en savera molt mal gré,
E dist : « Ge ris de mon pensé,
[1190] D'une aventure quë avint,
E por ce ris que m'en sovint.
Ceste aigue, que si esclata,
Sor mes cuisses plus haut monta
Quë unques main d'ome ne fist,
[1195] Ne que Tristran onc ne me quist.
Frere, ore vos ai dit le dont... »

# Fragment du manuscrit de Strasbourg I

... Ils cinglent droit vers l'Angleterre [35], pour aller voir Yseut et quérir Brangien, que Kaherdin veut connaître, tandis que Tristan espère rejoindre son amie.

Faut-il allonger le récit en rapportant des détails sans importance ? J'abrège et viens au fait. Tristan et Kaherdin ont longtemps fait route à cheval, et ils arrivent dans une cité où Marc doit passer la nuit. Quand Tristan l'apprend — il connaît bien les lieux —, il s'y rend avec Kaherdin. Ils suivent à une certaine distance l'escorte royale qu'ils scrutent minutieusement. Puis, ils se laissent distancer, tandis qu'arrive le cortège de la reine. Ils descendent de cheval et quittent le chemin, où Yseut est précédée de jeunes gens qui l'attendent [36]. Ils grimpent sur un chêne qui domine le chemin pierreux : ils peuvent surveiller le cortège sans être aperçus. Serviteurs et valets s'avancent, chiens courants et brachets, maîtres de meutes et courriers, cuisiniers et rabatteurs, maréchaux et fourriers,

 

... E vunt s'en dreit vers Engle-
                [terre
Ysolt veeir e Brengien querre,
Ker Kaerdin veeir la volt
1200 E Tristran volt veeir Ysolt.
    Que valt que l'um alonje cunte,
U die ce que n'i amunte ?
Dirrai la sumé e la fin.
Entre Tristran e Kaerdin,
1205 Tant unt chevalchié e erré
Qu'il vienent a une cité
U Marke deit la nuit gisir.
Quant il ot qu'il i deit venir
— La veie set e le chemin —,
1210 Encuntre vait od Kaerdin.
De luin a luin vunt cheminant

E la rocte al rei purveant.
Quant la rocte al rei fu ultree,
La la reïne unt encuntree :
1215 Dë ors le chemin dunc descen-
                [dent,
Car li varlet iluec l'atendent.
Il sunt sur un chasne munté
Qu'esteit sur un chemin ferré :
La rote poent surveeir,
1220 Els ne puet l'um aperceveir.
Vienent garzum, vienent varlet,
Vienent seuz e vienent brachet
E li curliu e li veltrier
E li cuistruns e li bernier
1225 E marechals e herberjurs,

chevaux de charge ou de poursuite, palefrois tenus par la rêne, oiseaux brandis sur la main gauche [37]. Prestigieux est le convoi qui s'avance. Kaherdin ébloui par le faste de ce cortège si considérable et si riche s'étonne de ne voir ni la reine, ni Brangien sa belle suivante. Voici les lavandières, les chambrières ordinaires qui servent aux tâches non privées, font les lits, haussent les oreillers, cousent, lavent les cheveux et s'occupent des basses besognes [38]. Alors Kaherdin s'écrie :

« Je la vois.

— Non, répond Tristan. Je le sais bien : ce sont les chambrières ordinaires qui se chargent des gros ouvrages. »

Alors paraît le chambellan; derrière lui arrive la foule des chevaliers et des jeunes hommes, qui sont courtois, valeureux et beaux; ils chantent des jolies chansons et des pastourelles [39]. Suivent les demoiselles, filles de princes et de barons, qui viennent de maint pays : elles chantent des chansons et d'émouvants poèmes. Leurs compagnons sont galants, élégants et nobles; l'amour occupe leurs propos, et l'amitié sincère...

184

Cils umiers e cil chaceürs,
Cils chevals, palefreis en destre,
Cils oisels qu'en porte en senestre.
Grant est la rocte e le chemin.
[1230] Mult se merveille Kaerdin
De la rote qui si est grant
E des merveilles qu'i à tant
E quë il nen veit la reïne
Neu Brengien la bele meschine.
[1235] Atant eis lur les lavenderes
E les foraines chamberreres
Ki servent del furain mester,
Del liz aturner, des halcer,
Des dras custre, des chiés laver,
[1240] Des altres choses aprester.
Dunc dist Kaerdin : « Or la vei. »
— « Ne vus, dit Tristran, par ma
[fei !

Ainz sunt chamberreres fureines
Qui servent de grosses ovraines. »
[1245] A cë eis lur li chamberlangs;
Après lui espessist li rangs
De chevaliers, de dameisels,
D'enseignez, de pruz e de bels;
Chantent bels suns e pastureles.
[1250] Après vienent les demeiseles,
Filles as princes e a baruns,
Nees de plusurs regïuns :
Chantent suns e chanz delitus.
Od eles vunt li amerus
[1255] Li ensegnez e li vaillant;
De druerie vunt parlant,
De veir' amur et de...

... Alors Kaherdin s'écrie : « Je la vois ! Celle qui marche la première est la reine. Mais où est Brangien sa suivante [40] ?... »

Quel bels senblant seit de...
Sulunc ce qu'en l'amur...
[1260] Par foi... e de raison l...
Vers els que entre...

Dunc dit Kaerdin : « Or la vei l
Ceste devant est la reïne.
E quele est Brengien la mes-
chine?... »

# Fin du poème

... Furieuse, hors d'elle-même, au bord de la rage [41], Brangien quitte les lieux et court non loin trouver Yseut, dont le cœur languit de Tristan.

« Ma dame, dit Brangien, je suis perdue ! Puissé-je ne jamais vous avoir connue, non plus que votre ami Tristan ! Je me suis exilée pour vous, puis pour votre passion folle, j'ai sacrifié ma virginité. Je l'ai fait par dévouement, mais vous me promettiez miracle, vous et votre complice Tristan le parjure, que Dieu condamne dès ici-bas et sans tarder à la male aventure et à l'épreuve ! Il est le premier responsable de mon infamie. Rappelez-vous à quel destin vous m'aviez envoyée, et l'ordre que vous aviez donné qu'on me mît à mort. Perfide, vous ne vouliez point que les serfs m'épargnassent : leur hargne, Yseut, me fit moins de mal que votre amitié [42] ! Je suis une misérable et une méchante femme de vous être, malgré cela, restée fidèle et de vous avoir conservé mon affection quand vous m'avez avoué cet acte criminel [43]. J'aurais dû exiger qu'on vous punît de mort pour avoir tenté de me faire injustement périr. Je vous ai pardonné ce forfait,                    .

[1265] ... Dolente en est e mult iree;
Part s'en d'iloques correcee :
Près de la vait ou trove Ysodt
Qui pur Tristran el cuer se dolt :
« Dame, dit Brengvein, morte [sui !
[1270] Mar vi l'ure que vus cunui,
Vus e Tristran vostrë ami !
Tut mun païs pur vus guerpi,
E pus, pur vostre fol curage,
Perdi, dame, mun pucelage.
[1275] Jol fiz, certes, pur vostre amur :
Vus e Tristran le parjure
E vus e Tristran le parjure
Ki Deu doinst ui malaventure

E dur encunbrer en sa vie !
[1280] Par li fu ge primer hunie.
Membre vus u vus me veiastes :
A ocire me cummandastes.
Ne remist en vostre fentise
Que par les serfs ne fui ocise :
[1285] Melz me valuit la lur haür,
Ysolt, que ne fiz vostre amur !
Chetivë et malvise fui,
Quant puis icel ure vus crui,
Quë unques vers vus amur oi,
[1290] Pus ke cete mort par vus soi.
Pur quei n'ai quis la vostre mort,
Quant me la quesistest a tort ?
Cel forfez fud tut pardoné,

mais vous en avez commis un autre lorsque vous avez sournoisement machiné l'affaire Kaherdin. Maudite soit votre libéralité, quand c'est ainsi que vous rémunérez mes services ! Voilà donc le grand honneur que cet amant me confère pour l'amour de vous ! Il voulait une partenaire pour sa lubricité. Yseut, vous l'avez poussé à se conduire lâchement pour mieux me rendre folle : vous avez recherché ma honte pour satisfaire votre malice. Vous m'avez humiliée : notre amitié n'est plus. Mon Dieu, comme vous faisiez son éloge pour me rendre amoureuse de lui ! Il n'y avait pas un homme aussi vaillant, aussi valeureux, aussi généreux : à vous croire, quel beau chevalier ! Pour vous, c'était le meilleur qui fût, mais à présent, c'est le plus timoré qui jamais porta écu ni épée ! Puisqu'il se dérobe devant Cariadoc, qu'il soit honni et qu'il meure ! Celui qui fuit un si médiocre adversaire est le plus couard qui soit jusqu'à Rome. Mais dites-moi, reine Yseut, depuis quand êtes-vous devenue une Richeut [44] ? Où avez-vous appris à faire à sa façon l'éloge d'un triste sire pour abuser une pauvre fille ?

Mès ore est il renovelé
1295 Par l'acheisun e par l'engin
Que fait avez de Kaherdin.
Dehait ait la vostre franchise,
Quant si me rendez mun service !
C'est ço, dame, la grant honur
1300 Que doné m'ad pur vostre amur !
Il voleit aveir cumpagnie
A demener sa puterie :
Ysolt, ço li feïstest fere
Pur moi a la folie traire :
1305 Vus m'avez, dame, fait hunir
Pur vostre malveisté plaiser.
Vus m'avez mis a desonur :
Destruïe en ert nostre amur.
Deus ! tant le vus oï loer
1310 Pur fere le moi enamer !

Unc ne fust hum de sun barnag e
De sun pris, de sun vasselage :
Quel chevaler vus le feïstes !
Al meliur del mund le tenistes
1315 E c'est or le plus recraant
Ki unc portat n'escu ne brant !
Quant pur Karïado s'en fuit,
Sun cors seit huniz e destruit !
Quant fuit pur un si malvais
      [hume,
1320 Ja n'ad plus cüart desqu'a Rume.
Or me dites, reïne Ysolt,
Dès quant avez esté Richolt ?
U apreïstes sun mester,
De malveis hume si preiser
1325 E d'une caitive traïr ?

Pourquoi m'avoir avilie en vous servant du plus minable individu qui soit ? Tant de bons chevaliers m'ont fait la cour ! Je les ai tous repoussés et je me suis donnée à un couard ! Voilà votre œuvre. Mais je saurai bien me venger de vous et de votre ami Tristan. Yseut, je vous défie tous les deux : je ferai tout pour vous nuire, et vous paierez ma honte et mon humiliation. »

Quand Yseut entend cette explosion de fureur et de défi que lui lance celle au monde qui a le plus acquis sa confiance et dont son propre honneur dépend le plus (elle met une sombre allégresse à l'outrager si cruellement), elle en est bouleversée dans son cœur, en même temps que monte sa colère contre Brangien : la rage lui tenaille le cœur, son angoisse a deux objets [45], mais elle se demande contre lequel se prémunir d'abord; et elle ne sait à qui s'en prendre [46]. Elle dit en soupirant :

« Hélas ! quel malheur ! Je voudrais être morte, car je ne rencontre que l'épreuve en cette terre d'exil. Tristan, je vous maudis.

Pur quei m'avez si fait hunir
Au plus malveis de ceste terre?
Tant vaillant me sunt venu
                    [querre!
Cuntre tuz me sui ben gardee :
1330 Or sui a un cüard dunee !
Ce fud par vostre entisement.
Jon avrai ben le vengement
De vus, de Tristran vostre ami.
Ysolt, e vus e lui deffi :
1335 Mal vus en querrai et damage
Pur la vilté de ma huntage. »
        Quant Ysolt cest curuz entent
E ot icest desfïement
De la ren del mund que plus creit

1340 E que melz s'onur garder deit
(Icest est sa joie et sun hait
K'issi vilment li dit tel lait),
Mult en est al cuer anguissee
Od ço qu'ele est de li iree :
1345 Près del quer ses ires li venent.
Deus anguises al quer li tenent,
Ne set de laquele defendre;
N'a qui ele se puisse prendre.
Suspire e dit : « Lasse, caitive!
1350 Grant dolz est que jo tant sui
                    [vive,
Car unques nen oi se mal nun
En ceste estrange regïun.
Tristran, vostre cors maldit seit !

C'est à cause de vous que je suis si infortunée ! C'est vous qui m'avez conduite ici : mes tourments n'ont point eu de cesse; mon mari m'est devenu hostile, ainsi que tous les gens de son royaume, qui m'attaquent en public et en privé. Quelle importance ? Je l'ai supporté et le supporterais encore, si j'avais l'amitié de Brangien; mais quand elle veut ma perte et me déteste, je ne sais plus que faire. Elle préservait ma joie : Tristan, c'est votre faute si elle cherche à me perdre. Que je regrette de vous avoir jamais aimé : je n'y gagne qu'amertume et révolte ! Vous m'avez arrachée à mes parents et vous m'avez privée de l'affection générale, et cela ne vous suffit pas, puisque vous me retirez pour finir ma dernière consolation : l'estime de la noble Brangien. Il n'y eut jamais demoiselle si généreuse ni si loyale, mais vous avez réussi, Kaherdin et vous, à me l'aliéner. Vous voulez vous la réserver pour veiller sur Yseut aux Blanches Mains : vous savez qu'elle est loyale et vous voulez qu'elle reste auprès d'elle; mais envers moi, vous vous conduisez comme un parjure, quand vous m'ôtez le pain de la bouche. Brangien, souvenez-vous de mon père

Par vus sui jo en cest destreit !
1355 Vus m'amenastes el païs :
    En peine ai jo esté tuz dis;
    Pur vus ai de mun seingnur
        [guerre
    E de tut ceus de ceste terre,
    Priveement et en apert.
1360 Quin calt de ço? ben l'ai suffert,
    E suffrir uncor le peüse,
    Se l'amur de Brengvein eüse;
    Quant purchaser me volt con-
        [traire
    E tant me het, ne sai que faire.
1365 Ma joie soleit maintenir :
    Tristran, pur vus me volt hunir.
    Mar acuintai unc vostre amur :
    Tant en ai curuz e irur !
    Toleit m'avez tuz mes parenz

1370 E l'amur des estranges genz,
    E tut iço vus semble poi,
    Se tant de confort com jë oi
    Ne me tolisez al derein :
    Co est de la franche Brengven.
1375 Si vaillante ne si leele
    Ne fud unques mais damisele,
    Mais entre vus et Kaherdin
    L'avez sustraite par engin.
    Vus la vulez a vus mener,
1380 Ysolt as Blanches Mains guarder :
    Pur ço que leel la savez,
    Entur li aveir la vulez;
    Emvers mei errez cum parjure,
    Quant me tolez ma nurreture.
1385 Brengvein, membre vus de mon
        [pere

et de la prière que ma mère vous adressa : si vous m'abandonnez ici, en exil, sans appui, que vais-je devenir ? Comment pourrai-je vivre ? Je n'ai personne pour m'aider. Brangien, si vous voulez me quitter, est-ce un motif pour me haïr, ou pour chercher à mes dépens un prétexte pour vous rendre en un autre pays ? Je vous donnerai congé sans rancœur, si vous voulez retrouver Kaherdin. Mais je sais bien que c'est Tristan qui vous inspire, que Dieu puisse affronter à l'épreuve ! »

Au discours d'Yseut, Brangien ne peut s'empêcher de répondre :

« Vous avez le cœur bien pervers, quand vous dites sur moi de telles insanités et me prêtez des intentions que je n'ai pas. Tristan n'y est pour rien : c'est vous qui êtes responsable, et vous avez agi librement. Si vous ne vouliez pas constamment le mal, vous ne seriez pas si endurcie dans la méchanceté. Vous vous complaisez à mal faire et vous attribuez à Tristan votre malice. Mais s'il n'y avait eu Tristan, pire que lui aurait obtenu votre amour. Je ne me plains pas de son amitié, mais je suis furieuse et désespérée d'une trahison qui comblait votre malignité.

E de la prïere ma mere :
Se vus me guerpisez ici
En terre estrange, senz ami,
Que frai dunc? coment veverai?
1390 Car comfort de nuli nen ai.
Brengvein, se me vulez guerpir,
Ne me devez pur ço haïr,
Në emvers mei querre achison
D'aler en altre regïun,
1395 Car bon congé vus voil doner,
S'a Kaherdin vulez aler.
Ben sai Tristran le vus fait faire
A qui Deus en duint grant con-
[traire ! »
Brengvain entent al dit Ysolt;
1400 Ne puet laisser que n'i parolt,

E dit : « Fel avez le curage,
Quant sur moi dites itel rage
E ço qu'unques n'oi en pensé.
Tristran ne deit estre blasmé :
1405 Vus en devez la hunte aveir,
Quant l'usez a vostre poer.
Se vos le mal ne volsissez,
Tant lungement ne l'usissez.
La malvesté que tant amez
1410 Sur Tristran aturner vulez :
Ja ço seit que Tristran n'i fust,
Pire de lui l'amur eüst.
Ne me pleing de la sue amur,
Mais pesance ai e grant dolur
1415 De ço que m'avez enginné
Pur granter vostre malvesté.

Je suis déshonorée, si je demeure plus longtemps votre complice.
Prenez désormais garde, car je vais me venger. Si vous vouliez
me marier, que ne m'avez-vous donnée à un vrai chevalier?
C'est au plus couard qui fut jamais que vous avez machiné
de m'unir. »

Yseut réplique :

« S'il vous plaît, chère ! Je ne me suis pas mal conduite
envers vous. Ce n'est ni par malice ni par perversité que j'ai
machiné cette affaire. N'allez pas craindre que je vous aie trahie :
Dieu en soit témoin, je croyais bien faire. Kaherdin est un bon
chevalier, c'est un duc puissant, et un guerrier sur qui on peut
compter. N'allez pas vous imaginer qu'il est parti par crainte
de Cariadoc : ce sont les mauvaises langues qui le prétendent,
mais Cariadoc ne l'a pas fait fuir. Si vous entendez mensonges
à son propos, ce n'est pas une raison pour en vouloir ni à lui,
ni à mon ami Tristan, ni à moi-même. Brangien, croyez-moi,
quelle que soit l'issue de l'affaire, les gens de la cour souhaitent
notre brouille : elle réjouirait nos ennemis. Si vous êtes fâchée
contre moi, qui me respectera encore ? Comment préserverai-je
mon honneur, si vous me traînez dans la boue ?

Hunie sui, si mais le grant.
Guardez vus en dessornavant,
Car de vus me quid ben vengier.
1420 Quant vus me vulez marïer,
Pur quei ne me dunastes vus
A un hume chevalerus?
Mais al plus cüart qu'unc fud né
M'avez par vostre engin duné. »
1425 Ysolt respunt : « Merci, amie !
Unques ne vus fiz felunie;
Ne pur mal ne pur malveisté
Ne fud uncs cest plai enginné.
De traïsun ne dutés ren :
1430 Si m'aï Deus, jol fis pur ben.
Kaherdins est bons chevalers,
Riches dux e seürs guerrers.
Ne quidez pas qu'il s'en alast

Pur Karïado qu'il dutast,
1435 Einz le dient pur lur envie,
Car pur lui ne s'en alad mie.
Se vus oez sur lui mentir,
Nel devez pas pur ço haïr,
Ne Tristran mun ami, ne mei.
1440 Brengvein, jo vus afi par fei,
Coment que vostre plai aturt,
Que tuit icil de ceste curt
La medlee de nus vuldreient :
Nostre enemi joie en avreient !
1445 Se vus avez vers mei haür,
Ki me voldra puis nul honur?
Coment puis jo estre honuree
Se jo par vus sui avilee?

Ce sont les intimes et ceux qui nous doivent tout dont la trahison est la plus redoutable. Quand un confident connaît un
secret, la haine peut le pousser à la délation. Brangien, vous
savez tout de moi et pouvez me perdre, si vous voulez; mais
cela se retournera contre vous, puisque vous êtes ma complice,
de révéler dans un mouvement de fureur ma confidence et
mon secret au roi. Et puis, c'est vous qui m'avez inspirée :
pourquoi nous faire la guerre? Notre querelle est sans objet :
je n'ai pas voulu votre honte, mais au contraire votre bonheur
et votre gloire. Renoncez à votre rancune. A quoi vous avan-
cerait ma déchéance auprès du roi? Ma chute ne vous profi-
terait certainement pas : si je suis abaissée, on ne vous en
estimera guère, et tel fera votre éloge qui cherchera votre dis-
crédit; la société courtoise éprouvera pour vous plus que
du mépris, et vous aurez à la fois perdu mon affection et l'amitié
de mon mari. Quelle que soit son attitude à mon égard, n'allez
pas croire que vous éviterez sa haine : il éprouve pour moi un
tel amour qu'il n'est pas prêt à me détester;

.

L'en ne poet estre plus traïz
1450 Que par privez e par nuirriz.
Quant li privez le conseil set,
Traïr le puet, së il le het.
Brengvein, qui mun estre savez,
Se vus plaist, hunir me poez;
1455 Mais ço vus ert grant reprover,
Quant vus m'avez a conseiller,
Se mun conseil e mun segrei
Par ire descovrez al rei.
D'altre part jo l'ai fait par vus :
1460 Mal ne deit aveir entre nus.
Nostre curuz a ren n'amunte :
Unques nel fiz pur vostre hunte,
Mais pur grant ben e pur honur.
Pardunez moi vostre haür.
1465 De quei serez vus avancee

Quant vers lu rei ere empeiree?
Certes el men empirement
Nen ert le vostre amendement;
Mais si par vus sui avilee,
1470 Mains serez preisee e amee,
Car itel vus purra loer
Qui nel fet fors pur vus blasmer;
Vous en serez milz mesprisee
De tute la gent enseignee
1475 E perdu en avrez m'amur
E l'amisté de mun seingnur :
Quel semblent qu'il unques me
[face,
Ne cuidez qu'il ne vus en hace :
Emvers mei a si grant amur,
1480 Nus ne porreit metre haiur;

et nul ne saurait nous brouiller au point qu'il consente à me répudier. Il condamne peut-être ma conduite, mais rien ne le ferait renoncer à moi; il souffre sans doute de mon fol comportement, mais il ne peut se passer de ma tendresse; mes actes le révoltent : malgré qu'il en ait, il est condamné à m'aimer. Tous ceux qui ont voulu me nuire se sont attiré ses foudres : lui annoncer triste message, sachez-le, n'est pas s'acquérir sa reconnaissance. Le roi s'en trouvera-t-il mieux si vous me dénoncez ? De quoi l'aurez-vous vengé en causant ma ruine ? Pourquoi voulez-vous me trahir ? Qu'allez-vous lui révéler ? Que Tristan est venu me parler ? Est-ce que c'est outrager le roi ? Sera-t-il plus heureux quand vous l'aurez excité contre moi ? Je ne vois pas ce qu'il a perdu dans l'affaire. »

Brangien répond :

« Après le serment de l'an passé, vous n'aviez plus le droit d'accorder de rendez-vous à Tristan. Vous avez enfreint l'interdit et trahi votre parole : dès que vous l'avez pu, misérable Yseut, vous vous êtes parjurée, en déloyale que vous êtes. Vous êtes si enracinée dans votre inconduite

Nus ne nus poreit tant medler,
Son cors poüst de mei sevrer.
Mes faiz puet aveir cuntre quer,
Mei ne puet haïr a nul fuer,
1485 E mes folies puet haïr,
Mais m'amur ne puet unc guer-
[pir;
Mes faiz en sun cuer haïr puet,
Quel talent qu'ait, amer m'estuet.
Unques a nul qui mal me tint
1490 Emvers lu rei ben n'en avint :
Ki li dient ço qu'il plus het,
Sachet que mal gré lur en set.
De quei avancerez lu rei
Se vus li dites mal de moi?
1495 De quel chose l'avrez vengé
Quant vus moi avrez empeiré?

Pur quei me volez vus traïr?
Quei li vuolez vus descouvrir?
Que Tristran vint parler a mei?
1500 E quel damage en ad le rei?
De quei l'avrez vus avancé,
Quant de moi l'avrez curucé?
Ne sai quel chose i ait perdu. »
Brengvein dit : « Ja est defendu,
1505 Juré l'avez passé un an,
Le parler e l'amur Tristran.
La defense e le serement
Avez tenu malveisement :
Dès que poesté en eüstes,
1510 Chative Ysolt, parjure fustes,
Feimentië e parjuree.
A mal estes si aüsee

que vous ne sauriez y renoncer; vous êtes prisonnière de votre vieille malice. Si elle ne remontait pas à votre extrême jeunesse, vous ne vous obstineriez pas à la satisfaire; vous ne trouvez votre plaisir dans le crime que parce que vous y êtes rompue. Ce qu'un poulain apprend au dressage, qu'il le veuille ou non, il ne l'oublie pas, et ce qu'une femme contracte tôt, quand on ne l'en corrige pas, elle ne s'en débarrasse plus, si elle a le pouvoir de satisfaire son désir. Vous avez commencé fille : depuis, vous n'avez plus d'autre but. Si le mal n'était si ancien, vous en seriez depuis longtemps guérie. Si le roi vous avait matée, vous ne seriez pas aussi coupable, mais son indulgence vous incite à continuer. S'il a toléré tout, c'est qu'il n'avait pas de preuves certaines : je vais lui dire la vérité, et qu'il agisse ensuite comme il l'entend ! Vous avez vécu l'amour jusqu'à oublier votre honneur, et vous avez eu une conduite si insensée que vous ne sauriez en adopter une autre, même si vous étiez en péril mortel. Aussitôt que le roi eut des soupçons, il aurait dû vous punir. Mais il a tant fermé les yeux qu'il s'est déshonoré devant ses hommes.

Que vus nel poez pas guerpir;
Vostre viel us estuet tenir.
1515 S'usé ne l'eüssez d'amfance,
Ne maintenisez la fesaunce;
S'a mal ne vus delitissez,
Si lungement nel tenisez.
Que puleins prent en danteüre,
1520 U voille u nun, lunges li dure,
E que femme en juvente aprent,
Quant ele n'a castïement,
Il li dure tut sun eage,
S'ele ad poer en sun curage.
1525 Vus l'apreïstes en juvente :
Tuz jurs mais ert vostrë entente.
S'en juvente ne l'aprisez,
Si lungement ne l'usisez.

Si li reis vus ot castïé,
1530 Ne feïsez la maveisté,
Mais pur ço qu'il le vus consent,
L'avez usé si lungement.
Il le vus ad pur ço suffert
Quë il ne fud unques ben cert :
1535 Jo l'en dirrai la verité,
Puis en face sa volenté !
Tant avez vus usé l'amur,
Ublïé en avez honur,
E tant mené vostre folie
1540 Ne la larrez a vostre vie.
Tresques li reis s'en aparçut,
Castïer par dreit vus en dut.
Il l'ad suffert si lungement
Huniz est a tute sa gent.

Son devoir était de vous faire trancher le nez [47] ou mutiler de
telle façon que vous en soyez flétrie à tout jamais : vos ennemis
en auraient eu grand'joie. On aurait dû vous humilier comme
vous humiliez votre lignage, vos amis et votre époux. Si vous
cultiviez votre honneur, vous renonceriez à votre malice. Je
sais bien ce qui vous encourage : c'est la faiblesse du roi, qui
vous permet tout. Il est incapable de vous haïr, ce qui vous
autorise à le tromper : il ressent pour vous une telle passion
qu'il consent à son déshonneur; mais s'il vous aimait moins,
il vous châtierait autrement ! Il faut que je vous le dise, Yseut,
vous êtes criminelle et vous vous avilissez, de répondre à sa
tendresse extrême par une conduite qui frise l'indifférence. Si
vous aviez pour lui de l'affection, vous ne le feriez pas rougir. »
    Quand Yseut s'entend outrager, elle ne peut se contenir
et réplique à Brangien :
    « Quelle dureté dans votre jugement ! J'en ai assez de vos
critiques ! Faites attention à votre langage

| | |
|---|---|
| 1545 Le nés vus en deüst trencher | Së il itant ne vus amast, |
| U altrement aparailer | Altrement vus en castïast ! |
| Que hunie en fusez tuz dis : | Ne larai, Ysolt, nel vus die : |
| Grant joie fust a voz enmis. | Vus faites mult grant vilanie, |
| L'en vus deüst faire huntage | 1565 A vostre cors hunisement, |
| 1550 Quant hunissez vostre lingnage, | Quant il vus aime durement |
| Vos amis e vostre seingnur. | E vus vers li vus cuntenez |
| Se vus amisez nul honur, | Cum vers home qui naent n'amez. |
| Vostre malveisté laissisez. | Eüssez vus vers lui amur, |
| Ben sai en quei vus vus fïez : | 1570 Ne feïsez sa desonur. » |
| 1555 En la jolité de le rei, | Quant Ysolt ot sei si despire, |
| Que voz bons suffrë endreit sei. | A Brengvein respunt dunc par |
| Pur ço qu'il ne vus poet haïr, | [ire : |
| Ne vulez sa hunte guerpir : | « Vus moi jugez trop crüelment ! |
| Envers vus ad si grant amur | Dehé ait vostre jugement ! |
| 1560 Quë il suffre sa desonur; | 1575 Vus parlez cum desafaitee |

et ne me traitez pas de parjure. D'ailleurs, si j'ai renié ma foi, trahi mon serment, déshonoré mon nom, et si je me suis mal conduite, vous êtes ma complice, et sans votre assentiment, j'eusse été plus raisonnable; vous avez laissé faire, et m'avez appris comment manœuvrer : les ruses, les plaisirs, les craintes, les tourments, tout ce qu'implique une liaison qui dure, toutes ces pratiques, je vous les dois. Je me suis laissé prendre à votre jeu, puis ce fut Tristan, et enfin le roi : il aurait tout su depuis longtemps, si vous n'aviez endormi ses soupçons. Ce sont vos mensonges qui ont bercé notre folie : votre fourbe et votre astuce nous mettaient à l'abri. Vous êtes plus à blâmer que moi, car vous aviez à veiller sur moi et m'avez entraînée dans l'abîme. A présent, vous voulez me dénoncer pour des actions que j'ai commises sous votre responsabilité; que le feu maudit [48] de l'enfer me brûle si, à l'heure de la vérité, je ne consens pas à tout dire : que la vengeance du roi vous frappe la première! Vous l'aurez bien mérité.

Quant si m'avez a desleee.
Certes, si jo sui feimentie,
U parjurë, u ren hunie,
U se jo ai fait malvesté,
1580 Vus moi avez ben conseilé :
Ne fuz la consence de vus,
Ja n'eüst folie entre nus;
Mais pur ço que le consentiscest,
Co que faire dui m'apreïstest :
1585 Les granz enginz e les amurs,
Les dutances e les tristurs
E l'amur que nus maintenimes,
Par vus fud quanque nus feïmes.
Primer en deceüstes moi,
1590 Tristran après, e puis le rei,
Car peça quë il le seüst,

Se li engin de vus ne fust.
Par messunges que li deïtes,
En la folie nus tenistes :
1595 Par engin e par decevance
Covrites vus nostre fesance.
Plus de moi estes a blasmer,
Quant vus me devrïez garder
E dunc moi feïtes hunir.
1600 Ore moi volez descovrer
Del mal qu'ai fait en vostre garde:
Mais fu e male flame m'arde
S'il vent a dire a verité,
Se de ma part est puint celé
1605 Et se li reis venjance prent,
De vus la prenge primement!
Emvers lui l'avez deservi.

Néanmoins, je vous supplie de ne pas révéler nos secrets et de ne pas me garder rancune. »

Brangien réplique :

« Non et non. Je vais tout révéler au roi; puis nous verrons où est la justice. Advienne que pourra. »

Décidée au pire, elle plante là Yseut en jurant que le roi saura tout.

Folle de fureur et de rage, elle court exposer au roi ce qui lui tient à cœur :

« Sire, dit-elle, écoutez-moi, et ne croyez pas que je mente. »

Il l'entraîne à l'écart; elle vient d'entrevoir une solution ingénieuse; elle dit :

« Voici ce que j'ai à vous confier. Je dois allégeance, fidélité, franchise et dévouement à votre personne et à votre honneur, et quand je sais que cet honneur est en danger, je connais mon devoir, qui est de parler; si j'avais été informée plus tôt, vous seriez déjà au courant. Il s'agit d'Yseut : elle est en train de tourner mal. Elle est sur la mauvaise pente, et si on ne la surveille pas avec vigilance, elle va très mal se conduire; elle n'en est pas encore là, mais elle ne pense qu'à son plaisir. Vous l'avez soupçonnée à tort; mais moi j'éprouve une profonde révolte, une grave inquiétude et une grande peur,

Nequedent jo vus cri merci,
Que le cunseil ne descovrez
1610 E vostre ire moi pardonez. »
Dunc dit Brengvain : « Nu frai,
　　　　　　　　　[par fei !
Jo le mustrai primer al rai;
Orrum qui avra tort u dreit :
Cum estre puet idunc si seit ! »
1615 Par mal s'en part atant d'Ysolt :
Jure qu'al rei dire le volt.
　　En cest curuz e en cete ire,
Vait Brengien sun buen al rei
　　　　　　　　　[dire.
« Sire, dit ele, ore escutez;
1620 Ce ke dirrai pur veir creez. »
Parole al rei tut a celee.
De grant egin s'est purpensee;
Dit : « Entendez un poi a moi.

Lijance e lealté vus dei
1625 E fïancë e ferm'amur
De vostre cors, de vostre honur,
E quant jo vostre hunte sai,
M'es avis a celer ne l'ai;
E se jo anceis la seüse,
1630 Certes descoverte l'eüsse.
Itant vus voil dire d'Ysolt :
Plus enpire qu'ele ne solt.
De sun curage est empeiree;
S'ele n'est de melz agaitee,
1635 Ele fra de sun cors folie;
Car uncor ne fist ele mie,
Mais ele n'atent s'aise nun.
Pur nent fustes en suspeciun;
Jon ai eü mult grant irrur
1640 E dutance el cuer e poür,

car Yseut est prête à ne reculer devant rien si elle peut satisfaire
son caprice; aussi suis-je venue vous conseiller de faire très
attention. Vous connaissez le proverbe : « Vide chambre fait
dame folle, l'occasion fait le larron, folle dame vide maison. »
Il y a longtemps que vous vous méfiez. Moi-même, je me posais
des questions. J'ai l'œil sur elle jour et nuit. Mais je vois bien que
ce fut inutile, car elle a démenti nos soupçons et nos hypothèses.
Elle a su nous abuser, elle a changé les dés sans les jeter [49] :
à nous de l'abuser à notre tour quand elle va jouer, et qu'elle
s'apercevra qu'elle ne peut réaliser comme elle l'entend tout
ce qu'elle désire : un peu de contrainte, j'en suis sûre, la ramè-
nera dans le bon chemin. Oui, Marc, c'est fatal : votre déshonneur est dans l'ordre des choses, puisque vous la laissez faire
et que vous admettez un rival auprès d'elle. Je sais bien que
je risque gros de vous en parler, car vous m'en garderez rancune. Mais vous êtes déjà au courant. Vous avez beau feindre,
je connais la raison de votre attitude :

Car ce ne se volt pur ren feindre,
S'ele puet sun voleir ateindre;
Pur ço vus venc jo conseiler
Que vus la facez melz gaiter.
1645 Oïtes unques la parole :
« Vuide chambre fait dame fole,
Aise de prendre fait larrun,
Fole dame vuide maisun? »
Peza qu'avez eü errance.
1650 Jo meïmes fu en dutance;
Nut e jur pur li en aguait.
M'est avis pur nent l'ai jo fait,
Car deçeü avum esté
E del errur e del pensé.
1655 Ele nuz a tuz engingné
E les dez senz jeter changé :

Enginnum la as dez geter,
Quant avaingë a sun penser
Que ne puisse sun bon aver
1660 Itant cum est en cest vuleir :
Kar qui un poi la destreindra,
Jo crei ben que s'en retraira.
Certes, Markes, c'est a bon dreit :
Huntage avenir vus en deit,
1665 Quant tuz ses bons li cunsentez
E sun dru entur li suffrez.
Jol sai ben, jo face que fole
Quë unques vus en di parole
Car vus m'en savrez mult mal gré.
1670 Ben en savez la verité.
Quel senblant que vus en facez,
Ben sai pur quei vus en feinnez :

vous ne vous sentez pas la force d'affronter Yseut. Sire, je vous ai tout dit et vous êtes éclairé. »

Les propos de Brangien ont surpris le roi : comment a-t-elle deviné ses propres craintes et son humiliation, et comment pressent-elle qu'il souffre et qu'il se compose comme il peut un visage ? Il en est irrité, et lui demande toute la vérité, car il croit que c'est Tristan qui, comme naguère, est dans la chambre. Il garantit à Brangien, en toute bonne foi, en toute loyauté, qu'il ne la trahira pas. Alors l'adroite Brangien continue :

« Sire, je fais mon devoir en ne vous cachant pas qui est son ami et quelles manigances elle prépare. Nous nous sommes trompés en croyant qu'elle aimait Tristan. Elle a choisi un galant plus avantageux : c'est le comte Cariadoc. Il ne la quitte pas, dût votre honneur en souffrir. Il a tant courtisé Yseut qu'à présent, je crois savoir qu'elle va lui céder. Il a su lui parler et la servir, et elle l'accepte pour amant. Mais je vous assure

Que vus ne valet mie itant
Fere li osisez senblant.
1675 Reis, jo vus en ai dit asez
Ovë iço que vus savez. »
    Li reis as diz Brengien entent,
Si se merveille mult forment
Que ço puisse estre qu'ele conte
1680 De sa dutance e de sa hunte,
Qu'il l'ait suffert e qu'el le sace,
Qu'il se feint, quel senblant que
                            [face.
Idunc est il en grant errur.
Prie que die la verur,
1685 Car il quide que Tristran seit
En la chambre, cum il soleit;
Sa fei lealment li afie
Que le conseil ne dira mie.

Dunc dit Brengvein par grant
                            [cuintise :
1690 « Reis, par dire tut mun servise,
Ne vus voil seler l'amisté
Ne le plai qu'ele a enginné.
Nus avum esté deceü
De l'errur quë avum eü
1695 Qu'el vers Tristran eüst amur.
Ele a plus riche doneür :
Co est Carïado le cunte.
Entur li est pur vostre hunte.
D'amur a tant requis Ysolt
1700 Qu'or m'est avis granter li volt.
Tant a lousangé e servi
Qu'ele en volt faire sun ami;
Mais de ço vus afi ma fei

qu'il l'a jusqu'ici tout autant respectée qu'il me respecte. Je ne dis pas que, s'il en avait eu l'occasion, il n'aurait pas obtenu ce qu'il veut, car il est beau et s'y prend bien. Il est toujours avec elle, soir et matin; il s'empresse, il flatte, il supplie : ne vous étonnez pas qu'elle succombe à un homme riche et dévoué. Sire, je trouve étrange que vous tolériez ses assiduités, et me demande ce que vous trouvez à Cariadoc. Vous n'avez peur que de Tristan : elle ne l'aime absolument pas. Je m'en suis bien aperçu; moi aussi je me trompais : dès qu'il revint en Angleterre pour obtenir votre pardon et regagner votre amitié, aussitôt qu'Yseut apprit son retour, elle résolut sa mort et machina un piège; elle envoya contre lui Cariadoc qui l'obligea à s'enfuir. En vérité, nous ne savons quand la chose eut lieu. C'est Yseut qui est responsable de l'affaire. Si elle avait aimé Tristan, elle n'aurait évidemment pas provoqué cette défaite. S'il est mort, c'est un grand malheur, car Tristan est preux et courtois; et c'est votre neveu, sire : vous n'êtes pas prêt d'avoir un vassal aussi dévoué que lui. »

La nouvelle ébranle le cœur du roi, qui ne sait que faire.

<br>

Qu'unques ne li fist plus qu'a mei.
1705 Ne di pas, së aise en eüst,
    Tut sun bon faire n'em peüst,
    Car il est beals e pleins d'engins.
    Entur li est seirs e matins;
    Sert la, lousange,si li prie :
1710 N'est merveille se fait folie
    Vers riche hume tant amerus.
    Reis, je moi merveille de vus
    Quë entur li tant li suffrez
    U pur quel chose tant l'amez.
1715 Del sul Tristran avez poür :
    Ele n'ad vers lui nul amur.
    Jo m'en sui ben aperceüe;
    Ensement en fui deceüe :
    Desci qu'il vint en Engleterre

1720 Vostre pais e vostre amur querre
    E très quë Ysolt l'oï dire,
    Aguaiter le fest pur ocire;
    Karïado i emveia
    Ki a force l'en enchaça.
1725 Pur veir ne savum quant ad fait.
    Par Ysolt li vint cest aguait.
    Mais certes, s'ele unques l'amast,
    Tel hunte ne li purchazast.
    S'il est morz, ço est grant peché,
1730 Car il est pruz e ensengné;
    Si est vostre niés, sire reis :
    Tel ami n'avrez mais cest meis. »
    Quant li reis ot ceste novele,
    Li curages l'en eschancele,
1735 Car il ne set qu'em puise fere;

Il ne veut pas prolonger l'entretien, car il n'y voit aucun profit. Il déclare discrètement à Brangien :

« Mon amie, c'est maintenant votre affaire; ma seule intervention sera, au moment opportun, d'écarter Cariadoc : occupez-vous d'Yseut. Restez dans sa confidence, dès qu'il s'agira de vassaux ou de chevaliers, et conseillez-la toujours [50]. Je la mets en votre garde : veillez sur elle désormais. »

Yseut est à présent chaperonnée par Brangien : elle ne fait ni ne dit rien dans son privé que Brangien ne soit là, assistant à tous les entretiens. Tristan et Kaherdin s'en vont et cheminent dans la tristesse. Yseut reste, fort affligée, avec Brangien, qui est très malheureuse. Marc aussi souffre dans son cœur, et se repent de ses soupçons. Cariadoc, de son côté, vit dans la peine, car l'amour d'Yseut le tourmente, et il ne peut la persuader de lui accorder sa tendresse; il ne veut certes pas l'accuser devant le roi. Tristan se prend à penser que son départ est bien pitoyable, quand il ne sait ni pourquoi ni comment la reine Yseut a reçu le choc,

Ne volt parole avant retraire,
Car n'i veit nul avancement.
A Brengvein dit priveement :
« Amie, ore vus covent ben;
1740 Sur vus ne m'entremettrai ren
Fors, al plus bel que jo purrai,
Karïado esluingnerai,
E d'Isolt vus entremetrez.
Privé conseil ne li celez
1745 De barun ne de chevaler
Que ne seiez al conseiler.
En vostre garde la commant :
Cunveinez en desornavant. »
     Ore est Ysolt desuz la main
1750 E desuz le conseil Brengvein :
Ne fait ne dit priveement
Qu'ele ne seit al parlement.

Vunt s'en Tristran e Kaherdin
Dolent e triste lur chemin.
1755 Ysolt en grant tristur remaint,
E Brengvein, que forment se
                              [plaint.
Markes rad el cuer grant dolur
E em peisance est de l'errur.
Karïado rest en grant peine,
1760 Ki pur amur Ysolt se peine
E ne puet vers li espleiter
Que l'amur li vuille otreier;
Ne vult vers lu rei encuser.
Tristran se prent a purpenser
1765 Quë il s'en vait vileinement,
Quant ne set ne quar ne coment
A la reïne Ysolt estait

ni ce que fait la noble Brangien. Il dit adieu à Kaherdin et rebrousse chemin, en se jurant qu'il n'aura de cesse qu'il ne sache ce qu'elles pensent. L'amour fait perdre la tête à Tristan. Il se vêt d'humbles atours : humbles atours, ces pauvres loques qui le rendent méconnaissable à tous et à toutes [51]. Une infusion achève sa métamorphose : son visage se gonfle, il est enflé comme un malade; pour être plus sûrement déguisé, il rend noirs ses pieds et ses mains : il se donne l'aspect d'un lépreux, puis il prend un hanap en bois madré que la reine lui a donné au début de leur amitié, il y met une grosse bille de buis, et se façonne une cliquette. Il se rend alors à la cour et se tient près de l'entrée, à l'affût des nouvelles, l'œil aux aguets. Il demande l'aumône et joue de la cliquette, mais ne recueille aucune information qui le satisfasse. Un jour, le roi tenait fête, et se rendit à la cathédrale pour entendre la grand'messe : il est sorti du palais, suivi de la reine.

Ne que Brengvein la fraunche
[fait.
A Deu cumaunde Kaherdin
1770 E returne tut le chemin,
E jure que ja mais n'ert liez,
Si avra lur estre assaiez.
Mult fu Tristran suspris d'amur.
Or s'aturne de povre atur,
1775 De povre atur, de vil abit,
Que nuls ne que nule ja quit
N'aperceive que Tristran seit.
Par un herbé tut les deceit :
Sun vis em fait tut eslever,
1780 Cum se malade fust emfler;
Pur sei seürement covrir,
Ses pez e sé mains fait nercir :
Tut s'apareille cum fust lazre,

E puis prent un hanap de mazre
1785 Que la reïne li duna
Le primer an quë il l'amat,
Met i de buis un gros nüel,
Si s'apareillë un flavel.
A la curt le rei puis s'en vad
1790 E près des entrees se trait
E desire mult a saver
L'estre de la curt e veer.
Sovent prie, sovent flavele,
N'en puet oïr nule novele
1795 Dunt en sun cuer plus liez en seit.
Li reis un jur feste teneit,
Sin alat a la halte glise
Pur oïr i le grant servise :
Eissuz s'en ert hors del palès,
1800 E la reïne vent après.

Tristan, à la vue d'Yseut, sollicite sa charité, mais Yseut ne le reconnaît pas. Il la suit, jouant de la cliquette, et l'appelle à haute voix : il lui requiert l'aumône, pour l'amour de Dieu, il se fait pitoyable et en appelle à son bon cœur. Les hommes de l'escorte, qui précèdent la reine, se moquent cruellement de lui. L'un le pousse, l'autre le bouscule, et on l'écarte du cortège. On le menace, on le frappe, mais lui les harcèle et les supplie d'être généreux, pour l'amour du Christ. Aucune menace n'a raison de lui. Tous lui reprochent d'être agaçant, mais savent-ils ce qu'est la misère ? Il les suit jusque dans la nef, et il crie, et il agite cliquette en hanap. Yseut en est excédée : elle le regarde avec fureur, et s'interroge : qui est-il, cet homme qui s'accroche à elle ? Elle aperçoit le hanap et le reconnaît; elle sait désormais qu'il s'agit de Tristan, dont elle devine le corps bien fait, l'allure et la silhouette. Son cœur se trouble, elle rougit, elle redoute le roi. Elle tire un anneau d'or de son doigt, mais ne sait comment lui donner. Elle va le jeter dans le hanap.

Tristran la veit, del sun li prie,
Mais Ysolt nel reconuit mie.
E il vait après, si flavele,
A halte vuiz vers li apele,
1805 Del sun requiert pur Deu amur
Pitusement, par grant tendrur.
Grant eschar en unt li serjant,
Que la reïne vait sivant.
Li uns l'empeinst, l'altre le bute,
1810 E sil metent hors de la rute.
L'un manace, l'altre le fert;
Il vait après, si lur requiert
Que pur Deu alcun ben li face.
Ne s'en returne pur manache.
1815 Tuit le tenent pur ennuius;
Ne sevent cum est besuignus !

Suit lé tresqu'enz en la capele,
Crië e del hanap flavele.
Ysolt en est tut ennuee :
1820 Regarde le cum feme iree,
Si se merveille quë il ait
Ki pruef de li itant se trait;
Veit le hanap qu'ele conuit;
Que Tristran ert ben s'aparçut
1825 Par sun gent cors, par sa faiture,
Par la furme de s'estature.
En sun cuer en est esfreee
E el vis teinte e coluree,
Kar ele ad grant poür del rei.
1830 Un anel d'or trait de sun dei,
Ne set cum li puisse duner :
En sun hanap le voit geter.

Elle le tient encore, quand Brangien perçoit son manège : elle
regarde Tristan, le reconnaît, flaire la ruse, et lui dit qu'il est
un fou et un fripon de se précipiter sur les vassaux ; elle appelle
vilains les gens de l'escorte qui tolèrent sa présence parmi les
hommes sains ; elle reproche à Yseut sa faiblesse :

« Depuis quand poussez-vous les bonnes œuvres jusqu'à
manifester tant de largesse aux pauvres et aux malades ? Vous
voulez lui donner votre anneau mais, croyez-moi, madame,
n'en faites rien. Ne soyez pas prodigue au point de vous en
repentir. Car c'est charité que vous regretterez dès ce jour. »

Aux hommes qui l'entourent, elle ordonne qu'il soit chassé
de l'église, et ils le jettent à la porte, si bien que Tristan n'insiste
pas.

Il voit maintenant avec clarté que Brangien les déteste,
Yseut et lui. Il ne sait que faire : le désespoir étreint son cœur.
Il a été honteusement expulsé. Il verse mainte larme, il gémit
sur sa jeunesse et sur sa destinée : pourquoi a-t-il consenti à si fol
amour ? Il a souffert tant de tourments, tant de peines, tant
d'angoisses, tant de craintes, tant de périls,

Si cum le teneit en sa main,
Aperceüe en est Brengvein :
1835 Regarde Tristran, sil conut,
De sa cuintise s'aparçut,
Dit lui qu'il est fols e bricuns
Ki si embat sur les baruns ;
Les serjanz apele vilains
1840 Qui le suffrent entre les seins,
E dit a Ysolt qu'ele est feinte :
« Dès quant avez esté si seinte
Que dunisez si largement
A malade u a povre gent ?
1845 Vostre anel duner li vulez :
Par ma fei, dame, nun ferez.
Ne donez pas a si grant fès
Que vus repentez en après :
E si vus ore li dunez
1850 Uncore ui vus repentirez. »

As serjanz dit qu'illuques veit
Que hors de le glise mis seit,
E cil le metent hors a l'us
E Tristran n'ose prier plus.
1855   Or veit Tristran e ben le set
Que Brangvein li e Ysolt het.
Ne set suz cel que faire puisse :
En sun quer ad mult grant an-
                              [guisse.
Debutter l'ad fait mult vilment.
1860 Des oilz plure mult tendrement,
Plaint s'aventure e sa juvente,
Qu'unques en amer mist s'en-
                              [tente :
Suffert en ad tantes dolurs,
Tantes peines, tantes poürs,
1865 Tantes anguisses, tanz perils,

tant d'épreuves, tant d'exils, qu'il ne peut s'empêcher de pleurer.
Il y a dans la cour un vieux manoir qui s'effrite et tombe en
ruines. C'est là qu'il se réfugie, sous l'escalier [52]. Il se lamente
sur son malheur, sur sa souffrance, sur la vie qu'il mène. Les
privations, le jeûne, les veilles, l'ont affaibli, et il est las et n'en
peut plus. Sous l'escalier languit Tristan, qui désire la mort
et voudrait ne plus vivre : il n'est même plus capable de se relever, si on ne l'aide. Et Yseut, elle, est enfermée dans sa douleur :
elle gémit intérieurement sur son malheur, quand elle voit dans
quel état se trouve l'être qu'elle aime le plus au monde; elle
est complètement désemparée. Elle ne cesse de pleurer et de
soupirer, elle se maudit d'être encore en vie à l'heure présente.
On écoute la messe, puis on se rend au palais pour le repas,
et l'on y reste tout le jour, dans la fête et dans la joie, mais Yseut
demeure étrangère à ces réjouissances. Or il advint que, le soir,
le portier du château eut froid dans sa loge : il demanda à sa
femme d'aller quérir du bois. La dame n'avait pas envie d'aller
loin :

Tantes mesaises, tant eissilz,
Ne pot lasser que dunc ne plurt.
Un vel palès ot en la curt :
Dechaet ert e depecez.
1870 Suz le degré est dunc mucez.
Plaint sa mesaise e sa grant peine
E sa vie que tant le meine.
Mult est febles de travailler,
De tant juner e de veiller,
1875 De grant travail e des haans.
Suz le degrez languist Tristrans,
Sa mort desire e het sa vie :
Ja ne levrad mais senz aïe.
Ysolt en est forment pensive :
1880 Dolente se claime e cative
K'issi faitement veit aler

La ren qu'ele plus solt amer;
Ne set qu'en face nequedent.
Plure e sospire mult sovent;
1885 Maldit le jur e maldit l'ure
Qu'elë el siecle tant demure.
Le service oent al muster,
E puis vunt el palès mangier
E demeinnent trestut le jur
1890 En emveisure e en baldur,
Mais Ysolt n'en ad nul deduit.
Avint issi quë einz la nuit
Que li porter aveit grant freit
En sa logë u il se seit :
1895 Dist a sa femme qu'ele alast
Quere leingne, sin aportast.
La dame ne volt luinz aler.

il y en avait sous l'escalier, des bûches sèches et du merrain [53] :
elle y va sans tarder; elle s'aventure dans l'ombre et trouve
Tristan endormi : elle touche l'esclavine velue [54], elle pousse
un cri, elle a des sueurs froides, elle croit, dans son ignorance,
que c'est un diable. Son cœur s'est glacé, elle court dire la chose
à son mari. Celui-ci se rend dans les ruines, allume une chandelle,
explore les lieux et découvre Tristan qui gît, à demi mort. Il
se demande ce qui se passe, et approche la chandelle : il s'aperçoit, à la physionomie du gisant, qu'il s'agit d'un homme. Il
constate que Tristan est gelé. Il l'interroge : qui est-il ? que
fait-il là ? Comment s'est-il glissé sous l'escalier ? Tristan lui
dit tout : son identité, et les circonstances qui l'ont amené.
Il avait confiance en lui et le portier aimait Tristan : avec beaucoup d'efforts et de peine, il le porte jusqu'à sa loge et l'installe
dans un bon lit, puis il lui fournit le boire et le manger; il consent
même à porter un message à Yseut

Suz le degré en pout trover
Seiche leinë e velz marien,
1900 E vait i, ne demure ren;
E ceste entre enz en l'oscurté,
Tristran i ad dormant trové :
Trove s'esclavine velue,
Crie, a poi n'est del sen esue,
1905 Quide que ço deable seit,
Car el ne sot que ço esteit.
En sun quer ad grande hisdur,
E vent, sil dit a sun seingnur.
Icil vait a la sale guaste,
1910 Alume chandele e si taste,
Trovë i Tristran dunc gesir
Ki près en est ja de murir.
Qui estre puet si se merveille

E vent plus près a la candele;
1915 Si aperceit a sa figure
Que ço est humaine faiture.
Il le trove plus freit que glace.
Enquert qu'il seit e quë il face,
Coment il vint suz le degré.
1920 Tristran li ad trestut mustré
L'estre de lui e l'achaisun
Pur quoi il vint en la maisun.
Tristran en li mult se fïot
E li porters Tristran amot :
1925 A quel travail, a quelque peine,
Tresqu'enz en sa loge l'ameine,
Süef lit li fait a cucher,
Quert li a beivre e a manger;
Un massage porte a Ysolt

et à Brangien, car Tristan continue de s'adresser à l'une et à l'autre; mais rien qui vienne de lui ne saurait trouver grâce aux yeux de Brangien.

Yseut a pris Brangien à part et lui a dit :

« Noble demoiselle, Tristan et moi vous crions merci ! Allez lui parler, je vous en supplie, et consolez-le dans sa souffrance : il meurt de détresse et de chagrin. Vous l'aimiez naguère : chère, allez le consoler ! Il ne désire voir que vous : dites-lui au moins les raisons et l'origine de votre rancune. »

Brangien répond :

« Il n'en est pas question. Moi, le consoler ? Qu'il meure, oui, car je n'ai cure ni de sa vie ni de sa santé ! On ne me reprochera pas de si tôt de vous avoir encouragée à l'inconduite : je ne couvrirai pas votre trahison. On a assez médit de nous en faisant de moi votre complice : j'étais la rusée et la menteuse qui vous aidais à cacher vos forfaits. Voilà ce que récolte l'allié du traître : tôt ou tard il est floué. Je vous ai servie sans rechigner : rien d'étonnant si vous m'en savez mauvais gré. Si vous aviez souci de votre honneur, vous auriez récompensé autrement mes services,

---

1930 E a Brengvein, si cum il solt.
     Pur nule ren que dire sace,
     Ne puet vers Brengvein trover
                              [grace.
     Ysolt Brengvein a li apele
     Et dit li : « Franche damisele,
1935 Ove Tristran vus cri merci !
     Alez en parler, ço vus pri,
     Confortez lë en sa dolur :
     Il muert d'anguise e de tristur.
     Jal sulïez unc tant amer :
1940 Bele, car l'alez cunforter !
     Ren ne desire se vus nun :
     Dites li seveals l'achaisun
     Pur quei e dès quant le haiez. »
     Brengvein dit : « Pur nent en par-
                              [lez.

1945 Ja mais pur moi n'avrad confort.
     Jo li vul melz asez la mort
     Que la vïe u la santé.
     Oan mais ne m'ert reprové
     Que par moi aiez fest folie :
1950 Ne vul covrer la felonie.
     Leidement fud de nus retrait
     Que par moi l'avïez tuit fait,
     E par ma feinte decevance
     Soleie seler la fasance.
1955 Tut issi vait qui felun sert :
     U tost u tart sun travail pert.
     Servi vus ai a mun poer,
     Pur ço dei le mal gré aveir.
     Se regardissez a franchice,
1960 Rendu m'ussez altre service,

et j'aurais été mieux payée de mes efforts qu'avec cet amant qui m'avilit. »

Yseut lui dit :

« Laissez cela. Vous ne devez pas me tenir rigueur de propos tenus dans la colère : je regrette mes paroles. Je vous demande pardon, et vous prie d'aller voir Tristan, qui ne retrouvera la joie que lorsqu'il vous aura parlé. »

Elle la ménage tant, elle la supplie tant, elle lui promet tant, elle implore tant son pardon que Brangien consent à aller voir Tristan pour le réconforter dans la loge où il gît; elle le trouve mal en point, affaibli, pâle, vacillant, maigre et tout émacié. Elle l'entend gémir et soupirer du fond du cœur, et il en appelle à sa pitié : qu'elle lui dise, pour l'amour de Dieu, quelles sont les raisons de sa haine; qu'elle lui avoue la vérité. Tristan l'assure que ce qu'on impute à Kaherdin n'est pas vrai, et qu'il le fera venir à la cour pour infliger un démenti à Cariadoc. Brangien le croit et reçoit sa parole : ils sont alors réconciliés, et se rendent chez la reine, dans une haute chambre de marbre;

De ma peinë altre guerdun
Que moi hunir par tel barun. »
Ysolt li dit : « Laissez ester.
Ne me devez pas reprover
1965 Iço que par curuz vus diz :
Peise moi certes que jol fiz.
Pri vus quel moi pardunisez
E tresqu'a Tristran en algez,
Car ja mais haitez ne serra,
1970 Së il a vus parlé nen a. »
Tant la losenge, tant la prie,
Tant li pramet, tant merci crie
Qu'ele vait a Tristran parler
En sa loge u gist conforter;
1975 Trove le malade e mult feble,
Pale de vis, de cors endeble,
Megre de char, de colur teint.

Brengvein le veit quë il se pleint,
E cum suspire tendrement
1980 E prie li pitusement
Que li die, pur Deu amur,
Pur quei ele ait vers li haür :
Que li die la verité.
Tristran li ad aseüré
1985 Que ço pas verité n'estoit
Se que sur Kaherdin estoit,
E qu'en la curt le fra venir
Pur Karïado desmentir.
Brengvein le creit, sa fei em [prent,
1990 E par tant funt l'acordement,
E vunt en puis a la reïne
Suz en une chambre marbrine;

la paix est scellée avec émotion, et tous oublient leurs chagrins. Tristan connaît avec Yseut un peu de bonheur. Après cette trève d'une nuit, il prend congé au petit jour et retourne dans son pays. Il rejoint sa nef [55], franchit la mer dès que le vent est favorable, et arrive auprès d'Yseut de Bretagne, qui n'est pas heureuse de l'expédition : rude est son éducation sentimentale; elle en souffre dans son cœur, elle se décourage et se désespère : elle est frustrée de toute sa joie. La tendresse que voue Tristan à sa rivale est la source constante de sa tristesse [56].

Tristan est parti, Yseut est restée à se lamenter passionnément sur la tristesse des adieux; elle ne parvient pas à savoir exactement ce qu'il devient. Elle l'a vu accablé de maux; il lui a confirmé sa détresse au cours de leur entrevue; il est tourmenté, il est torturé par l'amour qu'il lui porte, il est déchiré, il est écrasé de chagrin : elle veut donc communier à ses épreuves. Elle n'ignore pas qu'il languit d'elle, aussi veut-elle partager sa peine. De même qu'elle a vécu le plaisir d'aimer avec celui qui, là-bas, à cause d'elle, est à l'agonie, de même elle s'unira de loin avec Tristan dans la douleur et dans la mortification.

Acordent sei par grant amur,
E puis confortent lur dolur.
1995 Tristran a Ysolt se deduit.
Après grant pose de la nuit
Prent le congé a l'enjurnee
E si s'en vet ver sa cuntree.
Trove son nevu qui l'atent
2000 E passe mer al primer vent,
E vent a Ysolt de Bretaigne
Qui dolente est de cest ovraigne :
Ben li est enditee amur;
El quer en ad mult grant dolur
2005 E grant pesancë e deshait :
Tut sun eür li est destrait.
Coment il aime l'altre Ysolt,
C'est l'achaisun dunt or s'en dolt.
Veit s'en Tristran, Ysolt re-
[maint

2010 Ki pur l'amur Tristran se pleint,
Pur ço que dehaité s'en vait;
Ne set pur veir cum il estait.
Pur les granz mals qu'il ad suffert
Qu'a privé li ad descovert,
2015 Pur la peine, pur la dolur,
Que tant ad eü par s'amur,
Pur l'anguise, pur la grevance,
Partir volt a la penitance.
Pur ço que Tristran veit languir,
2020 Ove sa dolur vult partir.
Si cum ele a l'amur partist
Od Tristran qui pur li languist,
E partir vult ove Tristran
A la dolur e a l'ahan.

A cause de lui, elle s'impose maintes austérités qui mettent sa beauté en péril, et elle mène sa vie dans l'affliction. Elle est l'amie parfaite, mine sombre, soupirs profonds, qui sacrifie presque tout ce qu'elle aimait (fut-il amante plus loyale ?) et, sur sa chair nue, elle vêt une broigne [57] : elle la porte contre elle nuit et jour, sauf lorsqu'elle couche avec son mari. Personne ne s'aperçoit de rien. Elle a fait le vœu de ne la retirer que lorsqu'elle aurait des nouvelles de Tristan. Rude est la pénitence qu'elle s'inflige par amour en bien des occasions : pour Tristan, l'Yseut lointaine accepte mille maux et mille supplices, et se condamne au dénuement, à l'ascèse, aux larmes. Un jour, elle convoque un joueur de vielle, elle lui relate sa vie présente et lui dévoile son cœur, et elle lui demande d'aller tout révéler à Tristan sous le couvert de son art. Quand Tristan apprend la condition de la reine qu'il aime tant, il devient sombre et morne : il ne peut connaître de joie tant qu'il n'aura pas vu la broigne que porte Yseut et qu'elle ne retirera de son dos que lorsque lui-même reviendra.

---

2025 Pur lui s'esteut de maint afeire
Qui a sa belté sunt cuntraire
E meine en grant tristur sa vie.
E cele, qui est veire amie
De pensers e de granz suspirs
2030 E leise mult de ses desirs
(Plus leale ne fud unc veüe)
Vest une bruine a sa char nue :
Iloc la portoit nuit e jur,
Fors quant colchot a sun seignur.
2035 Ne s'en aparceurent nïent.
Un vou fist e un serement
Qu'ele ja mais ne l'ostereit,
Se l'estre Tristran ne saveit.
Mult suffre dure penitance
2040 Pur s'amur en mainte faisance,

E mainte peine e maint ahan
Suffre cest' Ysolt pur Tristran,
Mesaise, dehait e dolur.
Apruef si prist un vïelur,
2045 Si li manda tote sa vie
E sun estrë, e puis li prie
Quë il li mant tut sun curage
Par enseingnes par cest message.
Quant Tristran la novele solt
2050 De la roïne qu'il amout,
Pensif en est e deshaitez :
En sun quer ne pot estre liez
De si la quë il ait veüe
La bruine qu'Ysolt ot vestue
2055 Ne de sun dos n'ert ja ostee
De si qu'il venge en la cuntree.

Il en parle à Kaherdin, et les voici en route, cinglant droit vers l'Angleterre, en quête de l'aventure et du bonheur. Ils ont pris des habits de pénitents et se sont teint le visage : ils se sont déguisés pour ne pas être reconnus; et ils parviennent à la cour du roi, où ils rencontrent en secret leurs amies et réalisent pleinement leurs projets.

Le roi Marc tint une fête, et il y vint beaucoup de monde. Après le repas, ce sont les divertissements, qui commencent par plusieurs épreuves d'escrime et de palestre. Tristan les remporta. Puis vint une série de sauts gallois ( ?) [58] et de sauts dits gavelois ( ?), suivis de joutes, et d'un concours de jet : roseaux, javelots, épieux, toutes disciplines où Tristan remporta la palme, devant Kaherdin, dont l'adresse fut décisive. Tristan y fut reconnu par un de ses amis : il leur donna deux chevaux de grand prix, les meilleurs du pays, car il avait très peur qu'on ne les fît prisonniers ce jour-là. Ils avaient pris des risques.

Idunc parole a Kaherdin
Tant qu'il se metent en chemin,
E vunt s'en dreit en Engleterre
[2060] Aventure e eür conquerre.
En penant se sunt aturné,
Teint de vis, de dras desguisé,
Que nuls ne sace lur segrei;
E venent a la curt le rei
[2065] E parolent priveement
E funt i mult de lur talent.
    A une curt que li reis tint,
Grant fu li poples quë il vint.
Après manger deduire vunt
[2070] E plusurs jus comencer funt
D'eskermies e de palestres.
De tuz i fud Tristran li mestres.

E puis firent un sauz waleis
E uns qu'apelent waveleis,
[2075] E puis si porterent cembeals
E si lancerent od roseals,
Od gavelos e od espiez :
Sur tuz i fud Tristran preisez
E empruef li fud Kaherdin :
[2080] Venqui les altres par engin.
Tristran i fud reconeüz,
D'un sun ami aparceüz :
Dous cheval lur duna de pris,
N'en aveit melliurs el païs,
[2085] Car il aveit mult grant poür
Quë il ne fusent pris al jur.
En grant aventure se mistrent.

Ils avaient tué sur la place deux vassaux; parmi eux, le beau
Cariadoc; Kaherdin le fit périr au cours des joutes, parce que
Cariadoc avait prétendu qu'il l'avait fui lorsqu'il avait dû repartir
de ce pays : il a tenu le serment qu'il avait fait lors de la réconciliation; mais il leur faut prendre le large s'ils veulent tous les
deux se mettre à l'abri. Au grand galop, donnant de l'éperon, les
deux compagnons gagnent le rivage. Les gens de Cornouaille
les traquent, mais ils ont perdu leur piste. C'est par la forêt que
cheminent Tristan et Kaherdin; ils empruntent les sentiers
écartés des landes, échappant ainsi à ceux qui les poursuivent.
Ils retournent sans tarder en Bretagne : ils sont heureux de s'être
vengés.

Seigneurs, il y a bien des versions de l'histoire, et la synthèse
que tente mon poème me fait choisir les épisodes majeurs,
tandis que je rejette le reste. Mais je ne veux pas que cette synthèse soit abusive quand la matière est si diverse. Il y a bien des
conteurs qui parlent de Tristan, mais leurs traditions ne concor-
dent pas : je m'en suis souvent aperçu à les entendre. Je connai-
dent pas : je m'en suis souvent aperçu à les entendre. Je connai-
bien leurs relations des faits et les textes qu'on a recueillis dans
les livres, mais si j'en crois mon expérience, ils ne suivent pas la
version de Bréri,

Deus baruns el la place occirent :
L'un fud Karïado li beals;
2090 Kaherdin l'occist al cembeals
Pur tant quë il dit qu'il s'en fuit
A l'altre feiz qu'il s'en parti :
Aquité ad le serement
Ki fud fait a l'acordement;
2095 E puis se metent al fuïr
Ambedeus pur lur cors guarir.
Vunt s'en amdui a esperun
Emvers la mer li compaignun.
Cornewaleis les vunt chaçant,
2100 Mais il les perdent a itant.
El bois se mistrent el chimin
Entre Tristran e Kaherdin;
Les tresturz des deserz errerent,
E par iço d'eus se garderent.
2105 Em Bretaingne tut dreit s'en
[vunt :

De la venjance liez en sunt.
Seignurs, cest cunte est mult
[divers,
E pur ço l'uni par mes vers
E di en tant cum est mester
2110 E le surplus voil relesser.
Ne vol pas trop en uni dire
Ici diverse la matyre.
Entre ceus qui solent cunter
E del cunte Tristran parler,
2115 Il en cuntent diversement :
Oï en ai de plusur gent.
Asez sai que chescun en dit
E ço qu'il unt mis en escrit,
Mé sulun ço que j'ai oï,
2120 Nel dient pas sulun Bréri

qui savait par cœur les récits épiques et romanesques concer-
nant tous les rois et tous les comtes qui ont marqué l'histoire de
la Bretagne [59]. Le point le plus épineux de ces controverses est
le suivant : plusieurs, parmi nous, ne veulent pas cautionner leur
façon de raconter l'épisode du nain : que la fatalité inspira à
Kaherdin une vive passion pour la femme de celui-ci, que le
jaloux tua son rival et blessa Tristan avec une arme empoisonnée,
et que Tristan, pour en guérir, envoya Governal en Angleterre
vers Yseut [60]. Thomas ne peut souscrire à cette version : il se fait
fort de démontrer qu'elle ne tient pas debout. Governal était
trop connu, et l'on savait dans tout le royaume qu'il était le
complice de Tristan et servait de messager entre les amants :
le roi le détestait; il avait enjoint à ses gens de faire attention à
lui. Comment aurait-il pu venir offrir ses services à la cour,
devant le roi, les vassaux et les hommes, comme un marchand
étranger, sans qu'un personnage si connu ne fût aussitôt démasqué ? Je ne vois pas comment il s'en serait tiré, ni comment il
aurait emmené Yseut. Ils trahissent la légende et s'éloignent de
la tradition authentique;

Ky solt lé gestes e lé cuntes
De tuz lé reis, de tuz lé cuntes
Ki orent esté en Bretaigne.
Ensurquetut de cest'ovraigne
2125 Plusurs de noz granter ne volent
Ço que del naim dire ci solent
Cui Kaherdin dut femme amer;
Li naim redut Tristran navrer
E entusché par grant engin
2130 Quant ot afolé Kaherdin;
Pur ceste plaie e pur cest mal
Enveiad Tristran Guvernal
En Engleterre pur Ysolt.
Thomas iço granter ne volt :
2135 E si volt par raisun mustrer
Qu'iço ne put pas esteer.

Cist fust par tut parconeüz
E par tut le regne seüz
Que de l'amur ert parçuners
2140 E emvers Ysolt messagers :
Li reis l'en haeit mult forment;
Guaiter le feseit a sa gent :
E coment poüst il venir
Sun servise a la curt offrir
2145 Al rei, al baruns, as serjanz
Cum se fust estrange marchanz,
Quë humë issi coneüz
N'i fud mult tost aperceüz?
Ne sai coment il se gardast
2150 Ne coment Ysolt amenast.
Il sunt del cunte forsveié
E de la verur esluingné,

s'ils ne veulent en convenir, je ne veux pas entreprendre un débat;
mais qu'ils proposent un jour pour une rencontre, et moi je
proposerai le mien : on verra bien qui a raison!

Tristan et Kaherdin sont revenus en Bretagne, et mènent
agréable vie avec leurs amis et leurs compagnons : ils vont chasser en forêt et participent à des tournois aux frontières. Ils
l'emportent largement, par leur prouesse et par leur générosité,
sur tous les chevaliers du pays; et quand ils ne sont pas sur les
routes, ils se rendent dans les bois proches jusqu'à la salle aux
images. Ils y retrouvent avec joie les portraits des dames qu'ils
aiment. Le jour, ils s'y consolent de leurs longues nuits solitaires.
Il arriva qu'étant à la chasse, alors qu'ils rentraient, leur escorte
les précédait, et ils chevauchaient seuls. Ils traversèrent la
Blanche Lande, et virent à leur droite, du côté de la mer, un
chevalier qui accourait au galop sur un destrier pommelé. Il
portait des armes somptueuses : un écu d'or fretté de vair, avec
une lance dont la flamme arborait les mêmes couleurs, celles de
son emblème [61].

E se ço ne volent granter,
Ne voil jo vers eus estriver;
2155 Tengent le jur e jo le men :
La raisun s'i pruvera ben!
En Bretaigne sunt repeiré
Tristran e Kaherdin haité,
E deduient sei leement
2160 Od lur amis e od lur gent,
E vunt sovent en bois chacer
E par les marches turneier.
Il orent le los e le pris
Sur trestuz ceuz de cel païs
2165 De chevalerie et d'honur;
E quant il erent a sujur,
Dunc en alerunt en boscages
Pur veer lé beles ymages.

As ymages se delitoent
2170 Pur les dames que tant amouent :
Lé jurs i aveient deduit
De l'ennui qu'il orent la nuit.
Un jur erent alé chacer
Tant qu'il furent al repeirer.
2175 Avant furent lur compaignun :
Nen i aveit së eus deus nun.
La Blanche Lande traverserunt,
Sur destre vers la mer garderent :
Veient venir un chevaler
2180 Les walos sur un vair destrer.
Mult par fu richement armé :
Escu ot d'or a vair freté,
De meïme teint ot la lance,
Le penun e la conisance.

Il pique vers eux par une sente, à l'abri derrière son écu. Il est grand, fort et massif, il est bien armé, c'est un beau chevalier. Tristan et Kaherdin vont à sa rencontre. Ils voudraient bien savoir qui il est. Il les a vus, il approche, il les salue avec déférence, et Tristan lui rend son salut. Il lui demande où il va, et pour quelle raison il est aussi pressé.

« Sire, dit le chevalier, sauriez-vous m'indiquer le château de Tristan l'Amoureux ? »

Tristan lui répond :

« Que lui voulez-vous ? Dites-nous votre nom et qui vous êtes : nous sommes prêts à vous y conduire mais, si vous voulez parler à Tristan, inutile d'aller plus avant, car c'est ainsi que l'on m'appelle. Qu'attendez-vous de moi ? »

Il réplique :

« Voilà qui me fait plaisir. Je suis Tristan le Nain. Je viens de la marche de Bretagne et je réside au bord de l'Océan [62]. J'y avais un château, et une amie que j'aimais : elle m'était plus chère que la vie. Mais le malheur a voulu qu'on me la ravît : avant-hier soir, elle a été enlevée. Estout l'Orgueilleux Castel Fier [63] l'a fait emmener de force,

[2185] Une sente les vent gualos,
De sun escu covert e clos.
Lungs ert e grant e ben pleners,
Armez ert e beas chevalers.
Entre Tristran e Kaherdin
[2190] L'encuntre atendent el chimin.
Mult se merveillent qui ço seit.
I vent vers eus u il les veit,
Salue les mult ducement
E Tristram son salu li rent,
[2195] Puis li demandë u il vait
E quel besuing e quel haste ait.
« Sire, dit dunc li chevaler,
Saverez me vus enseingner
Le castel Tristran l'Amerus ? »
[2200] Tristran dit : « Que li vulez vus ?

U ki estes ? Cum avez nun ?
Ben vus merrum a sa maisun,
Et s'a Tristran vulez parler,
Ne vus estut avant aler,
[2205] Car jo sui Tristran apellez :
Or me dites que vus volez. »
Il respunt : « Ceste novele aim.
Jo ai a nun Tristran le Naim.
De la marche sui de Bretaine
[2210] E main dreit sur la mer d'Espaine.
Castel i oi e bele amie :
Autretant l'aim cum faz ma vie.
Mais par grant peiché l'ai perdue :
Avant er nuit me fud tollue.
[2215] Estult l'Orgillius Castel Fier
L'en a fait a force mener,

il la retient dans son château et elle doit subir ses violences. J'en
suis si malheureux que j'en meurs de chagrin, de regret et de
désespoir. Je ne sais plus que faire : sans elle, tout bonheur m'est
refusé. Quand j'ai perdu celle qui faisait ma vie, mon délice et ma
joie, peu m'importe l'existence. Seigneur Tristan, je connais le
proverbe : qui perd l'objet de ses désirs n'a souci du surplus. Je
n'ai jamais autant souffert, et c'est la raison de ma venue : on
vous respecte, on vous craint, vous êtes le meilleur chevalier, le
plus noble, le plus généreux, le plus fervent de tous les hommes.
J'implore, seigneur, votre merci. J'en appelle à votre cœur et je
vous supplie d'être à mes côtés dans ma détresse en m'aidant à
reconquérir mon amie. Je vous devrai hommage et allégeance si
vous acceptez de devenir mon allié. »
    Tristan répond :
    « Je vous aiderai de toutes mes forces, je vous le promets.
Rentrons désormais, et dès demain, préparons-nous à agir pour
régler cette affaire. »

E il la tent en sun castel,
Si en fait quanques li est bel.
Jon ai el quer si grant dolur
2220 A poi ne muer de la tristur,
De la pesance e de l'anguise :
Suz cel ne sai que faire puisse,
N'en puis senz li aveir confort.
Quant jo perdu ai mun deport
2225 E ma joïë e mun delit,
De ma vie m'est pus petit.
Sire Tristran, oï l'ai dire,
Ki pert ço quë il plus desire,
Del surplus li deit estre poy.
2230 Unkes si grant dolor nen oi
E pur ço sui a vus venuz :
Dutez estes e mult cremuz

E tuz li meldre chivalers,
Li plus frans, li plus dreiturers
2235 E icil qui plus ad amé
De trestuz ceus qui unt esté.
Si vus en cri, sire, merci.
Requer vostre franchise e pri
Qu'ad cest besuing od mei venez
2240 E m'amie me purchacez.
Humage vus frai e liejance,
Si vus m'aidez a la fesance. »
Dunc dit Tristrans : « A mun poeir
Vus aiderai, amis, pur veir.
2245 Mais a l'hostel ore en alum :
Cuntre main nus aturnerum
E si parfeisums la busuine. »

Le chevalier s'irrite d'un tel retard et dit :

« Je vois bien, ami, que vous n'êtes pas ce héros prestigieux ! Je sais que si Tristan était là, il compatirait à ma souffrance, car Tristan a une telle expérience de l'amour qu'il comprend les maux des vrais amants. Si Tristan savait quel est mon désespoir, il viendrait au secours de ma ferveur : à ma peine, à mon agonie, il remédierait sans retard. Qui que vous soyez, noble ami, je vois bien que vous n'avez jamais aimé. Si vous saviez ce qu'est l'amour, vous auriez pitié de mon malheur. Celui qui n'a jamais connu le mal d'aimer n'imagine pas ce qu'est la douleur, et vous, ami, parce que vous n'avez point d'amie, vous ne pouvez concevoir mon supplice; si vous en étiez capable, vous seriez impatient de prendre mon parti. Adieu ! je pars en quête de Tristan, et j'irai le voir. Lui seul peut m'aider. Jamais je n'ai connu telle détresse ! Mon Dieu, pourquoi n'ai-je le droit de mourir, quand j'ai perdu ma raison de vivre ? J'aspire à la mort, car toute consolation, tout bonheur et toute joie me sont interdits : cet enlèvement m'arrache l'être au monde qui m'est le plus cher. »

Quant il ot que le jor purluine,
Par curuz dit : « Par fei, amis,
2250 Vus n'estes cil que tant a pris !
Jo sai que si Tristran fuisset,
La dolur quë ai sentisset,
Car Tristran si ad amé tant
Qu'il set ben quel mal unt amant.
2255 Si Tristran oït ma dolur,
Il m'aidast a icel amur :
Itel peine n'itel pesance
Ne metreit pas en perlungance.
Qui que vus seiet, baus amis,
2260 Unques n'amastes, ço m'est vis.
Se seüsez qu'est amisté,
De ma peine eüssez pité :
Quë unc ne sot que fud amur,

Ne put saveir quë est dolur,
2265 E vus, amis, que ren n'amez,
Ma dolur sentir ne poez;
Se ma dolur pusset sentir,
Dunc vuldrïez od mei venir.
A Deu seiez ! Jo m'en irrai
2270 Querre Tristan quel troverai.
N'avrai confort se n'est par lui.
Unques si esgaré ne fui !
E ! Deus, pur quei ne pus murir
Quant perdu ai que plus desir ?
2275 Meuz vousisse la meie mort,
Car jo n'avrai ja nul confort,
Ne hait, ne joie en mun corage,
Quant perdu l'ai a tel tolage,
La ren el mund que jo plus aim. »

Ainsi se lamente Tristan le Nain. Il va prendre congé. L'autre Tristan en a pitié, et lui dit :

« Cher seigneur, ne partez pas ! Vous m'avez convaincu de vous suivre, car je suis Tristan l'Amoureux, et je vous accompagnerai de grand cœur. Souffrez seulement qu'on m'apporte mes armes. »

On lui apporte ses armes, il s'équipe et il s'en va avec Tristan le Nain. Ils vont reconnaître le domaine d'Estout l'Orgueilleux Castel Fier, afin de le tuer. Au bout d'un long chemin, ils découvrent son puissant château. A la lisière d'un fourré, ils descendent de cheval : ils attendent là, observant ce qui va se passer. Estout l'Orgueilleux est redoutable. Il a six frères, tous chevaliers hardis, vigoureux et ardents, mais il l'emporte sur eux par sa vaillance. Deux d'entre eux reviennent d'un tournoi : ils les surprennent dans le bois, les défient aussitôt et les attaquent avec vigueur; les deux frères périssent. Mais leurs cris ont alerté le voisinage [64], et ceux du château bondissent à cheval. Le seigneur a bien entendu l'appel : on assaille les deux Tristan, on les attaque avec fureur. Ce sont de bons chevaliers,

2280 Eissi se pleint Tristran le Naim;
Aler se volt od le congé.
L'altre Tristran en ad pité
E dit lui : « Bels sire, ore estez !
Par grant reisun mustré l'avez
2285 Que jo dei aler ove vus,
Quant jo sui Tristran l'Amerus,
E jo volenters i irrai.
Suffrez, mes armes manderai. »
Mande ses armes, si s'aturne
2290 Ove Tristran le Naim s'en turne.
Estult l'Orgillus Castel Fer
Vunt dunc pur occire aguaiter.
Tant sunt espleité e erré
Que sun fort castel unt trové.
2295 En l'uraille d'un bruil des-
          [cendent :

Aventures iloc atendent.
Estult l'Orgillius ert mult fers.
Sis freres ot a chevalers
Hardiz e vassals e muz pruz,
2300 Mais de valur les venquit tuz.
Li dui d'un turnei repairerent :
Par le bruill cil les embuscherent,
Escrïerent les ignelment,
Sur eus ferirent durement;
2305 Li dui frere i furent ocis.
Leve li criz par le païs
E muntent icil del castel.
Li sires ot tut sun apel
E les dous Tristrans assailirent
2310 E agrement les emvaïrent.
Cil furent mult bon chevaler,

rompus à manier les armes [65] : ils les combattent tous à la fois, avec vaillance et dextérité, et n'arrêtent la lutte que lorsqu'ils ont tué les quatre frères. Tristan le Nain a reçu un coup mortel, et l'autre Tristan a été blessé à la hanche par un épieu empoisonné. Mais dans cette explosion de violence, Tristan s'est déjà bien vengé : il a tué celui qui l'a frappé. Les sept chevaliers ont donc tous péri, mais un Tristan a succombé et l'autre est en bien mauvais état, car sa blessure est profonde et grave. Blême de souffrance, il se traîne jusqu'à sa demeure. Il fait panser ses plaies, et convoque des médecins pour le soigner. On en fait venir d'autres, en grand nombre : aucun ne peut le guérir du poison; car ils ignorent la nature du venin et ne trouvent pas le bon remède. Ils ne connaissent aucun emplâtre qui puisse extraire ce venin : ils triturent et broient bien des racines, ils cueillent mainte herbe et composent mainte potion, mais tout est inutile. Le poison se répand par tout le corps, le fait enfler, le rend difforme; Tristan est livide, sans force,

De porter armes manïer :
Defendent sei encuntre tuz
Cum chevaler hardi e pruz,
[2315] E ne finerent de combaltre
Tant qu'il orent ocis les quatre.
Tristran li Naim fud mort ruez
E li altre Tristran navrez
Par mi la luingne, d'un espé
[2320] Ki de venim fu entusché.
En cel ire ben se venja
Car celi ocist quil navra.
Or sunt tuit li set frere ocis,
Tristran mort e l'altre malmis,
[2325] Qu'enz el cors est forment plaié.
A grant peine en est repairé
Pur l'anguise qui si le tent.

Tant s'efforce qu'a l'ostel vent.
Ses plaies fet aparailler,
[2330] Mires querre pur li aider.
Asez en funt a lui venir :
Nuls nel puet del venim garir,
Car ne s'en sunt aparceü
E par tant sunt tuit deceü.
[2335] Il ne sevent emplastre faire
Ki le venim em puisse traire :
Asez batent, triblent racines,
Cueillent erbes e funt mecines,
Mais ne l'em puent ren aider :
[2340] Tristran ne fait fors empeirer.
Li venims s'espant par le cors,
Emfler le fait dedenz e fors ;
Nercist e teint, sa force pert,

et ses os sont saillants. Il sait à présent qu'il se meurt, si on n'intervient pas au plus tôt, et il comprend qu'il ne guérira pas et que la fin est proche. Personne ne peut lui administrer d'antidote; et pourtant, si la reine Yseut était informée du mal qui le tue, et si elle était à ses côtés, elle le sauverait; mais il ne peut pas la rejoindre et ne supporterait pas une navigation; et Tristan redoute de rester dans un pays où il a tant d'ennemis; Yseut ne peut venir à lui : il ne voit donc plus de salut possible. Sa douleur est extrême, car il supporte mal d'être languissant, avec ses plaies qui puent, et il geint et défaille, brisé par le poison. Il veut voir Kaherdin seul à seul : il désire lui confier sa détresse. Il nourrit pour son compagnon une loyale amitié et Kaherdin saura lui manifester en retour une égale affection. Il demande qu'on les laisse seuls : il ne souffrira pas que dans la chambre un tiers assiste à l'entretien. Yseut, dans son cœur, s'interroge; va-t-il réaliser son projet, si vraiment il veut quitter le monde et devenir moine ou chanoine? Elle s'en effraie.

Li os sunt ja mult descovert.
2345 Or entend ben qu'il pert sa vie,
Së il del plus tost n'ad aïe,
E veit que nuls nel puet gaurir
E pur ço l'en covient murir.
Nuls ne set en cest mal mecine;
2350 Nequident s'Ysolt la reïne
Icest fort mal en li saveit
E od li fust, ben le guareit;
Mais ne puet pas a li aler
Ne suffrir le travail de mer;
2355 E il redute le païs,
Car il i a mult enemis;
N'Ysolt ne puet a li venir :
Ne seit coment puise garir.
El cuer en ad mult grant dolur,
2360 Car mult li greve la langur,

Le mal, la puür de la plaie;
Pleint sei forment et mult s'es-
[maie,
Cart mult l'anguise le venim.
A privé mande Kaherdin :
2365 Descovrir li volt la dolur.
Emvers lui ot leele amur,
Kaherdin repot lui amer.
La chambre u gist fait delivrer:
Ne volt sufrir qu'en la maisun
2370 Remaine al cunseil s'eus dous
[nun.
En sun quer s'esmerveille Ysolt
Qu'estre puise qu'il faire volt,
Se le secle vule guerpir,
Muine u chanuine devenir.
2375 Mult par en est en grant effrei.

Au pied du mur, séparée du lit de Tristan par la cloison, elle se tient, hors de sa chambre, et cherche à écouter ce qui se dit. Un homme sûr fait le guet tandis qu'elle garde l'oreille contre la paroi. Tristan, à grand'peine, parvient à s'appuyer au mur. Kaherdin s'est assis à ses côtés. Ils pleurent et font tous deux pitié : ils regrettent leur amitié, qui sera si courte, et l'affection, et la tendresse qui sut les unir. Ils ressentent profondément leur peine, ils s'apitoient l'un sur l'autre, ils partagent l'angoisse, le regret, le chagrin. Ils se lamentent l'un sur l'autre et gémissent sur leur prochain adieu : ils ont été de parfaits, de loyaux amis. Tristan murmure :

« Kaherdin. »

Puis il dit :

« Très cher compagnon, écoutez-moi. Je suis en terre étrangère, je n'ai d'autre ami ni parent que vous, mon camarade. Ici, mon seul plaisir, ma seule joie, ce fut votre présence. J'en suis sûr, si j'étais chez moi, quelqu'un saurait me guérir; mais ici, nul ne peut me soulager, et je vais, cher et noble Kaherdin, rendre l'âme : il faut bien que je meure sans recours puisqu'il n'est, pour me sauver, que la reine Yseut.

Endreit sun lit, suz la parai,
Dehors la chambre vait ester,
Car lur conseil volt escuter.
A un privé guaiter se fait
2380 Tant cum suz la parei estait.
E Tristran s'est tant efforcé
Qu'a la parei est apuié.
Kaherdin set dejuste lui.
Pitusement plurent andui :
2385 Plangent lur bone companie
Ki si brefment ert departie,
L'amur e la grant amisté.
Al quer unt dolur e pité
Anguice, peisancë e peine;
2390 Li uns pur l'altre tristur meine,
Plurent, demeinent grant dolur,
Quant si deit partir lur amur :

Mut ad esté fine e leele.
Tristran Kaherdin en apele,
2395 Dit li : « Entendez, beal amis.
Jo sui en estrange païs,
Jo në ai ami ne parent,
Bel compaing, fors vus sulement.
Unc n'i oi deduit ne deport,
2400 Fors sul par le vostre confort.
Ben crei que s'en ma terre fusse,
Par conseil garir i peüsse;
Mais pur ço que ci n'ad aïe,
Perc jo, bels dulz compainz, la
[vie;
2405 Senz aïe m'estut murir,
Car nuls hum ne me put garir
Fors sulement reïne Ysolt.

Elle le peut, si elle s'y met; elle connaît les remèdes et, si elle était informée de mon sort, elle accepterait. Mais, cher compagnon, que faire et par quel moyen l'atteindre ? Car j'en suis sûr, si elle savait, elle courrait à mon secours, et sa science me guérirait; mais comment la faire venir ? Si je savais quel messager lui envoyer, elle me tirerait de ce mauvais pas, dès qu'elle aurait vent de ma détresse. J'ai foi en elle et je suis convaincu que rien ne l'empêcherait de m'accorder son aide : elle m'aime d'amour si loyal ! Il n'y a plus d'autre issue, et c'est pourquoi, compagnon, je vous requiers : au nom de notre amitié, soyez généreux et rendez-moi ce service immense ! Soyez mon messager, comme l'exigent et notre compagnonnage et la foi que vous avez jurée lorsque Yseut vous donna Brangien ! Je vous promets moi-même en retour que, si vous faites ce voyage, je deviendrai votre homme-lige et vous revaudrai une extrême tendresse. »

Kaherdin est bouleversé par les larmes, les gémissements et le désespoir de Tristan,

E le puet faire si le volt :
La mecine ad e le poeir
2410 E, se le seüst, le vuleir.
    Mais, bels compainz, n'i sai que
             [face,
Pur quel engin ele le sace.
Car jo sai bien, se le suïst,
De cel mal aider me püest,
2415 Par sun sen ma plaie garir;
Mais coment puet ele venir?
Se jo seüse qui alast,
E mun message a li portast,
Acun bon conseil moi fereit
2420 Dès que ma grant besuine oreit.
Itant la crei que jol sai ben
Que nel larrait pur nule ren
Ne m'aidast a ceste dolur :

Emvers mei ad si ferm amur !
2425 Ne m'en sai certes conseiler,
E pur ço, compainz, vus requer :
Pur amisté e pur franchise,
Empernez pur moi cest servise !
Cest message faites pur mei
2430 Par cumpanie e sur la fei
Qu'afïastes de vostre main
Quant Ysolt vus dona Breng-
             [vein !
E jo ci vus affei la meie,
Si pur mei empernez la veie,
2435 Vostre liges hum devendrai,
Sur tute ren vus amerai. »
    Kaherdin veit Tristran plurer,
Od le pleindre, desconforter,
Al quer en ad mult grant dolur,

et il lui répond affectueusement : « Ne pleurez pas, mon camarade, je ferai tout ce que vous voulez. Oui, pour vous sauver, ami, je suis prêt à prendre tous les risques, dussé-je affronter la mort, pourvu que vous retrouviez la joie. Au nom de l'amitié loyale que je vous dois, je n'hésiterai pas une seconde, toute affaire cessante, et même au prix des pires maux, à tout mettre en œuvre pour satisfaire votre désir. Dites-moi quel est votre message et je cours me préparer au départ. »

Tristan répond :

« Je vous en remercie. Voici ce dont il s'agit. Prenez sur vous cet anneau : c'est le signe convenu entre elle et moi ; quand vous débarquerez, vous vous ferez passer pour un marchand, et vous apporterez à la cour de précieuses étoffes de soie. Faites en sorte qu'elle voie cet anneau, car dès qu'elle l'aura vu et vous aura reconnu, elle cherchera un prétexte ou une ruse pour vous parler à loisir. Transmettez-lui mon salut, à elle qui est mon seul salut. Je lui envoie ce salut avec une ferveur d'autant plus grande que tout salut m'est refusé. Du fond du cœur, je salue en elle mon salut,

2440 Tendrement respunt par amur,
Dit lui : « Bel compaing, ne
[plurez,
E jo frai quanque vus volez.
Certes, amis, pur vus garir,
Me metrai mult près de murir
2445 E en aventure de mort
Pur conquerre vostre confort.
Par la lealté que vus dei,
Ne remaindra mie pur mei,
Ne pur chose que fere puise,
2450 Pur destrece ne pur anguise
Que jo n'i mete mun poer
A faire en tuit vostre vuler.
Dites que li vulez mander,
E jo m'en irai aprester. »
2455 Tristran respunt : « Vostre merci !

Ore entendez que jo vus di.
Pernez cest anel avoc vus :
Ço sunt enseingnes entre nus ;
E quant en la terre vendrez,
2460 En curt marcheant vus ferez
E porterez bons dras de seie.
Faites qu'ele cest anel veie,
Car dès qu'ele l'avrad veü
E de vus s'iert aparceü,
2465 Art e engin après querra
Quë a leiser i parlera.
Dites li saluz de ma part,
Que nule en moi senz li n'a part.
De cuer tanz saluz li emvei
2470 Que nule ne remaint od moi.
Mis cuers de salu la salue :

car elle seule peut me rendre la santé. Oui, je la salue, car sans
elle, je ne retrouverai jamais ni joie, ni guérison, ni santé, si
elle ne me rend tous ces biens. Si elle ne me ramène pas le
salut ni ne me réconforte de sa présence, qu'elle garde avec
elle, au loin, mes chances de survie, car je mourrai dans le désespoir; enfin, dites-lui que je suis mort si elle ne vient pas me soulager. Peignez-lui avec exactitude mon état, et le mal dont je
languis, et insistez pour qu'elle ne tarde pas à me secourir.
Dites-lui qu'elle se souvienne du bonheur et des plaisirs que
nous connûmes jadis nuit et jour, et de nos angoisses et de
nos peines, et de la douce joie de nos amours loyales quand
elle a guéri autrefois ma plaie, et du philtre que par erreur nous
bûmes ensemble sur la mer. En ce philtre était notre mort :
depuis, nos tourments n'ont point cessé. Il nous fut versé sous
de tels auspices que nous l'avons bu pour notre perte. Elle se
rappellera les épreuves que m'a coûtées son amour : pour elle,
j'ai sacrifié mes parents, mon oncle et toute sa maison; j'ai
été chassé comme un infâme,

Senz li ne m'ert santé rendue.
Emvei li tute ma salu.
Cumfort ne m'ert ja nus rendu,
2475 Salu de vie ne santé,
Se par li ne sunt aporté.
S'ele ma salu ne m'aporte
E par buche ne me conforte,
Ma santé od li dunc remaine
2480 E jo murrai od ma grant peine;
Enfin dites que jo sui morz
Se jo par li n'aie conforz.
Demustrez li ben ma dolur
E le mal dunt ai la langur,
2485 E qu'ele conforter moi venge.
Dites li qu'ore li suvenge
Des emveisures, des deduiz
Qu'eümes jadis jors e nuiz,

Des granz peines e des tristurs
2490 E des joies e des dusurs
De nostre amur fine e veraie
Quant jadis ot guari ma plaie,
Del beivre qu'ensemble beümes
En la mer quant suppris en
[fumes.
2495 El beivre fud la nostre mort :
Nus n'en avrum ja mais confort.
A tel ure duné nus fu
A nostre mort l'avum beü.
De mé dolurs li deit menbrer
2500 Que suffert ai pus li amer :
Perdu en ai tuz mes parenz,
Mun uncle le rei e ses genz;
Vilment ai esté congeiez,

exilé en terre étrangère; j'ai souffert tant de privations et de souffrances que j'en suis à bout de forces. Notre amour, notre aspiration l'un à l'autre ont résisté à toutes les haines. Ni le désespoir, ni le dénuement, ni la douleur n'ont triomphé de notre tendresse : plus on s'est acharné à nous désunir, et plus nous étions attachés l'un à l'autre. On séparait nos corps, mais on ne sut anéantir notre ferveur. Qu'elle se souvienne encore du serment qu'elle me demanda quand je dus la quitter dans le jardin, alors qu'en me disant adieu, elle me confia cet anneau : elle me fit jurer qu'où que j'allasse, je n'aimasse jamais autre femme. Et depuis, j'ai tenu ce serment, même avec votre sœur, et je ne pourrai l'aimer, ni elle ni une autre, tant que je serai fidèle à la reine. Je suis si épris d'Yseut que votre sœur est vierge. Suppliez-la par la foi qu'elle me doit de ne pas rejeter mon appel : on verra bien alors si elle est sincère ! Tout ce qu'elle a jamais fait pour moi n'est rien si elle refuse de me secourir et ne vient pas soulager mon mal. Qu'ai-je à faire de son amitié si elle m'abandonne à mon tourment ? Je me moque de son affection

En altres terres eseilliez;
2505 Tant ai suffert peine e travail
Qu'a peine vif e petit vail.
La nostre amur, nostre desir
Ne poet unques nus hum partir.
Anguise, peine ne dolur
2510 Ne porent partir nostre amur :
Cum il unques plus s'esforcerent
Del departir, mains espleiterent.
Noz cors feseint desevrer,
Mais l'amur ne porent oster.
2515 Menbre li de la covenance
Qu'ele me fit a la sevrance
El gardin, quant de li parti,
Quant de cest anel me saisi :
Dist mei qu'en quel terre qu'a-
[lasse,

2520 Altre de li ja mais n'amasse.
Unc puis vers altre n'oi amur,
N'amer ne puis vostre serur,
Ne li në altre amer porrai
Tant cum la reïne amerai.
2525 Itant aim Ysolt la reïne
Que vostre suer remain mechine.
Sumunez la en sur sa fei
Qu'ele a cest besuing venge a
[mei :
Ore i perge s'unques m'ama !
2530 Quanque m'ad fait poi me valdra,
S'al besuing ne moi volt aider,
Cuntre cel dolur conseiler.
Que me valdra la sue amor
S'ore me falt en ma dolur?
2535 Ne sai que l'amisté me valt

si elle me trahit quand j'ai besoin d'elle. Le bonheur qu'elle
m'a donné n'a servi à rien si elle me laisse mourir. Notre amour
n'a plus de sens si elle renonce à me sauver. Kaherdin, je borne
à ceci la prière que je vous adresse : faites de votre mieux ;
et n'oubliez pas de saluer Brangien. Oui, informez-la de mon
affliction. Si Dieu ne fait miracle, je suis perdu. Je n'ai plus
longtemps à vivre, à en juger par ma douleur et par ma faiblesse.
Compagnon, il faut partir, et revenir bien vite, car si vous
n'êtes pas de retour au plus tôt, sachez que vous ne me reverrez
plus. Je vous accorde quarante jours. Si vous faites ce que je
vous demande et me ramenez Yseut, que le secret reste entre
nous. N'en dites rien à votre sœur, afin qu'elle n'ait aucun
soupçon; vous lui expliquerez qu'il s'agit d'un médecin qui
est venu me soigner. Vous prendrez ma propre nef, et vous
emporterez deux séries de voiles : l'une blanche et l'autre
noire [66]; si vous pouvez avoir avec vous Yseut et qu'elle vienne
guérir ma blessure, hissez voile blanche au retour; mais si
vous ne ramenez pas Yseut, cinglez avec la voile noire.

S'a mun grant besuing ore falt.
Poi m'ad valu tut sun confort,
Se ne m'aït cuntre la mort.
Ne sai que l'amur ait valu,
2540 S'aider ne moi volt a salu.
Kaherdin, ne vus sai preier
Avant d'icest que vus requer :
Faites al melz que vus poez;
E Brengvein mult me saluez.
2545 Mustrez li le mal que jo ai.
Se Deu n'en pense, jo murrai :
Ne puz pas vivre lungement
A la dolur, al mal que sent.
Pensez, cumpaing, del espleiter
2550 E de tost a mei repeirer,
Car se plus tost ne revenez,
Sachez ja mais ne me verrez.

Quarante jurs aiez respit.
Se ço faites que jo ai dit,
2555 Quë Ysolt se venge ove vus,
Gardez nuls nel sache fors nus.
Celez l'en vers vostre serur,
Que suspeçun n'ait de l'amur;
Pur mire la ferez tenir :
2560 Venue est ma plaie guarir.
Vus en merrez ma bele nef,
E porterez i duble tref :
L'un est blanc et lë altre neir;
Se vus Ysolt poez aver,
2565 Que venge ma plaie garir,
Del blanc siglez al revenir;
E se vus Ysolt n'amenez,
Del neir siglë idunc siglez.

Je n'ai plus rien à vous dire, ami. Que Notre Seigneur vous accompagne et qu'Il vous ramène sain et sauf ! »

Il soupire, il pleure, il gémit, et Kaherdin verse mainte larme. Il embrasse Tristan et le quitte. Il prépare son voyage. Au premier vent favorable, il prend le large. On lève l'ancre, on tend la voilure, on navigue à contre-courant, par maigre brise, on fend les vagues, on franchit les flots des mers profondes et lointaines [67]. La cargaison est précieuse : des étoffes de soie, des tissus chatoyants [68], de la coûteuse vaisselle de Tours, du vin de Poitou, des oiseaux d'Espagne, bon prétexte qui dissimule heureusement l'objet de la navigation : aller chercher Yseut, dont Tristan regrette tant l'absence. Kaherdin file maintenant sur l'onde à pleine voile vers l'Angleterre. La traversée dure vingt nuits et vingt jours avant d'accoster sur l'île, où l'on aura des nouvelles d'Yseut [69].

Colère de femme est redoutable, et chacun doit y prendre garde, car où elle aura le plus aimé, elle prendra vengeance la plus prompte. A femme, l'amour vient vite, mais la haine plus vite encore,

Ne vus sai, amis, plus que dire.
2570 Deus vus conduie, Nostre Sire,
E sein e salf Il vus remaint ! »
Dunc suspirë e plure e plaint,
E Kaherdin plure ensement.
Baise Tristran e congié prent.
2575 Vait s'en pur sun ere aprester.
Al primer vent se met en mer.
Halent ancres, levent leur tref,
Siglent amunt al vent süef,
Trenchent les wages e les undes,
2580 Les haltes mers e les parfundes.
Meine bele bachelerie :
De seie porte draperie,
Danree d'estranges colurs
E riche veissele de Turs,
2585 Vin de Peito, oisels d'Espaine,

Pur celer e covrer s'ovrainge,
Coment venir pusse a Ysolt,
Cele dunt Tristran tant se dolt.
Trenche la mer ove sa nef,
2590 Vers Engleterë a plein tref.
Vint nuiz, vint jurz i a curu
Einz qu'il seit en l'isle venu,
Einz qu'il puise la parvenir
U d'Ysolt puise ren oïr.
2595 Ire de femme est a duter,
Mult s'en deit chaschuns hum
[garder,
Car la u plus amé avra
Iluc plus tost se vengera.
Cum de leger vent lur amur,
2600 De leger revent lur haür ;

et la rancune qu'elle éprouve est plus durable que l'amitié. La femme mesure l'affection, et ne tempère pas son inimitié tant qu'elle est en fureur; mais je n'ose pas dire tout ce que j'en pense, car ce n'est pas mon domaine [70]. Yseut était l'oreille au mur : elle a très bien entendu ce qu'a dit Tristan. Aucun mot ne lui a échappé : elle sait maintenant. Elle en ressent une profonde rage, d'avoir tant aimé Tristan quand il ne pensait qu'à une autre; à présent, elle a enfin compris pourquoi elle est frustrée de la joie qu'elle attend de lui. Elle garde en son cœur ce qu'elle vient d'apprendre. Mais elle fait semblant de n'être pas au courant; toutefois, dès qu'elle en aura le moyen, elle se vengera cruellement de l'être qui lui est le plus cher au monde. Dès que les portes sont ouvertes, elle entre dans la chambre. Elle cache sa fureur à Tristan, elle s'occupe de lui, elle lui sourit avec tendresse, comme une femme aimante à l'homme qu'elle aime. Elle lui parle avec douceur, le prend dans ses bras sans cesse et l'embrasse, et lui multiplie les preuves de son affection; mais elle enrage, et médite sournoisement l'occasion de sa vengeance; souvent, elle s'enquiert avec insistance du retour de Kaherdin

Plus dure lur enimisté,
Quant vent, que ne fait l'amisté.
L'amur sevent amesurer
E la haür nent atemprer,
2605 Itant cum eles sunt en ire;
Mais jo nen os ben mun sen dire,
Car il n'afert rens emvus mei.
Ysolt estoit suz la parei :
Les diz Tristran escute e ot.
2610 Ben ad entendu chacun mot :
Aparceüe est de l'amur.
El quer en ad mult grant irrur
Quë ele ad Tristran tant amé,
Quant vers altre s'est aturné;
2615 Mais or li est ben descovert
Pur quei la joie de li pert.
Ço qu'ele ad oï ben retent.

Semblant fait que nel sace nent;
Mais tresqu'elë aise en avra,
2620 Trop cruelment se vengera
De la ren del mund qu'aime plus.
Tres quë overt furent li us,
Ysolt est en la chambre entree.
Vers Tristran ad s'ire celee,
2625 Sert le, mult li fait bel semblant
Cum amie deit vers amant.
Mult ducement a li parole
E sovent le baise e acole
E mustre lui mult grant amur;
2630 E pense mal en cele irrur
Par quel manere vengé ert;
E sovent demande et enquert
Kant Kaherdin deit revenir.

et du médecin qui va guérir Tristan; mais dans son cœur, elle ne plaint guère son mari : elle n'a au cœur que la trahison qu'elle projette et réalisera, si elle le peut, car elle n'obéit plus qu'à sa rancœur. Kaherdin, lui, cingle vers le Nord et poursuit sa navigation jusqu'à ce qu'il touche la terre où il est allé chercher Yseut, à l'embouchure de la Tamise [71]. Il remonte le fleuve avec sa cargaison [72] : dans l'estuaire, avant l'entrée du port, il met l'ancre dans une crique; il continue en canot jusqu'à Londres, près du pont; c'est là qu'il étale sa marchandise, et déploie largement ses soieries.

Londres est une cité très prospère, qui n'a pas son égale en terre chrétienne par son activité, son prestige et la bonne vie qu'on y mène. On y est prodigue et généreux, on y aime rire. Toute la fortune de l'Angleterre est là : inutile de la chercher ailleurs. La Tamise baigne les remparts. C'est ici qu'arrivent les marchandises de tous les pays où se rendent les marchands chrétiens. Les gens y sont particulièrement malins. C'est donc là qu'est venu Kaherdin, avec ses étoffes et ses oiseaux

Od le mire quil deit gaurir;
2635 De bon curage pas nel plaint :
La felunie el cuer li maint
Qu'ele pense faire, se puet,
Car ire a iço la comuet.
Kaherdin sigle amunt la mer
2640 E si ne fine de sigler
De si qu'il vent a l'altre terre
U vait pur la reïne querre :
Ço est l'entree de Tamise.
Vait amunt od sa marchandise :
2645 En la buche, dehors l'entree,
En un port ad sa nef ancree;
A son batel en va amunt
Dreit a Londres, desuz le punt;
Sa marchandise iloc descovre,

2650 Ses dras de seie pleie e ovre.
Lundres est mult riche cité,
Meliure n'ad en cristienté,
Plus vaillante ne melz preisee,
Melz guarnie de gent aisie.
2655 Mult aiment largesce e honur;
Cunteinent sei par grant baldur.
Le recovrer est d'Engleterre :
Avant d'iloc ne l'estuet querre.
Al pé del mur li curt Tamise.
2660 Par la vent la marcheandise
De tutes les teres qui sunt
U marcheant cristïen vunt.
Li hume i sunt de grant engin.
Venuz i est dan Kaherdin
2665 Ove ses dras, a ses oisels

dont plus d'un a beaucoup de prix. En main, il tient un grand
autour, une étoffe teinte qui vient de loin et une coupe ouvragée,
avec des reliefs de nielle. Il en fait présent au roi Marc, auquel
il tient le discours opportun : qu'il vient dans son pays en
apportant tout ce qu'il a, avec l'intention de gagner assez d'argent pour relancer son négoce; qu'il demande au roi son sauf-
conduit dans le royaume, afin de ne pas se retrouver captif et
d'échapper aux vexations et aux violences de quelque chambellan ou de quelque vicomte. Le roi lui accorde sa protection,
en présence de sa cour. Le marchand s'approche de la reine :
il veut lui montrer ses richesses. Il lui met dans la main une
broche d'or, la plus belle qui soit : c'est le présent qu'il fait
à la reine.

« L'or en est de bonne qualité », dit-il.

Yseut n'a jamais vu plus belle broche; mais Kaherdin retire
de son doigt l'anneau que lui a confié Tristan, et le place à
côté du bijou. Il dit :

« Reine, regardez ceci. Plus terne est l'or de l'anneau, mais
je le trouve assez joli. »

A la vue de l'anneau, la reine reconnaît Kaherdin : son
cœur se glace, elle blêmit, et pousse un soupir d'angoisse.

| | |
|---|---|
| Dunt il a de bons e de bels. | De ses avers li volt mustrer. |
| En sun pung prent un grant [ostur | Un afiçail ovré d'or fin |
| E un drap d'estrange culur | Li porte en sa main Kaherdin, |
| E une cope ben ovree | 2685 Ne qui qu'el secle melliur seit : |
| 2670 Entailleë e neelee. | Presen a la reïne en fait. |
| Al rei Markes en fait present | « Li ors en est mult bons », ce dit; |
| E si li dit raisnablement | Unques Ysolt melliur ne vit; |
| Qu'od sun aveir vent en sa terre | L'anel Tristran de sun dei oste, |
| Pur altre ganir e conquerre; | 2690 Juste l'altre le met encoste |
| 2675 Pais li doinst en sa regïun | E dit : « Reïne, ore veiez : |
| Que pris n'i seit a achaisun, | Icest or est plus colurez |
| Ne damage n'i ait ne hunte | Que n'est li ors de cest anel; |
| Par chamberlens ne par vescunte. | Nequedent cestu tenc a bel. » |
| Li reis li dune ferme pès, | 2695 Cum la reïne l'anel veit, |
| 2680 Oiant tuz iceus del palès. | De Kaherdin tost s'aperceit : |
| A la reïne vait parler : | Li quers li change e la colur |
| | E suspire de grant dolur. |

Elle craint une mauvaise nouvelle. Elle entraîne Kaherdin à l'écart, en lui demandant s'il vendrait l'anneau et combien il en veut; a-t-il d'autres objets à vendre? C'est un prétexte adroit pour donner le change à ceux qui la surveillent. Kaherdin est donc seul avec Yseut.

« Ma dame, dit-il, j'ai un grave message à vous faire. Ne prenez pas mes paroles à la légère : Tristan, votre ami, vous salue et vous assure qu'il vous aime et vous sert fidèlement, comme il en a le devoir à l'égard de sa dame et de son amie de qui dépend sa vie ou sa mort. Il est votre serviteur et votre homme-lige. Il m'a envoyé vers vous à cause de sa détresse : il vous fait savoir qu'il n'a plus que vous pour le sauver de la mort et que, sans vous, ma dame, il ne se remettra pas du mal qui va l'emporter. Il a été mortellement blessé par le coup d'un épieu trempé dans du poison. Nous ne pouvons trouver de médecin qui connaisse un remède efficace : beaucoup ont essayé de le soigner, qui lui ont fait plus de mal que de bien. Il languit, il souffre, il agonise, et sa plaie s'infecte. Il vous fait dire que ses jours sont comptés, si vous n'intervenez pas, et c'est la raison de ma venue. Par la foi que vous lui devez,

Ele dute a oïr novele.
2700 Kaherdin une part apele,
Demande si l'anel vult vendre,
E quel aveir il en vult prendre,
U s'il ad altre marchandise.
Tut ço fait ele par cuintise,
2705 Car ses gardes decevre volt.
Kaherdins est suz a Ysolt :
« Dame, fait il, ore entendez.
Ço que dirrai, si retenez :
Tristran vus mande cume druz
2710 Amisté, service e saluz
Cum a dame, cum a s'amie
En qui maint sa mort e sa vie.
Liges hum vus est e amis.
A vus m'ad par busing tramis :

2715 Mande a vus ja n'avrat confort,
Se n'est par vus, a ceste mort,
Salu de vie ne santez,
Dame, si vus ne li portez.
A mort est navré d'un espé
2720 Ki de venim fu entusché.
Nus ne poüm mires trover
Ki sachent sun mal meciner :
Itant s'en sunt ja entremis
Que tuit sun cors en unt malmis.
2725 Il languist e vit en dolur,
En anguisë e en puür.
Mande a vus que ne vivra mie
Së il nen ad la vostre aïe,
E pur ço vus mande par mei.
2730 Si vus sumunt par cele fei :

Yseut, et au nom du loyal amour qui vous unit, il vous somme
de le rejoindre, et que rien au monde ne vous en dispense, car
jamais votre présence ne lui fut plus nécessaire : ce serait crime
que de l'abandonner. Qu'il vous souvienne de votre immense
amitié et des peines et des souffrances que vous avez vécues
ensemble ! Il a gaspillé sa jeunesse et sa vie : pour vous, il a
subi l'exil, il a été plusieurs fois banni du royaume. Il a perdu
l'amitié du roi Marc : pensez à tous ces sacrifices ! Vous n'avez
pas le droit d'oublier les serments que vous échangeâtes lors
du baiser d'adieu dans le jardin où vous lui donnâtes cet anneau :
vous lui avez promis de lui rester fidèle. Ayez pitié de lui,
ma dame ! Si vous refusez de le secourir, il sera trop tard :
sans vous, il ne guérira pas. Il faut donc venir avec moi, ou c'est
sa mort certaine. Il vous le mande en toute loyauté. Il vous
envole cet anneau pour confirmer mon message : gardez-le,
il vous le rend. »

Le discours de Kaherdin bouleverse le cœur d'Yseut, en
proie au chagrin, à la pitié, au déchirement : elle n'a jamais
autant souffert.

E sur iceles lealtez
Que vus, Ysolt, a li devez,
Pur ren del munde nel lassez
Que vus a lui or ne vengez,
2735 Car unques mais n'en ot mester,
E pur ço nel devez lasser.
Or vus membre des granz amurs
E des peines e des dolurs
Qu'entre vus dous avez suffert !
2740 Sa vie e sa juvente pert :
Pur vus ad esté eissillez,
Plusurs feiz del rengne chachez.
Le rei Markes en a perdu :
Pensez des mals qu'il a eü !
2745 Del covenant vus deit membrer
Qu'entre vus fud al desevrer
Einz el jardin u le baisastes,

Quant vus cest anel li donastes :
Pramistes li vostre amisté.
2750 Aiez, dame, de li pité !
Si vus ore nel securez,
Ja mais certes nel recovrez :
Senz vus ne puet il pas guarir.
Pur ço vus i covent venir,
2755 Car vivre ne puet altrement.
Iço vus mande lealment.
D'enseingnes cest anel emveie :
Guardez le, il le vus otreie. »
      Quant Ysolt entent cest mes-
                              [sage,
2760 Anguicë est en sun curage
E peine e pité e dolur,
Unques uncore n'ot maür.

Elle se ravage, elle soupire, elle aspire à revoir Tristan, mais ne sait comment le rejoindre. Elle va trouver Brangien et lui raconte tout ce qui est arrivé : la blessure empoisonnée, l'agonie de Tristan, les supplices de son mal, la langueur qui le cloue au lit, et le message transmis par Kaherdin, faute de quoi Tristan est perdu; elle ne lui cache rien de cette situation tragique, et elle la consulte : que faire ? Elles se mettent à soupirer, à gémir, à pleurer, et l'angoisse, et le regret, et la peine, et l'accablement les envahissent tandis qu'elles s'entretiennent, désespérées de voir Tristan si mal en point. Cependant, leur délibération n'est point inutile : elles ont toutes deux décidé qu'elles se prépareraient au départ et suivraient Kaherdin afin de soulager Tristan dans sa détresse présente. Vers le soir, elles prennent leurs dispositions et font leurs bagages. Profitant du sommeil général, elles s'en vont dans la nuit, secrètement, sans faire de bruit et, par chance, franchissent une poterne dans le rempart, pour déboucher sur la Tamise : à la marée montante, le fleuve s'avance jusque-là.

Or pense forment e suspire,
E Tristran sun ami desire,
2765 Mais el n'i set coment aler.
Ove Brengvein en vait parler,
Cunte li tute l'aventure
Del venim de la navreüre,
La peine qu'ad e la dolur
2770 E coment gist en sa langur,
Coment et par qui l'a mandee
U sa plaie n'ert ja sanee;
Mustré li a tute l'anguise,
Puis prent conseil que faire
[puisse.
2775 Or comence le suspirer
E le plaindrë e le plurer
E la peinë e la pesance
E la dolur e la gravance

Al parlement quë eles funt,
2780 Pur la tristur que de lui unt.
Itant unt parlé nequedent
Cunseil unt pris al parlement
Qu'eles lur eire aturnerunt
E od Kaherdin s'en irrunt
2785 Pur le mal Tristran conseiller
E a sun grant bosing aider.
Aprestent sei contre le seir,
Pernent ço que vuolent aveir.
Tant que li altre dorment tuit,
2790 A celee s'en vunt la nuit
Mult cuintement, par grant eür,
Par une poterne del mur
Que desur la Tamise estoit :
Al flot muntant l'eve i veneit.

Le canot les y attend : la reine y monte. On avance à la rame, en profitant du reflux : le vent est favorable et le canot rapide. Il faut faire vite, et l'on ne paresse pas : on ne lâche les rames qu'une fois parvenus à la nef. On hisse les voiles, on prend le large. Tant que la brise est bonne, on prend de l'avance en longeant les côtes françaises devant Wissant, Boulogne et Le Tréport. Le vent, assez fort, est propice, et la nef qui les conduit est légère. Ils passent au large de la Normandie : le voyage se déroule bien, et l'on se réjouit de naviguer si vite.

Tristan, cloué sur son lit par sa blessure, languit dans la douleur et rien ne saurait atténuer sa souffrance : tout remède est un échec. Il ne peut rien faire qui le soulage. Il n'espère plus qu'en Yseut : il n'a d'autre désir et, sans elle, il est indifférent à tout. Elle seule est son ultime raison de vivre : il l'attend, affalé sur sa couche, espérant qu'elle va venir et qu'elle saura le guérir : il sait que, sans elle, il mourra.

[2795] Li bastels i esteit tut prest :
La reïne entreë i est.
Nagent, siglent od le retreit :
Ysnelement al vent s'en vait.
Mult s'esforcent de l'espleiter :
[2800] Ne finent unques de nager
De si la qu'a la grant nef sunt.
Levent les trés e puis s'en vunt.
Tant cum li venz les puet porter,
Curent la lungur de la mer,
[2805] La coste estrange en costeiant
Par devant le port de Wizant,
Par Buluingnë e par Treisporz.
Li venz lur est portant e forz
E la nef legere kis guie.
[2810] Passent par devant Normendie;

Siglent joius e leement,
Kar oré unt a lur talent.
Tristran, qui de sa plaie gist,
En sun lit a dolur languist;
[2815] De ren ne puet confort aveir :
Mecine ne li put vailler.
Ren qu'il face ne li aüe.
D'Ysolt desire la venue :
Il ne coveitë altre ren,
[2820] Senz li ne puet aveir nul ben;
Par li est ço quë il tant vit :
Languist, atent la en sun lit,
En espeir est de sun venir
E que sun mal deive gaurir,
[2825] E creit quë il senz li ne vive.

Il ne cesse d'envoyer sur le rivage des guetteurs qui lui diront si la nef revient : c'est son obsession, et lui-même se fait porter là, au bord de la mer, où on lui fait son lit; il attend, il guette, impatient d'apercevoir le navire et sa voile. Il n'aspire plus à rien sauf à le voir surgir, et c'est là sa seule pensée, son seul désir, sa seule espérance. Pour lui, plus rien n'existe, si la reine est restée là-bas. Puis il se fait ramener chez lui, parce que l'angoisse est trop forte : et si elle l'avait abandonné? Si elle avait trahi sa parole? Mieux vaut apprendre la nouvelle et ne pas constater de ses yeux qu'elle n'est pas à bord. Il voudrait bien découvrir la nef, mais il se refuse à être le témoin de son échec. L'angoisse le déchire, et le besoin de retrouver Yseut; il se plaint souvent devant son épouse, mais lui cache le fond de son cœur, et ne lui parle que de Kaherdin qui est si long à revenir : tant de retard lui fait craindre que sa mission n'ait pas réussi.

Écoutez la triste mésaventure, le douloureux dénouement qui bouleversera tous ceux qui savent aimer : jamais on ne conçut drame d'amour aussi poignant.

235

Tut jurs emveïë a la rive
Pur veer si la nef revent :
Altre desir al quer nel tent,
E sovent se refait porter,
2830 Sun lit faire juste la mer
Pur atendre e veer la nef
Coment siglë, e a quel tref.
Vers nule ren n'ad il desir
Fors sulement de sun venir :
2835 En ço est trestut sun pensé,
Sun desir e sa volunté.
Quant qu'ad el munt mis ad al [nent,
Se la reïne a lui ne vent.
E raporter se fait sovent
2840 Pur la dute qu'il en atent,
Car il se crent qu'ele n'i venge

E que lealté ne li tenge,
E velt melz par altrë oïr
Que senz li veit la nef venir.
2845 La nef desire purveer,
Mais le faillir ne vul saveir.
En sun quer en est angussus
E de li veer desirus,
Sovent se plaint a sa muiller,
2850 Mais ne li dit sun désiré
Fors de Kaherdin qui ne vent :
Quant tant demure, mult se crent
Qu'il n'ait espleité sa fesance.
Oiez pituse desturbance,
2855 Aventure mult doleruse
E a trestuz amanz pituse :
De tel desir, de tel amur
N'oïstes unc greinur dolur.

Tandis que Tristan est dans l'attente, qu'Yseut voudrait aller plus vite et que la nef est si près du rivage que la terre est en vue, alors qu'on se félicite d'une si bonne traversée, voici que se lève le vent du sud, qui prend le foc à rebours; la nef interrompt sa course. On établit la voile pour virer lof pour lof : on a beau faire, il faut changer de cap. La tempête monte, l'onde se soulève, la mer profonde s'ébranle, le temps se gâte, le ciel se couvre, les vagues grossissent, le flot devient noir, il pleut, il grêle, et l'ouragan se déchaîne, et boulines et haubans se brisent [73], et la voilure descend, tandis qu'on louvoie en luttant contre les lames et les rafales. Le canot avait été mis à la mer dès que le rivage était apparu; mais ils ont eu tort de le laisser là, car une vague l'a mis en pièces. D'ailleurs, ils sont si désemparés et l'orage est si violent que les matelots les plus expérimentés ne peuvent même plus tenir debout. Tout le monde est effondré, tout le monde gémit, et l'épouvante les désespère. Yseut se lamente :

« Hélas ! malheur ! Dieu ne veut pas que je vive assez pour revoir Tristan mon ami.

La u Tristran atent Ysolt
2860 E la dame venir i volt
E près de la rive est venue
Eissi que la terre unt veüe,
Balt sunt e siglent leement,
Del sud lur salt dunques un vent
2865 E fert devan en mi cel tref :
Refrener fait tute la nef.
Curent al lof, le sigle turnent :
Quel talent qu'aient s'en retur-
[nent.
Li venz s'esforce e leve l'unde,
2870 La mer se muet qui est parfunde,
Truble li tens, l'air espessist,
Levent wages, la mer nercist,
Pluet e gresille e creist li tenz,
Rumpent bolines e hobens,

2875 Abatent tref e vunt ridant,
Od l'unde e od le vent wacrant.
Lur batel orent en mer mis,
Car près furent de lur païs;
A mal eür l'unt ublié :
2880 Une wage l'ad depescé.
Al meins ore i unt tant perdu,
Li orage sunt tant creü
Qu'eskipre n'i ot tant preisez
Qu'il peüst ester sur ses pez.
2885 Tuit i plurent e tuit se pleinent,
Pur la poür grant dolur main-
[gnent.
Dunc dit Ysolt : « Lasse !
[chaitive !
Deus ne volt pas que jo tant vive
Que jo Tristran mun ami veie.

Il a décidé que je me noierai en mer. Tristan, si je vous avais retrouvé, peu m'importerait de mourir. Mon amant, quand vous apprendrez ma mort, je suis sûre que vous ne vous en consolerez pas. Vous en ressentirez un tel deuil, dans l'état de faiblesse où vous êtes, que vous ne vous en remettrez pas. S'il ne tenait qu'à moi, je serais près de vous : si Dieu l'avait permis, et si j'étais là, je soignerais votre mal, car mon seul tourment, c'est de vous savoir si dépourvu. Je suis déchirée, accablée, désespérée, mon amant, de vous priver en mourant de tout recours contre la mort. Que je périsse, peu m'importe : si telle est la volonté de Dieu, j'y consens; mais quand on vous l'annoncera, mon amant, je sais bien que vous rendrez l'âme. Ainsi l'exige notre amour : tout ce qui me torture vous torture, vous ne pouvez mourir sans moi, ni je ne puis mourir sans vous. Si je dois disparaître en mer, vous serez englouti avec moi. Vous êtes sur la terre ferme et ne vous noierez pas, mais vous avez embarqué pour m'aller quérir, et c'est votre trépas que j'ai devant les yeux, puisque je suis assurée de n'avoir plus guère à vivre. Mon amant, je suis déçue dans mon attente, car je voulais mourir dans vos bras

[2890] Neié en mer volt que je seie.
Tristran, s'a vus parlé eüsse,
Ne me calsist se puis moruse.
Beals amis, quant orét ma mort,
Ben sai puis n'avrez ja confort.
[2895] De ma mort avez tel dolur,
A ce qu'avez si grant langur,
Que ja pus ne purrez gaurer.
En mei ne remaint le venir :
Se Deus volsist, e jo venise,
[2900] De vostre mal m'entremeïsse,
Car altre dolur n'a jo mie
Fors de ço que n'avez aïe.
C'est ma dolur e ma grevance
E al cuer en ai grant pesance
[2905] Que vus n'avrez, amis, confort,
Quant jo muer, contre vostre
                        [mort.

De la meie mor ne m'est ren :
Quant Deu la volt, jo la vul ben;
Mais tresque vus, amis, l'orrez,
[2910] Jo sai ben que vus en murrez.
De tel manere est nostre amur
Ne puis sen vus sentir dolur,
Vus ne poez senz moi murrir,
Ne jo sen vus ne puis perir.
[2915] Se jo dei em mer periller,
Dunc vus estuet issi neier.
Neier ne poez pas a tere;
Venu m'estest en la mer querre;
La vostre mort vei devant mei,
[2920] E ben sai que tost murrir dei.
Amis, jo fail a mun desir,
Car en voz braz quidai murrir,

et partager votre cercueil. Cette faveur nous est refusée. Est-elle pourtant si chimérique ? Car si mon destin est de périr ici noyée, le vôtre, j'en suis sûre, est de succomber aussi par noyade : un même poisson pourra nous dévorer; ainsi aurons-nous par chance, mon amant, une même sépulture. Car tel homme le pêchera peut-être qui, dans son ventre, reconnaîtra nos corps et leur rendra les honneurs dus à l'amour qui fut le nôtre. Espoir impossible ! Pourtant, si Dieu le veut, cela sera. Mais, mon amant, qu'iriez-vous chercher sur la mer ? Qu'iriez-vous y faire ? C'est moi qui navigue et qui vais mourir ! Sans vous, Tristan, je vais être engloutie : ce m'est au moins, mon bien-aimé, un grand réconfort de penser que vous ne serez jamais informé de mon trépas : nul n'échappera d'ici pour vous en faire part, et je ne vois pas qui vous l'annoncerait. Vous me survivrez quelque temps, attendant ma venue. S'il plaît à Dieu, vous guérirez, et c'est ce que je désire le plus au monde : j'aspire plus à votre santé que je ne souhaite arriver à bon port, tant est fervent l'amour que j'ai pour vous ! Mon amant, ce qu'il me faut craindre, c'est qu'après ma mort, guéri, vous vous hâtiez de m'oublier,

En un sarcu enseveilez.
Mais nus l'avum ore failliz.
2925 Encor puet il avenir si,
Car, si jo dei neier ici,
E vus, ce crei, devez neier :
Uns peissuns peüt nus mangier;
Eissi avrum par aventure
2930 Bels amis, une sepulture,
Car tel hum prendre le purra
Ki noz cors i reconuistra,
E fra en puis si grant honur
Cume covient a nostre amur.
2935 Ço que jo di estre ne puet !
E ! se Deu le vult, si estuet.
En mer, amis, que querreiez?
Ne sai que vus i feïssez !

Mais jo i sui, si i murrai !
2940 Senz vus, Tristran, i neerai :
Si m'est, beals dulz, süef confort
Que vus ne savrez ja ma mort;
Avant d'ici n'ert mais oïe :
Ne sai, amis, qui la vus die.
2945 Apruef mei lungement vivrez
E ma venuë atendrez.
Se Deu plaist, vus poez garir :
Ço est la ren que plus desir.
Plus coveit la vostre santé
2950 Que d'ariver n'ai volenté,
Car vers vus ai si fine amur !
Amis, dei jo aveir poür,
Puis ma mort, si vus guarissez,
Qu'en vostre vie m'ublïez,

et que vous vous consoliez avec une autre, Tristan, quand
j'aurai disparu. Mon amant, j'ai tout à craindre en particulier
d'Yseut aux Blanches Mains. Je ne sais si ces craintes sont
fondées, mais si vous gisiez sans vie sous mes yeux, moi je ne
vous survivrais guère. Dans mon immense désarroi, reste
que je vous aime plus que tout. Dieu nous permette de nous
rejoindre, afin que je puisse vous sauver, ou que nous mou-
rions ensemble dans une même agonie ! »

Tant que dure la tourmente, Yseut ne cesse de gémir ainsi.
Plus de cinq jours dure le terrible orage. Puis le vent tombe
et le ciel se dégage. On hisse le pavillon blanc et l'on file à bonne
allure, car Kaherdin est en vue de la Bretagne. On s'en réjouit,
et la joie éclate à bord, tandis qu'on lève bien haut la voile,
pour qu'il soit visible qu'elle est blanche et non pas noire. On
veut que la couleur, de loin, soit très nette, car c'est le dernier
des quarante jours que Tristan leur a donnés comme délai
quand ils sont partis. Mais tandis qu'ils cinglent allégrement,
la chaleur se fait lourde et le temps tourne au calme plat : plus
question de naviguer. La mer est immobile : pas une vague.

2955 U d'altre femme aiez confort,
     Tristran, apruef la meie mort?
     Amis, d'Ysolt as Blanches Mains
     Certes m'en crem e dut al mains.
     Ne sai se jo duter en dei;
2960 Mais se mort fussez devant mei,
     Apruef vus cur terme vivreie.
     Certes, ne sai que faire deie,
     Mais sur tute ren vus desir.
     Dus nus doinst ensemble venir,
2965 Que jo, amis, gaurir vus pusse,
     U nus dous murrir d'un' an-
                       [guisse ! »
     Tant cume dure la turmente,
     Ysolt se plaint, si se demente.
     Plus de cinc jurs en mer lur dure
2970 Li orages e la laidure;

     Puis chet li venz e bel tens fait.
     Le blanc siglë unt amunt trait
     E siglent a mult grant espleit,
     Que Kaherdin Bretaine veit.
2975 Dunc sunt joius e lé e balt,
     E traient le sigle ben halt,
     Quë hom se puise aparcever
     Quel se seit, le blanc u le neir :
     De lung volt mustrer la colur,
2980 Car ço fud al daerein jur
     Que danz Tristran lur aveit mis
     Quant il turnerent del païs.
     A ço qu'il siglent leement,
     Lievet li chalt e faut li vent
2985 Eissi qu'il ne poent sigler.
     Mult süef e pleine est la mer.

La nef ne peut plus avancer dans aucune direction, sauf quand un léger courant la déporte, et il n'y a plus de canot : la situation est très grave. Du bord, on voit la terre proche, mais il n'y a pas de vent pour s'y rendre. On tente de louvoyer dans tous les sens, vers le nord et vers le sud : impossible d'avancer tant soit peu. Cette malchance est consternante. Yseut est au désespoir : elle aperçoit le rivage qu'elle voulait rejoindre et ne peut y débarquer ! Elle ressent une mortelle angoisse. Sur la nef, on aspire à gagner la côte, mais la brise est trop faible. Yseut gémit sur son malheur. Et là-bas, sur la côte, on aspire à voir paraître la nef : elle n'arrive pas. Tristan en est accablé. Il ne cesse de soupirer et de gémir, tant il désire qu'Yseut vienne, et il pleure, et il se tord sur sa couche, et sa langueur le fait mourir. Tandis qu'il se tourmente et qu'il se désespère, Yseut, sa femme, s'approche de lui; elle a machiné sa terrible vengeance et lui dit :

« Ami, revoici Kaherdin. J'ai vu sa nef en mer. Apparemment, elle a du mal à naviguer. Mais je l'ai assez bien observée pour être sûre que c'est la sienne.

Ne ça ne la lur nef ne vait
Fors itant cum l'unde la trait,
Ne de lur batel n'unt il mie :
2990 Or i est grant anguserie.
Devant eus près veient la terre,
N'unt vent dunt la puisent re-
[querre.
Amunt, aval vunt dunc wacrant,
Orë arere e puis avant :
2995 Ne poent leur eire avancer.
Mult lur avent grant encumbrer
Ysolt en est mult ennuiee :
La terre veit qu'ad coveitee
E si n'i pot mie avenir !
3000 A poi ne muer de sun desir.
Terre desirent en la nef,
Mais il lur vente trop süef.

Sovent se claime Ysolt chative.
La nef desirent a la rive :
3005 Uncore ne la virent pas.
Tristrans en est dolenz e las,
Sovent se plaint, sovent suspire
Pur Ysolt quë il tant desire;
Plure des oils, sun cors detuert,
3010 A poi que del desir ne muert.
En cel' anguisse, en cel ennui,
Vent sa femme Ysolt devant lui;
Purpensee de grant engin,
Dit : « Amis, or vent Kaherdin.
3015 Sa nef ai veüe en la mer.
A grant paine la vei sigler.
Nequedent jo l'ai si veüe
Pur la sue l'ai coneüe.

Dieu veuille qu'elle apporte nouvelle qui vous réconforte ! »

Ces quelques mots font tressaillir Tristan qui dit à Yseut :

« Mon amie, est-ce vraiment sa nef ? Dites-moi quelle voile elle arbore. »

Yseut répond :

« Aucun doute possible : la voilure, sachez-le, est toute noire. Ils l'ont hissée bien haut, pour profiter du peu de vent qu'il y a. »

Tristan est alors crucifié par une douleur incroyable, la pire qu'il puisse jamais ressentir, puis il se tourne contre le mur et dit :

« Dieu nous sauve, Yseut et moi ! Puisque vous refusez de venir, je dois donc mourir de vous avoir aimée. Je ne puis plus retenir ma vie : à cause de vous, je meurs, Yseut, ma bien-aimée. Vous n'avez pas pitié de ma langueur, mais ma mort vous affligera. Ce m'est, bien-aimée, une consolation de penser que vous serez chagrine de ma mort. »

Par trois fois, il murmure : « Yseut, bien-aimée » et, avant de le redire encore, il rend l'âme.

Alors pleurent par la maison chevaliers et frères d'armes. Grand est le tumulte, tragiques sont les lamentations. Les vassaux et les hommes bondissent porter Tristan hors de sa couche pour l'étendre sur un samit [74] et le couvrir d'un drap de soie rayé. Le vent s'est levé sur la mer,

Deus duinst que tel novele aport
3020 Dunt vus al quer aiez confort ! »
Tristran tresalt de la novele,
Dit a Ysolt : « Amie bele,
Savez pur veir que c'est sa nef?
Or me dites quel est le tref. »
3025 Ço dit Ysolt : « Jol sai pur veir :
Sachez que le sigle est tut neir.
Trait l'unt amunt e levé halt
Pur iço que li venz lur falt. »
Dunt a Tristran si grant dolur
3030 Unques n'od, në avrad maür,
E turne sei vers la parei,
Dunc dit : « Deus salt Ysolt e
        [mei !
Quant a moi ne volez venir,
Pur vostre amur m'estuit murir.

3035 Jo ne puis plus tenir ma vie :
Pur vus muer, Ysolt, bele amie.
N'avez pité de ma langur,
Mais de ma mort avrez dolur.
Ço m'est, amie, grant confort
3040 Que pité avrez de ma mort. »
« Amie Ysolt » trei fez a dit,
A la quarte rent l'espirit.
    Idunc plurent par la maisun
Li chevaler, li compeingnun.
3045 Li criz est hal, la pleinte grant.
Saillient chevaler e serjant
E portent li hors de sun lit
Puis le chuchent sur un samit,
Covrent le d'un paile roié.
3050 Li venz est en la mer levé

il gonfle la voile : il pousse la nef jusqu'à terre. Yseut débarque.
Elle entend les gémissements dans la rue, et le glas des églises
et des chapelles. Elle demande aux gens ce qui se passe, pourquoi ces cloches funèbres, pourquoi ces pleurs. Un vieil homme
lui répond :

« Ma dame, Dieu nous prenne en pitié ! Nous subissons
le pire deuil qui puisse être. Tristan, le preux, le généreux, est
mort : c'était le réconfort de tout le royaume. Il était prodigue
envers les malheureux, venait en aide à toutes les souffrances.
D'une blessure qu'il avait reçue, il vient de mourir dans son
lit. Jamais si grande épreuve n'a frappé ce pays. »

Dès qu'Yseut entend la nouvelle, elle a si mal qu'elle ne peut
prononcer un mot. La mort de Tristan lui égare l'esprit, et
elle court dans la rue, la mise en désordre, vers le palais, où elle
précède Kaherdin et ses compagnons. Les Bretons n'ont jamais
vu femme si belle : ils se demandent, par la cité, d'où elle vient
et qui elle est. Yseut arrive près du corps, elle se tourne vers
l'Orient et prie avec ferveur pour son ami :

E fert sei en mi liu del tref;
A terre fait venir la nef.
Ysolt est de la nef issue.
Ot les granz plaintes en la rue,
3055 Les seinz as musters, as chapeles,
Demande as humes quels noveles,
Pur quei il funt tel soneïz,
E de quei sunt li plureïz.
Uns ancïens idunc li dit :
3060 « Bele dame, si Deu m'aït,
Nus avum issi grant dolur
Quë unques genz n'orent maür.
Tristran, li pruz, li francs, est
[mort :
A tut ceus del rengne ert confort.
3065 Larges estoit as besungnus,
A grant aïe as dolerus.

D'une plaie que sun cors ut
En sun lit ore endreit murut.
Unques si grant chaitivesun
3070 N'avint a ceste regïun. »
    Tresque Ysolt la novelë ot,
De duel ne puet suner un mot.
De sa mort ert si adolee
La rue vait desafublee
3075 Devant les altres el palès.
Bretun ne virent unques mès
Femme de la sue bealté :
Merveillent sei par la cité
Dunt ele vent, ki ele seit.
3080 Ysolt vait la ou le cors veit,
Si se turne vers orïent,
Pur lui prie pitusement :

« Tristan, mon bien-aimé, quand je vous vois sans vie, il est inconcevable que je vous survive. Vous êtes mort pour l'amour de moi [75] : il est juste que je périsse. Mon amour vous a tué : à moi de mourir, par tendresse pour vous. Puisque je n'ai pu arriver à temps, ni vous guérir de votre mal, bien-aimé, bien-aimé, de votre mort, rien ne saurait me consoler, ni joie, ni fête, ni plaisir. Bien-aimé, maudit soit cet orage qui me retint en mer, m'empêchant de venir à temps ! Je vous aurais rendu la vie, et vous aurais tendrement parlé de l'amour qui nous a unis : j'aurais gémi avec vous sur notre destin, sur notre joie, sur nos voluptés, sur les souffrances et les peines que nous avons vécues, et je vous aurais rappelé tout cela au milieu des étreintes et des baisers. Si je ne puis vous guérir [76], qu'il nous soit permis de mourir ensemble ! Je n'ai pu être ici à temps, j'ignorais votre accident, et ne suis arrivée qu'après votre mort : j'ai au moins le recours de partager la coupe que vous avez bue !

« Amis Tristran, quant mort vus [vei,
Par raisun vivre puis ne dei.
3085 Mort estes pur l'amur de mei :
Par raisun vivre puis ne dei.
Mort estes pur la mei amur
E je muer, amis, de tendrur.
Quant jo a tens n'i poi venir
3090 Pur vos e vostre mal guarir,
Amis, amis, pur vostre mort,
N'avrai ja mais pur rien confort,
Joie ne hait ne nul deduit.
Icil orages seit destruit
3095 Que tant me fist, amis, en mer
Que je n'i poi venir demurer !
Se jo fuissë a tens venue

Vie vos oüse rendue
E parlé dulcement a vos
3100 De l'amur que fu entre nos;
Plainte oüse nostre aventure,
Nostre joie, nostre emveisure,
La painë e la grant dolur
Qu'ad esté en nostrë amur,
3105 E oüse iço recordé
E vos baisié e acolé.
Se jo ne poisse vos guarir,
Qu'ensemble poissum dunc [murrir !
Quant jo a tens venir n'i poi
3110 E jo l'aventure ne soi
E venue sui à la mort,
Del meïsme beivre ai confort !

C'est à cause de moi que vous avez perdu la vie : je vais agir
en amie fidèle et mourir à mon tour pour vous. »

Elle l'embrasse et s'étend près de lui, elle lui baise la bouche
et le visage, elle l'étreint étroitement, corps contre corps, lèvres
contre lèvres, et c'est ainsi qu'elle rend l'âme : elle s'éteint à
son côté, victime de son deuil mortel [77]. Tristan a péri à cause
de son absence : Yseut, maintenant, périt d'être arrivée trop
tard. Tristan est mort pour l'amour d'Yseut, Yseut meurt de
sa ferveur pour Tristan.

Thomas achève ici son livre. Il salue tous les amants, les
méditatifs, les passionnés, les sensuels, et ceux que le désir
brûle, et ceux qui vivent le plaisir, et même les pervers, ainsi
que tous les auditeurs de son roman [78]. Tous ne seront pas
satisfaits de mon texte, mais je l'ai voulu le plus parfait possible
et ma version est authentique, comme je l'avais annoncé en
commençant. J'y ai rassemblé des contes et des poèmes. J'en
ai fait une œuvre profonde, qui magnifie la légende, et je la
destine au plaisir des courtois, afin qu'ici ou là, ils y trouvent
le miroir exemplaire de ce qu'ils vivent : puissent-ils en tirer
un enseignement salutaire contre l'inconstance, contre l'injus-
tice, contre la peine, contre la souffrance et contre tous les
pièges de l'amour [79] !

Pur mei avez perdu la vie,
E jo frai cum veraie amie :
[3115] Pur vus voil murir ensement. »
Embrace lë e si s'estent,
Baisse la buchë e la face
E molt estreit a li l'enbrace,
Cors a cors, buche a buche estent,
[3120] Sun espirit a itant rent
E murt dejuste lui issi
Pur la dolur de sun ami.
Tristrant murut pur sun desir,
Ysolt, qu'a tens n'i pout venir.
[3125] Tristran murut pur su amur
E la bele Ysolt par tendrur.
Tumas fine ci sun escrit.
A tuz amanz salut i dit,
As pensis e as amerus,

[3130] As emveius, as desirus,
A enveisiez e as purvers,
A tuz cels ki orrunt ces vers.
Si dit n'ai a tur lor voleir,
Le milz ai dit a mun poeir
[3135] E dit ai tute la verur
Si cum je pramis al primur.
E diz e vers i ai retrait :
Pur essamplë issi ai fait
Pur l'estorië embelir
[3140] Quë as amanz deive plaisir
E que par lieus poissent troveir
Chose u se poissent recorder :
Aveir em poissent grant confort
Encuntre change, encontre tort,
[3145] Encuntre painë e dolur,
Encuntre tuiz engins d'amur !

DOCUMENTS

# I. LES *FOLIES* ET *CHEVREFEUILLE*

## LA *FOLIE* DE BERNE

*Ici commence un Tristan*

Tristan est brouillé avec la cour. Il ne sait plus où aller... Il redoute fort le roi Marc, et celui-ci l'a prévenu : il veut que Tristan sache que s'il tombe entre ses mains, sa naissance ne le sauvera pas de la mort. Il a séduit sa femme. Le roi en a appelé à ses barons de cette offense qui l'outrage et dont le coupable est Tristan, son neveu. Il a été flétri par ce crime. Il faut que le scandale éclate. Il convoque ses vassaux et leur révèle tout ce qui s'est passé. Il leur expose le forfait de Tristan :

« Seigneurs, que vais-je faire ? Je suis fort contrarié de ne m'être pas vengé de Tristan : mon échec prête à rire. Il s'est enfui quelque part en ce pays et je ne sais comment le capturer, car il m'échappe toujours. J'en suis fâché, par saint Odon... Si l'un de vous l'aperçoit, qu'il ne manque pas de m'en informer.

*Ci conmance de Triſtan*

Mout est Tristanz mellez a cort,
Ne sai o aille në ou tort...
... Formant redoute Marc lo roi,
Que rois Mars formant lou me-
　　　　　　　　　　　　[nace :
⁵ Si viaut bien que Tritanz lou
　　　　　　　　　　　　[sache,
Se de lui puet avoir saisine,
Mout li vaudra po son uorine
Que par lui ne reçoive mort.
De sa fame li a fait tort.
¹⁰ Clamé s'en est a son barnage,
Et de la honte et de l'otrage
Que Tritanz ses niés li a fait.
Honte a de ce qu'il li a fait.
Ne pot mais aler sanz celer.
¹⁵ Ses barons fait toz asanbler
Et lor a bien montree l'ovre.
Lo mesfait Tritan lor descovre :
« Seignor, fait il, que porrai
　　　　　　　　　　　　[faire ?
Mout me torné a grant contraire
²⁰ Que de Tristan ne pris vangence :
Sel me torne l'an a enfance.
Foïz s'an est en ceste terre
Que je no sei o jamais querre,
Car mout l'avrai toz jorz salvé.
²⁵ Se poise moi, por saint Odé...
... Se nus de vos lou puet par-
　　　　　　　　　　　　[çoivre,
Faites lou moi savoir sanz faille.

Par saint Samson de Cornouaille, celui qui me le livrerait aurait droit à ma reconnaissance sans cesse accrue. »

Chacun lui fait serment de tout faire pour prendre Tristan. Dinas le sénéchal soupire : il est très inquiet pour Tristan. Il a le cœur lourd; il a vite mandé un messager pour prévenir Tristan qui a perdu par sa légèreté l'amour du roi, au point que Marc lui voue une haine mortelle. Tristan paie cher les joies qu'il a connues. Ceux qui le jalousent l'ont surpris : il a été cruellement trahi. Quand Tristan apprend la nouvelle, vous devinez s'il en est chagrin : il n'ose revenir en son pays. Il a trop vécu en fugitif. Souvent il soupire et souvent il se lamente, à cause de l'absence d'Yseut. L'Yseut qu'il a près de lui n'est pas celle qui, la première et la seule, s'est assuré son amour. Il se demande comment faire pour la faire venir, puisqu'il n'ose pas se rendre dans son pays.

« Mon Dieu, se dit-il, quelle triste destinée! Que mon amour m'a fait souffrir! Jamais je n'ai regimbé, jamais je n'ai protesté contre l'épreuve : pourquoi s'acharne-t-il, pourquoi me fait-il si mal? Qu'ai-je fait? et que penser?...

248

Par Saint Samson de Cornouaille,
Quel me randroit, gré l'an savroie
30 Et tot jorz plus chier l'an
[avroie. »
N'i a celui ne li promete
Qui a lui prandre entante mete.
Dinas li senechax sopire,
Por Tritan a au cuer grant ire.
35 Forment l'an poise en son corage;
Errament a pris un mesage
Par cui a fait Tritan savoir
Com a perdu par non savoir
L'amor del roi, qui l'et de mort.
40 Mar vit Tristanz son bel deport.
Par envie est aperceüz :
Mout en a esté deceüz.
Qant Tritanz oï la novele,
Sachiez ne li fu mie bele :

45 N'ose repairier ou païs.
Sovant en a esté fuitis.
Sovant sopire et molt se dialt
De ce c'o lui nen a Ysiaut.
Ysiaut a il, mais nen a mie
50 Celi qui primes fu s'amie.
Porpense soi qu'il porra faire,
Com la porra a soi atraire,
Car n'ose aler en sa contree.
« Ha! Dex, fait il, quel destinee!
55 C'ai je sofert en tel amor!
Onques de li ne fis clamor
Ne ne me plains de ma destrece;
Por quoi m'asaut? por quoi me
[blece?
Dex! ce que doi? et qui me
[sanble?...

Ne suis-je pas assez soumis? Non, bien sûr, puisque j'ai laissé au loin celle qui subit pour moi, à l'instant même, tant de tourments, tant de maux, tant d'humiliations. Hélas, hélas! ajoutet-il, que de malheurs! Et quel gâchis!... [La reine n'a-t-elle pas assez connu] la détresse et l'amertume? Elle qui est si noble! Celui qui rechigne à l'aimer, qu'il déchoie de sa tendresse et qu'on proclame son abjection! Qu'Amour, seigneur du monde, me laisse encore ma chance de la posséder! Ainsi sera, s'il plaît à Dieu : car je Le prie de me laisser vivre assez pour qu'elle me revienne. De toute sa douceur, elle a guéri ma blessure : qu'Il m'accorde de la retrouver saine et joyeuse! Mon vœu le plus cher serait de la rejoindre. Le ciel lui donne joie et santé, si sa grâce vigilante le permet, et qu'il maintienne mon honneur et ma joie en ne m'interdisant pas de m'acheminer vers elle pour la voir, pour la contempler, pour lui parler! Seigneur, que je suis abattu et désemparé, et qu'on me respecte peu ici-bas! Hélas! que faire, quand elle est si loin? J'en suis nuit et jour dans l'angoisse, et mon trouble n'a point de cesse.

<sup>60</sup> ... Don ne fai je ce que demande?
Nenil, qant celë ai laissiee
Qui a por moi tant de hachiee,
Tant mal et tante honte anui.
Las, fait il, hé las, com je sui
<sup>65</sup> Malaürox, et com mar fui!...
... Soferte et tante poine aüe?
Ainz si bele ne fu veüe!
Ja n'an soit mais nul jor amez,
Ainz soit tot jorz failliz clamez
<sup>70</sup> Qui de lui amer ja se faint!
Amors, qui totes choses vaint,
Me doint encor quë il avaigne
Quë a ma volanté la taigne!
Si ferai je, voir, se Deu plait :
<sup>75</sup> A Deu pri ge qu'il ne me lait
Morir devant ce que je l'aie.

Mout me gari soëf ma plaie :
Et Dex me doint encor tant vivre
Que la voie saine et delivre!
<sup>80</sup> Encor avroie je mout chier
S'a li me pooie acointier.
Et Dex li doint joie et santé,
S'il vialt, por sa douce bonté,
Et il me doint enor et joie
<sup>85</sup> Et si me tor en itel voie
Q'ancore la puisse aviser
Et li veoir et encontrer!
Dex! com sui maz et confonduz
Et en terre mout po cremuz!
<sup>90</sup> Las! que ferai, quant ne la voi?
Que por li sui en grant efroi
Et nuit et jor et tot lo terme :

Quand je ne la vois pas, je perds la raison. Hélas! que faire?
Aucune issue, et mon désespoir est sans borne. Mourir avant
de la retrouver? De toute sa douceur, elle a guéri la plaie que je
reçus en Cornouaille quand je combattis le Morholt dans l'île
où je vins en bateau pour mettre fin au tribut que les gens du
pays devaient acquitter : c'est mon épée qui imposa la paix : on
me tiendrait pour un lâche, si la crainte me retenait d'aller là-bas,
déguisé, ou travesti en misérable fou. Pour elle, je me ferai raser
et tondre, si je ne puis me dissimuler autrement. On me connaît
trop dans le pays : je serai vite capturé, si je ne puis choisir
d'autres vêtements ni paraître plus âgé. Je vais partir, et mar-
cherai jusqu'à l'épuisement. »

C'est décidé, et il ne perd pas une minute : il prend la route
sur-le-champ. Il quitte le pays et sort du royaume. Il n'a pris ni
haubert ni heaume. Il chemine nuit et jour : il se rend d'une
traite jusqu'à la mer. Il est bien las quand il arrive. Et pourtant,
je vous assure que depuis longtemps il n'a pas ménagé sa peine
pour l'amour d'Yseut,

Quant ne la voi, a po ne deve.
Las! que ferai? Ne sai que faire,
95 Que por lui sui en grant afaire.
Morir devant ce que je l'aie?
Mout me gari soëf ma plaie
Que je reçui en Cornuaille
Qant a Morholt fis la bataille
100 En l'ile ou fui menez a nage
Por desfandre lo treüssaje
Que cil devoient de la terre :
A m'espee finé la guerre :
Tenir me porroit por mauvais,
105 Se por nule menace lais
Que je n'i aille en tanpinaje
O en abit de fol onbraje.
Por li me ferai rere et tondre,

S'autremant ne me puis repondre.
110 Trop sui el païs coneüz :
Sanpres seroie deceüz,
Se je ne puis changier a gré
Ma vesteüre et mon aé.
Ne finerai onques d'errer
115 Tant com porrai nes point aler. »
Quant cë ot dit, plus ne demore,
Ainz s'an torne meïsmes l'ore.
Gerpi sa terre et son roiaume.
Il ne prinst ne hauberc ne hiaume.
120 D'errer ne fine nuit et jor :
Jusq'a la mer ne prist séjor.
A mout grant poine vint il la.
Et si vos di qu'il a pieça
Tel poine soferte por li

et, croyez-moi, il est déjà bien fou. Voici qu'il change de nom et se fait appeler Tantris. Quand il a traversé la mer, il s'éloigne du rivage. Il ne veut pas qu'on le prenne pour un homme normal : il déchire ses habits, se gratte la tête et bat tous les gens qu'il rencontre. Il a fait tondre sa blonde chevelure. Il n'y en a pas un sur la côte qui ne le croie enragé, mais ils ne lisent pas dans son cœur. Dans sa main, il tient sa massue; sa démarche est bien celle d'un fol, et chacun le hue, en lui jetant des cailloux. Tristan est en route et ne s'arrête plus. Il s'en va longtemps par le pays, pour mériter l'amour d'Yseut. Tous les moyens lui sont bons : rien ne le rebute, sauf l'absence d'Yseut; c'est elle qu'il désire, c'est elle qu'il veut. Il n'est pas encore parvenu à la cour, mais il va s'y rendre, quoi qu'il arrive, et l'on ne doutera pas qu'il soit fou : il faut qu'il parle à Yseut. Le voici enfin au terme de son voyage, et on ne lui barre pas l'entrée. Quand Tristan paraît devant le roi, il a piètre allure : il a le crâne tondu et le cou maigre, il a merveilleusement revêtu son personnage. L'amour lui a donné du talent.

<br/>

125 Et mout esté fol, je vos di.
Change son non, fait soi clamer
Tantris. Qant il ot passé mer,
Passez est outre le rivage.
Ne vialt pas qu'en lo taigne a
     [sage :
130 Ses dras deront, sa chere grate;
Ne voit home cui il ne bate;
Tondrë a fait sa bloie crine.
N'i a un sol en la marine
Qu'il ne croie que ce soit rage,
135 Mais ne sevent pas son corage.
En sa main porte une maçue;
Comme fox va : chascuns lo hue,
Gitant li pierres a la teste.
Tritanz s'en va, plus n'i areste.
140 Ensinc ala lonc tans par terre

Tot por l'amor Ysiaut conquerre.
Mout li ert bon ce qu'il faisoit :
Nule rien ne li desplaisoit,
Fors ce qu'il n'estoit o Ysiaut :
145 Celi desirre quë il veut.
N'a encor pas esté a cort,
Mais or ira, a quel que tort,
Et se fera por fol sanbler,
Quë a Ysiaut viaut il parler.
150 Droit a la cort en est venuz,
Onques huis ne li fu tenuz.
Qant Tritanz vint devant le roi,
Auques fu de povre conroi :
Haut fu tonduz, lonc ot le col,
155 A merveille sambla bien fol.
Mout s'est mis por amor en
     [grande.

Marc l'interpelle et lui demande :

« Fou, quel est ton nom?

— Je m'appelle Picou.

— Quel est ton père?

— Un morse.

— Quelle est ta mère?

— Une baleine. J'ai une sœur que je vous amène : la belle s'appelle Brunehaut; vous l'aurez et j'aurai Yseut.

— Si j'accepte l'échange, que feras-tu? »

Tristan répond :

« Quelle sotte question! Entre les nues et le ciel, avec des fleurs et des roses, dans un éternel printemps, je construirai une maison pour qu'elle et moi y prenions notre plaisir. A ces Gallois, que Dieu honnisse, j'ai encore deux mots à dire. Roi Marc, c'est demoiselle Brangien qui, je t'en fais le serment solennel, a tiré le breuvage qu'elle a donné à Tristan et qui lui a fait bien du mal. Yseut, qui est là, et moi-même en bûmes : demandez-lui, et si elle prétend que ce n'est pas vrai, j'avouerai que ce fut un songe que j'ai rêvé toute la nuit. Roi, tu ne sais pas encore tout! Regarde-moi bien en face : est-ce que je ne suis pas Tantris? J'ai fait des bonds, j'ai lancé des joncs, j'ai tenu en main des bâtons bien lisses, j'ai vécu dans les bois de racines et tenu une reine dans mes bras. J'en dirai plus, si j'en ai le courage.

Mars l'apele, si li demande :
« Fox, com a non? — G'é non
                [Picous.
— Qui t'angendra? — Uns vale-
                [rox.
160 — De que t'ot il? — D'une ba-
                [laine.
Une suer ai que vos amoine :
La meschine a non Bruneheut :
Vos l'avroiz, jë avrai Ysiaut.
— Se nos chanjon, que feras tu? »
165 Et dit Tristanz : « O bee tu?
Entre les nues et lo ciel,
De flors et de roses, sans giel,
Iluec ferai une maison
O moi et li nos deduison.
170 A ces Galois, cui Dex doint
                [honte!
Encor n'ai pas finé mon conte.

Rois Mars, demoisele Brangain
Traist, je t'afi enz ta main,
Del boivre don dona Tritan,
175 Don il sofri puis grant ahan.
Moi et Ysiaut, que je voi ci,
En beümes : demandez li,
Et si lo tient or a mançonge,
Don di je bien que ce fu songe,
180 Car jo lo songé tote nuit.
Rois, tu n'ies mie encor bien
                [duit!
Esgarde moi en mi lo vis;
Dont ne sanble je bien Tantris?
Jë ai sailli et lanciez jons,
185 Et sostenu dolez bastons,
Et en bois vescu de racine,
Entre mes braz tenu raïne.
Plus diré, se m'an entremet.

— Repose-toi, Picolet. Je compatis à tes peines, mais maintenant, trêve de sornettes.
— Et que m'importe votre compassion ! Je n'en donnerais
pas une poignée de glaise. »
Et tous les chevaliers de dire :
« Avec fou, ni jeu ni querelle !
— Sire, souvenez-vous de votre frayeur, quand vous nous
avez trouvés dans la hutte, avec l'épée nue entre nos corps. Je
faisais semblant de dormir, parce que je n'osais pas prendre la
fuite. Il faisait chaud, comme au temps de mai. Un rayon de
soleil filtrait dans la hutte : il brillait sur sa face. Dieu pouvait
faire ce qu'il voulait ; toi, tu mis tes gants devant la fente et
partis : l'affaire s'arrêta là ; je n'ai pas l'intention de tout raconter,
car elle va bien se souvenir. »
Marc regarde la reine qui garde la tête basse ; elle couvre sa
tête de son manteau.
« Fou, maudits soient les marins qui vous amenèrent ici
d'outre la mer, quand ils ne vous ont pas jeté dans l'océan ! »
Tristan lui réplique aussitôt :
« Dame, que Dieu rejette ce cocu ! Si vous acceptiez de me
croire, et me gardiez près de vous pour savoir enfin qui je suis,

---

— Or te repose, Picolet.
190 Ce poise moi que tant fait as :
Lai or huimais ester tes gas.
— A moi que chaut q'il vos en
                              [poise ?
Je n'i donroie un po de gloise. »
Or dient tuit li chevalier :
195 « N'a fol baer, n'a fol tancier !
— Rois, manbre vos de peor grant
Qant vos nos trovastes gisant
Dedanz la foilliee, estandu
Entre nos deus mon branc tot
                              [nu ?
200 La fis je sanblant de dormir,
Car je n'osoie pas foïr.
Chaut faisoit com el tans de mai.
Par mi la loje vi un rai :

Li rais sor sa face luisoit.
205 Mout faisoit Dex ce qu'il voloit ;
Tes ganz botas enz el pertuis,
Si t'en alas : il n'i ot plus ;
Car je ne voil l'ovre conter,
Car il li devroit bien manbrer. »
210 Marc en esgarde la raïne
Et cele tint la chere encline ;
Son chief covri de son mantel.
« Fol, mal aient li marinel
Qui ça outre vos amenerent,
215 Qant en la mer ne vos giterent ! »
Adonques a Tristanz parlé :
« Dame, cil cox ait mal dahé !
Së estoiez certe de moi,
Se près vos m'avoiez, ce croi,
220 Et vos saüssiez bien mon estre,

porte ni fenêtre ne sauraient vous retenir, non plus que l'autorité du roi. J'ai encore ici l'anneau que vous m'avez donné quand je vous ai quittée, après l'assemblée dont je hais le souvenir : maudit soit ce jour d'épreuve! Depuis, j'ai traversé de longues périodes de souffrance et de malheur. Dame, ce dommage mérite compensation en tendres baisers d'amour ou en étreintes sous couverture. Vous me consentiriez douce consolation, certes, ou sinon, je rends l'âme. Jamais Yder, qui tua l'ours, ne subit tant de peines et de tourments pour Guenièvre, la femme d'Arthur, que je n'en subis pour vous, puisque j'en meurs. Pour vous, j'ai quitté la Bretagne, je suis allé, solitaire, en Espagne, sans que mes amis en fussent informés, pas même la sœur de Kaherdin. J'ai tant erré par les terres et les mers que me voici, qui viens en quête de vous. Si je pars comme je suis venu, et pour toujours, sans que nous nous soyons unis l'un l'autre, j'aurai perdu toute ma joie : qu'on ne croie plus jamais aucun présage. »

Dans la salle, on se murmure l'un à l'autre à l'oreille :

« Par ma foi, il pourrait vite advenir que notre roi prenne au sérieux ce fou. »

Le roi demande qu'on prépare ses chevaux.

|  |  |
|---|---|
| Ne vos tandroit huis ne fenestre | Com je por vos, car jë en mur. |
| Ne lo commandemant lo roi. | Gerpi en ai tote Bretaigne, |
| Encor ai l'anel près de moi | Par moi sui venuz en Espaigne, |
| Qui me donastes au partir | 240 Onques nel sorent mi ami, |
| 225 Del parlement que doi haïr : | Ne nel sot la suer Caadin. |
| Maldite soi ceste asanblee! | Tant ai erré par mer, par terre |
| Mainte dolereuse jornee | Que je vos sui venuz requerre. |
| En ai puis aüe et soferte. | Se jë ensin m'en vois do tot, |
| Car m'estorez, dame, ma perte | 245 Que l'un en l'autre ne vos bot, |
| 230 En doz baisiers de fine amor | Donc ai je perdue ma joie : |
| Ou embracer souz covertor. | Ja mais en augur nus ne croie. » |
| Mout m'avroiez fait grant confort, | En la sale maint en consoille |
| Certes, o autremant sui mort. | Li uns a l'autrë en l'oroille : |
| Onques Yder, qui ocist l'ors, | 250 « Mien esciant, tot avandroit |
| 235 N'ot tant de poines ne dolors | Que mes sires cel fol crerroit. » |
| Por Guenievre, la fame Artur, | Li rois a demandé chevax, |

Il veut voir ses oiseaux à l'air libre, chassant les grues : ils sont restés en cage trop longtemps. Tout le monde sort, la salle reste vide, et Tristan s'assied sur un banc. La reine a regagné sa chambre dont le dallage est de marbre. Elle fait approcher sa suivante et lui dit :

« Par sainte Estrestine, as-tu entendu les discours étonnants du fou ? Qu'une infection lui crève l'oreille ! Comme il a nostalgiquement rappelé ce que j'ai vécu et ce qu'a vécu Tristan, que j'ai tant aimé et que je ne me lasserai point d'aimer ! Hélas ! il me néglige et pense à peine à moi. Va chercher le fou et amène-le-moi. »

Brangien s'empresse, sans prendre le temps de se coiffer. Tristan, à sa vue, se réjouit.

« Maître fol, ma dame vous demande. Vous vous êtes tout à l'heure mis en frais pour raconter votre vie, et vos humeurs mélancoliques vous égarent. Par Dieu, ce serait bonne action que vous pendre.

— Ce serait crime, au contraire, Brangien. Plus fol que moi va à cheval.

— Quels diables aux plumes grises vous ont appris mon nom ?

— Chère, je le connais depuis longtemps. Par ma tête qui fut blonde, le pauvre hère que vous voyez a bien perdu la raison,

Aler veoir vialt ses oisiax
La de defors voler as grues :
255 Pieça que n'issirent des mues.
Tuit s'en issent, la sale est vuie,
Et Tristanz a un banc s'apoie.
La raïne entra en sa chambre
Don li pavemanz est de lanbre.
260 A soi apele sa meschine;
Dit li a : « Por Sainte Estretine,
As tu oï del fol mervoilles ?
Male goute ait il es oroilles !
Tant a hui mes faiz regreté
265 Et les Tristan, c'ai tant amé
Et fais encor, pas ne m'en fain !
Lasse ! si m'a il en desdain
Et si m'an sofre encor a poine.
Va por lo fol, si l'o m'amoine ! »

270 Cele s'an torne eschevelee;
Voit la Tristanz, mout li agree :
« Dan fol, ma dame vos demande.
Mout avez hui esté en grande
De reconter hui vostre vie :
275 Plains estes de melancolie.
Si m'aïst Dex, qui vos pandroit,
Je cuit que bien esploiteroit.
— Certes, Brangien, ainz feroit
                                            [mal :
Plus fol de moi vait a cheval.
280 — Quel deiablë empané bis
Vos ont mon non ensi apris ?
— Bele, pieça que je lo soi.
Par lo mien chef, qui ja fu bloi,
Partie est de cest las raison :

mais c'est vous qui l'avez privé de ce à quoi il avait droit. A présent, chère, je ne vous demande qu'une chose : persuadez la reine de me rémunérer le quart de mon service ou la moitié de ma peine. »

Il soupire à pleine voix. Brangien le considère : elle voit qu'il a le bras musclé, la main fine, le jarret bien fait, et qu'il est très beau; son corps est svelte : elle se dit qu'il n'est pas fou et que ce n'est pas de démence qu'il souffre.

« Sire chevalier, que Dieu te garde et te sauve, pourvu que soient préservés l'honneur de la reine et mon honneur à moi qui suis son amie. Pardonne-moi mes sottes paroles : je les regrette sincèrement.

— Je vous les pardonne : c'est sans importance. »

La courtoise Brangien dit alors :

« Je t'en prie, continue ton histoire, mais cesse de dire que tu es Tristan.

— Je le voudrais bien, mais le breuvage de l'outre m'a si bien ôté cœur et sens que je n'ai plus d'autre pensée que le service d'amour : Dieu m'accorde de triompher! Tout cela était bien mal parti! J'ai perdu la raison et suis devenu fou. C'est vous, Brangien, qui l'apportâtes,

<table>
<tr><td>285</td><td>Par vos est fors lo guerredon.</td><td></td><td>Pardone moi ce que t'ai dit :</td></tr>
<tr><td></td><td>Hui cest jor, bele, vos demant</td><td></td><td>Ne m'an poise mie petit.</td></tr>
<tr><td></td><td>Que me façoiz solemant tant</td><td></td><td>— Jel vos pardoin, pas ne m'an</td></tr>
<tr><td></td><td>Que la raïne me merisse</td><td></td><td>[poise. »</td></tr>
<tr><td></td><td>La carte part de mon servise</td><td>305</td><td>Atant dit Brangien que cortoise :</td></tr>
<tr><td>290</td><td>O la moitié de mon travail. »</td><td></td><td>« Toe merci porchace t'uevre :</td></tr>
<tr><td></td><td>Don sospira a grant baail.</td><td></td><td>D'autrui que de Tristan te covre.</td></tr>
<tr><td></td><td>Brangien si l'a bien agaitié :</td><td></td><td>— Ja si feroie je, mon voil;</td></tr>
<tr><td></td><td>Biaus braz, beles mains et biaux</td><td></td><td>Mais li boivre del trosseroil</td></tr>
<tr><td></td><td>[piés</td><td>310</td><td>M'a si emblé et cuer et sans</td></tr>
<tr><td></td><td>Li voit avoir a desmesure;</td><td></td><td>Que je nan ai autre porpans,</td></tr>
<tr><td>295</td><td>Bien est tailliez par la çainture :</td><td></td><td>Fors tant quë en amor servir :</td></tr>
<tr><td></td><td>En son cuer pense qu'il est sage</td><td></td><td>Dex m'an doint a boen chief</td></tr>
<tr><td></td><td>Et a meillor mal que n'est rage.</td><td></td><td>[venir!</td></tr>
<tr><td></td><td>« Chevaliers, sire, Dex t'anor</td><td></td><td>Mar fu cele ovre appareilliee!</td></tr>
<tr><td></td><td>Et doint joie, mais qu'il ne tort</td><td>315</td><td>Mon san ai an folor changiee.</td></tr>
<tr><td>300</td><td>A la raïne a desenor,</td><td></td><td>Et vos, Brangien, qui l'aportates,</td></tr>
<tr><td></td><td>Në a moi, qui sui de s'amor!</td><td></td><td></td></tr>
</table>

et vous fîtes mauvaise action. Ce philtre était inique, où se
mêlaient des infusions perverses. Je meurs pour elle, et elle reste
insensible : le partage n'est pas égal; car je suis Tristan, l'in-
fortuné. »

A ces mots, elle l'a reconnu : elle tombe à ses pieds et lui
demande instamment qu'il lui pardonne de l'avoir insulté. Il
la prend par la main et la relève, puis il l'embrasse longuement.
Il la prie de l'aider sans dérobade : il saura bien si elle est ou non
son alliée; qu'elle fasse tout son possible. Brangien l'amène par
le poing, et il ne la lâche pas d'une semelle jusqu'à la chambre où
ils pénètrent ensemble. A sa vue, Yseut sent que son cœur lui
manque, car elle le déteste depuis que, ce matin, il a débité ses
discours extravagants. Tristan la salue avec respect, mais sans
démonstrations excessives, malgré qu'elle en ait :

« Dieu sauve la reine, et Brangien sa suivante ! Elle m'aurait
bientôt guéri, pour peu qu'elle m'appelle : Ami. Car je suis son
ami et elle est mon amie. Mais l'amour n'est pas justement par-
tagé : je souffre deux fois plus qu'elle, et elle n'a pas du tout
pitié de moi. J'ai eu faim, j'ai eu soif, j'ai couché sur la dure,

Certes malemant esploitates :
Cil boivre fu fait a envers
De plusors herbés mout divers.
320 Je muir por li, ele nel sant :
N'est pas parti oniement,
Car je suis Tristanz, qui mar fu. »
A cest mot l'a bien conneü :
A ses piez chiet, merci li crie,
325 Qu'il la pardoint sa vilenie.
Si la relieve par les doiz,
Si la baisa plus de cent foiz.
Or la prie de sa besoingne
Et qu'el la face sans essoigne :
330 Bien s'an porra apercevoir,
Et qu'ele en face son pooir.
Brangien l'an moine par lo poing,
L'uns près de l'autre, non pas
                    [loing,

Et vienent en la chanbre en-
                    [samble.
335 Voit lo Ysiaut : li cuers li tranble,
Car mout lo het por les paroles
Quë il dist hui matin si foles.
Mout boenemant et sanz losange
La salua, a quel que praigne :
340 « Dex saut, fait cë il, la raïne,
Avoc li Brangien sa meschine !
Car ele m'avroit tost gari
Por sol moi apeler ami.
Amis sui jë et ele amie.
345 N'est pas l'amors a droit partie :
Je sui a doble traveillié,
Mais el n'en a nule pitié.
O fain, o soif et ou durs liz,

je n'avais qu'une pensée, qu'un souci, dans mon cœur, dans mon âme, et j'ai subi mille tourments. Je ne suis pas coupable de m'être dérobé ! Que Dieu, dont le règne n'a pas de fin, et qui fut, aux noces d'Architriclinius, assez généreux échanson pour changer l'eau en vin, me donne la force de renoncer à ma folie ! »

Yseut se tait et ne sonne mot. Brangien, indignée, la reprend : « Dame, dit-elle, quel accueil vous réservez au plus loyal amant qui fut et qui sera jamais ! Votre amour lui coûte trop cher. Jetez-vous à son cou ! C'est pour vous qu'il a accepté la tonsure des fous. Dame, écoutez-moi : c'est bien Tristan, je vous le jure.

— Demoiselle, vous avez tort. Que n'étiez-vous avec lui au port où il a débarqué ce matin ! C'est un individu bien rusé : s'il était celui que vous dites, il ne m'aurait pas, tout à l'heure, outragée par ses sornettes, devant toute une assistance : il aurait préféré croupir à fond de cale !

— Ma dame, je n'ai agi que par prudence, et pour que tous me crussent fol.

— Pouvais-je comprendre tes énigmes ?

— Notre amour me fait trop souffrir. Souvenez-vous de Gamarien, qui n'exigeait pas autre chose

|  |  |
|---|---|
| Pansis, pansant, do cuer, do piz | Cë est Tritans, gel vos afi. |
| 350 Ai soferte mainte destrece. | — Damoisele, vos avez tort. |
| N'ai rien mesfait par ma parece ! | Car fussiez vos o lui au port |
| Mais cil Dex qui reigne sanz fin, | 370 O il ariva hui matin ! |
| Qui as noces Archetreclin | Trop a en lui cointe meschin : |
| Lor fu tant cortois botoillier | Se ce fust il, il n'aüst pas |
| 355 Que l'eve fist en vin changier, | Hui dit de moi si vilains gas, |
| Icel Dex me mete en corage | Oient toz cez en cele sale : |
| Quë il me giet d'icest folage ! » | 375 Miauz volsist estre el fonz de |
| Cele se taist, qui mot ne sone. | [cale ! |
| Voit la Brangiens, si l'araisone : | — Dame, gel fis por nos covrir |
| 360 « Dame, fait ele, quel sanblant | Et por as toz por fox tenir. |
| Faites au plus loial amant | — Ainz ne soi rien de devinaille ! |
| Qui onques fust ne ja mais soit ? | — La nostre amor trop me tra- |
| Vostre amor l'a trop en destroit. | [vaille. |
| Metez li tost les braz au col ! | 380 Por vos manbre de Gamarien |
| 365 Por vos s'est tonduz comme fol. | Qui ne demandoit autre rien |
| Dame, entandez que jë i di : |  |

que vous, et qui vous emmenait captive. Qui fut celui qui vous délivra?

— Oui, ce fut Tristan, le neveu du roi, mais il avait une autre allure ! »

Tristan n'est pas mécontent de l'entretien qui se déroule : il devine qu'il n'a pas perdu l'amour de la reine, et il n'en demande pas plus. C'est cet amour qui, plus d'une fois, a mobilisé tout son être :

« Ne ressemblé-je pas à celui qui, seul et sans aucun allié, vous sauva du pire quand il coupa le poing de Guimarant?

— Oui, comme un homme ressemble à un autre homme. Pour tout dire, je ne vous reconnais pas.

— Dame, j'en suis fâché. C'était moi qui jouais pour vous de la harpe. Vous étiez venue dans la chambre où je gisais, et j'étais alors bien malheureux, mais vous n'étiez pas heureuse non plus : j'avais reçu dans l'épaule une terrible blessure, et voici comment je m'en suis tiré (?) : vous me rendîtes la santé; c'est vous seule qui m'avez guéri. Et vous m'avez permis de résister au venin du terrible dragon : que je sois pendu si je dis mensonge ! Vous auriez pu vous venger : quand j'étais dans le bain, vous avez tiré mon épée d'acier : en l'essuyant, vous avez remarqué l'entaille, et vous avez appelé Périnis, qui apporta la pièce de métal enveloppée dans une bande de soie grise.

Fors vostre cors qu'il en mena :
Qui fu ce, qui vos delivra?
— Certes, Tritans, li niès lo roi,
385 Qui molt fu de riche conroi. »
Voit lo Tritans, mout li est buen :
Bien set quë il avra do suen
S'amor, car plus ne li demande.
Sovent en a esté en grande.
390 « Resanble je point a celui
Qui sol, sanz aïe d'autrui,
Vos secorut, a cel besoin,
A Guimarant copa lo poin?
— Oïl, itant quë estes home.
395 Ne vos conois, cë est la some.
— Certes, dame, c'est grant dolor.
Ja fui je vostre harpeor.

En la chanbrë o fui venistes,
Tele ore que je fui molt tristes,
400 Et vos raïne, encore un poi,
Car de la plaie que jë oi,
Quë il me fist par mi l'espaule,
Si issi je de cestë aule :
Me randistes et sauf et sain :
405 Autres de vos n'i mist la main.
Del venin del cruiel sarpent
(Panduz soie, se jë en mant!)
Me garesistes sanz mehain,
Et quant je fui entrez el bain,
410 Traisistes vos mon branc d'acier :
Trovastes l'osche a l'essuier,
Donc apelastes Perenis
O la bande de paile bis

Vous avez joint la pièce à l'entaille : elle s'ajustait exactement,
ce qui vous mit en fureur. Avec hargne, pour me frapper, vous
avez aussitôt saisi l'arme à pleines mains et vous avez couru vers
moi, toute courroucée. Mais j'eus tôt fait de vous apaiser en vous
relatant l'histoire du cheveu, qui est à l'origine de tous mes maux.
Votre mère connut ce secret. Tout ce que je dis est rigoureuse-
ment exact : c'est alors qu'on vous confia à moi. Qu'elle était
belle, notre nef ! Le surlendemain de notre départ, le vent tomba.
Il nous fallut donner de la rame. Moi-même, je participai à
l'effort. Il faisait chaud, nous avions soif; Brangien, qui est ici
devant toi, courut sans tarder chercher l'outre. Elle commit sans
le vouloir une méprise : elle remplit la coupe avec le philtre : il
était clair, sans grumeaux; elle me le tendit et j'en bus. Pour
vous, Brangien, ni mieux ni pire, car vous vous en sortirez toujours, mais c'est votre faute, demoiselle !

— Vous avez de bien curieuses lectures ! Vous voulez faire
croire que vous êtes Tristan, que Dieu sauve ! Mais vous par-
tirez déçu. Qu'allez-vous raconter encore ?

O la piece iert envelopee;
415 L'acier joinssistes a l'espee.
Quant l'un acier a l'autre joint,
Donc ne m'amastes vos donc
[point.
Par grant ire, por moi ferir,
L'alastes a deus poinz saisir;
420 Venistes ver moi tot iriee.
En poi d'ore vos ai paiee
O la parole do chevol
Don jë ai puis aü grant dol.
Vostre mere sot ce secroi.
425 Ice vos afi je par foi :
Don me fustes vos puis bailliee.
Bien fu la nef apareilliee !
Qant de havre fumes torné,
Au tiers jor nos failli oré.
430 Toz nos estut nagier as rains :

Je meïsmes i mis les mains.
Granz fu li chauz, s'aümes soif;
Brangiens, qui ci est devant toi,
Corut en haste au trosseroel;
435 Ele mesprit estre son voil :
Do buverage empli la cope;
Mout par fu clers, n'i parut sope;
Tandi lo moi et je lo pris.
Ainz në iert mal në après pis,
440 Car trop savez de la favele;
Mar vos vi onques, damoisele !
— De mout bon maistre avez
[leü !
A vostre voil seroiz tenu
Por Tristan, a cui Dex aït !
445 Mais toz en iroiz escondit.
Diroiz vos mais nole novele ?

— Le saut de la chapelle, quand on vous condamna au bûcher
et qu'on vous livra aux malades. Comme ils discutaient et se
querellaient! L'un d'eux fut élu pour choisir lequel vous emmènerait dans la forêt. Je leur tendis une embuscade avec le seul
Governal. Vous n'auriez pas eu de mal à me reconnaître, car je
les aurais fait jouir à ma façon, mais je n'eus même pas à contester
leur choix : Governal, que Dieu sauve, leur asséna une telle
volée avec les béquilles mêmes sur lesquelles ils appuyaient
leurs moignons! Nous vécûmes un certain temps dans les bois,
où nous versâmes bien des larmes. L'ermite Ogrin vit-il toujours? Dieu ait son âme!

— Ne touchez pas à cet homme : vous n'avez pas le droit
de parler de lui! Vous n'êtes pas prêt de lui ressembler : c'est un
juste et vous n'êtes qu'un truand. Vous avez entrepris un
étrange métier : vous truandez pour tromper le monde. Je vais
vous faire arrêter, et vous avouerez au roi votre conduite.

— Dame, s'il savait tout, je suis sûr que vous le regretteriez.
On dit : Service d'amour obtient en un seul jour totale récompense. Mais à ce que je vois ici,

| | |
|---|---|
| — Oïl : le saut de la chapele, | O nos plorames mainte lerme. |
| Qant a ardoir fustes jugiee | Ne vit encor l'hermite Ugrin? |
| Et as malades otroiee : | 465 Dex mete s'ame a boene fin! |
| 450 Mout s'antraloient desrainnant | — Ce poez bien laissier ester : |
| Et mout durement estrivant : | De lui ne fait mie a parler! |
| A l'un en donerent le chois | Vos nel resanbleroiz oan : |
| Li quex d'aux vos avroit el bois. | Il est prodom et vos truanz. |
| Je n'an fis autre enbuschemant | 470 Estrange chose avez enprise : |
| 455 Fors do Gorvenal solement. | Maint engingniez par truandise. |
| Mout me deüssïez bien conoistre, | Je vos feroie mout tost prandre |
| Car formant lor feisse croistre; | Et au roi vos ovres antandre. |
| Ainz par moi n'en fu un desdit, | — Certes, dame, si lo savoit, |
| Mais Gorvenal, cui Dex aït, | 475 Je cuit qu'il vos en peseroit. |
| 460 Lor dona tex cox des bastons | L'an dit : qui ainz servi Amor, |
| Qui s'apooient des moignons! | Tot le gerredone en un jor. |
| En la forest fumes un terme, | Selonc les ovres que ci voi, |

c'est en ce qui me concerne tout à fait faux. Je pensais avoir une amie, mais je crois bien que désormais je l'ai perdue.

— Qu'est-ce donc qui vous trouble, seigneur?

— Celle qui m'a si longtemps aimé et m'aimera encore, s'il plaît à Dieu, car je ne saurais tolérer d'être délaissé de nouveau. Parlons d'autre chose. Ce sont animaux étonnants que les chiens. Tiens! Qu'est devenu Husdent? On le retint trois jours sans qu'il consentît à boire ou à manger, faute de me voir : mon absence le rendait enragé. On décrocha la bonne laisse du brachet, et on ouvrit son guichet : il me rejoignit d'une traite.

— Je vais vous le dire : je le garde en dépôt, pour le rendre à celui à qui je me suis vouée, le jour où nous connaîtrons la joie de la retrouvance.

— Quitterait-il pour moi Yseut la Blonde? Montrez-le-moi tout de suite : peut-être me reconnaîtra-t-il?

— Vous reconnaître? Quel miracle! Il se moquerait bien de votre misère, car depuis le départ de Tristan, nul ne s'est approché de lui qu'il ne voulût dévorer à belles dents. Il geint dans la chambre voisine. Demoiselle, amenez-le-nous. »

Brangien y court et délie le chien. Quand le brachet entend son maître,

Est ce granz errors endroit moi.
480 Je soloie ja avoir drue,
Mais or l'ai, ce m'est vis, perdue.
— Sire, qui vos a destorbé?
— Cele qui tant jorz m'a amé
Et fera encor, se Dex plaist,
485 Ne n'est mestier c'ancor me laist.
Or vos conterai d'autre rien :
Estrange nature a en chien.
Queles! qu'est Hudent devenu?
Qant cil l'orent trois jorz tenu,
490 Ainz ne vost boivre ne mangier :
Por moi se voloit enragier.
Donc abatirent au brachet
Lo bel lïen o tot l'uisset :
Ainz ne fina, si vint a moi.
495 — Par cele foi que je vos doi,

Certes, jel gart en ma saisine
A celui eus cui me destine
Q'ancor ferons ensanble joie.
— Por moi lairoit Ysiaut la
[bloie?
500 Car lo me mostrez orandroit,
Savoir së il me conoistroit.
— Connoistre? Vos dites richece!
Po priseroit vostre destrece,
Car puis que Tristanz s'an ala,
505 Home de lui ne s'aprima
Qu'il ne volsist mangier as danz!
Il gent en la chanbre loianz.
Damoisele, amenez lo ça! »
Brangiens i cort, sou desloia.
510 Qant li brechez l'oï parler,

il fait voler sa laisse des mains de la jeune fille qui le conduit; de tout son cœur, il file vers Tristan, il bondit vers lui, il fait le beau : jamais animal ne manifesta tant de joie! Il frotte contre lui son muffle et gratte des pattes : qui n'en serait ému? Il lui lèche les mains, il jappe de bonheur. Yseut, à ce spectacle, est bouleversée, et craint que le fou ne soit un enchanteur, ou un mystificateur de talent : Tristan est si pauvrement vêtu! Il dit au brachet :

« J'ai bien fait de te dresser comme je l'ai fait! Tu n'as pas cessé de m'aimer. Tu me fais bien plus bel accueil que celle que je vénérais tant. Elle croit que je suis un simulateur : elle va voir l'objet même qu'elle m'a donné en m'embrassant quand, en pleurs, nous nous quittâmes : ce petit anneau d'or massif. Je ne m'en suis jamais séparé : je lui parlais souvent, je l'interrogeais, je lui demandais conseil, et quand il ne pouvait me répondre, je me sentais à l'agonie : avec amour, je baisais l'émeraude, et mes yeux se mouillaient de larmes. »

Yseut reconnaît bien l'anneau et constate la joie du brachet à la vue de son maître : elle en perd le sens.

Lo lïen fait des mains voler
A la meschine qui l'amoine;
De venir a Tritan se poine,
Sore li cort, lieve la teste :
515 Onques tel joie ne fist beste!
Boute do grain et fiert do pié :
Toz li monz en aüst pitié;
Ses mains loiche, de joie abaie.
Voit lo Ysiaut, formant s'esmaie,
520 Craint quë il soit enchanteor
O aucun boen bareteor :
Tristanz ot povre vesteüre.
Au brachet dit : « La norriture
C'ai mis en toi soit beneoite!
525 Ne m'as mie t'amor toloite.
Molt m'as moutré plus bel san-
[blant

Que celi cui j'amoie tant.
Ele cuide que je me faigne :
Ele verra la dreite ensaigne
530 Qu'ele me dona en baisant,
Qant departimes en plorant,
Cest enelet petit d'or fin.
Mout m'a esté pruchien voisin :
Mainte foiz ai a lui parlé,
535 Et quis consoil et demandé;
Et qan ne me savoit respondre,
Avis m'iert que deüsse fondre :
Par amor baissai l'esmeraude,
Mes oil moillerent d'eve chaude. »
540 Ysiaut conut bien l'anelet
Et vit la joie del brechet
Quë il fait : a pol ne s'anrage.

Son cœur en est maintenant sûr : c'est à Tristan qu'elle parle.

« Hélas, dit-elle, je suis folle ! Ah ! cœur insensible, mérites-tu de vivre quand tu n'as pas reconnu l'être au monde qui a le plus souffert pour l'amour de moi ? Pardon, seigneur ! Je me repens. »

Elle a défailli dans les bras de Tristan. Brangien constate avec joie qu'elle a atteint son but. Quand Yseut a repris ses esprits, elle lui embrasse les flancs, et lui baise le front, le nez et la bouche à maintes reprises.

« Ah ! Tristan, seigneur, que c'est injuste, quand vous subissez à cause de moi tant de tourments ! Je ne suis plus digne de ma naissance, si je ne vous accorde la récompense de vos mérites ! Dis, Brangien, qu'allons-nous lui donner ?

— Ma dame, trêve de plaisanteries. Allez lui chercher des habits. Il est Tristan, vous êtes Yseut. On voit bien à présent qui s'attriste le plus sans en avoir le motif. »

Yseut dit :

« Comment le rendre heureux ?

— Puisque vous en avez loisir, mettez-vous en peine de le servir, jusqu'à ce que Marc revienne de sa chasse en marais : puisse-t-il trouver tant de gibier qu'il y reste huit jours... »

A ces mots, discrètement, si mon récit est fidèle, Tristan pénètre sous la courtine : il tient dans ses bras la reine.

Or s'aperçoit en son corage
C'est Tritans a cui el parole.
545 « Lasse, fait ele, tant sui fole !
Hé ! mauvais cuers, por que ne
[font,
Qant ne conois la rien el mont
Qui por moi a plus de tormant ?
Sire, merci ! je m'an repant. »
550 Pasmee chiet, cil la reçoit.
Or voit Brangiens ce qu'el voloit.
Qant el revint, el flans l'anbrace,
Lo vis et lo nés et la face
Li a plus de mil fois baisié.
555 « Ha ! Tristanz, sire, quel pechié,
Qui tel poine sofrez por moi !
Don ne soie fille de roi,
S'or ne vos rant lo gerredon !

Quelles ! Brangien, quel la feron ?
560 — Dame, nel tenez mie a gas :
Alez, si li querez les dras.
Il est Tritanz et vos Ysiaut.
Or voit bien l'an qui plus se deut
A molt petitet d'achoison. »
565 Et dit : « Quel aise li feron ?
— Tandis com vos avez loisir,
Mout vos penez de lui servir,
Tant que Mars viegne de riviere.
Car la trovast il si pleniere
570 Qu'il ne venist devant uit jorz... »
... A ces paroles, sanz grant cri,
Com vos avez ici oï,
Entre Tritanz soz la cortine :
Entre ses braz tient la raïne.

# LA *FOLIE* D'OXFORD

Tristan réside en son pays, sombre, morne et pensif. Il s'interroge sur son destin, car il a besoin de réconfort, et le seul efficace serait qu'il guérît de son mal d'amour, ou sinon il préfère mourir. Oui, il préfère mourir une fois pour toutes et en finir avec ses tourments, mourir et ne plus toujours languir dans la peine. C'est une longue mort que vivre dans la souffrance; les sombres pensées minent l'homme et le perdent. Et la peine, et la souffrance, et les sombres pensées, et les chagrins qui n'ont de cesse se conjurent pour miner Tristan. Il voit bien que son mal est sans issue; il lui faut donc mourir dans la tristesse. Il est déterminé à périr, puisqu'il n'a plus son amour et sa joie, puisqu'il n'a plus la reine Yseut; il désire la mort, il appelle la mort, pourvu seulement que son amie sache que c'est pour elle qu'il rend l'âme, car si Yseut l'apprend, il périra de façon moins cruelle. Il cache son dessein, il redoute qu'on ne le devine, il ne veut confier son projet à personne; il tait son secret surtout à son compagnon Kaherdin, car il craint, s'il lui en fait part,

Tristran surjurne en sun païs,
Dolent, mornes, tristes, pensifs.
Purpenset soi ke faire pot,
Kar acun confort lu estot :
5   Confort lu estot de guarir
U si ço nun, melz volt murir.
Melz volt murir a une faiz
Ke tuz dis estre si destraiz,
E melz volt une faiz murir
10  Ke tuz tens en poine languir.
Mort est assez k'en dolur vit;
Penser confunt l'ume e ocist.
Peine, dolur, penser, ahan
Tur ensement confunt Tristran.
15  Il veit kë il ne puet guarir;

Senz cunfort li estot murir.
Ore est il dunc de la mort cert,
Quant il s'amur, sa joie pert,
Quant il pert la roïne Ysolt;
20  Murir desiret, murir volt,
Mais sul tant quë ele soüst
K'il pur la sue amur murrust,
Kar si Ysolt sa mort saveit,
Siveus plus suëf en murreit.
25  Vers tute gent se cele e doute,
Ne volt nul descovrir le dute;
Il s'en celet, c'en est la fin,
Vers sun compaignun Kaherdin,
Car ço cremeit, si li cuntast

qu'il ne l'en détourne : il a décidé et préparé son départ pour
l'Angleterre, où il cheminera non à cheval, mais à pied, pour ne
pas être démasqué, car il y est connu, et on découvrirait vite son
identité, tandis qu'un pauvre homme qui voyage à pied passe
inaperçu, et qu'on ne fait guère de cas en cour d'un humble messager mal vêtu. Il se prépare un déguisement qui transformera
jusqu'à son visage et le rendra méconnaissable même à ceux qui
l'examineront avec attention. Des parents mêmes, des proches,
des compagnons d'armes ou des amis ne devineront pas qui il est.
Il est si discret qu'il ne dit rien à personne; c'est sagesse : il
arrive souvent grand dommage d'un secret trop tôt révélé. Si on
sait se taire et dissimuler, on évite à coup sûr la mauvaise fortune : publier et divulguer un projet attire mainte catastrophe.
Les gens pâtissent beaucoup d'avoir été trop légers.

Tristan a l'habileté de tenir cachée sa résolution, mais ses
pensées sont bien douloureuses. Il ne perd pas de temps : il met
au point son projet au cours de la nuit, alors qu'il est couché, et
le lendemain, de bonne heure,

<br>

|  |  |
|---|---|
| 30 De sun purpens, k'il l'en ostat, | Ne pot saveir l'estre de li. |
| Kar ço pensoit e ço voleit | Tan par se cuevre en sun curage |
| Aler en Engleterre droit, | K'a nul nel dit; si fait que sage : |
| Nent a cheval, mais tut a pé, | Suvent avent damage grant |
| K'el païs ne seit entercié, | 50 Par dire sun conseil avant. |
| 35 Kar il i ert mult cuneüz, | Ki si celast e nel deïst, |
| Si serrait tost aparceüz, | Ja mal, so crei, në en cursist : |
| Mais de povre home k'a pé vait | Par conseil dire e descuvrir |
| Nen est tenu gueres de plait, | Solt maint mal suvent avenir. |
| De povre messagë e nu | 55 La gent en sunt mult desturbé |
| 40 Est poi de plait en curt tenu. | De so ke n'unt suvent pensé. |
| Il se penset si desguiser | Tristran se cele cuintement, |
| E sun semblant si remüer | Si pense mult estreitement. |
| Ke ja nuls hom ne conestrat | Il nel met mie en long respit : |
| Ke Tristran seit, tant nel verrat. | 60 La nuit se purpense en sun lit |
| 45 Parent procein, per në ami | E l'endemain, très par matin, |

il se met en route. Il va d'une traite tout droit jusqu'à la mer.
Arrivé là, il trouve une nef et tout ce dont il a besoin. C'est un
bateau solide, bien équipé, spacieux, un bon navire marchand;
il contient une cargaison qui vient de bien des pays; il va partir
pour l'Angleterre.
Les marins halent la voile et lèvent l'ancre. Ils veulent prendre
le large. Ils sont impatients de gagner la haute mer : ils ont bon
vent pour cingler droit. Alors surgit le noble Tristan. Il leur
dit :
« Dieu vous garde tous, messieurs! Que sa grâce vous accompagne! Où allez-vous?
— En Angleterre, s'Il le veut », répondent-ils.
Tristan crie alors aux marins :
« Bon voyage! messieurs, emmenez-moi. Nous voulons aller
en Grande-Bretagne. »
On lui réplique :
« Accordé; à bord, vite, embarquez. »
Tristan embarque d'un bond. Le vent gonfle le haut de la
voile et le navire file sur l'onde. Ils fendent les flots profonds
de la mer. Ils ont abondance de bonne brise et tout se déroule
comme ils le souhaitent. Ils courent tout droit vers l'Angleterre
et ne restent que deux nuits et un jour à naviguer. Le deuxième
jour, ils débarquent au port de Tintagel, s'il faut en croire la
légende.

Acueut sun erre et sun chemin.
Il ne finat unke d'erer
Si est venu droit à la mer.
65  A la mer vent e truve prest
La nef et quanquez mester est.
La nef ert fort e bele e grande,
Bone cum cele k'ert marchande;
De plusurs mers chargee esteit;
70  En Engleterre curre deit.
    Li notiner alent lur treff
Et il desancrent cele nef.
Aler volent en alte mer;
Li venz est bon pur ben sigler.
75  Atant es vus Tristran li pruz.
    Dit lur : « Sennurs, Deu vus
                      [guard tuz!
En quel part irés vus, Deu l'oie?
    — En Engleterre, funt cil, a
                      [joie! »

Tristran respunt al notiner :
80  « A joie i pussez vus aler!
Sennurs, kar me portez od vus :
En Bretaine aler volun nus. »
Cil li ad dit : « Ben le graant;
Entrez dunc tost, venez avant. »
85  Tristran i vent e si entre enz.
El vail amunt si fiert li venz,
A grant esplait s'en vunt par
                      [l'unde.
Trenchant en vunt la mer par-
                      [funde.
Mult unt bon vent a grant plenté,
90  A plaisir e lur volunté.
Tut droit vers Engleterre curent,
Dous nuiz e un jur i demurent.
Al second jur venent al port,
A Tiltagel, si droit record.

Le roi Marc y résidait avec la reine Yseut, et il avait réuni, selon son usage, une cour nombreuse. Tintagel était une ville forte très puissante et très riche; on n'y craignait ni machines de siège ni assauts... Sur le rivage de Cornouaille se dressait le donjon, vaste et solide : ce sont des géants qui jadis l'ont fortifié. Les pierres y sont de marbre; elles sont assises et jointes avec art et tiennent bon. Les blocs qui constituent le mur forment un échiquier de sinople et d'azur. On entre par une magnifique poterne, tout aussi large qu'imprenable. L'entrée et la sortie ne sauraient être forcées, car deux valeureux chevaliers y montent la garde.

C'est là que réside le roi Marc, au milieu de Bretons et de Cornouaillais, parce qu'il aime cette place; Yseut s'y complaît aussi. Autour, il y a beaucoup de prés, beaucoup de forêts, avec du gibier, de l'eau en abondance, et du poisson, et mainte métairie. Les nefs qui viennent de la mer arrivent directement dans un port défendu par l'enceinte; et c'est par voie maritime que les étrangers viennent voir le roi : même ses intimes débarquent là, autre raison pour Marc de s'y trouver bien. Le lieu est grandiose et plaisant,

95   Li roi Markes i surjurnout,
     Si fesait la reïne Ysolt,
     E la grant curt iloc esteit
     Cum li reis a custume aveit.
     Tintagel esteit un chastel
100  Ki mult par ert e fort e bel;
     Ne cremout asalt ne engin...
     ... Sur la mer sist en Cornuaille
     La tur ki ert e fort e grant :
     Jadis la fermerent jeant.
105  De marbre sunt tut li quarel
     Asis e junt mult ben e bel.
     Eschekerez esteit le mur
     Si cum de sinopre e d'azur.
     Al chastel esteit une porte,
110  Ele esteit bele e grant e forte.
     Ben serreit l'entree e l'issue

     Par dous prudumes defendue.
        La surjurnout Marke li reis,
     Od Bretuns, od Cornualeis,
115  Pur le chastel kë il amout;
     Si fesait la reïne Ysolt.
     Plentet i out de praerie,
     Plentet de bois, de venerie,
     D'euves duces, de pescheries
120  E des belles guaaineries.
     Les nefs ki par la mer siglouent
     Al port del chastel arivouent;
     Par mer iloc al rei veneient
     Genz d'autres terres kil quer-
                              [reient,
125  E li estrange e li privé,
     E pur so l'ad il enamé.
     Li lius ert beus e delitables,

le pays est riche et prospère, et jadis on appelait Tintagel la ville enchantée. On avait raison de la nommer ainsi, car elle disparaissait deux fois l'an. Les paysans assurent que deux fois l'an, elle devenait invisible même aux gens du pays, si attentif fût-on : une fois en hiver, l'autre en été. C'est ce que disent les hommes de la région. La nef de Tristan accoste et jette l'ancre dans le port.

Tristan bondit à terre, et va s'asseoir sur le rivage. Il s'informe et demande aux passants ce que devient Marc et où il est. On lui répond qu'il réside dans la ville et qu'il y tient cour plénière.

« Et où est la reine Yseut et Brangien sa belle suivante ? » — Eh bien, elles sont ici elles aussi. Je les ai vues récemment. La reine Yseut, comme d'habitude, a l'air bien triste. »

Quand Tristan entend le nom d'Yseut, il se met à soupirer profondément; il médite une ruse qui lui permettra de la voir.

Il sait bien qu'il ne saurait trouver aucun prétexte pour lui parler. Sa valeur n'y peut rien, ni son intelligence, ni son adresse, ni son habileté,

Li païs bons e profitables,
E si fu jadis apelez
130 Tintagel li chastel faez.
Chastel faë fu dit a dreit
Kar douz faiz lë an se perdeit.
Li païsant dient pur veir
Ke douz faiz l'an nel pot l'en veir,
135 Hume del païs ne nul hom,
Ja grant guarde ne pregne l'om :
Une en ivern, autre en esté.
So dient la gent del vingné.
La nef Tristran est arivee,
140 El port senement est ancree.
  Tristran salt sus e si s'en ist
E sur la rive si s'asist.
Nuveles demande e enquert
Del rai Markes e u il ert.

145 Hom li dit k'en la vile esteit
E grant curt tenuë aveit.
« E u est Ysolt la raïne
E Brenguain sa bele meschine ?
— Par fait, e eles sunt ici.
150 Encor n'at guere ke les vi;
Mais certes la raïne Ysolt
Pensive est mult, cum ele solt. »
Tristran, quant ot Ysolt numer,
Del cuer cumence a suspirer;
155 Purpense sai d'une vaidie,
Cum il purrat veer s'amie.
  Ben set ke n'i purrat parler
Par nul engin que pot trover.
Proeisse ne lu pot valeir,
160 Sen ne cuintise ne saveir,

car il n'ignore pas que le roi Marc éprouve à son égard une haine
extrême et que, s'il peut le capturer vivant, il n'échappera pas
au supplice. Il songe à sa bien-aimée et murmure :

« Qu'importe, s'il me fait mettre à mort? Je veux mourir
pour l'amour d'elle. Hélas! Je meurs un peu chaque jour.
Yseut, vous me faites tant souffrir! Yseut, j'accepte de périr
pour vous. Yseut, si vous saviez que je suis ici, je ne sais si
vous me recevriez : votre amour me met au supplice. Me voici,
et vous l'ignorez. Je ne sais comment vous rencontrer : voilà
le motif de ma douleur.

« Mais je vais essayer un stratagème qui sera peut-être efficace : je me déguiserai en fou et feindrai la déraison. N'est-ce
pas habile et de bonne ruse? La solution est heureuse, pressé que
je suis par les circonstances : je ne puis agir plus adroitement.
Tel me croira sot qui sera moins sensé que moi, et tel me prendra
pour un simple qui hébergera plus stupide homme chez lui. »

Tristan s'en tient à son projet. Survient un pêcheur qui s'approche. Il est vêtu d'une gonnelle de grosse laine. La gonnelle
n'a pas de giron, mais elle est surmontée d'un chaperon. Tristan,
à sa vue, lui fait signe

Kar Markes li reis, so set ben,
Le heeit sur trestute ren,
E s'il vif prendre le poeit,
Il set ben kë il l'ocireit.
165 Dunc se purpense de s'amie
E dit: « Ki en cheut s'il m'ocie?
Ben dai murir pur sue amur,
Las! ja me mur jo chescun jur.
Ysolt, pur vus tant par me doil!
170 Ysolt, pur vus ben murir voil.
Ysolt, se ci me savïez,
Ne sai s'a mai parlerïez :
Pur vostre amur sui afolez.
Si sui venu e nel savez.
175 Ne sai cument parler od vus :
Pur ço sui jo tant anguissus.
« Or voil espruver autre ren,

Saver si ja me vendreit ben :
Feindre mei fol, faire folie :
180 Dunc n'est ço sen e grant veisdie?
Cuintise est, quant n'ai liu e tens :
Ne puis faire nul greniur sens.
Tels me tendra pur asoté
Ke plus de lu serai sené,
185 E tels me tendra pur bricun
K'avra plus fol en sa maisun. »
Tristran a cest conseil se tient.
Un peschur vait ki vers lu vient.
Une gunele aveit vestue
190 D'une esclavine ben velue.
La gunele fu senz gerun,
Mais desus out un caperun.
Tristran le vait, vers lu le ceine,

et l'entraîne à l'écart.

« Ami, dit-il, changeons d'habits. Tu auras les miens, qui sont bons; j'aurai ta cotte, qui me plaît fort, car j'aime à m'habiller ainsi. »

Le pêcheur constate la qualité de l'étoffe, prend les habits de Tristan, et lui donne les siens en échange; quand il les a revêtus, il s'en va joyeusement et sans tarder.

Tristan avait sur lui des ciseaux qu'il ne quittait jamais. Il y tenait beaucoup : c'était un cadeau d'Yseut. Il s'en coupe les cheveux : il a désormais l'air d'un fou ou d'un sot. Puis il se fait une tonsure en forme de croix. Il a l'art de transformer sa voix. Il teint son visage avec une herbe qu'il a apportée de son pays; il frotte sa face avec cette liqueur, et le voici devenu tout brun, comme hâlé : aucun homme ici-bas ne l'identifierait ni ne le reconnaîtrait, si longtemps qu'il le vît et s'entretînt avec lui. Il prend dans une haie un bâton et se le met au col. Il se rend tout droit au château, et tous ceux qu'il rencontre prennent peur.

Le portier, à sa vue, devine qu'il est fou. Il lui dit : « Avancez !

En un repost o lu l'en maine.
195  « Amis, fet il, changuns nos dras;
Li men sunt bons, ke tu avras;
Ta cote avrai, ke mult me plest,
Kar de tels dras suvent me vest. »
Li pescheres vit les dras bons,
200  Prist les, si li dunat les sons,
E quant il fu saisi des dras,
Lez fu, si s'en parti chaut pas.
Tristran unes forces aveit
K'il meïsmes porter soleit.
205  De grant manere les amat :
Ysolt les forces lu donat.
Od les forces haut se tundi :
Ben senble fol u esturdi.
En après se tundi en croiz.

210  Tristran sout bien muer sa voiz.
Od une herbete teinst sun vis
K'il aporta de sun païs;
Il oint sun vis de la licur,
Puis ennerci, muad culur :
215  N'aveit hume ki al mund fust
Ki pur Tristran le coneüst,
Ne ki pur Tristran l'enterçast,
Tant nel veïst u escutast.
Il ad d'une haie un pel pris
220  E en sun col l'en ad il mis.
Vers le chastel en vait tut dreit;
Chaskun ad poür kë il vait.
Li porters, quant il l'a veü,
Mult l'ad cum fol bricun tenu.
225  Il li ad dit : « Venez avant !

D'où venez-vous enfin? »

Tristan répond :

« J'ai été aux noces de l'abbé du Mont-Saint-Michel, qui est mon ami. Il a épousé une abbesse qui est une grosse nonne. Il n'est prêtre ni abbé, moine ni clerc ni diacre, de Besançon jusqu'au Mont, quelle que soit sa condition, qui n'aura été invité aux noces, et tous ont pris bâton ou crosse. Ils sont dans la lande, sous Bellencombre, où il faut les voir bondir et s'ébattre sous l'ombrage. Je suis parti parce que je devais aujourd'hui servir la table du roi. »

Le portier lui réplique :

« Entrez, fils d'Urgan le Velu. Car vous êtes grand et velu vous aussi, et vous lui ressemblez. »

Tristan s'introduit par le guichet. Les jeunes gens accourent à sa rencontre et lui crient comme s'il était un loup :

« Voyez le fou! Hou! hou! hou! hou! »

Damoiseaux et écuyers veulent le battre avec des branches de buis. Ils l'escortent à travers la cour et le suivent en se livrant à leur tour à mainte folie. Lui se retourne plusieurs fois contre eux; plus d'un ne se prive pas de le lapider; si on l'attaque sur sa droite, c'est sur sa gauche qu'il fait front et frappe.

U avez vus demurré tant? »
    Li fols respunt : « As noces fui
L'abé de Munt, ki ben conui.
Unë habesse ad espusee,
230  Une grosse dame velee.
Il në ad prestre në abé,
Moine ne clerc në ordiné
De Besençun des kë al Munt,
De quel manere kë il sunt,
235  Ki ne serunt mandé as noces,
E tuz i portent pels e croces.
En la lande, suz Bel Encumbre,
La sailent e juent en l'umbre.
Jo m'en parti pur ço ke dai
240  Al manger ui servir le rai. »
    Li porters li ad respondu :

« Entrez, fis Urgan le velu.
Granz e velu estes assez :
Urgan en so ben resemblez. »
245  Li fol entre enz par le wiket.
Cuntre lui current li valet.
Lë escrient cum hom fet lu :
« Veez le fol! Hu! hu! hu! hu! »
Li valet e li esquier
250  De buis le cuident arocher.
Par la curt le vunt cunvaiant
Li fol valet ki vunt siwant.
Il lur tresturne mult suvent.
Est tes ki li giete a talent;
255  Si nus l'asalt devers le destre,
Il turne e fert devers senestre.

Il s'approche de la grand'salle. Il y pénètre, le bâton sur le col.
Le roi le remarque aussitôt, de son siège sous le dais royal. Il
s'écrie :

« Voici un bon sergent. Qu'on le fasse avancer. »

Plus d'un se précipite et court à ses devants. Ils l'ont salué
de façon grotesque, et l'amènent au roi, mais Tristan garde
au cou son bâton. Marc dit :

« Bienvenue, ami. D'où venez-vous? Que demandez-vous? »

Le fou répond :

« Je vais vous dire d'où je viens et quelle est ma requête.
Ma mère était une baleine. Elle vivait comme une sirène, dans
l'Océan. Mais je ne sais où je naquis. Je sais bien pourtant qui
m'a élevé. Une grande tigresse m'allaita dans les rochers où
elle me découvrit. Elle me trouva sur une grosse pierre, et,
croyant que j'étais son petit, me nourrit de sa mamelle. Mais
j'ai une sœur qui est très belle : je vous la donnerai, si vous
voulez, contre Yseut que vous aimez tant. »

Le roi répond en souriant :

« Et qu'en dira la merveille du monde?

— Sire, je vous donnerai ma sœur, contre Yseut que j'aime
d'amour. Négocions le marché et concluons l'échange :

Vers l'us de la sale aprochat.
Le pel el col, dedenz entrat.
Senes s'en aparçout li rais
260 La u il sist al mestre dais.
Il dit : « Or vai un bon sergent.
Faites le mai venir avant. »
Plusurs sailent, contre lui vunt,
En sa guisse saluet l'unt,
265 Puis si amenerent le fol
Devant le rai, le pel al col.
Markes dit : « Ben vengez, amis.
Dunt estes vus? K'avez si quis? »
Li fols respunt : « Ben vus
[dirrai
270 Dunt sui e ke je ci quis ai.
Ma mere fu une baleine.
En mer hantat cume sereine.

Mès je ne sai u je nasqui.
Mult sai jo ben ki me nurri.
275 Une grant tigre m'aleitat
En une roche u me truvat.
El me truvat suz un perun,
Quidat que fusse sun foün,
Si me nurri de sa mamele.
280 Mais une sor ai je molt bele :
Cele vus durai, si volez,
Pur Ysolt, ki vus tant amez. »
Li rais s'en rit e puis respunt :
« Ke dit la merveile de munt?
285 — Reis, je vus durai ma sorur,
Pur Ysolt ki aim par amur.
Fesum bargaine, fesum change :

il est bon de tâter à la nouveauté; vous êtes fatigué d'Yseut :
prenez une autre compagne. Accordez-la moi : je suis prêt
à la prendre et à vous servir par reconnaissance. »

A ces mots, le roi lui dit en riant :

« Par Dieu, si je te donne la reine et si tu l'emmènes en faisant
d'elle ta femme, dis-moi ce que tu feras d'elle et où tu vas la
conduire.

— Sire, répond le fou, là-haut, dans les airs, j'habite dans un
palais. Il est tout en verre, magnifique et spacieux. Le soleil
y rayonne de toutes parts. Il flotte dans le ciel, suspendu parmi
les nuages, et nul vent ne l'agite ni ne l'ébranle. Il comporte
une chambre de cristal, toute pavée de marbre. Le soleil, à
l'aube, l'illuminera tout entière. »

Le roi et ses courtisans rient de bon cœur et se disent :

« Voilà un vrai fou, qui parle bien. Il discourt sur n'importe
quoi.

— Sire, dit le fou, j'aime Yseut. Mon cœur languit et souffre
à cause d'elle. Je suis Tantris, qui brûle pour elle, et je l'ado-
rerai toute ma vie. »

A ces mots, Yseut jette un profond soupir. Le fou la chagrine
et l'irrite;

Bon est a asaer estrange;
D'Ysolt estes tut ennuez,
290 A une autre vus acuintez.
Baillez moi la, jo la prendrai :
Reis, pur amur vus servirai. »
    Li reis l'entant e si s'en rit
E dit al fol : « Si Deu t'aït,
295 Se je te doinse la roïne
A amener en ta saisine,
Or me di ke tu en fereies
U en quel part tu la meraies.
    — Reis, fet li fol, la sus en l'air
300 Ai une sale u je repair.
De veire est faite, bele e grant;
Li solail vait par mi raiant;
En l'air est e par nuez pent,

Ne berce, ne crolle pur vent.
305 Delez la sale ad une chambre
Faite de cristal e de lambre.
Li solail, quant par main levrat,
Leenz mult grant clarté rendrat. »
    Li reis e li autre s'en rient.
310 Entre els en parolent e dient :
« Cist est bon fol, mult par dit ben.
Ben parole sur tute ren.
    — Reis, fet li fols, mult aim
                    [Ysolt :
Pur lu mis quers se pleint e dolt.
315 Jo sui Trantris, ki tant l'amai
E amerai tant cum vivrai. »
    Ysolt l'entent, del quer suspire.
Vers le fol ad curuz e ire;

elle dit :

« Qui t'a fait entrer céans? Non, tu n'es pas Tantris : tu mens. »

Le fou se tourne alors plus particulièrement vers Yseut. Il constate qu'elle est irritée, car elle a blêmi.

Il lui dit alors :

« Reine Yseut, je suis Tantris, qui vous aime. Rappelez-vous, quand je fus blessé — beaucoup le savent bien — lors du combat contre le Morholt qui voulait imposer à Marc un tribut. J'eus la chance de le tuer au combat, et je ne cache plus cette victoire. Mais j'y reçus un coup terrible, car la lame était empoisonnée. Elle m'entama l'os de la hanche, où le venin, non évacué, fermenta et fit un abcès, me causant une douleur qu'aucun médecin ne pouvait soulager, si bien que je pensai mourir. Je m'embarquai pour me laisser périr en mer, tant j'étais las de cette agonie. Le vent se leva, une violente tempête amena ma nef en Irlande. Je dus débarquer dans le pays que je craignais le plus, après avoir tué le Morholt : c'était votre oncle, reine Yseut, d'où mes craintes.

 

Dit : « Ki vus fist entrer ceenz?
320 Fol, tu n'es pas Trantris : tu
                   [menz. »
Li fols vers Ysolt plus entent
Ke ne fesoit vers l'autre gent.
Ben aparceit k'ele ad irrur,
Kar el vis mue la culur.
325    Puis dit après : « Raïne Ysolt,
Trantris sui, ki amer vus solt.
Membrer vus dait quant fui
                 [navrez
— Maint home le savent assez —,
Quant me combati al Morhout
330 Ki vostre treü aver volt.
A tel hoür me cumbati
Ke je lë ocis, pas nel ni.
Malement i fu je navrés,

Kar li bran fu envenimés.
335 L'os de la hanche m'entamat
E li fors veninz eschauffat,
En l'os s'aerst, vertir le fist,
E tel dolur puis j'assist
Ki ne poüt mire guarir,
340 Si ke quidoie bien murir.
En mer me mis, la voil murir,
Tant par m'ennuat le languir.
Le vent levat, turment out grant,
E chaça ma nef en Irlant.
345 Al païs m'estut ariver
Ke jo deveie plus duter,
Kar j'aveie ocis le Morhout :
Vostre uncle fu, roïne Ysolt,
Pur ço dutai mult le païs.

Mais j'étais blessé et malade. Je tentais d'oublier mon supplice
en jouant de la harpe : en vain, malgré ma passion pour la musique. Vous entendîtes bientôt parler de ce harpeur si habile.
On me fit venir à la cour, dans mon triste état. La reine m'y
guérit de ma plaie, et je lui en suis reconnaissant. Je vous appris
de beaux lais qu'on chante sur la harpe, des poèmes bretons
composés dans mon pays. Vous ne pouvez pas ne pas vous en
souvenir, dame reine; des baumes m'ont guéri. Je me faisais
appeler Tantris : n'est-ce pas moi? Que vous en semble? »
    Yseut répond :
    « Eh bien, non! Tantris est beau et noble, et toi tu es gros,
affreux et difforme, tu es un imposteur. Va-t-en et ne m'impor-
tune plus de tes criailleries : je déteste tes balivernes et tes
sornettes. »
    Le fou, à ces mots, se retourne et va jouer avec talent son
rôle. Il frappe ceux qu'il rencontre et les pousse loin du trône,
vers la porte, en s'exclamant :
    « Sales fous, dehors, allez-vous en! Laissez-moi parler à
Yseut : je suis venu lui faire ma cour. »
    Le roi éclate de rire, car la scène l'amuse fort;

350  Mais jo fu naufrez e chitifs.
     Od ma harpe me delitoie :
     Je n'oi confort, ki tant amoie.
     Ben tost en oïstes parler
355  Ke mult savoie ben harper.
     Je fu sempres a curt mandez,
     Tut issi cum ere navrez.
     La raïne la me guari
     De ma plaie, sue merci.
     Bons lais de harpe vus apris,
360  Lais bretuns de nostre païs.
     Membrer vus dait, dame raïne,
     Cum je guarri par la mecine.
     Iloc me numai je Trantris :
     Ne sui jo ço? Ke vus est vis? »
365      Isolt respunt : « Par certes,
                          [nun!

     Kar cil est beus e gentils hum,
     E tu es gros, hidus e laiz,
     Ke pur Trantris numer te faitz.
     Or te tol, ne hue sur mei :
370  Ne pris mie tes gas ne tei. »
     Li fols se turnë a cest mot,
     Si se fet tenir pur. I. sot.
     Il fert ces k'il trove en sa vei,
     Del deis desc'a l'us les cumvei,
375  Puis lur escrie : « Foles genz,
     Tolez, issez puis de ceenz!
     Lassez m'a Ysolt consiler :
     Je la sui venu doneier. »
     Li reis s'en rit, kar mult li plest;

Yseut rougit et garde le silence.

Le roi constate son trouble. Il dit au fou :

« Musard, avance. N'est-ce pas que la reine Yseut est ton amie?

— Oui, certes! Je ne le nie pas. »

Yseut réplique :

« C'est faux, tu mens. Jetez le fou dehors. »

Le fou répond en riant, mais ces paroles sont destinées à le trahir :

« Souvenez-vous, reine Yseut, de la mission que le roi Marc me confia. Il m'envoya vous chercher pour vous épouser. Je vins déguisé en marchand en quête d'aventure. On me détestait dans votre pays, parce que j'avais tué le Morholt; c'est pourquoi j'y vins habillé en marchand, et j'avais raison. Je devais vous ramener pour que vous appartinssiez au roi, votre mari qui est là, mais on haïssait Marc dans votre Irlande, et moi plus encore. Mais j'étais un excellent chevalier, plein d'audace et de témérité : je ne redoutais homme qui fût, d'Écosse jusqu'à Rome. »

Yseut répond :

« Quelles sottises! Vous humiliez les chevaliers, vous qui n'êtes qu'un fieffé sot.

380 Ysolt ruvist e si se test.
E li reis s'en aparceit ben.
Al fol a dit : « Musart, ça ven.
N'est la raïne Ysolt t'amie?
— Oïl, par faj! je nel ni mie. »
385 Isolt respunt : « Certes, tu
[menz!
Metez le fol hors de ceenz. »
Li fol respunt tut en riant
E dit a Ysolt sun semblant :
« Ne vus menbre, raïne Ysolt,
390 Quant li reis envaer me volt
Cum si fist? Il më envaiat
Pur vus, k'il ore esspusee ad.
Jë i alai cum marcheant
Ki aventure alai querant.

395 Mult ere haï al païs,
Kar le Morhol avei ocis;
Pur ço alai cum marcheant,
Si fis de ço cointisse grant.
Quere vus dui a l'os le rei,
400 Votre sennur ke je ci vei,
Ki el païs n'ert nen cheriz,
Et j'i fu durement haïs.
J'ere chevaler mervilus,
Mult enpernant e curajus :
405 Ne dutai par mun cors nul home
Ki fust d'Escoce tresk'a Rume. »
Isolt respunt : « Or oi bun
[cunte.
A chevalers faites vus hunte,
Kar vus estes un fol naïf.

Puissiez-vous être mort ! Allez-vous en, de par Dieu ! »
Le fou, à ces mots, sourit.

Il continue sans se troubler :
« Dame reine, souvenez-vous du dragon que j'ai tué quand
je revins dans votre pays. Je lui ai coupé la tête, puis j'ai tranché
sa langue et l'ai fourrée dans mes chausses; mais le poison me
donna une telle fièvre que j'ai failli mourir; je gisais évanoui
sur le chemin. Votre mère et vous me vîtes et me sauvâtes de
la mort. Par des baumes, par des sortilèges, vous m'avez guéri
du poison.

« Souvenez-vous du bain où je me trouvais. Un peu plus,
vous m'y tuiez. Vous vouliez accomplir cet exploit après avoir
dégainé mon épée; vous l'aviez tirée du fourreau et vous aviez
remarqué qu'elle était ébréchée : alors vous pensâtes à juste
titre que cette arme avait fait périr le Morholt. Vous eûtes
l'idée d'ouvrir votre écrin et d'aller y chercher la pièce de
métal que vous aviez ôtée de la tête du Morholt;

410 Co est dol ki tant estes vif.
    Tol tei de ci, si Deu t'aït ! »
    Li fols l'entent, si së en rit.
        Dunc dit après si faitement :
    « Raïne dame, del serpent
415 Menbrer vus dait ke je l'ocis
    Quant jo vinc en vostre païs.
    La teste li sevrai del cors,
    La langue trenchai e pris hors;
    Dedenz ma chauce la botai
420 E del venim si eschaufai
    Ben quidai estre morz en fin;
    Paumez me jeu lez le chemin.
    Vostre mere e vus me veïstes
    E de la mort me guaresistes :

425 Par grant mecine e par engin,
    Me guaresistes del venim.
        « Del bain vus membre u enz
                                    [jo sis?
    Iloc m'avïez près ocis.
    Merveile grant volïez faire,
430 Quant alastes m'espeie traire;
    E quant vus l'avïez sachee
    E si la trovastes oschee,
    Dunc pensastes, e ço a dreit,
    Ke Morholt ocis en esteit.
435 Tost porpensastes grant engin,
    Si defermastes votre escrin,
    E la pece dedenz truvastes
    Kel del teste al Morholt ostastes;

vous l'ajustâtes à l'épée : aucun doute, le débris coïncidait avec
l'entaille. Vous avez eu le front de vouloir m'assassiner dans mon
bain avec mon propre fer. La femme irritée peut devenir terrible ! Vous aviez poussé un cri, et la reine survint, qui vous
avait entendue. Vous savez la suite : j'avais tant imploré votre
merci, et l'on me pardonna d'autant plus volontiers que je me
fis votre champion contre un prétendant dont vous ne vouliez
à aucun prix, car il vous rebutait. Yseut, j'ai fait triompher votre
cause... Est-ce que cela n'est pas vrai ?

— Non, ce n'est pas vrai, et vous mentez. Vous avez rêvé
toutes ces sornettes. Vous étiez ivre hier soir en vous couchant,
et l'ivresse vous a fait divaguer.

— C'est vrai : je suis ivre d'avoir bu la liqueur dont je ne
me dégriserai point.

« Souvenez-vous du jour où vos parents vous confièrent
à moi. Ils vous accompagnèrent jusqu'à la nef qui devait vous
emmener. J'avais mission de vous conduire ici, chez le roi.
Quand nous fûmes en haute mer, je vais vous dire ce que nous
fîmes. Il faisait beau, le temps était lourd, et nous étions à l'aise
sur le pont. La chaleur nous donna soif.

La piece junsistes al brant :
440 Cele se joinst de maintenant.
Mult par fustes granment osee
Quant enz el bain od ma espee
Me volïez sempres ocire :
Mult par est feme de grant ire !
445 La raïne en vint al cri,
Kar el vus aveit ben oï.
Ben savez que je m'acordai
Kar suvent merci vus criai,
E je vus deveie defendre
450 Vers celui ki vus voleit prendre :
Vus nel prendrïez en nul fuur,
Kar il vus ert encuntre quor.
Ysolt, jo vus en defendi :
N'est vair iço ke jo vus di ?
455 — N'est mie vair, einz est men-
[sunge ;

Mais vus recuntez vostre sunge :
Anuit fustes ivre al cucher
E l'ivrece vus fist sunger.
— Vers est : d'itel baivre sui ivre
460 Dunt je ne quid estre delivre.
« Ne nenbre vus quant vostre
[pere
Me baillat vus, e vostre mere ?
En la nef vus mistrent en mer.
Al rai ici vus dui mener.
465 Quant en haute mer nus meïmes,
Ben vus dirrai quai nus feïmes.
Le jur fu beus e fesait chaut,
E nus fumes molt ben en haut.
Pur la chalur eüstes sei :

Souvenez-vous, fille de roi. Nous bûmes dans un hanap. Vous
et moi, du même breuvage. Depuis, mon ivresse n'a pas cessé,
mais elle me coûte bien cher. »

A ces paroles, Yseut se drape dans son manteau et se lève,
impatiente de s'en aller. Le roi l'arrête et l'invite à se rasseoir.
Il la retient par sa cape d'hermine et la ramène à ses côtés :
« Chère Yseut, un peu de patience, que nous écoutions
jusqu'au bout cette folie. A toi, fou : dis-nous ce que tu sais
faire. »

Le fou lui répond :
« Sire, j'ai servi des rois, des ducs et des comtes.

— T'y connais-tu en chiens? et en oiseaux?

— Oui, répond-il : j'en ai eu de beaux. »

Et il ajoute :
« Sire, quand j'ai envie de chasser en bois et en forêt, je vais
capturer par mes leurres les grues qui volent tout là-haut dans
les nuages; je prends les cygnes avec mes limiers, et aussi des
oies blanches ou grises, mais avec mes faucons. Et quand
j'emporte ma massue pour tirer à l'arc, je tue bien des plongeons
et des butors. »

Marc rit de bon cœur aux propos du fou, et tous, du plus
grand au plus humble, rient de même. Le roi dit alors au fou :
« Mon ami, mon frère, comment procèdes-tu en marais? »

470 Ne vus menbre, fille de rai?
D'un hanap beümes andui.
Vus en beüstes e j'en bui.
Ivrë ai esté tut tens puis,
Mais male ivrece mult i truis. »
475   Quant Ysolt ço entent e ot,
En sun mantel sun chef enclot,
Volt s'en aler e leve sus.
Li rais la prent, si l'aset jus,
Par le mantel hermin l'ad prise,
480 Si l'ad dejuste lui resise :
« Sufrez un poi, Ysolt amie,
Si parorum ceste folie.
Fol, fet li reis, or voil oïr
De quel mester tu sez servir. »
485 Li fols a Markes repundi :
« Reis, dus e cuntes ai servi.
— Sez tu de chens? Sez tu d'oi-
[sels?

— Oïl, fet il; jo oi des bels. »
Li fols li dit : « Reis, quant me
[plest
490 Chacer en bois u en forest,
Od mes leures prendrai mes grues
Ki volent la sus par ses nues;
Od mes limers les cingnes preng,
Owes blanches, bises, de reng.
495 Quant vois od mun pel berser
[hors,
Mainz prend jo plunjuns e
[butors. »
Markes del fol bonement rit,
Si funt li grant e li petit,
Puis dit al fol : « Amis, beu frere,
500 Ke sez tu prendre en la riviere? »

Le fou répond en souriant :

« Sire, j'y attrape tout ce que j'y trouve. Mes autours ont raison des loups sylvestres et des grands ours; mes gerfauts me rapportent des sangliers et ni monts ni vaux ne les préservent; à mes petits faucons de haut vol, biches et daims n'échapperont point. Avec mon épervier, je capturerai le renard dont la queue fait le panache; je chasserai le lièvre à l'esmerillon, et au hobereau le castor. Et quand je rentre chez moi, je suis maître à l'escrime avec mon bâton. Nul ne saura si bien esquiver qu'il ne reçoive un coup. J'ai l'art de partager les tisons entre écuyers et valetaille. Je joue très bien de la harpe et de la rote, et j'ai la voix bien posée. Je suis l'amant idéal d'une grande reine : il n'y a au monde plus brillant amoureux que moi. Je dole au couteau les copeaux et les jette dans les ruisseaux. Ne suis-je pas habile ménestrel? Aujourd'hui, vous avez fait l'épreuve de mon gourdin. »

Il frappe alors alentour.

« Hors de la présence du roi! Rentrez chez vous, et vite! Vous avez mangé? Maintenant, filez. »

Li fols respunt, a rire a pris :
« Reis, tut i preng qanquez i
[truis,
Kar je prendrai od mes osturs
Les lus de bois e les granz urs;
505 Les senglers preng de mes gir-
[faus,
Ja ne les guard ne muns ne vaus;
De mes pitiz faucuns hauteins
Prendrai les chievres e les daims;
D'esperver prendrai la gupil
510 K'est devers la keue gentil;
D'esmerelun prendrai le levre,
De hobel li kac e le bevre.
Quant veng arere a mun ostel,
Dunc sai ben eskermir de pel :

515 Nul ne se cuverat tant ben
Ke il në ait aukes del men.
Ben resai partir les tisuns
Entre esquïers, entre garsuns.
Ben sai temprer harpë e rote
520 E chanter après à la note.
Riche raïne sai amer :
Si n'at sus cel amand mon per.
Od cultel sai doler cospels,
Jeter les puis par ces rusels.
525 Enne sui je bon menestrel?
Ui vus ai servi de mun pel. »
Puis fert del pel envirun sei.
« Tolez, fet-il, de sur le rei!
A voz ostels tost en alez!
530 N'avez mangé? Ke demurez? »

Le roi s'esclaffe à tous ces propos, et le sot l'amuse énormé-
ment. Puis il ordonne à un écuyer de lui amener son cheval :
il veut sortir un peu, pour ne rien changer à son habitude. Les
chevaliers l'accompagnent, et les écuyers, impatients de se
divertir.

« Excusez-moi, sire, dit Yseut. Je ne suis pas bien, j'ai la tête
lourde : j'irai reposer dans ma chambre. Tout ce tapage me
fatigue. »

Le roi la laisse partir. Elle descend de son siège et s'en va.
Elle gagne sa chambre, la mine sombre. Elle gémit tristement
sur son sort. Elle s'est assise sur son lit; elle se lamente intensément.

« Hélas, dit-elle, quel malheur est le mien! J'ai le cœur las
et suis désespérée. »

Elle ajoute aussitôt :

« Brangien, ma sœur, j'ai envie de mourir. Je voudrais être
morte, quand ma vie est si cruelle et si éprouvante. Où que
j'aille, tout m'est hostile : oui, Brangien, je ne sais que faire;
car il est arrivé au palais un fou qui porte la tonsure en croix.
Maudit soit-il! Il m'a fait tant de mal.

Li reis s'en rit a chascun mot,
Ke molt ot bon delit del sot.
Puis cummande a un esquïer
Ki li amenet sun destrer.
535 Dit ki aler dedure volt
Cum a costume faire solt.
Cil chevaler se vunt od lui
E li esquier pur l'ennui.
« Sire, merci, ço dit Ysolt.
540 Malade sui, le chef me dolt :
En ma chambre irrai reposer.
Ne puis ceste noise escuter. »
Li reis atant aler le lait.
Cele salt sus e si s'en vait.
545 En la chambre vent mult pensive.
Dolente se claime e chaitive.
A sun lit vent, desus se sist;

Mult fu li dol grant k'ele fist.
« Lasse, fait el, pur quei nas-
[qui?
550 Mult ai le quor gref e marri.
Brenguain, fait ele, bele sor,
Certes a poi ke ne me mor!
E melz me serait fusse morte,
Kam ma vïe est dure e forte.
555 Quant je vai, tut m'est a con-
[traire :
Certes, Brenguain, ne sa quai
[faire;
Kar la enz est un fol venuz
Ki mult est haut en croiz tunduz.
A male urë i vint il hui
560 Kar mult më ad fait grant ennui.

Oui, ce fou, ce bailleur de folles sornettes est un devin ou un enchanteur, car il me connaît très bien et n'ignore rien, chère compagne, de toute ma vie. Oui, Brangien, je me demande qui lui a confié des secrets que personne sinon Tristan, toi et moi ne saurait connaître, car ces secrets ne concernent que nous. Ce truand, ma foi, n'a appris tout cela que par enchantement. On ne saurait faire un rapport plus exact des faits, et il n'a rien dit qui fût mensonge. »

Brangien répond :

« J'ai toutes les raisons de penser que cet homme était Tristan.

— Non, Brangien : il est laid, il est affreux, il est difforme, alors que Tristan est si bien fait, si fort, si plaisant à voir et si courtois qu'on ne saurait trouver nulle part un chevalier aussi prestigieux : je ne suis pas prête à croire que ce gueux soit mon bel amant; mais maudit soit ce fou : je voudrais qu'il fût mort et que la nef eût coulé qui l'amena ici ! S'il avait pu se noyer dans les flots de la mer profonde !

— Taisez-vous, ma dame, répond Brangien. Vous voici prête à tout.

Certes cist fol, cist fous jugleres,
Il est devins u enchanteres,
Kar il set mun estre e ma vie
De chef en chef, ma dulce amie.
565 Certes, Brengien, mult me merveil
Ki li descufri mun conseil,
Kar nus nel sout fors jë e vus
E Tristran, le conseil de nus.
Mais cist tafur, men escïent,
570 Il set tut par enchantement.
Unques nul hom plus veir ne
                              [dist,
Kar unques d'un mot ne mes-
                             [prist. »
Brenguain respunt : « Je pens
                         [pur droit
K'iço Tristran meïsmes soit.
575 — Nu l'est, Brenguain, car cist
                           [est laiz,

E hideus e mult conterfait
E Tristran est tant aliniez,
Bels hom, ben fait, mult ensenez,
Ne serroit trovez en païs
580 Nul chevaler de greinor pris :
Pur ço ne crerai jë uwan
K'iço sait mun ami Tristran.
Mais cist fol soit de Deu maldit :
Malete soit l'ure k'il vit,
585 E cele nef maldite sait
En ki li fol vint ça endreit !
Dol fu k'il ne neat en l'unde
La hors en cele mer parfonde !
— Taisiez, dame, ço dit Bren-
                            [guain.
590 Mult estes or de male main.

Où avez-vous appris à vous conduire ainsi? Comme vous excommuniez les gens !

— Brangien, c'est lui qui me rend folle. Personne ne m'a jamais parlé comme lui.

— Ma dame, je suis sûre, par saint Jean, que c'est le messager de votre ami.

— Certes, je n'en sais rien, et je ne le connais pas. Mais allez le voir, chère compagne. Parlez-lui et tâchez de deviner qui il est. »

Brangien la courtoise se lève; elle se rend dans la grand'salle, où il n'y a plus ni serf ni homme libre, hormis le fou assis sur un banc. Les autres sont rentrés chez eux, en ville. Brangien à sa vue, s'arrête, à distance. Tristan l'a bien reconnue. Il lâche son bâton et dit :

« Bienvenue, Brangien. Noble Brangien, pour l'amour de Dieu, ayez pitié de moi. »

Brangien répond : « Et pourquoi donc? Avez-vous tant besoin de ma pitié?

— Oui, certes ! Je suis bien Tristan, qui vit dans la peine et dans l'épreuve. Je suis Tristan que l'amour d'Yseut maintient dans l'angoisse. »

Brangien réplique :

« Non, vous n'êtes pas Tristan, j'en suis sûre et certaine.

U apresistes tel mester?
Mult savez ben escumignier.
— Brenguain, kar cil m'ad fait
                          [desver.
N'oïstes home si parler.
595 — Dame, je quid, par saint Johan
K'il seit le messagier Tristran.
— Certes, ne sai, nel conus mie,
Mès alez i, mai bele amie,
Parler od li, si vus poez
600 Saveir si vus le cunustrez. »
    Brenguain salt sus : curteise
                          [esteit;
E vint en la sale tut dreit,
Mès el n'i trovast serf ne franc,
Fors le fol seant sur un banc.
605 Li autrë en sunt tuz alé
A lur ostels par la cité.

Brenguain le vait, de luin estut.
E Tristran mult ben la conuit.
Le pel jeta hors de sa main
610 E puis dit : « Ben vengez, Bren-
                          [guain.
Franche Brenguain, pur Deu vus
                          [pri
Ke vus de mai aez merci. »
    Brenguain respunt : « E je de
                          [quai?
Volez quë ai merci de tei?
615 — E! cheles! Ja sui je Tristran,
Ki en tristour vif e haan.
Je sui Tristran ki tant se dot
Pur l'amur la raïne Ysolt. »
Brenguain li dit : « Nu l'estes veir,
620 Si cum jo quid a mun espeir.

— Si, Brangien, c'est moi, sans mensonge. Je m'appelais
Tristan quand je vins ici. Je suis vraiment Tristan. Brangien,
rappelez-vous quand nous sommes partis tous ensemble d'Irlande : la reine vous confia à moi avec Yseut, qui ne veut plus
à présent me reconnaître ; elle vint à moi en vous tenant par la
main droite. Elle vous tenait la main quand elle vous remit à
moi. Souvenez-vous, belle Brangien. Elle m'a demandé de
veiller sur vous et sur Yseut. Elle insista beaucoup, et me recom-
manda avec force d'avoir soin de vous : je devais faire très
attention à vous. Alors elle vous tendit un coutret qui n'était
pas bien gros, car il me parut tout petit, puis elle vous ordonna
de bien y veiller, si vous vouliez conserver son amitié. Quand
nous fûmes en haute mer, le temps devint lourd. Je portais
un bliaut. Je transpirais, j'avais trop chaud. J'eus soif : je voulus
boire. N'est-ce pas que je dis vrai ? Un jeune homme assis à
mes pieds se leva et prit le coutret. Il versa dans un hanap
d'argent le breuvage qui y était contenu,

— Certes, Brenguain, veirs, je le
[sui :
Tristran oi num quant ça me mui.
Ja sui je Tristran veirement.
Branguain, ne vus menbre cu-
[ment
625 Ensemble partimes d'Irlande,
Cume vus mist en ma cumande
E vus e la roïne Ysolt
K'ore cunuistre ne me volt,
La raïne, quant a mei vint
630 E par la destre main vus tint ?
Si me baillat vus par la main.
Membrer vus dait, bele Brangain.
Ysolt e vus me cumandat.
Mult me requist, bel me priat

635 K'en ma guarde vus receüsse :
Guardasse al melz ke je peüsse.
Lors vus baillat un costeret,
N'ert gueres grant, mès petitet :
Dist ke vus ben le guardissez,
640 Cum s'amur aver volïez.
Quant venimes en haute mer,
Li tans se prist a eschaufer.
Jë avei vestu un blialt.
Tressué fu, e si oi chault.
645 J'oi sai : a baivre demandai.
Ben savez si vairs vus dit ai.
Un valet ki a mes pez sist
Levat e le costerel prist.
En hanap dë argent versat
650 Le baivre kë il denz trovat,

puis me mit le hanap au poing. J'en bus pour me désaltérer.
J'offris la moitié du hanap à Yseut qui elle aussi avait soif et
voulait boire. Belle Brangien, ce breuvage a fait mon malheur,
et mieux eût valu que je ne vous connusse jamais. Belle Brangien,
souvenez-vous. »

Brangien répond :
« Non, vraiment.

— Brangien, depuis que j'aime Yseut, elle ne l'a dit à personne; mais vous-même étiez au courant, et vous avez été
complice. Personne au monde ne savait, personne, sauf nous
trois. »

Brangien a écouté ce discours. Elle s'en va sans se hâter
vers la chambre de la reine. Tristan se lève et la suit. Il implore
sa clémence. Mais Brangien a rejoint Yseut. Elle lui sourit,
sans se troubler. Yseut est blême et ravagée et elle a vite fait de
feindre un malaise. Aussitôt, elle est restée seule, puisqu'elle
est souffrante.

Brangien est allée chercher Tristan et le mène dans la chambre.
Quand, une fois rentré, il aperçoit Yseut, il s'approche et veut
l'embrasser, mais elle se retire. Elle éprouve une immense gêne

Puis m'assist le hanap el poing
E jë en bui a cel besuing.
La maité ofri a Ysolt
Ki sai aveit e baivre volt.
655 Cel baivre, bele, mar le bui,
E jë unques mar vus conui.
Bele, ne vus en menbrë il? »
Brenguain respunt : « Par fai,
          [nenil. »
— Brenguain, dès puis k'amai
          [Ysolt,
660 A nul autre dire nel volt :
Vus le soüstes e oïstes
E vus l'uvraine consentistes.
Co ne sout nul ki fust el mund,
Fors nus treis, de tuz çous ki
          [sunt. »

665 Brenguain entent ke cil cuntat :
Sun pas vers la chambre en alat.
Cil salt sus, si la parsiwi;
Mult par lu vait crïant merci.
Brenguain est venu a Ysolt.
670 Si li surrist cum faire solt.
Ysolt culur muad e teinst
E sempres malade se feinst :
La chambre fu sempres voidee,
Kar la raïne est deshaitee.
675 E Brenguain pur Tristran alat.
Dreit en la chambre le menat.
Quant il i vint e vit Ysolt,
Il vait vers lu, baisier la volt,
Mais ele se trait lors arere.
680 Huntuse fu de grant manere,

et ne sait que faire. Elle se tient là, toute angoissée. Tristan voit bien qu'elle l'évite. Lui aussi est gêné, et son embarras est grand. Il fait un pas en arrière, vers le mur près de la porte.

Puis il ne peut plus se taire :

« Non, jamais je n'aurais cru cela de vous, Yseut, noble reine, ni non plus de Brangien votre suivante. Hélas! N'aurai-je tant vécu que pour vous voir ainsi me dédaigner et me repousser avec tant de hauteur? En qui puis-je avoir foi quand Yseut ne daigne plus m'aimer, quand elle me méprise au point qu'elle m'oublie? Ah! Yseut, ah! bien-aimée, l'homme qui aime se souvient. Vive la source abondante, dont le courant est limpide et régulier, mais dès qu'elle se tarit et que l'eau vive n'en jaillit plus, elle perd tout son prix : ainsi de l'amour, quand il tourne à la trahison. »

Yseut lui répond :

« Frère, je ne sais plus. Je vous regarde, et je me désole, car je ne vois rien en vous qui évoque Tristan l'Amoureux. »

Kar ne saveit quai faire dut,
E tressüat u ele estut.
Tristran vit k'ele l'eschivat.
Huntus fu, si se vergundat.
685 Si s'en est un poi tret en sus
Vers le parei, de juste l'us.
Puis dit aukes de sun voleir :
« Certes, unc ne quidai ço veir
De vus, Ysolt, franche raïne,
690 Ne de Brenguain, vostre mes-
[chine.
Allas! ki tant avrai vescu
Quant je cest de vus ai veü
Ke vus en desdein me tenez,
E pur si vil ore m'avez!
695 En ki me porreie fïer

Quant Ysolt ne me deing amer,
Quant Ysolt a si vil me tient
K'ore de mai ne li suvent?
Ohi, Ysolt, ohi, amie,
700 Hom ki ben aime tart ublie.
Mult valt funteine ki ben surt,
Dunt li reuz est bon e ben curt,
E de l'ure k'ele secchist,
K'ewe n'i surt n'ewe n'en ist,
705 Si ne fet gueres a priser :
Ne fait amur, quant volt boiser. »
Ysolt respunt : « Frere, ne sai.
E vus esguard e si m'esmai,
Kar n'aperceif mie de vus
710 Ke seiez Tristran l'amerus. »

Tristan lui dit à son tour :

« Reine Yseut, je suis Tristan, qui vous aime.

« Souvenez-vous du sénéchal qui prévint contre nous le roi.
Nous partagions le même logis où nous vivions en égaux.
Un soir, lorsque je sortis, il se leva et me suivit. Il avait neigé,
et il découvrit mes traces. Il franchit la clôture du palais et nous
épia dans votre chambre. Il nous accusa dès le lendemain, et
ce fut le premier, je crois, qui nous dénonça à Marc.

« Il faut vous souvenir aussi du nain que vous craigniez tant.
Il n'aimait pas que nous prissions plaisir ensemble : il était
là jour et nuit. Il avait mission de nous surveiller et remplit
son office de manière insensée. Une fois, nous étions ensemble :
les amants trop menacés machinent des ruses, des stratagèmes,
des subterfuges et des astuces pour se retrouver, pour se parler,
pour s'étreindre et pour s'aimer; ainsi de nous, qui nous étions
rejoints dans votre chambre où nous étions couchés. Mais le
nain perfide, ce fils de putain, jeta de la farine entre nos lits,

Tristran respunt : « Reïne Ysolt,
Je sui Tristran, k'amer vus solt.
    « Ne vus membre del seneschal
    Ki vers le rei nus teneit mal?
715 Mis compainz fu en un ostel,
    U nus jeümes par üel.
    Par une nuit, quant m'en issi,
    Il levat sus, si me siuvi.
    Il out negez, si me trovat :
720 Al paliz vint, utre passat,
    En vostre chambre nus gaitat
    E l'endemain nus encusat.
    Ço fu li premier ki al rei
    Nus encusat, si cum je crei.
725     « Del naim vus redait ben
            [menbrer,

    Ke vus soliez tant duter.
    Il n'amad pas nostre deduit :
    Entur nus fu e jur e nuit.
    Mis i fu pur nus aguaiter
730 E servi de mult fol mester.
    Senez fumes a une faiz.
    Cum amanz ki trop sunt destraiz
    Purpensent de mainte veidise,
    Dë engin, dë art, de cuintise,
735 Cum il purunt entre assembler,
    Parler, envaiser e jüer,
    Si feïmes nus : senez fumes
    En votre chambre u nus jeümes;
    Mais le fel naim de pute orine
740 Entre noz liz pudrat farine,

pensant ainsi manifester le scandale de notre amour. Mais j'avais remarqué son manège. Je bondis à pieds joints près de vous : au cours du bond, une blessure que j'avais au bras se rouvrit et ensanglanta votre lit. Je procédai de même en vous quittant et couvris de sang ma propre couche.

« Survint alors le roi Marc qui vit le sang sur vos draps. Il courut aussitôt vers mon lit et constata que mes draps étaient ensanglantés eux aussi. Reine, pour l'amour de vous, je fus aussitôt banni de la cour.

« Souvenez-vous, ma bien-aimée, du gage d'amitié que je vous fis parvenir un jour, ce petit chien dont je vous fis présent, et qui était Petitcru : vous l'aimiez tant! Et souvenez-vous, Yseut, mon amie, de cette autre affaire :

« Quand l'homme d'Irlande vint à la cour, le roi lui prodigua les marques d'honneur et d'amitié. Il jouait admirablement de la harpe : vous le connaissiez fort bien. Le roi vous livra au harpeur. Celui-ci vous amena joyeusement à sa nef, où il allait vous introduire. Mais de ma forêt, j'eus écho de l'histoire.

Kar par itant quidat saveir
L'amur de nus si ço fust veir.
Mais je de ço m'en averti.
A vostre lit joinz pez sailli :
745 Al sailer le braz me crevat
E votre lit ensenglentat;
Arere saili ensement
E le men lit refis sanglant.
Li reis Markes survint atant
750 E vostre lit trovat sanglant.
Al men en vint enelespas
E si trovat sanglant mes dras.
Raïne, pur vostre amisté,
Fu de la cort lores chascé.
755 « Membre vus, ma belë amie
D'une petite druerie

Kë une faiz vus envaiai,
Un chenet ke vus purchaçai,
E ço fu le Petit Creü
760 Ki vus tant cher avez eü.
E suvenir vus en dait ben,
Amie Ysolt, dë une ren :
« Quant cil d'Irlande a la curt
[vint,
Li reis l'onurrat, cher le tint.
765 Harpeür fu, harper saveit :
Ben savïez ke cil esteit.
Li reis vus dunat al harpur.
Cil vus amenat par baldur
Tresque a sa nef, e dut entrer.
770 En bois fu, si l'oï cunter.

Je pris une rote et j'accourus au grand galop. Il vous avait
conquise par son adresse à la harpe, mais ma rote vous reconquit.

« Reine, souvenez-vous. Le roi m'avait banni, et je languis-
sais de ne pouvoir vous parler : je trouvais un moyen, je vins
au verger où nous avions souvent été heureux. Je me tins dans
l'ombre sous un pin. De mon canif, je taillai des copeaux :
c'était un moyen de communiquer quand j'avais envie de vous
voir. Il y avait là une source dont l'onde passait sous votre
chambre; je jetai les copeaux dans le courant, et le ruisseau les
porta plus bas. Quand vous voyiez ces bouts de bois, vous étiez
sûre que je viendrais le soir même, pour que nous prissions
notre plaisir ensemble.

« Mais le nain s'en aperçut : il courut dénoncer la chose à
Marc. Le roi vint, la nuit tombée, dans le jardin et grimpa sur
le pin. J'arrivai, inconscient du péril, mais, au bout de quelque
temps, j'aperçus la silhouette du roi dans le pin au-dessus de moi.

Une rote pris, vinc après
Sur mun destré le grant elez.
Cunquise vus out par harper
E je vus conquis par roter.
775    « Raïne, suvenir vus dait,
Quant li reis cungïé m'aveit
E jë ere mult anguissus,
Amie, de parler od us
E quis engin, vinc el vergez
780    U suvent fumes enveisez.
Desus un pin el umbre sis,
De mun canivet cospels fis
K'erent enseignes entre nus
Quant me plaiseit venir a vus.
785    Une funteine iloc surdeit
Ki devers la chambre curreit;

En ewe jetai les cospels :
Aval les porta li rusels.
Quand veïez la doleüre,
790    Si savïez ben a dreiture
Ke jo i vendreie la nuit
Pur envaiser par mun deduit.
« Li nains sempres s'en aper-
                                    [ceut :
Al rei Marc cunter le curut.
795    Li rais vint la nuit el gardin,
E si est munté sus el pin.
Jo vinc après, ke mot ne soi,
Mais si cum j'oi esté un poi,
Si aperceu l'umbre le roi,
800    Ke seet el pin ultre moi.

Vous arrivâtes de votre côté. Quelle ne fut pas mon angoisse!
J'avais peur, vous vous en doutez, que vous ne commissiez
une bévue. Mais Dieu ne le permit pas : loué soit-il! Vous vîtes
la silhouette que j'avais aperçue, et vous prîtes vos distances,
tandis que je vous priais de me réconcilier avec le roi, si possible, ou de l'exhorter à me rendre mes gages et à me laisser
quitter le royaume. Nous étions sauvés et le roi Marc m'accorda
son pardon.

« Yseut, souvenez-vous de l'épreuve judiciaire à laquelle
vous vous soumîtes pour l'amour de moi. Quand vous descen-
dîtes de la nef, je vous portai dans mes bras. Je m'étais bien
déguisé, comme vous m'aviez dit de le faire. Je tenais la tête
baissée. Je vous entends encore me demander de tomber avec
vous. Yseut, ma bien-aimée, est-ce mensonge? Vous tombâtes
sans vous faire mal, et vous entrouvrîtes les cuisses, pour
m'enserrer entre vos jambes. Tout le monde nous vit. Je compris qu'ainsi vous triompheriez de l'épreuve,

De l'autre part venistes vus.
Certes j'ere dunc poerus,
Kar je dutoie, ço sachez,
Ke vus trop ne vus hastisez.
805  Mais Deus nel volt, sue merci!
L'umbre veïstes ke je vi,
Si vus en traisistes arere,
E jo vus mustrai ma praiere
Ke vus al rai m'acordissez,
810  Si vus fare le puïssez,
U il mes gages aquitast
E del regne aler me lessast.
Par tant fumes lores sauvez,
C'al rei Marcus fu acordez.
815     « Ysolt, membre vus de la lai

Ke feïstes, bele, pur mai?
Quant vus eisistes de la nef,
Entre mes bras vus tinc suëf.
Je më ere ben desguisé,
820  Cum vus më aviez mandé.
Le chef teneie mult enbrunc.
Ben sai quai me deïstes dunc :
K'od vus me laissasse chaïr.
Ysolt amie, n'est ço vair?
825  Suëf a la terre chaïstes
E vos quissettes m'aüvristes
E m'i laissai chaïr dedenz,
E ço virent tutes les genz.
Par tant fustes, ce je l'entent,
830  Ysolt, guarie al jugement

lors du serment solennel, devant la cour royale. »

La reine l'a écouté avec une attention soutenue. Elle le regarde, soupire profondément, et ne sait plus du tout que dire : il ne ressemble pas à Tristan, ni de visage, ni d'allure, ni de mise. Mais elle entend bien, à son discours, qu'il dit vrai dans les moindres détails. Et son trouble croît : elle est en plein désarroi. Elle serait folle, ou s'abuserait, à reconnaître en lui Tristan, quand elle constate et pense qu'il s'agit d'un autre, et qu'elle en est sûre ; et Tristan voit bien qu'elle ne le reconnaît absolument pas.

Il dit alors :

« Dame reine, vous avez montré votre noblesse de cœur tant que vous m'avez aimé sans dédaigner mon amour. Oui, désormais je me plains de vous, qui m'avez trahi. Je prends acte que vous vous dérobez et que vous dissimulez le fond de vos pensées. Je vous ai convaincue de mensonge ; mais il n'y a pas si longtemps, vous me manifestiez, chère, votre amour : quand Marc nous eut proscrits et bannis de sa cour, nous sortîmes de la grand'salle main dans la main.

Del serement e de la lai
Ke feïstes en curt le rai. »
La raïne l'entent e ot
E ben a noté chescun mot.
835 El l'esguarde, del quer suspire,
Ne set suz cel ke puisse dire,
Kar Tristran ne semblout il pas
De vis, de semblanz ne de dras.
Mais a ço k'il dit ben entent
840 K'il dit veir e de ren ne ment.
Pur ço ad el quer grant anguisse
E si ne set ke faire puisse.
Folie serrait e engain
A entercer le pur Tristran,
845 Quant ele vait e pense e creit
N'est pas Tristran, mais autre
[esteit ;

E Tristran mult ben s'aparceut
K'ele del tut le mescunuit.
Puis dit après : « Dame reïne,
850 Mult fustes ja de bon'orine,
Quant vus m'amastes seinz des-
[deing.
Certes de feintise or me pleing.
Ore vus vai retraite et fainte,
Or vus ai jo de feinte ateinte ;
855 Mais jo vi ja, bele, tel jur
U vus m'amastes por amur :
Quant Marcus nus out conjeiez
E de sa curt nous out chascez,
As mains ensemble nus preïmes
860 E hors de la sale en eissimes.

Nous gagnâmes la forêt, où nous trouvâmes une bonne cachette.
Il y avait une grotte dans les rochers. L'entrée en était étroite :
l'intérieur était parfaitement voûté, comme s'il avait été fait
de main d'homme. La pierre était merveilleusement creusée :
c'est là que nous restâmes tant que nous vécûmes dans les bois.
Husdent, mon chien, que j'adorais, fut dressé à ne plus aboyer.
Avec mon chien et mon autour, nous avions chaque jour du
gibier.

« Dame reine, vous n'ignorez pas comment on nous surprit.
C'est le roi qui nous découvrit, avec le nain qui l'accompagnait.
Mais Dieu nous protégea, puisque le roi vit l'épée qui nous
séparait; nous dormions à distance l'un de l'autre. Le roi
retira son gant et en protégea votre visage, sans faire de bruit
et sans dire un mot : il avait vu qu'un rayon vous brûlait la
face, et vous en étiez toute rouge. Il s'en est allé ensuite, nous
laissant dormir là : il cessa de soupçonner qu'il y eût entre nous
autre sentiment qu'amitié;

A la forest puis en alames
E un mult bel liu i truvames.
En une roche fu cavee;
Devant ert estraite l'entree;
865 Dedenz fu voltisse e ben faite,
Tant bele cum se fust putraite;
L'entaileüre de la pere
Esteit bele de grant manere :
En cele volte cunversames,
870 Tant cum en bois nus surjurnames.
Hudein, mun chen, ke tant oi [cher,
Iloc l'afaitai senz crïer.
Od mun chen e od mun ostur,
Nus pessoie je chascun jur.
875 « Reïne dame, ben savez

Cum nus après fumes trovez.
Li reis meïmes nus trovat
E li naim kë od li menat.
Mais Deus aveit uvré pur vus,
880 Quant trovat l'espee entre nus;
E nus rejeümes de loins.
Li reis prist le gant de sun poing
E sur la face le vus mist
Tant suëf kë un mot ne dist,
885 Kar il vit un rai de soleil
Kë out hallé e fait vermeil.
Li reis s'en est alez atant.
Si nus laissat iloc dormant;
Puis në out nul suspezïun
890 K'entre nus oüst si ben nun;

rassuré, il nous accorda son pardon et envoya ses gens nous
chercher.

« Yseut, souvenez-vous : c'est alors que je vous ai donné
mon chien Husdent. Qu'en avez-vous fait? Montrez-le moi. »

Yseut répond :

« Je l'ai toujours, ce chien dont vous parlez. Vous allez
le voir tout de suite. Brangien, amenez le chien : faites-le venir
avec sa laisse. »

Brangien se lève, elle va chercher Husdent, qui lui fait fête :
elle le détache et le laisse libre. L'animal bondit et part.

Tristan l'appelle :

« Ici, Husdent! Tu étais à moi, je te reprends. »

Husdent l'aperçoit et le reconnaît aussitôt. Comme de juste,
le voici fou de joie. Jamais je n'ai ouï parler de chien que le
bonheur fît plus frétiller qu'Husdent retrouvant son maître,
tant il lui manifeste de tendresse. Il court à lui, la tête haute, et
manifeste une extraordinaire allégresse. Il se frotte la tête contre
Tristan, il gratte avec ses pattes, et c'est un spectacle bien
émouvant.

Yseut en est tout ébahie. Elle a honte, elle rougit de voir la
joie de l'animal dès qu'il a entendu son maître;

Sun maltalent nus pardonat
E sempres pur nus envoiat.
Isolt, membrer vus en dait ben,
Dunt vus donai Huden, mun
[chen.
895 K'en avez fait? Mustrez le mai. »
Ysolt respunt : « Je l'ai, par fai.
Cel chen ai je dunt vus parlez.
Certes, ore endreit le verrez.
Brenguain, ore alez pur le chen :
900 Amenez lë od tut le lien. »
Ele leve e en pez sailli,
Vint a Huden, e cil joï,
E le deslie, aler le lait.
Cil junst les pez e si s'en vait.
905    Tristran li dit : « Ca ven, Hu-
[den :

Tu fus ja men, or te repren. »
Huden le vit, tost le cunuit.
Joie li fist cum faire dut.
Unkes de chen n'oï retraire
910 Ne poüst merur joie faire
Ke Huden fist a sun sennur,
Tant par li mustrat grant amur.
Sur lui curt e leve la teste,
Unc si grant joie ne fist beste.
915 Bute del vis e fert del pé,
Aver en poüst l'en pité.
    Isolt le tint a grant merveille.
Huntuse fu, devint vermeille
De ço kë il si le joï
920 Tantost cum il sa voiz oï,

Husdent est mauvais, il fait peur, il mord, il attaque tous ceux qui veulent jouer avec lui ou qui le touchent. Nul ne peut l'apprivoiser, et nul ne peut l'approcher sinon la reine et Brangien, tant il est hargneux depuis qu'il a perdu son maître qui l'a élevé et dressé.

Tristan caresse Husdent et le retient. Il dit à Yseut :

« Il est plus fidèle à son maître qui l'a élevé et dressé que vous ne l'êtes à l'amant qui vous aime avec tant de ferveur. Les chiens sont de nobles animaux, et les femmes sont des traîtresses. »

Yseut l'entend et blêmit, elle tremble, elle a des sueurs froides. Tristan lui dit :

« Dame reine, vous étiez si loyale !

« Souvenez-vous du verger où nous reposions ensemble, quand le roi survint, nous surprit et s'en alla chercher ses gens. Il méditait un horrible crime : il voulait, dans sa fureur, nous massacrer, mais Dieu ne le permit pas : loué soit-il ! car je m'en aperçus à temps. Belle, il me fallut nous quitter, car le roi voulait nous supplicier.

Kar il ert fel e de puite aire
E mordeit e saveit mal faire
A tuz ices k'od li juoent
E tuz ices kil manioent;
<sup>925</sup> Nus n'i poeit së acuinter,
Ne nus nel poeit manïer
Fors sul la raïne e Brenguain,
Tant par esteit de male main
Depuis k'il sun mestre perdi
<sup>930</sup> Ki l'afaita e kil nurri.
   Tristran jeïst Huden e tient.
Dit a Ysolt : « Melz li suvient
Ki jol nurri, ki l'afaitai
Ke vus ne fait ki tant amai.
<sup>935</sup> Mult par a en chen grant franchise

E a en femme grant feintise. »
   Isolt l'entent e culur mue.
D'anguisse fremist e tressue.
Tristran li dit : « Dame reïne,
<sup>940</sup> Mult sulïez estre enterine !
   « Remembre vus cum al vergez
U ensemble fumes cuchez,
Li rais survint, si nus trovat
E tost arere returnat.
<sup>945</sup> Si purpensa grant felunnie :
Occire nus volt par envie,
Mais Deus nel volt, sue merci !
Kar je sempres m'en averti.
Bele, de vus m'estot partir,
<sup>950</sup> Kar li reis nus voleit hunir.

Vous me donnâtes votre magnifique anneau d'or fin, qui n'a pas de prix, et je le gardai en partant, tandis que je vous recommandais à Dieu. »

Yseut réplique :

« Je crois sur preuves. Avez-vous l'anneau? Montrez-le moi. »

Il retire l'anneau et le lui tend. Yseut le prend et le regarde : alors, elle éclate en sanglots, tord ses poings et perd tout son sang-froid :

« Hélas! dit-elle, je me déteste! J'ai définitivement perdu mon ami, car je sais bien que s'il vivait, nul autre homme ne détiendrait cet anneau. Oui, je sais bien qu'il est mort. Hélas! je ne m'en consolerai jamais! »

Quand Tristan la voit pleurer, comment ne serait-il pas ému? Il lui dit :

« Dame reine, vous êtes noble et loyale. Je vais désormais révéler mon vrai visage, et vous me reconnaîtrez à me voir et à m'entendre. »

Il a repris sa voix normale.

Yseut n'a plus de doute. Elle se jette à son cou et lui embrasse les yeux et le visage.

Et Tristan dit à Brangien, que la joie bouleverse :

« Belle dame, donnez-moi de l'eau. Je me laverai la face qui est sale. »

<br/>

Lors me donastes vostre anel
D'or esmeré, ben fait e bel,
E jel reçui, si m'en alai
E al vair Deu vus cumandai. »
955　　Isolt dit : « Les ensengnez crei.
Avez l'anel? Mustrez le mei. »
Il trest l'anel, si li donat.
Ysolt le prent, si l'esguardat :
Si s'escreve dunc a plurer;
960　Ses poinz detort, quidat desver.
« Lasse, fet ele, mar nasqui!
En fin ai perdu mun ami,
Kar ço sai je ben, s'il vif fust,
Kë autre hum cest anel n'eüst.
965　Mais or sai jo ben k'il est mort.

Lasse! ja mais n'avrai confort! »
Mais quant Tristran plurer la vait,
Pité l'em prist e ço fu droit.
Puis li ad dit : « Dame raïne,
970　Bele estes vus e enterine.
Dès or ne m'en voil mès cuvrir,
Cunuistre me frai e oïr. »
Sa voiz muat, parlat a dreit.
975　Ses bras entur sun col jetat,
Le vis e les oilz li baisat.
　　Tristran lores a Brenguain dit
Ki s'esjoï par grant delit :
« De l'ewe, bele, me baillez.
980　Lavrai mun vis ki est sullez. »

Brangien lui apporte aussitôt de l'eau, et Tristan retrouve sa vraie physionomie. Il retire son hâle artificiel en même temps qu'il se rafraîchit, et le voici redevenu lui-même. Yseut l'étreint. Elle ne sait contenir la joie qu'elle éprouve à le sentir contre elle; elle ne le laissera pas repartir ce soir, et elle lui promet bon gîte et bon lit doux et chaud. Tristan ne demande pas autre chose qu'avoir Yseut là où elle est. Il est tout heureux et content : il sait bien qu'il a bonne auberge.

Brenguain l'ewe tost aportat
E ben tost sun vis en lavat.
Le teint dë herbe e la licur,
Tut en lavad od la suur,
985  E sa propre furme revint.
Ysolt entre ses bras le tint.
Tel joie en ad de sun ami
K'ele ad e tent dejuste li

Ke ne set cument contenir;
990  Ne le lerat anuit partir
E dit k'i avrat bon ostel
E baus lit e ben fait e bel.
Tristran autre chose ne quert
Fors la raïne Ysolt, u ert.
995  Tristran en est joius e lez :
Mult set ben k'il est herbigez.

# LE LAI DU *CHÈVREFEUILLE*

## par Marie de France

J'ai envie et il me plaît de vous parler du lai qu'on appelle *Chèvrefeuille,* et de vous en dire le fin mot : voici quelles furent les circonstances de sa composition. On m'a souvent relaté l'affaire, et j'en ai trouvé l'exacte relation dans le livre *Tristan et la reine,* où sont racontées leurs amours si parfaites, mais si douloureuses, qui causèrent en un seul jour leur double mort.

Le roi Marc était plein de rage et de fureur contre Tristan son neveu : il l'avait exilé de son royaume à cause de l'amour qu'il vouait à la reine. Tristan s'en était allé en Galles du Sud, son pays natal. Il y resta toute une année, sans pouvoir revenir. Mais ensuite, il fut prêt à s'exposer aux supplices et à la mort : ne vous en étonnez pas, car si l'on aime loyalement, on se désespère et l'on est obsédé par l'absence de l'être aimé. Tristan se désespère et il est obsédé : c'est pourquoi il se décide à quitter sa terre d'asile. Il se rend tout droit en Cornouaille, près du lieu où réside la reine.

Asez me plest e bien le voil
Del lai qu'hum nume *Chevrefoil,*
Que la verité vus en cunt,
Comment fu fet, de coi e dont.
5 Plusurs le m'unt cunté e dit
E jeo l'ai trové en l'escrit
De Tristram e de la reïne,
De lur amur que tant fu fine,
Dunt il eurent meinte dolur,
10 Puis en mururent en un jur.
Li reis Mars esteit curucié,
Vers Tristram sun nevuz irié :
De sa tere le cungëa
Pur la reïne qu'il ama.

15 En sa cuntree en est alez,
En Suthwales u il fu nez.
Un an demurat tut entier,
Ne pot ariere repeirier;
Mès puis se mist en abandun
20 De mort e de destructiun :
Ne vus esmerveilliez neënt,
Kar ki eime mut lealment
Mut est dolenz e trespensez
Quant il nen ad ses volentez.
25 Tristram est dolent, trespensis :
Por ceo s'esmut de sun païs.
En Cornüaille vait tut dreit
La u la reïne maneit.

Il vit seul, dans la forêt : il ne veut pas qu'on le découvre. Le soir, il sort des bois pour trouver un gîte. Il est hébergé par des paysans et des gens très pauvres; il leur demande des nouvelles du roi. On lui répond qu'on en a, et qu'il a été proclamé aux barons de se rassembler à Tintagel : le roi veut y tenir sa cour. Ils y seront tous à la Pentecôte, il y aura joyeuse fête, et la reine y assistera. En apprenant la chose, Tristan se réjouit fort : elle ne pourra s'y rendre sans qu'il la voie passer. Le jour où le roi s'est mis en route, Tristan a regagné la forêt. Il sait le chemin que le cortège doit emprunter, et il y plante une branche de coudrier qu'il a fendue en deux et taillée en planchette. Quand il a préparé le morceau de bois, il y grave son nom avec son couteau : si la reine le remarque — et elle y fait attention (ce n'est pas la première fois qu'ils communiquent de cette manière) —, elle reconnaîtra, en le voyant, l'ouvrage de son ami.

En la forest tut sul se mist :
30 Ne voleit pas qu'hum le veïst.
En la vespree s'en eisseit,
Qant tens de herberger esteit.
Od païsanz, od povre gent
Perneit la nuit herbergement;
35 Les nuveles lur enquereit
Del rei cum il se cunteneit.
Ceo li dient qu'il unt oï
Que li barun erent bani;
A Tintagel deivent venir :
40 Li reis i veolt sa curt tenir;
A Pentecuste i serunt tuit,
Mut i avra joie e deduit,
E la reïnë i sera.
Tristram l'oï, mut se haita :

45 Ele ne purrat mie aler
K'il ne la veie trespasser.
Le jur que li rei fu meüz,
Tristram en est al bois venuz.
Sur le chemin quë il saveit
50 Que la route passer deveit,
Une codre trencha par mi :
Tute quarreie la fendi.
Quant il a paré le bastun,
De sun cutel escrit sun nun :
55 Se la reïne s'aperceit,
Que mut grant gardë en perneit
(Autre feiz li fu avenu
Que si l'aveit aparceü),
De sun ami bien conustra
60 Le bastun, quant el le verra.

Voici le contenu de l'écrit qu'il lui avait envoyé par message :
il est dans ces lieux depuis longtemps, il reste là à l'attendre et
à guetter sa venue, afin de ne pas manquer l'occasion de la
rencontrer, car il ne peut absolument pas vivre sans elle. Il
en est de leur couple comme du chèvrefeuille qui se fixe au
coudrier : une fois qu'il s'enlace et se noue autour de l'arbuste,
ils peuvent vivre ensemble fort longtemps, mais si on veut les
séparer, le coudrier ne tarde pas à mourir, et le chèvrefeuille
ne lui survit pas. « Bien-aimée, ainsi de nous : ni vous sans moi,
ni moi sans vous. »

La reine va chevauchant. Elle regarde le talus, voit le bâton,
le considère et lit : « Tristan ». Aux chevaliers qui l'accompagnent
et qui cheminent à ses côtés, elle donne l'ordre de faire halte :
elle veut descendre de cheval et se reposer. Ils lui obéissent
sans broncher. Elle s'éloigne de son escorte. Elle dit à Brangien,
qui lui est si fidèle, de la suivre. Elle s'écarte du chemin et
trouve dans un taillis celui qui l'aime plus que tout autre chose :

Ceo fu la summe de l'escrit
Qu'il li aveit mandé e dit :
Que lunges ot ilec esté;
Pur atendrë ot surjurné,
65  Pur espïer e pur saver
Coment il la peüst veer,
Kar ne pot nent vivre sanz li.
D'eus deus fu il tut autresi
Cume del chevrefoil esteit
70  Ki a la codre se perneit :
Quant il est s'i laciez e pris
E tut entur le fust s'est mis,
Ensemble poënt bien durer,
Mès ki puis les volt desevrer,
75  Li codres muert hastivement
E li chevrefoil ensement.
« Bele amie, si est de nus :

Ne vus sanz mei, ne mei sanz
                            [vus. »
La reïne vait chevauchant.
80  Ele esgardat tut un pendant,
Le bastun vit, bien l'aparceut,
Tutes les lettres i conut.
Les chevaliers que la menoent,
Ki ensemblë od li erroent
85  Cumanda tuz a arester :
Descendre vot e reposer.
Cil unt fait sun commandement.
Ele s'en vet luinz de sa gent.
Sa meschine apelat a sei,
90  Brenguein, qui mut ot bone fei.
Del chemin un poi s'esluina,
Dedenz le bois celui trova
Que plus l'amot que rien vivant :

immense est leur joie. Elle peut lui parler à loisir et lui dire comme elle est heureuse de le revoir, puis elle lui indique par quelle procédure il obtiendra le pardon du roi, qui regrette tant de l'avoir si durement exilé : il a été abusé par les calomnies. Elle ne s'attarde pas et laisse là son ami, mais quand vient le moment du congé, ils se mettent à pleurer. Tristan retourne alors en Galles, jusqu'à ce que son oncle le rappelle.

A cause de cet instant de joie que motiva la retrouvance de son amie, et parce que, sur l'injonction de la reine, il en avait fait un poème pour que ne pérît point leur entretien, Tristan, qui jouait avec talent de la harpe, tira de l'épisode un lai sans précédent. En voici, sans commentaire, le titre : en anglais, *Gotelef;* en français, *Chèvrefeuille.* Voilà le fin mot du lai dont je vous ai conté l'histoire.

Entrë eus meinent joie grant.
95 A lui parlat tut a leisir,
E ele li dit sun pleisir,
Puis li mustra cum faitement
Del rei avra acordement,
E que mut li aveit pesé
100 De ceo qu'il l'ot si cungïé :
Par encusement l'aveit fait.
Atant s'en part, sun ami lait.
Mais quant ceo vient al desevrer,
Adunc comencent a plurer.
105 Tristram a Wales s'en rala,
Tant que sis uncles le manda.

Por la joie qu'il ot eüe
De s'amie qu'il ot veüe,
E pur ceo k'il aveit escrit
110 Si cum la reïne l'ot dit,
Pur les paroles remembrer,
Tristram, ki bien saveit harper,
En aveit fait un nuvel lai;
Asez brefment le numerai :
115 *Gotelef* l'apelent Engleis,
*Chevrefoil* le nument Franceis.
Dit vus en ai la verité
Del lai que j'ai ici cunté.

# II. DOCUMENTS DIVERS

*I. Un analogue irlandais de « Tristan et Yseut » : « Diarmaid et Grainne ».*

Il s'agit d'un ensemble de textes, échelonnés tout au long du Moyen Age et jusqu'au XVIIIᵉ siècle, qui relatent l'histoire du guerrier Diarmaid, dévoué au roi Finn, et de l'épouse de ce dernier, Grainne, qui s'est éprise de Diarmaid parce qu'elle a découvert sur son corps un grain de beauté qui a suscité en elle une violente attirance physique pour le jeune homme. Elle met au défi Diarmaid de l'enlever : défi magique ou *geis,* auquel Diarmaid ne peut se dérober.

Diarmaid enlève donc Grainne et s'enfuit avec elle, mais il refuse toujours de la toucher. Un jour, ils sont surpris dans leur sommeil par Finn, mais leurs corps sont séparés par un morceau de viande, ce qui implique leur chasteté.

Au cours de leurs épreuves, Diarmaid et Grainne rencontrent le roi de l'autre monde Oengus, qui étend son manteau sur Grainne en signe de protection, et intervient activement auprès de Finn pour qu'il consente à pardonner à son épouse. Le personnage d'Oengus, à cet égard, n'est pas sans analogie avec celui de l'ermite Ogrin selon Béroul.

Suivant les traditions, Diarmaid, après avoir rendu Grainne à Finn, s'exile ou bien reste au service de son seigneur qui lui pardonne.

*II. Le roman iranien de « Wîs et Râmîn ».*

Ce roman date du XIIᵉ siècle. Il est dû au poète courtisan Gurgani. Voici le résumé qu'en donne F. Mossé (Paris, Belles Lettres, 1931) :

Le roi Maubad, donnant une fête, distingue une princesse, Chahrou, et s'éprend d'elle; mais elle est épouse et mère; Maubad lui demande la main de sa fille encore à naître. Cette fille, Wîs, mise en nourrice, a pour frère de lait Râmîn, frère du roi; ils passent ensemble leur enfance. Wîs revient chez sa mère qui, ayant oublié la promesse faite au roi Maubad, marie cette fille si belle à son propre frère Vîrou; mais un incident empêche l'acte nuptial. Ayant en vain rappelé la promesse, le roi Maubad déclare la guerre au cours de laquelle le père de Wîs est tué. A la suite de plusieurs péripéties, Maubad enlève Wîs. Voulant échapper à ce roi beaucoup plus âgé qu'elle, Wîs demande secours à sa nourrice, experte en magie; celle-ci fabrique et met en terre un talisman qui paralysera les ardeurs de Maubad durant un mois; mais une inondation, rendant introuvable le talisman, sépare définitivement Maubad et Wîs. Or Râmîn est épris de Wîs depuis son enfance; il lui déclare ses sentiments, au cours d'une entrevue ménagée par la nourrice. Alors commencent leurs amours, très analogues à celles de Tristan et d'Yseut, et dont les péripéties sont marquées par les titres des sections du poème; finalement, comme Tristan, Râmîn, réduit à s'éloigner de Wîs, s'éprend d'une jeune femme nommée Gol (Rose) et l'épouse; mais peu à peu le souvenir de Wîs s'impose; les lettres de celle-ci accroissent sa mélancolie; un jour, n'y tenant plus, il retourne au palais de Maubad et la vie d'amour sans cesse menacé recommence. Profitant d'une absence du roi, Râmîn et ses hommes massacrent les gardes du palais; Râmîn enlève Wîs et saisit le trésor royal dont il use pour constituer une armée et combattre son frère Maubad. Celui-ci, partant en guerre, est tué par un sanglier (très nombreux alors en Iran). Râmîn est proclamé roi, épouse Wîs et règne sagement; devenu veuf, il transmet son pouvoir à son fils aîné; après trois années de prières auprès des restes de sa femme, il la rejoint en son tombeau.

# NOTES CRITIQUES

# NOTES CRITIQUES
sur le *Tristan* de Béroul (p. 3)

V. 14 : plevis – v. 35 : nel – v. 58 : pas vos – v. 64 : son *manque* – v. 66 :
diret *(corr. Muret-Defourques)* – v. 88 : en *manque (corr. Acher)* – v. 90 :
vee – v. 99 : desor *illisible (conj. Muret)* – v. 117 : adoul – v. 135 : o batalle
– v. 189 : avot *(corr. Muret)* – v. 203 : avoir *(corr. Muret)* – v. 209 : se je
sui *(corr. Muret)* – v. 217 : Eucol *(corr. Muret)* – v. 218 : fainte *(corr. Muret)*
– v. 222 : Ha dome *(corr. Muret)* – v. 239 : mout nistra *(corr. Muret)* –
v. 305 : ceus – v. 321 : doit – v. 339 : a toi – v. 341 : compaing – v. 351 :
estre bien – v. 354 : core – v. 357 : A son oncle – v. 358 : Qant Gotier lot
– v. 379 : sor – v. 388 : parole vaine – v. 393 : dis lui – v. 394 : faire trop –
v. 396 : cuvent – v. 414 : mentirez – v. 445 : Dame le – v. 475 : mespreist
*(corr. G. Paris)* – v. 479 : ne nes – v. 529 : Onche – v. 577 : consis – v. 584 :
fus uns – v. 595 : nos nos t. – v. 625 : covienge – v. 626 : .I. deus *(corr.
Muret)* – v. 639 : si home *(corr. G. Paris)* – v. 671-2 : A la roïne parleret A
lajorner se il pooit – v. 710 : lume – v. 730 : qi es – v. 788 : tien – v. 799 :
poqoi – v. 812 : seras – v. 820 : ce seroit – v. 831-2 : *intervertis* – v. 841 :
quiert – v. 852 : tibois *(corr. Tobler)* – v. 867 : laisien – v. 875 : ni – v. 890 :
et sor – v. 917 : vit – v. 931 : sont enligliglise – v. 948 : la ou estoit – v. 971 :
Nencontrez vos *(corr. Muret)* – v. 996 : ocient *(corr. Muret)* – v. 1004 :
avoc sont *(corr. Acher)* – v. 1015 : depeciez – v. 1145 : ceste prise *(corr.
Muret)* – v. 1147 : me se – v. 1147-8 : *inversés* – v. 1149 : Et qui voudroit –
v. 1157 : Geten saura *(corr. Muret)* – v. 1161 : qui en savroit *(corr. G.
Paris)* – v. 1164 : Iviains – v. 1172 : au drap aers – v. 1175 : buens vin i
– v. 1176 : es granz solaz – v. 1183 : envoia tes hues – v. 1186 : si desconfort – v. 1217 : se il nos – v. 1231 : ne vost – v. 1239 : contor... que Yvain
– v. 1257 : empenés – v. 1261 : Li costé destre sont – v. 1280 : nais – v. 1285 :
nan – v. 1289 : A cel bien – v. 1292 : masoi – v. 1300 : parsoi *(corr. G.
Paris)* – v. 1328 : sot letertier – v. 1335 : testornent – v. 1338 : meinet –
v. 1366 : souz penitance *(corr. Muret)* – v. 1372 : delugement *(corr. Jeanroy)* – v. 1377 : avoit *ou* anoit – v. 1395 : jure – v. 1398 : lez – v. 1418 :
Husgang – v. 1437 : poonos – v. 1442 : croit – v. 1448 : li roi – v. 1460 :
li chien crient – v. 1478 : traït et apris – v. 1498 : traallier *(corr. Tanquerey)*
– v. 1512 : esmaie – v. 1517 : le chief laquerre la que role *(corr. G. Paris)*
– v. 1518 : de joes *(corr. Muret)* – v. 1526 : Et chien – v. 1527 : haï *(corr.
Muret)* – v. 1572 : je past – v. 1616 : bois – v. 1629 : qil *(corr. Ewert)* –
v. 1634 : Li chiens – v. 1667 : soz un *(corr. G. Paris)* – v. 1680 : li cerf –
v. 1700 : Fu puis chacié *(corr. G. Paris)* – v. 1702 : et pus u gaut *(corr.
Muret)* – v. 1711 : de sa ramee – v. 1722 : esfree – v. 1741 : Mestierres est
de la *(corr. G. Paris)* – v. 1768 : giue – v. 1780 : out vestue – v. 1785 : des
con le *(corr. Muret)* – v. 1787 : li rois *(corr. Muret)* – v. 1800 : .I. rain *(corr.*

*Muret)* – v. 1847 : si toz – v. 1851 : home – v. 1863 : Se gel *(corr. Muret)* – *Le copiste intercale les v. 1870-1 entre 1865 et 1866 et transcrit une nouvelle fois ces vers après 1869* – v. 1919 : cortoisie – v. 1920 : merci lot prisse – v. 2006 : granz de voirre *(corr. Mussafia)* – v. 2008 : face blanche *(corr. Muret)* – v. 2012 : chief lbos – v. 2049 : Le gant – v. 2091 : destruire voist – v. 2100 : Li roi – v. 2120 : los men fui – v. 2144 : onclers – v. 2152 : querres – v. 2165 : acorder – v. 2166 : esposer – v. 2180 : ma poison – v. 2218 : de guerpir *(corr. Reid)* – v. 2223 : Toine f. – v. 2227 : soufrance – v. 2284 : Orlenois – v. 2294 : se saint – v. 2305 : quil li ot – v. 2320 : sanz *(corr. G. Paris)* – v. 2340 : que vilanie – v. 2364 : puis l'amenastes – v. 2375 : vos vasaus – v. 2381 : Pise – v. 2384 : Tant ait plus sire *(corr. Gauchat)* – v. 2386 : en moi fier – v. 2392 : ami latende *(corr. Muret)* – v. 2396 : qe je – v. 2406 : li tent – v. 2422 : Qanuit – v. 2431 : tresquenz en – v. 2441 : senestrier – v. 2457 : que il pooit *(corr. Muret)* – v. 2464 : pus li soir – v. 2465 : et enz – v. 2469 : pas pole – v. 2480 : du romenz – v. 2481 : jus sonent – v. 2485 : que en – v. 2487 : Li roi – v. 2501 : furet li – v. 2509 : Facent – v. 2539 : los entra – v. 2546 : qui onques – v. 2551 : Ni a baron que *(corr. Muret)* – v. 2552 : laisier *(corr. Acher)* – v. 2575 : Mais fort estoit *(corr. Muret)* – v. 2580 : buen vos *(corr. Muret)* – v. 2594 : Quest por – v. 2609 : a la roïne *(corr. Muret)* – v. 2614 : bief *(corr. Muret)* – v. 2627 : les trait *(corr. G. Paris)* – v. 2633 : Repenra la – v. 2636 : com li rois *(corr. Muret)* – v. 2655 : poi l'ai souferte *(corr. Muret)* – v. 2709 : chailil – v. 2712 : atornez – v. 2727 : quatre tel *(corr. Muret)* – v. 2744 : et soz son hauberc *(corr. G. Paris)* – v. 2748 : li roi – v. 2755 : porroit – v. 2769 : que je reverrai – v. 2771 : ne face tort – v. 2794 : trois qui ert *(corr. Muret)* – v. 2796 : gisent el *(corr. Muret)* – v. 2835 : cort se ge t'en sueffre *(corr. Muret)* – v. 2849 : vains – v. 2920 : nos foi – v. 2948 : et moine et – v. 2972 : vee – v. 2976 : li roi *(corr. Muret)* – v. 2977 : Nen fist *(corr. Muret)* – v. 2981 : et. xx. – v. 2984 : Lez le chemin lez *(corr. G. Paris)* – v. 2993 : haies – v. 2998 : li frans – v. 3001 : Qui o Tristran avoit *(corr. Muret)* – v. 3020 : que on – *les v. 3023 et 3024 sont placés entre les v. 3016 et 3017* – v. 3028 : cort not – v. 3045 : et il est fort *(corr. Acher)* – v. 3057 : barbon – v. 3062 : Li rois – v. 3069 : nus *(corr. Muret)* – v. 3074 : vit son nevo *(corr. Ewert)* – v. 3093 : Cest maltalent – v. 3138 : si lainz *(corr. Tanquerey)* – v. 3143 : Qentre ses – v. 3203 : apres heure *(corr. Muret)* – v. 3212 : destraignement *(corr. Muret)* – v. 3217 : se il... de jude *(corr. G. Paris)* – v. 3218 : vodront loi de juice *(corr. Muret)* – v. 3221 : Li rois Artus – v. 3236 : li deraisne – v. 3278 : Il set *(corr. Muret)* – v. 3285 : par soi – v. 3296 : par soi m. – v. 3326 : boces menuz *(corr. Muret)* – v. 3329 : beau sir – v. 3338 : en plez *(corr. G. Paris)* – v. 3347 : vez *(corr. Muret)* – v. 3368 : soient – v. 3376 : a requis *(corr. Muret)* – v. 3378 : volez cest *(corr. Muret)* – v. 3415 : Dedevant – v. 3420 : lenfont – v. 3422 : euil – v. 3426 : voist il senz p. *(corr. Reid)* – v. 3427 : qillarara – v. 3429 : sest levez – v. 3434 : est plus felons *(corr. Muret)* – v. 3452 : janenenbraz – v. 3455 : Et dit... filz dinan – v. 3466 : joiant *(corr. G. Paris)* – v. 3473 : chiès *(corr. Muret)* – v. 3490 : qui est – v. 3498 : quil – v. 3503 : convoie semble li *(corr. Ewert)* – v. 3516 : desalentez *(corr. Muret)* – v. 3545 : Asemblez – *Dans le ms. les v. 3547-8 sont placés après le v. 3580* – v. 3554 : qil – v. 3555 : ferai je *(corr. Muret)* – v. 3568 : viel home – v. 3588 : safist – v. 3615 : cuvert gras *(corr. Mussafia et Tobler)* – v. 3625 :

de franc orine *(corr. Muret)* – v. 3636 : hast de nus alegier *(corr. Reid)* –
v. 3646 : sen ist *(corr. Muret)* – v. 3652 : qant il pensent estre essaier *(corr.
G. Paris)* – v. 3655 : qil na – v. 3666 : verra parler *(corr. Muret)* – v. 3668 :
ele avoit – v. 3697 : riches – v. 3707 : Asis se se rest – v. 3710 : Fait dras
– v. 3723 : Fremet *(corr. Mussafia)* – v. 3724 : gief – v. 3732 : anz. I. arre-
ment *(corr. Muret)* – v. 3755 : orendroit *(corr. Muret)* – v. 3772 : qas leves
*(corr. Muret)* – v. 3795 : flatele *(corr. Muret)* – v. 3811 : Donolan – v.
3815 : tot degrez *(corr. G. Paris)* – v. 3821 : Agres – v. 3822 : poacres –
v. 3836 : Li dras – v. 3844 : pose nadoise *(corr. Tobler)* – v. 3849 : lié et
Andrez *(corr. Muret)* – v. 3864 : La pointure *(corr. Muret)* – v. 3891 : soz
*(corr. Muret)* – v. 3904 : li degret – v. 3907 : soz – v. 3915 : set *(corr. Muret)*
– v. 3916 : soz – v. 3917 : desoz – v. 3927 : li r. – v. 3933 : Frorz – v. 3936 :
Saloier nest pas petite *(corr. Muret)* – v. 3945 : qui port *(corr. Muret)* –
v. 3948 : mesire – v. 3962 : Dune guimple – v. 3969 : Coste silie *(corr.
Muret)* – v. 3970 : targe *(corr. Muret)* – v. 3972 : Tout ait covert *(corr.
Muret)* – v. 3973 : que sa lance *(corr. Muret)* – v. 3987 : noires *(corr. G.
Paris)* – v. 3992 : au fers – v. 4003 : Ja roine – v. 4016 : destre sor *(corr.
Muret)* – v. 4035 : si les prenons *(corr. Muret)* – v. 4041 : tuit estroit *(corr.
G. Paris)* – v. 4050 : corbel *(corr. Muret)* – v. 4051 : leu de lonc *(corr.
Muret)* – v. 4055 : si out vestue *(corr. Muret)* – v. 4140 : as tort *(corr.
Muret)* – v. 4152 : Quit – v. 4155 : fait Gauvain *(corr. Muret)* – v. 4156 :
le proisie *(corr. Muret)* – v. 4175 : sor some *(corr. Mussafia)* – v. 4187 :
chascune – v. 4201 : Li roi – v. 4253 : son d. *(corr. Muret)* – v. 4254 : Mal-
pertis – v. 4268 : Qil se sont *(corr. Muret)* – v. 4275 : l'enratin *(corr. Muret)*
– v. 4282 : fenestre *(corr. Muret)* – v. 4285 : clambre – v. 4292 : egucete
*(corr. G. Paris)* – v. 4299 : jarz – v. 4381 : et *(corr. Muret)* – v. 4390 : ancer
*(corr. Ewert)* – v. 4421 : ne remorde *(corr. G. Paris)* – v. 4439 : atornera
vers la.

# NOTES CRITIQUES

sur le *Tristan* de Thomas (p. 145)


V. 1 : bras Yseut la reïne – v. 6 : i demorerent – v. 20 : qanque avon – v. 44 :
ne sui – v. 58 : molt diverse *(corr. Bédier)* – v. 74 : quil *(corr. Bédier)* – v.
80 : que ai – v. 84 : le de milz *(corr. Bédier)* – v. 90 : fait ki *(corr. Bédier)* –
v. 95 : tant dolurs – v. 97 : men puis bien – v. 98, 99 et 100 : *fin de vers
illisible (corr. Bédier)* – v. 106 : J. ne p. *(corr. Bédier)* – v. 109 : mal ne bien –
v. 110 : Tost nel – v. 112 : que li suens mad – v. 116 : pur estrange – v. 119 :
ne puis mun – v. 123 : m. gere *(corr. Bédier)* – v. 125 : sele mun – v. 126 :
ne sai quel – v. 127 : voleir *(corr. Bédier)* – v. 130, 131 et 132 : *début du vers
altéré, lecture de Vetter* – v. 133 : que seit – v. 134 : Jo sent bien *(corr. Bédier)*
– v. 141 : I ne set – v. 144 : Ele nen ose *(corr. Bédier)* – v. 146 : qant ne pot
*(corr. Bédier)* – v. 149 : sele moi oblie – v. 152 : pas ni afirt – v. 153 : ad
sun *(corr. Bédier)* – v. 156 : Oblien – v. 163 : que aveir – v. 164 : que aime –
v. 165 : que puet *(corr. Bédier)* – v. 175 : quentre amur – v. 177 : mentre
en obliance – v. 178 : tant ad eü en – v. 183 : que amé ad – v. 186 : qant
ne vei *(corr. Bédier)* – v. 187 : namer – v. 188 : ço que raisun *(corr. Bédier)* –
v. 192 : que encuntre – v. 194 : que entre eus – v. 196 : pur franchise –
v. 200 : pur la coilvertise – v. 201 : qysolt – v. 203 : ne la dei – v. 205 :
E qant ele nostre – v. 210 : cum ele le fait – v. 216 : se par femme espuser
*(corr. Bédier)* – v. 217 : nul raisun oïst *(corr. Bédier)* – v. 221 : ne se deit ele
retraire *(corr. Bédier)* – v. 223 : n'estuit faire *(corr. Bédier)* – v. 228 : me
pureient *(corr. Bédier)* – v. 233 : cum ele fait *(corr. Bédier)* – v. 240 : poisse
delitier – v. 241 : Se par le delit – v. 245 : Pur ço – v. 246 : Qisolu – v. 251 :
qen li – v. 252 : ne ost – v. 253 : senz belté – v. 254 : nel oüst Tristans en
volenté – v. 255 : qen li – v. 259 et 260 : *début de vers effacé*... untre amur –
v. 265 : gravenco – v. 266 : venjanco – v. 267 : vengenent – v. 276 : nu
fust – v. 278 : ne la oüst – v. 282 : Tristrans i a *(corr. Bédier)* – v. 290 : mais
le bien puent *(corr. Bédier)* – v. 292 : Que pur – v. 294 : sevent qest *(corr.
Bédier)* – v. 296 : Quil *(corr. Bédier)* – v. 298 : vie haenz mainent *(corr.
Bédier)* – v. 301 : acostemier *(corr. Bédier)* – v. 302 : renoveler – v. 304 :
changer novelerie *(corr. Bédier)* – v. 309 : Que aveir – v. 310 : sei el mal
delitier – v. 317 : co qaveir *(corr. Bédier)* – v. 319 : qil ad *(corr. Bédier)* –
v. 320 : oust dunc voleir – v. 324 : co qaveir deit *(corr. Bédier)* – v. 327 :
le bien c. *(corr. Bédier)* – v. 332 : de mal oster *(corr. Bédier)* – v. 333 :
cuer change – v. 334 : troveur – v. 338 : en apros lor aparer *(corr. Bédier)* –
v. 339 : E *manque (corr. Bédier)* – v. 341 : E asaient – v. 344 : trop par
aiment – v. 349 : se volt vancier *(corr. Bédier)* – v. 365 : p. ico q. *(corr.
Bédier)* – v. 367 : Car sil poust *(corr. Bédier)* – v. 371 : si co f. *(corr. Bédier)* –
v. 373 : Cuntre volenté *(corr. Bédier)* – v. 375 : lamur la reine – v. 380 :

samamur – v. 381 : E manque (corr. Bédier) – v. 388 : Par tant chaï (corr.
Bédier) – v. 390 : talez – v. 394 : encumber – v. 409 : mellé – v. 415 : que
damur Ysolt se dolt (corr. Bédier) – 421 : nomez termes (corr. Bédier)
– v. 424 : i est prest – v. 430 : Enapres esbanier – v. 431 : quintaines as
– v. 434 : anties (corr. Bédier) – v. 446 : qil i parla – v. 449 : Le penser
en grant – v. 460 : sevrance – v. 462 : D initial manque – v. 466 : dreit –
v. 477 : Esspse l'ai – v. 481 : senz mal (corr. Bédier) – v. 483 : jo ni pois
(corr. Bédier) – v. 485 : tant ai vers – v. 488 : Qu'altre (corr. Bédier) –
v. 497 : chulcher ove li – v. 500 : la schine – v. 503 : Nysolt – v. 505 : de
li partir – v. 506 : ove li gesir – v. 507 : Sa ceste – v. 509 : perc a Ysolt –
v. 516 : U anduis – v. 529 : la doüse jo – v. 534 : Ne ne dei – v. 540 : mestuit – v. 542 : sui enginné – v. 544 : sui al – v. 548 : en irt – v. 551 : E de li –
v. 554 : mesfreie – v. 556 : q. jo s. – v. 564 : e coveit – v. 568 : qele mamera
(corr. Bédier) – v. 581 : Ce que ai – v. 583 : L'amur qad (corr. Bédier) –
v. 584 : ore toleu (corr. Bédier) – v. 589 : Ore me harra – v. 591 : Car co est
(corr. Bédier) – v. 594 : Car damur (corr. Bédier) – v. 596 : ore le coveit –
v. 600 : vient (corr. Bédier) – v. 607 : Encore – v. 608 : Qant près (corr.
Bédier) – v. 609 : quir jo acaisun – v. 610 : semblanco – v. 614 : en cest –
v. 620 : Dont avrai mun (corr. Bédier) – v. 626 : m'astenderai – v. 628 :
plus ai (corr. Bédier) – v. 629 : d. ai a. (corr. Bédier) – v. 638 : penitanco –
v. 639 : Qant ele savra cum sui destraint (corr. Bédier) – v. 649 : qil ad vers
(corr. Bédier) – v. 656 : que lature volt (corr. Bédier) – v. 657 : vient icele
(corr. Bédier) – v. 663 : si grant – v. 664 : A son voleir – v. 665 : lasent –
v. 671 : huntuse (corr. Bédier) – v. 672 : desiruse (corr. Bédier) – v. 673 :
paisirs – v. 674 : Cumcore – v. 676 : Nel tornez – v. 678 : vos pri del (corr.
Bédier) – v. 679 : nel saco – v. 683 : qui manque (corr. Bédier) – v. 688 :
de la f. (corr. Bédier) – v. 692 : Que treis feiz me pasmai (corr. Bédier) –
v. 693 : Malades en jui – v. 694 : si ore le lais – v. 695: le rourom asez (corr.
Bédier) – v. 698 : Puls – v. 702 : que tant – v. 703 : cue – v. 711 : Pur
co est ele – v. 714 : Encore le – v. 720 : a tuz (corr. Bédier) – v. 730 : vencu
aveit (corr. Bédier) – v. 731 : cest oi (corr. Bédier) – v. 732 : cum sun ami
(corr. Bédier) – v. 733 : Qil aveit – v. 736 : daltre – v. 738 : Par force (corr.
Bédier) – v. 743 : Reis de tere a donur (corr. Bédier) – v. 744 : A lui mande –
v. 748 : la metra – v. 753 : la metera – v. 757 : meterat – v. 759 : et veintre
puit – v. 760 : Amduis ait – v. 761 : ot icest – v. 762 : cuer out (corr. Bédier)
– v. 763 : jaiant cuntremandat – v. 764 : Qenceis – v. 766 : cum recreant
(corr. Bédier) – v. 768 : reis si respondi (corr. Bédier) – v. 769 : dunc manque
(corr. Bédier) – v. 777 : le vecui – v. 786 : a icel jor – v. 787 : Qant il esteit –
v. 796 : tuz manque (corr. Bédier) – v. 800 : Vers amduis (corr. Bédier) –
v. 811 : pur ço (corr. Bédier) – v. 814 : Que aveir – v. 815 : sez compainun –
v. 817 : quil set – v. 825 : De tels entur – v. 828 : Le mal par (corr. Bédier) –
v. 830 : Ki le desire – v. 831 : qil emvient – v. 832 : Co que plus – v. 837 :
Qil sur – v. 838 : puis li dona (corr. Bédier) – v. 843 : La reïne chante dulcement – v. 845 : sunt bels – v. 846 : voiz bas (Corr. Bédier) – v. 851 :
druerire – v. 854 : Puis que – v. 859 : Ne en promesse en en graant (corr.
Bédier) – v. 864 : Corteis orguillus (corr. Bédier) – v. 868 : Doneür – v. 876 :
ad ore – v. 886 : ja manque (corr. Bédier) – v. 888 : Que males noveles –
v. 892 : pur alcun home – v. 893 : ja nen isterez – v. 896 : Ne volez par
(corr. Bédier) – v. 912 : Des ore vus – v. 916 : par esgaigne (corr. Bédier) –

v. 919 : doist *(corr. Bédier)* – v. 920 : Si endreit de vos – v. 922 : la *manque (corr. Bédier)* – v. 926-929 : *fin de vers illisible, restitution Bédier* – v. 933 : iree – v. 944 : Tistans – v. 947 : penser que par *(corr. Bédier)* – v. 949 : Que ele – v. 950 : que ele ait – v. 951 : Que ele ne se pusse consurrer *(corr. Bédier)* – v. 954 : Hiceste penser *(corr. Bédier)* – v. 955 : Errance son corage *(corr. Bédier)* – v. 957 : Que ele envers – v. 959 : E si la sert – v. 961 : quant na *(corr. Bédier)* – v. 963 : que ele ne puet *(corr. Bédier)* – v. 967 : E *manque (corr. Bédier)* – v. 968 : Mais ne volt ne soir ne parler *(corr. Bédier)* – v. 969 : ne parole *(corr. Bédier)* – v. 972 : Que envers moi fait Ysode – v. 973 : quanque il pense – v. 974 : deseusle et petit *(corr. Bédier)* – v. 976 : L'anel dor *(corr. Bédier)* – v. 977 : Vait la chere *(corr. Bédier)* – v. 982 : ce que pensa – v. 983 : que il est deceu – v. 984 : que il a eu *(corr. Bédier)* – v. 987 : e sa fole *(corr. Novati)* – v. 989 : descoverir – v. 994 : laiz *(corr. Bédier)* – v. 996 : son corge – v. 997 : lui amast *(corr. Novati)* – v. 1005 : neust il ja p. – v. 1009 : deveroit – v. 1011 : Entre ces quatre *(corr. Bédier)* – v. 1014 : En mis de aus ne ni a *(corr. Wind)* – v. 1015 : se dote – v. 1018 : t. que en a *(corr. Novati)* – v. 1022 : Ysode – v. 1028 : Que ele – v. 1030 : Que ele a – v. 1031 : E. *manque (corr. Bédier)* – v. 1037 : Ele ne le puet *(corr. Bédier)* – v. 1039 : cors le cuer nel *(corr. Bédier)* – v. 1044 : Et el quel leu *(corr. Novati)* – v. 1048 : cet lennui *(corr. Bédier)* – v. 1049 : paigne paigne – v. 1050 : por s'amor *(corr. Bédier)* – v. 1052: Que amer... ne amer – v. 1053 : na la puet – v. 1054 : que ait estut li *(corr. Bédier)* – v. 1059 : que il a – v. 1060 : E plus... que il n'en a – v. 1061 : sa amie – v. 1066 : Ysode – v. 1067 : ore – v. 1069 : Ele – v. 1070 : Ne envers – v. 1073 : marques – v. 1074 : disode – v. 1075 : changuer – v. 1079 : li nenuit *(corr. Bédier)* – v. 1080 : Lacoler – v. 1083 : Ne ele ne le volt – v. 1085 : de aus q. – v. 1091 : lui greignor *(corr. Wind)* – v. 1093 : Fait son bon – v. 1095 : Que ele aime – v. 1097 : Ysode – v. 1099 : ceste – v. 1101 : li estuet com de – v. 1108 : Ysode T. soule. – v. 1113 : a quil ne – v. 1114 : Que amer ne puet a tel – v. 1116 : as blanches doiz *(corr. Bédier)* – v. 1117 : monde *(corr. Bédier)* – v. 1126 : amedui *(corr. Bédier)* – v. 1130 : Ne sai rien *(corr. G. Paris)* – v. 1137 : voisin – v. 1139 : Ysode – v. 1140 : le chevauche – v. 1146 : se destraie *(corr. G. Paris)* – v. 1147 : E le Ysodt *(corr. G. Paris)* – v. 1151 : aoeverir – v. 1153 : avant avant – v. 1154 : les crie *(corr. Bédier)* – v. 1155 : ennuier *(corr. Wind)* – v. 1157 : cruisser *(corr. Wind)* – v. 1158 : que il f. – v. 1161 : ele... enoveri – v. 1163 : fraidure *(corr. Bédier)* – v. 1165 : cuer rit *(corr. Bédier)* – v. 1167 : Oncore s'estend – v. 1169 : Quid de lui ait – v. 1180 : verai *(corr. Bédier)* – v. 1182 : ore bien decoivere – v. 1183 : Se je ... apercoivere – v. 1185 : ne foi ne amor *(corr. Bédier)* – v. 1187 : li escondit – v. 1188 : Que il – v. 1195 : onques – v. 1216 : Li varlet – v. 1220 : Els ne pue... apercevoir *(trou dans le manuscrit, restitution de Bédier)* – v. 1222 : seuz vienent – v. 1226 : e cil chaceurs *manque, restitution Bédier* – v. 1227 : en destre *manque, restitution Bédier* – v. 1228 : que porte – v. 1231 : qui ensi – v. 1232 : quil i a tant *(corr. Bédier)* – v. 1233 : quil ne – v. 1238 : Del liz... des eshalcer *(corr. Bédier)* – v. 1239 : chief – v. 1241 : o. le v. – v. 1243 : fureine – v. 1244 : ovraine – v. 1247 : chevalerie ...dameiseles – v. 1248 : enseignees... beles – v. 1255 : vaillant *manque, restitution Wind* – v. 1262 : Ore la vei – v. 1265-1266 et 1267 : *fragment de Turin seul* – v. 1268 : *Ici recommence D*, Q. por l'amour T. – v. 1276 : T menpr. – v. 1281 : T vos ou

menvoiastes – v. 1285 : D Meliz – v. 1288 : D puis jo el ure *(corr. Wind)*
– v. 1292 : T Quant la moie queistes – v. 1295 : T par engin – v. 1297 :
D Dehait la *(corr. Wind)* – v. 1300 : D doné me ad, T por amor – v. 1305 :
D fait *manque* – v. 1309 : D tant loi vus loer *(corr. Wind)* – v. 1311 : D hume –
v. 1312 : D Del pris de si grant vasalage – v. 1315 : D co est ore, T E *manque* –
v. 1319 : D Quant pur si malvais, T Quant fuit por fuit por si – v. 1321 :
D Ore – v. 1323 : T sun m. – v. 1324 : D si apreiser – v. 1325 : D de une
caitive – v. 1326 : D m'avez fait *(corr. Bédier)* – v. 1328 : D requerre –
v. 1329 : T Encuntre tut – v. 1330 : T Ore me sui, D Ore – v. 1331 : D Ce
funt... tisement – v. 1332 : D averai – v. 1333 : T vos e de – v. 1334 : T
Ysode vos defi – v. 1335 : D Mal en querrai – v. 1336 : D Mal en querrai –
T : 1335-6 *manquent* – v. 1337 : D cete c. – v. 1338 : D E i ot – v. 1342 :
D Ke issi vilement, T cel sait – v. 1343 : D anguisse – v. 1344 : T E co que
ele – v. 1345 : D ires venent, T li venent – v. 1346 : T Dubles anguises,
D Duble anguise al cuer la tienent *(corr. Muret)* – v. 1351 : D male, T Car
unc noi – v. 1354 : T Por vos, D ceste – v. 1356 : D peine jo ai esté tut,
T peine i ai esté tut – v. 1361 : D uncore – v. 1365 : D maintenet – v. 1366 :
D mult volt, T me volt – v. 1370 : D Lamur de tutes estranges, T Lamur
de tuz estranges – v. 1371 : TD A tut *(corr. Bédier)* – v. 1372 : TD com
je di (?) – v. 1373 : D al dreit – v. 1374 : D Co de la franche, T Co est de la
franche, – v. 1375 : D si lele – v. 1378 : D sustrait – v. 1381 : DT Pur ce que
leele la savez *(corr. Bédier)* – v. 1384 : D mi tolez ma murreture – v. 1386 :
T de ma – v. 1388 : DT En terre effrance *(corr. Wind)* – v. 1391 : D se
vulez – v. 1395 : T voil *manque,* D ben congé vus volez *(corr. Bédier)* –
v. 1396 : T Si o K. – v. 1397 : D Ben Tristran, T sait *(corr. Bédier)* – v. 1398 :
T en *manque* – v. 1399 : D as dit, T a dit *(corr. Wind)* – v. 1402 : DT itele – v.
1403 : DT que unques, T u. ne pensee – v. 1406 : T laissez a – v. 1407 :
D Se mal ne me volsissez – v. 1409 : D Le malvesté – v. 1411 : D ço i seit
que Tristran i fust, T Ga soit ce que *(corr. Wind)* – v. 1413 : D sui amur –
1414 : D pensance – v. 1417 : T H. soi ge se mes – v. 1418 : D Guarde vus,
T en *manque* – v. 1420 : D Quant me vulez – v. 1421 : D dunast vus, T ne
*manque* – v. 1423 : D que unc fud – T qui fu – v. 1428 : T plai encomence –
v. 1429 : T ne traison – v. 1432 : D dix seus – T dux seurs guerraiers – T
ne quide – v. 1435 : T pur envie – v. 1436 : T alast – v. 1442 : TD Que tuit
(T tut) cil – v. 1444 : D ne avreient, T averoi, – v. 1447 : D puse iestre
honure – v. 1449 : D trair – v. 1450 : DT nuirrir – v. 1452 : D sil le het,
T se il le volt – v. 1453 : D salvez – v. 1455 : T vus *manque* – v. 1456 :
T a reprover – v. 1458 : D descovre – v. 1459 : T De l'altre part je ai –
v. 1460 : D Mal deit, T doit estre – v. 1461 : T ne mante – v. 1462 : D fit –
v. 1465 : D avance – v. 1466 : D empeire – T se je ere vers le roi e. – v. 1468 :
T ert vostre – v. 1469 : T E si – v. 1470 : D serrez prise e ame – 1471-
1474 *manquent dans D* – v. 1473 : T des milz prisee *(corr. Bédier)* – v. 1474 :
T la *manque* – v. 1475 : T perdue averez – v. 1477 : D uncs, T unques *manque* –
v. 1478 : ne vus – v. 1480 : D *manque* – v. 1482 : DT Que sun cors, D puise,
T severer – v. 1486 : T ja guerpir – v. 1488 : D tellent, T que a – v. 1489 :
*Ici commence Strasbourg 2* (225-230) – v. 1490 : T Contre le roi bien navint,
S Envers le rei bien nen vient – v. 1491 : D deint – v. 1492 : S S. cor que –
v. 1495 : D. T. S. De quele chose laverez, T maverez – v. 1498 : D descou-
verer, T descouverir – v. 1501 : T laverez vos en avance, D lavez – v. 1502 :

T laverez, D lavez – v. 1503 : D chose lait perdu, T : il a perdu *(corr. Bédier)* – v. 1504 : D dit ien vus est – v. 1505 : T p. a un a. – v. 1506 : T lamer – v. 1507 : D la serement – v. 1512 : D A ma e. – v. 1513 : D ne poez – v. 1514 : T us vos covent – v. 1515 : D Se nel use – v. 1516 : T Ne mentissez – v. 1517 : D delitassez, T Se al m. – v. 1520 : T Voille – v. 1521 : D E femme – v. 1522 : D ele vent a, *ici s'achève T* – v. 1527 : D apris ne leusez – v. 1529 : D vus eust – v. 1533 : D E il le vus – v. 1534 : D Quel ne fud unc – v. 1535 : D verté – v. 1537 : D avez usé – v. 1538 : D Uble avez – v. 1539 : D mene folie – v. 1540 : D la *manque (corr. Bédier)* – v. 1544 : D Huniz en est – v. 1548 : D ennis *(corr. Wind)* – v. 1549 : D faire grant huntage – v. 1553 : D laissez *(corr. Bédier)* – v. 1557 : D poez – v. 1566 : D si durement – v. 1568 : D E (ou C) vers h. – v. 1569 : D Eussez vus emvers – v. 1573 : D cruelement – v. 1574 : D ait ore vostre – v. 1576 : D deslee – v. 1578 : D Parjure – v. 1579 : D U ço jo – v. 1582 : D Ja folie neust – v. 1585 : D eginz – v. 1586 : D dutaunces le t. – v. 1587 : D maintemes – v. 1588 : D quanque feimes – v. 1601 : D entre vostre garde – v. 1602 : D e mal blame – v. 1603 : D Se il vent – v. 1606 : D le prenge premierement – v. 1612 : D Jol... a rai – v. 1613 : D qui ad – v. 1614 : *ici reprend Strasbourg* – v. 1615 : S se part – v. 1617 : D cete curuz, S en icest i. – v. 1619 : S dist e. – v. 1620 D creiz – v. 1622 : D egin... purpense – v. 1623 : S dist – v. 1624 : S e saire-ment – v. 1626 : D cors e de – v. 1629 : S E *manque,* S la e – v. 1631 : S Atant, D vus volez *(corr. Bédier)* – v. 1632 : D que ne solt, S que non – v. 1633 : D empeire, S enpeire – v. 1634 : D E sel net de melt gaute, S E *manque* – v. 1635 : D frai, S fara – v. 1636 : D uncore, S nel – v. 1637 : D S se aise – v. 1638 : D fust, S Pur cui – v. 1639 : S Sen ai ...errur – v. 1640 : D e le cuer pour – v. 1641 : D Car ele ne se volt pur ren defendre – S Qar ce ne se v. – v. 1642 : D S a sun voleir – v. 1644 : D gauter – v. 1648 : D uunde maisun – v. 1651 : D agauat – v. 1652 : D Mais pur nent lai jo fait, S lai fait – v. 1653 : D Car de ceste – v. 1655 : *manque dans S* – v. 1658 : S Quele navienge a sun voler – v. 1659 : D Quele ne, S Quele nen – v. 1660 : D cest, S en ce v. – v. 1662 : D Jo cri ben, D S quele s'en – v. 1665 : D consenteit *(corr. Wind)* – v. 1667 : D facez *(corr. Wind)* – v. 1669 : D saverez mult male, S Que vos – v. 1671 : D Quele senblant – v. 1673 : D U vus, S vus nen valez *(corr. Wind)* – v. 1674 : D S Que fere li – v. 1676 : S Ove ce que vus en savez – v. 1681 : S Quil ait suffert e qui le sace – v. 1682 : D S semblance – v. 1688 : D ni, S nen, *ici se termine S* – v. 1694 : D kavum – v. 1696 : D richi dodneur – v. 1700 : D Quore – v. 1701 : D lousege – v. 1702 : D fair – v. 1704 : D Qunc... plus qque mei – v. 1707 : D dengingnins – v. 1709 : D pri – v. 1710 : D sele fest – v. 1712 : D merveille mult de – v. 1722 : D Aguaaiter – v. 1724 : D force l'en chaca – v. 1726 : D agauit – v. 1731 : D sir reis – v. 1732 : D cete meis – v. 1734 : D Tuz li curages – v. 1735 : D Quil em puise – v. 1736 : D la parole – v. 1745 : D Ne de barun *(corr. Bédier)* – v. 1747 : D gard – v. 1748 : D Cunveinez vus en – v. 1751 : D privement – v. 1752 : Quel ne – v. 1753 : D Unt sen – v. 1755 : D in grant – v. 1763 : D vers lui rei *(corr. Bédier)* – v. 1767 : D estoi *(corr. Bédier)* – v. 1769 : D cumaund – v. 1774 : D Ore s'a – v. 1776 : D nule quit – v. 1777 : D Ne ap. – v. 1783 : D sa apareille – v. 1785 : *Strasbourg reprend* – v. 1786 : D quil l'amat – v. 1787 : D Mes i, S un cros nuel – v. 1789 : S E a la cur lu rei, puis *manque* – v. 1791 : D desir – v. 1794 : D nul novele

– v. 1795 : D en sun quer ame seit – v. 1798 : S oir iluec gr. – v. 1799 : D en
ert – v. 1808 : D Cum la reine vait si avant *(corr. Bédier)* – v. 1812 : S vait
avant – v. 1816 : S Nen sievent – v. 1817 : S tresque en la – v. 1819 : D
Ysolt estuit ennuie – v. 1822 : S Que apries de li mult se trait – v. 1824 : D
E Tristan *(corr. Bédier)* – v. 1825 : D Par sun gent par – v. 1827 : D esfree
– v. 1833-4 *manquent dans S* – v. 1840 : D les suffrent, S Ke lu sufrent entres le
sain, – v. 1841 : S E dist – v. 1847 : S Nen d. – v. 1849 : D S dunisez, S
or li – v. 1850 : S v. en repentrez – v. 1851 : S serjant que iluec – v. 1852 :
D mist, S ors deglise mise – v. 1853 : D alluz – v. 1854 : D il nose, *S s'in-*
*terrompt* – v. 1855 : D Ore veit – v. 1859 : D vilement – v. 1862 : D Que
u. – v. 1864 : D Tant peines tant – v. 1865 : D Tanz anguiz – v. 1866 : D
Tant messaisez – v. 1871 : D mesage *(corr. Bédier)* – v. 1884 : D sospire
sovent *(corr. Bédier)* – v. 1885 : D e *manque (corr. Bédier)* – v. 1886 : D Quel
el *(corr. Bédier)* – v. 1894 : D seit *(corr. Bédier)* – v. 1901 : D E ceste enz
*(corr. Bédier)* – v. 1903 : D seschavine *(corr. Bédier)* – v. 1905 : D deable
ert – v. 1906 : D Car ele ne *(corr. Bédier)* – v. 1907 : D grant hisdur – v.
1922 : D vit – v. 1924 : D Tristran mult amot – v. 1929 : D E Un massage
– v. 1946 : D Jol vul – v. 1954 : D Solei seler *(corr. Bédier)* – v. 1968 : D
tresques – v. 1971 : D leprie – v. 1974 : D u i gist – v. 1978 : D quil se
pleint – v. 1981 : D Quele li – v. 1983 : D Quele li – v. 1987 : D E quant
la – v. 1997 : D a le enj. – v. 1998 : D cuntre – v. 1999 : D nevu – v. 2003 :
D Been li est enditee l'amur – v. 2008 : D Co est... ore – v. 2013 : D grant
– v. 2029 : D grant suspires – v. 2033 : D le portoit – v. 2041 : D mainte
ahan – v. 2042 : D cest – v. 2043 : D e de dolur – v. 2044 : D vieluir –
v. 2047 : D Qu'il limant – v. 2050 : D quil plus amout – v. 2052 : D leez –
v. 2055 : D ne ert – v. 2056 : D vengee – v. 2061 : D aturnee – v. 2067 :
D A une feste *(corr. Bédier)* – v. 2071 : D palestes – v. 2072 : D Tristran
mestres – v. 2076 : D E lancerent *(corr. Bédier)* – v. 2077 : D espees *(corr.*
*Bédier)* – v. 2079 : D li Kaherdin – v. 2086 : D Quil – v. 2089 : D Kariodo
– v. 2091 : D quil dit – v. 2094 : D Kil – v. 2096 : D Amdeus – v. 2099 :
D vint – v. 2100 : D a tant – v. 2101 : D el le chimin – v. 2103 : D trestuz
*(corr. Bédier)* – v. 2104 : D de eus – v. 2106 : D leez – v. 2108 : D suni
*(corr. Bédier)* – v. 2114 : D de le – v. 2118 : D ço que il – v. 2127 : D Ki
femme Kaherdin dut amer *(corr. Bédier)* – v. 2131 : D cest plaie – v. 2136 :
D Que ico – v. 2137 : D tut la part coneuz – v. 2138 : D siuz – v. 2143 :
D pust il dunc venir *(corr. Bédier)* – v. 2145 : D al s. – v. 2146 : D Cum fust
– v. 2151 : D forsveise *(corr. Bédier)* – v. 2154 : D Ne voil vers *(corr. Bédier)*
– v. 2164 : D del pais – v. 2165 : D do honur – v. 2167 : D en alunt – v.
2170 : D les beles *(corr. Wind)* – v. 2171 : D la veient *(corr. Bédier)* – v. 2173 :
D ala – v. 2177 : D travserunt – v. 2178 : D gardent *(corr. Bédier)* – v. 2183 :
D De meime le teint ot la lange – v. 2190 : D Le cuntre – v. 2191 : D mer-
veilleient – v. 2198 : D Savet *(corr. Bédier)* – v. 2201 : D avez vus nun –
v. 2203 : D vulez vus patier – v. 2215 : D del Castel – v. 2221 : D de le
anguise – v. 2228 : D quil plus – v. 2229 : D surplus deit *(corr. Bédier)* –
v. 2230 : D en oi *(corr. Bédier)* – v. 2234 : D francis – v. 2235 : D quil *(corr.*
*Bédier)* – v. 2239 : D besuinie – v. 2245 : D a le hostel – v. 2246 : D Cuntre-
demain *(corr. Bédier)* – v. 2250 : D Nestes cil que tant ai *(corr. Bédier)* –
v. 2252 : D quai – v. 2257 : D peine ne itel – v. 2258 : D meteit *(corr. Bédier)*
– v. 2260 : D ne amastes co mest avis *(corr. Bédier)* – v. 2262 : D De ma

dolur – v. 2265 : D ren amez – v. 2268 : D vuldiez *(corr. Bédier )* – v. 2275 :
D vousist *(corr. Bédier )* – v. 2276 : D navrai nul – v. 2279 : D que plus *(corr.
Bédier)* – v. 2280 : D Et issi – v. 2283 : D esteez – v. 2286 : D le Amerus –
v. 2287 : D volenteres – v. 2293 : D estpleite – v. 2297 : D le Org. – v. 2298 :
D Ses *(corr. Bédier)* – v. 2302 : D bruill les sembuscherent – v. 2303 : D
ignelement *(corr. Bédier)* – v. 2305 : D deui *(corr. Wind)* – v. 2310 : D E
eagrement *(corr. Bédier)* – v. 2311 : D mult *manque (corr. Bédier)* – v. 2312 :
D armes m. – v. 2319 : *Sneyd(Sn) recommence ici,* Sn dune espee – v. 2320 : Sn
entuschee – v. 2322 : D celir – v. 2323 : D Sn Ore – v. 2325 : Sn Enz –
v. 2327 : D ci len tent – v. 2329 : Sn reparaillier, D Ses plaiz fez – v. 2330 :
Sn quert – v. 2333 : Sn ne se s. – v. 2335 : Sn ni, D fair – v. 2336 : D Ki
lem peuise geter ou traire – v. 2338 : Sn e *manque* – v. 2339 : Sn  Mais il ne
puent de ren, D ne puet – v. 2341 : D par tut le – v. 2342 : D e dehors –
v. 2343 : Sn sa colur pert – v. 2344 : Sn Et li os sunt mult – v. 2345 : Sn
que pert la – v. 2346 : D Sn Se il, D de plus – v. 2349 : Sn a sun mal – v.
2351 : Sn Sele cest mal, – v. 2352 : Sn E ove lui fust ele le – v. 2353 : D ne
puet a – v. 2354 : D du mer – v. 2357 : D N'Ysolt puet – v. 2358 : D Ne
ce coment – v. 2359 : Sn cuer ad – v. 2360 : D le langur – v. 2361 : D plai
– v. 2362 : D sei forment sen esmaie – v. 2365 : D Descovrir volt – v. 2368 :
Sn chambre fait, D gist delivrer – v. 2370 : Sn ses dous, D se eus – v. 2371 :
D quer merveille – v. 2372 : Sn pout que faire – v. 2373 : Sn Sil le siecle
volt – v. 2375 : D Sn par est – v. 2376 : D En deit – v. 2380 : D parer –
v. 2381 : D E *manque* – v. 2382 : D Que la – v. 2385 : D bon – v. 2386 :
Sn ert finie – v. 2389 : Sn Anguice pitie e – v. 2390 : D tristran m. – v. 2391 :
Sn e meinent – v. 2392 : D si departir deit lur – v. 2397 : Sn Je nai – v. 2398 :
D compaigne forcez vus *(corr. Bédier)* ; Sn Bes amis – v. 2399 : D oi debut ne –
v. 2400 : D sule, Sn Fors par le vostre ben confort *(corr. Bédier )* – v. 2401 :
D crei sen, Sn si en – v. 2402 : Sn guarir pouse, D i puce – v. 2404 : Sn
bels cumpainz – v. 2405 : Sn murir mestuit – v. 2406 : Sn Quant nuls hum
garir ne me poit, D hume – v. 2408 : D sil volt, Sn Ele le me peut faire sele
volt – v. 2409 : D Mecine ele ad poier – v. 2410 : D Si ele oust le voleir –
v. 2411 : Sn Mis bels – v. 2413 : D sele le, Sn si ele le – v. 2415 : D plai
– v. 2416 : D Su coment i puet – v. 2417 : D qui i last, Sn ki i alastas –
v. 2418 : D E *manque* – v. 2419 : D freit, Sn me feist – v. 2420 : D grant
message oreit, Sn oïst – v. 2422 : D Quele ne larreit pur nul – v. 2423 : Sn
Ne moi aidast a ma dolur – v. 2424 : Sn si grant amur – v. 2433 : Sn E ici
vos – v. 2434 : D empenez – v. 2435 : D Vostre liges en devendrai – v. 2436 :
D Sur tut ren – v. 2438 : D E ot le pleindre – v. 2439 : Sn quer ad grant
tendrur – v. 2440 : Sn Dulcement – v. 2442 : Sn E je frai quanque volez –
v. 2444 : Sn del murir – v. 2446 : D conquerr, Sn Pur quere – v. 2448 : Sn
en mei – v. 2449 : D chose fere puise – v. 2450 : Sn Ne pur detrece – v. 2451 :
D ne met – v. 2452 : D faire vostro – v. 2453 : D vuliez – v. 2456 : Sn
vos pri – v. 2457 : D ou vus – v. 2459 : D venez – v. 2460 : D frez – v.
2461 : Sn poterez – v. 2463 : Sn E vos aura aperceu – v. 2466 : D Qua leiser
– v. 2467 : D Dites si – v. 2468 : Sn senz li en mei na – v. 2469 : D Des
cuer – v. 2470 : Sn ove mei – v. 2472 : D rendu, Sn salu rendue – v. 2474 :
Sn ne mei ert ja rendu – v. 2475 : Sn Salu de ma vie ne – v. 2476 : Sn ne
me sunt – v. 2477 : Sn ne me porte – v. 2478 : Sn E par sa buche – v. 2479 :
Sn li remaine – v. 2480 : Sn en ma – v. 2481 : Sn Enfin li dites – v. 2482 :

Sn naie les conforz, D ne ai *(corr. Bédier)* – v. 2483 : Sn langur – v. 2486 :
Sn li ore – v. 2487 : D emveisures jurs et nus – v. 2488 : Sn Que humes, D
Quomes ensemble a gredduis *(corr. Wind)* – v. 2489 : D peines des tristurs,
Sn peines de tritur – v. 2490 : D E de joies e de – v. 2491 : D verai – v.
2492 : Sn Quant ele jadis guari ma plaie, D Quant jadis guarai ma plaie –
v. 2493 : Sn E del... bumes – v. 2494 : D quen suppris – v. 2495 : Sn Al
bevre fu nostre – v. 2497 : Sn A icel – v. 2498 : Sn Nostre mort i avum –
v. 2502 : D unche, Sn e tuz ses – v. 2504 : D eseilleiez – v. 2507 : D desire
– v. 2508 : D unques hume – v. 2510 : Sn Ne porrunt – v. 2512 : D De
partir – v. 2513 : Sn feseint departir – v. 2514 : Sn Mais rien ne purent covenir – v. 2516 : D deseverance – v. 2518 : D Que de – v. 2519 : Sn quele
terre alasse – v. 2521 : Sn Unques vers nule noi – v. 2522 : D ne puise –
v. 2523 : Sn naltre amer ne porrai – v. 2526 : D Sn serur – v. 2527 : Sn e
sur la fei – v. 2528 : D besunge – v. 2529 : Sn Quore – v. 2531 : D besuin-
gnier, Sn me voille, D aider *manque* – v. 2532 : Sn ma dolur – v. 2534 : D Se
ore me defalt, Sn a ma d. – v. 2536 : Sn grant *manque* – v. 2538 : D Se ne
male, Sn Sele me mait *(corr. Wind)* – v. 2539 : Sn mad valu – v. 2543 : D
Faites la melz – v. 2544 : D A Brengvein... ne saluez – v. 2546 : D ne pense,
Sn jo en murrai – v. 2547 : D Sn puz vivre – v. 2551 : Sn Kar si de plus
tost ne repairez – v. 2553 : D Quarant jurs seit le respiz – v. 2554 : D E se
co... diz – v. 2555 : Sn Si que Ysolt vinge avoc vus, D ov – v. 2556 : D ne
sache, Sn Si que nuls nel sace – v. 2557 : Sn Celez les eires – v. 2558 : D Sn
suspeciun – v. 2559 : Sn miriesce la frez – v. 2560 : D plai, Sn est pur ma –
v. 2561 : D bel – v. 2562 : D E *manque* – v. 2563 : Sn Lun en ert, et *manque*
– v. 2565 : D Sn Quele venge, D plai – v. 2569 : Sn Ne vos ami plus –
v. 2570 : Sn v. salue n. – v. 2571 : Sn salf vus – v. 2573 : Sn E *manque* –
v. 2575 : Sn sun estre – v. 2577 : Sn lievent tref – v. 2578 : D E siglent,
Sn avant al – v. 2582 : Sn portent – v. 2583 : Sn Aovre, D Danré destrange –
v. 2585 : D oisisels, Sn Vins – v. 2586 : Sn covrir lor ovrainge – v. 2591 :
D Uit jurs e uit nuz i a cunu, Sn Vint jurz vint jurs – v. 2592 : Sn Ainz quil
al ille seit venuz – v. 2593 : D Eint, Sn quil i pouse parvenir – v. 2595 :
Sn Gre de – v. 2596 : Sn Bien se, D cheschuns garder – v. 2597 : Sn Kar ou
ele plus – v. 2599 : Sn Cum degier vint – v. 2600 : D vent, Sn revint –
v. 2601 : D Sn E plus – v. 2602 : D vent ne que l'amisté – v. 2603 : D ne
sevent, Sn sovent – v. 2604 : Sn La haur a destemprier – v. 2605 : Sn ele est
sun en – v. 2606 : D Je ne os ben mun dire, Sn nen os si bien dire *(corr.*
*Bédier)* – v. 2612 : Sn quer ad mult grant tendrur – v. 2613 : D Sn Quele ad –
v. 2614 : Sn altre est aturne – v. 2615 : D Sn ore – v. 2616 : Sn Pur que
– v. 2617 : Sn Co quad oi – v. 2618 : Sn E semblant... ne sa nient – v. 2619 :
Sn tresque aise avrat – v. 2620 : D cruelement – v. 2622 : Sn que sunt overt li
– v. 2623 : Sn en est la cambre – v. 2624 : D ad sei recelee *(corr. Hoepffner)*
– v. 2625 : D le e mult li fait bele, Sn fait lui bel semblant – v. 2627 : Sn
a li sacole – v. 2628 : Sn sovent baise sa buche mole – v. 2629 : Sn mult bel
amur – v. 2630 : Sn en sun irur – v. 2633 : Sn deit venir – v. 2637 : D Sn
sele puet, Sn Que ele – v. 2638 : D a ço – v. 2641 : D Sn si la quil – v. 2642 :
D U *manque*, Sn U ala pur... conquerre – v. 2644 : Sn Vait en amunt a m. –
v. 2647 : Sn Od sun batel vait – v. 2649 : Sn marcheandise, D descovrer –
v. 2650 : Sn e covre – v. 2652 : D Meliur – v. 2653 : D assise – v. 2654 : D
gauarnie – v. 2655 : Sn largesces e honurs – v. 2657 : Sn Recovrier est, D

de Engleterre – v. 2660 : D Sn marchandise – v. 2661 : D terres *manque* –
v. 2663 : Sn engins – v. 2664 : Sn Kaerdins – v. 2665 : Sn ove ses o. –
v. 2666 : Sn des bons e des – v. 2667 : D ostrur – v. 2669 : D ben turee
– v. 2670 : Sn Entaillie est e encelee, D Entaille – v. 2672 : D E li, Sn cur-
teisement – v. 2677 : D ni ad, Sn Que a. – v. 2678 : D chambrlans – v. 2679 :
D ferm – v. 2682 : D cels avers – v. 2683 : D de or – v. 2684 : D port –
v. 2685 : Sn melliur ait – v. 2686 : Sn A la reine present en – v. 2687 : D
en *manque* – v. 2688 : Sn Unques melliur Ysolt – v. 2690 : D just, Sn lencoste
– v. 2691 : D rein – v. 2693 : D nez li ors est, Sn nest lor de – v. 2698 :
Sn par grant – v. 2700 : Sn E Kardin – v. 2701 : D si anel – v. 2704 : D
Sn Tut ico – v. 2706 : Sn suls e Ysolt – v. 2708 : Sn dirra pur veir aiez –
v. 2709 : D cum – v. 2712 : D qui main est sa – v. 2713 : D hume – v. 2715 :
Sn Mande vus ja nen avrat – v. 2716 : D cest – v. 2717 : Sn sante – v. 2718 :
Sn Si nest par vus aporté, D ni li p. – v. 2719 : Sn dune espee – v. 2720 :
D Li acers fu entusche, Sn entuschee – v. 2721 : Sn Ne poum mirie – v. 2722 :
Sn sace – v. 2723 : Sn se sunt – v. 2724 : Sn en est malmis, D cors unt –
v. 2725 : Sn Il *manque* – v. 2730 : Sn Si vos suvienge sur cele – v. 2731 : D
sur icels – v. 2733 : D ne l. – v. 2734 : D Sn ore – v. 2737 : D Ore... de
granz – v. 2740 : Sn e sa joie pert – v. 2742 : Sn Plusurs feiz dechaciez –
v. 2743 : D Le reis – v. 2744 : D de mals, Sn qu'a eu – v. 2745 : D vus dest
remembrer – v. 2747 : Sn Einz al – v. 2748 : Sn bailastes – v. 2750 : D dam
de li pete – v. 2753 : D gaurir – v. 2754 : Sn vos i estuit ore venir – v. 2757 :
D De seingnes, Sn veie – v. 2762 : Sn Unques en sa vie nout – v. 2763 : D
Ore penz, Sn Pense – v. 2764 : D E *manque* – v. 2765 : D ele ne set, Sn ele
– v. 2766 : D Ov Brengvain – v. 2769 : Sn quele ad – v. 2770 : D jus a,
Sn coment il gist e langur – v. 2773 : Sn tute la langur – v. 2774 : Sn Puis
purprent conseil de sa dolur – v. 2775 : D Sn Ore, Sn comenc – v. 2776 :
D E plaindre – v. 2777 : Sn pensance – v. 2779 : Sn A parlement, D queles
– v. 2780 : Sn Pur la dolur – v. 2782 : D a le parlement – v. 2784 : Sn E
ove – v. 2788 : Sn co que eles volent – v. 2790 : D A cele sen – v. 2792 :
D de le mur – v. 2793 : Sn Ki desur, D desur Tamise – v. 2794 : D leve e i
veint – v. 2795 : D i *manque*, Sn i est tuit – v. 2797 : D od le treit – v. 2799 :
D Mult par cel forcent, Sn sesforcerent – v. 2800 : D Ne fusent – v. 2801 :
D le grant, Sn Desi qua la grant venu sunt – v. 2802 : Sn le tref si sen –
v. 2803 : Sn venz puet les – v. 2804 : D lungure – v. 2805 : D estrange
contreiant – v. 2806 : D porte – v. 2807 : Sn par ces porz – v. 2808 : D Li
venz e fort – v. 2814 : D lit forment languist – v. 2817 : D aueie – v. 2821 :
D Sn quil tant – v. 2825 : D quil senz – v. 2826 : D emvet, Sn Tut en jor
– v. 2827 : D Pur ver, Sn revint – v. 2828 : Sn ne tint – v. 2829 : Sn se
fait reporter – v. 2830 : D just – v. 2831 : D ver – v. 2832 : D Coment ele
sigle – v. 2834 : D de le sun – v. 2835 : Sn E co est tuit son – v. 2838 :
Sn vint – v. 2839 : D co fait – v. 2840 : Sn quil atent – v. 2841 : Sn se dute
quele ne – v. 2842 : D ni li – v. 2844 : D veie, Sn Que veie sanz li – v. 2851 :
Sn quil ne – v. 2852 : Sn Que tant – v. 2855 : D dolerure – v. 2856 : Sn
a tuiz amans – v. 2861 : D Apres de la reine – v. 2862 : Sn E ke la terre
est veue – v. 2864 : D Del seust lur salt un – v. 2866 : D tut la, Sn que
turner fait – v. 2868 : Sn se returnent – v. 2869 : Sn esforce leve – v. 2870 :
*A partir d'ici, Sn devient provisoirement presque illisible* – v. 2883 : D preiser –
v. 2884 : D puest *(corr. Misrahi)* – v. 2895 : Sn tel langur – v. 2896 : Sn

grant dolur – v. 2899 : D volsist jo – v. 2901 : D na jo – v. 2903 : D Co est, Sn ma pesance – v. 2904 : D en a, Sn grevose grevance – v. 2907 : D ne nest, Sn ne mest a rien – v. 2908 : D jol vul – v. 2914 : D ne puise – v. 2916 : D Dun terre veir estuer, Sn estuet a tere neier *(corr. Bédier)* – v. 2925 : D Sn Uncore – v. 2926 : D Car jo dei – v. 2928 : D nus dous mangier – v. 2931 : D Tel hum – v. 2932 : D reconuistera – v. 2933 : Sn fra i pois – v. 2936 : Sn volt issi en tuit – v. 2938 : D fessez – v. 2942 : D Que ne – v. 2943 : Sn Avant nire jo dici oie – v. 2944 : D qui la die, Sn Ne sai am ki jal vos die *(corr. Reichnitz)* – v. 2946 : Sn atenderez – v. 2947 : Sn si purez guarir – v. 2953 : D mors se vus en guarissez – v. 2955 : D confort *manque*, Sn i aiez – v. 2958 : D al mis; Sn me dut e criem – v. 2963 : D desire – v. 2964 : D emble venir – v. 2966 : Sn nus duinst – v. 2967 : D Sn Tant cum – v. 2968 : Sn si demente – v. 2969 : D lur *manque* – v. 2972 : D gigle, Sn La blanc – v. 2973 : D siglent amunt, Sn sigelnt – v. 2976 : Sn Traient... bien en halt – v. 2977 : Sn Cum se – v. 2978 : Sn Quel co le blanc – v. 2980 : D, Sn derain – v. 2981 : D danz *manque*, aveir – v. 2983 : Sn A ico – v. 2984 : D li chlaz e fait, Sn e chet li – v. 2985 : Sn porent – v. 2986 : Sn soeve – v. 2988 : Sn Fors tant – v. 2989 : D Ne *manque* – v. 2990 : Sn Or est – v. 2992 : Sn conquerre – v. 2993 : Sn vunt walcrant – v. 2994 : Sn e ore avant – v. 2997 : D Ysolt est – v. 3000 : Sn a sun desir – v. 3003 : Sn Ysolt se claime sovent – v. 3008 : D Sn que tant – v. 3009 : Sn de oils... detort – v. 3010 : D que delsir ne, Sn desir nest mort – v. 3012 : Sn Vient Ysolt sa femme a lui – v. 3013 : D Purpense – v. 3014 : D Sn ore – v. 3016 : D lai veue sigler – v. 3017 : Sn si lai issi veue – v. 3018 : D Sn Que pur – v. 3019 : D novel – v. 3020 : Sn Que vos – v. 3023 : Sn la nef – v. 3024 : Sn Ore mei... la tref – v. 3028 : D Sn Pur co *(corr. Bédier)* – v. 3030 : D Sn navra – v. 3031 : D pareie – v. 3032 : Sn dist – v. 3041 : D Sn feiz dit – v. 3042 : D rent le spirt, Sn rent lespirit – v. 3044 : Sn compaignuns – v. 3047 : Sn Portent le cors desi ca lit – v. 3048 : Sn en un samit – v. 3049 : D plaie, Sn roe – v. 3056 : D novels – v. 3059 : D Sn anciens dunc li – v. 3062 : Sn Que *manque* – v. 3064 : D ert desconfort – v. 3066 : Sn E grant – v. 3067 : Sn que al cors out – v. 3068 : D murrit – v. 3069 : Sn E grant – v. 3067 : Sn que al cors out – v. 3068 : D murrit – v. 3069 : Sn chaitivement – v. 3070 : Sn a ceste povre gent – v. 3071 : Sn novele sout – v. 3072 : D De dolur – v. 3073 : Sn est si – v. 3074 : D desfublee, Sn Vait par la rue – v. 3075 : Sn al palais – v. 3077 : D della – v. 3079 : Sn vent e dunt seit – v. 3080 : Sn vait u le – v. 3083 et 3084 *manquent dans ms. D* – v. 3085 : Sn Mort seit – v. 3086 : Sn Par tendrur – v. 3089 : D Quant a tens, *D ajoute* Dejuste lui va dunc gesir, *puis les v.* 3116 *et* 3120 *et s'achève* – v. 3090 : Sn Vos e – v. 3098 : Sn vos ouse amis rendue *(corr. Bédier)* – v. 3100 : Sn quad este entre – v. 3101 : Sn la mei aventure *(corr. Bédier)* – v. 3104 : Sn Que ad – v. 3109 : Sn Quant a tens – v. 3110 : Sn laventure noi *(corr. Bédier)* – v. 3112 : Sn De meisme beivre avrai – v. 3114 : Sn verai – v. 3116 : *Vient après v. 3089 dans D,* Sn le si – v. 3120 : D itant rendit, *ce vers se trouve après 3116 dans D qui s'achève ici.* – v. 3131 : Sn enveisiez as *(corr. Bédier)* – v. 3132 : A tuz cels *(conjecture Francisque Michel)* – v. 3133 : S *dans* Sn: *conjecture Francisque Michel* – v. 3134 : Le *conjecture Francisque Michel* – v. 3135 : E dit ai : *conjecture de Vetter* – v. 3136 : Si cum : *conjecture Francisque Michel* – v. 3142 : Sn Choses – v. 3144 : Sn paine encuntre dolur –

# NOTES CRITIQUES
## sur la *Folie* de Berne (p. 247)

V. 26 : Se nos – v. 50 : primes a samie *(corr. Bédier)* – v. 59 : et *manque* –
v. 64 : he las *manque (corr. Bédier)* – v. 70 : ne se fait *(corr. Bédier)* – v. 74 :
si serai *(corr. Bédier)* – v. 76 : que je aie *(corr. Bédier)* – v. 86 : Qancor –
v. 95 : sont *(corr. Bédier)* – v. 107 : de felon braie *(corr. Bédier)* – v. 113 :
mon aer *(corr. Bédier)* – v. 122 : vint la *(corr. Bédier)* – v. 124 : por lis –
v. 156 : grandre – v. 162 : Brunchor *(corr. Bédier)* – v. 172 : demoisece –
v. 173 : Tain je tafi *(corr. Bédier, d'ap. conj. de Morf)* – v. 182 : Esgarde en mi
*(corr. Bédier)* – v. 196 : dun peor – v. 203 : mi la laie *(corr. Bédier)* – v. 208 :
lordre conter *(corr. Bédier)* – v. 219 : Se par vos marinet servoi *(corr. Bédier)*
– v. 230 : sang covertor – v. 234 : Ydel *(corr. Bédier)* – v. 253 : Aleveor
*(corr. Bédier)* – v. 256 : vie *(corr. Bédier)* – v. 284 : de cest raison *(corr.
Tobler)* – v. 285 : est sors *(corr. Morf)* – v. 297 : Et meillor mal que que
*(corr. Bédier)* – v. 312 : Fors que tant *(corr. Bédier)* – v. 337 : hui mati –
v. 347 : Mais ele nen – v. 348 : oi soif et ou dur *(corr. Bédier)* – v. 357 : Qui
me giet *(corr. Bédier)* – v. 375 : de fale *(corr. Tobler)* – v. 385 : grandre –
v. 398 : de lui menistre *(corr. Morf)* – v. 399 : tristre *(corr. Morf)* – v. 408 :
Me garistes *(corr. Bédier)* – v. 411 : Losche trovastes *(corr. Bédier)* – v. 425 :
Ice vois *(corr. Bédier)* – v. 426 : vos bailliee *(corr. Bédier)* – v. 428 : de haute
*(corr. Bédier)* – v. 441 : damoise – v. 457 : Car je forment lor fis je – v. 464 :
li hermite – v. 479 : que li oi *(corr. Bédier)* – v. 479 : enors *(corr. Bédier)* – v.
488 : Queles Hudent *(corr. Bédier)* – v. 511 : mars *(corr. Bédier)* – v. 514 :
Se li cort *(corr. Bédier)* – v. 536 : Qan ne *(corr. Bédier)* – v. 543 : ele parole.

# NOTES CRITIQUES
### sur la *Folie* d'Oxford (p. 265)

V. 11 : ki en dolur – v. 13 : ahaan – v. 15 : ke il puet – v. 18 : sa amur –
v. 21 : ke il la soüst *(corr. Bédier)* – v. 22 : Ke il – v. 26 : volt vers nul descoverir – v. 27 : co en est – v. 30 : ke il en ostast – v. 34 : Ki le pais ne seit
a terre *(corr. Bédier)* – v. 35 : Kar il mult cunuz – v. 37 : ki a pié – v. 38 :
Ne en est – v. 43 : ne lu conestrat – v. 46 : le estre – v. 49 : Kar suvent –
v. 53 : descuverir – v. 54 : suvent venir – v. 62 : Acusit sun estre *(corr.
Bédier)* – v. 68 : ke ert – v. 69 : charge – v. 72 : Et desancrent – v. 75 :
Estest vus – v. 83 : le grant – v. 86 : amunte – v. 87 : le unde – v. 100 :
ert fort e – v. 102 : mer en *(corr. Bédier)* – v. 103 : tur querre fort *(corr.
Bédier)* – v. 105 : De marke *(corr. Bédier)* – v. 108 : de conzur – v. 109 :
E nez al chastel *(corr. Bédier)* – v. 111 : le entree e le issue – v. 114 : e od
Corwaleis – v. 119 : De euves – v. 120 : guvaineres *(corr. Bédier)* – v. 121 :
par mer – v. 122 : Al porte *(corr. Bédier)* – v. 124 : de autre... ke il – v. 126 :
le ad – v. 133 : Li passant destrent *(corr. Bédier)* – v. 134 : le an – v. 136 :
pregne nom – v. 137 : Une en uline *(corr. Bédier)* – v. 140 : est en ancre
*(corr. Bédier)* – v. 141 : salt sus si sen – v. 142 : si se asist – v. 145 : ke en
la – v. 146 : tenu aveit – v. 149 : e eus sunt – v. 150 : En co...ke je les vi
*(corr. Bédier)* – v. 152 : cum el solt – v. 155 : vaidi – v. 156 : sa amie –
v. 161 : so set il ben – v. 162 : Le het sur *(corr. Bédier)* – v. 163 : se il – v. 164 :
ke il le – v. 165 : de sa amie – v. 166 : se il m'ocie – v. 168 : mur chescun
*(corr. Bédier)* – v. 169 : tant me doil *(corr. Bédier)* – v. 172 : si a mai – v. 176 :
sui tant *(corr. Bédier)* – v. 179 : fol e faire – v. 182 : Je ne puis *(corr. Bédier)*
– v. 186 : Ki avera – v. 194 : repost u len maine – v. 197 : averai – v. 199 :
peschers – v. 204 : Il meisme porter les soleit *(corr. Bédier)* – v. 211 : un
herbete – v. 212 : Ke il – v. 214 : si muad – v. 215 : al munde – v. 216 :
le cunust – v. 217 : ki Tristran – v. 219 : de une haie – v. 221 : en volt
tut – v. 223 : le ad veu – v. 231 : abee – v. 232 : ne clerc ordinee *(corr.
Bédier)* – v. 238 : en le umbre – v. 243 : Graz *(corr. Bédier)* – v. 246 : Encuntre
lui *(corr. Bédier)* – v. 254 : Estes ki li gacte a tanlant – v. 261 : Ore vai –
v. 264 : le unt – v. 267 : Mardi – v. 268 : Ke avez – v. 270 : ci quisi – v. 274 :
sai ben – v. 275 : me aleitat – v. 280 : bel – v. 281 : Ge le durai – v. 282 :
ki tant amez – v. 288 : Bon est asaer – v. 289 : De Ysolt – v. 290 : A un
autre acuintez – v. 291 : Baillez moi Ysolt io – v. 293 : le entant – v. 296 :
Aver emener – v. 297 : Ore me – v. 298 : part la – v. 299 : en le air – v. 303 :
En le air – v. 305 : De la sale *(corr. Bédier)* – v. 307 : le frat – v. 308 : Lenz
mult clarté – v. 309 : Li reis en autre *(corr. Bédier)* – v. 310 : Entre parolent
*(corr. Bédier)* – v. 315 : le amai – v. 316 : viverai – v. 317 : le entent – v. 319 :
Ki vus... cenz – v. 322 : Ke il... le autre – v. 323 : Ke ele – v. 327 : nauuez

– v. 328 : hom le saveit *(corr. Bédier)* – v. 334 : en fu – v. 335 : me entamat
– v. 340 : Si quidai ben *(corr. Bédier)* – v. 342 : Tant me par nuat *(corr. Bédier)* – v. 343 : turment grant *(corr. Bédier)* – v. 345 : nestoit arver *(corr. Bédier)* – v. 347 : je avei ocis – v. 348 : Vostre unche – v. 353 : en oist parler *(corr. Bédier)* – v. 362 : meschine *(corr. Bédier)* – v. 369 : huez mes sur *(corr. Bédier)* – v. 373 : ke il – v. 374 : deis a li *(corr. Bédier)* – v. 376 : de cenz – v. 377 : moi e Ysolt *(corr. Bédier)* – v. 378 : douner *(corr. Bédier)* – v. 383 : ta amie – v. 386 : de cenz – v. 393 : marchant *(corr. Bédier)* – v. 397 : marchant (cf. v. 393) – v. 402 : E je i fu – v. 403 : Mais je ere – v. 406 : treske a – v. 415 : ke le ocis – v. 417 : la severai *(corr. Bédier)* – v. 419 : le botai *(corr. Bédier)* – v. 423 : me vistes – v. 424 : Me guaristes *(corr. Bédier)* – v. 425 : meschine *(corr. Bédier)* – v. 426 : me garistes (cf. v. 424) – v. 428 : me aviez – v. 430 : me espeie – v. 432 : Si la trovastes *(corr. Bédier)* – v. 443 : Me voilez – v. 447 : me acordai – v. 454 : ke vus di – v. 455 : Nest pas vair *(corr. Bédier)* – v. 458 : le ivrez *(corr. Bédier)* – v. 459 : de itel – v. 468 : nus fumes ben – v. 470 : mebre – v. 472 : je en bui – v. 474 : ivrez mult ittruis – v. 478 : si le aset – v. 479 : le ad prise – v. 480 : dejost lui – v. 483 : ore – v. 486 : Reis e cuntes *(corr. Bédier)* – v. 491 : prendra – v. 493 : Od limer les cingnes – v. 495 : od mun berser – v. 496 : preng plunjuns butors – v. 498 : li grant e petit – v. 501 : respunt rit apris *(corr. Bédier)* – v. 502 : Tut preng qanquez *(corr. Bédier)* – v. 506 : guarde – v. 509 : De esperver – v. 510 : Ke est... la ke gentil – v. 511 : preng le levre – v. 512 : kac *intraduisible* – v. 517 : Ben sai *(corr. Bédier)* – v. 518 : esquiers e garsuns *(corr. Bédier)* – v. 524 : Jeun les puis *(corr. Bédier)* – v. 525 : Ren ne sui *(corr. Bédier)* – v. 527 : el pel *(corr. Bédier)* – v. 532 : Molt od bon – v. 538 : E li es quier hors pur *(corr. Bédier)* – v. 544 : sus is – v. 548 : ke ele – v. 549 : fait ele – v. 552 : a poi ne me – v. 553 : fusse jo mort – v. 554 : e fort – v. 555 : tut mes contraire – v. 561 : cist juglers *(corr. Bédier)* – v. 572 : de un mot – v. 576 : Hideus e *(corr. Bédier)* – v. 579 : en nul païs – v. 584 : le ure ke il vit – v. 587 : ke il neat en le unde – v. 589 : dame dit *(corr. Bédier)* – v. 590 : ore de male maine – v. 593 : kar mad *(corr. Bédier)* – v. 596 : Ke il seit – v. 608 : E *manque (corr. Bédier)* – 616 : e en haan – v. 618 : la amur – v. 623 : Je sui Tristran *(corr. Bédier)* – v. 625 : de Irlande – v. 626 : Cume vus en *(corr. Bédier)* – v. 628 : Ke ore – v. 635 : Ke en ma guarde – v. 636 : je pusse – v. 637 : Lores – v. 644 : fu si oi *(corr. Bédier)* – v. 645 : Je oi – v. 651 : me assist – v. 657 : vus menbre – 659 : ki amai – v. 662 : luveraine – v. 673 : voide – v. 674 : deshaite – v. 676 : En la chambre *(corr. Bédier)* – v. 679 : se traite lors – v. 681 : Kar ele ne saveit – v. 683 : ke ele – v. 685 : sest un poi tret *(corr. Bédier)* – v. 686 : le us – v. 688 : un kes – v. 689 : De vus franche – v. 691 : ki tant ai vesquu *(corr. Bédier)* – v. 694 : me avez – v. 695 : porreie mas fier – v. 704 : ne ewe ne ist *(corr. Bédier)* – v. 708 : me esmai – v. 709 : kar je naperceif – v. 714 : Vers le rei *(corr. Bédier)* – v. 716 : Fumes mues par uel – v. 721 : nus enguatat – v. 724 : Nus cusat – v. 727 : pas mon deduit *(corr. Bédier)* – v. 729 : fu nus – v. 732 : ki sunt destraiz *(corr. Bédier)* – v. 738 : nus sumes *(corr. Bédier)* – v. 742 : Le amur – v. 744 : peez – v. 749 : i survint v. 756 : De un petit druerie – v. 759 : Petit Cru – v. 761 : vus dait ben – v. 762 : de un ren – v. 763 : cil de Irlant – v. 764 : Li reis onurrat *(corr. Bédier)* – v. 766 : Ben savez – v. 767 : harpeur *(corr. Bédier)* – v. 770 : le oi

– v. 773 : Cunquis vus *(corr. Bédier)* – v. 776 : me aveit – v. 780 : suvent
eimes *(corr. Bédier)* – v. 781 : un espin *(corr. Bédier)* – v. 782 : cnivet les
cospels *(corr. Bédier)* – v. 786 : de la chambre *(corr. Bédier)* – v. 790 : Siviez
ben *(corr. Bédier)* – v. 791 : Ke jo vendreie *(corr. Bédier)* – v. 796 : munte el
espin – v. 799 : le umbre – v. 800 : Ke seet a le espin – v. 803 : dutoie sachez
*(corr. Bédier)* – v. 804 : trop vus hastisez – v. 806 : Le umbre – v. 808 : E
vus mustrai – v. 816 : E feites – v. 819 : desguisee – v. 821 : tenei – v. 826 :
mauueristes – v. 829 : je le entent – v. 830 : guari al serment *(corr. Bédier)* –
v. 832 : en la curt *(corr. Bédier)* – v. 833 : le entent – v. 835 : Ele lesgurad –
v. 840 : Ke il cun veris e *(corr. Bédier)* – v. 842 : E ne set *(corr. Bédier)* –
v. 847 : se aparceut – v. 848 : Ke ele – v. 852 : ore me pleing – v. 856 : me
amastes – v. 857 : Quant rei Marcus – v. 861 : Al forest – v. 864 : le entree –
v. 865 : voesse *(corr. Bédier)* – v. 867 : Le entaileure – v. 872 : le afaitai –
v. 873 : chen od *(corr. Bédier)* – v. 874 : pessoie chascun *(corr. Bédier)* –
v. 878 : ke li *(corr. Bédier)* – v. 880 : le espee – v. 881 : rejumes – v. 888 :
laissat dormant *(corr. Bédier)* – v. 890 : Ke entre – v. 893 : membre vus
dait *(corr. Bédier)* – v. 895 : Ke en avez – v. 897 : aidunt *(corr. Bédier)* –
v. 904 : pez si sen *(corr. Bédier)* – v. 913 : curt leve – v. 914 : best – v. 915 :
vis fert *(corr. Bédier)* – v. 916 : grant pité *(corr. Bédier)* – v. 918 : si devint –
v. 919 : De co ki li fist le joie *(corr. Bédier)* – v. 923 : ki od li – v. 924 : ki
manioent – v. 928 : male maine – v. 932 : E dit – v. 933 : Ki jo le nurri ki
le afaitai – v. 936 : E en femme *(corr. Bédier)* – v. 938 : E anguisse – v. 945 :
Si pensa *(corr. Bédier)* – v. 949 : dunc vos estot de partir *(corr. Bédier)* –
v. 950 : nus volt *(corr. Bédier)* – v. 952 : De or – v. 953 : E je le recui –
v. 957 : donast – v. 958 : esguardast – v. 959 : se escreve – v. 963 : se il
vif – v. 964 : autre hume cest – v. 965 : ore sai jo ben ke il – v. 968 : li em
prist – v. 970 : estes e enterine – v. 971 : Des ore ne – v. 978 : E si sesjoi
– v. 980 : Laverai – v. 989 : Kele ne set – v. 991 : ki averat – v. 992 : lit
ben fait – v. 993 : E Tristran – v. 994 : u ele ert – v. 996 : ke il herbigez
*(corr. Bédier)*.

# NOTES CRITIQUES

## sur *Chèvrefeuille* (p. 299)

Titre : S Cest le lai du chievrefueil, H Cheverefoil – v. 1 : S molt le v. – v. 2 :
H que homme – v. 3 : S Que l'aventure vos acont – v. 5 : H me unt – v. 8 : S
qui fut tant f. – v. 10 : H Puis mururent *(corr. Rychner)* – v. 12 : S E vers
Tristan forment irie – v. 16 : S Enfu Gales ou – v. 19 : S a abandun – v. 26 :
H se met de *(corr. Rychner)* – v. 30 : H que hum – v. 31 : S En lavesprant sen
est issu – v. 32 : S Que tens de hebergement fu – v. 37 : S Cil li – v. 38 :
S si baron – v. 40 : S Li rois ilec feste tenir – v. 42 : H avera – v. 43 : S
r. o li sera – v. 48 : H Tristram est, S Est Tristan el – v. 49 : H quil saveit
– v. 50 : H En la route passer la reine *(corr. Rychner)* – v. 53 : S il la – v. 54 :
S A son c. – v. 55 : H De la *(corr. Rychner)* – v. 56 : S Qui sovent garde
– *S intervertit 57-58 et 59-60* – v. 58 : S Qautresi lavoit parceu – v. 60 : H
ele le – v. 62 : S Qui fu el baton que je dit – v. 64 : H surjurner – v. 66 :
H la pust, S la porra v. – v. 68 : H il autresi *(corr. Rychner)* – v. 69 : H
Cum del – v. 73 : H poient *(corr. Rychner)* – v. 75 : S La codre – v. 76 :
H ensemblement *(corr. Rychner)* – v. 79 : S vint – v. 80 : S Et esgarda .I.
poi avant – v. 81 : S bien aparcut – v. 82 : S letres reconnut – v. 85 : H
tuz arester *(corr. Rychner)*, S tost – v. 87 : S Cil firent s. – v. 88 : S Et el
sen – v. 89 : S o soi – v. 90 : H que mut fu de bone fei, S Brengier – v. 96 :
S Et ele dit tot son – v. 100 : H quil ot *(corr. Rychner)* – v. 102 : S Ele sem
part – v. 103 : S q. il vint – v. 104 : H Dunc comencent, S Si comm. –
v. 105 : S reva – v. 109 : S Par le baston quil ot escrit – v. 110 : S li ot dit
– v. 114 : H brevement – v. 115 : H lapelent en engleis *(corr. Rychner)*,
S Godelef – v. 116 : H nument en franceis *(corr. Rychner)*, S lapelent Fr. –
v. 118 : S lai dont jai.

NOTES

# NOTES

1. Le nain a appris que les amants se sont donné rendez-vous dans le verger. Il a dénoncé le couple à Marc et lui a conseillé de grimper dans l'arbre pour épier l'entretien. Tristan a, par chance, vu l'*ombre* (le reflet) de Marc dans l'eau de la fontaine qui est sous le pin. Yseut, à son tour, s'aperçoit de la présence de son mari, mais ne sait pas encore que son amant est d'ores et déjà sur ses gardes.

2. Sur l'épisode de Brangien substituée à Yseut, voir ci-dessus, p. II-III.

3. Le Morholt était probablement à l'origine un être monstrueux. Dans les différentes versions de la légende, il est devenu l'oncle maternel d'Yseut. Sur la brèche de l'épée, voir ci-dessus, p. II.

4. Ce proverbe ne se retrouve pas dans les livres sapientiaux. On rencontre toutefois des formules assez voisines dans *Prov.* XXVIII, 17 (ne pas secourir l'assassin) ou XXIX, 10 (les meurtriers haïssent le simple). E. Muret cite (p. 157), d'après Méon, *Nouveau Recueil*, I, p. 416, la str. 59 de *Salomon et Marcoul*. Voici ce texte :

> Qui en sa meson
> Atret lou larron,
> Domage i reçoit,
> Ce dist Salemons.

5. Mot à mot : ' Puissent-ils voir, dans ces conditions, Dieu et son royaume ! Ils ne le verront pas face à face '. On peut comprendre aussi : ' Assignés devant Dieu, ils seraient condamnés à l'enfer '.

6. A en croire le texte, Tristan condamné serait contraint de revêtir la haire, c'est-à-dire une chemise en grosse étoffe rugueuse qui se portait par pénitence à même la peau.

7. v. 183 : *Engagiez est tot mon harnois.* Tristan est un *bacheler,* c'est-à-dire un chevalier non *chasé,* qui n'a pas de fief. Il n'a comme biens que son équipement, et ne peut compter pour vivre que sur la libéralité de son seigneur.

8. Le perron est ici une haute pierre qui permet aux chevaliers de monter à cheval malgré la charge de leur armure.

9. Saint Evroult est honoré dans la région de Domfront (Orne) où on lui a dédié plusieurs églises et chapelles.

10. Governal est le ' maître ' de Tristan, c'est-à-dire celui qui lui a enseigné la chevalerie. Il est lui aussi un *bacheler* (v. n. 7).

11. Le nain est presque toujours odieux dans la littérature médiévale. A

l'époque, toute infirmité est considérée comme une punition divine. Ne pas confondre le personnage du nain et celui, fréquent dans la littérature arthurienne, du « petit chevalier » qui appartient à l'autre monde et n'est pas difforme; Tristan le Nain, qui intervient à la fin du *Tristan* de Thomas, était peut-être, à l'origine, un « petit chevalier ». Sur les nains dans le roman arthurien, voir Vernon J. Harvard, *The dwarfs in arthurian romance and celtic tradition,* Leyde, 1958.

12. La fable selon laquelle la femme de Constantin aurait été amenée, par rancœur contre son mari, à devenir la maîtresse du nain difforme Segoçon est, d'après Muret, très répandue au Moyen Age. Sur la légende de Constantin au Moyen Age, voir Tatlock (J. S. P.), *The legendary History of Britain,* Berkeley et Los Angeles, 1950, p. 167-8, et Wace, *Brut,* éd. Ivor Arnold, Paris, S. A. T. F., 1938-40 (2 vol.), v. 3218 *s.*

13. Sur le nom de Frocin, voir M. Delbouille, *Le Nom du nain Frocin,* in *Mélanges Istvan Frank,* p. 191 s. *Frocin* serait à rapprocher de *frocine,* ' grenouille '. Le savoir du personnage est maléfique : condamnation implicite de l'astrologie?

14. Entre le v. 319 et le v. 320, s'intercalait un vers que Gaston Paris restitue par conjecture : *se li demande ce que doit;* E. Muret retient cette conjecture au v. 344 de son édition.

15. C'est-à-dire à Governal. Voir ci-dessus, p. 327, note 10.

16. Le besant est une monnaie d'or frappée à Byzance, la seule monnaie d'or qui circule en Occident.

17. V. 465 (Muret 490) : Jeanroy propose de substituer *aboter* (' toucher ') à *abiter.* Mais le sens de ' copuler ' que peut avoir ce verbe est attesté.

18. Entre les v. 508 et 509 (v. 533 de l'édition Muret), manque un vers, ainsi conjecturé dans l'édition Muret : *D'or en avant avra loisir.*

19. Selon Daniel Grojnowski, c'est parce que Tristan est chambellan du roi qu'il couche dans la chambre de Marc. Mais le chambellan n'a pas, en principe, accès à la chambre royale si la reine y est présente. On peut penser que l'étroite parenté qui unit Tristan et Marc et la dette de reconnaissance du roi à l'égard de son neveu sont les véritables raisons de cette faveur : à la relation vassalique se substitue une relation plus intime encore (cf. les v. 441-2, Muret 465-6: Marc propose d'instituer une véritable communauté de biens entre Tristan et lui). Sur le lien tout particulier qui unit l'oncle et le neveu (surtout si ce neveu est le fils de la sœur du roi), voir Reto R. Bezzola, *Les Neveux,* in *Mélanges Jean Frappier,* p. 89-114.

20. *Bien tost, a ceste place espandroit :* mot à mot : ' il pourrait avoir vite répandu '. 688 : *Qui iroit or, que fous feroit :* ' y aller à présent serait agir en fou '.

21. Périnis est un autre complice des amants. C'est le page d'Yseut : il n'est pas encore chevalier, mais le deviendra lorsqu'il se fera le complice de la reine auprès d'Arthur, au moment de l'*escondit.* Voir ci-dessus, p. 104 *sq.*

22. Je ne tiens pas compte dans mon édition des corrections de Jeanroy : *an son lit,* v. 739 et v. 746, et je lis comme Francisque Michel, *sanc* et non *saut* au v. 740.

23. Mot à mot (v. 754) : ' Votre *escondit* n'a pas la valeur d'un pois '. L'*escondit* est la dénégation d'un accusé qui proteste de son innocence, au besoin (v. 777) par un duel judiciaire contre ses accusateurs. Le duel est

une survivance du jugement de Dieu : d'où les v. 787 *s.* (Tristan n'a pas *voulu* être l'amant d'Yseut ; il est donc sûr de l'aide divine). Sur l'*escondit,* voir R. Lejeune, *Les Influences contemporaines...* (cf. bibliogr.).

24. Muret corrige le v. 762 (788 de son édition) : *a mau saut.* Je ne vois pas la nécessité de cette correction. Je pense d'autre part que, l'auditeur médiéval connaissant la légende, Béroul le prévient indirectement de la proximité du prochain épisode, celui du « saut Tristan ». De toute façon, la leçon du manuscrit comme la correction de Muret semblent faire référence à la roue de fortune.

25. Mot à mot : ' il serait venu à bien meilleure cause '. Béroul veut dire que, sans les félons, Tristan n'aurait pas été surpris, et qu'on ne l'aurait pas condamné. Mais le vers peut signifier aussi : ' il aurait bien arrangé ses affaires ' (*venir a bon plait :* ' réussir ').

26. Pour Françoise Barteau (voir bibliographie), la couleur des épines est signifiante. Le blanc dénote le bien et le noir le mal. Les amants évoluent dans un univers blanc et noir parce qu'ils vivent le lumineux absolu de leur passion dans l'ordre d'une « contre-grâce » qui est éminemment subversive.

27. C'est-à-dire l'heure du premier office du jour : approximativement six heures du matin.

28. Je transcris le manuscrit sans le retoucher. L'édition Muret corrige le v. 896 (922) : *plain de pierre alise* (' polie ', ' lisse '). Mais *aise* a comme étymon lat. *adjacens,* participe substantivé signifiant ' espace '. Voir R. Dragonetti, *Aizi et aizimen chez les plus anciens troubadours,* in *Mélanges Maurice Delbouille,* p. 127 *s.*

29. Ma traduction est délibérément inexacte. Pouvais-je traduire *dube* au v. 899 (926) par ' douelle ', qui désigne l'intrados d'une voûte ? Le sens technique serait donc : ' A l'intérieur de l'espace délimité par la douelle '. Béroul veut seulement dire, à mon sens, que le vitrail est surmonté d'une voûte romane. Mais pourquoi l'article défini ? Je pense que la chapelle, assez modeste, ne possède qu'un seul vitrail peint, qui se trouve au milieu de l'abside, puisqu'il domine directement la falaise à laquelle s'adosse l'édifice.

30. Le saut de Tristan s'opère en deux temps : il gagne d'abord la grande et large pierre au milieu du rocher (v. 922-3, Muret 948-9) puis bondit sur le rivage probablement envasé (v. 930, Muret 956). C'est le second saut qui est le plus long : c'est alors que le vent s'engouffre sous la cape du héros. Au v. 930 (Muret 956), on attendrait *saut jus* (à bas) et non *saut sus ;* mais, comme E. Muret, je garde la leçon, soit que *sauter sus* signifie ici ' bondir ', soit que Béroul indique, comme une sorte de rappel, le premier mouvement de Tristan, qui a d'abord grimpé sur le rebord de la fenêtre. Mais dans ce cas, le v. 930 serait redondant par rapport à ceux qui précèdent, et Béroul décrirait deux fois le même bond, selon le procédé épique de la répétition.

31. Tristan est le seigneur de Governal parce que celui-ci, ayant achevé l'éducation chevaleresque de son élève, est resté attaché à sa personne non seulement par des liens d'amitié, mais aussi par un véritable engagement vassalique : il a accepté de devenir son écuyer. On remarquera dans ce passage une esquisse d'entrelacement (cf. v. 939 : Béroul

passe de Tristan à Governal. Mais ce n'est pas encore la technique souveraine que Chrétien de Troyes va léguer au roman en prose : la quête de Governal tourne court, et le hasard seul préside à la rencontre des deux hommes).

32. La gonnelle est une sorte de tunique longue à manches étroites.

33. Faut-il croire qu'il y ait une lacune, entre le v. 1029 et le v. 1030 (Muret 1055 et 1056)? Interprétation du v. 1029 (1055) par G. Paris et E. Muret : « Si jamais je me plains de mon sort ». La suite du texte tend à démontrer qu'Yseut espère une prompte vengeance, et l'idée générale pourrait être la suivante : « si jamais je subis quelque mal, nos ennemis le paieront cher, puisque les traîtres ont laissé fuir Tristan », mais je préfère adopter la ponctuation de T.B.W. Reid, encore qu'elle laisse la conditionnelle suspendue en quelque sorte dans le vide.

34. Dinas de Dinan a reçu la charge d'une sénéchaussée. Cette institution, parallèle au bailliage, est à la fois administrative et judiciaire. Elle se superpose à l'administration seigneuriale. Il n'est pas indifférent que ce personnage, qui incarne une aristocratie désormais au service de l'ordre royal, soit en conflit à propos de Tristan avec les barons félons qui menacent sans cesse de se retirer dans leurs terres. Plus généralement, sur l'idéologie politique des romans bretons au XIIe siècle, voir Erich Köhler, *Ideal und Wirklichkeit in der höfischen Epik*, Tübingen, 1959.

35. A. Acher corrige ici le texte (v. 1080, Muret 1106) *en vos ballie;* correction proposée : *en sa ballie.* T.B. W. Reid se rallie à cette lecture, mais *vos, lectio difficilior,* peut être une graphie pour *vo,* forme picarde et normande de *votre* même au féminin. *En sa ballie* (' en son pouvoir ') est plausible, mais *en vos ballie* l'est aussi : Tristan assassinant à l'intérieur du royaume un de ses délateurs met évidemment en péril l'ordre dont Marc est responsable; c'est pourquoi je maintiens la leçon du manuscrit.

36. La leçon *Lohierreigne* (' Lorraine ') du v. 1090 (Muret 1116) est évidemment absurde, et Muret justifie la correction *de lointain reigne* en citant Geoffroi de Monmouth, 1, VIII, ch. IX, « où l'Irlande est appelée *longinquum regnum* » (éd. cit. p. 143).

37. Le bliaut est une tunique longue, serrée à la taille par une ceinture, avec des poignets étroits. Le brocart est une étoffe de soie brodée d'or et d'argent et agrémentée de dessins divers.

38. Sur Lancien, voir p. 335, note 89. C'est, d'après Béroul, un autre séjour de Marc, qui y avait une demeure. L'hypothèse selon laquelle le *Tristan* serait l'œuvre de deux auteurs s'appuie entre autres sur le fait qu'après l'épisode du Morrois, il n'est plus question de Tintagel : Marc réside à Lancien. Mais, comme on le voit ici, le lieu est cité dès la première partie du fragment.

39. La crécelle (qui peut être remplacée par une cliquette) est un des attributs traditionnels du lépreux. Il annonce ainsi sa présence pour que les gens s'écartent et n'attrapent pas son mal.

40. E. Muret suppose ici une lacune; mais le texte tient debout si on intervertit les v. 1147 et 1148 du manuscrit :

Tel justise de li ferez
Me se vos croire me volez

où je lis *mé* = ' mais '. Il faut alors corriger aussi le vers suivant, comme le fait E. Muret dans son édition.

41. Le *solier* (lat. *solarium*) est une pièce ensoleillée, avec large fenêtre et parfois balcon ou terrasse.

42. Je maintiens le mot, qui désigne fréquemment au Moyen Age la cabane du lépreux, mais qui retrouve dans ce contexte son acception tradition- nelle. Les lépreux avaient au Moyen Age la réputation d'être particu- lièrement lubriques.

43. Je lis *tes* et non *ces* au v. 1183 (Muret 1209).

44. Je maintiens une fois de plus la leçon du manuscrit en ce qui concerne le début du v. 1186 (Muret 1212). E. Muret corrige *Adont verrez* en *adont verra*, faisant de *si desconfort* le sujet du verbe (' Viendra alors son malheur '). Mais la répétition *verra* (vers précédent) — *verrez* n'est pas choquante en ancien français.

45. Allusion évidente à une tradition orale (celle de Bréri?). Mais, dans aucune version conservée, Tristan ne tue le lépreux.

46. Cette forêt existe toujours et se trouve un peu au sud de Tintagel. Sa densité et sa dimension lui assurent un « micro-climat » d'une douceur extrême, même en hiver. Voir André de Mandach, *Aux portes de Lan- tien...* in *Le Moyen Age,* 1972, p. 389 *s.*

47. Sur cette difformité de Marc, voir bibliogr. *Marc'h* signifie ' cheval ' en gallois.

48. Le texte est ici chargé de réminiscences théologiques : les v. 1352-5 (1378-80) évoquent la démarche même de la pénitence contritionniste : repentir et confession. Les v. 1361 *s.* (1387 *s.*) se réfèrent à la compa- raison patristique entre les différentes résurrections de l'Évangile et les différents stades du péché (Lazare, *mors in sepulchro,* est la figure de l'en- durcissement dans le péché). Pour un commentaire idologique du passage, voir J. C. Payen, *Le Motif du repentir...* p. 54 *s.* et 340 *s.* et ma communication au colloque de Cluny sur Abélard et Pierre le Vénérable Cluny, juillet 1972 : *L'Abélardisme et les littératures romanes au XII*e *siècle,* à paraître dans les actes de ce colloque.

49. Le roi Otran est le roi sarrasin à qui appartient Nimes et que Guillaume d'Orange tue à la fin du *Charroi de Nîmes* (éd. D. Mac Millan, Paris, 1972).

50. Gaston Paris supposait entre 1418 et 1419 (Muret 1444 et 1445) une lacune sous prétexte qu'il n'est pas dit dans ce passage que Husdent est le chien de Tristan. Mais je suis sur ce point E. Muret et je pense qu'il n'était pas nécessaire que fût spécifiée l'identité du maître de l'animal : l'épisode devait être déjà connu des auditeurs !

51. Il n'y a aucun texte de ce genre dans les livres sapientiaux ni dans les proverbes attribués à Salomon au Moyen Age. Mais Félix Lecoy a rapproché ce passage d'un conte : *Du chien et de la femme,* n° 124 des *Gesta Romanorum,* qui se trouve chez Rathier de Vérone, dans le *Dolopathos* et dans divers textes médiévaux (voir référence dans son article signalé dans la bibliographie) : un chevalier doit comparaître à la cour moitié à pied et moitié à cheval, en amenant son meilleur ami et son pire ennemi. Le chevalier arrive avec son chien et sa femme, et il tient un pied sur son chien tandis qu'il laisse l'autre à terre. Dans

deux textes (dont les *Lamentations de Mathieu,* texte latin antiféministe
*ca* 1400), le roi qui fait comparaître le chevalier est précisément
Salomon.

52. V. 1480 (Muret 1506) : *voiz clarele* est obscur. *Clarele* est un *hapax.* Je
comprends que le chien aboie d'une voix claire (?).

53. *Trallier* (v. 1498, Muret 1524) est une correction de F. S. Tanquerey
(voir bibliographie) et signifie ' chien de chasse '.

54. Les *forestiers* étaient des agents seigneuriaux chargés de la répression des
délits commis en forêt (braconnage, mais aussi ramassage du bois).

55. Je ne comprends pas la fin du v. 1558 (Muret 1584). Les éditeurs qui
m'ont précédé ont corrigé *faut* en *gaut* (Muret *n'estonast le gaut*). Il
s'agirait du mot dont l'étymon francique est *wald* (' forêt '). J'hésite
à faire cette correction et me demande si *faut* n'est pas ici un déverbal
de *faillir* (*faillir la beste* : ' perdre la piste '; cf. Gaston Phébus, *Livre de
chasse,* éd G. Tilander, Karlshamm, 1971). *Faut* figure dans le *Diction-
naire de l'ancien français* de Godefroi (III, 734 c) avec le sens de ' man-
quement ', dans l'*Alt. fr. Wort.* de Tobler et Lommatzsch (II, 1662,
*Fehlen, Verfehlen*) et dans le *F.E.W.* de von Wartburg, III, 387b (*fallere*)
mais le sens que je propose n'est attesté dans aucun de ces trois ouvrages. Ma traduction ne tient pas compte de cette hypothèse et se contente
de traduire le début du vers. Mais si ce que je pense se vérifiait, le sens
serait : ' (le chien), malgré son silence, (était dressé à) à ne pas se laisser
détourner sur une fausse piste '.

56. Pour le commentaire de ce passage difficile, voir Eugène Vinaver, in
*Studies... Alfred Ewert,* p. 90 *s.,* et J. Ch. Payen, *Le Motif du repentir...*
p. 344 (mais je ne contesterais plus que *qar,* au v. 1624 (Muret 1650)
puisse avoir une valeur consécutive).

57. Je me rallie à l'hypothèse de Mario Roques (voir bibliogr.) qui lit le
v. 1652 (Muret 1678) : *Governal ert enunes qoi,* où *enunes* serait une
graphie de *enaines,* ' à part ', ' isolément '. *Esqoi* est en effet un *hapax*
dont E. Muret, qui le retient dans son texte, ne comprend pas le sens
(je rappelle la leçon du ms. : *Governal ert en un esqoi*).

58. L'arc-qui-ne-faut (qui ne manque pas son but) est probablement dans la
légende originelle un objet magique, mais Béroul, dans les vers qui
suivent, en fait une invention technologique ingénieuse, un piège bien
conçu.

59. Je conserve au v. 1759 (Muret 1785) la leçon *ne se sent* qu'E. Muret corrige en *ne le sent.* On attendrait dans ce cas *ne s'en sent* (soit : ' ne s'en
ressent ', soit ' n'en a conscience '), mais l'omission de l'adverbe pro-
nominal *en* est fréquente en ancien français.

60. Dans le récit irlandais de *Diarmaid et Grainne* (où l'amour que voue
Diarmaid à la femme de Finn est la conséquence du défi que Grainne a
lancé à son futur amant), c'est un quartier de viande qui sépare les
fugitifs endormis. Voir Jean Marx, *Observation sur un épisode...* (réf.
dans notre bibliographie).

61. E. Muret élimine de son édition le vers surnuméraire (1808 de mon
édition). Il n'est toutefois pas impossible que Béroul, ou le scribe, ait
voulu par la répétition de *destrier* suggérer comme un refrain à un
moment particulièrement pathétique.

62. E. Muret corrige le v. 1824 (1850 de son édition) : *Du bois s'en ist, cort a merville*. Mais la rime du même au même étendue à un groupe de mots se rencontre en ancien français. N'y aurait-il pas ici aussi un autre effet de refrain?

63. Tenir la cour de justice est une des fonctions majeures du roi. Celui-ci convoque à certaines dates le conseil de ses barons, qui sont tenus au *service de plaid*. Le roi exerce, assisté par ce conseil, qui n'a que voix consultative, la haute justice ou *plaid de l'épée* : causes criminelles, ou procès entre grands vassaux. L'assemblée avait lieu dans la grand'salle, qui se trouvait surélevée par rapport à la salle d'armes où se tenaient les simples chevaliers et les hommes de guerre. A la cour de justice assistaient aussi le haut clergé et les officiers de la maison royale.

64. Le forestier, agent royal, a le droit de soumettre sa plainte au seigneur dont il relève, c'est-à-dire au roi, et même pour une cause aussi minime (refus de rendre un objet mis en gage après remboursement du prêt et acquittement des intérêts). Il y a une évidente ironie dans le discours de Marc, qui vient de parler d'un *hom qui ait besoin,* c'est-à-dire d'un homme en grande détresse.

65. E. Muret considère que les v. 1853-1854 (1879-1880) sont intervertis. Je maintiens l'ordre du manuscrit, en supposant que le v. 1854 est une parenthèse, comme il en est beaucoup chez Béroul.

66. Le manuscrit fournit au v. 1875 (Muret 1901) : *dorment estroit et embrachiez*. La correction a été faite par A. Jeanroy.

67. G. Paris corrige le v. 1876 (Muret 1902) : *ja seras* où, avec E. Muret, je maintiens la leçon du manuscrit, qui souligne la haine du forestier contre Tristan.

68. Cf. Alard de Cambrai, *Livre de philosophie,* v. 2807 (en parlant de celui qui voit la paille dans l'œil de son voisin et ne voit pas la poutre dans son œil); *A droit est se goute li crieve.*

69. Il n'y a rien, dans les *Disticha Catonis,* qui évoque les v. 1913-1914 (Muret 1939-1940); mais peut-être peut-on rapprocher ces deux vers de la rubrique CVIII (v. 4969 *s.*) du *Livre de philosophie* où Alard de Cambrai attribue à Caton un développement sur le thème : les gens de bien (les *preudomes*) restent entre eux, et les mauvais fréquentent les mauvais lieux.

70. Le vers 1917 (Muret 1943), où le roi fait seller son cheval, est en contradiction avec le v. 1909 (1935) où Marc affirme qu'il ira à pied. Mais il a très bien pu mentir à ses barons pour leur donner le change : s'il veut faire croire à un rendez-vous galant, on comprend qu'il affiche son intention de ne pas prendre sa monture. C'est pourquoi je n'adopte pas la correction de Muret au v. 1909 (1935) : *sor mon destrer* pour *sanz mon destrer*.

71. Le marc valait 2/3 d'une livre dans le système esterlin (en Angleterre) et la moitié de la livre dans le système parisis.

72. Sur le sens féodal de ces trois objets, voir Jean Marx : *Observations sur un épisode...*

73. Sur l'interprétation de ce rêve, voir l'article de G. Bertin cité dans la bibliographie.

74. La brèche qui demeure dans l'épée depuis le combat contre le Morholt. Voir *Folie d'Oxford,* v. 325 *s.* et 427 *s.*

75. *Trois anz plainiers sentirent peine* (v. 2105, Muret 2131). Il s'agit bien évidemment des épreuves qu'ont subies les amants depuis qu'ils ont bu le philtre (cf. le v. 2114, Muret 2140 : la mère d'Yseut, préparant le breuvage, *a trois ans d'amistié le fist*). Je rappelle que l'effet du philtre est de quatre ans chez Eilhart, et qu'il est illimité chez Thomas et Gottfried.

76. *Lovendrins* (v. 2112, Muret 2138) est un mot d'origine germanique (ou anglo-saxonne?) signifiant « boisson d'amour ». Sur *vin herbez,* voir l'article de Faith Lyons recensé dans la bibliographie.

77. Sur *doitie* (v. 2126, Muret 2152), au sens de ' piste ', ' coulée de gibier ', voir G. Raynaud de Lage, *Trois notes...* (cf. bibliogr.).

78. *Et vair et gris* (v. 2142, Muret 2168). Ces deux fourrures sont considérées au XIIᵉ siècle comme le signe par excellence du luxe.

79. Je commets à dessein un faux-sens en traduisant *poison* (v. 2180, Muret 2206) pour ' poison ' alors que le mot (lat. *potionem*) signifie seulement ' breuvage ', mais il m'a semblé que cette traduction rendait mieux compte du contexte (le philtre a empoisonné la vie de la reine).

80. Le vavasseur est le vassal du vassal, c'est-à-dire un homme de toute petite noblesse, qui ne possède en général qu'un domaine trop exigu pour faire vivre son lignage. Voir Brian Woledge, *Bons vavasseurs et mauvais sénéchaux,* in *Mélanges Rita Lejeune,* p. 1263 *s.* Au v. 2185 (Muret 2211), *anors* a le sens (fréquent) de ' terres nobles '. *Damoiselle* désigne toujours une jeune fille de l'aristocratie.

81. Lidan est identifié par G. D. West (*French Arthurian verse romances. An index of proper names,* Toronto, 1969, p. 102) avec Lidford, ancienne- ment Hlydanford, dans le Devonshire.

82. Selon G. D. West (*ibid.* p. 65), il ne s'agirait ni de la Frise en Hollande, ni de la Phrygie, mais du Friesland ou comté de Dumfried en Écosse. La mer de Frise serait donc le Firth of Forth, ou plus probablement Solway Firth. Ceci corroborerait l'hypothèse souvent émise que Tristan serait d'origine écossaise. Le Loonois, sa terre d'origine, serait le Lothian, au sud d'Édimbourg. Drustan a été le nom d'un certain nombre de rois pictes qui ont régné au-delà du mur d'Hadrien au VIIIᵉ et au IXᵉ siècle. La Bretagne, désignée au v. 2221 (Muret 2247) est évidemment ici la Petite Bretagne, c'est-à-dire l'Armorique.

83. V. 2243 (Muret 2269) : *de son boschage.* E. Muret corrige : *de cel boschage.* Cette correction ne me semble pas nécessaire.

84. E. Muret corrige *manderon a nostre talent* (v. 2257, Muret 2287) en *mandons au roi nostre talent.* Mais quel pourrait être le destinataire de la lettre, sinon le roi? *Sans autre mandement,* ' sans autre message '.

85. E. Muret corrige *dura,* v. 2271 (2297) en *durra :* autre correction qui ne me semble pas nécessaire.

86. *Orlenois* (v. 2284, Muret 2310). E. Muret corrige : *Loonois,* cette fois-ci de manière pertinente. Dans le roman en prose, Tristan est appelé Tristan de Loonois, et ce pays a été identifié avec le Lothian (voir n. 82).

87. A. Ewert et E. Muret ont pensé qu'il y avait une lacune entre le v. 2287 et le v. 2288 (Muret 2313 et 2315). J'incline à croire qu'il y a seulement,

dans le discours de Tristan, accumulation d'ellipses : ' Je suis prêt à servir le roi. (C'est à vous de m'aider à me réconcilier avec lui, pour que je puisse le servir). Mon oncle est puissant (et il vous saura gré si vous me conseillez bien). Donc, donnez-moi le meilleur conseil. '

88. Le discours d'Yseut est pour le moins embarrassé. Si elle vient à résipiscence, encore faut-il qu'elle manifeste son innocence de cœur en affirmant qu'elle ne se repent pas. Or elle a feint tout à l'heure de croire que Dieu avait accordé à Tristan la grâce du repentir. Cf. J. Ch. Payen, *Le Motif du repentir...* p. 349-351. Ce qui compte avant tout pour elle, c'est d'obtenir le pardon de Marc sans avoir à se déjuger, et une attitude contrite de la part de Tristan l'aiderait évidemment dans son entreprise !

89. Lancien, v. 2332 (Muret 2359). Selon P. Rickard, *Britain in Medieval French Literature*, Cambridge, 1956, p. 95-98, il s'agirait du hameau de Lantyan, dans la paroisse de Saint Samson, au-dessus de la rivière Fowey en Cornouaille. Lantyan n'est qu'à quelques milles de Tintagel.

90. Je comprends ceci : Tristan ne peut gagner clandestinement la ville dont les portes sont gardées la nuit. On lui permet d'entrer, mais on sonne du cor à son passage, comme il est de règle, chaque fois qu'un voyageur demande à pénétrer après le crépuscule. Tristan n'a pas été reconnu ; mais il lui faut encore s'introduire dans le donjon : celui-ci, comme dans la plupart des ' châteaux ' (le mot désigne au Moyen Age une ville fortifiée) est adossé à la muraille, et Tristan utilise une porte, qui donne sur les douves et qu'il connaît, pour rejoindre subrepticement la chambre de Marc.

91. Une lacune entre les v. 2468 et 2469 (Muret 2495 et 2496) rend ce dernier vers très obscur, et ma traduction demeure hypothétique.

92. Cette scène est d'un grand intérêt historique : Marc, selon Béroul, ne sait pas lire (et Tristan ne sait pas écrire). Il fait donc lire la lettre par son chapelain (Arthur agit souvent de même, sauf dans les romans plus tardifs). Puis le roi convoque ses vassaux, en leur envoyant à chacun son ou ses messagers. C'est qu'ils sont tenus individuellement au devoir de conseil. Aucune décision grave ne saurait être prise sans qu'ils soient consultés, et eux-mêmes ne peuvent, sauf motifs graves, se dérober à cette convocation.

93. *Horlande* (v. 2531, Muret 2558) ne saurait désigner la Hollande, puisqu'il s'agit d'un épisode irlandais de la légende. Je me demande si ce terme ne désigne pas Old Head (en vieil anglais Olde Heade), promontoire proche de Kinsale, au Sud Est de l'Irlande.

94. E. Muret conjecture entre le v. 2572 et le v. 2573 (2599 et 2601) : *Vos feïstes un ban crïer*. J'ai retenu cette hypothèse dans ma traduction.

95. La Galloway se trouve au Sud Ouest d'Edimbourg. E. Muret corrige le v. 2604 (2632) : *A qui li roiz escoz gerroie*. On ne connaît pas de personnage romanesque du nom de Cornos ou Corvos.

96. Les Blanches Landes sont fréquentes dans le Sud de la Normandie.

97. Gaston Paris, puis E. Muret corrigent *fors traite* au v. 2656 (Muret 2684) en *fort traite* par souci d'éviter toute confusion avec *fortraire* : ' ravir ', ' emmener ', étant bien entendu que *fort* est ici l'adverbe intensif. C'est aussi mon opinion, mais je maintiens la graphie. *Forz*

ou *fors* pour *fort* est une forme fréquente en ancien français, qui adjoint dans ce cas au radical un *s* analogique dit *s* adverbial.

98. Yseut donne un baiser à Tristan *par la saisine* : démarche qui s'inscrit dans tout un comportement courtois. Par la *saisine,* la dame accepte que l'amant devienne son homme-lige. Il existe une *saisine* par le regard (la dame condescend à agréer le service d'amour) et une *saisine* par le baiser, qui intervient au moment de l'hommage; dans *le Roman de la Rose* de Guillaume de Lorris, Amour accorde le baiser au poète aussitôt après que celui-ci s'est agenouillé devant lui, et il s'agit bien d'une intronisation, puisque intervient aussitôt l'exposé des commandements de la *fin'amors*. A la fatalité du philtre se substitue une relation plus conforme à l'idéologie courtoise; Yseut redevient la dame de Tristan, d'où son rôle plus actif dans cette partie du poème; et l'échange des présent sou *drueries* accompagne souvent l'hommage : le don de l'anneau est une faveur que requièrent volontiers les poètes courtois, ou dont ils se vantent s'ils ont eu la joie de l'obtenir.

99. Je tiens de Robert Delort le renseignement suivant sur le mot *pourpre* : il désigne une fourrure qui provient d'une sorte de lapin qui vit en Russie, et le terme a une étymologie slave. Le *palefroi* est un cheval de parade, à la différence du *destrier* qui est un cheval de guerre, et il sert de monture aux dames. Le *Mont* n'est pas le Mont Saint-Michel, près d'Avranches, mais St Michael's Mont, îlot en face de Penzence, dans la Mount's Bay, à l'extrême Sud Ouest de la Cornouaille.

100. Plus exactement, *gibet* (v. 2734, Muret 2762) peut signifier ' bâton court avec une crosse ', ou ' casse-tête '. J'ai repris la traduction par ' fronde ' au glossaire d'E. Muret.

101. Il n'y a pas de différence sémantique entre *pavellon* (v. 2739, Muret 2767) et *tente* (v. 2740, Muret 2768). Il s'agit généralement d'une tente ronde à toit conique, en coutil.

102. Je maintiens la leçon *lois* (' qui louche '), au v. 2786 (Muret 2814) où les autres éditeurs corrigent : *iriez ou voirs*.

103. Il y a une lacune entre le v. 2793 et le v. 2794 (Muret 2821 et 2822). Ne faut-il pas en déduire que pendant leur exil dans la forêt du Morrois, les amants se sont plus d'une fois réfugiés chez Orri?

104. La plupart des éditeurs, mais non E. Muret, intervertissent ici l'ordre des vers, en sorte que le v. 2797 précède immédiatement le v. 2799 (Muret 2825 et 2827). Je pense qu'on peut garder la leçon du manuscrit: Yseut, quand elle pense aux félons, se laisse aller à sa fureur, et ce qui importe est plus l'affectivité de son discours que la rigueur logique de ses idées.

105. Il y a probablement une lacune entre 2808 et 2809 (Muret 2836 et 2837). Autre lacune entre 2838 et 2839 (2866 et 2867).

106. E. Muret corrige, au v. 2811 (2839) *con d'anemi.* Cette correction ne me semble pas s'imposer. Le mot *anemi,* au Moyen Age, désigne souvent le diable. Tristan, en tuant les félons, précipitera leur âme en enfer.

107. A la correction d'E. Muret *voirs et loiaus* pour *vains et joiaus* (v. 2849, Muret 2877), je préfère la leçon *vairs et joiaus* qui altère moins le texte. *Vair* (' d'humeur changeante ') me semble impliquer que Dinas est un homme d'esprit, qui ne se complaît pas dans la gravité, et dont la conversation est alerte et rapide.

108. L'un des félons a été tué par Governal, et pourtant Béroul parle toujours des « trois barons ». Désormais, ils vont porter un nom : ils s'appelleront Godoïne, Dinaalain et Ganelon. Les tenants de l'hypothèse « dualiste » en infèrent que « Béroul II » s'inspire d'une tradition différente de celle que suit « Béroul I » au début du fragment. A. Varvaro et Françoise Barteau pensent au contraire que l'unité du *Tristan* n'est pas remise en cause par ces éléments qui ne sont pas des preuves définitives. Le groupe des opposants les plus résolus forme un trio parce que le chiffre trois est un nombre symbolique; mais les ennemis de Tristan sont beaucoup plus nombreux : outre le nain et le forestier perfide, il y a aussi André qui va surveiller Yseut lors de l'épisode du Mal Pas, et qui joue un rôle important chez Eilhart. Cet André n'a rien à voir avec André de Lincoln qui est au contraire un ami du couple. Une fois le trio des délateurs affaibli par la mort de celui qu'a décapité Governal, il se reforme avec l'intervention d'un nouvel adversaire, et l'identité de ces personnages se précise, pour préparer la relation de la vengeance que Tristan va exercer sur chacun d'eux.

109. E. Muret corrige au v. 2880 (2908) : *De vos conselz* pour *de vos consel* que je maintiens; il peut en effet s'agir d'un picardisme mal orthographié par le scribe (*de vo conseil,* au singulier).

110. La maille est la moitié du denier (il y a douze deniers dans un sou et vingt sous dans une livre). Il s'agit donc d'une toute petite monnaie.

111. Je n'ai pas retenu, au v. 2897 (Muret 2925) l'intéressante correction d'E. Muret dans sa première édition des C. F. M. A. : *A quant que puis vois en Gavoie.* Le passage est manifestement corrompu : qui est ce mystérieux roi que l'on « guerroie »? Le roi de Galloway? C'est ce qu'avait compris E. Muret, d'où sa correction.

112. Ici intervient une réelle contradiction entre la première et la seconde partie du fragment. Dans sa requête des v. 1062 *s.* (Muret 1088 *s.*) Dinas mettait en relief son désintéressement en faisant valoir la pauvreté de sa sénéchaussée. Il est vrai que cela ne signifiait pas qu'il fût lui-même démuni; d'autre part, Béroul insiste sur son extraordinaire générosité. Enfin, l'écriture romanesque, au Moyen Age, appelle l'hyperbole, fût-ce aux dépens de la cohérence et de la crédibilité.

113. L'église de Lancien porte le nom de la paroisse sur laquelle est situé ce bourg. Saint-Samson est d'autre part le nom de l'île sur laquelle Tristan a combattu le Morholt.

114. *Adouber :* ' armer chevalier ' (sens premier : ' équiper ').

115. Corr. E. Muret au v. 2988 (3016) : *priveement* (' en cachette '). Je garde la leçon *premièrement* du manuscrit : le caractère clandestin de la retraite chez Orri est marqué par l'adverbe *celeement* au vers qui précède. Et Béroul a soin de noter que le premier souci de son hôte est d'installer Tristan dans son refuge.

116. Mot à mot du v. 3020 (Muret 3048) : ' que jamais Tristan n'eut sa *druerie* ' (c'est-à-dire ses faveurs). Avec A. Ewert, je vois dans *on* une graphie de *onc.*

117. L'*escondit* est un serment dangereux, parce que le ciel est censé pouvoir punir le parjure. Mais il n'est pas un jugement de Dieu. Dans d'autres

versions (celle de Gottfried), Yseut est contrainte à l'*ordalie,* c'est-à-dire à l'épreuve du fer rouge.

118. Sur saint Trémeur ou saint Trechmor de Carhaix, voir éd. Ewert, p. 176. Carhaix sera le nom du château de Houel, le beau-père de Tristan.

119. Saint André est le patron de l'Écosse. V. 3101 : ' vous mettez pied à terre '.

120. E. Muret suppose une lacune entre les v. 3142 et 3143 (3170 et 3171), parce qu'il maintient la leçon du manuscrit *q'entre* au v. 3143.

121. Corr. Muret 3177 (3149) : *qui l'aseüre.* Je garde la leçon du manuscrit : le poète revient un peu en arrière, au moment où Marc relève Yseut; le vers est donc un commentaire *post eventum* de l'action antérieure (procédé fréquent) : et Marc attend bien évidemment qu'Yseut soit en mesure de l'entendre pour la rassurer.

122. Il y a évidemment une lacune entre les v. 3196 et 3197 (Muret 3224 et 3225).

123. V. 3225 (Muret 3253) : (après) ' qu'ils auront vu ma *deraisne* '. La *deraisne* est proprement le fait de prouver son droit par les armes. En convoquant comme garants de son *escondit* Arthur et sa *maisnie,* Yseut leur demande d'être au besoin ses champions si, après son serment, ses ennemis continuent de contester son innocence.

124. Un *bois madré* est un bois veiné et tacheté, comme le hêtre et l'érable.

125. V. 3300 (Muret 3328) : ces notations sont fréquentes. Toute communication (dialogue, réception d'un message...) s'accompagne au Moyen Age de gestes qui sont souvent notés avec précision dans les textes.

126. V. 3312 (Muret 3340) : je garde la leçon *ai* du ms. où E. Muret corrige : *que tot a bien trové.* Tristan a besoin d'accessoires pour se déguiser en lépreux, et il est sûr de se les procurer : c'est comme si la chose était déjà faite.

127. E. Muret considère que les v. 3337-8 (3336 et 3365 de son édition) sont intervertis : Périnis monte évidemment l'escalier avant de bondir à cheval. Mais l'ancien français ne présente pas toujours les faits dans leur déroulement chronologique. Un *chaceor* est un cheval destiné à la chasse à courre, à la différence du *destrier* qui doit supporter au combat un cavalier en armure, ou du *palefroi,* cheval de parade.

128. *Cuerlion* (v. 3340, Muret 3368) : il s'agit de *Carlion,* c'est-à-dire Caerleon-on-Usk dans le Monmouthshire, à l'est de Cardiff. C'est une des capitales traditionnelles d'Arthur.

129. *Isneldone* (v. 3345, Muret 3373) : il s'agit de Snowdon, tantôt royaume et tantôt *chastel* dans le roman arthurien. Pour R. S. Loomis (*Wales in arthurian legend,* Cardiff, 1956, p. 1 s), il s'agirait de l'ancienne Segontium, au N. O. du Pays de Galles et au pied du mont Snowdon. Pour A. Ewert, *op. cit.,* p. 175 et E. Brugger (*Pellande, Galvoie and Arragoce in the Romance of Fergus,* in *A miscellany of studies in romance language and literature presented to Leon E. Kastner,* Cambridge, 1932, p. 94 s, voir plus particulièrement p. 104, n. 3), il s'agirait de Stirling, au N. O. de Glasgow. J'incline vers cette hypothèse : la chevauchée de Périnis ne serait pas un tour de force s'il s'agissait de Segontium, qui n'est qu'à quarante lieues de Caerlion.

130. Curieuse interprétation cosmique de la Table Ronde! Selon Wace (*Brut*, v. 1211 *s.*), la Table Ronde a été instituée pour éviter les querelles de préséance. A partir du *Tristan en prose,* Tristan y sera admis, au même titre que Lancelot, Perceval, etc.

131. Le *marchis* est au sens propre un seigneur auquel le souverain confie la charge d'une province frontière ou *marche.*

132. Tudèle en Navarre, sur l'Ebre, reprise en 1126 sur les Maures.

133. V. 3398 (Muret 3426) : la leçon *Francier* est sans doute fautive. La correction *Irois* suggérée, mais non retenue par E. Muret, n'est pas absurde : Yseut est irlandaise. Mais je pense qu'il y a ici une référence à l'actualité du xiiᵉ siècle et à la cour de Henri II Plantagenet, où les Normands (c'est-à-dire les Français) côtoyaient les Saisnes (c'est-à-dire les Anglo-Saxons).

134. Le mot à mot des v. 3413-3418 (Muret 3441-3446) est le suivant : ' Que votre personne soit si loyale, et la suite dont vous êtes le seigneur naturel, que, si elle se disculpe (et Dieu la sauve de l'échec), à partir du moment où vous seriez ses garants, vous ne lui manqueriez si peu que ce soit '. L'édition Muret est ici très fautive, qui met un point après *natural,* et traduit en note (p. 148) : « elle sait votre cour si loyale », ce qui est un double contresens, sur *soit* et sur *cors* (s'il s'agissait de la cour, on attendrait *corz*). Cf. le sens fréquent de *vostre cors* (' votre personne ', ' vous '). *Natural* pour qualifier la *maisnie* (la ' maison ') d'un prince exprime la croyance profonde que l'ordre féodal a été voulu par Dieu et qu'il est donc le seul qui réponde aux exigences de la nature.

135. Gauvain, Girflet et même Yvain prononcent ici des serments ou *gabs* qui sont fréquents dans les romans chevaleresques. Le chevalier s'engage à un exploit difficile et jure au besoin de s'interdire telle ou telle action tant qu'il n'aura pas réalisé cet exploit.

136. Les *losengiers* (v. 3466, Muret 3494) sont les flatteurs qui tentent de se concilier la faveur du seigneur, en calomniant leurs rivaux éventuels. Ces personnages jouent un rôle important dans la chanson courtoise.

137. V. 3498 (Muret 3526): E. Muret ponctue : *la belle qui metra lance...* (« la belle qui fera briser la lance... »), mais qu'Yseut soit sujet de *metra* est étrange. Les constructions de type *Caesar instruxit pontem* ne sont pas fréquentes en ancien français. Je préfère considérer les v. 3498-9 comme une interrogative au style indirect.

138. Allusion à l'épisode des faux qu'on retrouve dans Eilhart et dans le *Tristan en prose,* écrit E. Muret en renvoyant à Wolfgang Golther.

139. La corr. d'E. Muret au v. 3610 (3638): *li mains proisié* (texte: *li plus proisié*) ne me semble pas nécessaire, si l'on ponctue le texte d'un point d'ironie.

140. Les *cuiverts* constituent une classe de vilains intermédiaire entre les paysans libres et les serfs; on peut consulter à leur propos : Van de Kieft (C.) : *Les Colliberti et l'évolution du servage,* in *Tidjschr. v. rechts. geschied.* XXXII, 1964, p. 363-95. Je prends au sens propre *desfaé :* ' qui ne connaît ni foi ni loi '. D'où ma traduction.

141. Le ferlin vaut un quart de denier.

142. J'avoue n'être pas sûr du sens à donner aux vers 3629-30 (Muret 3656-7)

dont la traduction mot à mot est : ' il a si grande brûlure en lui qu'on aurait du mal à la chasser '.

143. Je garde la leçon *seuez* au v. 3673 (Muret 3701), en notant que la rime appelle une forme *seüs* ou *seüz*, part. passé de *sivre* (' suivre '). De même je garde *les passe* et non *la passe* et je comprends : ' celui qui les dépasse ' (ceux qui sont embourbés).

144. J'hésite à adopter la correction d'E. Muret au v. 3682 (3710) : *que mens que piés,* tournure plus fréquente que le texte du manuscrit *et mens que piés,* qui mélange deux syntagmes, celui que restitue Muret, et la tournure *et mens et piés,* qui serait très admissible. De même, je maintiens la leçon *si l'apela o soi,* v. 3686 (Muret 3714), même si la correction d'E. Muret *a soi* est plus conforme à la syntaxe de l'ancien français.

145. *Andret* (v. 3755, Muret 3783) est une correction d'E. Muret (ms. *ele vient orendroit*). Dans le texte d'Eilhart, Antrêt surveille Yseut d'un œil jaloux lors de sa venue au Mal Pas. André est aussi dans le *Tristan en prose* un ennemi de Tristan. Voir ci-dessus, note 108.

146. Le *mal d'Agre,* v. 3821 (Muret 3849). Les commentateurs ont vu ici un élément pour la datation du poème : il s'agirait de l'épidémie qui a décimé les croisés au siège de Saint-Jean d'Acre en 1191. Gweneth Whitteridge (voir bibl.) conteste cette interprétation. G. Raynaud de Lage pense qu'il s'agit d'une interpolation.

147. André de Lincoln, ami de Tristan, ou l'autre André, qui surveille Yseut? Probablement le second, qui suit de près la reine. On peut s'étonner de le voir échapper au piège du bourbier, mais il va connaître un triste sort, lors du tournoi qui va suivre.

148. Yseut tient en effet la cuisse entre la béquille et le bras de Tristan, ce qui permet au porteur de mieux assurer le port du *puiot* et la charge de sa compagne. La position d'Yseut serait moins stable et moins confortable si elle tenait sa jambe sous le « puiot ». Il faut donc corriger le texte, comme l'a fait E. Muret (ms. *soz*).

149. Je comprends *lit* (v. 3944, Muret 3974) au sens de ' litée d'animaux '. D'où ma traduction.

150. Le Noir Chevalier est un personnage fréquent de l'aventure arthurienne. Noir est le Chevalier de l'Arcel qui, dans le *Didot-Perceval* attribué à Robert de Boron (fin du xiie siècle), sort d'un tombeau pour affronter le protagoniste. On le retrouve dans la *Deuxième Continuation* du *Perceval.* Mais il en est beaucoup d'autres. Voir G. D. West, *Index...* p. 122-123.

151. L'autre monde est un ailleurs, pays des fées, pays des enchantements, qui s'ouvre parfois sur ce monde-ci, et où les vivants côtoient les morts. Voir Jean Marx, *La Légende arthurienne et le Graal,* Paris, 1952, *passim.*

152. Girflet, personnage fréquent des romans arthuriens, est peut-être le même chevalier que le protagoniste du *Jaufré* occitan. On ne sait trop qui est Cinglor. Yvain, fils d'Urien, est le héros du *Chevalier au Lion* de Chrétien de Troyes, ou son demi-frère Yvain l'Avoutre (le Batard). Taulas, est dans *Jaufré* et dans *Yder,* un chevalier sans foi ni loi qui vient à résipiscence et se met au service d'Arthur. Coris ne se rencontre que chez Béroul.

153. E. Muret corrige au v. 4036 (4066) : *rendre* et non *prendre*. Mais le sens est clair, et la rime du même au même fréquente chez Béroul.

154. Une lacune entre les v. 4046 et 4047 (Muret 4076 et 4078) rend le sens du passage incertain.

155. *Glagier* (v. 4052, Muret 4083) : ' joncher de fleurs ou d'herbes odoriférantes '.

156. Le texte semble altéré. Le vers 4068 (4099) est contradictoire avec le vers 4065 (4096). Mais le v. 4065 ne dit pas qu'il n'y ait eu aucun habit de laine, et tout dépend du sens à accorder au v. 4067 (Muret 4098) : *Des vesteüres que diroie ?* E. Muret tend à considérer ce vers comme mal placé, parce qu'il serait attendu avant le v. 4065. Mais on peut le traduire : ' Que vous dire encore des vêtements? ', ce qui l'insère dans l'enchaînement logique du passage. L'*écarlate* est un tissu de laine fine, qui était censé avoir des vertus thérapeutiques.

157. *A fermeté* (v. 4084, Muret 4115) : ma traduction s'inspire d'une remarque de T. B. W. Reid (*On the text of the Tristan... in Mélanges Vinaver*) qui rappelle que la locution a souvent le sens de ' sans doute ', ' assurément '.

158. Je garde la leçon *ceres* au v. 4101 (Muret 4132). E. Muret corrige en *autres bieres* à cause de la rime (*e* ouvert et *ie* à la pénultième ne riment généralement pas, mais Béroul est à cet égard peu scrupuleux), et parce que le mot (qui peut signifier ' châsse ') est plus clair que *ceres*. Mais E. Muret n'a pas vu le mot pouvait être une graphie de *serres*, au sens de ' ce qui enserre ', ' ce qui contient '. D'où ma traduction.

159. *C'a esté fait, c'est sor mon pois* (v. 4149, Muret 4180) : Muret se demande si le *c* est une graphie pour *s* (de *se* conditionnel). Je pense qu'il s'agit plutôt du relatif (*que* élidé et graphié *c*, pour ' ce qui ').

160. Donc vers neuf heures du matin.

161. V. 4210 (Muret 4242) : Gauvain peut vouloir dire : ' nous ne nous préoccuperons pas de savoir s'il est en guerre ou non ', c'est-à-dire qu'il est prêt à attaquer les félons, même s'ils combattent aux côtés du roi Marc, ou même si l'intervention des chevaliers d'Arthur fait basculer l'équilibre des forces.

162. Maupertuis est le château du goupil dans le *Roman de Renart*.

163. V. 4255 (Muret 4287) : E. Muret propose de corriger *congié prendre* en *son gré prendre*. Mais *congié prendre* peut avoir un sens ironique, d'où ma traduction.

164. Lieu non identifié.

165. Je me rallie à la correction d'A. Ewert *anter* au v. 4390 (Muret 4422), cette forme étant une graphie de *enter*, ' entier '. Un *arc d'aubour entier* est un arc fait d'une branche entière de cet arbuste.

166. Lacune entre le v. 4413 et le v. 4414 (Muret 4445 et 4447). Ma reconstitution est hypothétique.

# NOTES

## II — LE *TRISTAN* DE THOMAS (p. 145)

1. Selon Gottfried et la Saga, Marc, après avoir surpris les amants endormis dans la forêt (scène de l'épée de chasteté), les envoie chercher tous les deux et les admet à sa cour. Or, un soir, Tristan et Yseut se sont retrouvés dans le verger...

2. Reconstitution de la lacune entre les v. 26 et 27 selon J. Bédier (d'après la Saga) :

   > ...Se vos ci sole estes trovee.
   > En terre estrange a grant dolor
   > Aler m'en voil por vostre amor...

3. D'après le fragment sur le Mariage (v. 459-60 et 511), viendrait ici la promesse faite par Tristan à son amie de ne jamais aimer une autre femme.

4. Entre ce fragment et celui qui le précède, Tristan se rend en Espagne, puis se retrouve en Bretagne. Il sert le duc et devient l'ami de son fils Kaherdin qui a pour sœur Yseut aux Blanches Mains. Or, il a l'habitude de chanter une chanson dont le refrain (cité en français par Gottfried) est :

   > Isot ma drue, Isot m'amie,
   > En vus ma mort, en vus ma vie.

   Tout le monde se méprend sur la destinatrice de ce refrain, et l'on encourage les deux jeunes gens à se fréquenter.

5. Les v. 189 *ss.* se traduiraient mot à mot ainsi : ' Quand quelqu'un fait une action qui procède de noblesse, et là-dessus une autre qui procède de vilenie, on doit tendre à la noblesse et ne pas rendre le mal pour le mal. L'un agit, l'autre doit souffrir en sorte qu'ils doivent se fixer entre eux ceci : ni trop aimer à cause d'une vilenie possible, ni trop haïr parce que cela va contre la noblesse. On doit aimer la noblesse et redouter la vilenie, et servir pour rester fidèle à la noblesse et détester la vilenie. '

6. V. 248 : ' (que lui-même cherche contre raison un plaisir) qui ne convienne pas à sa prouesse '. Je pense en effet que dans ce passage, *sa* renvoie à Yseut, et *proeise* appartient ici au même champ sémantique qu'occ. *prez, valor* (comme souvent *proeza* dans les chansons de troubadours). La ' prouesse ' n'est pas ici une vertu héroïque, mais un ensemble de qualités qui confèrent à l'amant son prestige.

7. Faut-il souligner l'importance de ce développement? Le mot participe de la réalité de la chose, et le signifiant implique partiellement le signifié.

C'est le « platonisme » médiéval, qui confère une réalité au concept par sa seule désignation.

8. *Noveler* signifie ' inconstant '. J'interprète le v. 302 : ' les autres sont inconstants par rapport au bien, renoncent à bien faire '. Je considère *change e novelerie* au v. 304 comme un hendiadyn (si toutefois on peut se fonder sur la correction de Bédier qui reste malgré tout hypothétique).

9. Le mot à mot des v. 390 *ss.* me semble être le suivant : ' quand ils ont les plus grands désirs d'amour, l'angoisse, la grand-peine, la contrariété '. J'ai traduit *talenz* par ' langueur ', conservant ainsi une leçon que Joseph Bédier corrige un peu légèrement en *tormenz*.

10. La quintaine consiste à frapper un mannequin monté sur pivot qui tient une arme quelconque. Un coup porté maladroitement se retourne souvent contre celui qui l'assène, parce que le mannequin, dirigé dans la mauvaise direction, frappe le chevalier qui l'a mal visé.

11. *As rosels,* v. 432 : s'agit-il d'une joute avec des roseaux, ou d'une épreuve de lancer? L'association du mot avec *gavelocs* me ferait incliner à la seconde hypothèse.

12. Donc aussitôt après le passage conservé dans le manuscrit de Cambridge.

13. Motif de la méditation amoureuse à partir d'un objet ou d'une réalité quelconque qui évoque la femme aimée. Voir Dorothy Sutherland, *The love meditation in courtly literature,* in *Mediaeval Miscellany... Alfred Ewert,* Oxford, 1961, p. 165-193.

14. Mot à mot des v. 579-80 : ' Et ma prouesse et ma noblesse déchoieront en lâcheté. ' La *recreantise* est le vice du chevalier qui s'abstient, par mollesse ou par lâcheté, de pratiquer les qualités guerrières ou sportives de sa caste. Le passage semble développer l'idée suivante : ' Si je m'abstiens de faire l'amour avec ma femme, non seulement elle va me haïr, mais je perdrai mes qualités viriles. '

15. Les v. 585-6 signifient à la lettre : , Tout ce que j'ai acquis par mon service féodal et par ma noblesse me sera retiré à cause de ma lâcheté. '

16. V. 647-8 : J. Bédier corrige *La nature* et non *sa nature.* Le sens est de toute façon très clair : Tristan éprouve cruellement dans sa chair le conflit entre nature et raison.

17. J. Bédier corrige, au v. 661, *sout* en *sent* parce qu'il ne tolère pas le brutal changement de temps qui est pourtant fréquent en ancien français.

18. V. 674 : J. Bédier corrige *C'umcore n'oust de sun deduit* en *C'umcore n'out de sun deduit.* Il semble donc comprendre : ' Tristan évite son plaisir et le fuit, car il n'a pas encore joui ', ou encore ' Tristan évite et fuit les plaisirs qu'il n'a pas encore tirés de ces étreintes '. Mais (outre qu'il pouvait garder la forme *oust* qui, orthographiée sans tréma, peut être une graphie de *out*) il me semble que le sens du texte (Tristan refuse de prendre son plaisir) exige qu'on voie dans *C* une conjonction de but : d'où ma traduction. Le recours au subjonctif imparfait au lieu du subjonctif présent attendu n'a rien d'étonnant : la concordance des temps n'est pas impérative en ancien français, et le présent dans la principale est un présent dit « historique ».

19. L'histoire du géant au manteau de barbes se trouve racontée par Wace *(Brut,* v. 11960 *ss.),* puis dans un certain nombre de romans arthuriens. Wace le nomme Riton : il est fait allusion dans *Le Conte du Graal* (v. 851) à un roi des Iles qui porte ce nom et qui est vaincu par Arthur. Terrassé par Mériadués, il devient dans la *Deuxième Continuation* un chevalier d'Arthur. Selon E. Brugger *(The Hebrids in Arthurian Literature,* in *Arthuriana,* II, 1929-1930, p. 7 *ss.* et plus précisément p. 13) et R. S. Loomis *(Arthurian tradition and Chrétien de Troyes,* New York, 1949, p. 489), le personnage serait d'origine danoise.

20. V. 723 : je garde la leçon *une pels,* malgré le v. 733 : *unes noveles pels.* Il s'agit d'un nom collectif, dont la syntaxe est flottante en ancien français.

21. *Urle* au v. 734 désigne la bordure d'un vêtement (le mot a survécu en architecture sous la forme *orle;* il désigne un listel sous l'ove d'un chapiteau ; en héraldique, il désigne une bordure interne à l'écu). Le *tassel* est une frange. Il semble qu'ici, cette frange s'étendrait tout le long de la bordure, sans toutefois la recouvrir.

22. Arthur ne veut certes pas céder lâchement à la requête exorbitante du géant, mais la conquête de la barbe signifierait autre chose. Se raser, comme se couper les cheveux, dans plus d'une civilisation, est se dépouiller d'une partie de sa force. Cf. le mythe de Samson, et le caractère sacré de la chevelure, de la barbe et de la moustache royales dans les anciennes tribus germaniques.

23. Il s'agit bien évidemment de l'empereur de Rome, ennemi d'Arthur dans Wace et, plus tard, dans le roman en prose.

24. La source de ce passage est inconnue. Rien de semblable, note J. Bédier, ni dans les livres sapientiaux, ni dans les *Distiques de Caton.* J. Bédier cite un passage des *Enseignements* de Robert de Ho (éd. M. V. Young, Paris, 1901, v. 109) :

> Fiz, mout vient meuz tot sol errer
> Que malveis compaignun mener...

On pourrait ajouter comme autre source possible Horace, *Carm.* II, 10, 9-11, d'ap. *Moralium Dogma,* éd. J. Holmberg, Uppsala, 1909, p. 64, l.20-23 (l'envie cherche la déchéance du juste).

25. Selon Gottfried (éd. W. Golther, Berlin et Stuttgart, 1888, v. 3524-5, voir E. Kölbing, *Die nordische und die englische Version der Tristan-Saga,* I, Heilbronn, 1878, p. xxxiv), un lai de Gurun avait déjà fait l'objet d'une allusion de Thomas dans une partie du poème aujourd'hui perdue. Je cite ici B. H. Wind, éd. p. 65 : « Un harpeur vient à la cour de Marc et chante le lai du seigneur Gurun et de son amie. Tristan y reconnaît un lai breton. » Voir J. Bédier, éd., I, p. 51 (l'épisode se place au début de la carrière de Tristan, avant donc qu'il ne combatte le Morholt et avant donc qu'il ne venge son père Rivalen).

26. Rappelons que le lai est sans doute, à l'origine, un poème lyrique destiné à être chanté en s'accompagnant de la harpe. Ce poème est censé intervenir au terme d'une histoire qui est en quelque sorte son support. On trouve des lais au sens propre du terme dans le *Tristan en prose.* Voir Jean Maillard, *Les Lais avec notation dans le « Tristan en prose »,* in

*Mélanges Rita Lejeune*, p. 1347 *ss.*, et son ouvrage : *Esthétique et Évolution du lai lyrique des origines à la fin du XIV*e *siècle*, Paris, 1963.

27. *Fresaie* est un terme qui désigne encore l'effraie en Anjou. Le terme vient du latin *fraesaga* et signifie donc à l'origine ' signe funèbre '.

28. Je me rallie à l'interprétation de J. Bédier et Bartina H. Wind : Cariadoc veut dire que la nouvelle qu'il va annoncer (le mariage de Tristan) aura pour effet la mort d'Yseut. *Alcon,* au v. 876 correspondrait au latin *quidam* (quelqu'un de connu, que je ne veux pas nommer). L'insinuation de Cariadoc contribue à rendre le personnage odieux.

29. Littéralement : ' il est bien chat-huant ou effraie celui qui... '

30. Le sens *d'astrier* est obscur. J. Bédier propose : ' cimetière ', et Bartina H. Wind : ' parvis ', mais quel rapport avec le contexte? L'un et l'autre considèrent qu'il s'agit d'un substantif composé sur *aistre* (lat. *atrium*). En dernière hypothèse, Bartina H. Wind avance l'idée d'un rapport possible avec *aistre* du germ. *astrih*, français moderne *âtre*, qui me paraît aller de soi. Je pense que l'hapax *astrir* (qui serait *astrier* en ancien français continental) est la combinaison de *astre (aistre)* et du suffixe -*ariu :* le terme désignerait le lieu où se trouve l'âtre, c'est-à-dire le coin de cheminée.

31. Entre ce fragment et celui qui précède, on ne peut se fonder que sur la saga norroise et le *Sir Tristram* anglais pour tenter une reconstitution. Tristan triomphe du géant Moldagog, dont il conquiert le château. C'est là, sur une île inaccessible à marée basse, qu'il aménage la salle aux images, non dans le château même, mais dans une grotte proche. Il s'agit de statues peintes, et celle d'Yseut est particulièrement remarquable : elle porte sous le sein une boîte d'aromates; elle s'orne de splendides joyaux; sur son sceptre, un oiseau, merveilleux automate. Tristan l'a représentée au moment où, lors de leur adieu, elle lui a tendu son anneau (voir fragment de Cambridge).

32. V. 1132 : je comprends, comme B. H. Wind, que *puet* signifie ' on peut '.

33. Sur *chalon* au sens de ' sabot ', voir l'art. de Cl. Dubois cité en bibl. (discussion de l'art. de Mario Roques également cité).

34. V. 1167 : texte très altéré. Correction de Gaston Paris : *Oncore s'en tenist a paigne.* J'adopte la conjecture de Bartina H. Wind. *Quarantaigne* au v. 1166 désigne une pénitence de quarante jours. Mais le mot peut signifier aussi (et je crois avec Bartina H. Wind que c'est le sens dans ce passage) : ' prières de deuil qui durent quarante jours ', ou encore ' service funèbre qui se renouvelle tous les quarante jours '.

35. Entre ce fragment et le fragment de Turin qui le précède dans cette édition, Kaherdin oblige Tristan à lui donner des explications. Tristan lui avoue son amour pour Yseut la Blonde, et lui vante la beauté de Brangien. Il emmène Kaherdin dans la salle aux images. Et tous deux décident de retourner en Angleterre (d'après la Saga).

36. Plusieurs obscurités dans ce texte. La première intervient au v. 1214. Le mot à mot est : ' Ils ont rencontré le cortège de la reine '. Mais comment Tristan et Kaherdin peuvent-ils, dans ce cas, se dissimuler dans un chêne? Il me semble que le verbe *unt encuntree* ne

signifie pas que les deux chevaliers ont proprement croisé ce cortège, mais qu'ils l'ont simplement aperçu. Seconde difficulté : le sens de *varlet* au v. 1216. J. Bédier comprend : ' les jeunes gens ', c'est-à-dire Tristan et Kaherdin. Je pense, avec Bartina H. Wind, qu'il s'agit plutôt de pages ou de *bachelers* qui participent au cortège de la reine. Jamais en effet Tristan et Kaherdin ne sont appelés *varlets* chez Thomas, et le terme s'applique généralement à de jeunes hommes qui ne sont pas encore armés chevaliers. Je repousse la correction de J. Bédier *(les atendent* pour *l'atendent) :* le texte du manuscrit emploie le pronom singulier qui se rapporte à *rocte.* Pour respecter la mesure du vers, j'ai ajouté la conjonction *car* qui rend compte de la progression logique : Tristan et Kaherdin quittent le chemin où l'avant-garde du cortège a en quelque sorte pris position. J'ai maintenu la graphie *ors* pour *hors* au v. 1215.

37. Inventaire pêle-mêle où sont confondues les différentes catégories de domestiques : ceux qui s'occupent de chasse (avec leurs chiens et leurs oiseaux), ceux qui ont charge de l'installation matérielle (les fourriers et les cuisiniers), ceux qui guident ou soignent les chevaux, et enfin ceux qui portent les messages (disons les estafettes).

38. Il s'agit de la domesticité féminine qui n'est pas admise à l'intimité royale. *Foraines chamberreres* (v. 1236), *furain mester* (v. 1237) opposent cette domesticité à la maison privée, qui n'est pas ' étrangère ' *(foraine)* à la vie du couple royal. Ces femmes de service préparent les lits, cousent les habits et lavent les cheveux des gens de la cour. Sur cette dernière activité, cf. le roman de *l'Escoufle*, de Jean Renart, où l'héroïne, un moment déchue, gagne sa vie à laver la chevelure des hommes de la noblesse.

39. *Suns* (v. 1249) qualifie toute espèce de chanson. *Pasturele* est plus précis. Sur ce genre, voir Michel Zink, *La Pastourelle,* Paris, Bordas, 1972.

40. Selon la Saga, Brangien et Yseut n'apparaissent qu'ensuite, dans un même char.

41. Entre le fragment de Strasbourg et ce passage, Kaherdin est devenu l'ami de Brangien. Mais les jaloux, une fois de plus, découvrent la présence de Tristan. Il s'enfuit avec Kaherdin. Cariadoc, qui les poursuit, rattrape non pas les deux jeunes gens, mais leurs valets, qu'il défie en les prenant pour leurs maîtres. Les valets n'ont évidemment cure de s'attarder. Cariadoc, revenu à la cour, se vante devant Brangien d'avoir fait fuir son ami. Colère de Brangien (d'après Eilhart et la Saga).

42. Allusion à la substitution des épouses et à ses conséquences. Voir p. II-III.

43. Dans les différentes versions conservées, Yseut avoue effectivement à Brangien, après la réconciliation, son intention meurtrière. Mais, au moins dans Gottfried, les serfs révèlent à Brangien le projet d'Yseut dès le moment où ils menacent de la tuer.

44. Personnage d'entremetteuse rendue célèbre au Moyen Age par un fabliau qui porte ce nom.

45. Litt. : ' Deux angoisses lui étreignent le cœur '; Yseut est désespérée

de perdre l'amitié de Brangien, mais surtout elle redoute que sa compagne ne parle. Elle voudrait contre-attaquer, mais ce serait envenimer les choses.

46 V. 1348, Yseut ne peut en effet s'en prendre à Brangien (cf. note précédente); mais elle ne peut pas non plus rendre Cariadoc responsable de ce désastre, parce qu'elle ne sait pas ce qui s'est passé.

47. Cette cruelle mutilation, quelquefois imposée aux voleurs, était-elle une punition de la femme infidèle? Dans le lai de *Bisclavret*, de Marie de France, le loup-garou arrache le nez de son épouse qui l'a trahi, et dans la descendance de la coupable, il sera plus d'une fille qui naîtra *esnasee*.

48. V. 1602 : *Mais* est un adj. signifiant ' mauvais '.

49. Je transcris ici la note de J. Bédier à propos des v. 1655 *ss* : Ce lan-« gage couvert, qui embarrasse Marke, paraît signifier : « Elle a « changé les dés sans les jeter (elle a substitué dans nos soupçons Tristan « à Cariado, sans d'ailleurs passer à l'acte); décevons-la au moment où « elle les jettera (au moment où elle voudra s'abandonner à Cariado). »

50. V. 1744 *ss*. Le passage est très ambigu. On peut comprendre : ' Ne lui cachez pas votre conseil le plus intime, quand il s'agira de barons ou de chevaliers, en sorte que vous soyez toujours dans sa confidence. ' Bartina H. Wind incline vers une autre interprétation : ' Ne cachez pas ces entrevues secrètes ' et fait de *li* un datif éthique : ' en ce qui la concerne '. J. Bédier substitue *suffrez* à *celez* ( *Privé conseil ne li suffrez)* et propose même : *Privé conseil ne consentez.*

51. J. Bédier corrige *De povre atur* au v. 1775 en *de povres dras,* parce qu'il considère la répétition de ces termes — sur lesquels s'achève le v. 1774 – comme une faute de goût. Mais la rhétorique de Thomas ne répugne pas à ces reprises qui peuvent avoir une valeur pathétique !

52. Le rapprochement s'impose non seulement avec la *Vie de Saint Alexis,* mais aussi avec *Girard de Roussillon* dont le héros (je cite J. Bédier), « malade et chassé, la nuit de Noël, de la maison d'un homme riche, languit dans la voûte d'un cellier, sous le degré ». Et J. Bédier cite alors la note de P. Meyer (p. 242 de sa traduction de *Girard de Roussillon),* qui évoque à ce propos Simon de Crépi, « qui mourut *pauper, jacens sub gradu* ». Ce grand seigneur du XIe siècle a donné lieu à toute une littérature en ancien français : voir J. Ch. Payen, *Le Motif du repentir...,* pp. 38 *s*.

53. *Marien,* v. 1899 désigne un bois fendu en planches (mod. *merrain* ou *merrien*).

54. L'esclavine est un vêtement emprunté aux Esclavons. Il était porté par les matelots et les pèlerins : c'était une robe courte, fendue devant ou sur les côtés, avec un capuchon.

55. J. Bédier s'interroge sur *nevu,* leçon du ms. D au v. 1999. Il n'est nulle part question chez Thomas d'un neveu de Tristan : ne vaut-il pas mieux considérer *nevu* comme une graphie de *navu,* graphie anglonormande de *navel,* ' navire ', attesté chez Wace? Les versions allemandes auraient mal compris ce passage, puisqu'elles font effectivement intervenir un neveu du héros.

56. Le texte ne veut pas dire qu'Yseut aux Blanches Mains connaisse dès ce moment l'amour de Tristan pour l'autre Yseut. Avec F. Novati et

J. Bédier, je pense que Thomas insiste seulement sur la frustration de la jeune femme. C'est à l'auditeur qu'il s'adresse ici, plus qu'il ne pénètre dans le cœur de son héroïne.

57. *Bruine,* au v. 2032, désigne un justaucorps de cuir qui est à l'origine un équipement de chevalier. A l'époque féodale, la *broigne* se couvre d'anneaux de métal et devient donc une sorte de cotte de mailles. Mais les ascètes portent par pénitence une autre sorte de *broigne* qui est un corselet de cuir : c'est un cilice de ce genre que s'impose Yseut.

58. Je garde la tournure *un sauz* où on attendrait *uns sauz :* nouveau cas de flottement en ce qui concerne l'emploi de l'article avec les collectifs. On ne sait pas ce que sont les « sauts gallois », ni ce que sont les « sauts gavelois ». Ces derniers sont-ils un sport originaire de Gauvoie ou Galloway?

59. Thomas se rattache donc à la tradition de Bréri. Sur ce problème, on trouvera un état de la question et une bibliographie à jour dans l'article de P. Gallais mentionné dans la bibliographie générale.

60. Tristan aidant Kaherdin à tromper un mari jaloux qui tue son rival et blesse mortellement le héros, c'est la version d'Eilhart, où toutefois Bedenis n'est pas un nain. Thomas viserait-il Béroul?

61. V. 2182 *ss.* : ' Il avait un écu d'or fretté de vair, et, de même couleur, la lance, le pennon et l'emblème. ' Une *frette,* en héraldique, est faite de six cotices disposées dans le sens de la bande et dans le sens de la barre (c'est-à-dire six bandeaux obliques et croisés). Le *vair* fait alterner l'argent et l'azur. Ces couleurs se retrouvent sur le pennon de la lance : je rappelle que le pennon, qui est triangulaire, dénote une moindre noblesse que la bannière, qui est carrée. J'avoue mal comprendre le détail du texte, car les couleurs de la lance ne sont pas évidemment pas autre chose que les couleurs du pennon. Sans doute la hampe de la lance, généralement en bois de frêne, était-elle peinte aux couleurs du chevalier. Quant à la ' connaissance ', le mot désigne en héraldique toutes armoiries permettant de reconnaître un chevalier : il s'applique donc à l'écu et au pennon déjà mentionnés. J'ai traduit comme s'il s'agissait d'une série d'hendiadyn.

62. La mer d'Espagne (v. 2210) désigne en fait l'Océan Atlantique. Les anciennes cartes font remonter beaucoup plus au nord la côte de Galice.

63. *Estout* signifie ' le Fort '. *Castel Fier* constitue une sorte d'apposition.

64. Je n'intervertis pas les v. 2307-8 comme le fait J. Bédier qui suppose une lacune entre les v. 2306 et 7. J. Bédier s'autorise ici de la Saga qui fait intervenir un troisième frère : celui-ci, apprenant l'attaque mortelle, appelle à l'aide. Mais l'auteur de la Saga a pu lui-même mal comprendre le texte français et ajouter un détail qui le rend plus clair.
Le sujet de *assaillirent* englobe *icil del castel* et *li sires.*

65. Littéralement : ' habiles *(manier)* à porter les armes '.

66. Le recours à la voile noire ou à la voile blanche selon l'issue malheureuse ou heureuse de l'expédition évoque la légende du retour de Thésée en Attique et de la mort de son père Egée. Comme le note

J. Bédier (t. II, p. 139), le récit a pu être transmis par le *Commentaire de l'Enéide* de Servius.

67. Je comprends *amunt* (v. 2578) : ' à contre-courant ' (comme naviguer vers l'amont en rivière est naviguer à contre-courant). Les courants dominants sur les côtes normandes et dans le Pas-de-Calais vont en effet du nord au sud. Mais, malgré le v. 2576, et dans l'hypothèse où le vent favorable n'aurait pas duré, on peut interpréter aussi : ' à contre vent ' (le vent dominant est dans la Manche le noroît). *Haltes mers* (v. 2580) : on pourrait traduire par ' haute mer ', ' large ' (la nef de Kaherdin ne fait pas de cabotage); on pourrait traduire aussi par ' mers profondes ', et le v. 2580 serait redondant.

68. J. Bédier corrige *danré* au v. 2583 en éditant la leçon de Sn : *aovre*. Mais *danre(e)* (francien : *denree*), ' marchandise valant un denier ', puis ' marchandise ' tout court, s'applique à toutes sortes d'objets, même lorsqu'il s'agit de toiles et d'étoffes.

69. Je choisis au v. 2591 la leçon du ms. Sn, meilleure que celle du ms. D qui assigne au voyage la durée de huit jours. Kaherdin revient le quarantième jour, et ne reste qu'un jour en Angleterre. Il parvient vite à revenir de Londres en Bretagne, et la tempête suivie de calme plat qui retarde l'arrivée d'Yseut ne dure pas plus de six jours (2569). Mais le scribe de D a pu mal transcrire le mot *vint* où manquerait le tilde indiquant la nasale.

70. Plus exactement : ' car cela ne me touche pas ', ' ce n'est pas mon affaire '.

71. Marc a donc, selon Thomas, Londres pour capitale. Selon Gottfried et la Saga, c'est à Londres qu'il décide avec son conseil de soumettre Yseut à l'ordalie par le fer rouge. Dans le roman en prose, Marc est vassal d'Arthur. Thomas situe les événements une génération après Arthur (cf. l'épisode de l'Orgueilleux à la pelisse de barbes). Il est notable que, dans la *Folie d'Oxford* qui participe de la tradition dite courtoise, Tristan se rende à Tintagel et non à Londres.

72. *Marchandise,* au v. 2644, est trisyllabique, compte non tenu de la finale. Même phénomène au v. 2649. Le mot a quatre syllabes *(marcheandise)* au v. 2660.

73. Les boulines sont les manœuvres courantes fixées sur l'avant des voiles carrées et destinées à mieux les haler. Les haubans sont les cordages qui contribuent à maintenir les mâts. La description de cette tempête doit beaucoup à Wace *(Brut,* v. 2524 *ss.)*

74. Un *samit* est une étoffe de soie précieuse.

75. Les v. 3085-6 ont été considérés comme adventices par J. Bédier et Bartina H. Wind.

76. Je maintiens le subjonctif aberrant *poisse* (v. 3107). Il s'agit peut-être d'ailleurs d'une graphie pour l'ind. prés. 1re personne *pois,* le scribe ayant tendance à faire suivre d'un *e* mainte consonne finale (pour noter qu'elle se prononce?). Mais ne peut-on expliquer *poisse* subj. comme un cas d'attraction modale dans un ensemble à l'optatif?

77. La mort des amants, dans le roman en prose, est tout autre. Voir E. Loseth, *Le Roman de Tristan,* p. 383 *ss. :* Tristan *harpe* devant Yseut et dans la chambre de celle-ci un lai qu'il vient de composer. Andret

prévient Marc, qui blesse traîtreusement Tristan d'une lance empoisonnée que Morgain lui a donnée. Tristan se traîne au château de Dinas
où Marc, qui l'a rejoint et regrette son crime, lui accorde qu'Yseut
vienne l'assister. Tristan pardonne à Marc et serre Yseut si fort dans ses
bras qu'il l'étouffe. Certaines versions, que J. Bédier considère comme
primitives, mais qui ne sont peut-être que des réfections, reviennent à
une relation plus traditionnelle de la mort des amants. C'est dans ces
versions qu'est rapportée l'histoire des arbres qui poussent sur le
tombeau (voir note 79).

78. Ma traduction s'inspire ici de l'article d'Emmanuelle Baumgartner et
R. L. Wagner. Thomas s'adresse, non sans provocation, à tous les
amants, même s'ils aiment mal.

79. Dans Eilhart, Yseut aux Blanches Mains ignore jusqu'au retour de
Kaherdin l'existence d'Yseut, et son mensonge n'est pas explicitement
motivé (vengeance de sa frustration?). Dans la plupart des versions,
sauf le roman en prose, Yseut aux Blanches Mains ensevelit les amants,
dont Marc fait transférer les corps à Tintagel. Deux arbres poussent
sur leur tombe, qui entrecroisent leur feuillage (dans Eilhart, un rosier
et une vigne). Dans certaines versions du roman en prose, Marc tente
vainement de séparer les arbres. Dans le film *La Rose de Sable,* le cheikh
fait arracher le palmier qui pousse sur la tombe commune, et du trou
jaillit une source qui féconde le désert...

# COMPLÉMENT BIBLIOGRAPHIQUE

## I — TRADUCTIONS

HERBOMEZ (Jules) et BEAURIEUX (Rémy) : « *Tristan et Yseut* » *par Thomas,* Paris, la Renaissance du Livre, 1931.

BRAET (Herman) : *Le « Tristan » de Béroul,* Gand, Éditions scientifiques, E. Story-Scientia, 1974.

JONIN (Pierre) : *Le « Tristan » de Béroul,* Paris, Champion, 1974 (Classiques Français du Moyen Age).

J. M. PAQUETTE : la traduction projetée par cet auteur n'a jamais paru.

LELY (Gilbert) : *La Folie d'Oxford,* in *Œuvres poétiques,* éd. de la Différence, Paris, 1977, p. 69-105.

## II — TRAVAUX D'ENSEMBLE SUR LES « TRISTAN »

BAUMGARTNER (Emmanuèle) : *Le « Tristan en prose ». Essai d'interprétation d'un roman médiéval,* Genève, Droz, 1975.

BLOCH (John Howard) : *Tristan. The myth of the state and the language of the self,* in *Yale French Studies,* 51, 1974, p. 61-81 *(Approaches to medieval romance).*

CAHNEC (C.) : *Le philtre et le venin dans « Tristan »,* Paris, Nizet, 1975, (Symboles et Mythes).

CORMIER (Raymond J.) : *Open contrast : Tristan and Diarmaid,* in *Speculum,* L, 1976, p. 589-601.

ESSER (Wilhelm Martin) : *Abenteuer und Rätsel einer europäischen Sage : Tristan, Sigfrid, Jason,* Kastellaun, Aloys Henn, 1976.

FERRANTE (Joan M.) : *The conflict of love and honour. The medieval Tristan legend in France, Germany and Italy,* La Haye et Paris, Mouton, 1973.

GALLAIS (Pierre) : *Genèse du roman occidental : Essais sur « Tristan et Iseut » et son modèle persan,* Paris, Tête de Feuille Sirac, 1974.

HARRIS (Sylvia K.) : *The cave of lovers in the Tristansaga and related Tristan Romances,* in *Romania,* 98, 1977, p. 306-330 et 460-500.

HILL (Joyce) : *The Tristan legend. Texts from Nothern and East Europa in modern English transl.*, Leeds Medieval Studies, 2, 1977 (textes gallois, irlandais, norrois, danois, grecs, serbes, etc.).

HOFFMAN (Donald L.) : *Cult and culture : « Courtly love » in the cave and the forest*, in *Tristania*, IV, 1978, p. 15-34.

HUNT (Tony) : *Textual notes on Beroul and Thomas : some problems of interpretation and emendation, ibid.*, I, 1975-6, p. 29-59.

— du même : *Fataly in the novel : Tristan, « Manon Lescaut » and « Thérèse Desqueyroux »*, in *the Durham University Journal*, 68, 1976, p. 183-195.

KUHN (Hugo) : *Bemerkungen zur Rezeption des « Tristans » im deutschen Mittelalter...* in *Wissen und Erfahrungen... Festschrift für Hermann Meyer*, Tübingen, Niemeyer, 1976, p. 53-63.

MAILLARD (Jean) : *« A vous Tristan »*, in *Mélanges Jeanne Wathelet-Willem*, Liège, Marche Romane, 1978, p. 395-402.

MIKHAILOV (A. D.) : *La légende de Tristan et Iseut et son dernier état* (le roman de Pierre Sala), Acad. des Sciences de l'U. R. S. S., Institut de linguistique, Philologica, études de langues et littératures, éd. Naouka, Léningrad, 1973, p. 261-268 (en russe).

MOHR (Wolfgang) : *Tristan und Isolde*, in *Germanische-romanische Monatschrift*, 56, 1976, 54-83 (sur les origines).

POLAK (Lucy) : *Tristan and « Vis and Ramin »*, in *Romania*, 95, 1974, p. 216-234.

REGALADO (Nancy Freeman) : *Tristan and Renard. Two tricksters*, in *L'Esprit créateur*, XVI, 1976, p. 30-35.

THUNDY (Zacharias P.) : *Potion in « Guthlac B » and the « Tristan » Romances*, in *Tristania*, IV, 1978, p. 55-62.

TRINDADE (Ann) : *The ennemies of Tristan*, in *Medium Aevum*, 43, 1974, p. 6-21.

VERCHERE (Chantal) : *Périphérie et croisement. Aspects du Nain dans la littérature médiévale*, in *Exclus et systèmes d'exclusion dans la littérature et la civilisation médiévales, Senefiance* nº 5, Aix-en-Provence, C. U. E. R. M. A. et Paris, Champion, 1978, p. 251-279.

YORK (E.) : *Iseut's trial in Béroul and « la folie Tristan d'Oxford »*, in *Mediaevalia et Humanistica*, n. s., 6, 1975, p. 157-161.

III — SUR LE « TRISTAN » DE BÉROUL

ADAMS (Alison) et HEMMING (T.) : *La fin du « Tristan » de Béroul*, in *Le Moyen Age*, 80, 1974, p. 448-468.

ANGIER (Michelle) : *Le rire et les larmes dans le « Tristan » de Béroul*, in *Mélanges Charles Rostaing*, Liège, Marche Romane, 1974, p. 41-48.

ATANASSOV (Stoian) : *Le problème de l'unité dans le « Tristan » de Béroul*, in *Annuaire de l'Université de Sofia. Faculté des Lettres. Langues et Littératures romanes et germaniques*, 70, 1975, p. 129-158.

BELL (Alexander) : *A note on Iseut's dream*, in *Medium Aevum*, 43, 1974, p. 264 *sqq*.

BROMILEY (G. N.) : *A note on Beroul's foresters*, in *Tristania*, I, 1975-1976, p. 61-73.

— du même : *Andret and the Tournament Episode in Béroul's Tristan*, in *Medium Aevum*, 46, 1977, p. 181-195.

CAULKINS (Janet) : *Le jeu du surnaturel et du féodal dans le « Tristan » de Béroul*, in *Mélanges Charles Rostaing*, p. 131-140.

HENRY (Albert) : *Sur le v. 3675 du « Tristan » de Béroul*, in *Romania*, 96, 1975, p. 275-277.

— du même : *Sur les vers 711-713 du « Tristan » de Béroul*, in *Mélanges C. Th. Gossen*, Berne (Francke) et Liège (Marche Romane), 1976, p. 359-361.

HUNT (Tony) : *Abelardian Ethics and Béroul's « Tristan »*, in *Romania*, 98, 1977, p. 501-540.

JONIN (Pierre) : *Sur quelques ouvertures lyriques du « Tristan » de Béroul*, in *Mélanges Charles Rostaing*, p. 131-140.

LARMAT (Jean) : *La religion et les passions dans le « Tristan » de Béroul*, in *Mélanges Jeanne Wathelet-Willem*, p. 327-345.

PAYEN (J. Ch.) : *Ordre moral et subversion politique dans le « Tristan » de Béroul*, in *Mélanges Jeanne Lods*, Paris, Publ. de l'E. N. S. J. F., 1978, p. 473 *sqq*.

— du même : *Réalisme et crédibilité dans le « Tristan » de Béroul*, in *Mélanges Jeanne Wathelet-Willem*, p. 465-475.

SUBRENAT (Jean) : *Sur le climat social, moral, religieux du « Tristan » de Béroul*, in *Le Moyen Age*, 82, 1976, p. 219-261.

VAN COOLPUT (Colette-Anne) : *Le roi Marc dans le « Tristan » de Béroul*, in *Le Moyen Age*, 1978, p. 35-51.

Ajoutons sur le *Tristan* d'Eilhart, proche de Béroul :

BUSCHINGER (Danielle) : *Le Tristan d'Eilhart von Oberg*, Paris, 1975 (Centre de reprographie des thèses de l'Université de Lille, éditions Champion, diff.).

— de la même : *Le Tristan d'Eilhart von Oberg*, éd. diplom. et trad., Göppingen, 1976.

## IV — Sur le « Tristan » de Thomas

Le Gentil (Pierre) : *Sur l'épilogue du « Tristan » de Thomas,* in *Mélanges Jeanne Lods,* p. 365 sqq.
Shoaf (Judith P.) : *The owl dialogue in Thomas' « Tristan »,* in *Tristania,* IV, 1978, p. 35-54.

## V — Sur les « Folies Tristan »

Delbouille (Maurice) : *Le fragment de Cambridge et la genèse des « Folies Tristan »,* in *Mélanges Jean Rychner* (Travaux de linguistique et de philologie de l'Université de Strasbourg XVI), Paris, Klincksieck, 1978, p. 117-129.
Legge (Mary-Dominica) : *Le problème des « Folies » aujourd'hui,* in *Mélanges Jeanne Lods,* p. 371 sqq.
Robertson (Duncan) : *On the texte of the Berne « Folie Tristan »,* in *Romania,* 98, 1977, p. 95-104.

## VI — Sur le « lai du Chèvrefeuille »

Adam (A.) et Hemming (T.) : *« Chèvrefeuille » and the Evolution of the Tristan Legend,* in *Bulletin Bibliographique de la société Internationale Arthurienne,* 28, 1976, p. 204-213.
Bordier (J. P.) : *La « vérité » du « Chèvrefeuille »,* in *Perspectives médiévales,* 2, 1976, p. 46-53.
Martineau-Genieys (Christine) : *Du « Chievrefoil », encore et toujours,* in *Le Moyen Age,* 78, 1972, p. 91-114.

# TABLE DES MATIÈRES

Achevé d'imprimer par Corlet,
Condé-en-Normandie (Calvados),
en Septembre 2023
N° d'impression : 182252 - dépôt légal : Septembre 2023
Imprimé en France